3ds Max 2010

【中文版】基础教程

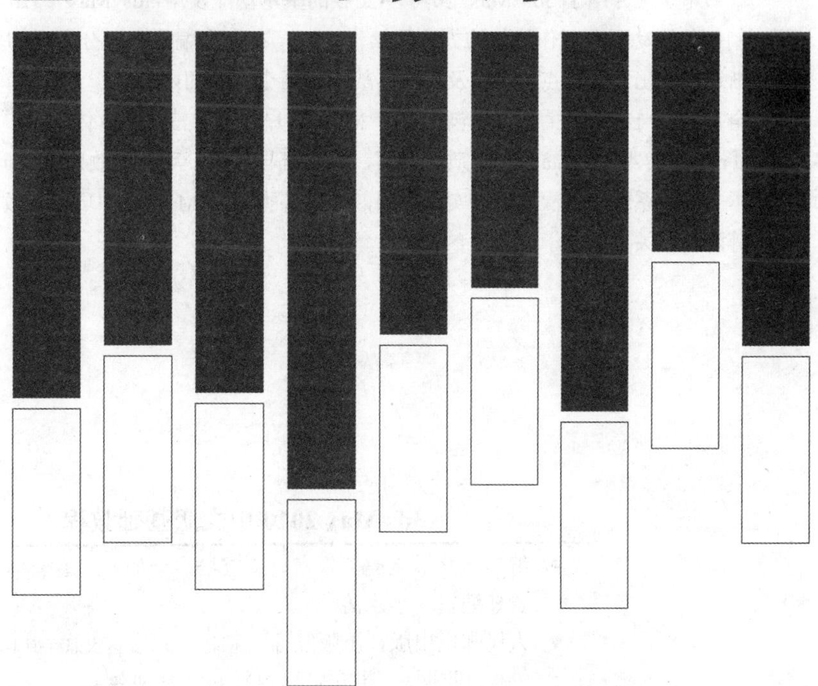

老虎工作室

谭雪松　李如超　袁云华　编著

人民邮电出版社

北　京

图书在版编目（CIP）数据

3ds Max 2010中文版基础教程 / 谭雪松，李如超，袁云华编著. -- 北京 : 人民邮电出版社，2010.8
ISBN 978-7-115-22850-5

Ⅰ. ①3… Ⅱ. ①谭… ②李… ③袁… Ⅲ. ①三维－动画－图形软件，3ds Max 2010－教材 Ⅳ. ①TP391.41

中国版本图书馆CIP数据核字(2010)第091324号

内容提要

本书系统地介绍了 3ds Max 2010 中文版的基本功能及用 3ds Max 2010 创建三维模型、制作三维效果图、制作三维动画和制作特效的方法和操作技巧。在内容编排上充分考虑初学者的学习特点，由浅入深、循序渐进，突出了知识点的讲解及上机实战操作两个方面的内容。

全书共有 11 章，主要内容包括 3ds Max 用户界面，三维基本体建模，二维线条建模，多边形建模，mental ray 渲染器，mental ray 材质，贴图，摄影机与灯光，环境和效果，动画，粒子系统、空间扭曲等。

本书内容系统，层次清晰，实用性强，可供各类 3ds Max 培训班作为教材使用，也可供工程技术人员及高等院校相关专业的学生自学参考。

3ds Max 2010 中文版基础教程

◆ 编　　著　老虎工作室　谭雪松　李如超　袁云华
　责任编辑　李永涛

◆ 人民邮电出版社出版发行　　北京市崇文区夕照寺街 14 号
　邮编　100061　　电子函件　315@ptpress.com.cn
　网址　http://www.ptpress.com.cn
　三河市潮河印业有限公司印刷

◆ 开本：787×1092　1/16
　印张：21
　字数：522 千字　　　　2010 年 8 月第 1 版
　印数：1 – 4 000 册　　　2010 年 8 月河北第 1 次印刷

ISBN 978-7-115-22850-5

定价：42.00 元（附光盘）

读者服务热线：(010)67132692　印装质量热线：(010)67129223
反盗版热线：(010)67171154

老虎工作室

主　编： 沈精虎

编　委： 许曰滨　黄业清　姜　勇　宋一兵　高长铎
田博文　谭雪松　向先波　毕丽蕴　郭万军
宋雪岩　詹　翔　周　锦　冯　辉　王海英
蔡汉明　李　仲　赵治国　赵　晶　张　伟
朱　凯　臧乐善　郭英文　计晓明　孙　业
滕　玲　张艳花　董彩霞　郝庆文　田晓芳

关 于 本 书

3ds Max 是 Autodesk 公司开发的基于 PC 系统的三维动画渲染和制作软件，广泛应用于广告、影视、工业设计、建筑设计、多媒体制作、游戏、辅助教学以及工程可视化等领域。

内容和特点

学习 3ds Max 2010 并不难，只要方法适当，读者可以在较短时间内学会 3ds Max 的使用方法。本书作者总结的学习过程如下。

(1) 首先应熟悉 3ds Max 的工作界面，了解工作界面中每一部分的功能；其次应学会怎样与 3ds Max 对话，即如何熟练地操作软件。

(2) 学习基础知识后，可进入建模学习阶段，这是学习 3ds Max 的关键阶段。这部分的学习不只是对读者技能的考验，更是对读者耐心的训练。

(3) 完成建模学习后即可对渲染、材质、灯光、贴图进行学习，如果说建模是为对象创建物质基础，这个阶段的学习就是为对象赋予灵魂。这个阶段的学习需要用户很好地联系生活中看到的光、影以及反射等物理现象，才能对学习起到很好的促进作用。

(4) 最后学习 3ds Max 的动画和特效制作，这个部分是 3ds Max 学习的难点，也是重点。需要用户很好地掌握前面所学知识后，融会贯通才能很好地掌握这部分知识。

作者就是按以上学习过程来安排本书内容的，只要读者认真阅读本书，完成书中设计的案例，相信就能切实掌握 3ds Max，使 3ds Max 成为得心应手的设计工具。

全书分为 11 章，各章内容简要介绍如下。

- 第 1 章：讲解 3ds Max 2010 用户界面及与 3ds Max 2010 交流的一些基本操作。
- 第 2 章：主要讲解三维基本体建模的方法和技巧。
- 第 3 章：主要讲解基于二维线条建模的方法和技巧。
- 第 4 章：主要讲解基于多边形建模的方法和技巧。
- 第 5 章：主要讲解使用 mental ray 渲染器的方法和技巧。
- 第 6 章：主要讲解创建 mental ray 材质的方法和技巧。
- 第 7 章：主要讲解使用贴图的方法和技巧。
- 第 8 章：主要讲解使用摄影机和灯光的方法和技巧。
- 第 9 章：主要讲解使用环境和效果制作特效的方法和技巧。
- 第 10 章：主要讲解创建动画的方法和技巧。
- 第 11 章：主要讲解使用粒子系统和空间扭曲的方法和技巧。

读者对象

本书对 3ds Max 的建模、材质、灯光、摄影机、动画、环境等功能进行了详细讲解，条理清晰，讲解透彻，易于掌握，可供各类 3ds Max 培训班作为教材使用，也可供工程技术人员及高等院校相关专业的学生自学参考。

附盘内容及用法

本书所附光盘内容分为两部分。

1. “.max”图形文件

本书所有案例制作时使用的模板和完成后的“.max”文件都按章收录在附盘的“素材”和“结果”文件夹中，读者可以调用和参考这些文件。

2. “.avi”动画文件

本书部分案例的制作过程都录制成了“.avi”动画文件，并收录在附盘的“avi”文件夹中。

“.avi”是最常用的动画文件格式，读者用 Windows 系统提供的“Windows Media Player”就可以播放“.avi”动画文件。选择【开始】/【所有程序】/【附件】/【娱乐】/【Windows Media Player】命令即可启动“Windows Media Player”。一般情况下，只要双击某个动画文件即可观看。

3. PPT 文件

本书提供了 PPT 文件，以供教师上课使用。

注意：播放文件前要安装配套光盘根目录下的“tscc.exe”插件。

感谢你选择了本书，希望我们的努力对你的工作和学习有所帮助，也欢迎你把对本书的意见和建议告诉我们。

老虎工作室网站 http://www.laohu.net，电子函件 postmaster@laohu.net。

老虎工作室

2010 年 5 月

目　录

第1章　3ds Max 2010 设计概述

对于初学者来说，在学习使用 3ds Max 2010 软件进行作品制作之前，首先需要学习和掌握 3ds Max 2010 软件的基础知识。本章详细介绍 3ds Max 2010 软件的工作环境和一些基本的操作方法。

1.1　三维动画与 3ds Max 2010 简介

一、 三维动画简介

伴随着计算机的普及，各种基于计算机的艺术形式也丰富多彩，极大地丰富了人们的生产和生活。例如，网页上的 Flash 动画、电视节目中的片头动画和广告动画、电影中的炫目特效等都是计算机艺术的典型应用实例。

在众多的计算机应用中，三维动画已经成为一种非常重要的产业，广泛应用于影视特效、广告、军事、医疗、教育、工业设计和建筑等众多行业中，如图 1-1 所示。

迪士尼动画《马达加斯加》

三维建筑效果

图1-1　三维应用

二、 3ds Max 2010 简介

在众多的三维动画制作软件中，3ds Max 是非常流行的软件之一，广泛应用于建筑设计、广告、影视、工业设计、多媒体制作、辅助教学以及工程可视化等领域，如图 1-2 所示。

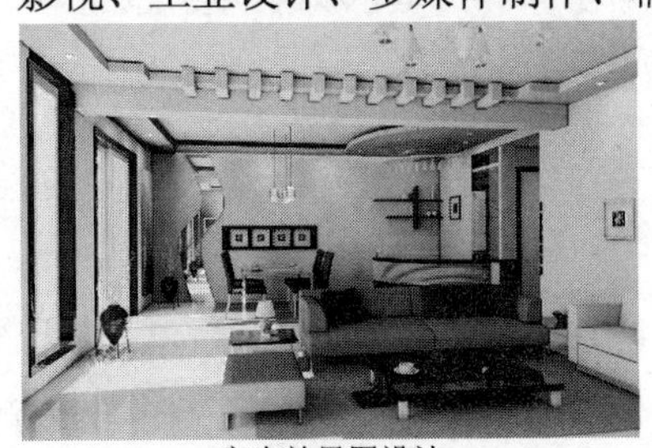

室内效果图设计

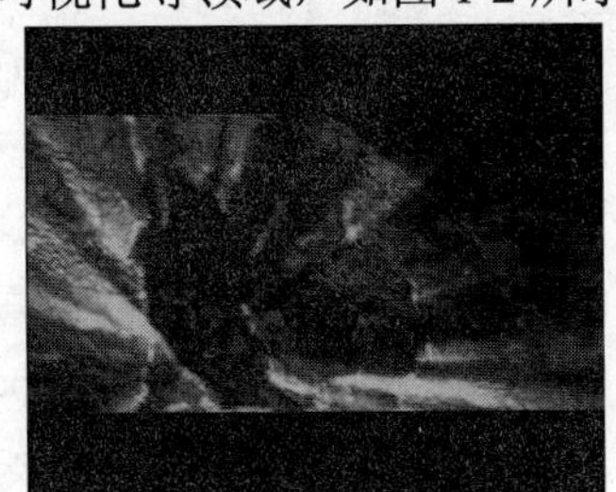

影视特效

图1-2　3ds Max 应用案例

3ds Max 软件作为 Autodesk 公司的主打产品，由 Autodesk 公司麾下的 Discreet 公司负

责开发。3ds Max 之所以能够发展得如此迅速，除了其不断增加的关键功能外，十分重要的一点是软件的定位比较准确，符合目前三维动画主要应用的需求。表 1-1 为读者提供了 3ds Max 2010 在众多行业的应用案例，从而帮助读者更加深刻地感受 3ds Max 的魅力。

表 1-1　　　　　　　　3ds Max 2010 应用展示

广告片头	三维游戏角色建模
	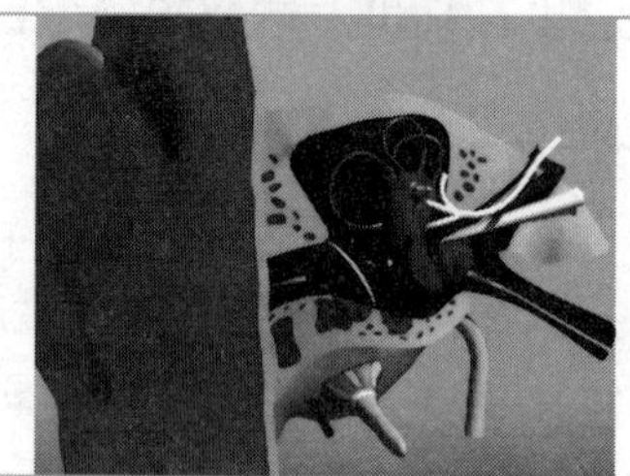
机械设计	医学实体演示

1.2　3ds Max 2010 的设计环境

3ds Max 2010 属于单屏幕操作软件，所有的命令和操作都在一个屏幕上完成，不用进行切换，这样可以节省大量的工作时间，同时也使设计结果更加直观明了。

1.2.1　认识工作界面

在正确安装 3ds Max 2010 软件后，双击电脑桌面上的快捷图标，可以启动 3ds Max 2010，加载完成后即可进入如图 1-3 所示的工作界面。工作界面中各个部分的功能介绍如下。

- 菜单栏：与其他设计软件类似，3ds Max 2010 也提供了丰富的菜单，包括编辑、工具、组、视图、创建、修改器、动画和渲染等。
- 工具栏：通过工具栏可快速访问处理多种常见任务的工具和对话框。
- 石墨建模工具：包含所有雕塑和编辑对象的必要工具。
- 视图区：视图区是用户执行各种操作的主要场所。
- 学习影片：主要是针对 3ds Max 2010 的基本技能而为用户提供的一些简单视频教程，建议读者仔细观看相关教程。
- 3D 导航控件：即 ViewCube，主要提供了视口当前方向的视觉反馈，让用户可以快捷地调整视图方向以及在标准视图与等距视图间进行切换。
- 命令面板：由 6 个单独的面板组成，用于创建和编辑场景中的对象。
- 状态栏：可显示和提示与场景有关的信息。
- 时间轴和动画控制区：用于创建和预览动画。

- 视图控制区：用于控制视图的范围和类型。

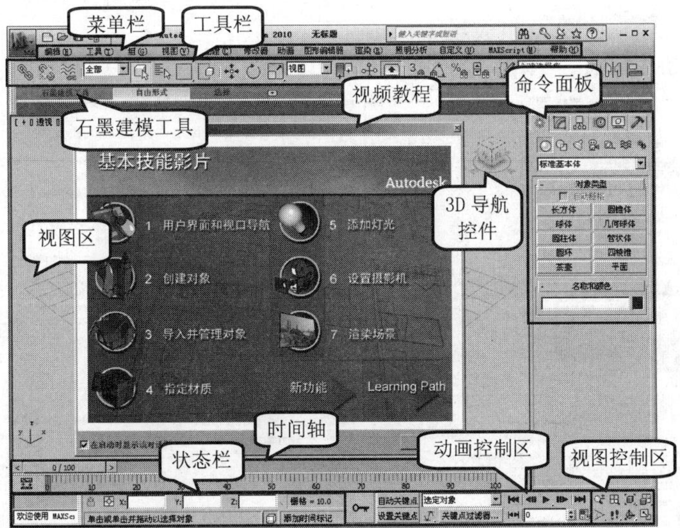

图1-3　3ds Max 2010 工作界面

1.2.2　设置工作环境

3ds Max 2010 的工作环境是人与 3ds Max 2010 系统进行交流的平台。在使用 3ds Max 2010 时，用户可以制定一个适合自己使用习惯的工作界面，这样有助于提升设计效率。

一、　制定工具栏

在 3ds Max 2010 中，工具栏可以被放置在屏幕上的任何位置。当需要改变工具栏的位置时，只需将鼠标指针放在工具栏左侧的双竖线上，当鼠标指针变成状态时拖动鼠标即可改变工具栏的位置，如图 1-4 所示。

要点提示　在 3ds Max 2010 工作界面中除工具栏和命令面板，其他面板都可以拖动移位。如果拖动后用户要恢复原始的位置，可以双击该面板，软件将自动使其恢复到原始位置，如图 1-5 所示。

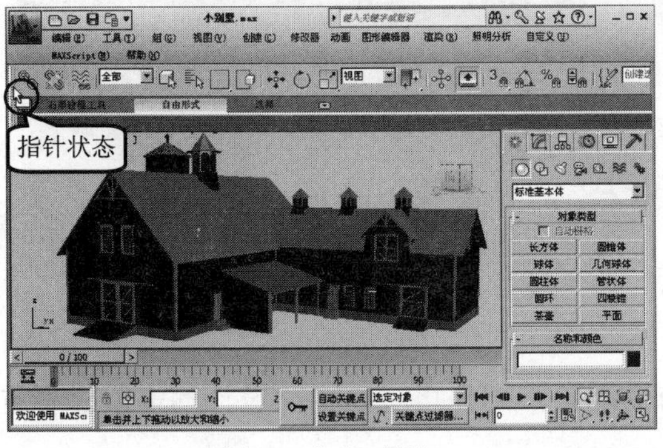

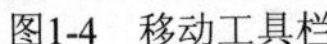
图1-4　移动工具栏

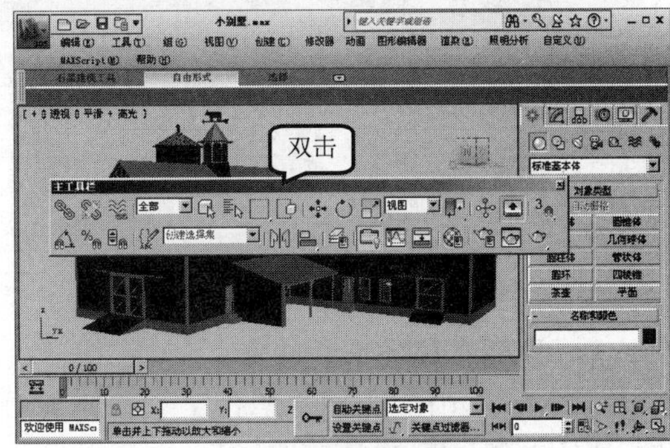

图1-5　恢复工具栏

在实际使用过程中，由于工具栏上的按钮较多，有些按钮不容易显示出来或者显示后会在屏幕上占据很大的位置，给实际操作带来不便，用户可以将其设置为小图标形式，具体的设置步骤如图 1-6 所示。

① 在菜单栏中选择【自定义】/【首选项】命令，打开【首选项设置】对话框。

② 在【首选项设置】对话框中，取消对使用大工具栏按钮选项的勾选。

③ 单击确定按钮，完成设置。

④ 重新启动 3ds Max 2010 软件即可将工具栏上的大图标转化为小图标状态。

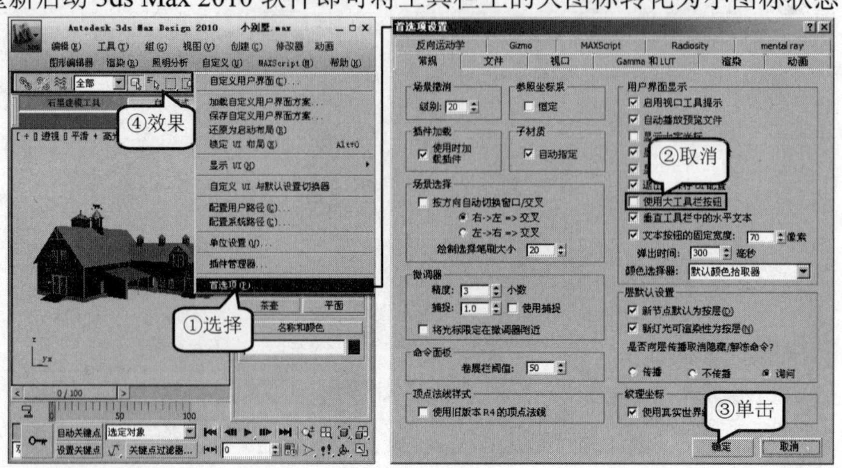

图1-6 小图标显示工具栏

二、 调整视图布局

在现实生活中，我们可以从上、下、左、右不同角度观察一个物体，3ds Max 2010 利用各个视图模拟了现实生活中观察物体的方式，主要有顶视图、底视图、前视图、后视图、左视图、右视图、透视图、用户视图和摄像机视图 9 种类型，不同的视图显示物体不同方向的形态。

(1) 单视图和多视图之间的切换。

启动 3ds Max 2010 软件后系统将自动在当前工作界面中最大化显示透视图，如图 1-7 所示，使用 Alt + W 组合键可打开如图 1-8 所示的其余 3 个视图：顶视图、前视图和左视图。

3ds Max 2010 是四视图显示内容时，单击其中一个视图将其激活，然后按 Alt + W 组合键可将当前视图最大化显示。单击激活视图，然后滚动鼠标中键可以放大或缩小当前视图的显示内容，如图 1-9 所示。

图1-7 透视图

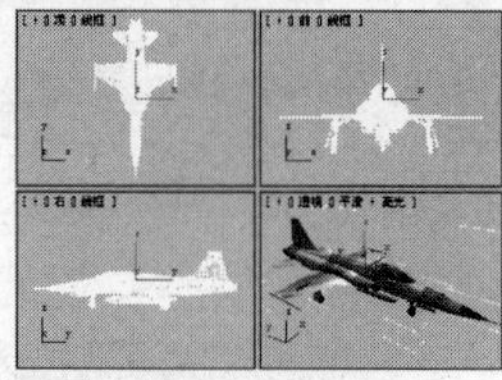

图1-8 四视图

图1-9 放大或缩小视图

(2) 视图布局类型的选择。

3ds Max 2010 为用户提供了丰富的视口布局配置，用户可根据当前设计的需要进行选择，具体步骤如图 1-10 所示。

① 在菜单栏中选择【自定义】/【视口配置】命令，打开【视口配置】对话框。

② 在【视口配置】对话框中切换到【布局】选项卡。

③ 在【布局】选项卡中选择需要的布局模式。

④ 单击确定按钮，完成设置。

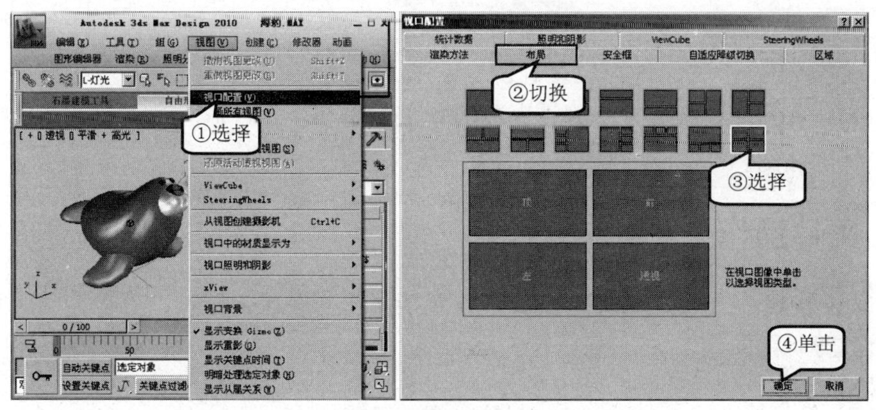

图1-10　视图布局的选择

(3)　单个视图的信息设置。

在进行动画设计制作时，通常需要对视口进行适时地调换。在每个视口的左上角有视口信息提示和修改视口的方法，通过单击相应的信息可以打开设置菜单，从而修改视口的属性，如图 1-11 所示。

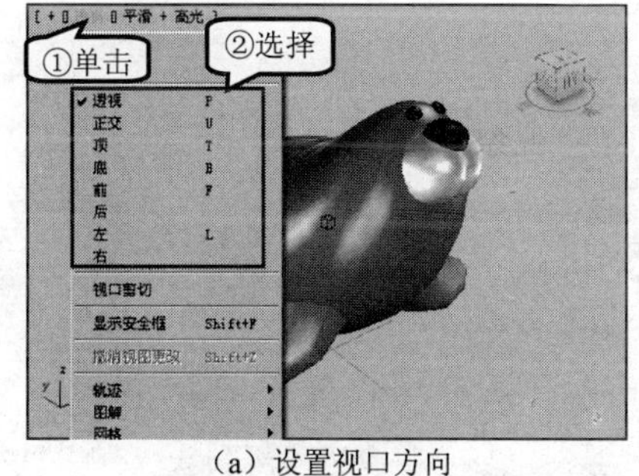

（a）设置视口方向

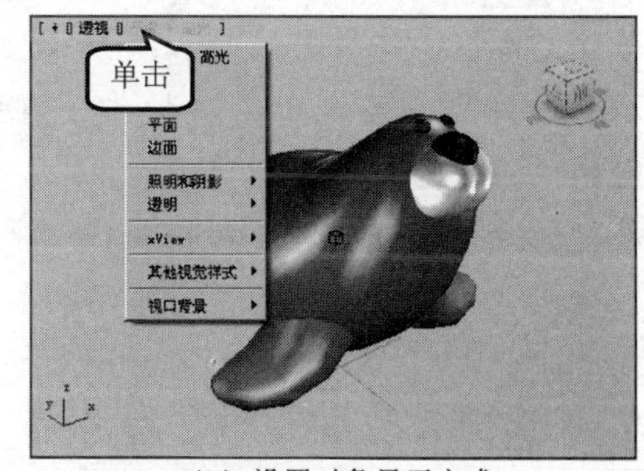

（b）设置对象显示方式

图1-11　设置视口

通常在设计时，修改视口方向都使用快捷方式，如图 1-11（a）所示，视口方向右边的字母是其相应的快捷键名称。

1.3　3ds Max 2010 项目开发流程

在使用 3ds Max 2010 开发项目时，一般都会按照创建模型→设计材质→灯光和摄影机→动画→渲染的流程进行设计，如图 1-12 所示。接下来对各个流程进行详细讲解。

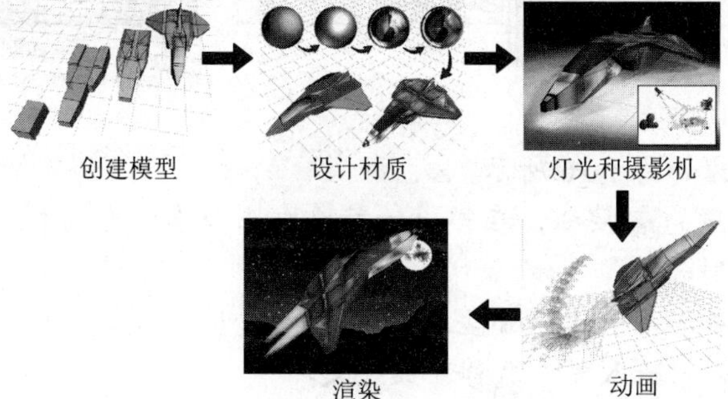

图1-12　3ds Max 2010 项目开发流程

1.4 3ds Max 2010 基础操作

3ds Max 2010 的基础操作主要有文件的基本操作、选择对象、变换对象和复制对象等。下面依次详细介绍。

1.4.1 文件操作

3ds Max 2010 对于文件的基本操作主要包括新建、保存、打开、另存为、场景的重置和场景的合并等。下面具体讲解其操作方法。

1. 启动软件。

   双击电脑桌面上的快捷图标，启动 3ds Max 2010 软件。

2. 打开文件，操作步骤如图 1-13 所示。

(1) 单击软件界面左上角的按钮，打开【打开文件】对话框。

(2) 在【打开文件】对话框中选择附盘文件"素材\第 1 章\汽车\环境.max"。

(3) 单击 打开(O) 按钮，即可打开选中的 3ds Max 源文件。

图1-13 打开文件

3. 合并文件，操作步骤如图 1-14 所示。

(1) 单击软件界面左上角的按钮，在弹出的菜单中选择【导入】/【合并】命令，打开【合并文件】对话框。

(2) 在【合并文件】对话框中选择附盘文件"素材\第 1 章\汽车\car.max"。

(3) 单击 打开(O) 按钮，即可打开【合并】对话框。

(4) 在【合并】对话框中选择【汽车】对象。

(5) 单击 确定 按钮，完成文件的合并，合并后的效果如图 1-15 所示。

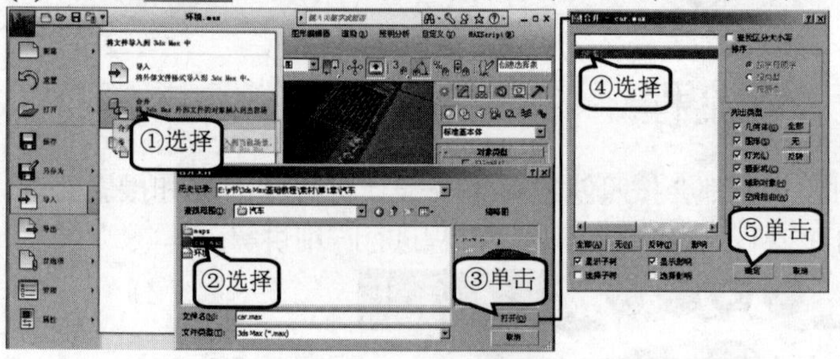

图1-14 合并文件

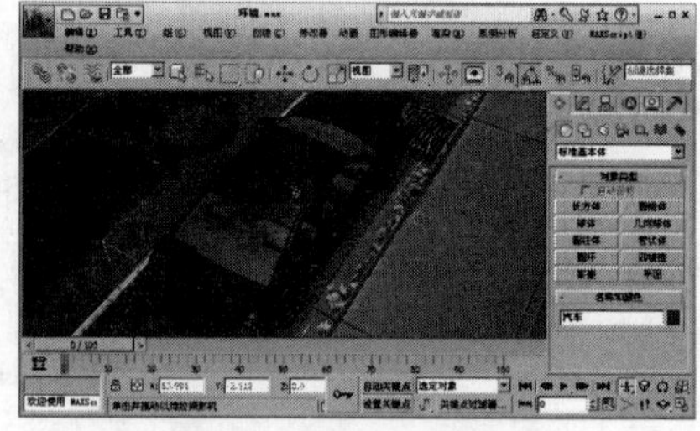

图1-15 合并后的效果

4. 另存文件，操作步骤如图 1-16 所示。

(1) 单击软件界面左上角的按钮，在弹出的菜单中选择【保存为】/【另存为】命令，打开【文件另存为】对话框。

(2) 在【文件另存为】对话框中选择附盘文件"素材\第 1 章\汽车"。

(3) 在【文件名】文本框中输入文件名称"最终文件"。

(4) 单击 保存(S) 按钮，即可将当前文件保存到指定的目录下。

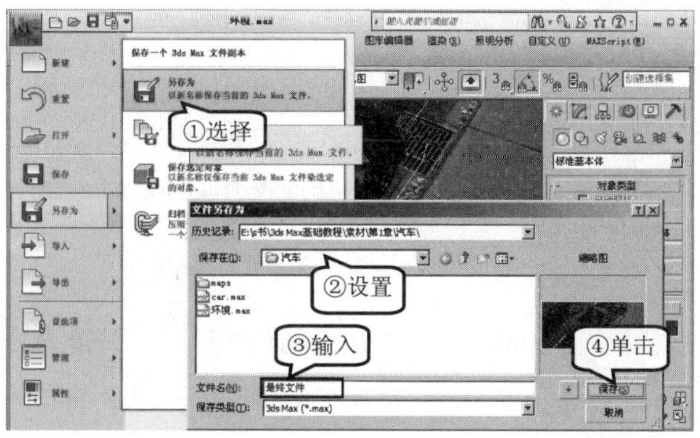

图1-16　另存文件

5. 渲染设置，操作步骤如图 1-17 所示。

(1) 在菜单栏中选择【渲染】/【渲染设置】命令，打开【渲染设置：默认扫描线渲染器】窗口。

(2) 在【渲染设置：默认扫描线渲染器】窗口中单击【公用】选项卡的【渲染输出】设置项中的 文件... 按钮，打开【渲染输出文件】对话框。

(3) 在【渲染输出文件】对话框中设置文件保存位置和保存类型。

(4) 单击 保存(S) 按钮，打开【PNG 配置】对话框。

(5) 在【PNG 配置】对话框中单击 确定 按钮，完成渲染设置。

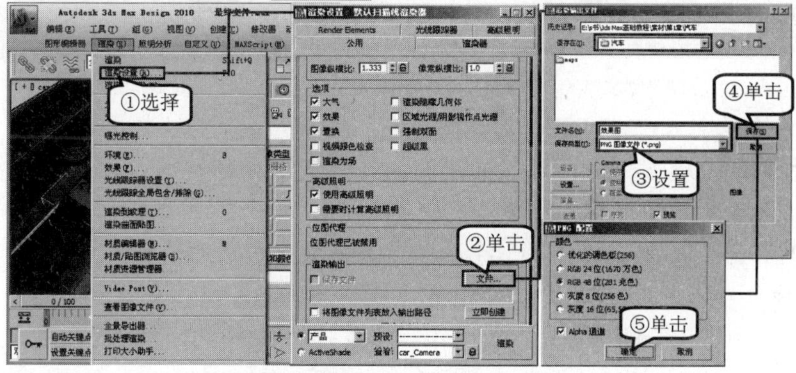

图1-17　渲染设置

6. 在【渲染设置：默认扫描线渲染器】窗口中单击 渲染 按钮，软件会自动开始渲染，最终渲染效果如图 1-18 所示。

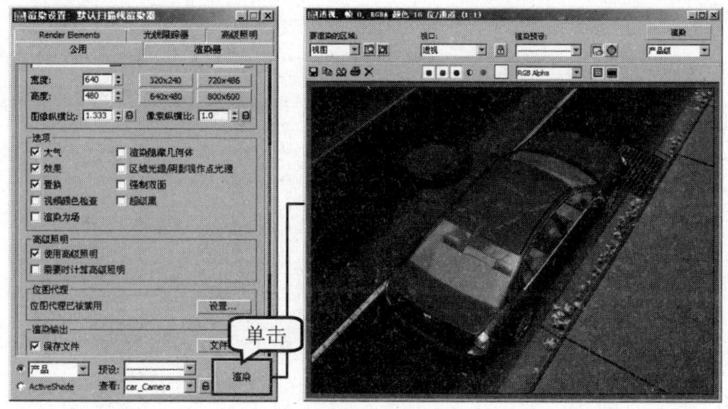

图1-18　渲染效果

1.4.2 选择对象

通常情况下，3ds Max 2010 中的大多数操作都是针对场景中的特定对象进行的，所以必须事先在视图区选择对象，然后才能应用一些修改操作。3ds Max 2010 选择对象的方法主要有 3 种：直接选择、区域选择和选择物体。

一、 直接选择

所谓的直接选择，是指以鼠标单击的方式选择物体，这是一种最为简单的选择方式，用户只需要观察视图中鼠标指针的位置以及鼠标指针的形状变化，就可以判断出物体是否被选择，具体的操作步骤如下。

1. 运行 3ds Max 2010 软件，然后打开附盘文件“素材\第 1 章\选择对象\选择对象.max”，如图 1-19 所示。
2. 直接选择车顶，操作步骤如图 1-20 所示。

图1-19 打开附盘文件

图1-20 直接选择车顶

(1) 在工具栏上单击按钮（快捷键为Q）。
(2) 把鼠标指针放在视图中“车顶”的上面，此时鼠标指针将以白色十字形显示，并显示出对象的名称。
(3) 单击可选中“车顶”，被选中的“车顶”周围将显示白色的边框。

二、 区域选择

区域选择也叫框选，即使用鼠标拖曳出一个区域，从而选中区域内的所有物体。在 3ds Max 2010 中有 5 种选择范围类型：矩形选区、圆形选区、围栏选区、套索选区和绘制选择区域。

在菜单栏中选择【编辑】/【选择区域】命令，可看到选择范围的 5 种类型，如图 1-21 所示。通常在设计时，也可以通过连续按Q键来对选择区域进行切换。

1. 运行 3ds Max 2010 软件，然后打开附盘文件“素材\第 1 章\选择对象\选择对象.max”，按Alt+W组合键切换为四视图显示模型，如图 1-22 所示。
2. 区域选择车子的全部对象，操作步骤如图 1-23 所示。

(1) 在工具栏上单击按钮。
(2) 在左视图中按住鼠标左键不放，然后拖动鼠标拖曳出一个矩形选择范围，将车的形状全部包含在范围内。
(3) 释放鼠标左键即可选中车子的全部对象。

图1-21 选择范围类型

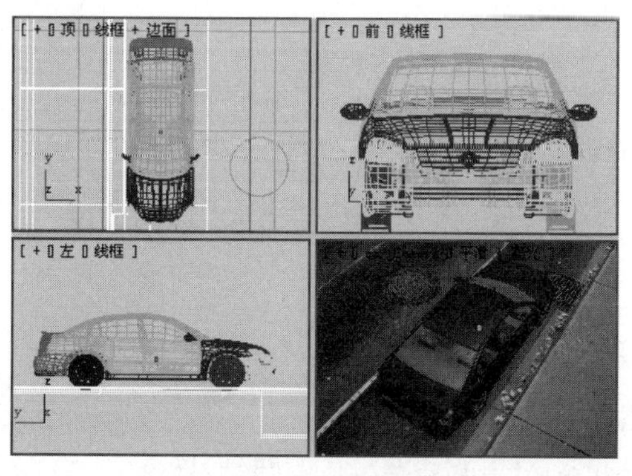

图1-22　打开附盘文件

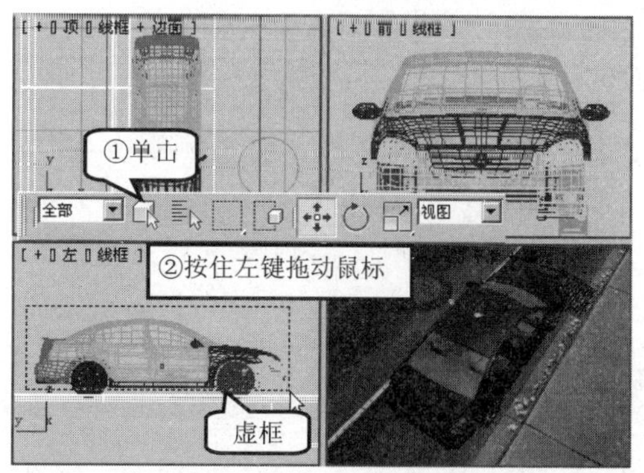

图1-23　区域选择车子全部对象

3ds Max 2010 默认的选择范围类型是矩形，所以省略范围类型的设置步骤。

三、 按名称选择

当场景中有很多物体时，使用鼠标来选择物体就变得比较困难，这时可以通过物体名称进行选择，但其前提条件是必须知道被选择物体的名称，因此在创建物体时，为物体指定一个具有意义的名称是很重要的，按名称选择的具体步骤如下。

1. 运行 3ds Max 2010 软件，然后打开附盘文件“素材\第 1 章\选择对象\选择对象.max”，如图 1-24 所示。
2. 按名称选择车子的全部对象，操作步骤如图 1-25 所示。

(1) 在工具栏上单击按钮（快捷键为 H ），打开【从场景选择】窗口。

(2) 在【从场景选择】窗口中，按住 Shift 键不放可连续选择与车有关的对象。

(3) 单击 确定 按钮，即可选中车子的全部对象。

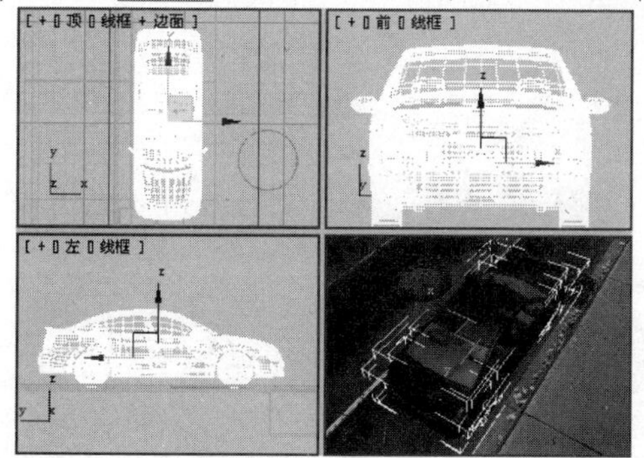

图1-24　打开的文件

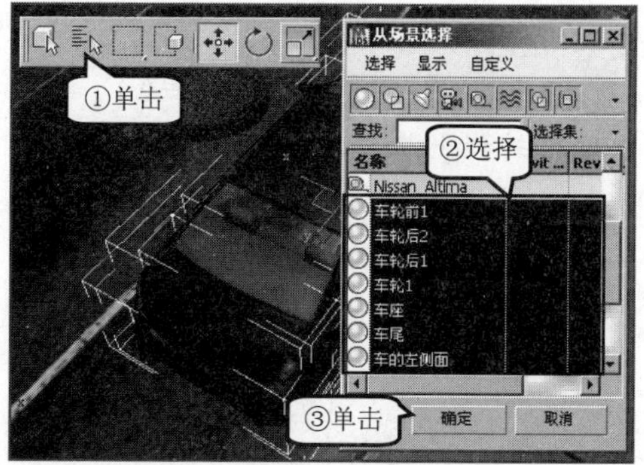

图1-25　按名称选择车子全部对象

1.4.3 编辑对象

当物体被选中后，可以对它进行编辑和加工等操作。3ds Max 2010 对物体的编辑功能非常强大，包括改变物体大小、位置、颜色、形状，以及复制对象等。下面介绍几种常用的编辑操作方法。

1. 运行 3ds Max 2010 软件，然后打开附盘文件“素材\第 1 章\编辑对象\编辑对象.max”，如图 1-26 所示。

2. 复制对象，操作步骤如图 1-27 所示。

(1) 在工具栏上单击按钮，选中场景中的“海豹”对象。

(2) 按住 Shift 键不放，在顶视图中按住鼠标左键沿 x 轴拖动对象，到一定距离后释放鼠标左键，即可弹出【克隆选项】对话框。

(3) 在【克隆选项】对话框中的【对象】设置项中点选 复制 选项。

(4) 设置【副本数】为“1”。

(5) 单击 确定 按钮，即可复制出一只海豹。

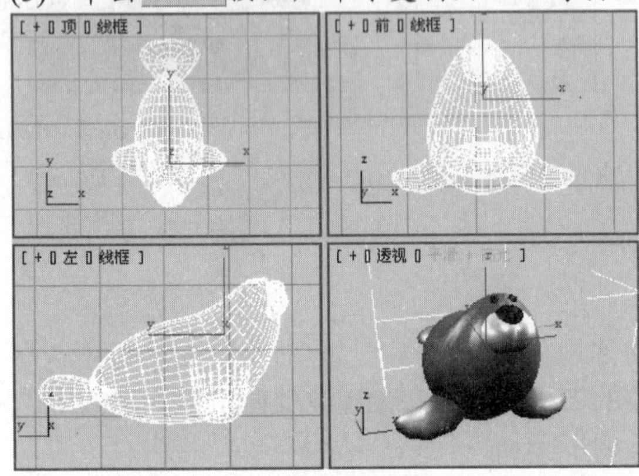

图1-26 打开模板

图1-27 复制对象

3. 缩放对象，操作步骤如图 1-28 所示。

(1) 选中复制出来的“海豹”对象。

(2) 在工具栏上单击按钮。

(3) 把鼠标指针放在“海豹”上，当鼠标指针为形状时，按住鼠标左键不放并向下拖动，即可缩小该对象。

4. 旋转对象，操作步骤如图 1-29 所示。

(1) 选中复制出来的“海豹”对象。

(2) 在工具栏上单击按钮。

(3) 把鼠标指针放在“海豹”上，当鼠标指针变成旋转箭头时，按住鼠标左键不放并左右拖动，即可旋转该对象。

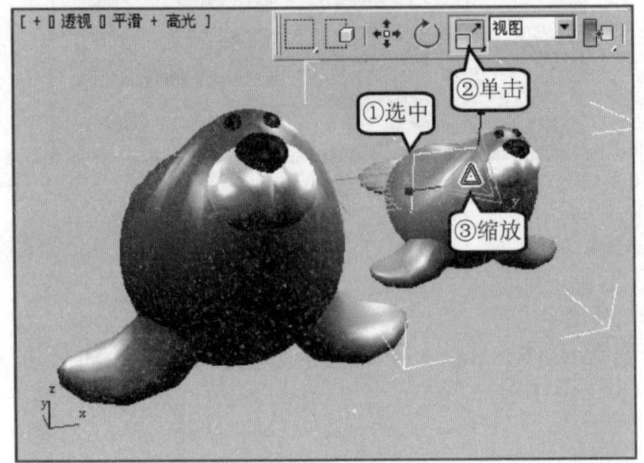

图1-28 缩放对象

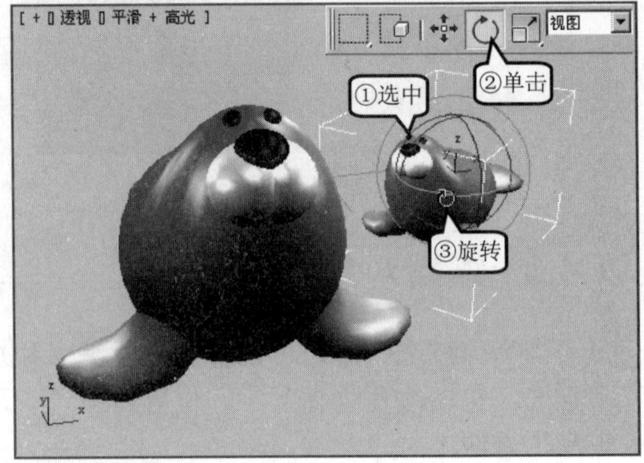

图1-29 旋转对象

1.5　教师辅导

第一问：

我在设计作品时，不小心将工具栏关闭或者将工作面板拖得很混乱，但又不知道怎么调整使其恢复原来的效果，如何处理？

解答一：

作为 3ds Max 2010 的初级用户，不可避免地出现这种问题，当工具栏、视图或其他界面元素出现问题但又不知道该如何改正时，都可以在菜单栏中选择【自定义】/【还原为启动布局】命令，即可将界面还原为启动布局，如图 1-30 所示。

第二问：

自从我熟悉了视口切换的快捷键后，就基本不再使用视图右上角的视图切换控件，有时候，反而觉得它挡住了对象，可以将它关闭吗？

解答二：

当然可以，在菜单栏中选择【视图】/【ViewCube】/【显示 ViewCube】命令，即可关闭视图切换控件。

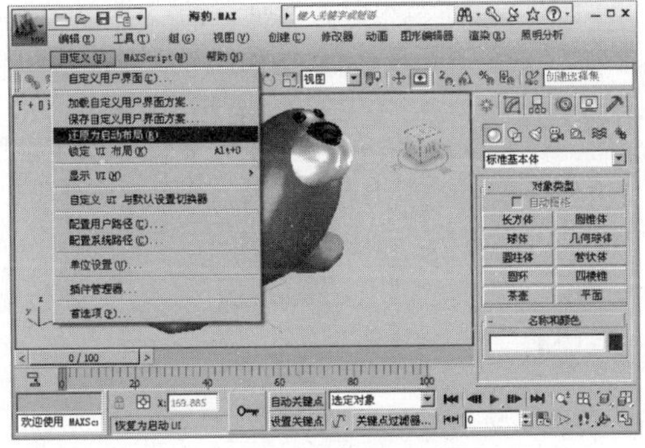

图1-30　还原为启动布局

1.6　一章一技巧——常用快捷键

用户在使用 3ds Max 2010 设计作品的过程中，如果都通过鼠标操作来实现效果很不方便，而且效率比较低，要想快速高效地完成作品的设计需要撑握一些常用的快捷键。本章的一章一技巧为用户提供了一些常用的快捷键及其功能，如表 1-2 所示。

表 1-2　　3ds Max 2010 常用快捷键及功能

快捷键	功能	快捷键	功能
A	角度捕捉开关	B	切换到底视图
C	切换到摄像机视图	D	封闭视窗
E	切换到轨迹视图	F	切换到前视图
G	切换到网格视图	H	显示通过名称选择对话框
I	交互式平移	K	切换到后视图
L	切换到左视图	N	动画模式开关

续表

快捷键	功能	快捷键	功能
O	自适应退化开关	P	切换到预览视图
R	切换到右视图	S	捕捉开关
T	切换到顶视图	U	切换到用户视图
W	最大化视窗开关	X	中心点循环
Z	缩放模式	[	交互式移近
]	交互式移远	/	播放动画
F5	约束到 x 轴方向	F6	约束到 y 轴方向
F7	约束到 z 轴方向	F8	约束轴面循环
Space	选择集锁定开关	End	进入最后一帧
Home	进到起始帧	Insert	循环子对象层级
PageUp	选择父系	PageDown	选择子系
Num+	向上轻推网格	Num-	向下轻推网格
Ctrl+A	选中场景中所有对象	Ctrl+B	子对象选择开关
Ctrl+F	循环选择模式	Ctrl+L	默认灯光开关
Ctrl+N	新建场景	Ctrl+O	打开文件
Ctrl+P	平移视图	Ctrl+R	旋转视图模式
Ctrl+S	保存文件	Ctrl+T	纹理校正
Ctrl+W	区域缩放模式	Ctrl+Z	取消场景操作
Ctrl+Space	创建定位锁定键	Shift+A	重做视窗操作
Shift+B	视窗立方体模式开关	Shift+C	显示摄像机开关
Shift+E	以前次参数设置进行渲染	Shift+F	显示安全框开关
Shift+G	显示网格开关	Shift+H	显示辅助物体开关
Shift+I	显示最近渲染生成的图像	Shift+L	显示灯光开头
Shift+O	显示几何体开关	Shift+P	显示粒子系统开关
Shift+Q	快速渲染	Shift+R	渲染场景
Shift+S	显示形状开关	Shift+W	显示空间扭曲开关
Shift+Z	取消视窗操作	Shift+4	切换到聚光灯/平行灯光视图
Ctrl+Shift+Z	全部场景范围充满视图	Shift+Space	创建旋转锁定键
Alt+S	网格与捕捉设置	Alt+Space	循环通过捕捉
Alt+Ctrl+Z	场景范围充满视窗	Alt+Ctrl+Space	偏移捕捉
Ctrl+Shift+A	自适应透视网线开关	Ctrl+Shift+P	百分比捕捉开关

第2章　三维建模

3ds Max 2010 制作的作品中最基本的对象是模型，所以制作作品的第一步是创建模型。3ds Max 2010 提供了 3 种建模方式，即三维建模、二维建模和高级建模。其中三维建模是最直接且最初级的建模方式，这种建模方式比较简单，而且容易操作。本章针对三维建模技术进行集中讨论，并总结一些常用的三维建模技术。

2.1　基本体建模——制作“自行车车轮”

所谓基本体建模，就是利用 3ds Max 2010 软件提供的基本几何体搭建造型，从而制作出各种模型，如图 2-1 所示。

图2-1　基本体建模

2.1.1　基础知识——基本体的创建

基本体建模非常简单，只要通过鼠标拖动就可以制作出常用的几何对象。3ds Max 2010 提供的基本体主要有 3 种类型：标准基本体、扩展基本体和建筑对象。

一、　创建标准基本体

(1)　标准基本体的类型。

3ds Max 2010 为用户提供了 10 种类型的标准基本体，如图 2-2 所示。

(2)　创建标准基本体的方法。

创建标准基本体的方法十分简单，一般步骤如下。

- 按下一个对象类型按钮。
- 在视口中单击或拖动以创建近似大小和位置的对象。
- 立即调整对象的参数和位置或以后再执行相关操作。

例如，创建一个长方体对象的操作步骤如下。

①　选择【长方体】工具，操作步骤如图 2-3 所示。

i.　单击按钮切换到【创建】面板。

ii.　单击按钮切换到【几何体】面板。

iii.　在类型下拉列表中选择【标准基本体】选项。

iv.　单击 长方体 按钮，即可选择【长方体】工具。

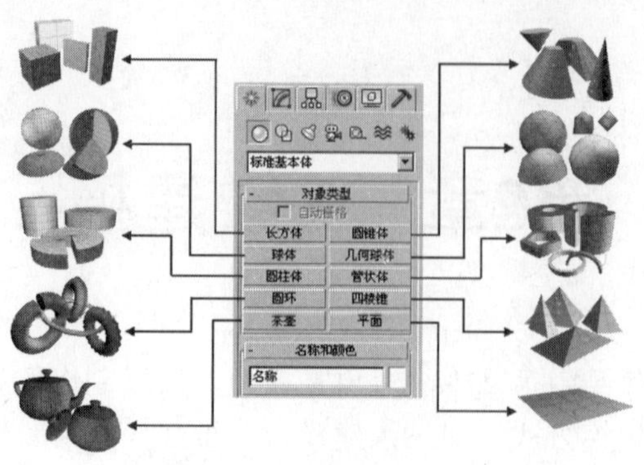

图2-2　标准基本体的类型

② 绘制长方体。

i. 按住鼠标左键拖出底面，如图 2-4 所示。

ii. 按住鼠标左键不放拖出高度，如图 2-5 所示。

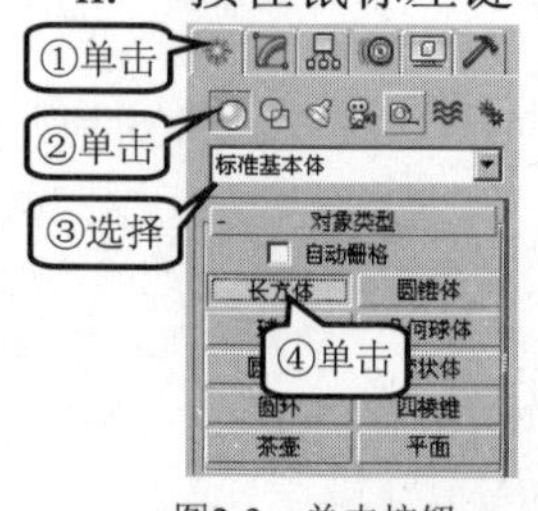

图2-3　单击按钮

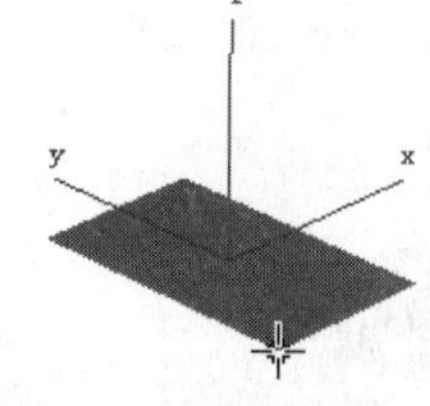

图2-4　拖出底面

图2-5　拖出高度

③ 修改参数，操作步骤如图 2-6 所示。

i. 选中对象。

ii. 单击按钮切换到【修改】面板。

iii. 在【参数】卷展栏中设置对象参数。

二、 创建扩展基本体

(1) 扩展基本体的类型。

3ds Max 2010 为用户提供了 13 种类型的扩展基本体，如图 2-7 所示。

(2) 扩展基本体的创建方法。

扩展基本体的创建方法与基本体的创建方法类似，读者可参阅创建基本体的方法进行相关操作。

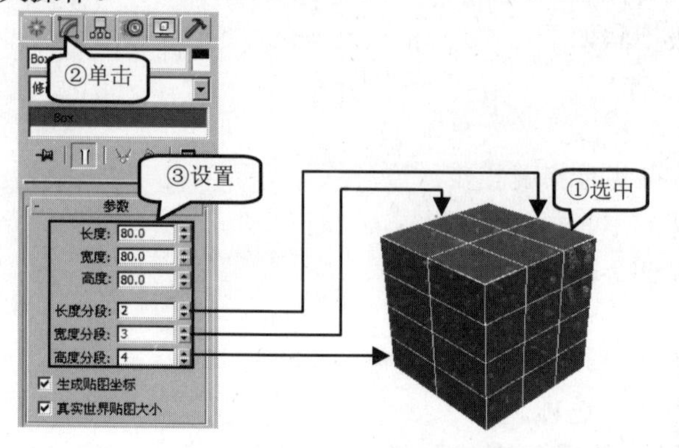

图2-6　修改参数

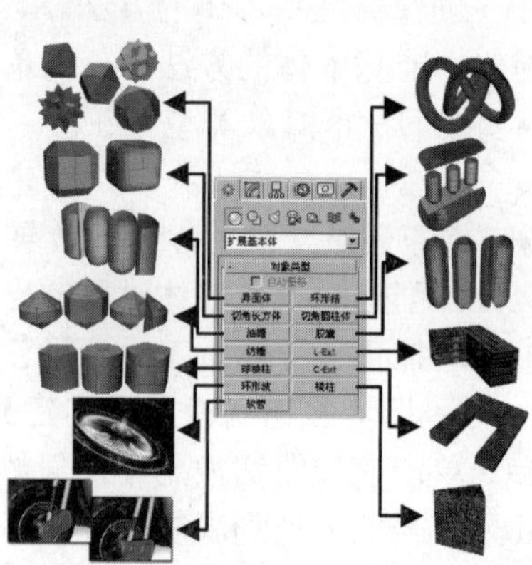

图2-7　扩展基本体的类型

三、 创建建筑对象

(1) 建筑对象的类型。

所谓的建筑对象是指可用作构建家庭、企业和类似项目的模型块。这些对象包括 AEC 扩展（植物、栏杆和墙）、楼梯、门、窗等，如表 2-1 所示。

表 2-1　　AEC 扩展、楼梯、门、窗

名称	样式
AEC 扩展	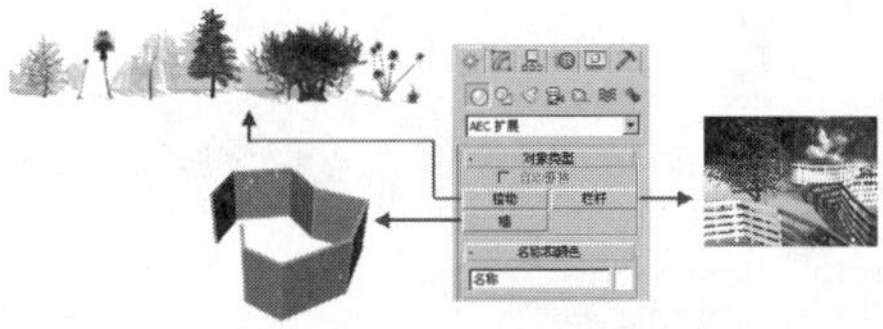
楼梯	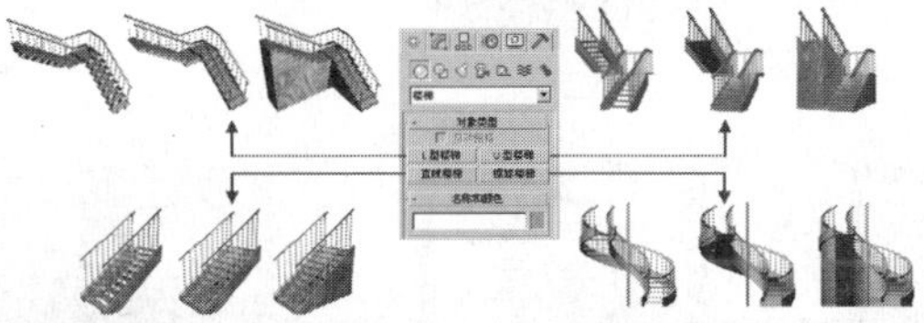
门	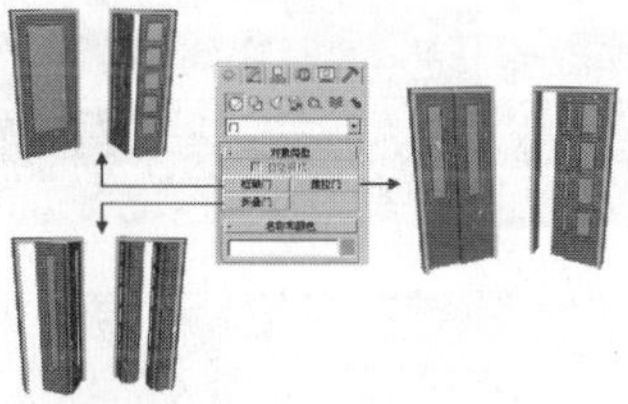
窗	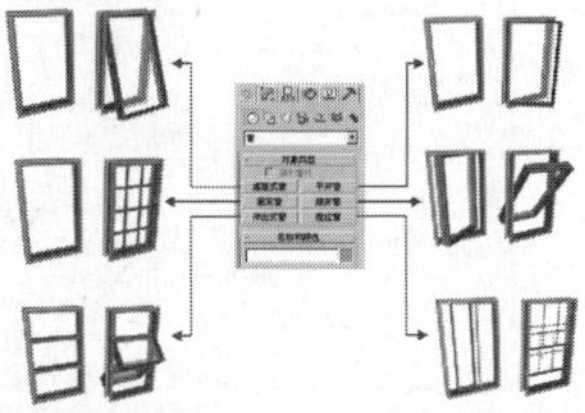

(2) 建筑对象的创建方法。

创建建筑对象的方法也比较简单，与创建标准基本体的方法基本相同，但建筑对象创建完成后，需要进入【修改】面板对其参数进行修改才能显现出比较好的效果。

图 2-8 所示为使用鼠标创建的一个“枢轴门”，在修改参数之前很难辨认出它具体是何种对象，通过如图 2-9 所示的修改后才能成为可用的“枢轴门”对象。

图2-8　创建枢轴门

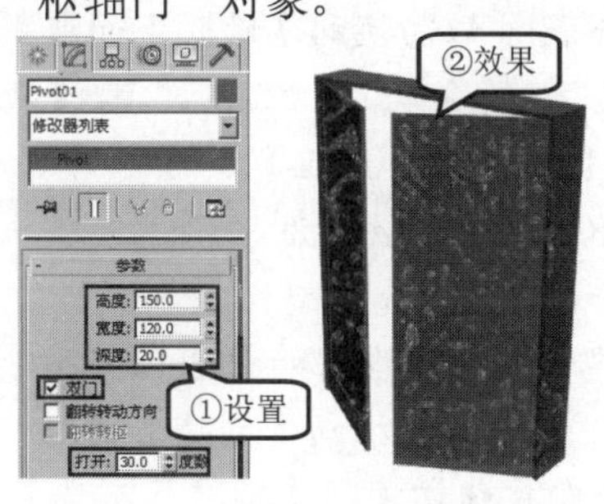

图2-9　设置参数

2.1.2 案例剖析——制作“自行车车轮”

【案例剖析】

本案例使用标准基本体和扩展基本体与 3ds Max 2010 提供的阵列、镜像等工具相结合搭建自行车的车轮，然后使用合并的方法创建自行车的其他结构。最终效果如图 2-10 所示。

图2-10 最终效果

【操作思路】

【步骤提示】

1. 制作车胎。

(1) 运行 3ds Max 2010 软件。

(2) 创建车胎，操作步骤如图 2-11 所示。

① 单击按钮切换到【创建】面板。

② 单击按钮切换到【标准基本体】面板。

③ 单击 圆环 按钮。

④ 在前视图上拖动鼠标创建一个圆环。

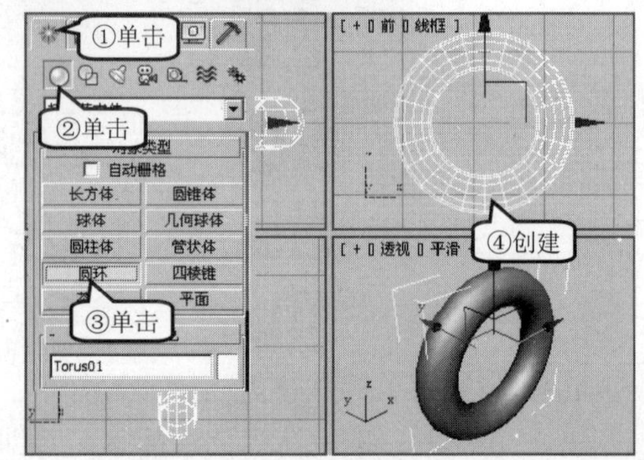

图2-11 创建车胎

(3) 设置车胎的参数，操作步骤如图 2-12 所示。

① 选中场景中的圆环。

② 单击按钮切换到【修改】面板。

③ 在【参数】卷展栏中设置【半径 1】为“210”、【半径 2】为“30”、【分段】为“48”和【边数】为“7”。

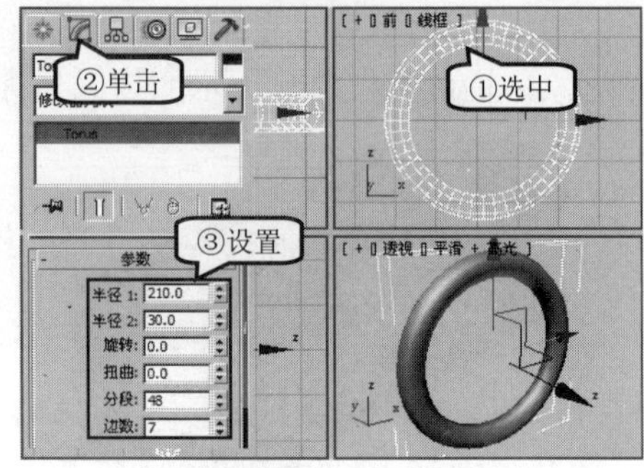

图2-12 设置车胎的参数

2. 制作车轮的轴。

(1) 创建轴，操作步骤如图 2-13 所示。

① 单击按钮切换到【创建】面板。

② 单击按钮切换到【标准基本体】面板。

③　单击 圆柱体 按钮。

④　在前视图上拖动鼠标创建一个圆柱体。

(2)　设置轴的参数，操作步骤如图 2-14 所示。

①　选中场景中的圆柱体。

②　单击按钮切换到【修改】面板。

③　在【参数】卷展栏中设置【半径】为“7”、【高度】为“140”。

(3)　对齐车胎与轴，操作步骤如图 2-15 所示。

①　选中场景中的“轴”对象。

②　在工具栏上单击按钮。

③　拾取场景中的圆环，即可弹出【对齐当前选择】对话框。

④　在【对齐当前选择】对话框的【对齐位置（世界）】设置项中勾选 ☑ X位置、☑ Y位置和 ☑ Z位置选项。

⑤　在【当前对象】和【目标对象】设置项中点选 ◉ 中心 选项。

⑥　单击 确定 按钮，即可将轴的中心与圆环的中心在 x、y、z 3 个轴向上的位置重合。

图2-13　创建轴

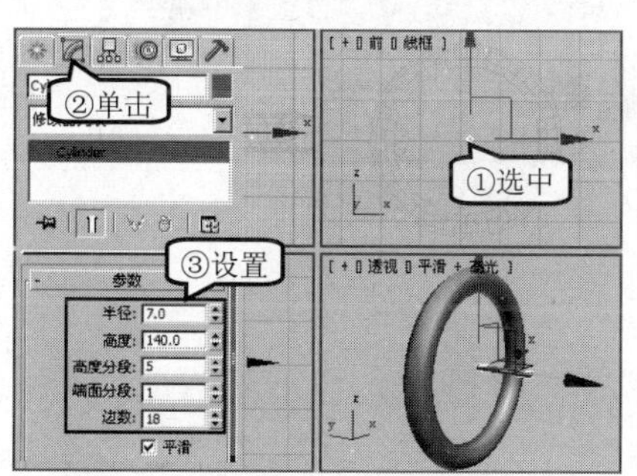

图2-14　设置轴的参数

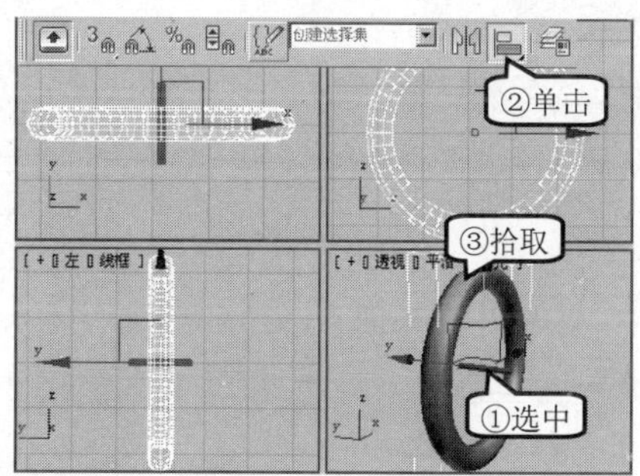

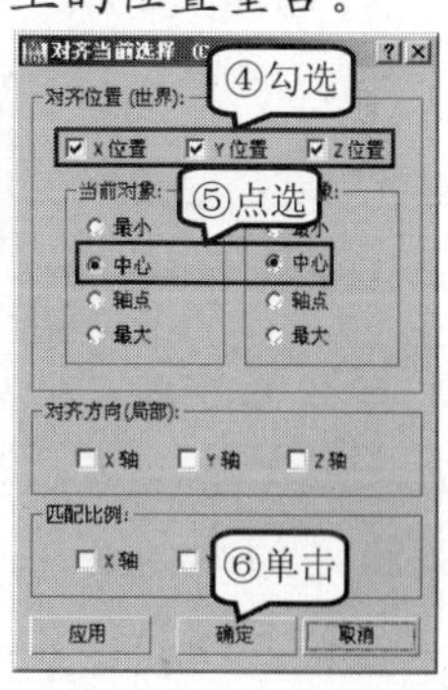

图2-15　对齐车胎与轴

(4)　创建轴的端面，操作步骤如图 2-16 所示。

①　按照上面的方法，在前视图中创建一个圆柱体。

②　在【修改】面板的【参数】卷展栏中设置【半径】为“20”、【高度】为“2”。

③　按照上面的方法，将新建的圆柱体与创建的车轮轴的中心对齐。

(5)　设置端面的位置，操作步骤如图 2-17 所示。

①　单击工具栏上的按钮。

②　选中场景中的圆柱体，在透视图中沿 y 轴方向移动圆柱体，使其与车轴的顶端相距一小段距离。

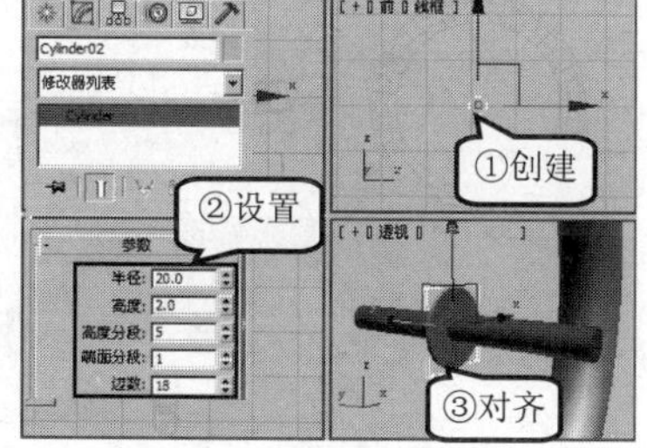

图2-16　创建轴的端面

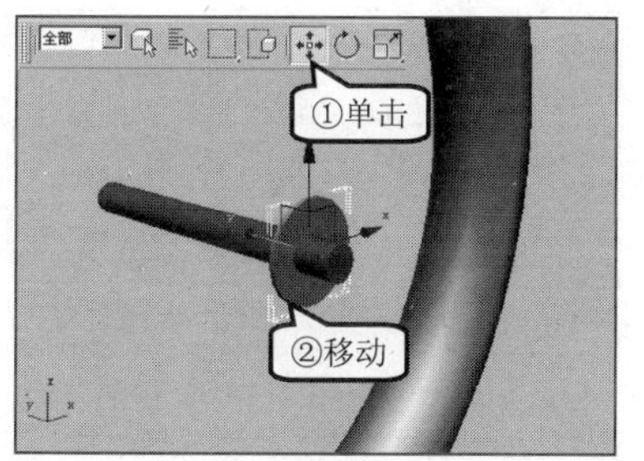

图2-17　设置端面的位置

3. 制作车轮的辐条。

(1) 创建辐条，操作步骤如图 2-18 所示

① 单击【创建】/【标准基本体】面板上的 圆柱体 按钮，在顶视图上创建一个圆柱体。

② 在【修改】面板的【参数】卷展栏中设置【半径】为“1.5”，【高度】为“200”。

③ 在工具栏上单击按钮。

④ 在前视图中选中圆柱体，并移动到轴端面轮廓的边缘处。

(2) 旋转辐条，操作步骤如图 2-19 所示。

① 选中场景中的辐条。

② 在工具栏上用鼠标右键单击（右击）按钮，打开【旋转变换输入】对话框。

③ 在【旋转变换输入】对话框中设置【绝对：世界】/【X】为“-15”、【Y】为“-8”、【Z】为“2.5”。

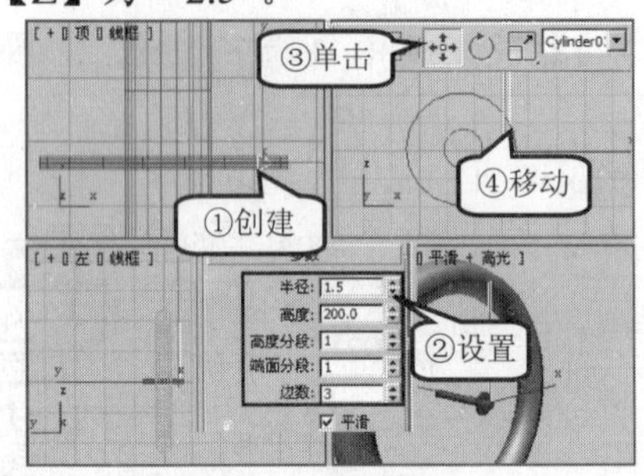

图2-18 创建辐条

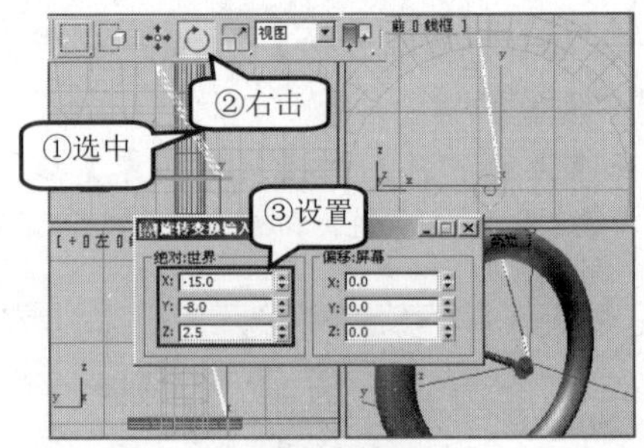

图2-19 旋转辐条

4. 镜像复制车轮的辐条。

(1) 设置参考坐标系，操作步骤如图 2-20 所示。

① 在工具栏上单击 视图 按钮，打开【选择参考坐标系】下拉列表。

② 在下拉列表中选择【拾取】选项。

③ 选中场景的圆环，使圆环的坐标系作为整个场景的参考坐标系。

④ 在工具栏上单击按钮，展开【使用中心】下拉列表，然后选择最后一个选项，这样可使所有物体使用圆环的坐标中心为自己的坐标中心。

(2) 镜像复制车轮的辐条，操作步骤如图 2-21 所示。

① 选中场景中的辐条。

② 在工具栏上单击按钮，弹出【镜像：Torus01 坐标】对话框。

③ 在【镜像：Torus01 坐标】对话框中的【镜像轴】设置项中点选 X 选项。

④ 在【克隆当前选择】设置项中点选 复制 选项。

⑤ 单击 确定 按钮，完成复制。

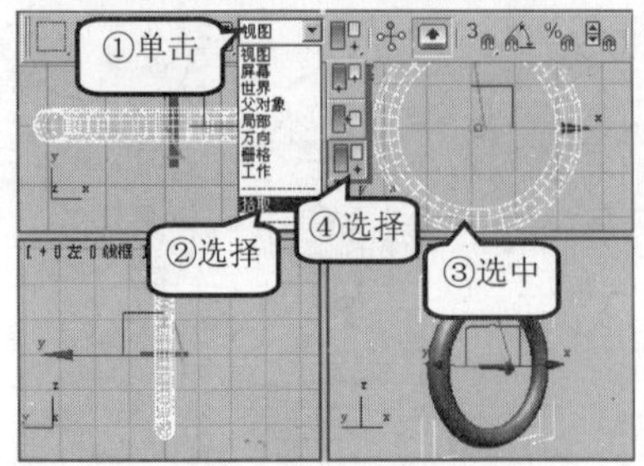

图2-20 设置参考坐标系

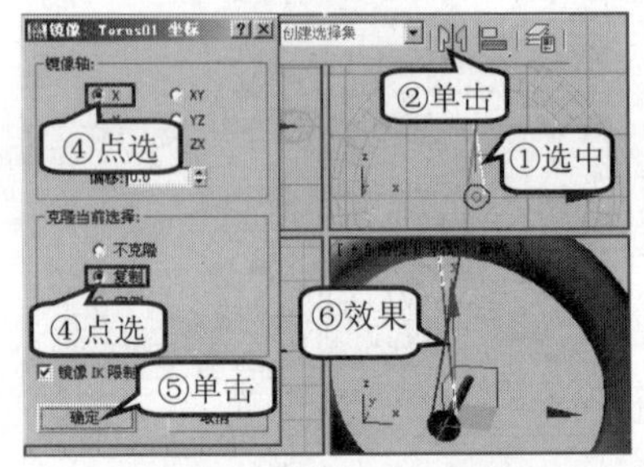

图2-21 镜像复制车轮的辐条

要点提示　镜像是指使用一个对话框来创建选定对象的镜像克隆或在不创建镜像克隆的情况下镜像对象的方向，如图 2-22 所示。镜像过程中是以当前坐标系的中心进行镜像，不同的坐标系会产生不同位置的镜像效果。

图2-22　镜像效果

(3) 组合辐条，操作步骤如图 2-23 所示。

① 在工具栏上打开 Torus01 下拉列表，然后选择【视图】选项。

② 选中场景中的两根辐条。

③ 在菜单栏中选择【组】/【成组】命令，弹出【组】对话框。

④ 在【组】对话框中设置【组名】为“辐条组”。

⑤ 单击 确定 按钮，将两根辐条组合为一个整体。

要点提示　选中成组后的对象，可在菜单栏中选择【组】/【解组】命令，将该组解散为独立的对象。

(4) 再次设置参考坐标系，其操作步骤与上面的操作步骤完全一致，如图 2-24 所示。

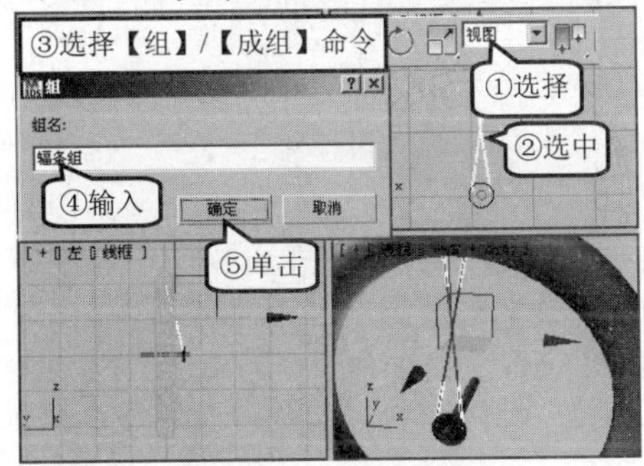

图2-23　组合辐条

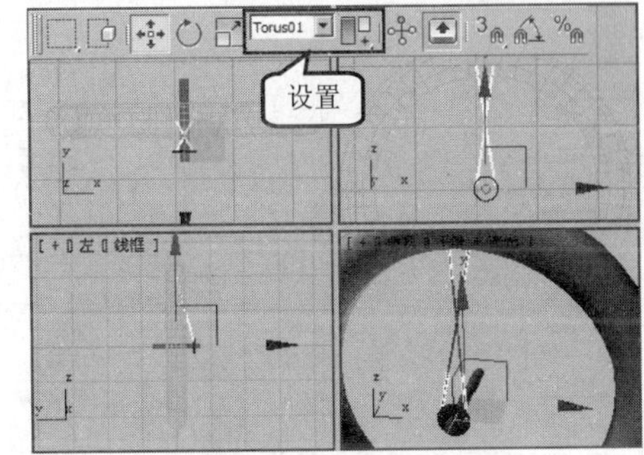

图2-24　设置参考坐标系

(5) 阵列复制辐条组，操作步骤如图 2-25 所示。

① 选中场景中的“辐条组”对象。

② 在菜单栏中选择【工具】/【阵列】命令，弹出【阵列】对话框。

③ 在【阵列】对话框中单击【旋转】右边的 > 按钮。

④ 在 z 轴对应的输入框中输入“360”，在【对象类型】设置项中点选 实例 选项，在【阵列维度】设置项中的【数量】下方的输入框中输入“14”。

⑤ 单击 确定 按钮，完成复制。

要点提示　在参数设置完成后，可单击对话框右侧的 预览 按钮预览设置效果。

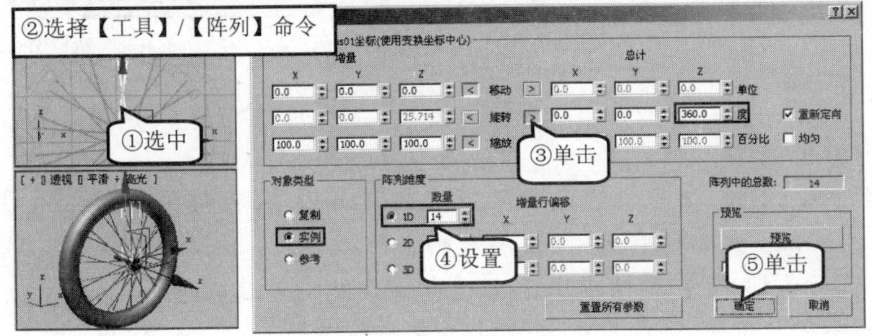

图2-25　阵列复制辐条组

(6) 复制车轮另一侧的辐条，操作步骤如图 2-26 所示。

① 选中场景中所有辐条和轴的端面。

② 单击工具栏上的按钮，弹出【镜像：Torus01 坐标】对话框。

③ 在【镜像：Torus01 坐标】对话框中的【镜像轴】设置项中点选 Z 选项。

④ 在【克隆当前选择】设置项中点选 复制 选项。

⑤ 单击 确定 按钮，完成复制。

要点提示 【镜像：Torus01 坐标】对话框名称中的“Torus01”为镜像操作中的参考坐标系，通过从名称的观察就能确定选择的参考坐标系是否正确。

(7) 旋转辐条，操作步骤如图 2-27 所示。

① 在顶视图中选中车轮一侧的辐条。

② 单击工具栏上的按钮。

③ 在前视图中旋转辐条，使车轮两侧的辐条错开。

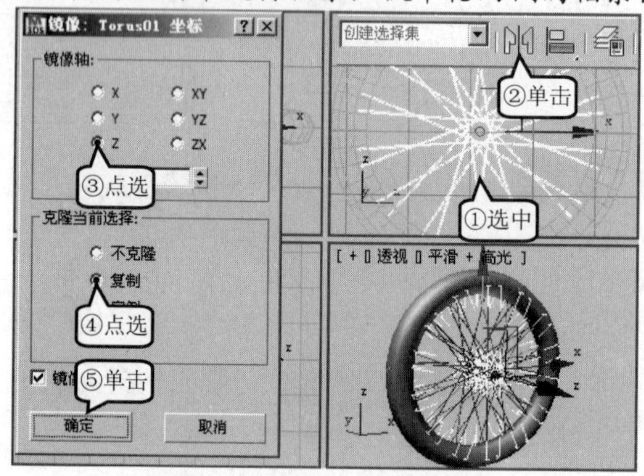

图2-26 复制车轮另一侧的辐条

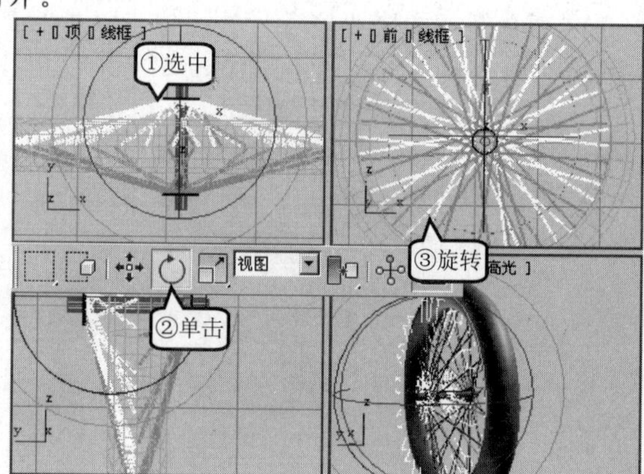

图2-27 旋转辐条

5. 组合自行车。

(1) 组合所有对象，操作步骤如图 2-28 所示。

① 按 Ctrl + A 组合键选中所有的对象。

② 在菜单栏中选择【组】/【成组】命令，弹出【组】对话框。

③ 在【组】对话框中设置【组名】为“车轮”。

④ 单击 确定 按钮，将所有对象组合为一个整体。

图2-28 组合所有对象

(2) 导入自行车其他结构，操作步骤如图 2-29 所示。

① 单击软件界面左上角的按钮，在弹出的菜单中选择【导入】/【合并】命令，弹出【合并文件】对话框。

② 在【合并文件】对话框中选中附盘文件“素材\第 2 章\自行车车轮\自行车结构.max”。

③ 单击 打开(O) 按钮，弹出【合并-自行车结构】对话框。

④ 在【合并-自行车结构】对话框中选中【自行车结构】选项。

⑤ 单击 确定 按钮，即可将自行车其他结构导入到场景。

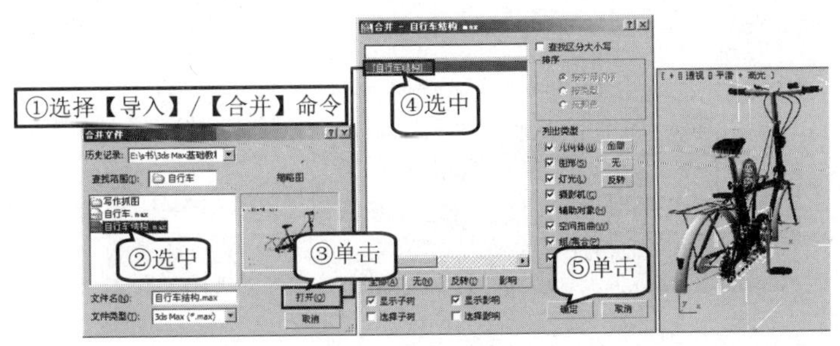

图2-29　导入自行车其他结构

(3) 设置车论的大小和位置，操作步骤如图 2-30 所示。

① 选中场景中的车轮。

② 在工具栏上右击按钮，弹出【缩放变换输入】对话框。

③ 在【缩放变换输入】对话框中设置【绝对：局部】/【X】为“250”、【Y】为“250”、【Z】为“250”。

④ 在工具栏上右击按钮，弹出【移动变换输入】对话框。

⑤ 在【移动变换输入】对话框中设置【绝对：世界】/【Y】为“-985”、【Z】为“-895”。

(4) 复制车轮，操作步骤如图 2-31 所示。

① 在工具栏上单击按钮，在透视图中按住 Shift 键沿 y 轴移动对象，弹出【克隆选项】对话框。

② 在【克隆选项】对话框中点选 复制 选项，并设置【副本数】为“1”。

③ 单击 确定 按钮，完成复制。

④ 在工具栏上右击按钮，弹出【移动变换输入】对话框。

⑤ 在【移动变换输入】对话框中设置【绝对：世界】/【Y】为“1425”、【Z】为“-895”。

(5) 按 Ctrl + S 组合键保存场景文件到指定目录，本案例制作完成。

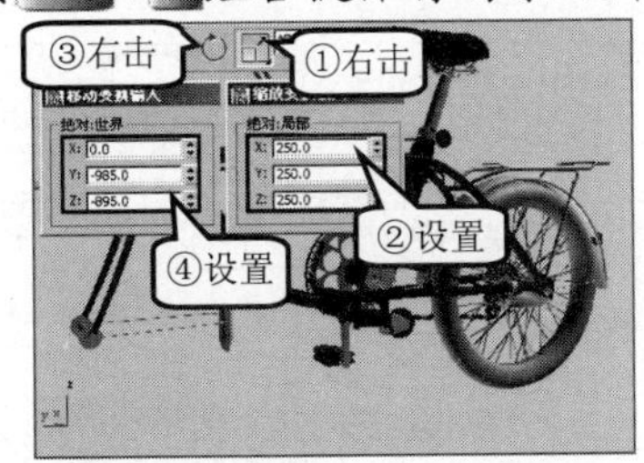

图2-30　设置车论的大小和位置

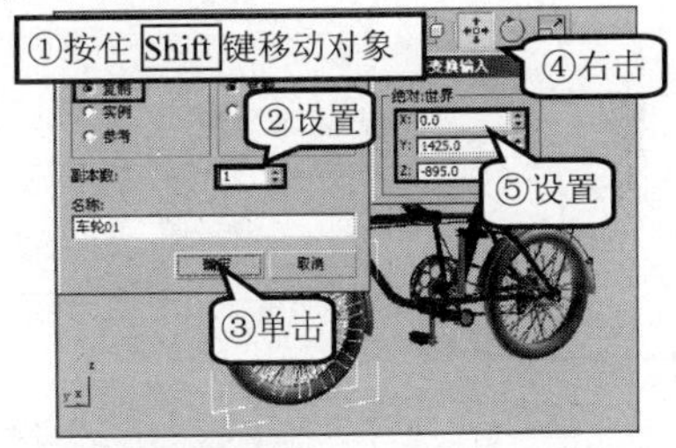

图2-31　复制车轮

2.1.3 拓展案例——制作“精美小屋”

本案例将使用标准基本体、门、窗、楼梯以及 AEC 扩展来搭建一个精美的小屋，如图 2-32 所示。

图2-32　最终效果

【操作思路】

【操作步骤】

1. 创建地面。

(1) 运行 3ds Max 2010 软件。

(2) 创建“地面”对象，操作步骤如图 2-33 所示。

① 单击【创建】/【标准基本体】面板上的 平面 按钮，在透视图上拖动鼠标创建一个平面。

② 在【修改】面板中设置平面的【名称】为“地面”。

③ 在【参数】卷展栏中设置【长度】为“200”、【宽度】为“200”。

④ 在工具栏上右击 按钮，弹出【移动变换输入】对话框。

⑤ 在【移动变换输入】对话框中设置【绝对：世界】/【X】为“0”、【Y】为“0”、【Z】为“0”。

2. 创建屋体，操作步骤如图 2-34 所示。

① 单击【创建】/【标准基本体】面板上的 长方体 按钮，在顶视图上拖动鼠标创建一个长方体。

② 在【修改】面板中设置长方体的【名称】为“屋体”。

③ 在【参数】卷展栏中设置【长度】为“100”、【宽度】为“100”、【高度】为“45”。

④ 在工具栏上右击 按钮，弹出【移动变换输入】对话框。

⑤ 在【移动变换输入】对话框中设置【绝对：世界】/【X】为“0”、【Y】为“0”、【Z】为“0”。

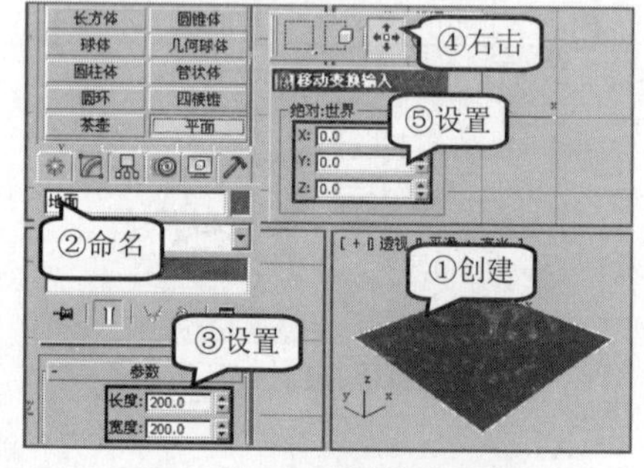

图2-33 创建地面

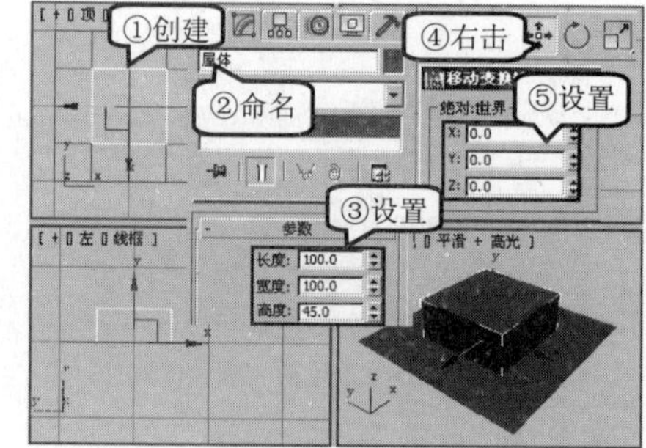

图2-34 创建屋体

3. 创建屋顶。

(1) 创建“屋顶”对象，操作步骤如图 2-35 所示。

① 单击【创建】/【标准基本体】面板上的 圆柱体 按钮，在前视图上拖动鼠标创建一个圆柱体。

② 在【修改】面板中设置圆柱体名称为“屋顶”。

③ 在【参数】卷展栏中设置【半径】为“29”、【高度】为“100”、【高度分段】为“1”、【端面分段】为“1”、【边数】为“3”。

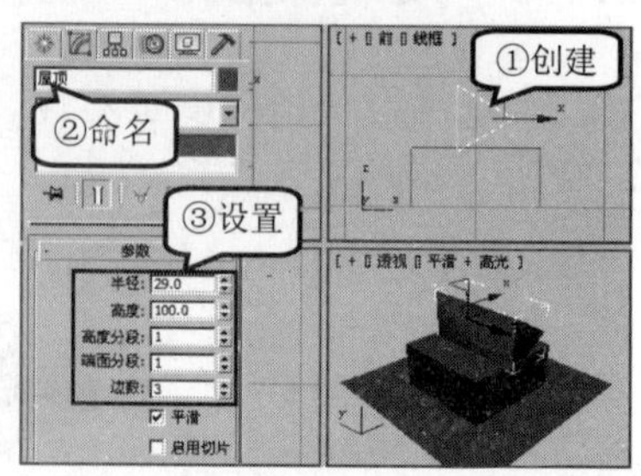

图2-35 创建屋顶

(2) 设置屋顶的角度和位置，操作步骤如图 2-36 所示。

① 在工具栏上右击按钮，弹出【旋转变换输入】对话框。

② 在【旋转变换输入】对话框中设置【绝对：世界】/【Y】为“30”。

③ 在工具栏上右击按钮，弹出【移动变换输入】对话框。

④ 在【移动变换输入】对话框中设置【绝对：世界】/【Y】为“50”、【Z】为“59.5”。

(3) 缩放屋顶，操作步骤如图 2-37 所示。

① 单击工具栏上的按钮，在弹出的下拉列表中选择选项。

② 单击按钮，弹出【缩放变化输入】对话框。

③ 在【缩放变化输入】对话框中设置【位移：屏幕】/【X】为“220”。

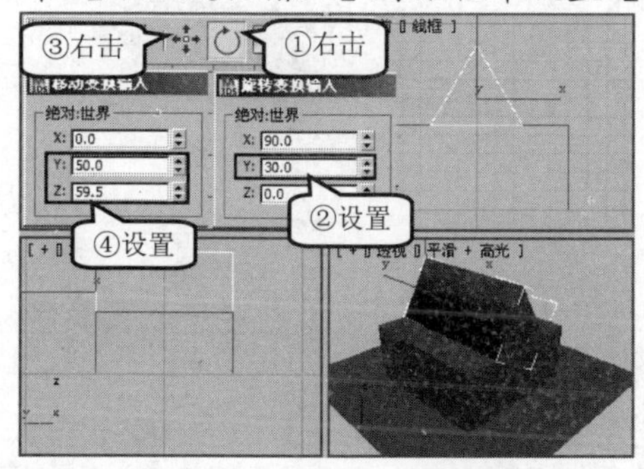

图2-36　设置屋顶的角度和位置

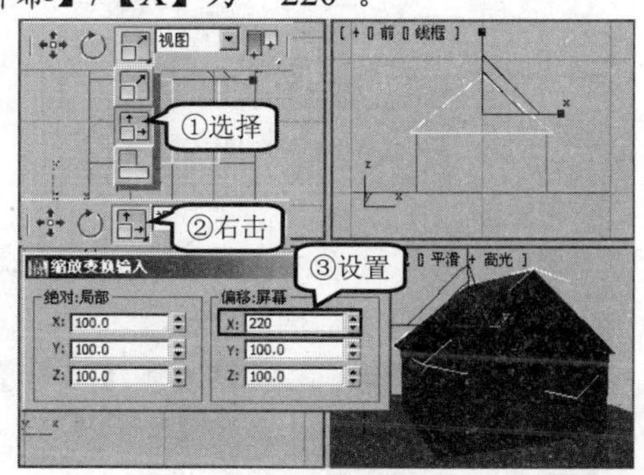

图2-37　缩放屋顶

4. 创建房檐。

(1) 创建“房檐”对象，操作步骤如图 2-38 所示。

① 单击【创建】/【标准基本体】面板上的 长方体 按钮，在前视图上创建一个长方体。

② 在【修改】面板中设置长方体【名称】为“房檐”。

③ 在【参数】卷展栏中设置【长度】为“3”、【宽度】为“71”、【高度】为“3”。

(2) 设置房檐的角度和位置，操作步骤如图 2-39 所示。

① 在工具栏上右击按钮，弹出【旋转变换输入】对话框。

② 在【旋转变换输入】对话框中设置【绝对：世界】/【Y】为“38.2”。

③ 在工具栏上右击按钮，弹出【移动变换输入】对话框。

④ 在【移动变换输入】对话框中设置【绝对：世界】/【X】为“28.5”、【Y】为“-47”、【Z】为“68”。

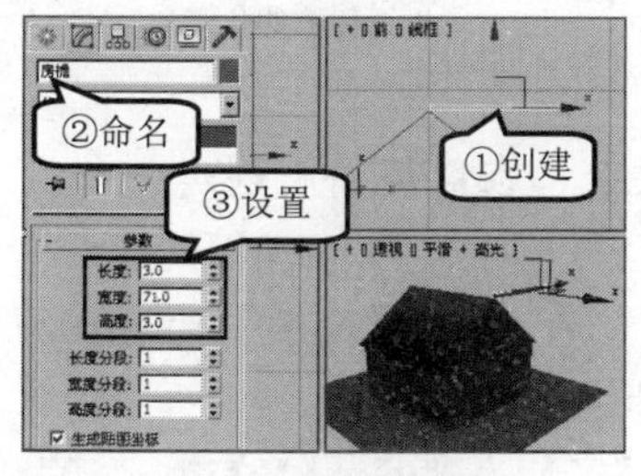

图2-38　创建房檐

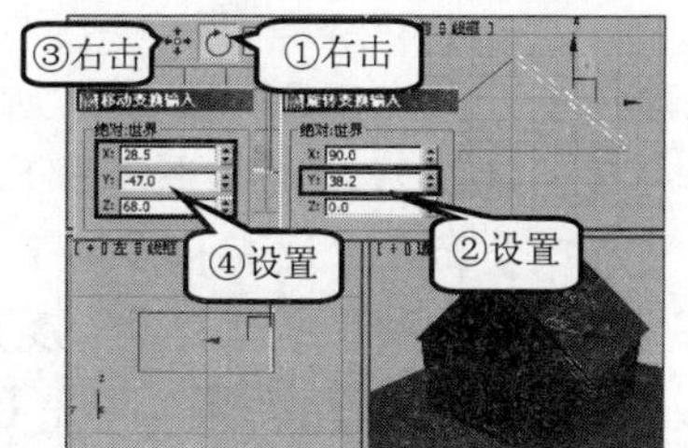

图2-39　设置房檐的角度和位置

(3) 复制房檐，操作步骤如图 2-40 所示。

① 在工具栏上单击按钮。

② 在顶视图中按住 Shift 键沿 y 轴移动对象，弹出【克隆选项】对话框。

③ 在【克隆选项】对话框中点选 复制 选项，并设置【副本数】为“1”。

④ 单击 确定 按钮，完成复制。

(4) 设置右边房檐的位置，操作步骤如图 2-41 所示。

① 在工具栏上右击 按钮，弹出【移动变换输入】对话框。

② 在【移动变换输入】对话框中设置【绝对：世界】/【Y】为“50”。

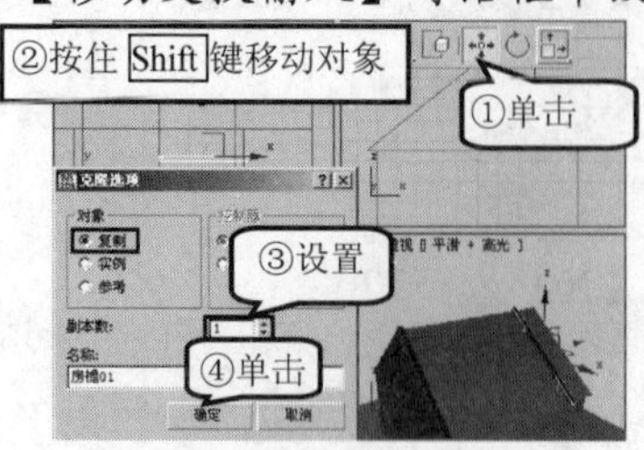

图2-40 复制房檐

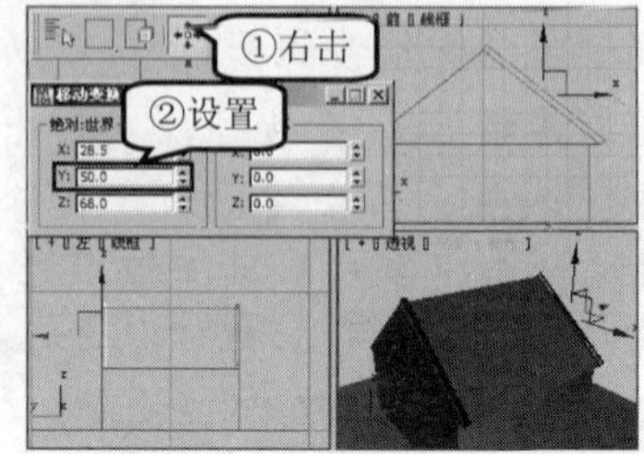

图2-41 设置右边房檐的位置

5. 创建屋檐。

(1) 创建“屋檐”对象，操作步骤如图 2-42 所示。

① 单击【创建】/【标准基本体】面板上的 长方体 按钮，在前视图上创建一个长方体。

② 在【修改】面板中设置长方体【名称】为“屋檐”。

③ 在【参数】卷展栏中设置【长度】为“3”、【宽度】为“3”、【高度】为“100”。

(2) 设置屋檐的角度和位置，操作步骤如图 2-43 所示。

① 在工具栏上右击 按钮，弹出【旋转变换输入】对话框。

② 在【旋转变换输入】对话框中设置【绝对：世界】/【Y】为“38.2”。

③ 在工具栏上右击 按钮，弹出【移动变换输入】对话框。

④ 在【移动变换输入】对话框中设置【绝对：世界】/【X】为“56”、【Y】为“50”、【Z】为“46.3”。

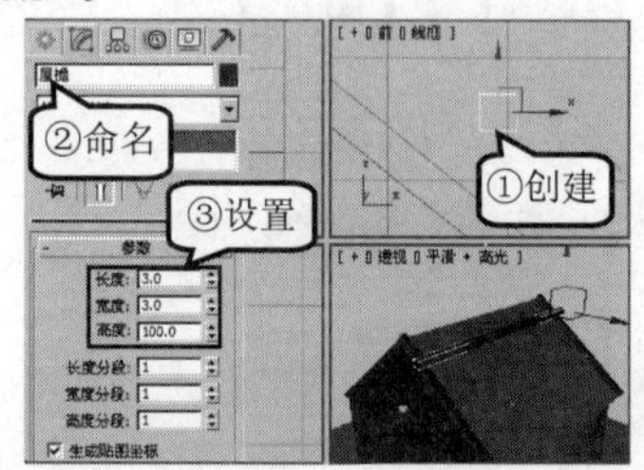

图2-42 创建屋檐

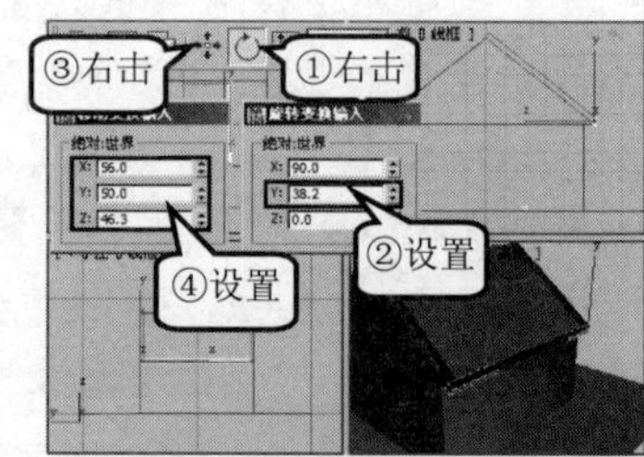

图2-43 设置屋檐的角度和位置

6. 创建顶子，操作步骤如图 2-44 所示。

(1) 单击【创建】/【标准基本体】面板上的 长方体 按钮，在前视图上创建一个长方体。

(2) 在【修改】面板中设置长方体【名称】为“顶子”。

(3) 在【参数】卷展栏中设置【长度】为“10”、【宽度】为“3”、【高度】为“100”。

(4) 在工具栏上右击 按钮，弹出【移动变换输入】对话框。

(5) 在【移动变换输入】对话框中设置【绝对：世界】/【X】为“0”、【Y】为“50”、【Z】为“92”。

7. 创建瓦砾。

(1) 创建“瓦砾”对象，操作步骤如图 2-45 所示。

① 单击【创建】/【标准基本体】面板上的 长方体 按钮，在前视图上创建一个长方体。

② 在【修改】面板中设置长方体【名称】为“瓦砾”。

③ 在【参数】卷展栏中设置【长度】为“3”、【宽度】为“20”、【高度】为“2”。

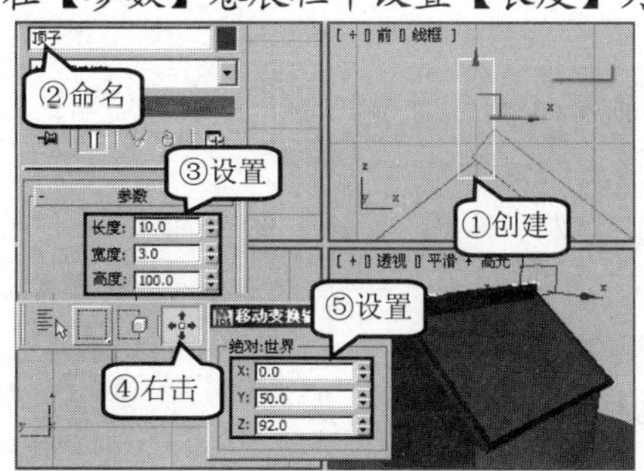

图2-44　创建顶子

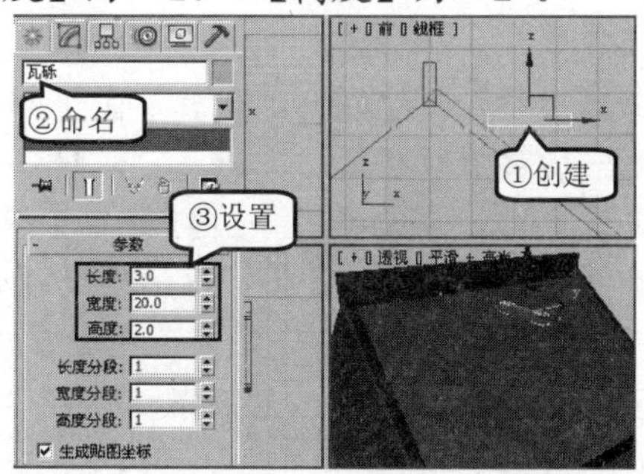

图2-45　创建瓦砾

(2) 设置瓦砾的角度和位置，操作步骤如图 2-46 所示。

① 在工具栏上右击按钮，弹出【旋转变换输入】对话框。

② 在【旋转变换输入】对话框中设置【绝对：世界】/【Y】为“38.2”。

③ 在工具栏上右击按钮，弹出【移动变换输入】对话框。

④ 在【移动变换输入】对话框中设置【绝对：世界】/【X】为“28.5”、【Y】为“-43”、【Z】为“68”。

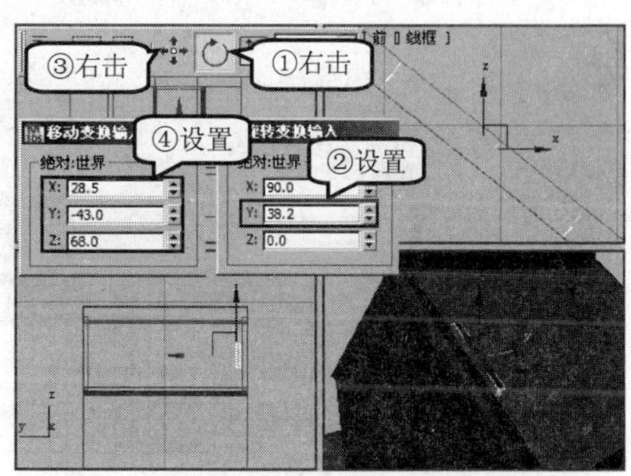

图2-46　设置瓦砾的角度和位置

(3) 复制瓦砾，操作步骤如图 2-47 所示。

① 在场景中选中“瓦砾”对象。

② 在菜单栏中选择【工具】/【阵列】命令，打开【阵列】对话框。

③ 在【阵列】对话框中设置【增量】/【Y】为“4”。

④ 在【对象类型】设置项中点选 复制 选项。

⑤ 在【阵列维度】设置项中设置【数量】为“23”。

⑥ 单击 确定 按钮，复制出一排“瓦砾”对象。

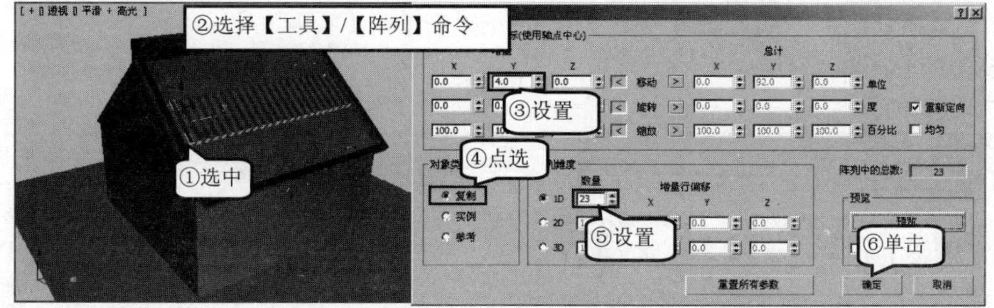

图2-47　复制瓦砾

(4) 再次复制瓦砾，操作步骤如图 2-48 所示。

① 在工具栏上打开【参考坐标系】下拉列表，然后选择【局部】选项。

② 按 H 键打开【从场景选择】对话框。

③ 在【从场景选择】对话框中框选所有的“瓦砾”对象。

④ 单击 确定 按钮，选中所有的“瓦砾”对象。

⑤ 在透视图中按住 Shift 键沿 x 轴拖动复制出其余两排“瓦砾”对象。

(5) 镜像复制，操作步骤如图 2-49 所示。

① 在工具栏上打开【参考坐标系】下拉列表，然后选择【视图】选项。

② 选中场景中所有的“瓦砾”、“屋檐”、“房檐”对象。

③ 在菜单栏中选择【工具】/【镜像】命令，打开【镜像：屏幕 坐标】对话框。

④ 在【镜像：屏幕 坐标】对话框的【镜像轴】设置项中点选 X 选项，并设置【偏移】为“-57.5”。在【克隆当前选择】设置项中点选 复制 选项。

⑤ 单击 确定 按钮，复制出另一端的“瓦砾”、“屋檐”、“房檐”对象。

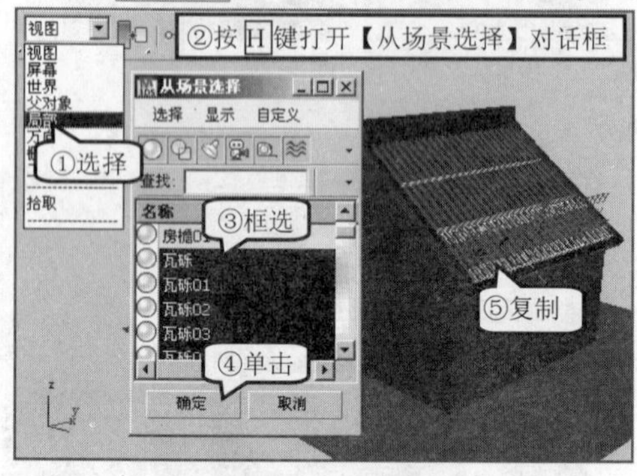

图2-48 再次复制瓦砾

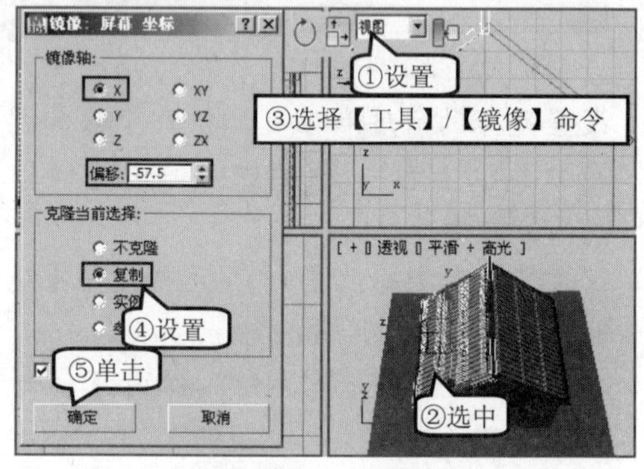

图2-49 镜像复制

8. 创建烟囱，操作步骤如图 2-50 所示。

① 单击【创建】/【标准基本体】面板上的 管状体 按钮，在顶视图上创建一个管状体。

② 在【修改】面板中设置管状体【名称】为“烟囱”。

③ 在【参数】卷展栏中设置【半径 1】为“7”、【半径 2】为“6”、【高度】为“20”。

④ 在工具栏上右击 按钮，弹出【移动变换输入】对话框。

⑤ 在【移动变换输入】对话框中设置【绝对：世界】/【X】为“0”、【Y】为“35”、【Z】为“85”。

9. 创建门。

(1) 创建“门”对象，操作步骤如图 2-51 所示。

① 进入【创建】面板，然后选择【门】选项，打开【门】面板。

② 单击 枢轴门 按钮。

③ 在前视图中创建一个水平的枢轴门。

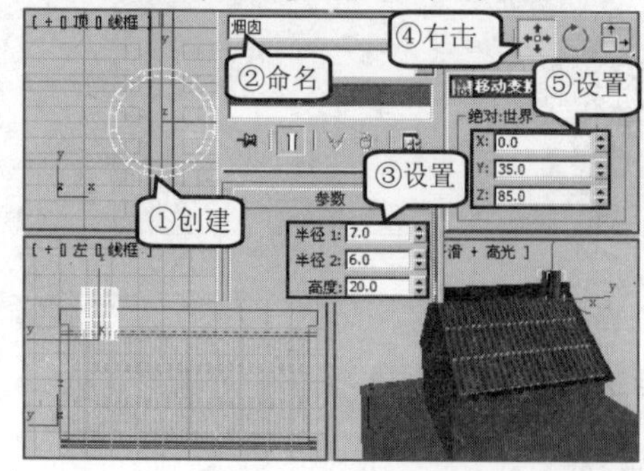

图2-50 创建烟囱

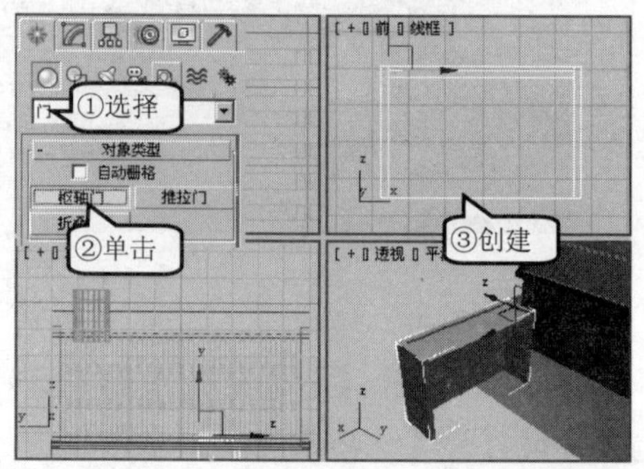

图2-51 创建门

(2) 设置门参数，操作步骤如图 2-52 所示。

① 在【修改】面板的【参数】卷展栏中设置【高度】为“20”、【宽度】为“15”、【深度】为“3”，并勾选☑ 双门 选项。

② 在【页扇参数】卷展栏中设置【厚度】为“1”、【门挺/顶梁】为“1”、【底梁】为“12”、【水平窗格数】为“1”、【垂直窗格数】为“1”、【镶板间距】为“1”。

(3) 设置门的位置和角度，操作步骤如图 2-53 所示。

① 在工具栏上右击按钮，弹出【旋转变换输入】对话框。

② 在【旋转变换输入】对话框中设置【绝对：世界】/【X】为“90”、【Z】为“-180”。

③ 在工具栏上右击按钮，弹出【移动变换输入】对话框。

④ 在【移动变换输入】对话框中设置【绝对：世界】/【X】为“-20”、【Y】为“-51”、【Z】为“0”。

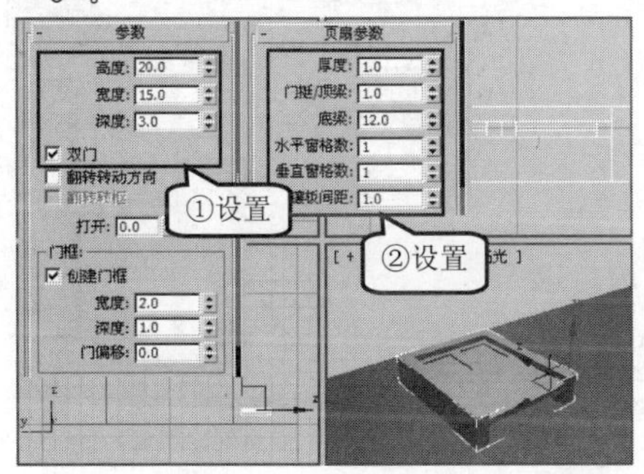

图2-52　设置门参数

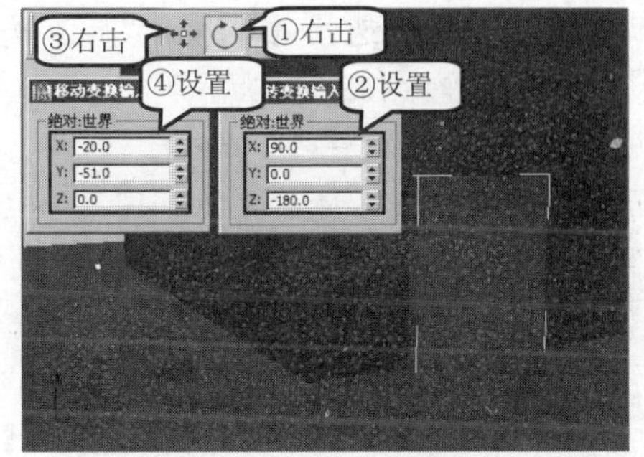

图2-53　设置门的位置和角度

10. 创建窗。

(1) 创建“窗”对象，操作步骤如图 2-54 所示。

① 进入【创建】面板，然后选择【窗】选项，打开【窗】面板。

② 单击 旋开窗 按钮。

③ 在左视图中创建一个水平的窗子。

④ 在【修改】面板的【参数】卷展栏中设置【高度】为“20”、【宽度】为“20”、【深度】为“2”，并勾选☑ 双门 选项。

(2) 设置门的位置和角度，操作步骤如图 2-55 所示。

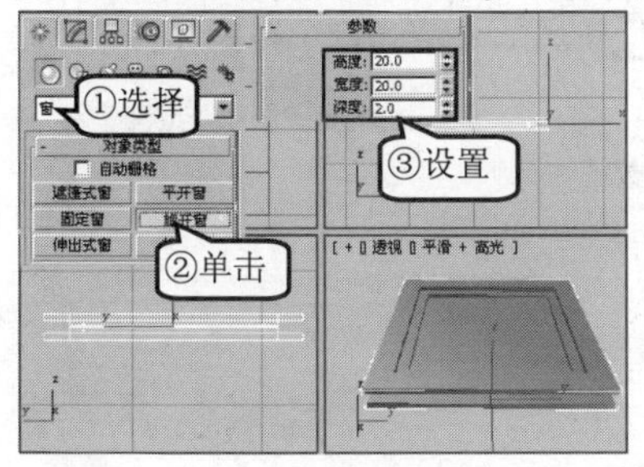

图2-54　创建窗

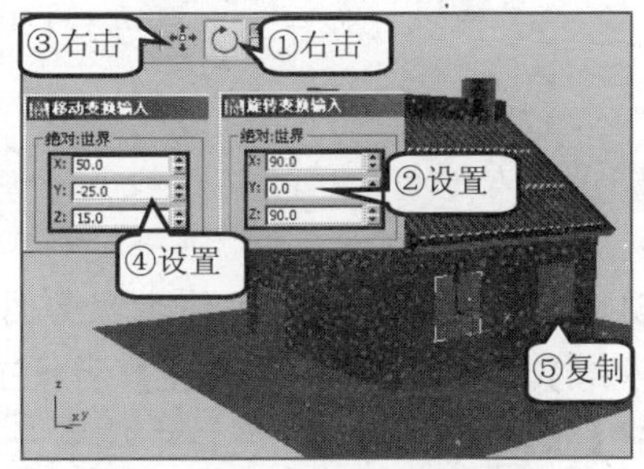

图2-55　设置窗的位置和角度

① 在工具栏上右击按钮，弹出【旋转变换输入】对话框。

② 在【旋转变换输入】对话框中设置【绝对：世界】/【X】为“90”、【Z】为“90”。

③ 在工具栏上右击按钮，弹出【移动变换输入】对话框。

④ 在【移动变换输入】对话框中设置【绝对：世界】/【X】为“50”、【Y】为“-25”、【Z】为“15”。

⑤ 沿 y 轴复制出另一个“窗”对象。

11. 创建栅栏。

(1) 创建栅栏路径，操作步骤如图 2-56 所示。

① 单击按钮切换到【创建】面板。

② 单击按钮切换到【二维】面板。

③ 单击 线 按钮。

④ 在顶视图中绘制栅栏路径样条线。

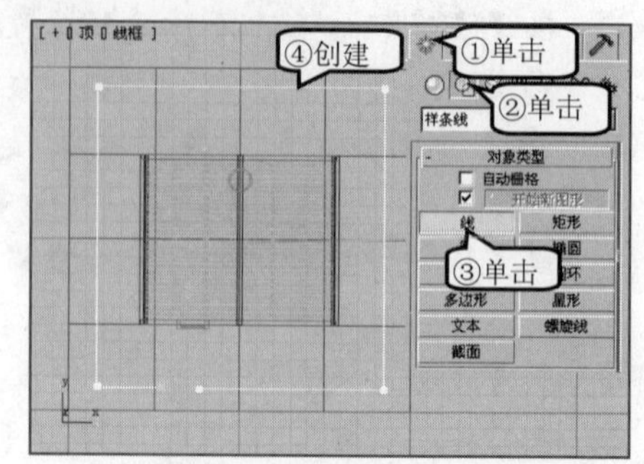

图2-56 创建栅栏路径

(2) 创建栏杆，操作步骤如图 2-57 所示。

① 单击按钮切换到【几何体】面板。

② 在下拉列表中选择【AEC 扩展】选项，并单击 栏杆 按钮。

③ 在透视图中创建一个“栏杆”对象。

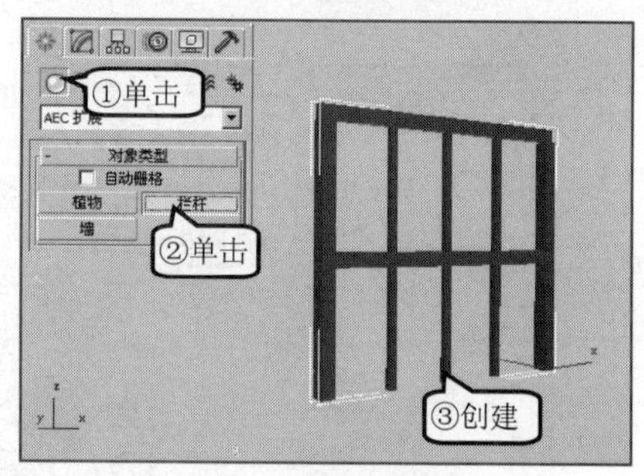

图2-57 创建栏杆

(3) 设置栏杆参数，操作步骤如图 2-58 所示。

① 在【修改】面板的【栏杆】卷展栏中单击 拾取栏杆路径 按钮。

② 在场景中拾取样条线作为路径。

③ 按照图 2-58 所示设置【上围檣】、【下围檣】设置项和【立柱】、【栅栏】卷展栏中的各项参数。

④ 单击【支柱】设置项中的按钮，弹出【支柱间距】窗口。

⑤ 在【支柱间距】窗口中设置【计数】为“105”。

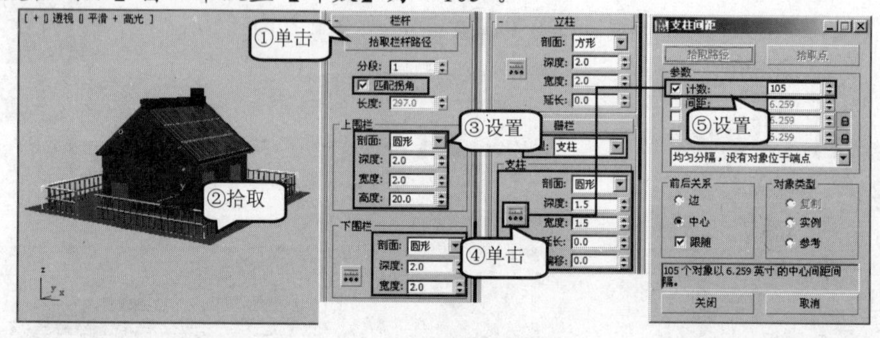

图2-58 设置栏杆参数

12. 创建植物。

(1) 创建“植物”对象，操作步骤如图 2-59 所示。

① 单击【创建】/【AEC 扩展】面板上的 植物 按钮。

② 在【收藏的植物】卷展栏中选中一种植物。

③ 在场景中的适当位置单击创建植物。

④ 在【修改】面板的【参数】卷展栏中设置植物参数。

(2) 按 Ctrl + S 组合键保存场景文件到指定目录，本案例制作完成，最终效果如图 2-60 所示。

图2-59　创建植物

图2-60　最终效果

2.2 修改器建模——制作“飞鱼导弹”

修改器建模是 3ds Max 2010 中非常重要的建模方式，它的编辑能力非常灵活、强大，并且易于使用。创建好一个对象后，即可使用修改器将一个简单的物体变为复杂的物体或者用户需要的模型。修改器建模效果如图 2-61 所示。

图2-61　修改器建模效果

2.2.1 基础知识——修改器的应用

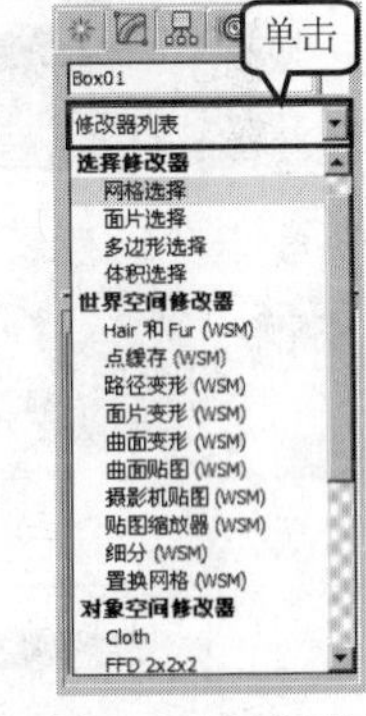

图2-62　修改器列表

进入【修改】面板，然后展开【修改器列表】就能看到 3ds Max 2010 为用户提供的所有修改器，如图 2-62 所示。

一、应用修改器的方法

对物体应用修改器的一般步骤如图 2-63 所示。

(1) 创建一个物体或者选中场景中已有的物体。

(2) 单击按钮进入【修改】面板。

(3) 在【修改器列表】中选择要使用的修改器。

(4) 在修改器的【参数】卷展栏中设置参数。

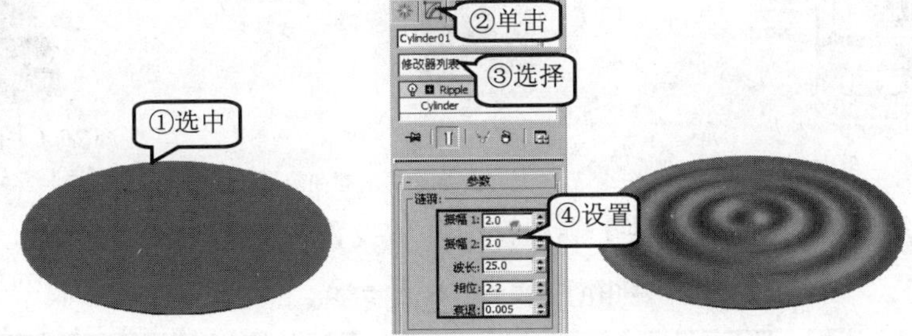

图2-63　对物体应用修改器

二、 **常用的修改器**

在三维模型的创建过程中，常使用的有【弯曲】修改器、【扭曲】修改器、【锥化】修改器和【FDD】修改器等。

1.　【弯曲】修改器。

【弯曲】修改器的作用是对当前选中的对象进行均匀弯曲处理。可以对物体分别以 x、y、z 中任意一个轴来控制弯曲的角度和方向，也可以使用限制选项来限制物体的弯曲区

域，如图 2-64 所示。

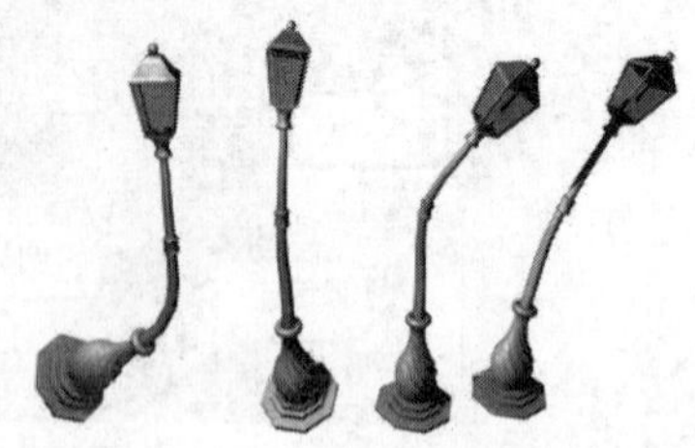

图2-64　对街灯模型应用【弯曲】修改器

下面介绍【弯曲】修改器的创建方法。

(1) 按 Ctrl + O 组合键打开附盘文件“素材\第 2 章\修改器\弯曲修改器\弯曲.max”，如图 2-65 所示。

(2) 应用【弯曲】修改器，操作步骤如图 2-66 所示。

① 选中场景中的钓竿。

② 单击按钮切换到【修改】面板。

③ 在【修改器列表】中选择【弯曲】选项，为对象添加【弯曲】修改器。

④ 在【参数】面板中设置【角度】为“-75”、【方向】为“-95”。

图2-65　打开模板

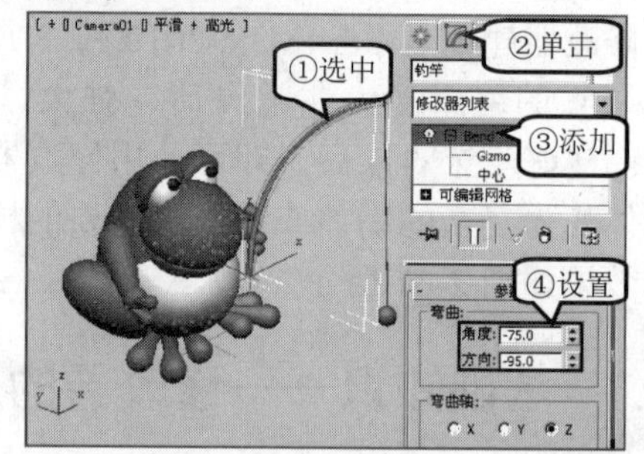

图2-66　添加【弯曲】修改器

要点提示 在为对象添加【弯曲】修改器时，弯曲效果与对象的分段值有关。例如，将圆柱的【高度分段】设置为“1”（默认是“5”），为圆柱添加【弯曲】修改器后圆柱不会产生弯曲效果，如图 2-67 所示。

【参数】卷展栏

【高度分段】为“5”

【高度分段】为“1”

图2-67　分段值不同会影响弯曲效果

【弯曲】修改器常用的【参数】卷展栏中各项设置的功能如表 2-2 所示。

表 2-2　**常用的【弯曲】修改器参数**

参数	功能
角度	设置弯曲的角度
方向	设置弯曲的方向
弯曲轴	设置弯曲的基准轴，可以以 x、y、z 任一轴为基准进行弯曲变形
上限	设置弯曲变形的上限，在此限度以上的区域将不受弯曲变形的影响
下限	设置弯曲变形的下限，在此限度以下的区域将不受弯曲变形的影响

2.　【扭曲】修改器。

【扭曲】修改器的作用是使对象产生扭曲效果。可以控制任意轴上的扭曲角度，并设置偏移来压缩扭曲相对于轴点的效果，也可以对几何体的某一段限制扭曲，如图 2-68 所示。

图2-68　【扭曲】修改器的应用效果

下面介绍【扭曲】修改器的创建方法。

(1) 按Ctrl+O组合键打开附盘文件“素材\第 2 章\修改器\扭曲修改器\扭曲.max”，如图 2-69 所示。

(2) 应用【扭曲】修改器，操作步骤如图 2-70 所示。

① 选中场景中的曲线。

② 单击按钮切换到【修改】面板。

③ 在【修改器列表】中选择【扭曲】选项，为对象添加【扭曲】修改器。

④ 在【参数】面板中设置【角度】为“180”、【偏移】为“30”。

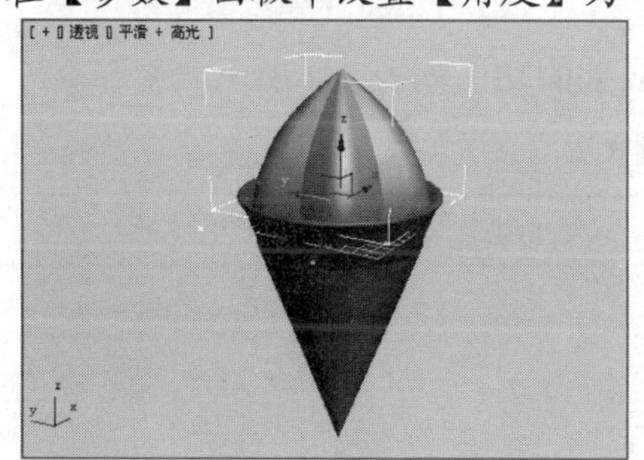

图2-69　打开模板

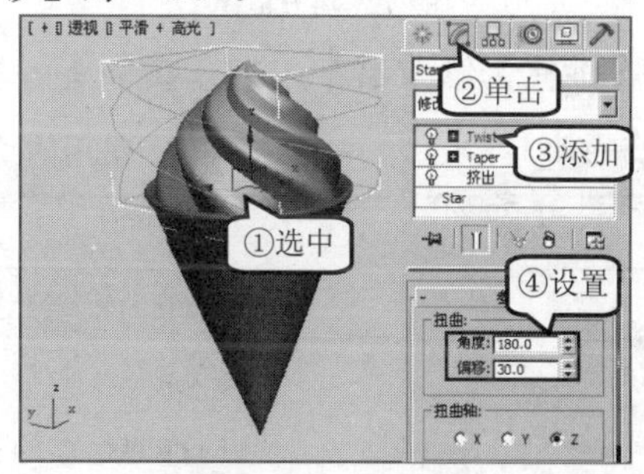

图2-70　添加【扭曲】修改器

【扭曲】修改器常用的【参数】卷展栏中各项设置的功能如表 2-3 所示。

表 2-3　　常用的【扭曲】修改器参数

参数	功能
角度	设置扭曲的角度
偏移	该数值表示扭曲沿物体扭曲轴的分布情况。该值越大，扭曲就越集中在扭曲轴的上部。该值越小，扭曲就越集中在扭曲轴的下部
扭曲轴	设置基本的依据轴向
上限	设置扭曲变形的上限值
下限	设置扭曲变形的下限值

3.　【锥化】修改器。

【锥化】修改器的作用是通过缩放物体的两端产生锥化效果，一端放大，另一端缩小，它还可以限制物体局部锥化的效果，如图 2-71 所示。

下面介绍【锥化】修改器的创建方法。

(1) 按Ctrl+O组合键打开附盘文件“素材\第 2 章\修改器\锥化修改器\锥化.max”，如图 2-72 所示。

(2) 应用【锥化】修改器，操作步骤如图 2-73 所示。

① 选中雪人的帽子。

图2-71　【锥化】修改器的应用效果

② 单击按钮切换到【修改】面板。

③ 在【修改器列表】中选择【锥化】选项，为对象添加【锥化】修改器。

④ 在【参数】面板中设置【锥化】/【数量】为“-2.4”、【曲线】为“1”。

⑤ 在【锥化轴】/【主轴】中点选 Z 选项，在【锥化轴】/【效果】中点选 XY 选项。

图2-72 打开模板

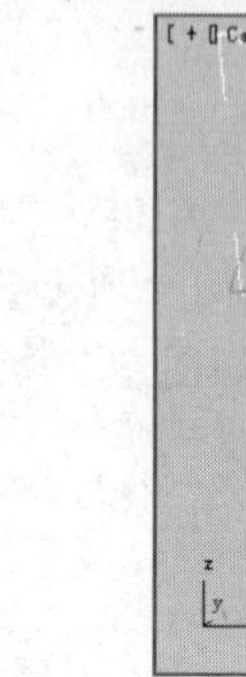

图2-73 添加【锥化】修改器

【锥化】修改器常用的【参数】卷展栏中各项设置的功能如表 2-4 所示。

表 2-4 常用的【锥化】修改器参数

参数	功能
数量	设置锥化的倾斜程度
曲线	设置锥化的弯曲程度
主轴	用于设置锥化的中心轴
效果	用于设置锥化所影响的轴向
对称	勾选该选项，将产生相对于主轴对称的锥化效果
限制效果	勾选该选项，可以设置锥化效果的影响范围
上限	设置弯曲变形的上限，在此限度以上的区域将不受弯曲变形的影响
下限	设置弯曲变形的下限，在此限度以下的区域将不受弯曲变形的影响

4. 【FFD】修改器。

FFD 代表“自由形式变形”，【FFD】修改器的作用是使用晶格包围选中的对象，通过调整晶格的控制点，可以改变封闭几何体的形状，如图 2-74 所示。

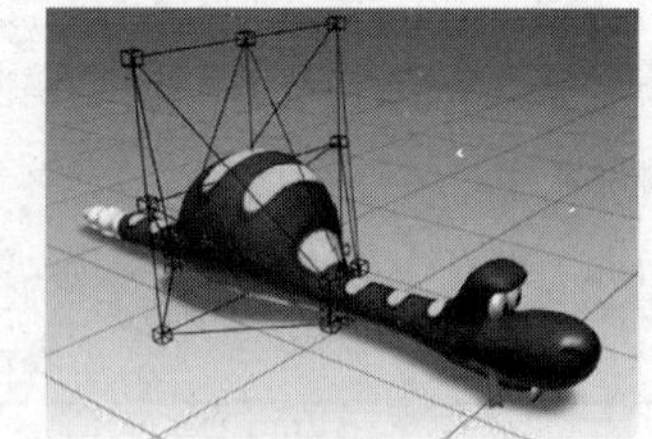

图2-74 【FFD】修改器的应用效果

【FFD】修改器根据控制点的不同可分为【FFD 2×2×2】、【FFD 3×3×3】和【FFD 4×4×4】3 种形式。而根据形状的不同又可分为【FFD（长方体）】和【FFD（圆柱体）】两种形式。

下面介绍【FFD】修改器的创建方法。

(1) 按 Ctrl+O 组合键打开附盘文件“素材\第 2 章\修改器\FDD 修改器\FFD.max”，如图 2-75 所示。

(2) 应用【FFD】修改器，操作步骤如图 2-76 所示。

① 选中场景中的抱枕基本模型。

② 单击按钮切换到【修改】面板。

③　在【修改器列表】中选择【FFD 3 × 3 × 3】选项，为对象添加【FFD 3 × 3 × 3】修改器。

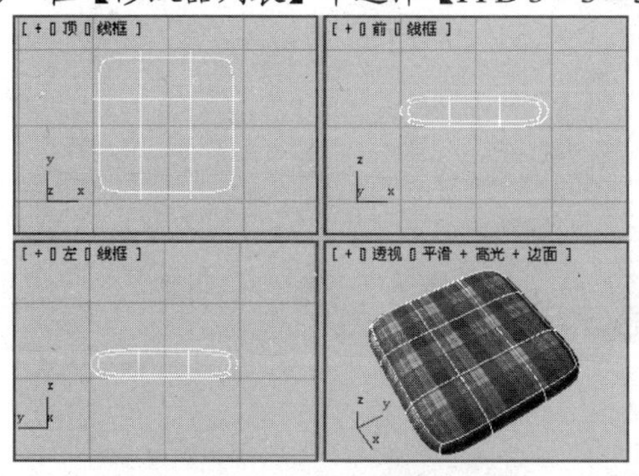

图2-75　打开模板

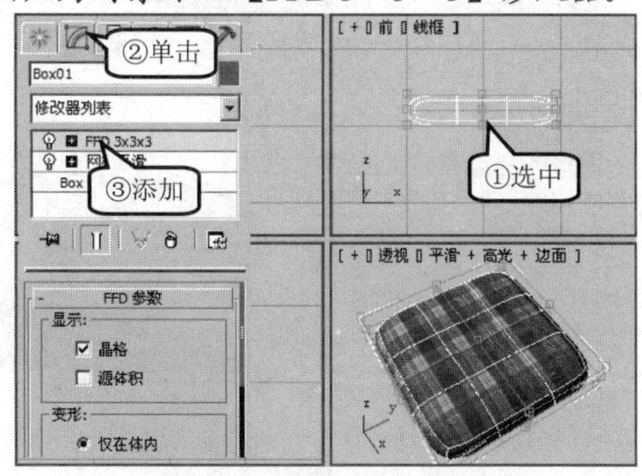

图2-76　添加【挤出】修改器

(3)　调整抱枕的中心曲度，操作步骤如图 2-77 所示。

①　展开【FFD 3 × 3 × 3】修改器，选择【控制点】选项。

②　在左视图中选中上边的中心控制点，向上移动一段距离。

③　选中下边的中心控制点，向下移动一段距离。

(4)　在顶视图中依次框选 4 边的中心控制点，然后向中心移动一段距离，如图 2-78 所示。

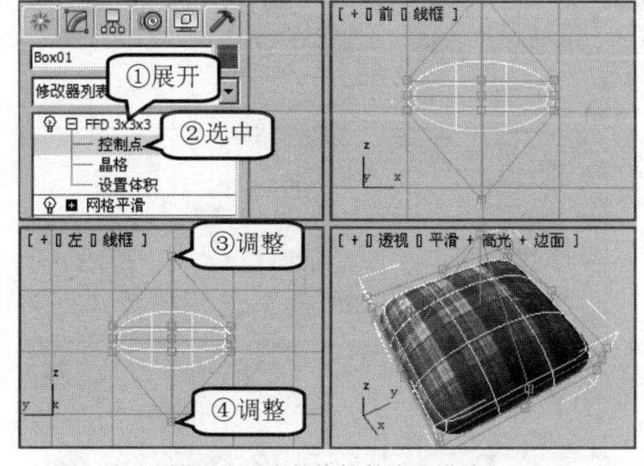

图2-77　调整抱枕的中心曲度

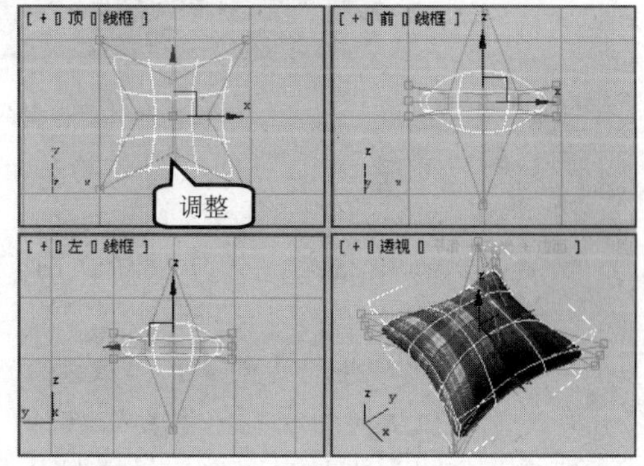

图2-78　调整抱枕的边缘

【FFD】修改器常用的【参数】卷展栏中各项设置的功能如表 2-5 所示。

表 2-5　　常用的【FFD】修改器参数

参数	功能
设置点数	单击该按钮，弹出【设置 FFD 尺寸】对话框，在该对话框中可以设置 FFD 晶格在长度、宽度和高度上的点数
晶格	勾选该选项，将显示晶格的线框，否则只显示控制点
源体积	勾选该选项，调整控制点时只改变物体的形状，不改变晶格的形状
仅在体内	点选该选项，只有位于 FDD 晶格内的部分才会受到变形影响
所有顶点	勾选该选项，对象的所有顶点都受变形影响，不管它们位于 FDD 晶格的内部还是外部
张力	用于调整 FFD 变形样条线的张长
连续性	用于调整 FFD 变形样条线的连续性
选择	该选项组中有 3 个按钮，单击任意一个按钮，可沿着由该按钮指定的轴向选择所有的控制点。也可以同时打开两个按钮，这时可以选择两个轴向上的所有控制点

2.2.2 案例剖析——制作“飞鱼导弹”

【案例剖析】

本实例主要使用【FDD】修改器来调整物体的形状。最终效果如图 2-79 所示。

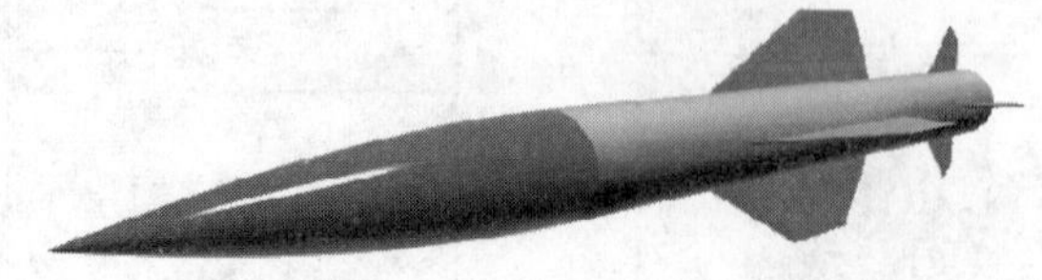

图2-79 最终效果

【操作思路】

【步骤提示】

1. 制作弹头部分。

(1) 运行 3ds Max 2010 软件。

(2) 创建弹头基本模型，操作步骤如图 2-80 所示。

① 单击 按钮切换到【创建】面板。

② 单击 按钮切换到【几何体】面板。

③ 在【几何体】下拉列表中选择【扩展基本体】选项。

④ 单击 油罐 按钮。

⑤ 在前视图上拖动鼠标创建一个油罐。

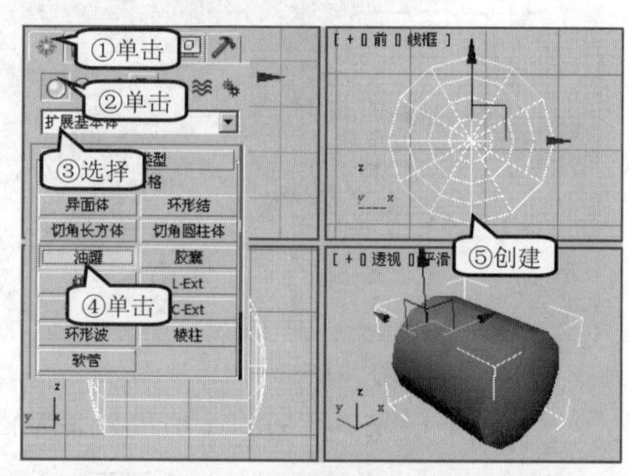

图2-80 创建弹头基本模型

(3) 设置弹头的参数，操作步骤如图 2-81 所示。

① 选中场景中的油罐。

② 单击 按钮切换到【修改】面板。

③ 在【参数】卷展栏中设置【半径】为“30”、【高度】为“300”、【封口高度】为“2”、【边数】为“30”、【高度分段】为“20”。

(4) 在【修改器列表】中选择【FFD 3×3×3】选项，为油罐添加【FFD 3×3×3】修改器，如图 2-82 所示。

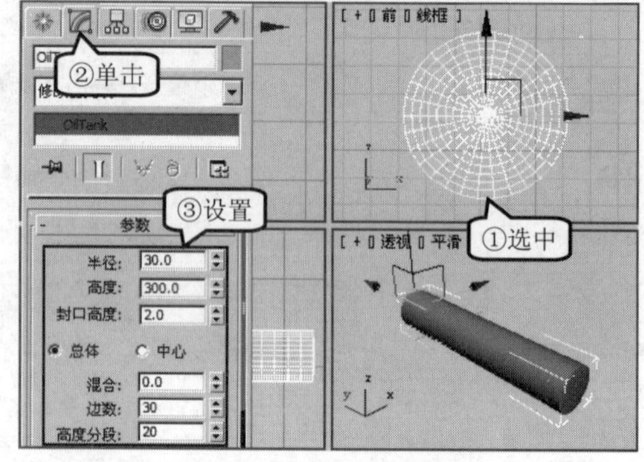

图2-81 设置弹头的参数

(5) 调整弹头的形状，操作步骤如图 2-83 所示。

① 单击【FFD 3 × 3 × 3】选项前面的⊞按钮展开【FFD 3 × 3 × 3】修改器。

② 选择【控制点】选项。

③ 在左视图中框选最左端的所有控制点。

④ 在工具栏上右击按钮，弹出【缩放变换输入】对话框。

⑤ 在【缩放变换输入】对话框中设置【偏移：屏幕】/【%】为“0.5”，即可将油罐的左端缩放为一尖角。

要点提示 在选择控制点的时候，一定要框选，因为除透视图外的视图都是多个面的投影重合效果，单击只会选中一个面的控制点。

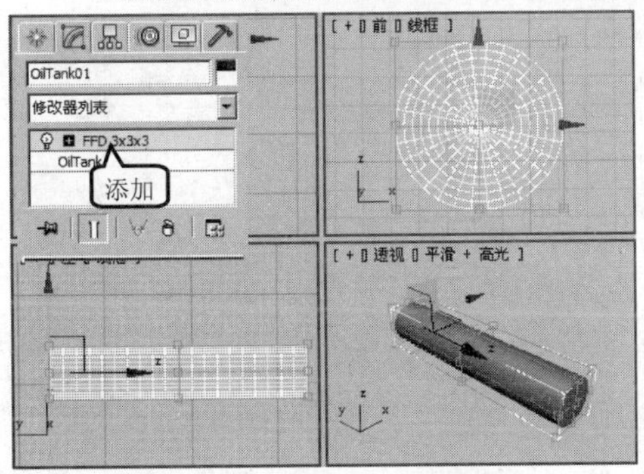

图2-82　添加【FFD3×3×3】修改器

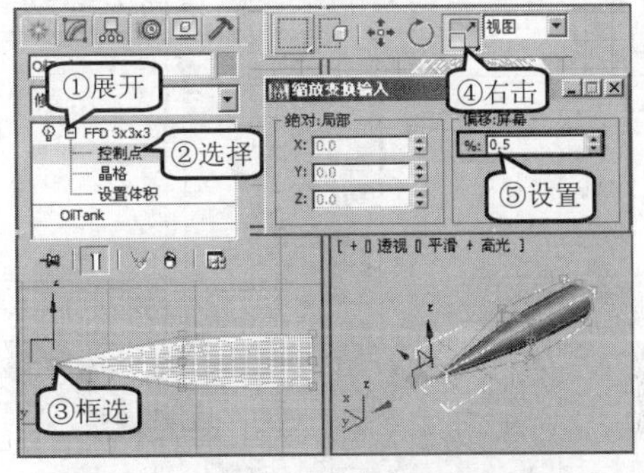

图2-83　调整弹头的形状

2. 制作发动机部分。

(1) 创建发动机部分，操作步骤如图 2-84 所示。

① 用上面的方法，在前视图上再创建一个油罐。

② 在【修改】面板中的【参数】卷展栏中设置【半径】为“30”、【高度】为“500”、【封口高度】为“5”、【边数】为“30”、【高度分段】为“20”。

③ 在左视图中调整油罐的位置，使油罐与弹头结合在一起。

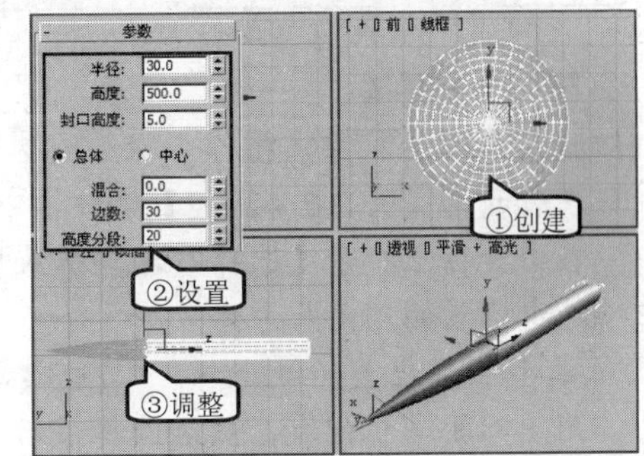

图2-84　创建发动机部分

(2) 创建弹翼基本模型，操作步骤如图 2-85 所示。

① 单击按钮切换到【创建】面板。

② 单击按钮切换到【几何体】面板。

③ 在【几何体】下拉列表中选择【扩展基本体】选项。

④ 单击 切角长方体 按钮。

⑤ 在左视图上拖动鼠标创建一个切角长方体。

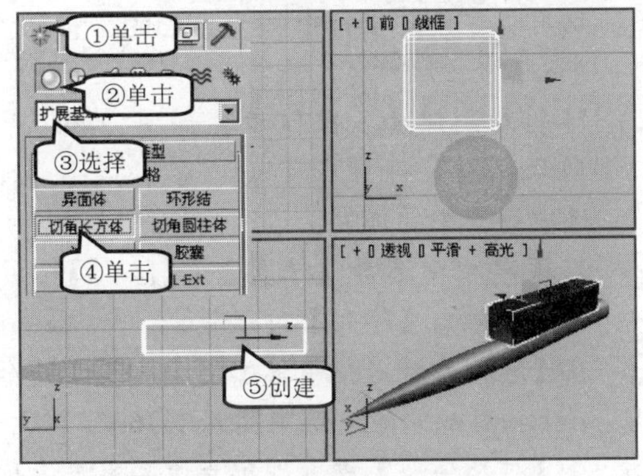

图2-85　创建弹翼基本模型

(3) 设置弹翼的参数，操作步骤如图 2-86 所示。

① 选中场景中的切角长方体。

② 单击按钮切换到【修改】面板。

③ 在【参数】卷展栏中设置【长度】为“60”、【宽度】为“300”、【高度】为“2”、【圆角】为“2”、【长度分段】为“6”、【宽度分段】为“6”、【高度分段】为“6”、【圆角分段】为“20”。

(4) 调整弹翼的形状，操作步骤如图 2-87 所示。

① 在【修改器列表】中选择【FFD 2 × 2 × 2】选项，为油罐添加【FFD 2 × 2 × 2】修改器。

② 展开【FFD 2 × 2 × 2】修改器，选择【控制点】选项。

③ 在左视图中框选左上端的控制点，然后向右移动一段距离。

④ 框选右上端的控制点，然后向左移动一段距离。

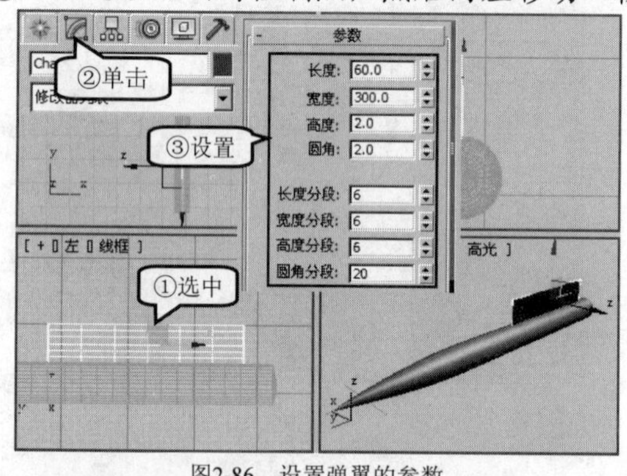

图2-86　设置弹翼的参数

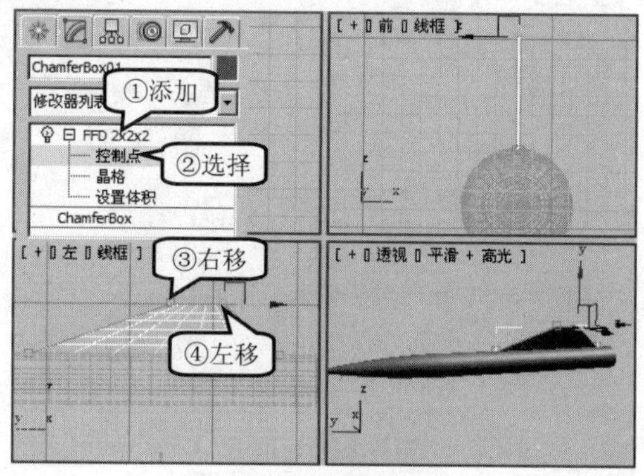

图2-87　调整弹翼的形状

3. 阵列复制弹翼。

(1) 设置参考坐标系，操作步骤如图 2-88 所示。

① 在展开的【FFD 2 × 2 × 2】修改器中选择【控制点】选项，退出【控制点】子层级。

② 在工具栏上打开【选择参考坐标系】下拉列表，然后选择【拾取】选项。

③ 选中场景的切角长方体。

④ 单击工具栏上的按钮，展开【使用中心】下拉列表，然后选择最后一个选项，这样可使所有物体使用切角长方体的坐标中心为自己的坐标中心。

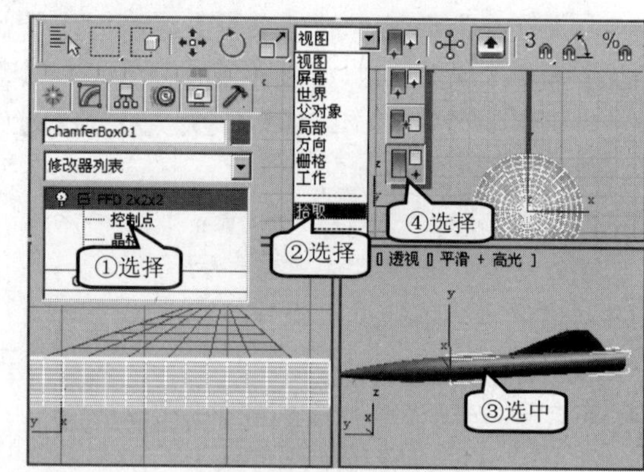

图2-88　设置参考坐标系

(2) 阵列复制弹翼，操作步骤如图 2-89 所示。

① 选中场景中的弹翼。

② 在菜单栏中选择【工具】/【阵列】命令，弹出【阵列】对话框。

③ 在【阵列】对话框中单击【旋转】右边的按钮。

④ 在 z 轴对应的输入框中输入“360”。

⑤ 在【对象类型】设置项中点选 实例 选项。

⑥ 在【阵列维度】设置项中的【数量】下方的输入框中输入“4”。

⑦ 单击 确定 按钮，完成复制。

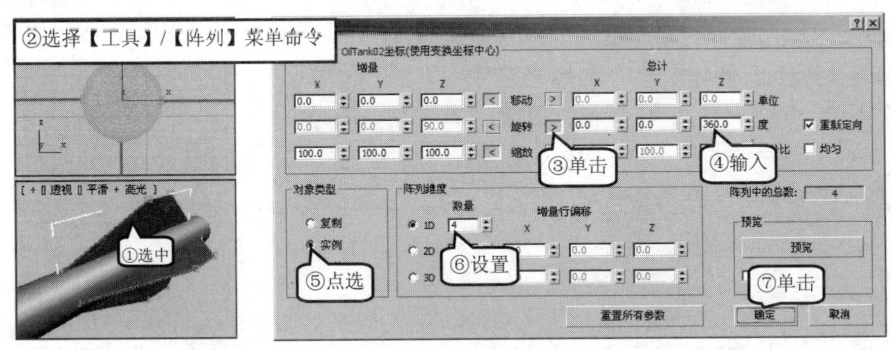

图2-89　阵列复制弹翼

4.　制作弹尾部分。

(1)　恢复视图坐标系，操作步骤如图 2-90 所示。

①　在工具栏上打开【选择参考坐标系】下拉列表，然后选择【视图】选项。

②　单击工具栏上的按钮，展开【使用中心】下拉列表，然后选择最后一个选项。

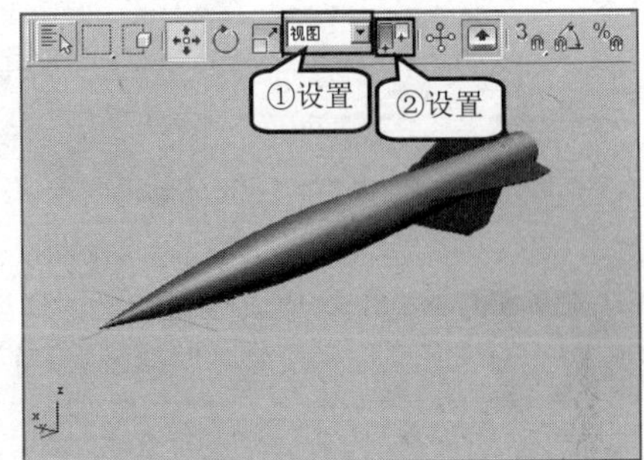

图2-90　恢复视图坐标系

(2)　创建弹尾模型，操作步骤如图 2-91 所示。

①　在前视图中创建一个油罐。

②　在【修改】面板的【参数】卷展栏中设置【半径】为“30.5”、【高度】为“220”、【封口高度】为“10”、【边数】为“30”、【高度分段】为“20”。

③　调整油罐的位置使其与发动机部分相结合。

(3)　制作尾翼，操作步骤如图 2-92 所示。

①　制作尾翼与制作弹翼类似，首先在左视图上拖动鼠标创建一个切角长方体。

②　在【修改】面板的【参数】卷展栏中设置【长度】为“30”、【宽度】为“80”、【高度】为“2”、【圆角】为“2”、【长度分段】为“6”、【宽度分段】为“6”、【高度分段】为“6”、【圆角分段】为“20”。

③　在左视图和前视图中调整切角长方体的位置，使其处于导弹弹尾。

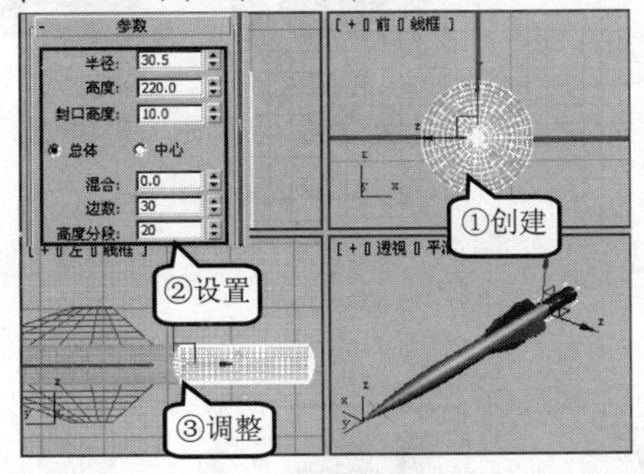

图2-91　创建弹尾模型

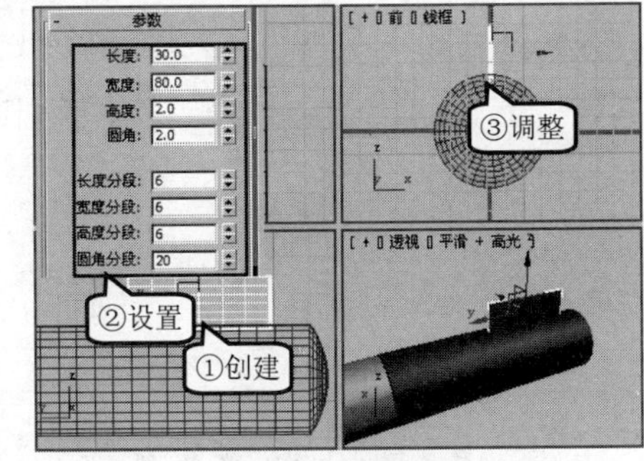

图2-92　制作尾翼

(4)　调整切角长方体的形状，操作步骤如图 2-93 所示。

①　在【修改器列表】中选择【FFD 2 × 2 × 2】选项，为油罐添加【FFD 2 × 2 × 2】修改器。

②　展开【FFD 2 × 2 × 2】修改器，选择【控制点】选项。

③　在左视图中框选左上端的控制点，然后向右和向上移动一段距离。

(5) 阵列复制。

① 将弹尾设置为参考坐标系，并变换坐标中心，如图 2-94 所示。

② 选中尾翼，打开【阵列】对话框，设置参数如图 2-95 所示。

③ 单击 确定 按钮完成复制，如图 2-96 所示。

(6) 按 Ctrl + S 组合键保存场景文件到指定目录，本案例制作完成。

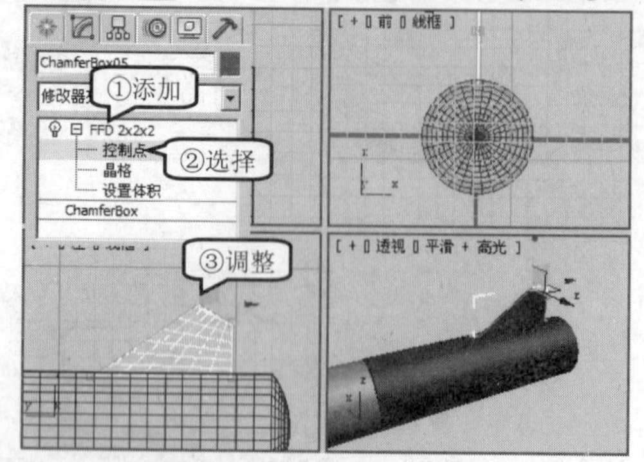

图2-93 调整切角长方体的形状

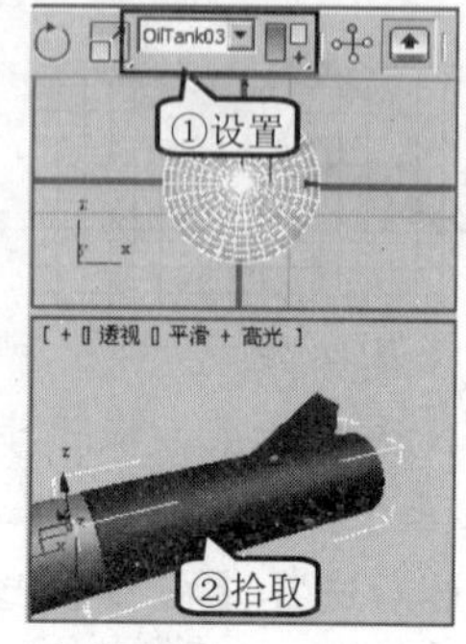

图2-94 设置参考坐标系

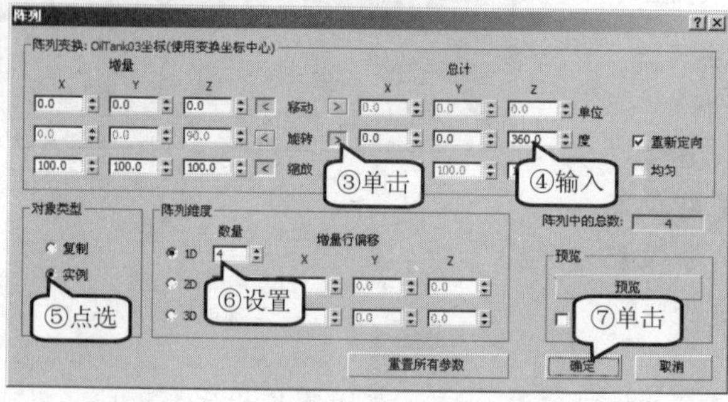

图2-95 设置参数

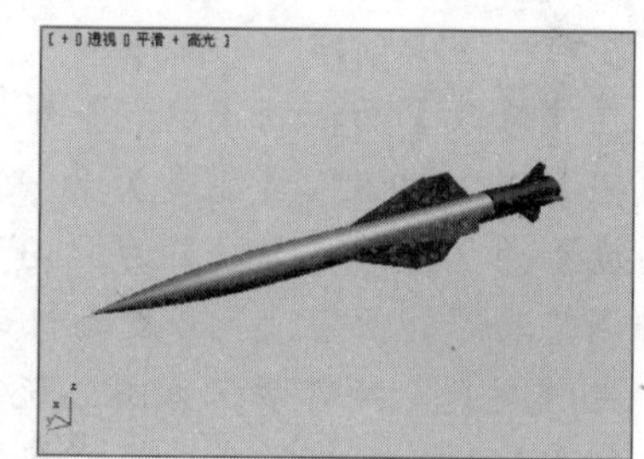

图2-96 复制尾翼后的效果

2.2.3 拓展案例——制作“卡通企鹅”

【案例剖析】

修改器的作用非常强大，它可以将基本模型按照一定的修改方式修改为任意模型。本实例利用修改器调整模型形状来制作一只“卡通企鹅”模型。最终效果如图 2-97 所示。

图2-97 最终效果

【操作思路】

【步骤提示】

1. 制作企鹅躯体部分。

(1) 运行 3ds Max 2010 软件。

(2) 创建企鹅躯体部分，操作步骤如图 2-98 所示。

① 单击【创建】/【标准基本体】面板上的 球体 按钮，在透视图上拖动鼠标创建一个球体。

② 在【修改】面板的【参数】卷展栏中设置【半径】为“90”、【分段】为“48”。

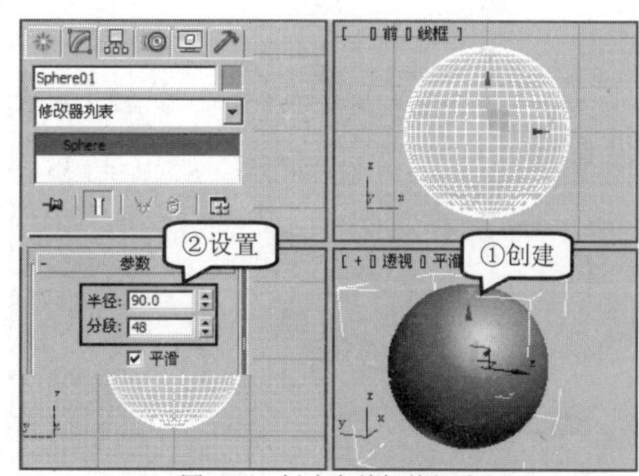

图2-98　创建企鹅躯体部分

(3) 添加【拉伸】修改器，操作步骤如图 2-99 所示。

① 在【修改器列表】中选择【拉伸】选项，为球体添加【拉伸】修改器。

② 在【参数】卷展栏中设置【拉伸】/【拉伸】为“1”、【放大】为“-3”。

(4) 添加【弯曲】修改器，操作步骤如图 2-100 所示。

① 在【修改器列表】中选择【弯曲】选项，为球体添加【弯曲】修改器。

② 在【参数】卷展栏中设置【弯曲】/【角度】为“150”、【方向】为“-90”。

③ 在【限制】设置项中勾选☑ 限制效果 选项，并设置【上限】为“0”、【下限】为“-500”。

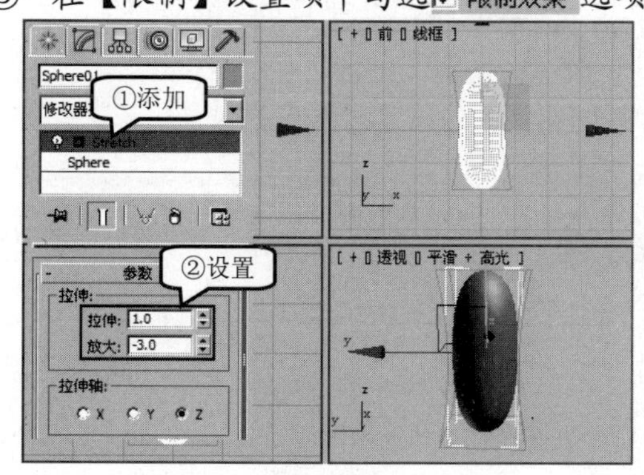

图2-99　添加【拉伸】修改器

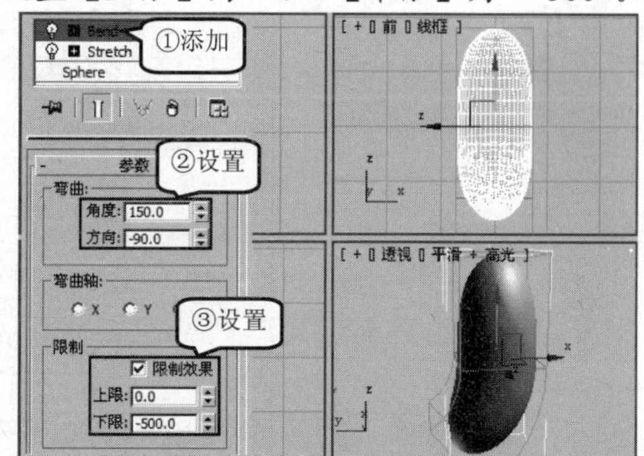

图2-100　添加【弯曲】修改器

(5) 添加【拉伸】修改器，操作步骤如图 2-101 所示。

① 在【修改器列表】中选择【拉伸】选项，为球体添加【拉伸】修改器。

② 在【参数】卷展栏中设置【拉伸】/【拉伸】为“-1”、【放大】为“-20”。

③ 在工具栏上单击按钮。

④ 在状态栏上设置球体的坐标【X】为“0”、【Y】为“0”、【Z】为“0”。

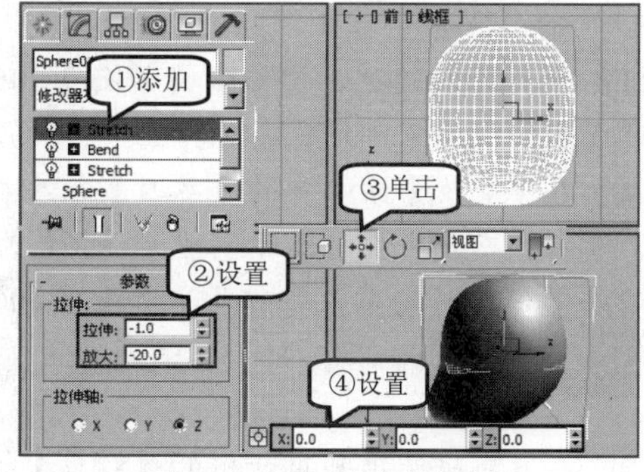

图2-101　添加【拉伸】修改器

3ds Max 2010 为用户提供了两种设置物体坐标位置的方法：一种是选中物体后在工具栏上右击按钮，弹出【移动变换输入】对话框，然后设置物体的坐标，如图 2-102 所示。另一种是选中物体后在工具栏上单击按钮，然后在软件下边的状态栏上设置物体的坐标，如图 2-103 所示。在“精美小屋”案例中使用的是第 1 种方法，本案例使用的是第 2 种方法，且省略了单击按钮的步骤。

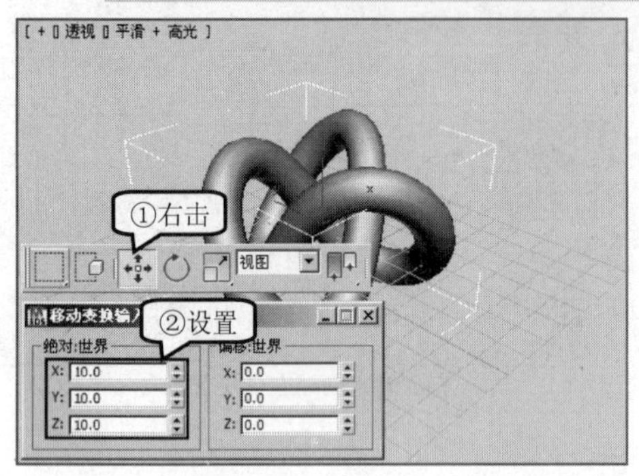

图2-102　通过【移动变换输入】对话框设置坐标

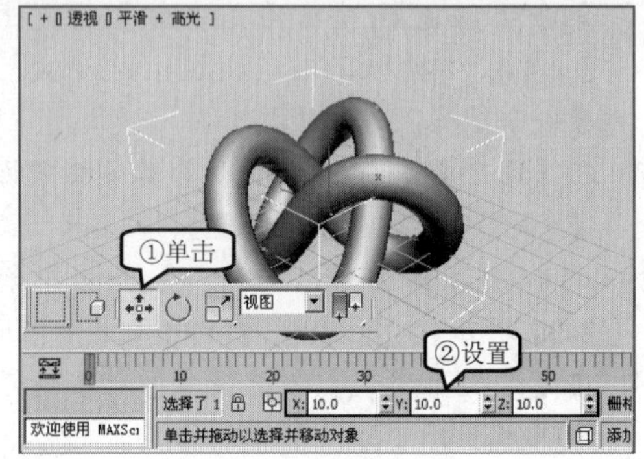

图2-103　通过状态栏设置坐标

2. 制作企鹅头部，操作步骤如图 2-104 所示。

(1) 用上面的方法，在前透视图中创建一个球体。

(2) 在【修改】面板的【参数】卷展栏中设置【半径】为“65”、【分段】为“48”。

(3) 在状态栏上设置球体的坐标【X】为“0”、【Y】为“0”、【Z】为“110”。

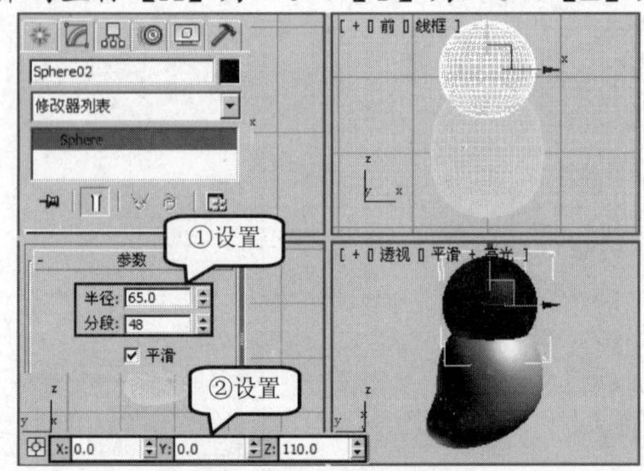

图2-104　创建企鹅头部

3. 制作眼睛。

(1) 制作眼睛轮廓，操作步骤如图 2-105 所示。

① 在前视图中创建一个球体。

② 在【修改】面板中的【参数】卷展栏中设置【半径】为“18”、【分段】为“48”。

③ 在状态栏上设置球体的坐标【X】为“-20”、【Y】为“-40”、【Z】为“160”。

(2) 复制眼睛轮廓，操作步骤如图 2-106 所示。

① 在前视图中选中眼睛轮廓，按住 Shift 键向右移动对象，释放鼠标弹出【克隆选项】对话框。

② 在【克隆选项】对话框的【对象】设置项中点选 实例 选项。

③ 设置【副本数】为“1”。

④　单击 确定 按钮复制一个眼睛轮廓。

⑤　在状态栏上设置对象的坐标【X】为“15”、【Y】为“-40”、【Z】为“160”。

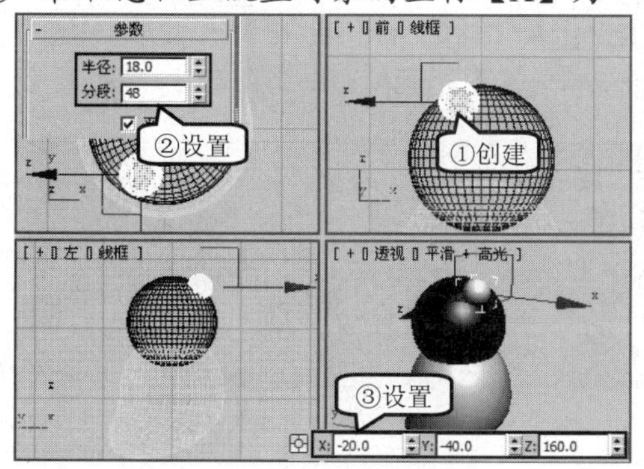

图2-105　制作眼睛轮廓

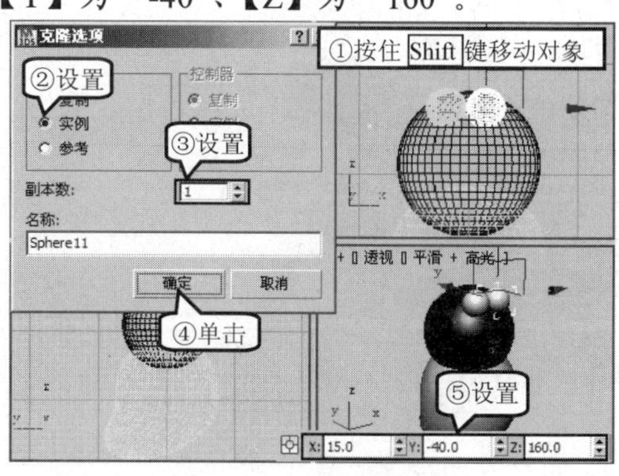

图2-106　复制眼睛轮廓

(3)　制作眼球，操作步骤如图 2-107 所示。

①　在前视图中创建一个球体。

②　在【修改】面板中的【参数】卷展栏中设置【半径】为“5”、【分段】为“48”。

③　在状态栏上设置球体的坐标【X】为“-20”、【Y】为“-55”、【Z】为“170”。

④　复制一个眼球，并设置坐标【X】为“15”、【Y】为“-55”、【Z】为“170”。

4.　制作长嘴。

(1)　制作基本轮廓，操作步骤如图 2-108 所示。

①　在前视图中创建一个球体。

②　在【修改】面板中的【参数】卷展栏中设置【半径】为“45”、【分段】为“48”、【半球】为“0.5”。

要点提示　设置【半球】为“0.5”，即可创建半球。

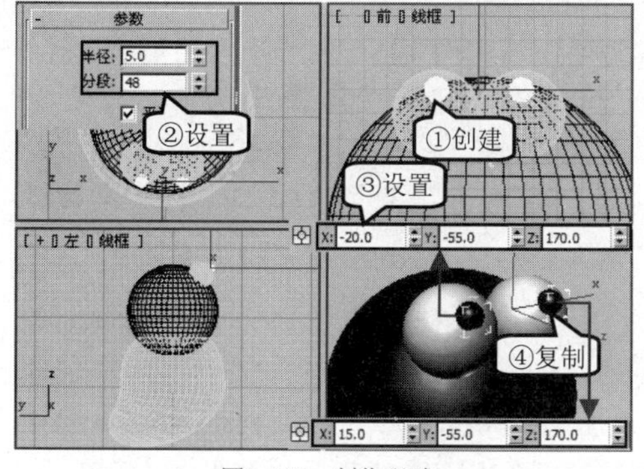

图2-107　制作眼球

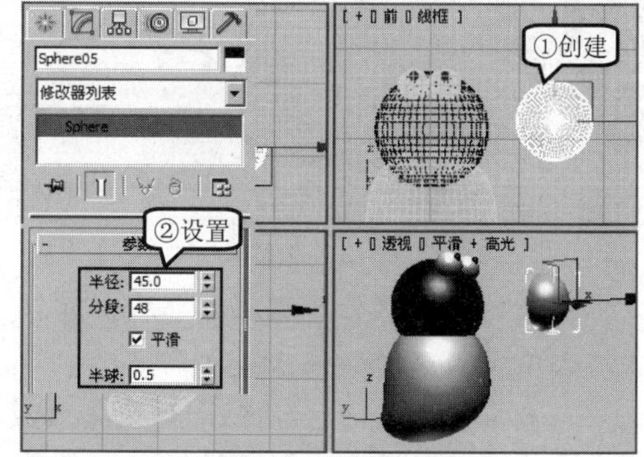

图2-108　制作基本轮廓

(2)　添加【拉伸】修改器，操作步骤如图 2-109 所示。

①　在【修改器列表】中选择【拉伸】选项，为半球添加【拉伸】修改器。

②　在【参数】卷展栏中设置【拉伸】/【拉伸】为“3.5”、【放大】为“-60”。

(3)　添加【弯曲】修改器，操作步骤如图 2-110 所示。

①　在【修改器列表】中选择【弯曲】选项，为球体添加【弯曲】修改器。

②　在【参数】卷展栏中设置【弯曲】/【角度】为“-60”、【方向】为“-90”。

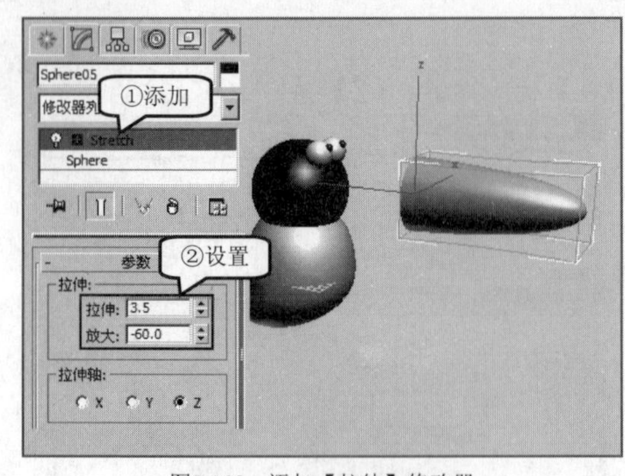

图2-109　添加【拉伸】修改器

图2-110　添加【弯曲】修改器

(4)　调整弯曲效果，操作步骤如图 2-111 所示。

①　展开【弯曲】修改器，选择【中心】选项。

②　在左视图中向右移动【弯曲】修改器的中心轴，使其弯曲得更加自然。

③　在状态栏上设置球体的坐标【X】为“0”、【Y】为“-30”、【Z】为“120”。

5.　制作脚。

(1)　创建球体，操作步骤如图 2-112 所示。

①　在前视图中创建一个球体。

②　在【修改】面板中的【参数】卷展栏中设置【半径】为“75”、【分段】为“48”。

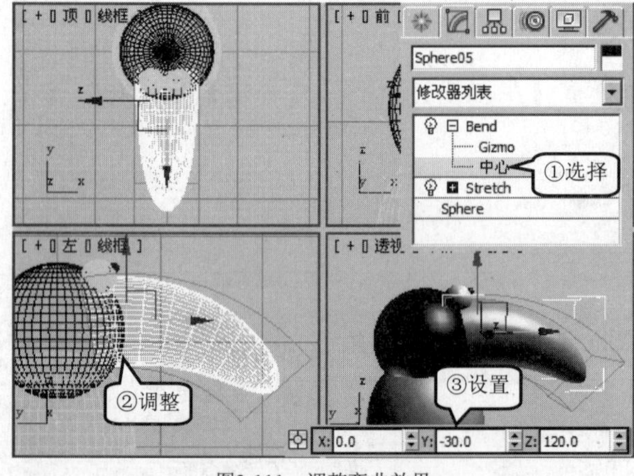

图2-111　调整弯曲效果

图2-112　创建球体

(2)　缩放球体，操作步骤如图 2-113 所示。

①　选中步骤 5（1）中创建的球体。

②　在工具栏中右击按钮，弹出【缩放变换输入】对话框。

③　在【缩放变换输入】对话框中设置【绝对：局部】/【X】为“50”、【Y】为“20”。

(3)　设置脚的位置，操作步骤如图 2-114 所示。

①　在工具栏中右击按钮，弹出【旋转变换输入】对话框。

②　在【旋转变换输入】对话框中设置【绝对：世界】/【Z】为“-10”。

③　在状态栏上设置球体的坐标【X】为“-45”、【Y】为“-30”、【Z】为“-70”。

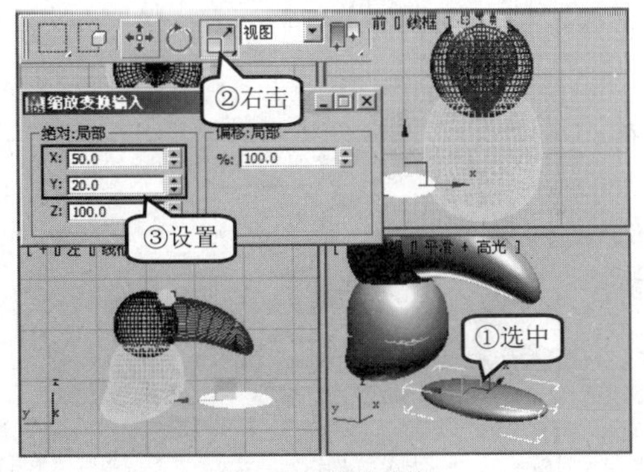

图2-113　缩放球体

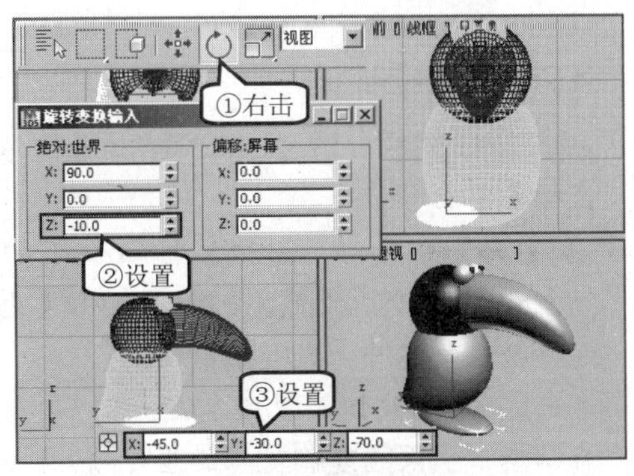

图2-114　设置脚的位置

(4) 复制脚，操作步骤如图 2-115 所示。

① 在工具栏中单击按钮，弹出【镜像：世界 坐标】对话框。

② 在【镜像：世界 坐标】对话框中的【镜像轴】设置项中点选 X 选项。

③ 在【克隆当前选择】设置项中点选 复制 选项。

④ 单击 确定 按钮，完成复制。

⑤ 在状态栏上设置复制对象的坐标【X】为“45”、【Y】为“-45”、【Z】为“-70”。

图2-115　复制脚

6. 创建翅膀。

(1) 创建球体，操作步骤如图 2-116 所示。

① 在前视图中创建一个球体。

② 在【修改】面板中的【参数】卷展栏中设置【半径】为“50”、【分段】为“48”。

(2) 添加【FFD 3 × 3 × 3】修改器，操作步骤如图 2-117 所示。

① 在【修改器列表】中选择【FFD 3 × 3 × 3】选项，添加【FFD 3 × 3 × 3】修改器。

② 展开【FFD 3 × 3 × 3】修改器，选择【控制点】选项。

③ 在顶视图中依次框选最左端和最右端的控制点，然后向中间的控制点移动。

④ 在左视图中依次框选左下端的控制点，然后调整形状使其接近翅膀。

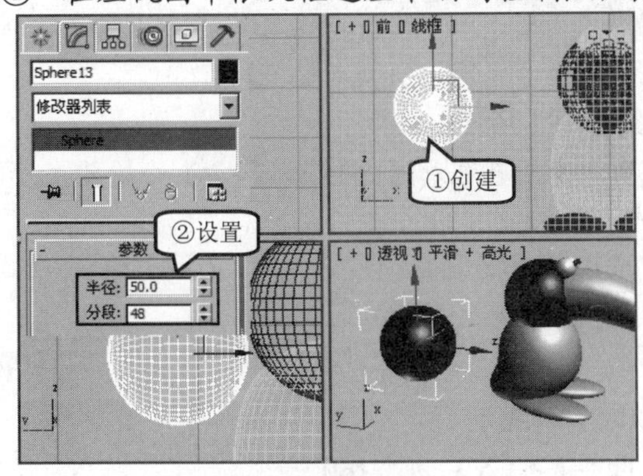

图2-116　创建球体

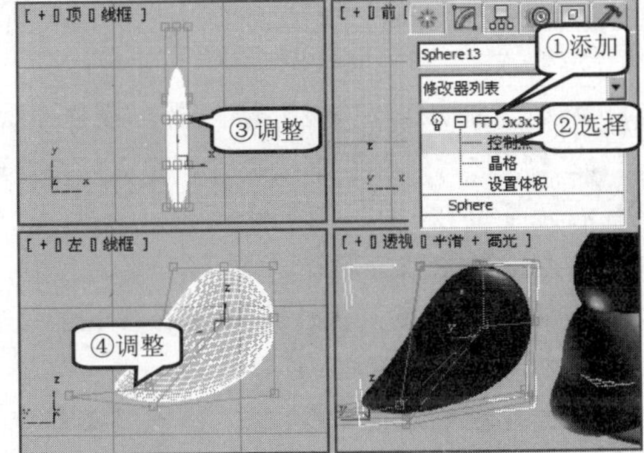

图2-117　添加【FFD 3×3×3】修改器

(3) 镜像复制翅膀，操作步骤如图 2-118 所示。

① 退出【控制点】子层级，在状态栏上设置翅膀坐标【X】为“-75”、【Y】为“-20”、【Z】为“10”。

② 在工具栏中单击按钮，弹出【镜像：世界 坐标】对话框。

③ 在【镜像：世界 坐标】对话框中的【镜像轴】设置项中点选 X 选项，在【克隆当前选择】设置项中点选 复制 选项。

④ 单击 确定 按钮，完成复制。

⑤ 在状态栏上设置复制对象的坐标【X】为“35”、【Y】为“-5”、【Z】为“5”。

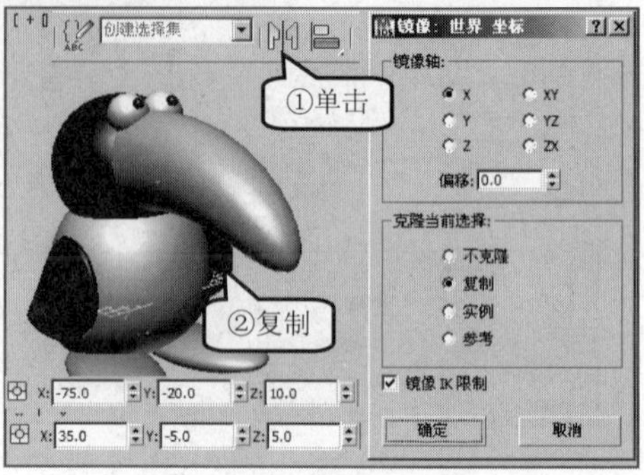

图2-118 镜像复制翅膀

7. 创建尾巴。

(1) 创建球体，操作步骤如图 2-119 所示。

① 在前视图中创建一个球体。

② 在【修改】面板中的【参数】卷展栏中设置【半径】为“60”、【分段】为“48”。

(2) 添加【拉伸】修改器，操作步骤如图 2-120 所示。

① 在【修改器列表】中选择【拉伸】选项，为球体添加【拉伸】修改器。

② 在【参数】卷展栏中设置【拉伸】/【拉伸】为“1”、【放大】为“1”。

③ 展开【拉伸】修改器，选择【中心】选项。

④ 在左视图中将弯曲的中心轴向右移动，使对象从左到右逐渐变小。

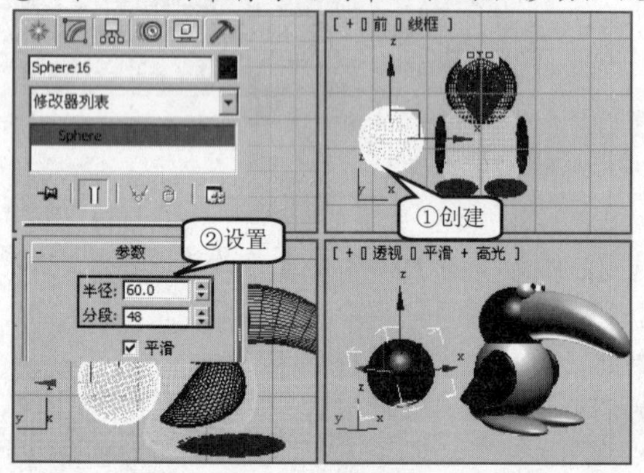

图2-119 创建球体

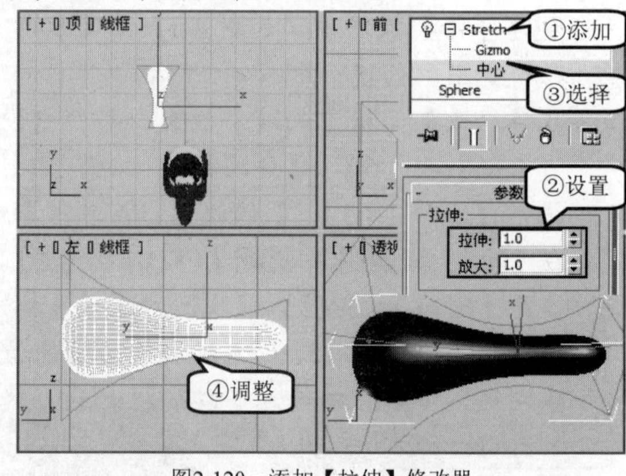

图2-120 添加【拉伸】修改器

(3) 添加【FFD 2 × 2 × 2】修改器，操作步骤如图 2-121 所示。

① 在【修改器列表】中选择【FFD 2 × 2 × 2】选项，为尾巴添加【FFD 2 × 2 × 2】修改器。

② 展开【FFD 2 × 2 × 2】修改器，选择【控制点】选项。

③ 在左视图中依次框选上端和下端的控制点，然后向中间移动。

(4) 旋转尾巴角度，操作步骤如图 2-122 所示。

① 选中场景中的尾巴。

② 在工具栏中右击按钮，弹出【旋转变换输入】对话框。

③ 在【旋转变换输入】对话框中设置【绝对：世界】/【X】为“160”。

④ 在状态栏上设置对象的坐标【X】为“15”、【Y】为“90”、【Z】为“30”。

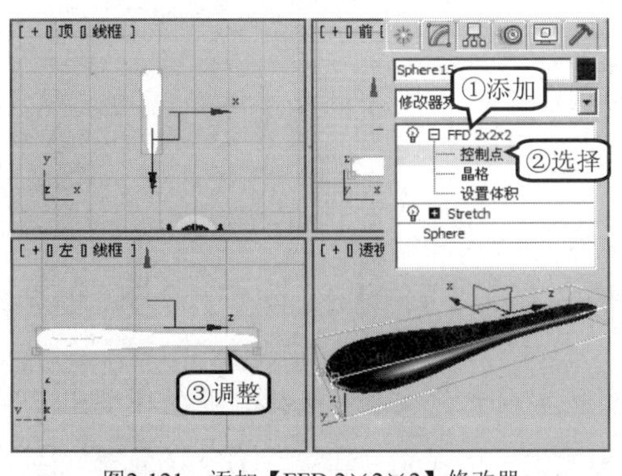

图2-121　添加【FFD 2×2×2】修改器

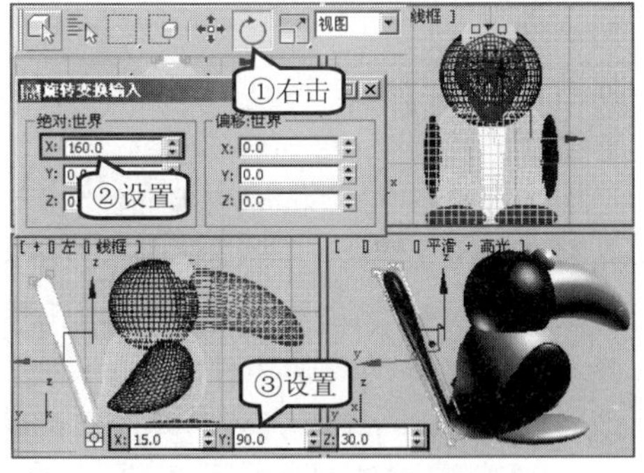

图2-122　旋转尾巴角度

(5) 按 Ctrl + S 组合键保存场景文件到指定目录，本案例制作完成。

2.3 教师辅导

第一问：

在创建“门”或“窗”对象时，发现很难区分门的方向，所以不能按照自己的想法来创建。

解答一：

这个问题可以通过设置初识门或窗的旋开角度来解决，如图 2-123 所示。

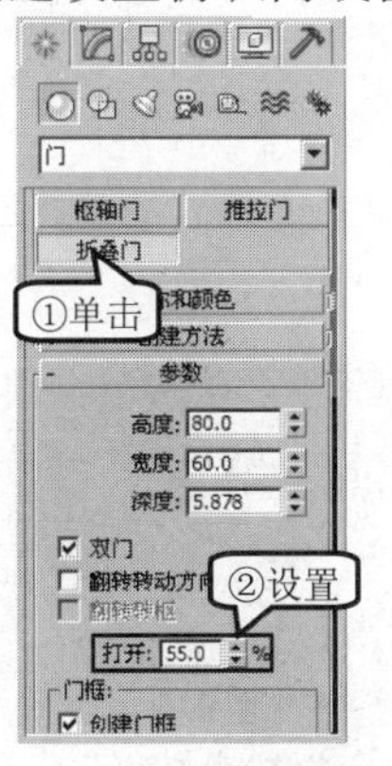

图2-123　创建具有初识角度的门

第二问：

在选择对象时，不能使用鼠标感应来选中坐标轴，如图 2-124 所示，应该如何恢复？

解答二：

那是因为无意中按了它的快捷功能键 X，再按一次就能恢复此功能。

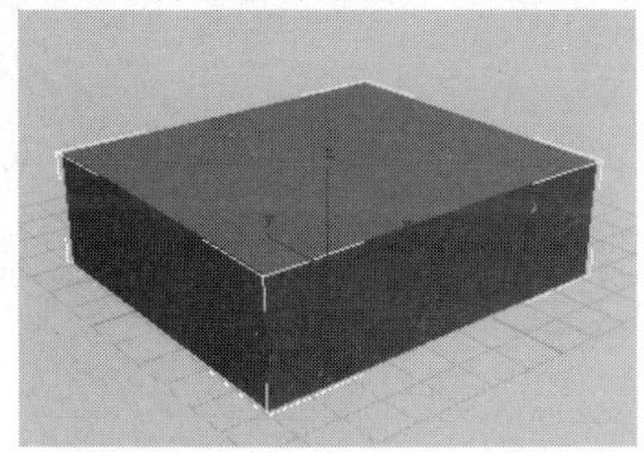

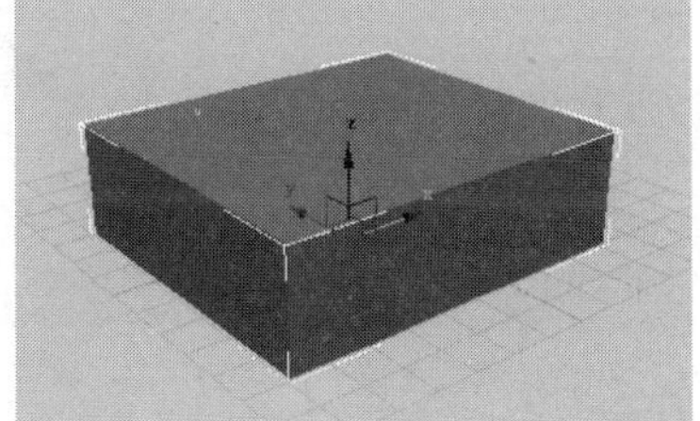
图2-124　坐标轴切换效果

第三问：

如何把一个场景中建立的模型应用到另一个场景？

解答三：

使用 3ds Max 2010 的合并功能。

(1) 先打开场景。

(2) 单击软件界面左上角的按钮，在弹出的菜单中选择【导入】/【合并】命令，然后选择要合并进来的场景文件。

(3) 选择后会出现一个对话框，其中有该场景的所有元素列表，按名称选择需要的模型。

2.4 一章一技巧——使用自动栅格创建对象

用户在创建模型的过程中，经常需要将一个对象创建在另一对象的表面上，一般操作是先创建对象，然后使用【对齐】工具使其对齐，这样的操作比较麻烦。3ds Max 2010 提供的【自动栅格】功能可以方便地把一个物体创建到其他对象的表面上，这样可以节省大量的时间。下面以在桌面上创建一个茶壶为例来讲解使用【自动栅格】功能创建对象的技巧。

【步骤提示】

1. 按 Ctrl + O 组合键打开附盘文件“素材\第 2 章\一章一技巧\自动栅格.max”，如图 2-125 所示。

2. 使用自动栅格创建茶壶，操作步骤如图 2-126 所示。

① 在【标准基本体】面板中单击 茶壶 按钮。

② 勾选 ☑ 自动栅格 选项。

③ 单击桌面。

④ 拖动鼠标就会在桌面上创建一个茶壶。

图2-125　打开模板

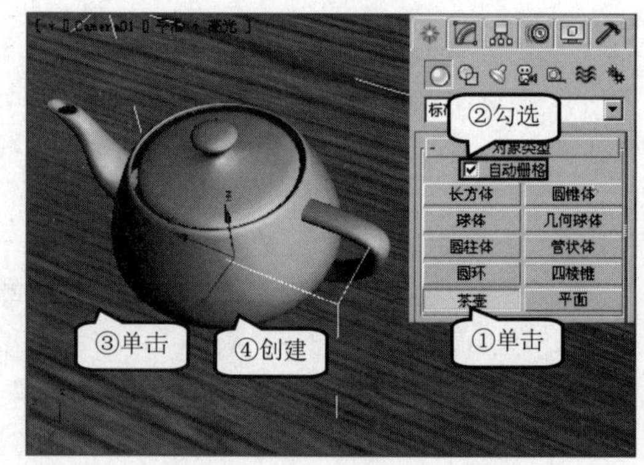

图2-126　使用自动栅格创建茶壶

第3章　二维建模

所谓二维建模，是指利用二维图形生成三维模型的建模方法，是 3ds Max 2010 建模中非常重要的一部分。它是 3ds Max 2010 建模中更具技巧性的建模方法，在标志、各种酒具和瓷器等物体的建模中经常使用，从而使三维设计更加多样化、灵活化。本章详细介绍二维图形的创建和编辑的方法，以及利用二维图形建模的方法。

3.1　二维图形的创建和编辑——制作“中式屏风”

二维建模的主要流程：创建基本二维图形➡编辑二维图形➡添加命令生成三维模型，如图 3-1 所示。从流程可知，二维图形的创建和编辑是二维建模的基础。二维图形主要是由一条或多条样条线组成的对象，如图 3-1 最左边的图形所示。

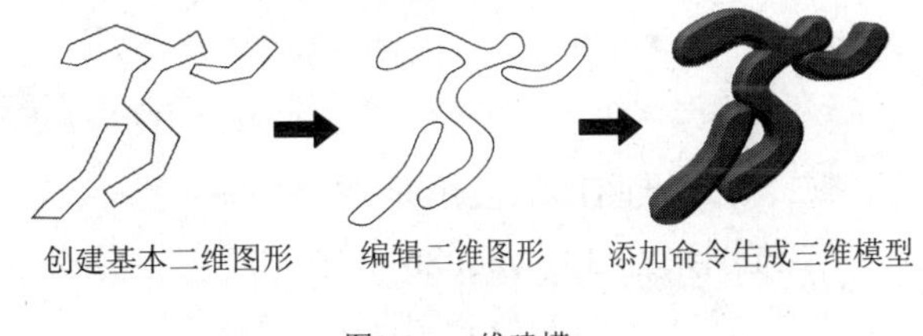

图3-1　二维建模

3.1.1　基础知识——二维图形的创建和编辑

二维建模是在二维图形的基础上添加一些命令生成三维模型的过程。要进行二维建模，首先要掌握二维图形的创建和编辑。

二维图形的创建是通过图形创建面板完成的，如图 3-2 所示。使用面板上的工具按钮创建出来的对象都可以称为二维图形。

一、　二维图形的类型

3ds Max 2010 为用户提供的图形有基本二维图形和扩展二维图形两类。

(1)　基本二维图形。

基本二维图形是指一些几何形状图形对象，有线、矩形、圆、椭圆、弧、圆环、多边形、星形、文本、螺旋线和截面 11 种对象类型，如图 3-3 所示。

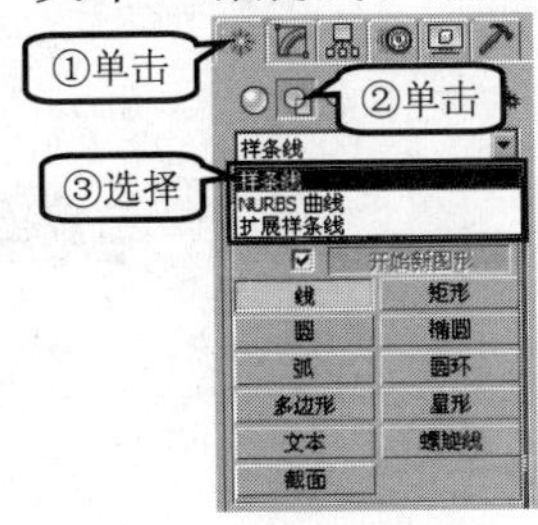

图3-2　图形创建面板

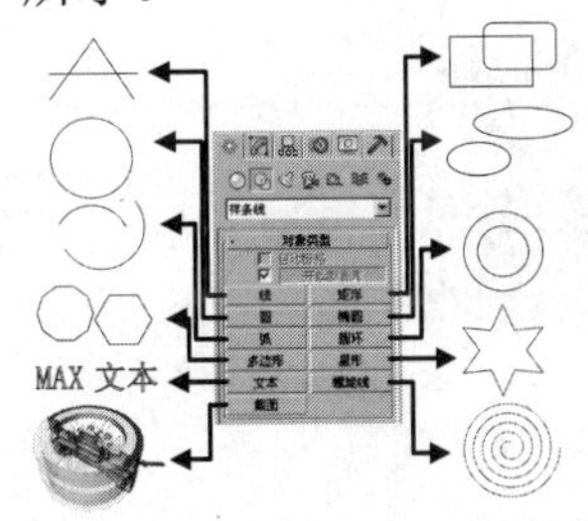

图3-3　基本二维图形

(2) 扩展二维图形。

扩展二维图形是对基本二维图形的一种补充，包括 NURBS 曲线和扩展样条线两类，如图 3-4 和图 3-5 所示。

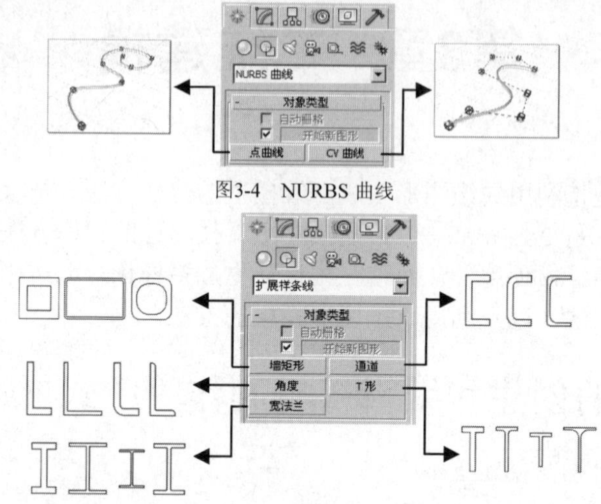

图3-4 NURBS 曲线

扩展样条线
对象类型
自动栅格
开始新图形
墙矩形
通道
角度
T 形
宽法兰

图3-5 扩展样条线

二、 二维图形的应用范围

二维图形在 3ds Max 2010 中的应用主要有以下 4 个方面。

(1) 作为平面和线条物体。

对于封闭的图形，可以添加【编辑网格】修改器将它变为无厚度的薄片物体，用作地面、文字图案和广告牌等，如图 3-6 所示，也可以对它进行点面设置产生曲面造型。

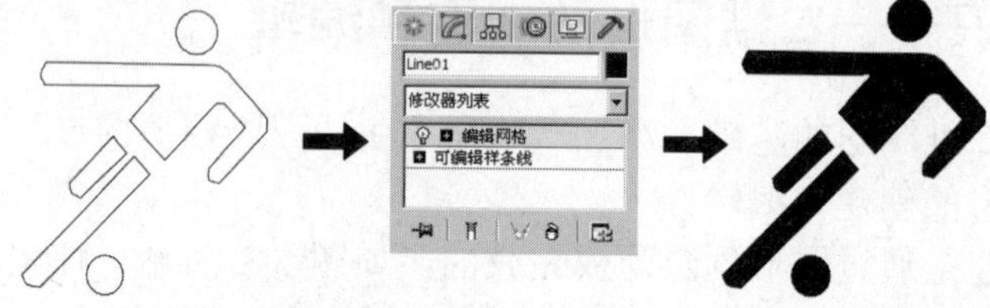

图3-6 添加【编辑网格】修改器制作广告牌

(2) 作为【挤出】、【车削】和【倒角】等修改器加工成型的截面图形。

① 【挤出】修改器可以对图形增加厚度，产生三维框，如图 3-7（a）所示。

② 【车削】修改器可以对曲线进行中心旋转放样，产生三维模型，如图 3-7（b）所示。

③ 【倒角】修改器可以在对二维图形进行挤出成型的同时，在边界上加入线性或弧形倒角，从而创建带倒角的三维模型，如图 3-7（c）所示。

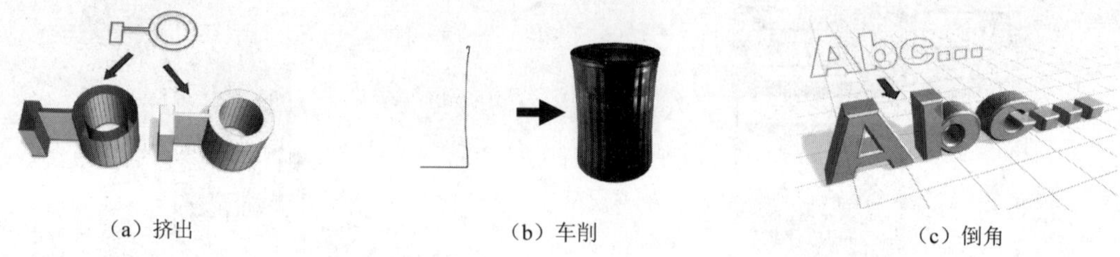

（a）挤出　（b）车削　（c）倒角

图3-7 应用修改器的前后效果

(3) 作为放样功能的截面和路径。

在放样过程中，图形可以作为路径和截面来完成放样造型，如图 3-8 所示。

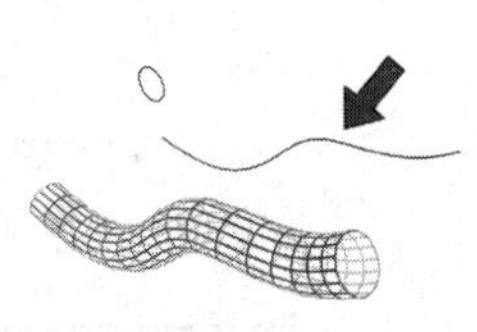

图3-8　放样造型

(4) 作为摄影机或物体运动的路径。

图形可以作为物体的运动轨迹，使物体沿着线形运动，如图 3-9 所示。

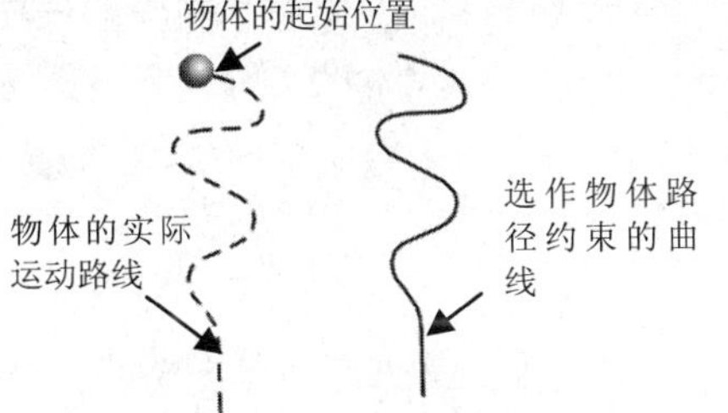

图3-9　路径约束动画效果

三、 二维图形的创建方法

二维图形的创建方法和基本体的创建方法基本一致，都是通过对鼠标左键的操作。下面介绍 3 种典型二维图形的创建方法，其他类型可依此类推。

1. 线。

线条通过【线】工具按钮绘制而成，其创建步骤如下。

(1) 选择【线】工具，操作步骤如图 3-10 所示。

① 单击按钮切换到【创建】面板。

② 单击按钮切换到【图形】面板。

③ 单击 线 按钮，即可选中【线】工具。

(2) 设置初始参数，操作步骤如图 3-11 所示。

① 在【图形】面板中展开【创建方法】卷展栏。

② 在【初始类型】设置项中点选 角点 选项。

③ 在【拖动类型】设置项中点选 角点 选项。

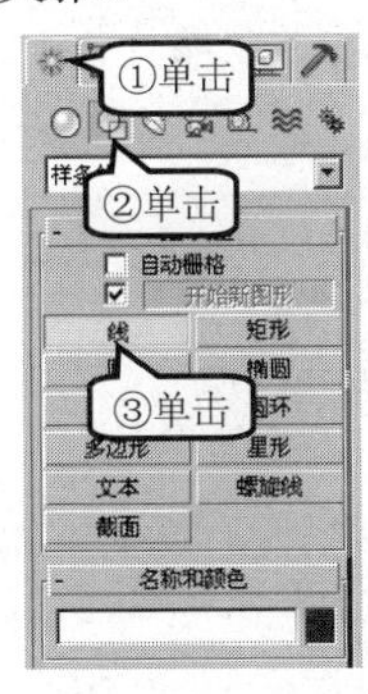

图3-10　选择【线】工具

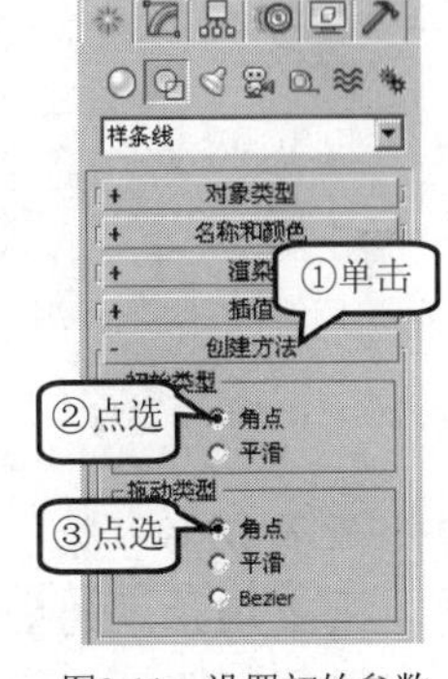

图3-11　设置初始参数

【初始类型】设置项主要是设置创建线条的类型，例如，【角点】选项对应直线，【平滑】选项对应曲线，如图 3-12 所示。【拖动类型】设置项主要是设置单击并拖动鼠标时引出的曲线类型，包括【角点】、【平滑】和【Bezier】3 个选项。Bezier 曲线是最优秀的曲度调节方式，它通过两个手柄来调节曲线的弯曲。

(3) 创建样条线，操作步骤如图 3-13 所示。

① 在视图中单击确定线条的第 1 个顶点。

② 移动鼠标到另一个位置，然后单击创建第 2 个顶点。

③ 再移动鼠标到另一个置，然后单击创建第 3 个顶点。

④ 单击鼠标右键即可结束样条线的创建。

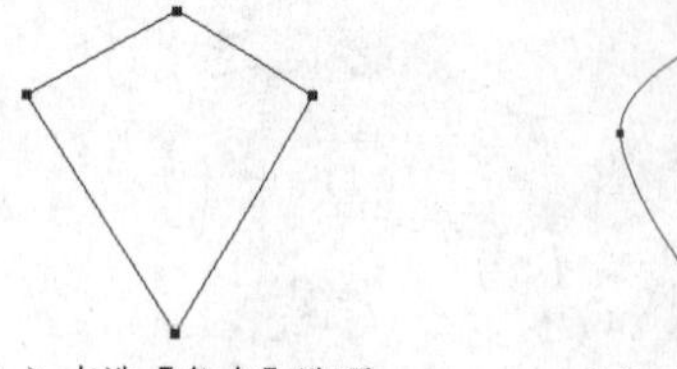

（a）点选【角点】选项　　（b）点选【平滑】选项

图3-12　设置不同参数的绘制效果

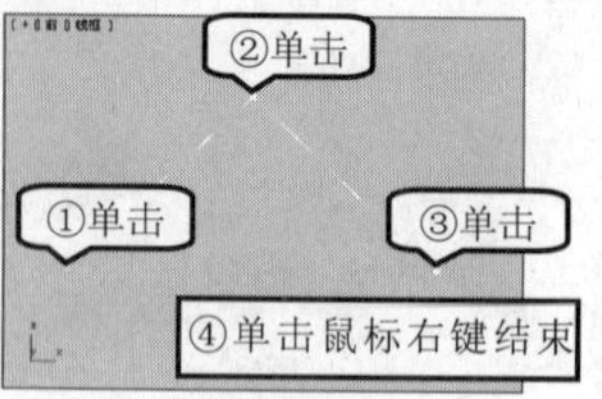

图3-13　创建样条线

在绘制线条的过程中，当线条的终点与起始点重合时，系统会弹出【样条线】对话框，如图 3-14 所示。如果单击 是(Y) 按钮，则创建一个封闭的图形；如果单击 否(N) 按钮，则继续创建线条。在绘制样条线时，按住 Shift 键可绘制直线。

2. 矩形。

矩形通过【矩形】工具按钮绘制而成，其创建步骤如下。

(1) 选择【矩形】工具，操作步骤如图 3-15 所示。

① 单击 按钮切换到【创建】面板。

② 单击 按钮切换到【图形】面板。

③ 单击 矩形 按钮，即可选中【矩形】工具。

④ 在场景中单击并拖动鼠标即可创建矩形。

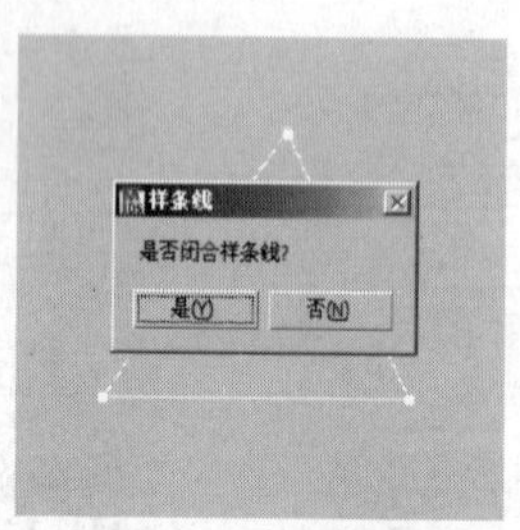

图3-14　【样条线】对话框

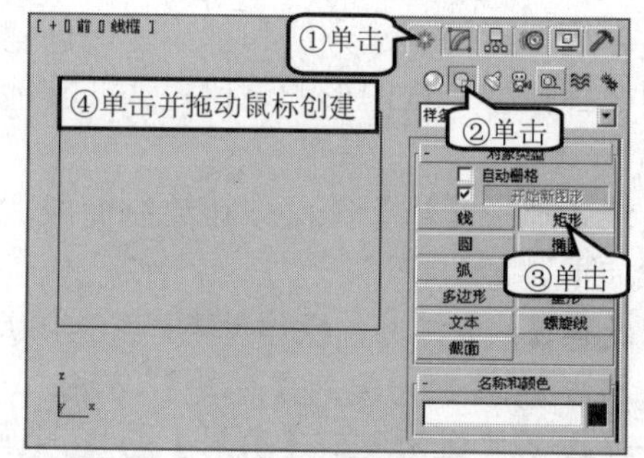

图3-15　创建矩形

(2) 设置矩形参数，操作步骤如图 3-16 所示。

① 选中场景中的矩形。

② 单击 按钮切换到【修改】面板。

③ 在【参数】卷展栏中设置【长度】为“80”、【宽度】为“120”、【角半径】为“10”。

3. 创建二维复合图形。

使用二维图形工具按钮创建的图形默认情况下是相互独立的。在建模过程中，经常用一些基本二维图形的组合来创建曲线，然后进行一系列剪辑等操作来满足用户的要求，此时需要创建二维复合图形，其创建步骤如图 3-17 所示。

(1) 单击 按钮切换到【创建】面板。

(2) 单击 按钮切换到【图形】面板。

(3) 在【对象类型】卷展栏中取消 开始新图形 选项的勾选状态。

(4) 在场景中绘制多个图形，此时绘制的图形会成为一个整体，它们共用一个轴心点。

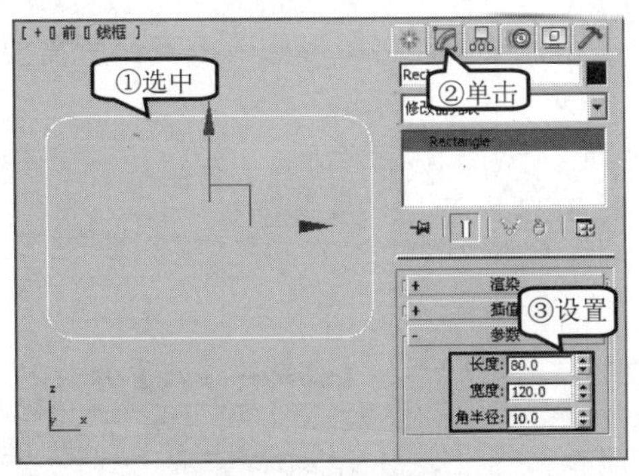

图3-16　设置矩形参数

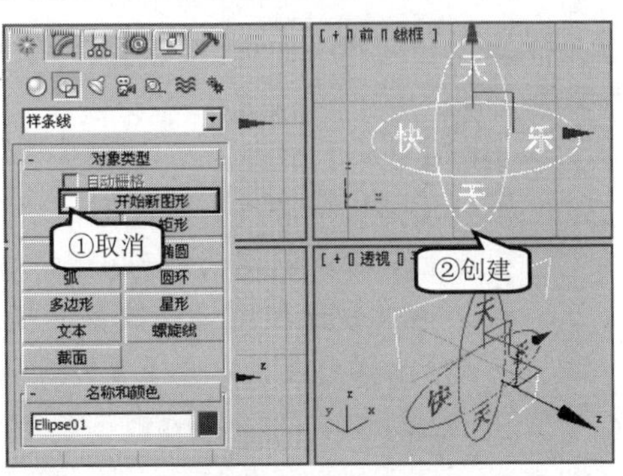

图3-17　创建复合图形

当需要重新创建独立图形时，需要重新勾选☑ 开始新图形 选项。

4.　二维图形的编辑方法。

直接使用图形工具按钮创建的二维图形都是一些简单的基本图形，在实际运用中经常需要对二维图形的顶点、线段、样条线进行修改，使它们成为用户需要的曲线，如图 3-18 所示。

（a）基本图形

（b）编辑后的图形

图3-18　修改二维图形

在对二维图形进行修改时，除了用【线】工具按钮绘制的图形可直接使用【修改】面板进行修改外，如图 3-19 所示，其他图形都需要转换为可编辑样条线后才能进行修改。

将图形转换为可编辑样条线有两种方法。

- 为图形添加【编辑样条线】修改器，如图 3-20 所示。
- 单击鼠标右键，在弹出的快捷菜单中选择【转换为】/【转换为可编辑样条线】命令，如图 3-21 所示。

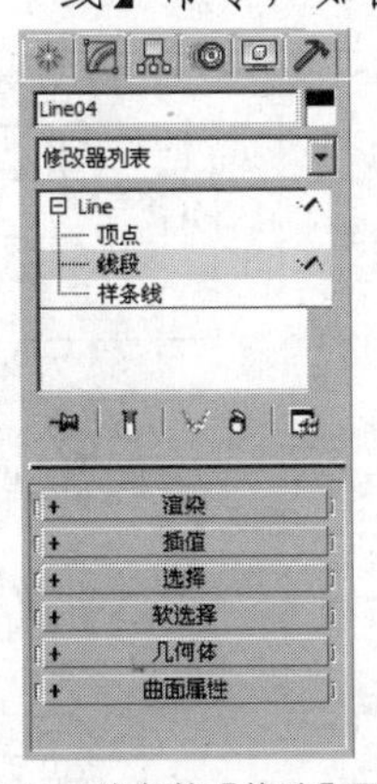

图3-19　线条的【修改】面板

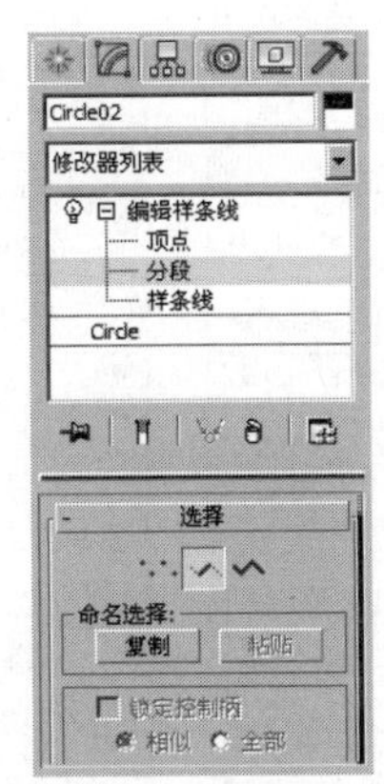

图3-20　添加【编辑样条线】修改器

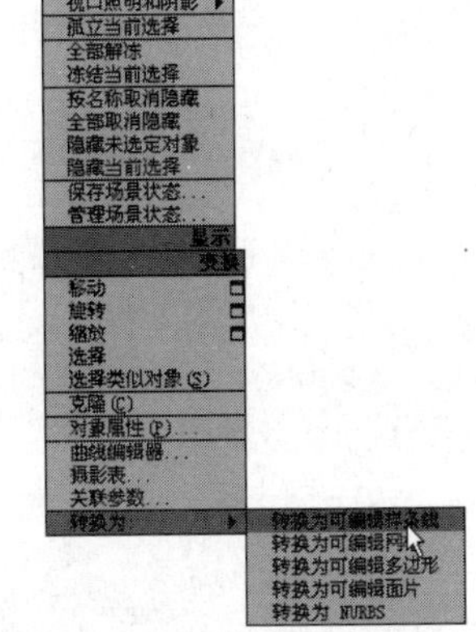

图3-21　快捷菜单

下面通过为矩形添加【编辑样条线】修改器来学习【顶点】选择集的修改方法以及常用的顶点修改选项。

(1)　【顶点】选择集的修改。

在对样条线进行编辑修改时，【顶点】选择集的修改是最常用的。其主要的修改方式是

通过在样条线上进行添加点、移动点、断开点、连接点等操作，将图形修改成我们所需要的各种复杂形状。

① 选择【矩形】工具，在前视图中创建一个矩形，如图 3-22 所示。

② 添加【编辑样条线】修改器，操作步骤如图 3-23 所示。

i 在场景中选中创建的圆形。

ii 单击按钮切换到【修改】面板。

iii 在【修改器列表】中选择【编辑样条线】选项，为矩形添加【编辑样条线】修改器。

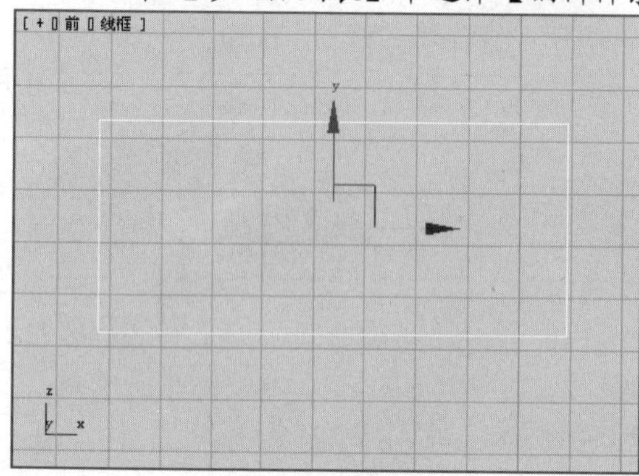

图3-22 创建矩形

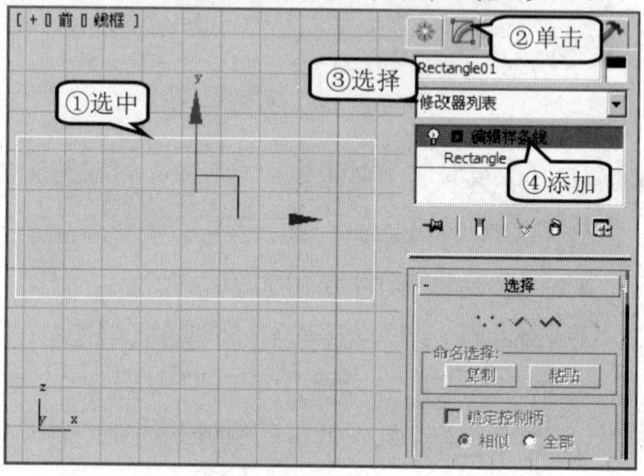

图3-23 添加【编辑样条线】修改器

③ 选择【顶点】子层级，操作步骤如图 3-24 所示。

i 单击【编辑样条线】修改器前面的符号展开【编辑样条线】修改器。

ii 选择【顶点】选项。

④ 添加顶点，操作步骤如图 3-25 所示。

i 展开【几何体】卷展栏。

ii 单击 优化 按钮。

iii 将鼠标指针移动至矩形的线段上，单击即可在相应的位置插入新的节点。

iv 在视图中单击鼠标右键关闭优化按钮。

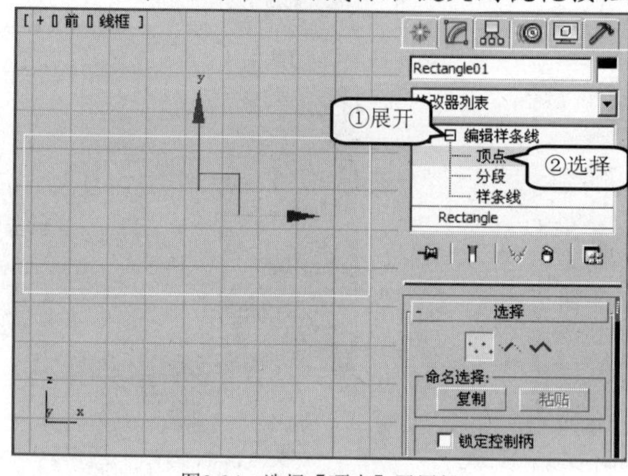

图3-24 选择【顶点】子层级

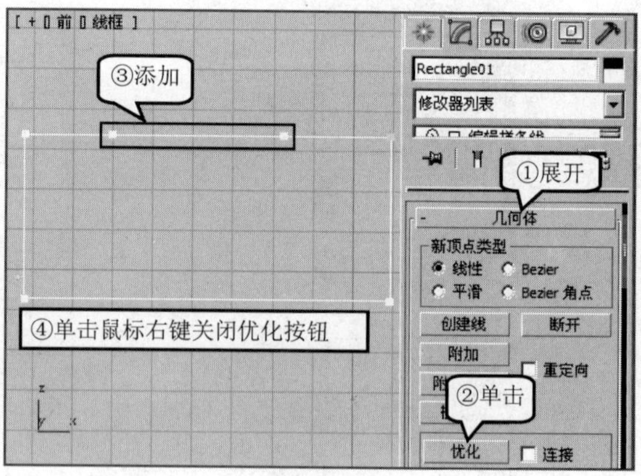

图3-25 添加顶点

⑤ 调整顶点，操作步骤如图 3-26 所示。

i 在工具栏中单击按钮。

ii 逐个选中顶点并移动顶点。

当顶点被选中时，顶点左右会出现两个控制手柄，通过调节手柄可以调整样条线的曲度，这是因为给样条线添加【编辑样条线】修改器后，样条线的顶点为【Bezier】类型。

3ds Max 2010 为用户提供了 4 种类型的顶点：角点、平滑、Bezier 和 Bezier 角点。选择顶点后单击鼠标右键，在弹出的快捷菜单中的【工具 1】区内可以看到顶点的 4 种类型，如图 3-27 所示。选择其中的类型选项，可以将顶点转换为相应的类型。它们的区别如下。

（1）角点：【角点】类型将顶点两侧的曲率设为直线，在两个顶点之间会产生尖锐的转折效果，如图 3-28（a）所示。

（2）平滑：【平滑】类型将线段切换为圆滑的曲线，平滑顶点处的曲率是由相邻顶点的间距决定的，如图 3-28（b）所示。

（3）Bezier：【Bezier】类型在顶点上方会出现控制柄，两个控制柄会锁定成一条直线并与顶点相切，顶点处的曲率由切线控制柄的方向和距离决定，如图 3-28（c）所示。

（4）Bezier 角点：【Bezier 角点】类型在顶点上方会出现两个不相关联的控制柄，分别用于调节线段两侧的曲率，如图 3-28（d）所示。

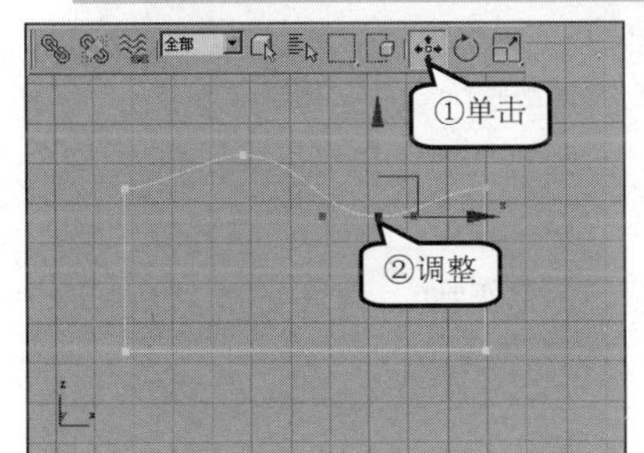

图3-26　调整顶点

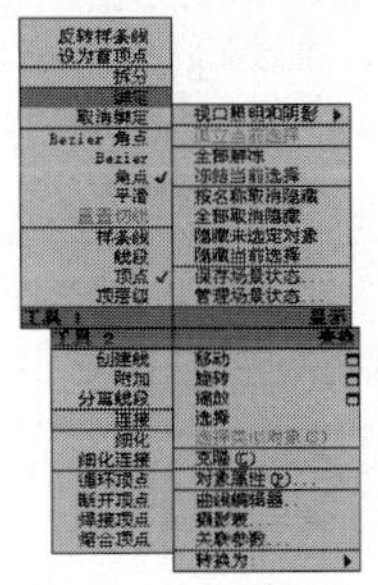

图3-27　快捷菜单

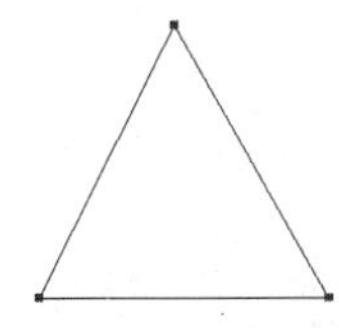

（a）角点

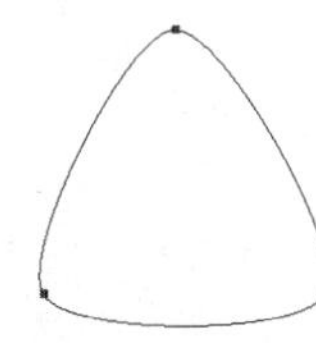

（b）平滑

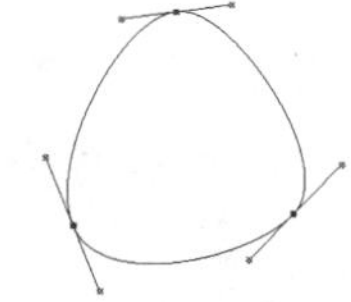

（c）Bezier

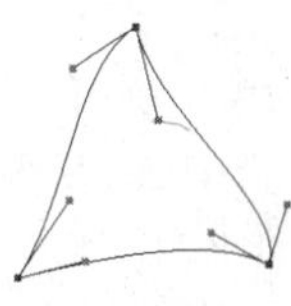

（d）Bezier 角点

图3-28　不同的顶点类型

在二维图形的顶点修改中，除了经常用 优化 按钮添加顶点外，还有一些比较常用的选项，如表 3-1 所示。

表 3-1　**常用的顶点修改选项**

选项	功能
连接	连接两个断开的点
断开	使闭合图形变为开放图形
插入	该功能与【优化】按钮相似，都是增加顶点，只是【优化】按钮是在保持原图形不变的基础上增加顶点，而【插入】选项是一边增加顶点一边改变原图形的形状
设为首顶点	第一个顶点用来标明一个二维图形的起点，在放样设置中各个截面图形的第一个节点决定表皮的形成方式，此功能就是使选中的点成为第一个顶点
焊接	将两个断开的点合并为一个顶点

续表

选项	功能
删除	删除选中的顶点。选中顶点后，使用Del键也可删除该顶点
锁定控制柄	该选项只对【Bezier】和【Bezier 角点】类型的顶点生效。选择该选项后，框选多个顶点，移动其中一个顶点的控制手柄，其他顶点的控制手柄也随着变动

(2) 【分段】选择集的修改。

要对线段进行调整，需要在【编辑样条线】修改器中选择【分段】子层级，如图 3-29 所示，在场景中选中线段即可对线段进行一系列的操作，包括移动、断开和拆分等，如表 3-2 所示。

表 3-2　　常用的分段修改选项

选项	功能
断开	将选择的线段打断
优化	与顶点的优化功能相同，主要是在线条上创建新的顶点
拆分	通过在选择的线段上加点，将选择的线段分成若干条线段，通过在其后面的输入框中输入要加入顶点的数值，然后单击该按钮，即可将选择的线段细分为若干条线段
分离	将当前选择的线段分离

(3) 【样条线】选择集的修改。

样条线级别是二维图形中另一个功能强大的次物体修改级别，相连接的线段即为一条样条线。在样条线级别中，【轮廓】和【布尔】运算的设置最为常用。

下面介绍轮廓的创建方法，操作步骤如图 3-30 所示。

① 在【编辑样条线】修改器中选择【样条线】子层级。

② 选中场景中的样条线。

③ 在【几何体】卷展栏的【轮廓】输入框中输入“5”。

④ 单击 轮廓 按钮，即可创建轮廓。

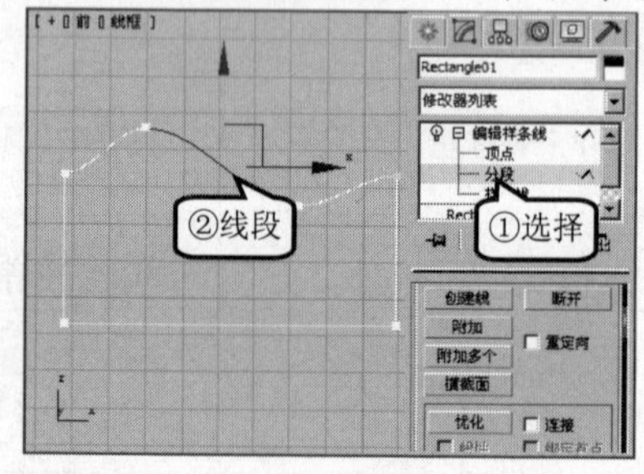

图3-29　调整线段

图3-30　添加轮廓线

3.1.2 案例剖析——制作“中式屏风”

【案例剖析】

本案例通过绘制多个样条线，并对样条线进行修剪，然后添加【挤出】修改器来制作屏风的外形。本案例主要讲解二维图形的绘制和调整方法与技巧。最终效果如图 3-31 所示。

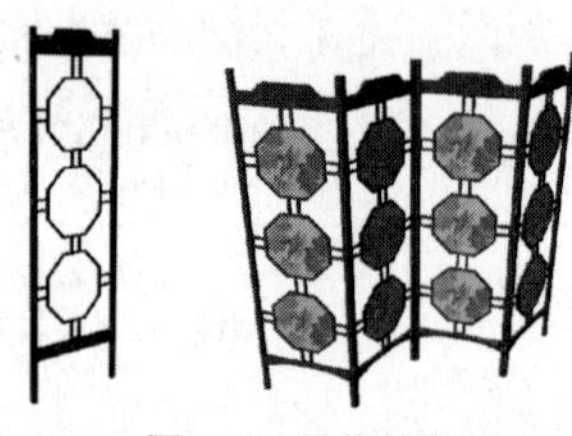

图3-31　最终效果

【操作思路】

【步骤提示】

1. 制作屏风的支架。

(1) 运行 3ds Max 2010 软件。

(2) 创建矩形，操作步骤如图 3-32 所示。

① 单击按钮切换到【创建】面板。

② 单击按钮切换到【二维】面板。

③ 单击 矩形 按钮。

④ 在前视图中拖动鼠标创建一个矩形。

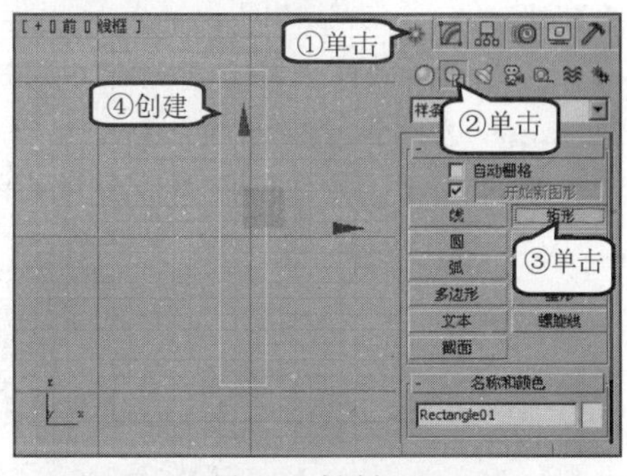

图3-32　创建矩形

(3) 设置矩形参数，操作步骤如图 3-33 所示。

① 选中创建的矩形。

② 单击按钮切换到【修改】面板。

③ 在【参数】卷展栏中设置矩形的【长度】为“220”、【宽度】为“10”。

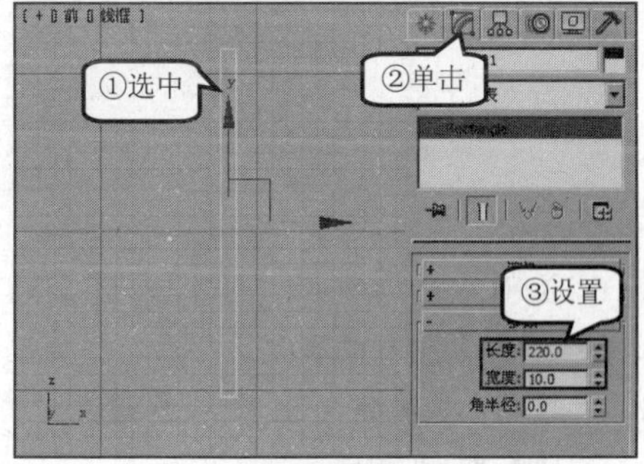

图3-33　设置矩形参数

(4) 创建多边形，操作步骤如图 3-34 所示。

① 单击按钮切换到【创建】面板。

② 单击按钮切换到【图形】面板。

③ 单击 多边形 按钮。

④ 在前视图中创建一个多边形。

(5) 设置多边形参数，操作步骤如图 3-35 所示。

① 选中创建的多边形。

② 单击按钮切换到【修改】面板。

③ 在【参数】卷展栏中设置多边形的【半径】为“30”、【边数】为“8”。

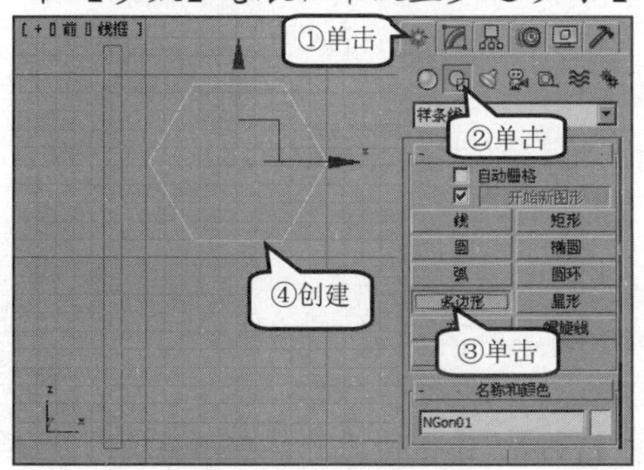

图3-34　创建多边形

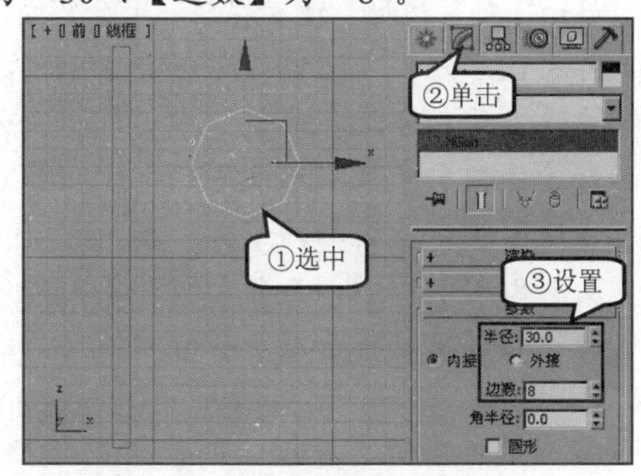

图3-35　设置多边形参数

(6) 旋转多边形，操作步骤如图 3-36 所示。

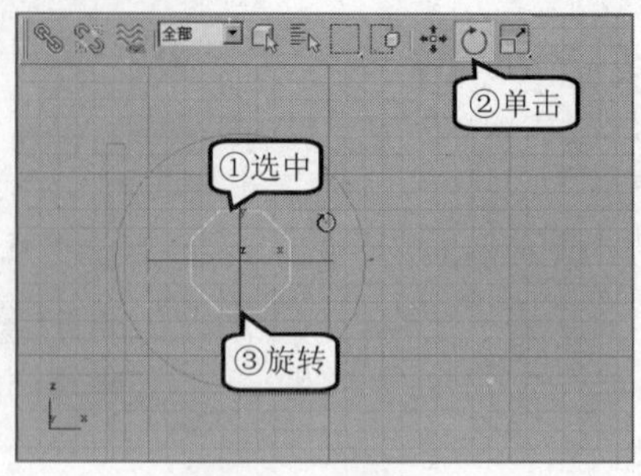

图3-36 旋转多边形

① 选中场景中的多边形。

② 在工具栏上单击按钮。

③ 旋转多边形，使其底边平行于水平面。

(7) 对齐多边形，操作步骤如图 3-37 所示。

① 选中场景中的多边形。

② 在工具栏上单击按钮。

③ 拾取前面绘制的矩形，即可弹出【对齐当前选择】对话框。

④ 在【对齐当前选择】对话框中勾选☑ X 位置 ☑ Y 位置 ☑ Z 位置选项，点选【当前对象】设置项中的◉ 轴点选项和【目标对象】设置项中的◉ 轴点选项。

⑤ 单击 确定 按钮，使多边形对齐到矩形的中心。

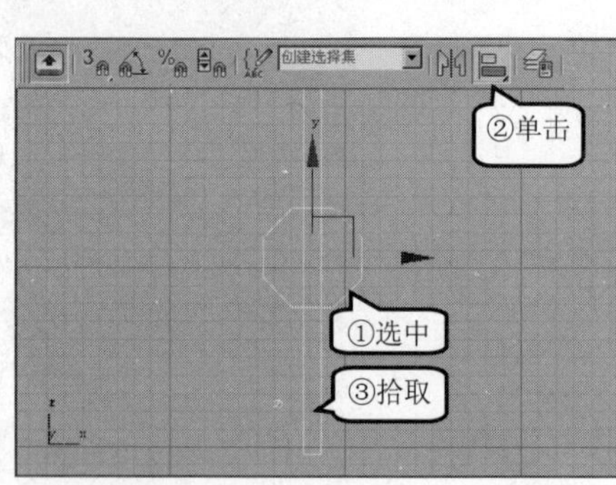

图3-37 对齐多边形

(8) 复制多边形，操作步骤如图 3-38 所示。

① 选中场景中的多边形。

② 按住 Shift 键向上移动多边形，即可弹出【克隆选项】对话框。

③ 在【克隆选项】对话框中点选◉ 复制 选项。

④ 在【克隆选项】对话框中设置【副本数】为“2”。

⑤ 单击 确定 按钮，完成复制。

⑥ 移动 3 个多边形，使其在矩形上分布间隔相等。

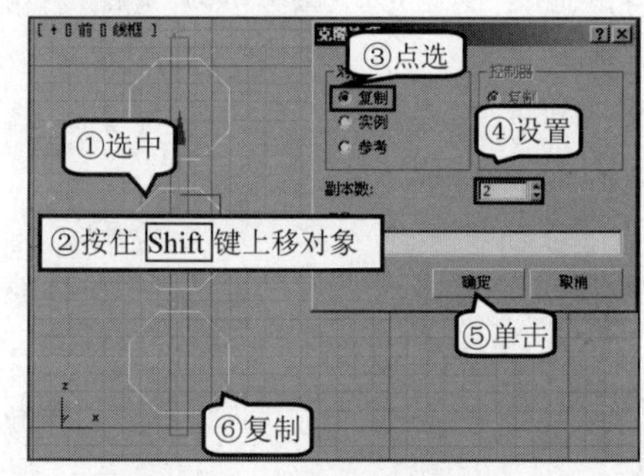

图3-38 复制多边形

(9) 再次创建矩形，操作步骤如图 3-39 所示。

① 按照上面的方法在前视图中创建一个矩形。

② 在【参数】卷展栏中设置矩形的【长度】为“10”、【宽度】为“80”。

③ 让矩形对齐多边形的中心。

④ 复制出两个矩形，并分别对齐到另外两个多边形的中心。

(10) 转换为可编辑样条线，操作步骤如图 3-40 所示。

① 选中第 1（2）步创建的矩形。

② 单击鼠标右键，在弹出的快捷菜单中选择【转换为】/【转换为可编辑样条线】选项，将矩形转换为可编辑样条线。

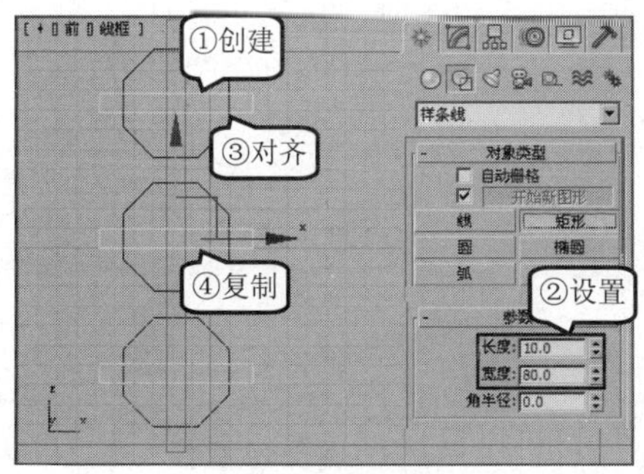

图3-39　再次创建矩形

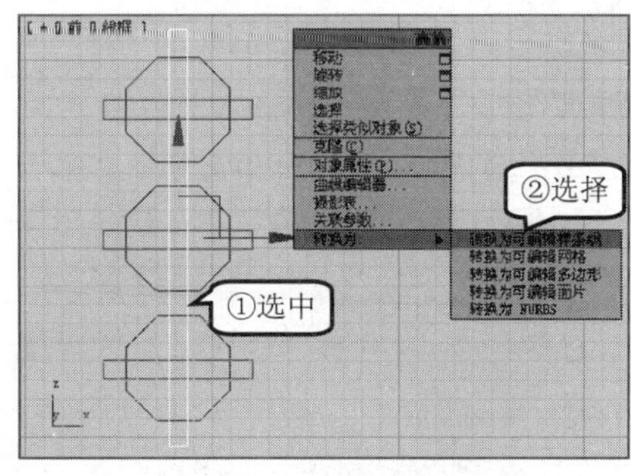

图3-40　转换为可编辑样条线

(11) 附加矩形，操作步骤如图 3-41 所示。

① 选中转换为可编辑样条线的矩形。

② 单击 按钮切换到【修改】面板。

③ 在【几何体】卷展栏中单击 附加多个 按钮，弹出【附加多个】窗口。

④ 在【附加多个】窗口中按住 Shift 键选中所有对象。

⑤ 单击 附加 按钮，将所有的图形附加在一起。

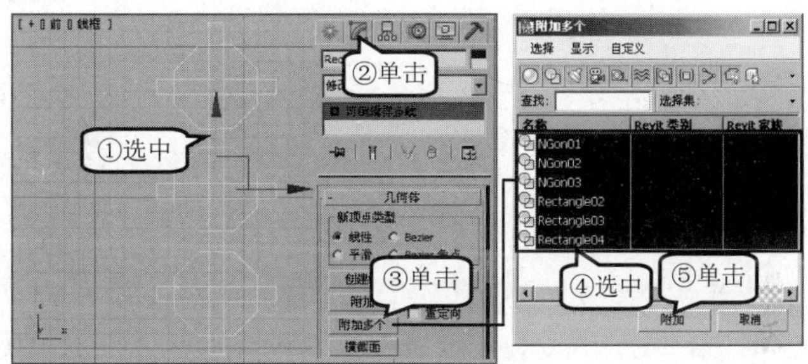

图3-41　附加矩形

(12) 修剪样条线，操作步骤如图 3-42 所示。

① 选中场景中的样条线。

② 单击 按钮切换到【修改】面板。

③ 展开【修改器列表】中的【可编辑样条线】选项。

④ 选择【样条线】子层级。

⑤ 单击【几何体】卷展栏中的 修剪 按钮。

⑥ 逐个单击剪切掉中间部分的样条线。

(13) 制作轮廓，操作步骤如图 3-43 所示。

① 在场景中框选所有样条线。

② 在【几何体】卷展栏中设置【轮廓】为“2”。

③ 单击【几何体】卷展栏中的 轮廓 按钮，即可创建轮廓。

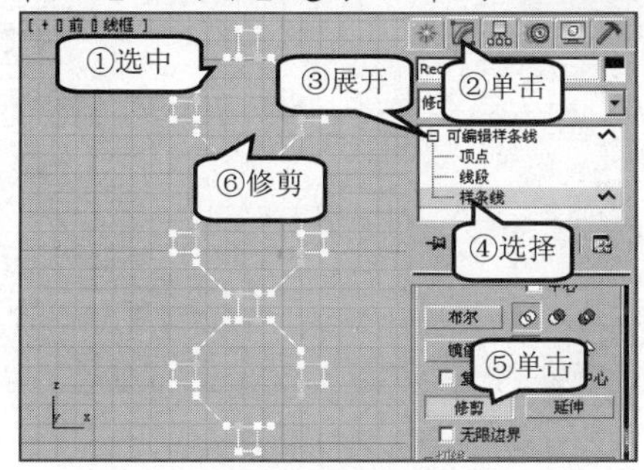

图3-42　修剪样条线

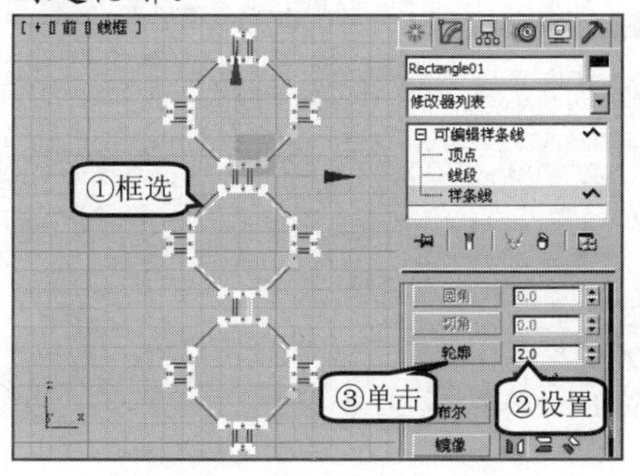

图3-43　制作轮廓

(14) 挤出图形，操作步骤如图 3-44 所示。

① 将视图上的对象命名为“支架”。

② 在【修改器列表】中选择【挤出】选项，为“支架”添加【挤出】修改器。

③ 在【参数】卷展栏中设置【数量】为“2”。

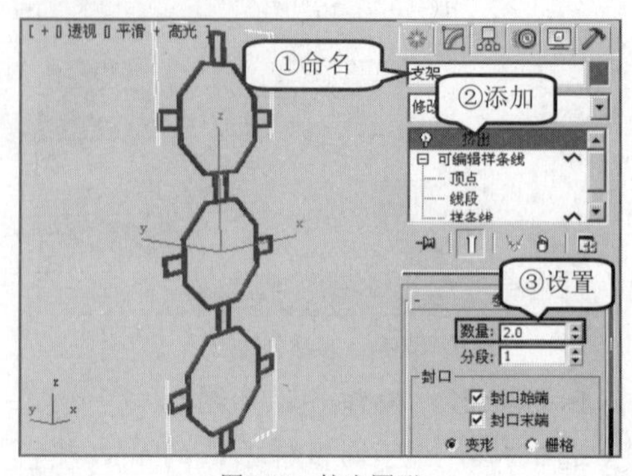

图3-44 挤出图形

2. 制作屏风的左右轮廓。

(1) 创建长方体，操作步骤如图 3-45 所示。

① 单击 按钮切换到【创建】面板。

② 单击 按钮切换到【标准基本体】面板。

③ 单击 长方体 按钮。

④ 在前视图中创建一个多边形。

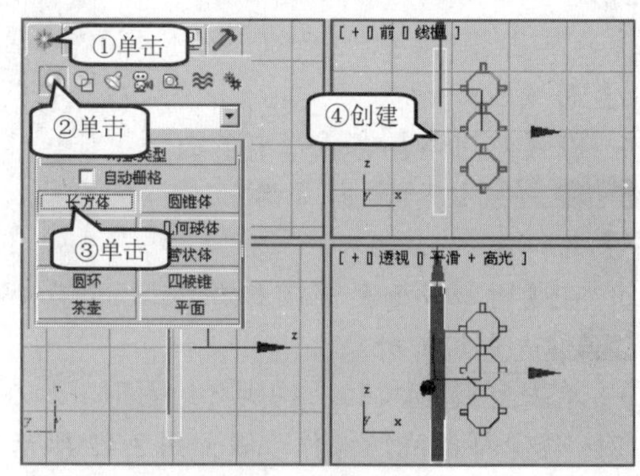

图3-45 创建长方体

(2) 设置长方体参数并复制长方体，操作步骤如图 3-46 所示。

① 选中创建的长方体。

② 单击 按钮切换到【修改】面板。

③ 在【参数】卷展栏中设置长方体的【长度】为“280”、【宽度】为“4”、【高度】为“4”。

④ 将长方体移至支架的边缘，然后复制出一个长方体，并移至支架另一边的边缘。

(3) 创建矩形并转换为可编辑样条线，操作步骤如图 3-47 所示。

① 在前视图中创建一个矩形，并移至支架的顶部。

② 在【参数】卷展栏中设置矩形的【长度】为“10”、【宽度】为“80”。

③ 选中矩形，单击鼠标右键，在弹出的快捷菜单中选择【转换为】/【转换为可编辑样条线】选项，将矩形转换为可编辑样条线。

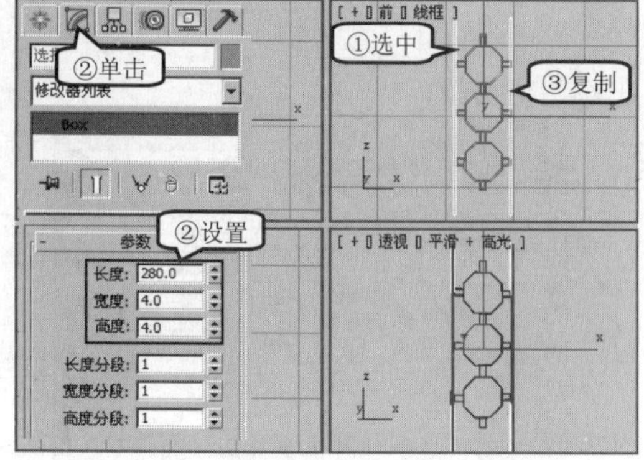

图3-46 设置长方体参数并复制长方体

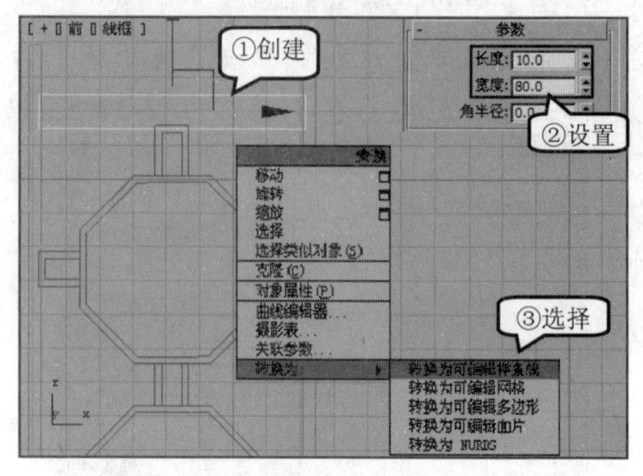

图3-47 创建矩形并转换为可编辑样条线

(4) 添加顶点，操作步骤如图 3-48 所示。

① 选中转换后的可编辑样条线。

② 单击按钮切换到【修改】面板。

③ 展开【可编辑样条线】选项，选择【顶点】子层级。

④ 在【几何体】卷展栏中单击 优化 按钮。

⑤ 在矩形上边上添加 4 个顶点。

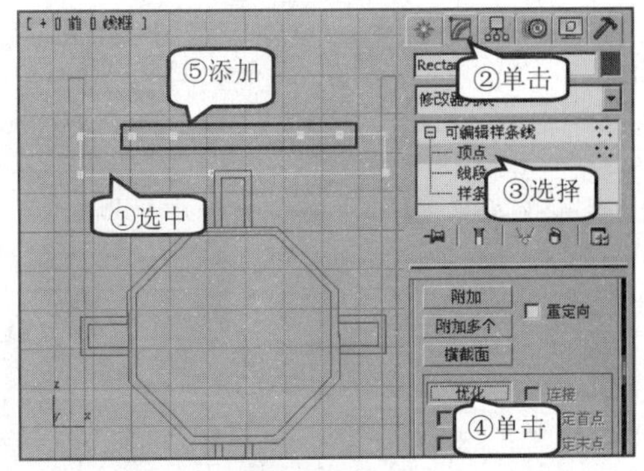

图3-48　添加顶点

(5) 调整矩形形状，操作步骤如图 3-49 所示。

① 框选中间的两个顶点。

② 拖动鼠标向上移动选中的顶点。

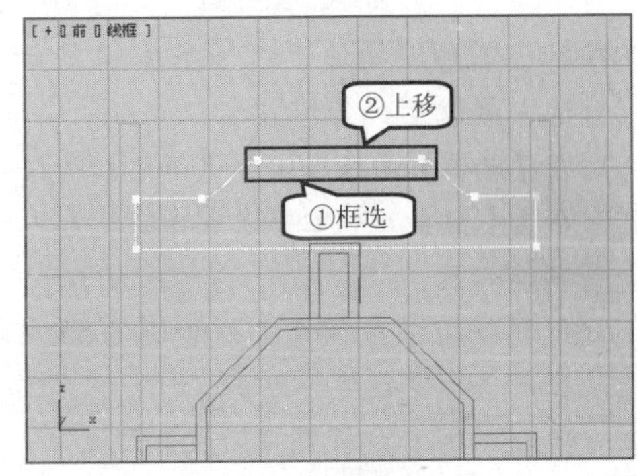

图3-49　调整矩形形状

(6) 挤出图形，操作步骤如图 3-50 所示。

① 选中调整后的矩形。

② 在【修改】面板中添加【挤出】修改器。

③ 在【参数】卷展栏中设置【数量】为“3”。

(7) 创建矩形，操作步骤如图 3-51 所示。

① 在前视图中创建一个矩形，并移至支架的底部。

② 在【参数】卷展栏中设置矩形的【长度】为“10”、【宽度】为“80”。

③ 选中矩形，单击鼠标右键，在弹出的快捷菜单中选择【转换为】/【转换为可编辑样条线】选项，将矩形转换为可编辑样条线。

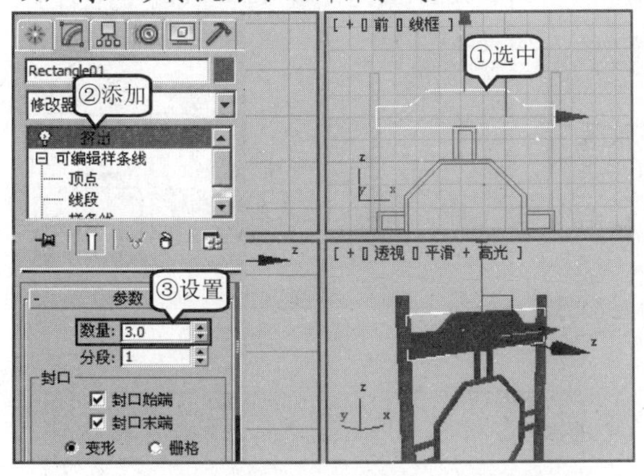

图3-50　挤出图形

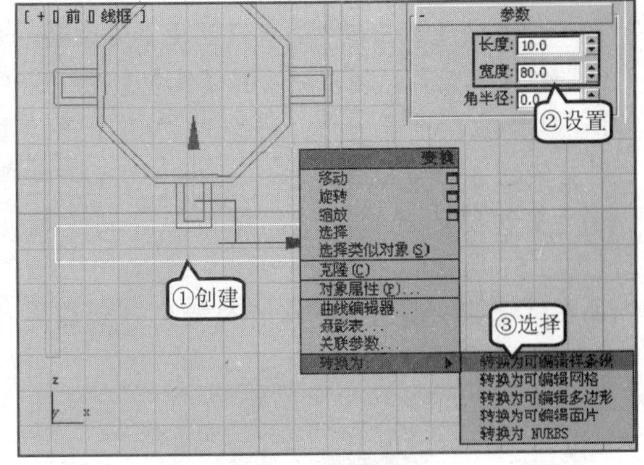

图3-51　创建矩形

(8) 添加顶点，操作步骤如图 3-52 所示。

① 选中转换后的可编辑样条线。

② 单击按钮切换到【修改】面板。

③ 展开【可编辑样条线】选项，选择【顶点】子层级。

④ 单击【几何体】卷展栏中的 优化 按钮。

⑤ 在矩形底边添加 6 个顶点。

(9) 逐个选中添加的顶点，然后向上移动，使其形成阶梯状，如图 3-53 所示。

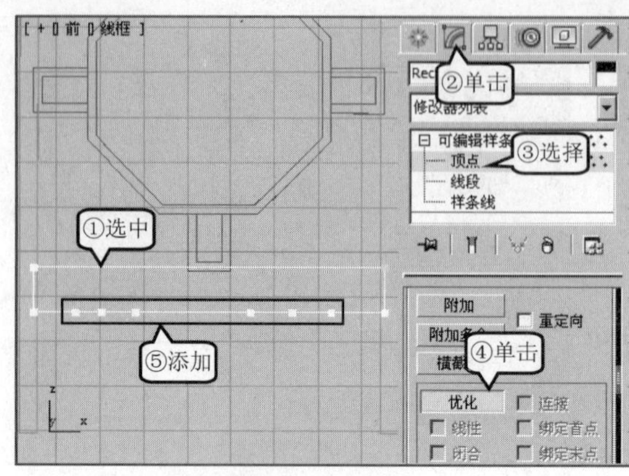

图3-52　添加顶点　　图3-53　调整矩形形状

(10) 挤出图形，操作步骤如图 3-54 所示。

① 选中修改后的矩形。

② 在【修改】面板中添加【挤出】修改器。

③ 在【参数】卷展栏中设置【数量】为“3”。

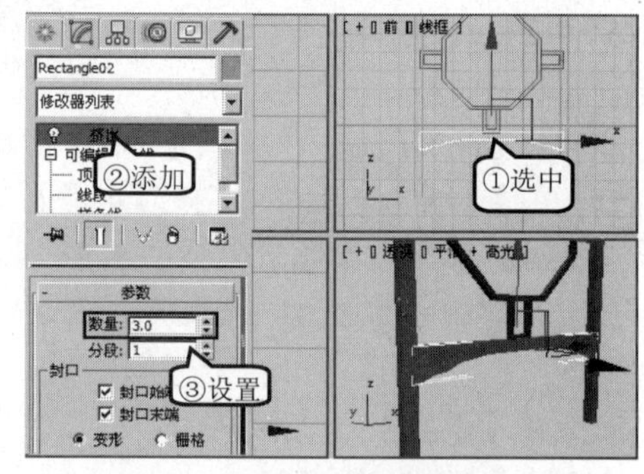

图3-54　挤出图形

3. 制作画布。

(1) 创建多边形，操作步骤如图 3-55 所示。

① 在前视图中创建一个多边形。

② 单击按钮切换到【修改】面板。

③ 在【参数】卷展栏设置多边形的【半径】为“28”、【边数】为“8”。

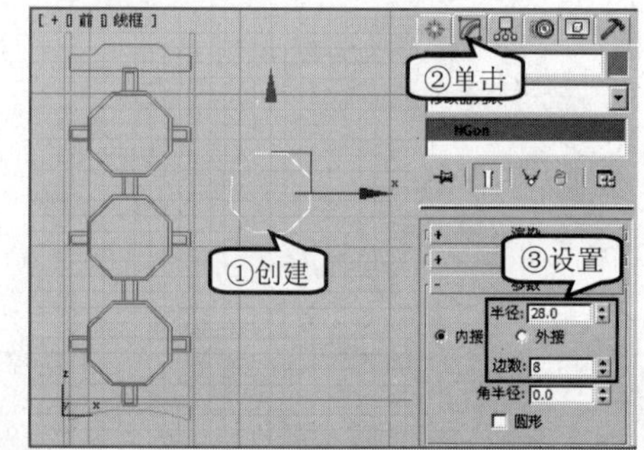

图3-55　创建多边形

(2) 挤出多边形，操作步骤如图 3-56 所示。

① 在【修改】面板中添加【挤出】修改器。

② 在【参数】卷展栏中设置【数量】为“0.5”。

③ 复制出两个多边形，并分别将 3 个多边形放置到支架的 3 个方框中。

(3) 复制创建好的屏风，然后组合到一起，如图 3-57 所示。

(4) 按 Ctrl + S 组合键保存场景文件到指定目录，本案例制作完成。

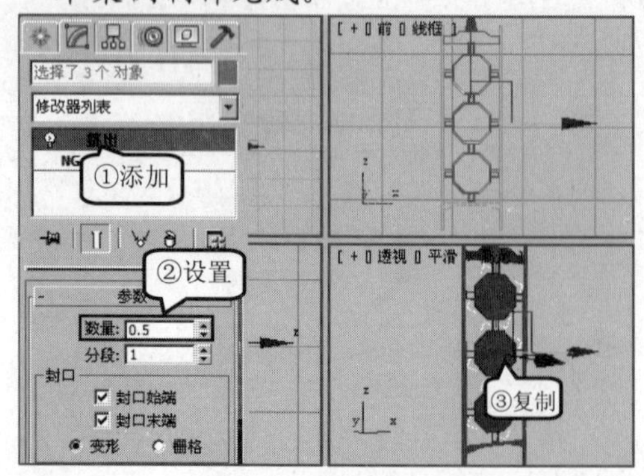

图3-56　挤出多边形

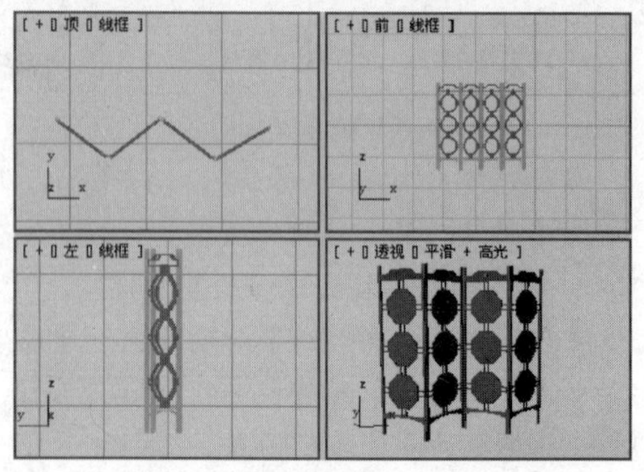

图3-57　复制屏风

3.1.3　拓展案例——制作“古典折扇”

【案例剖析】

折扇是由扇面、扇骨和销钉构成的。扇面是通过创建样条线后挤出制作而成，而扇骨和销钉是用基本体制作而成。本实例讲解样条线的创建和修改。最终效果如图 3-58 所示。

图3-58　最终效果

【操作思路】

【步骤提示】

1.　制作扇面。

(1)　运行 3ds Max 2010 软件。

(2)　创建样条线，操作步骤如图 3-59 所示。

①　单击 按钮切换到【创建】面板。

②　单击 按钮切换到【图形】面板。

③　单击 线 按钮。

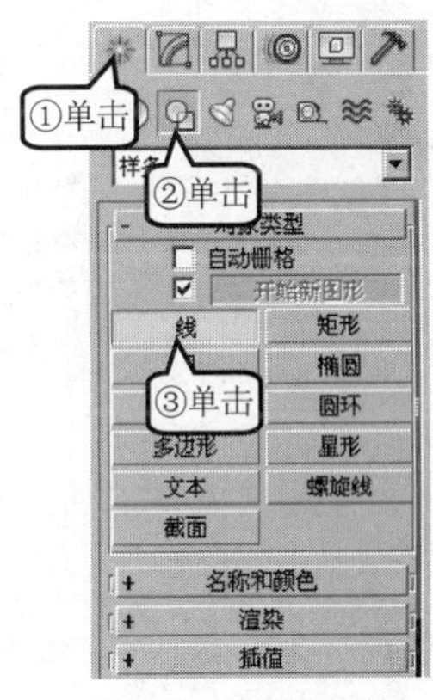

图3-59　创建样条线

(3)　创建线段起点，操作步骤如图 3-60 所示。

①　展开【键盘输入】卷展栏。

②　设置【X】为“-100”、【Y】和【Z】为“0”。

③　单击 添加点 按钮，即可创建一个顶点。

(4)　创建线段终点，操作步骤如图 3-61 所示。

①　重新设置【X】为“100”、【Y】和【Z】为“0”。

②　单击 添加点 按钮，即可创建第 2 个点。

③　单击 完成 按钮，即可创建一条长 200 的线条。

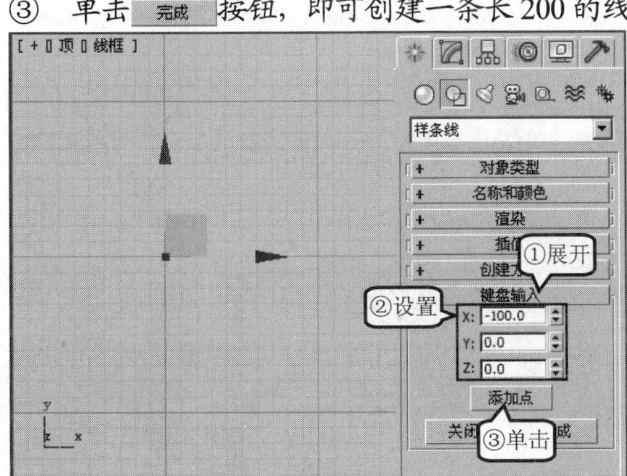

图3-60　创建线段起点

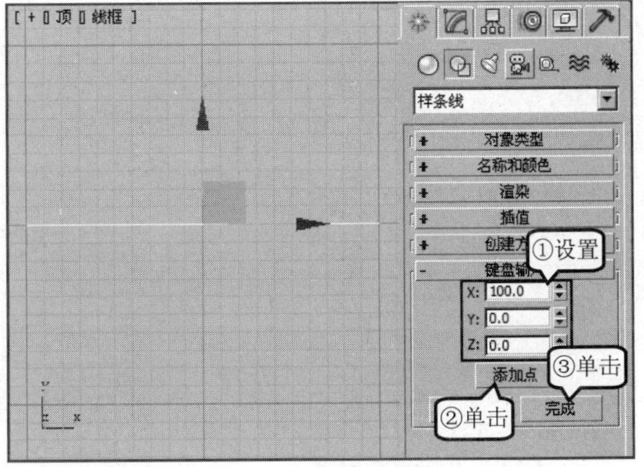

图3-61　创建线段终点

(5) 显示顶点编号，操作步骤如图 3-62 所示。

① 选中场景中的线条。

② 单击按钮切换到【修改】面板。

③ 展开【修改器列表】，选择【线段】子层级。

④ 在【选择】卷展栏的【显示】设置项中勾选☑显示顶点编号选项。

要点提示 显示顶点编号是为了让操作对象更加直接、清晰。

(6) 拆分线段，操作步骤如图 3-63 所示。

① 选中视图中的线段。

② 在【修改】面板中设置【几何体】/【拆分】为“28”。

③ 单击 拆分 按钮，即可将线段拆分为 29 份，如图 3-64 所示。

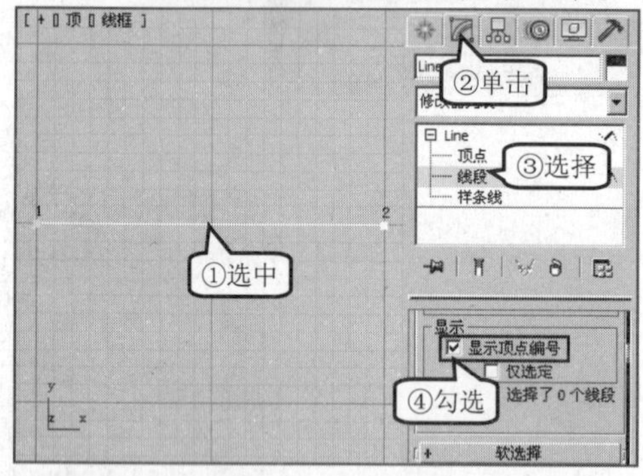

图3-62 显示顶点编号

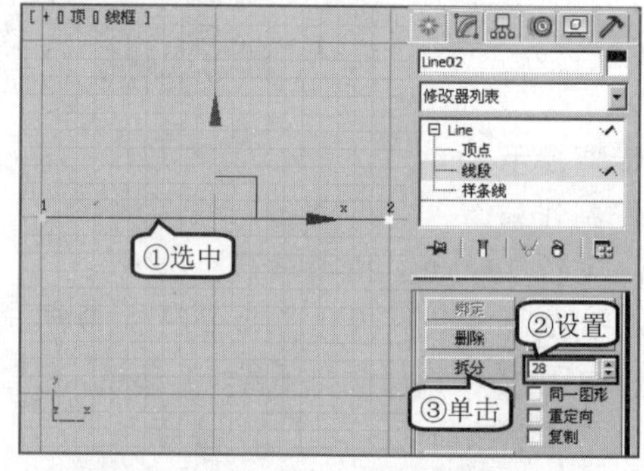

图3-63 拆分线段

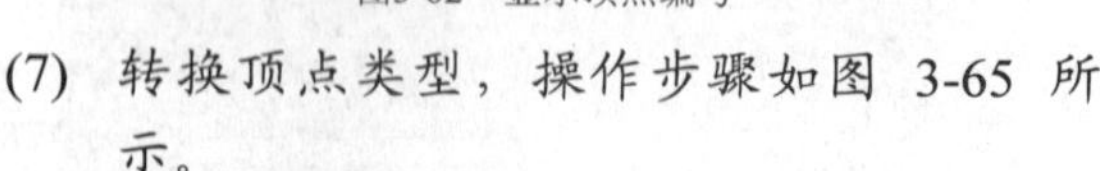

(7) 转换顶点类型，操作步骤如图 3-65 所示。

① 在【修改器列表】中选择【顶点】子层级。

② 拖动鼠标框选所有顶点。

③ 单击鼠标右键，在弹出的快捷菜单中选择【Bezier】选项，将选中的点转换为贝塞尔点。

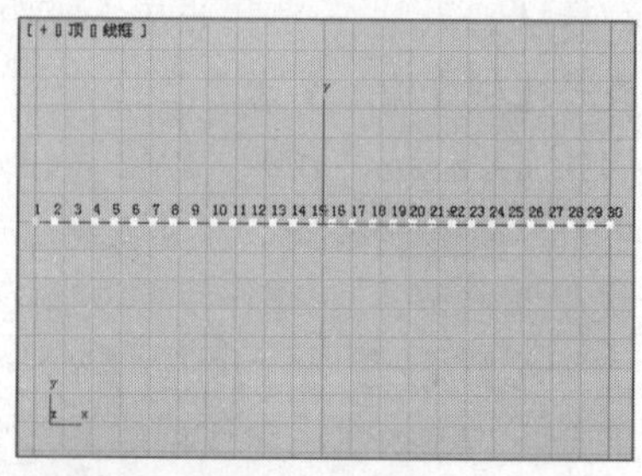

图3-64 拆分效果

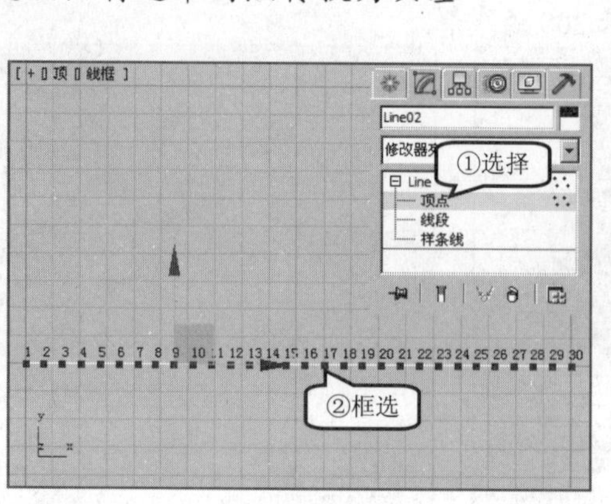

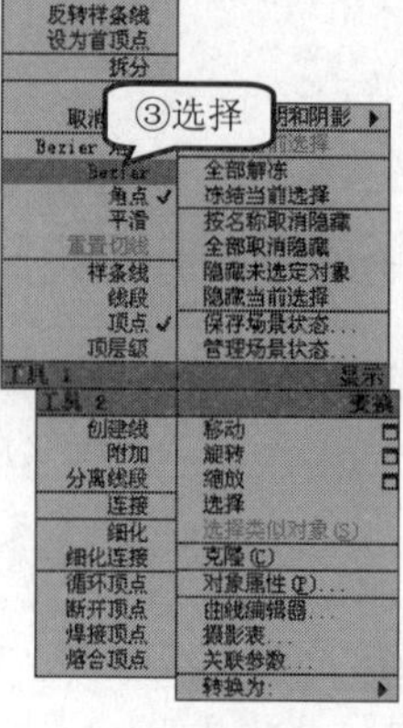

图3-65 转换顶点类型

(8) 调整线段形状 1。

① 按住Ctrl键依次选中为偶数的顶点，然后向下移动一段距离，如图 3-66 所示。

② 选中顶点 1，调整手柄使曲线的弯曲接近斜线，如图 3-67 所示。

③ 用同样的方法调整顶点 30，如图 3-68 所示。

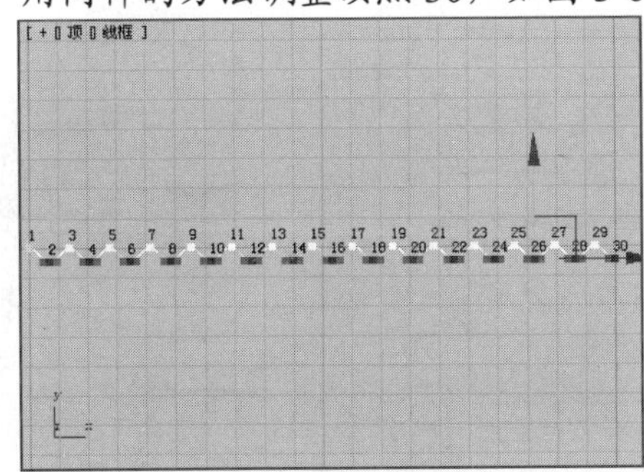

图3-66　向下移动为偶数的顶点

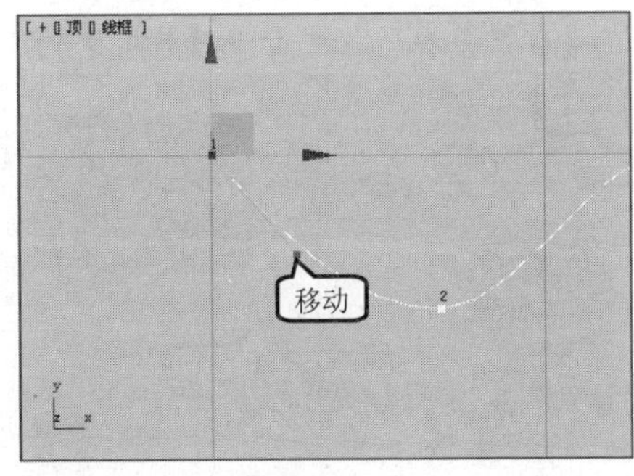

图3-67　调整顶点 1 的状态

(9) 调整线段形状 2，操作步骤如图 3-69 所示。

① 在【选择】卷展栏中勾选【锁定控制柄】选项。

② 选中顶点 2 至顶点 29。

③ 沿 x 轴方向移动手柄，使曲线的弯曲接近斜线。

要点提示 勾选【锁定控制柄】选项后，能够一起调整多个顶点的控制手柄。

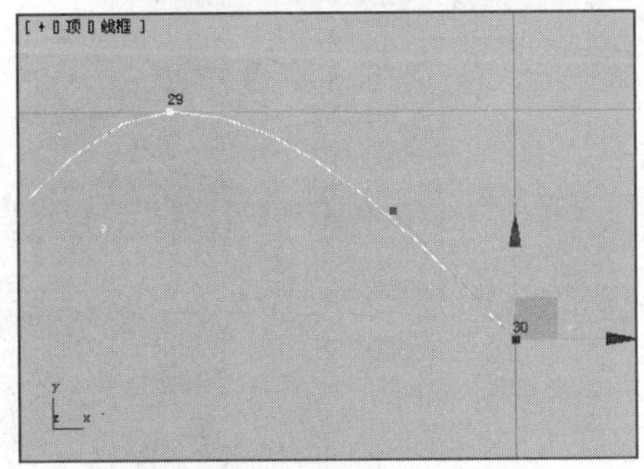

图3-68　调整顶点 30 的状态

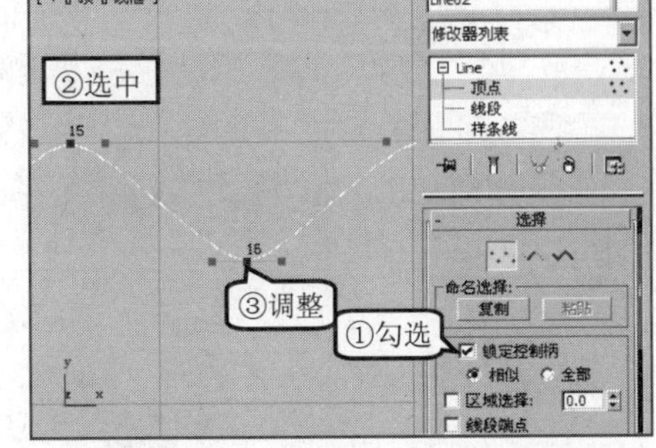

图3-69　调整顶点 2 至顶点 29

(10) 添加【挤出】修改器，操作步骤如图 3-70 所示。

① 在【修改器列表】中选择【挤出】选项，为样条线添加【挤出】修改器。

② 在【参数】卷展栏中设置【数量】为“120”。

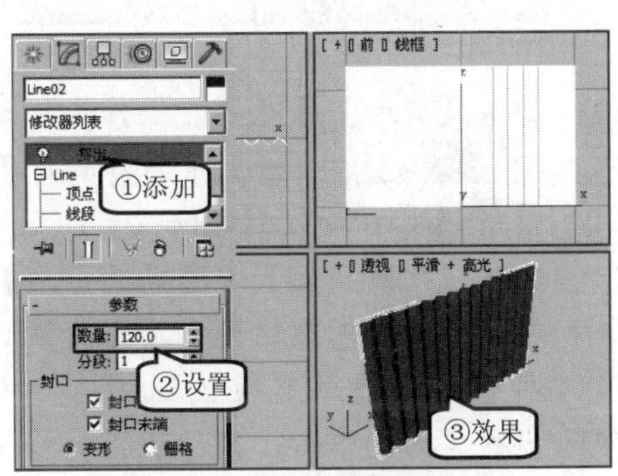

图3-70　添加【挤出】修改器

2. 制作扇骨。

(1) 创建长方体，操作步骤如图 3-71 所示。

① 单击按钮切换到【创建】面板。

② 单击按钮切换到【标准基本体】面板。

③ 单击长方体按钮。

④ 在前视图中创建一个长方体。

(2) 设置长方体参数，操作步骤如图 3-72 所示。

① 选中创建的长方体。

② 单击 按钮切换到【修改】面板。

③ 在【参数】卷展栏中设置【长度】为“180”、【宽度】为“6”、【宽度分段】为“4”。

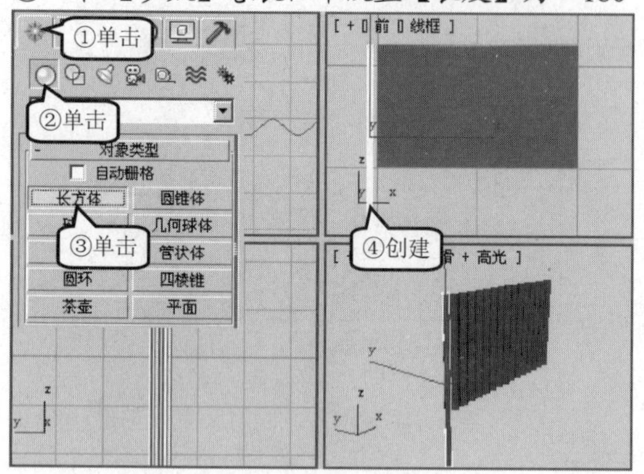

图3-71 创建长方体

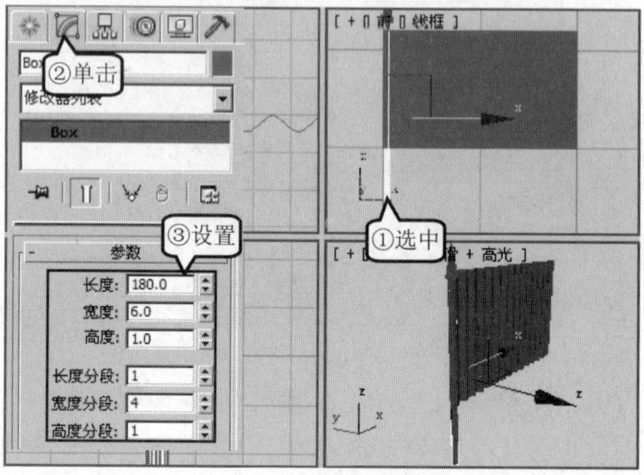

图3-72 设置长方体参数

(3) 旋转并复制长方体。

① 在顶视图中旋转长方体，使矩形靠近样条线。

② 在左视图中移动长方体，使其顶端对齐扇面的顶端，如图 3-73 所示。

③ 在顶视图中复制矩形，使每一格都有一个矩形，如图 3-74 所示。

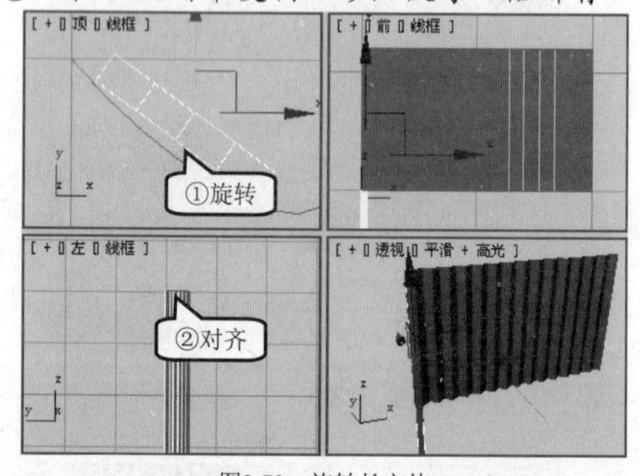

图3-73 旋转长方体

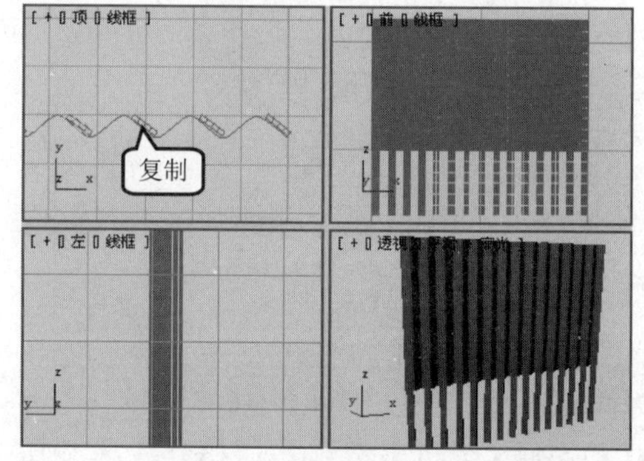

图3-74 复制长方体

(4) 添加【弯曲】修改器，操作步骤如图 3-75 所示。

① 按 Ctrl + A 组合键选中所有的对象。

② 单击 按钮切换到【修改】面板。

③ 在【修改器列表】中选择【弯曲】选项，为对象添加【弯曲】修改器。

④ 在【参数】卷展栏设置【弯曲】/【角度】为“170”。

⑤ 在【弯曲轴】设置项中点选 X 选项。

(5) 调整弯曲的中心，操作步骤如图 3-76 所示。

① 在【修改器列表】中，展开【弯曲】修改器。

② 选择【中心】子层级。

③ 在前视图中将中心向下移，使扇骨交点的下部分较小。

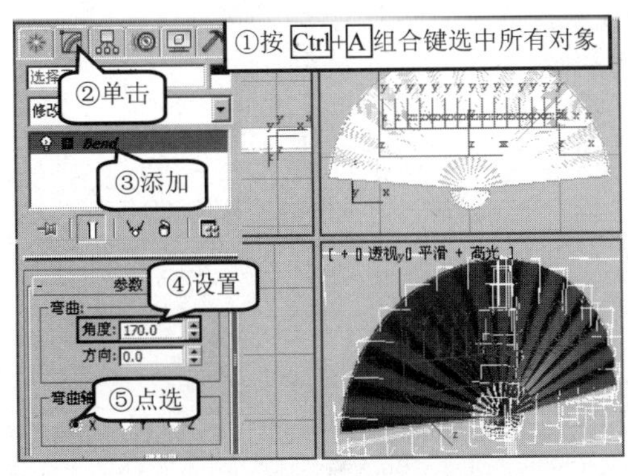

图3-75　添加【弯曲】修改器

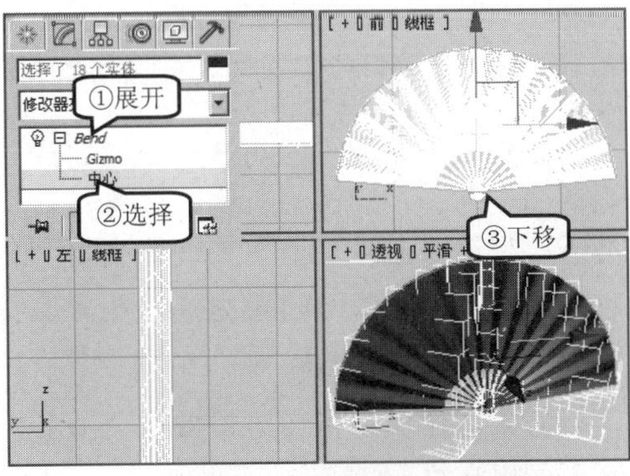

图3-76　调整弯曲的中心

3.　制作销钉。

(1) 创建切角圆柱体，操作步骤如图 3-77 所示。

① 单击按钮切换到【创建】面板。

② 单击按钮切换到【几何体】面板。

③ 在【标准基本体】下拉列表中选择【扩展基本体】选项，切换到【扩展基本体】面板。

④ 单击 切角圆柱体 按钮。

⑤ 在前视图中创建一个切角圆柱体。

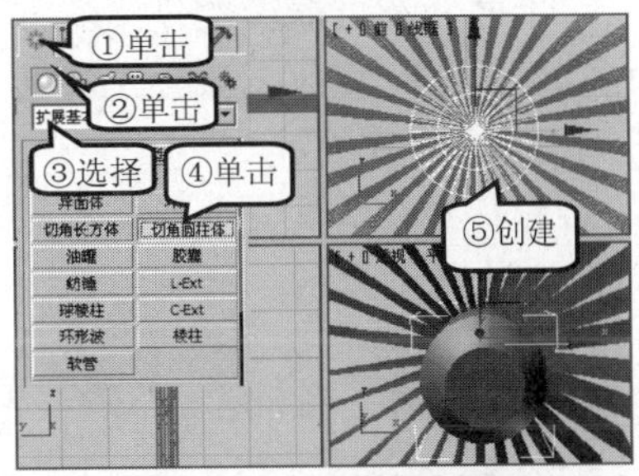

图3-77　创建切角圆柱体

(2) 设置切角圆柱体的参数，操作步骤如图 3-78 所示。

① 选中场景中的切角圆柱体。

② 单击按钮切换到【修改】面板。

③ 在【参数】卷展栏中设置【半径】为“1.5”、【高度】为“6.0”、【圆角】为“0.5”、【边数】为“32”。

(3) 按 Ctrl + S 组合键保存场景文件到指定目录，本案例制作完成。

图3-78　设置切角圆柱体参数

3.2 二维建模的方法——制作“立体广告文字”

默认情况下，二维图形是不可渲染的，即在渲染场景时是看不到二维图形的，所以二维图形在创建后还需要进行一些操作将其转换为三维模型，才能获得渲染效果。图 3-79 所示为二维建模效果。

图3-79　二维建模效果

3.2.1 基础知识——二维转三维的方法

二维建模的主要方法有 3 种：一是通过二维图形的可渲染性进行建模；二是将二维图形作为截面或路径，通过复合命令（如放样）进行建模；三是将二维图形作为基础模型，通过修改命令生成三维模型。下面介绍通过二维图形的可渲染性进行建模和添加修改器进行建模两种方法。另一种复合建模方法在第 4 章详细讲解。

一、 可渲染性建模

可渲染性建模是指通过设置【修改】面板上【渲染】卷展栏中的参数使二维图形以管状形式渲染出三维效果。

下面介绍可渲染性建模的方法。

1. 按 Ctrl + O 组合键打开附盘文件"素材\第 3 章\修改器\可渲染属性\可渲染属性.max"，如图 3-80 所示。
2. 为栏杆边柱设置可渲染属性，操作步骤如图 3-81 所示。

(1) 选中场景中的栏杆边柱。

(2) 单击按钮切换到【修改】面板。

(3) 在【渲染】卷展栏中勾选 在视口中启用 和 在渲染中启用 选项。

(4) 点选 径向 选项，并设置【厚度】为"1"。

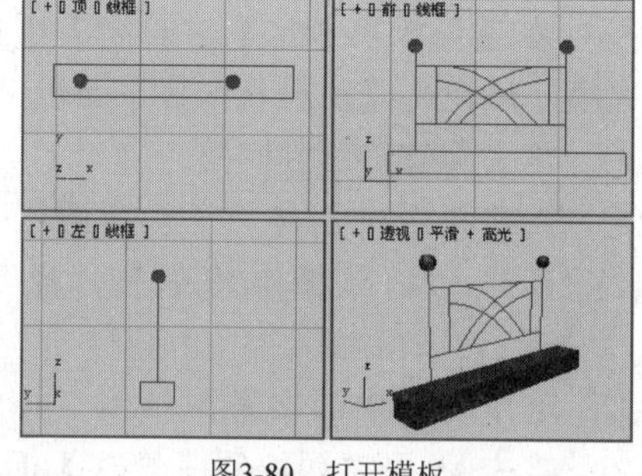

图3-80 打开模板

3. 为栏杆中心轮廓设置可渲染属性，操作步骤如图 3-82 所示。

(1) 选中场景中栏杆的中心轮廓。

(2) 单击按钮切换到【修改】面板。

(3) 在【渲染】卷展栏中勾选 在视口中启用 和 在渲染中启用 选项。

(4) 点选 径向 选项，并设置【厚度】为"0.5"、【边】为"12"。

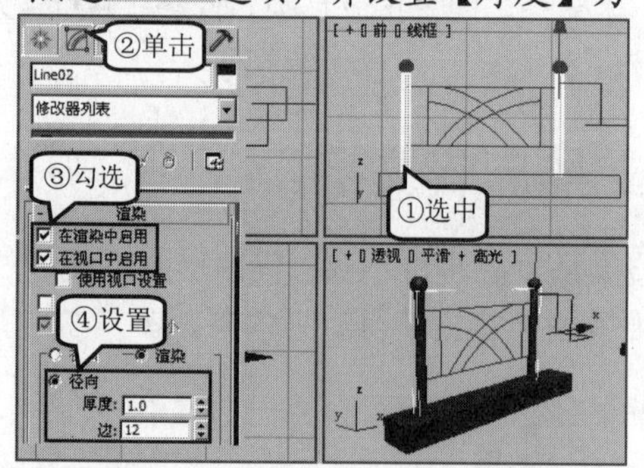

图3-81 为栏杆边柱设置可渲染属性

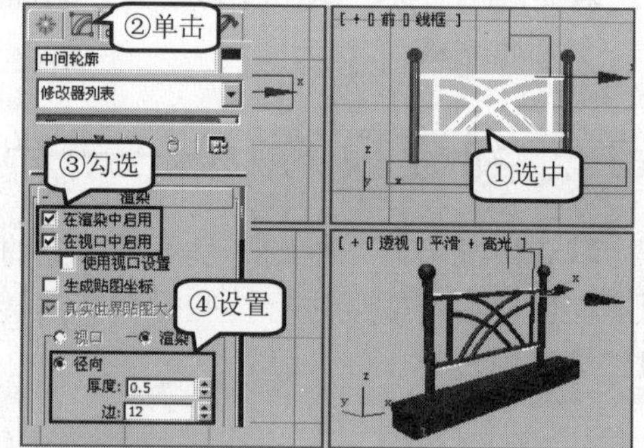

图3-82 为栏杆中心轮廓设置可渲染属性

4. 按 Shift + Q 组合键渲染模型，效果如图 3-83 所示。

图3-83 渲染效果

【渲染】卷展栏中的常用选项及功能如表 3-3 所示。

表 3-3　【渲染】卷展栏中的常用选项及功能

选项	功能
在渲染中启用	勾选该选项，可以将二维图形渲染输出为网格对象
在视口中启用	勾选该选项，可以直接在视图中显示二维曲线的渲染效果
使用视口设置	用于控制二维曲线按视图设置进行显示。只有勾选【在视口中启用】选项时该选项才可用
生成贴图坐标	对曲线直接应用贴图坐标
视口	基于视图中的显示来调节参数（该选项对渲染不产生影响）。当勾选【显示渲染网格】和【使用视口设置】两个选项时，该选项才可用
渲染	基于渲染器来调节参数，当【渲染】选项被勾选时，图形可以根据【厚度】输入框中的值来渲染
厚度	设置曲线渲染时的粗细大小
边	控制被渲染的线条由多少条边的圆形作为截面。例如，将该参数设置为 4，可以得到一个正方形的剖面
角度	调节横截面的旋转角度

二、　二维修改器建模

二维图形转换为三维模型的过程中，经常使用的修改器主要有 3 个：【挤出】修改器、【车削】修改器和【倒角】修改器。下面依次进行讲解。

1.　【挤出】修改器。

【挤出】修改器的作用是将一个二维图形挤出一定的厚度使其成为三维物体，使用该修改器的前提是制作的造型必须由上到下具有一致的形状，如图 3-84 所示。它是制作效果图时使用最频繁的修改器之一。

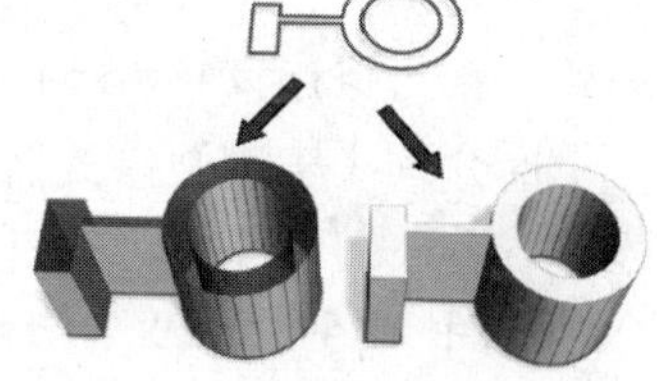

图3-84　应用【挤出】修改器

下面介绍【挤出】修改器的创建方法。

(1) 按 Ctrl + O 组合键打开附盘文件“素材\第 3 章\修改器\挤出\挤出.max”，如图 3-85 所示。

(2) 添加【挤出】修改器，操作步骤如图 3-86 所示。

① 选中场景中的曲线。

② 单击按钮切换到【修改】面板。

③ 在【修改器列表】中选择【挤出】选项，为对象添加【挤出】修改器。

④ 在【参数】卷展栏中设置【数量】为“10”、【分段】为“1”。

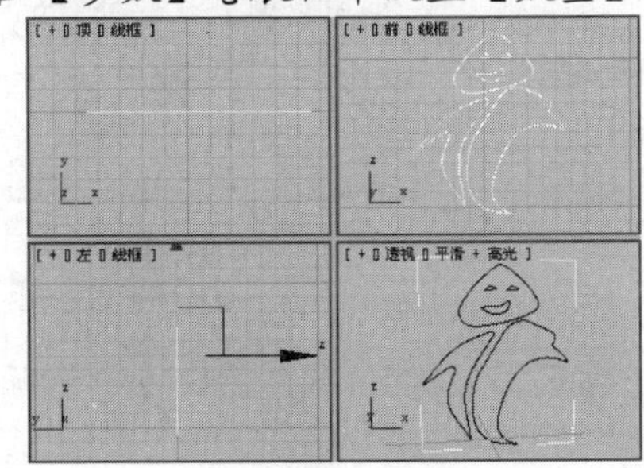

图3-85　打开模板

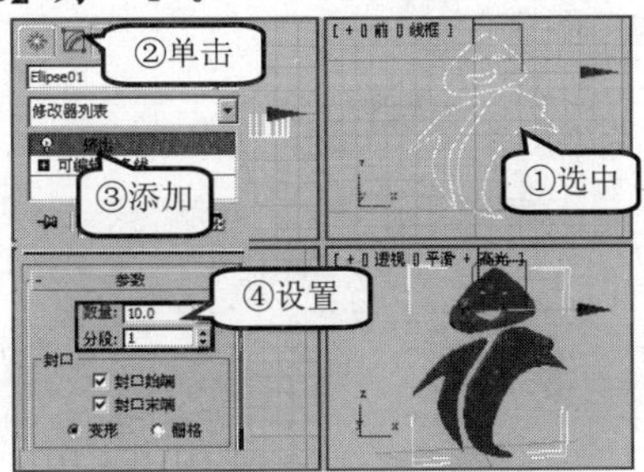

图3-86　添加【挤出】修改器

【挤出】修改器的【参数】卷展栏中常用的选项及功能如表 3-4 所示。

表 3-4　　【挤出】修改器的【参数】卷展栏中常用的选项及功能

选项	功能
数量	设置挤出的深度
分段	设置挤出厚度上的片段划分数
封口始端	在顶端加面封盖物体
封口末端	在底端加面封盖物体
变形	用于变形动画的制作，保证点面恒定不变
栅格	对边界线进行重排列处理，以最精简的点面数来获取优秀的造型
面片	将挤出物体输出为面片模型，可以使用【编辑面片】修改器
网格	将挤出物体输出为网格模型
NURBS	将挤出物体输出为 NURBS 模型
指定材质 ID	对顶盖指定 ID 号为“1”，对底盖指定 ID 号为“2”，对侧面指定 ID 号为“3”
使用图形 ID	使用样条曲线中为【分段】和【样条线】分配的材质 ID 号
平滑	应用光滑到挤出模型

2. 【车削】修改器。

【车削】修改器的作用是通过旋转一个二维图形来产生三维造型，这是非常实用的造型工具，大多数中心放射物体都可以用这种方法创建，如图 3-87 所示。

图3-87　应用【车削】修改器

下面介绍【车削】修改器的添加方法。

(1) 按 Ctrl + O 组合键打开附盘文件“素材\第 3 章\修改器\车削\车削.max”，如图 3-88 所示。

(2) 添加【车削】修改器，操作步骤如图 3-89 所示。

① 选中场景中的曲线。

② 单击按钮切换到【修改】面板。

③ 在【修改器列表】中选择【车削】选项，为对象添加【车削】修改器。

④ 在【参数】面板中设置【度数】为“360”、【分段】为“32”，并勾选 焊接内核 选项。

⑤ 在【对齐】设置项中单击 最小 按钮，完成车削设置。

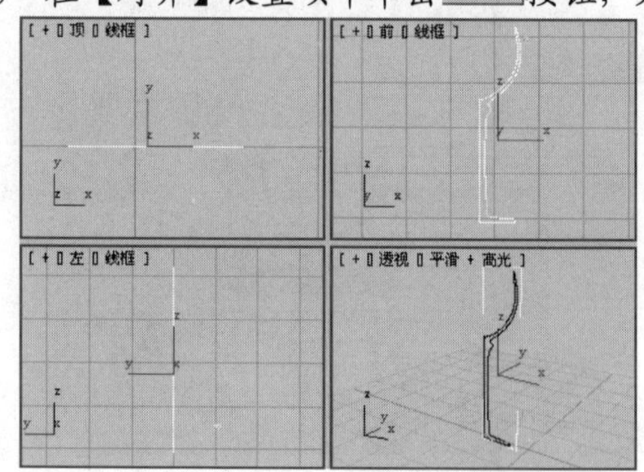

图3-88　打开模板

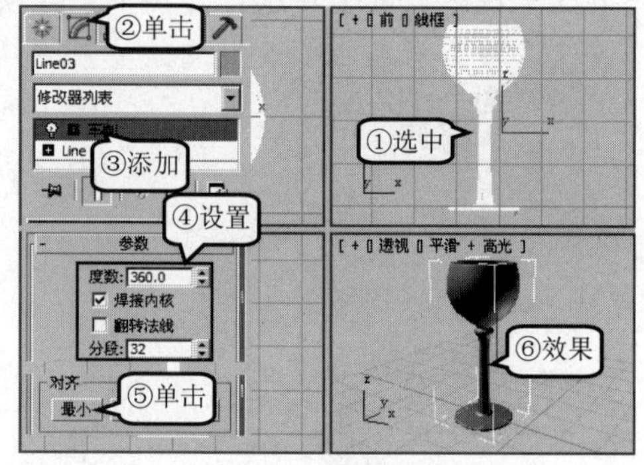

图3-89　添加【车削】修改器

【车削】修改器的【参数】卷展栏中常用的选项及功能如表 3-5 所示。

表 3-5　　【车削】修改器的【参数】卷展栏中常用的选项及功能

选项	功能
度数	设置旋转成型的角度，360° 为一个环形，小于 360° 为扇形
焊接内核	对中心轴向上重合的点进行焊接精减，以得到结构相对简单的造型，如果要作为变形物体，则此选项不可用
翻转法线	将造型表面的法线方向反转
分段	设置旋转圆周上的片段划分数，值越高，造型越光滑
封口始端	将顶端加面覆盖
封口末端	将底端加面覆盖
变形	不进行面的精简计算，以便用于变形动画的制作
栅格	进行面的精简计算，不能用于变形动画的制作
方向	设置旋转中心轴的方向。X/Y/Z 分别设置不同的轴向
对齐	设置图形与中心轴的对齐方式。单击【最小】按钮是将曲线内边界与中心轴对齐，单击【中心】按钮是将曲线中心与中心轴对齐，单击【最大】按钮将曲线外边界与中心轴对齐

3. 【倒角】修改器。

【倒角】修改器的作用是对二维图形进行挤出成型，并且在挤出的同时，在边界上加入线性或弧形倒角。它只能对二维图形使用，一般用来完成文字标志的制作，如图 3-90 所示。

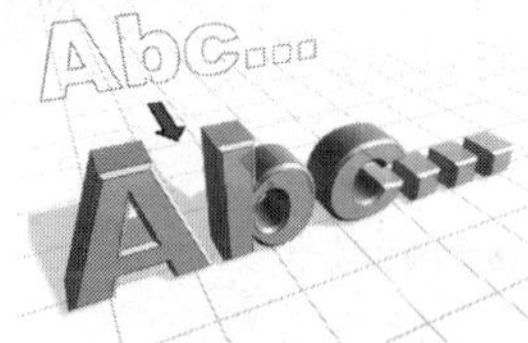

图3-90　应用【倒角】修改器

下面介绍【倒角】修改器的添加方法。

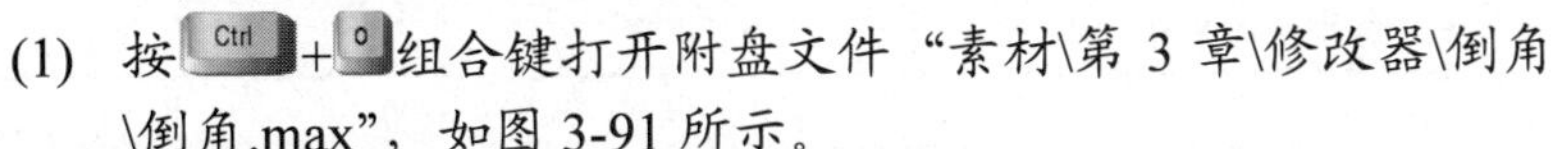

(1) 按 Ctrl + O 组合键打开附盘文件“素材\第 3 章\修改器\倒角\倒角.max”，如图 3-91 所示。

(2) 添加【倒角】修改器，操作步骤如图 3-92 所示。

① 选中场景中的曲线。

② 单击按钮切换到【修改】面板。

③ 在【修改器列表】中选择【倒角】选项，为对象添加【倒角】修改器。

④ 在【倒角值】卷展栏中设置【级别 1】/【高度】为“-0.5”、【轮廓】为“1”。

⑤ 勾选 级别 2: 选项，设置【级别 2】/【高度】为“-5”、【轮廓】为“0.5”。

⑥ 勾选 级别 3: 选项，设置【级别 3】/【高度】为“-0.5”、【轮廓】为“-0.5”。

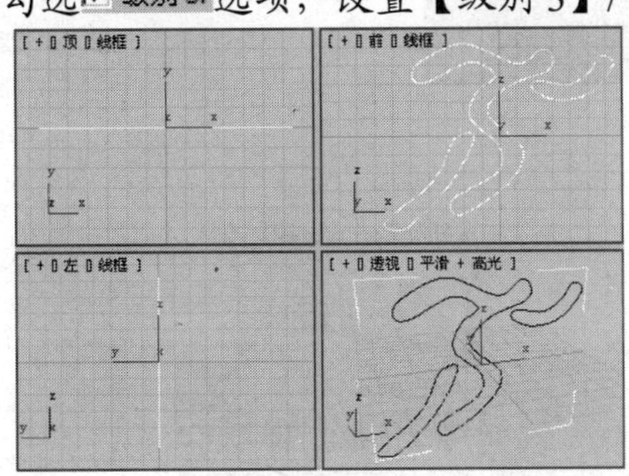

图3-91　打开模板

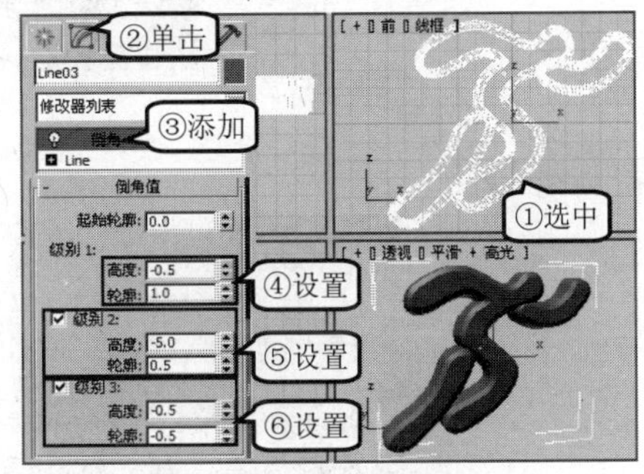

图3-92　添加【倒角】修改器

【倒角】修改器包括【参数】和【倒角值】卷展栏，其中常用的选项及功能如表 3-6 所示。

表 3-6　　【倒角】修改器中常用的选项及功能

选项	功能
封口	对造型两端进行加盖控制，如果两端都进行加盖处理，则为封闭实体
始端	将开始截面封顶加盖
末端	将结束截面封顶加盖
封口类型	设置顶端表面的构成类型
变形	不处理表面，以便进行变形操作，制作变形动画
栅格	进行线面网格处理，产生的渲染效果要优于【变形】方式
曲面	控制侧面的曲率、光滑度以及指定贴图坐标
线性侧面	设置倒角内部片段划分为直线方式
曲线侧面	设置倒角内部片段划分为弧形方式
分段	设置倒角内部片段划分数，多的片段划分主要用于弧形倒角
级间平滑	控制是否将平滑组应用于倒角对象的侧面。封口会使用与侧面不同的平滑组。勾选此选项后，对侧面应用平滑组，侧面显示为弧状。取消勾选此选项后，不应用平滑组，侧面显示为平面倒角
避免线相交	对倒角进行处理，但总保持顶盖不被光滑，防止轮廓彼此相交。通过在轮廓中插入额外的顶点并用一条平直的线覆盖锐角来实现
分离	设置边之间所保持的距离，最小值为"0.01"
起始轮廓	设置原始图形的外轮廓大小，当该选项为"0"时，以原始图形为基准，进行倒角制作
级别 1/级别 2/级别 3	分别设置 3 个级别的高度和轮廓大小

3.2.2 案例剖析——制作"立体广告文字"

【案例剖析】

立体文字在广告中有很重要的地位，通过它可以直接表达作品的主题，能够很好地起到宣传的作用。本实例利用【倒角】修改器制作一个立体文字效果，如图 3-93 所示。

图3-93　最终效果

【操作思路】

【步骤提示】

1. 创建文本。

(1) 运行 3ds Max 2010 软件。

(2) 创建文本图形，操作步骤如图 3-94 所示。

① 单击按钮切换到【创建】面板。

② 单击按钮切换到【二维】面板。

③ 单击 文本 按钮。

④ 在前视图中单击创建一个文本图形。

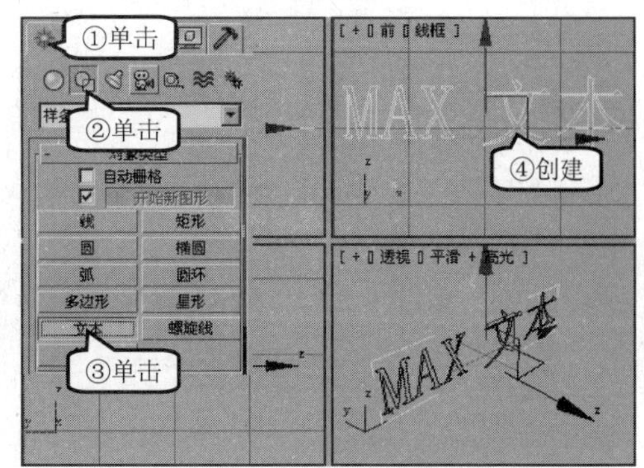

图3-94　创建文本图形

(3) 设置文本参数，操作步骤如图 3-95 所示。

① 选中场景中的文本。

② 单击按钮切换到【修改】面板。

③ 在【参数】卷展栏中设置【字体】为“Impact”。

④ 设置【文本】为“GOOD LUCK!”。

2. 设置文本的倒角效果。

(1) 添加【倒角】修改器，操作步骤如图 3-96 所示。

① 选中场景中的文本。

② 单击按钮切换到【修改】面板。

③ 为文本添加【倒角】修改器。

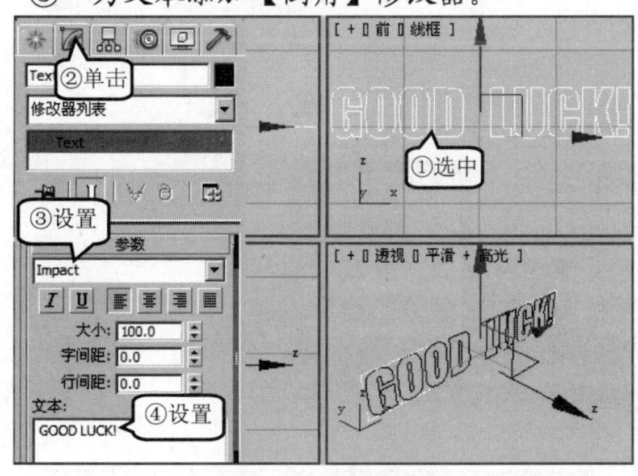

图3-95　设置文本参数

图3-96　添加【倒角】修改器

(2) 设置修改器参数，操作步骤如图 3-97 所示。

① 展开【参数】卷展栏。

② 设置【曲面】/【分段】为“4”。

③ 在【相交】设置项中勾选 避免线相交 选项。

(3) 设置倒角参数，操作步骤如图 3-98 所示。

① 展开【倒角值】卷展栏。

② 设置【级别 1】/【高度】为“25”。

③ 勾选【级别 2】选项。

④ 设置【级别 2】/【高度】为“2”、【轮廓】为“-2”。

(4) 按 Ctrl + S 组合键保存场景文件到指定目录，本案例制作完成。

图3-97 设置修改器参数

图3-98 设置倒角参数

3.2.3 拓展案例——制作“酷爽冰淇淋”

【案例剖析】

一个完整的冰淇淋是由冰淇淋、蛋筒和包装纸构成的。冰淇淋部分主要使用【挤出】、【扭曲】和【锥化】等修改器来创建，而蛋筒和包装纸主要使用【车削】修改器进行创建。本实例的重点是对常用二维修改器的掌握。最终效果如图 3-99 所示。

图3-99 最终效果

【操作思路】

【步骤提示】

1. 制作冰淇淋。

(1) 运行 3ds Max 2010 软件。

(2) 创建星形，操作步骤如图 3-100 所示。

① 单击 按钮切换到【创建】面板。

② 单击 按钮切换到【标准基本体】面板。

③ 单击 星形 按钮。

④ 在顶视图中拖动鼠标创建一个星形。

(3) 设置星形参数，操作步骤如图 3-101 所示。

① 选中创建的星形。

② 单击 按钮切换到【修改】面板。

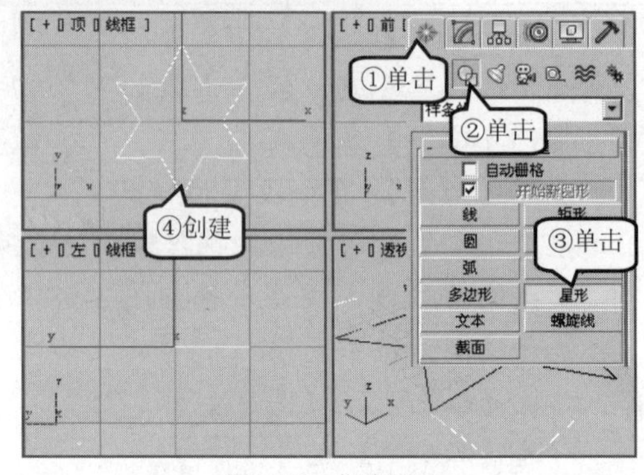

图3-100 创建星形

③　在【参数】卷展栏中设置【半径 1】为"80"、【半径 2】为"60"、【圆角半径 1】为"18"。

(4)　添加【挤出】修改器，操作步骤如图 3-102 所示。

①　在【修改器列表】中选择【挤出】选项，为星形添加【挤出】修改器。

②　在【参数】卷展栏中设置【数量】为"100"、【分段】为"16"。

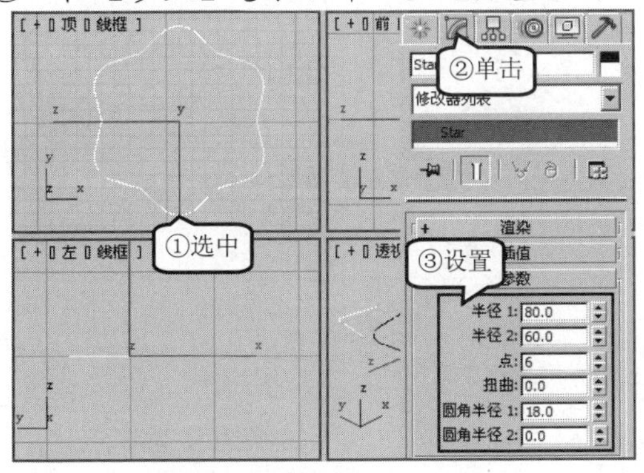

图3-101　设置星形参数

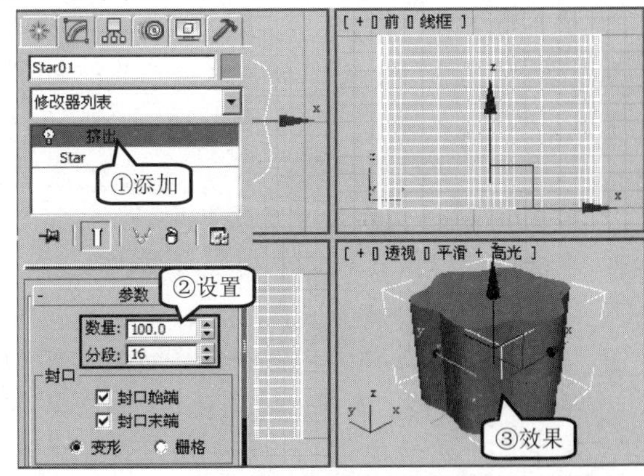

图3-102　添加【挤出】修改器

此处将【分段】设置为"16"，主要是让【扭曲】修改器能产生效果，如图 3-103 所示。

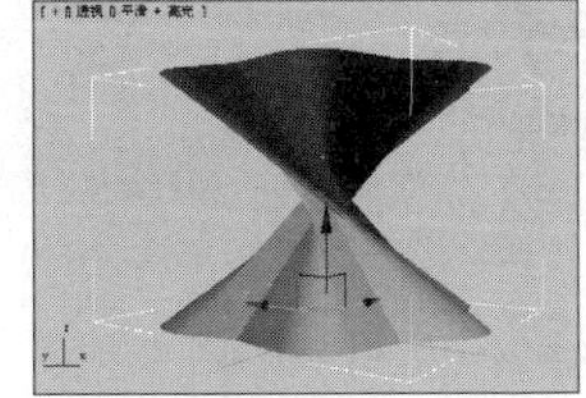

【分段】设置为"1"

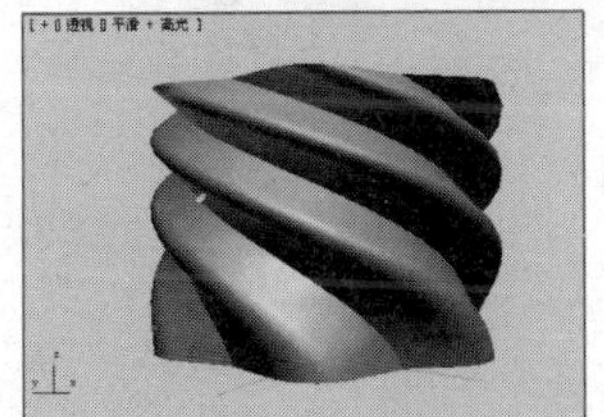

【分段】设置为"16"

图3-103　设置不同【分段】数的【扭曲】效果

(5)　添加【扭曲】修改器，操作步骤如图 3-104 所示。

①　在【修改器列表】中选择【扭曲】选项，为星形添加【扭曲】修改器。

②　在【参数】卷展栏中设置【扭曲】/【角度】为"180"、【扭曲】/【偏移】为"30"。

(6)　添加【锥化】修改器，操作步骤如图 3-105 所示。

①　在【修改器列表】中选择【锥化】选项，为星形添加【锥化】修改器。

②　在【参数】卷展栏中设置【锥化】/【数量】为"-1"、【锥化】/【曲线】为"1"。

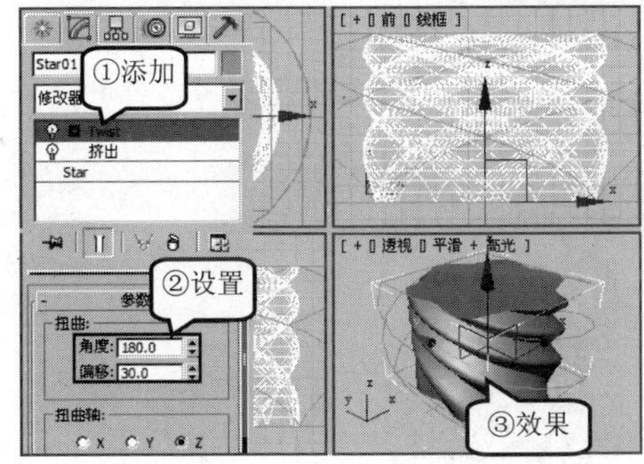

图3-104　添加【扭曲】修改器

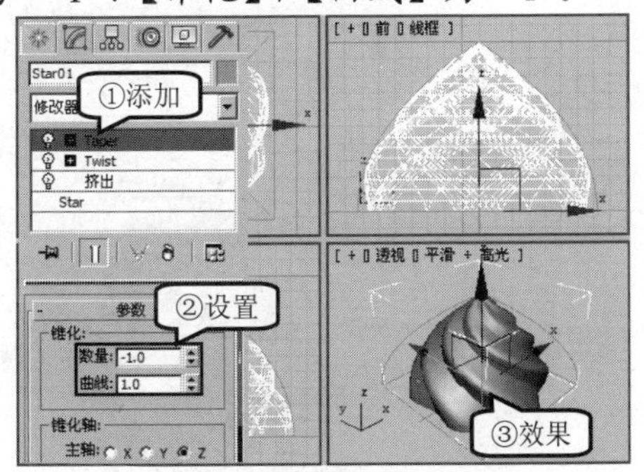

图3-105　添加【锥化】修改器

2. 制作蛋筒。

(1) 创建样条线，操作步骤如图 3-106 所示。

① 单击按钮切换到【创建】面板。

② 单击按钮切换到【二维】面板。

③ 单击 线 按钮。

④ 在前视图中绘制蛋筒的基本轮廓线。

图3-106 创建样条线

(2) 选择顶点，操作步骤如图 3-107 所示。

① 选中场景中的样线条。

② 单击按钮切换到【修改】面板。

③ 单击【选择】卷展栏中的按钮。

④ 选中最右端的两个顶点。

(3) 调整顶点的圆滑度，操作步骤如图 3-108 所示。

① 单击鼠标右键，在弹出的快捷菜单中选择【Bezier】命令，将选中的点转换为贝塞尔点。

② 选中最上端的顶点，调整手柄，设置顶点的圆滑度。

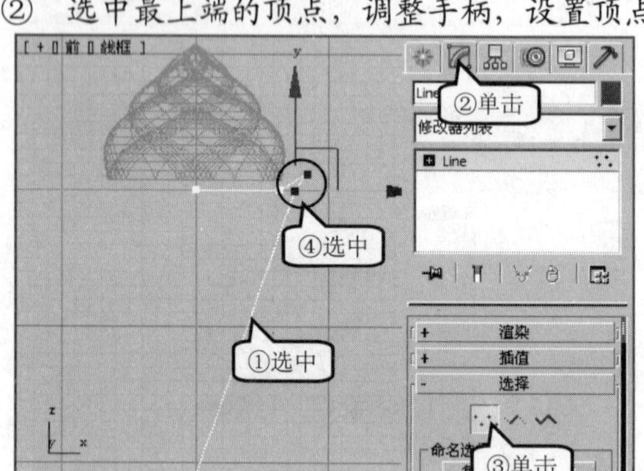

图3-107 选择顶点

图3-108 调整顶点的圆滑度

(4) 添加【车削】修改器，操作步骤如图 3-109 所示。

① 在【修改器列表】中选择【车削】选项，为样条线添加【车削】修改器。

② 在【参数】卷展栏中取消 焊接内核 和 翻转法线 选项的勾选状态。

③ 设置【分段】为“32”。

④ 单击【对齐】设置项中的 最小 按钮。

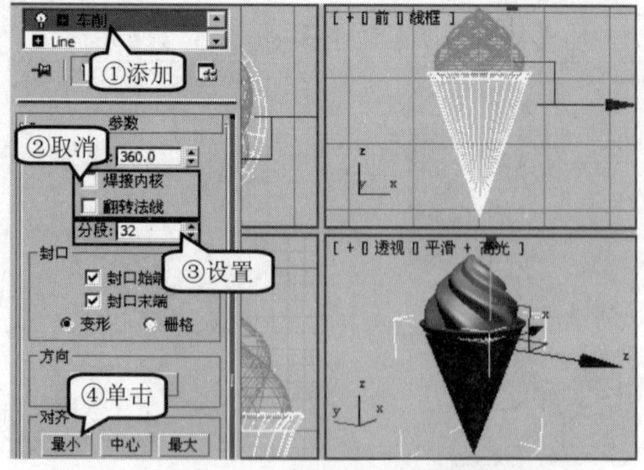

图3-109 添加【车削】修改器

要点提示

如果添加【车削】修改器后出现如图 3-110 所示的效果，则需要下移样条线最下端的顶点的位置。如果添加【车削】修改器后出现如图 3-111 所示的效果，则需要在前视图中将最下端的顶点向左移动。

图3-110　车削效果

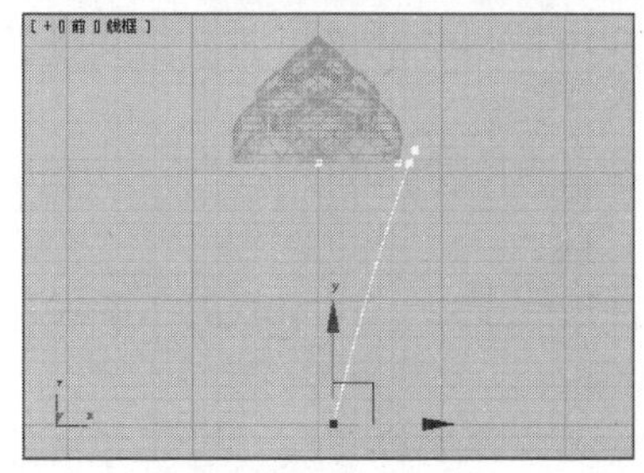

图3-111　向左移动顶点

(5) 在前视图中选中蛋筒，沿 y 轴方向稍稍上移，使冰淇淋装在蛋筒里面，如图 3-112 所示。

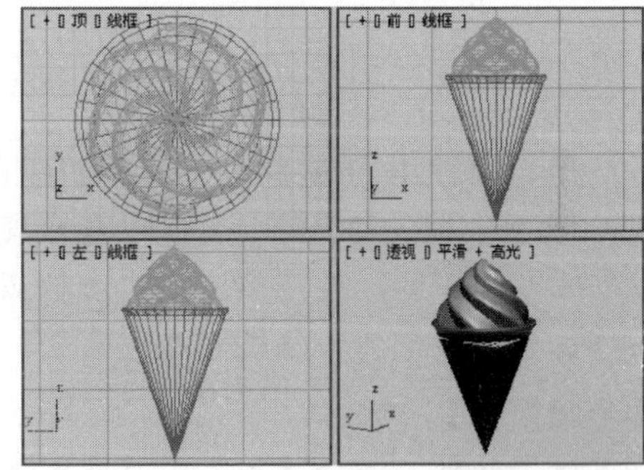

图3-112　调整冰淇淋与蛋筒之间的距离

3. 制作包装纸。

(1) 绘制包装纸的轮廓线，操作步骤如图 3-113 所示。

① 单击按钮切换到【创建】面板。

② 单击按钮切换到【二维】面板。

③ 单击 线 按钮。

④ 在前视图中绘制一条斜线。

(2) 添加【车削】修改器，操作步骤如图 3-114 所示。

① 选中创建的样条线。

② 单击按钮切换到【修改】面板。

③ 为样条线添加【车削】修改器。

④ 单击【对齐】设置项中的 最小 按钮。

⑤ 将车削后的图形移至蛋筒的边缘。

(3) 按 Ctrl + S 组合键保存场景文件到指定目录，本案例制作完成。

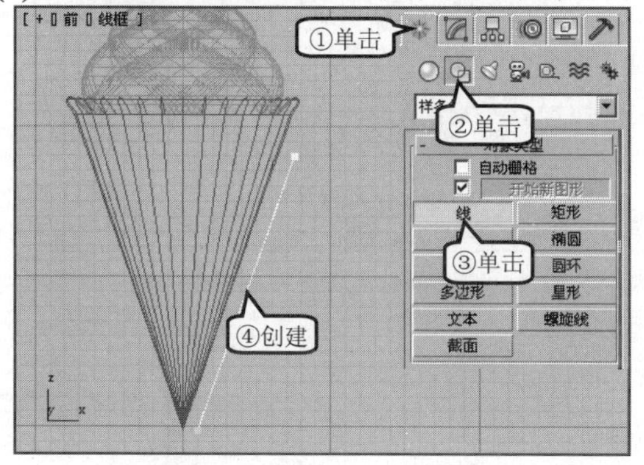

图3-113　绘制包装纸的轮廓线

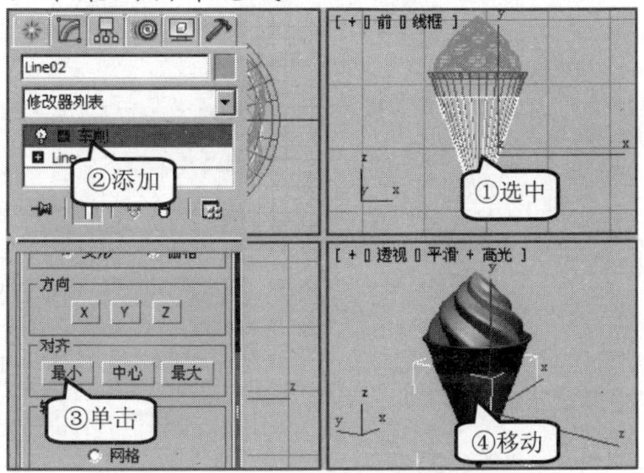

图3-114　添加【车削】修改器

3.3 教师辅导

第一问：

在使用控制手柄调整顶点曲度时，控制手柄无法调整状态，如何解决？

解答一：

那是因为控制手柄被锁定了，可按F8键解除锁定。

第二问：

在 3ds Max 中怎样才能把样条线加厚呢？

解答二：

选中要加厚的样条线，进入【修改】面板，然后在【渲染】卷展栏中勾选☑ 在视口中启用选项并设置厚度值，即可加厚样条线，如图 3-115 所示。

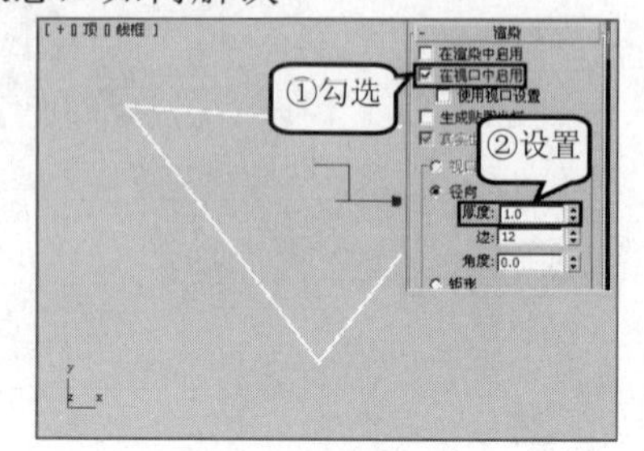

图3-115　加厚样条线

3.4 一章一技巧——创建确切长度的样条线

用户在使用 3ds Max 2010 创建二维模型时，如果要精确建模就要按尺寸来创建样条线，但 3ds Max 2010 没有提供直接设置线条长度的操作方法，那我们如何设置线条的长度呢？本章的一章一技巧将为用户讲解通过设置样条线两顶点坐标的方法来创建确切长度的样条线。下面以创建一条长 100mm 的样条线为例。

【步骤提示】

1. 运行软件，选择【线】工具在视图中任意创建一根线条，如图 3-116 所示。
2. 设置顶点坐标，操作步骤如图 3-117 所示。

① 进入线条的【顶点】子层级。

② 选中其中一个顶点，设置坐标【X】为“-50”、【Y】为“0”、【Z】为“0”。

③ 选中另一个顶点，设置坐标【X】为“50”、【Y】为“0”、【Z】为“0”。

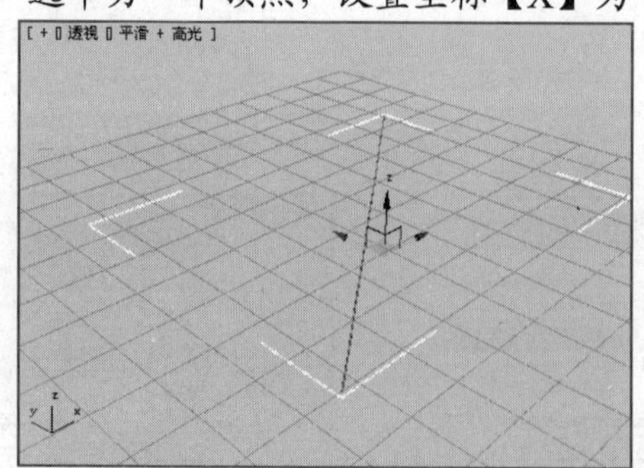

图3-116　任意创建一根线条

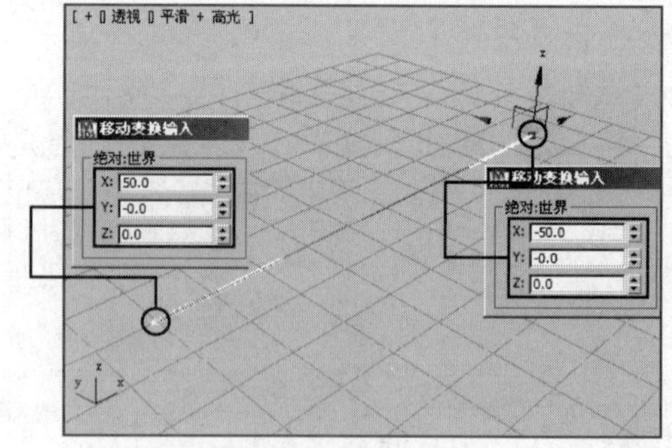

图3-117　设置顶点坐标

第4章 高级建模

在 3ds Max 2010 中，通过复合建模和多边形建模可以创建各种各样形状复杂的曲面或三维模型，本章将详细介绍这两种建模方法的操作步骤。

4.1 复合建模

复合建模是 3ds Max 2010 中十分常用的建模方式，通过复合建模可以快速地将两个或两个以上的对象按照一定的规范组合成为一个新的对象，从而达到一定的建模目的。

4.1.1 基础知识——认识复合工具

一、 复合工具

3ds Max 2010 提供了 12 种复合工具，如表 4-1 所示。

表 4-1　　12 种复合工具

复合工具名称	图样	复合工具名称	图样
变形 通过两个或两个以上物体间的形状变化来制作动画		散布 将一个物体无序地散布在另一个物体的表面上	
一致 将一个对象的顶点投射到另一个物体上，使被投射的物体变形		连接 将两个对象连成一个对象	
水滴网格 将距离很近的物体融合到一起，可用于表现流动的液体		图形合并 将二维对象融合到三维网格对象上	
布尔 将物体按照交、并、减规则进行合成		地形 将一个或几个二维造型转化为一个面	

续表

复合工具名称	图样	复合工具名称	图样
放样 将两个或两个以上二维图形组合成为一个三维对象		网格化 以每帧为基准将程序对象转化为网格对象，这样可以应用修改器，如弯曲	
ProBoolean 可将二维和三维对象组合在一起的建模工具		ProCutter 用于爆炸、断开、装配、建立截面或将对象拟合在一起的工具	

二、 创建放样对象

1. 在场景中创建两个二维图形。
2. 选中路径曲线，单击 放样 按钮，单击 获取图形 按钮，选中形状曲线，生成放样模型，如图4-1 所示。
3. 使用缩放变形对放样对象进行调整，如图 4-2 所示。

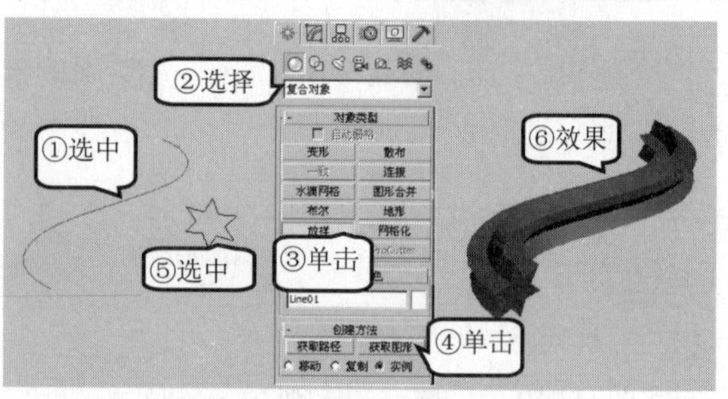

图4-1 创建放样对象

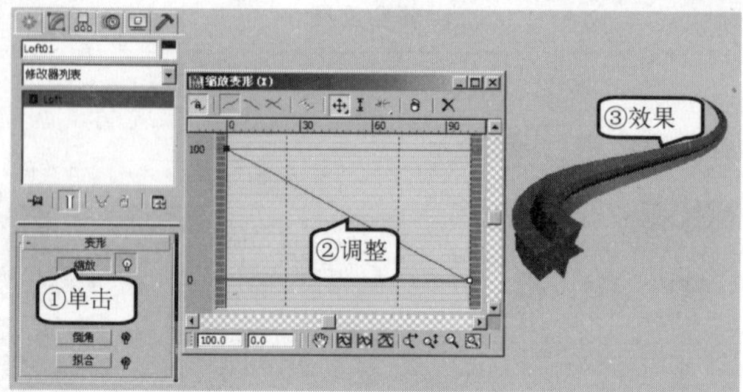

图4-2 缩放变形效果

三、 创建布尔对象

1. 在场景中创建两个对象，如图 4-3 所示。
2. 移动两个对象，使它们的位置相交，如图 4-4 所示。

图4-3 创建对象

图4-4 移动对象

3. 选中其中的“栅栏”对象，单击 布尔 按钮，选中场景中的“小猫”对象，如图 4-5 所示。

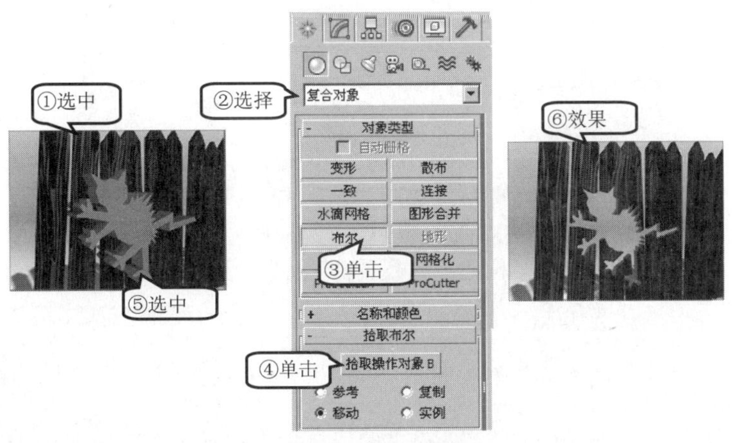

图4-5　创建布尔对象

【拾取布尔】卷展栏中 4 个选项的作用如下。

【参考】选项：可使对原始对象所添加的修改器产生的更改与操作对象 B 同步，反之则不行。

【复制】选项：如果出于其他目的希望在场景中重复使用操作对象 B 几何体，则可点选【复制】选项。

【实例】选项：点选【实例】选项可使布尔对象的动画与对原始对象 B 所做的动画更改同步，反之亦然。

【移动】选项：如果创建操作对象 B 几何体仅仅是为了创建布尔对象，则可点选【移动】选项。

4.　通过设置【操作】设置项中的选项，可以改变布尔效果，如图 4-6 所示。

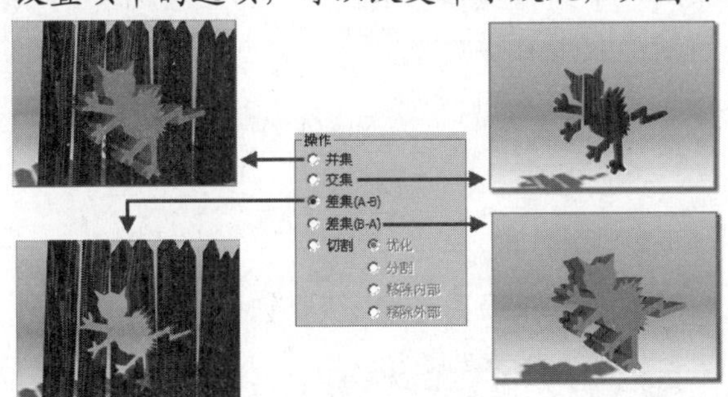

图4-6　不同的布尔效果

4.1.2　案例剖析——制作“时尚鼠标”

使用 3ds Max 2010 复合建模中的【放样】功能可以快速地创建曲面模型，使用【布尔】功能可以方便地对已有模型进行二次加工。

本案例使用这两种工具制作一个外观时尚的无线蓝牙鼠标模型，制作完成后的效果如图 4-7 所示。

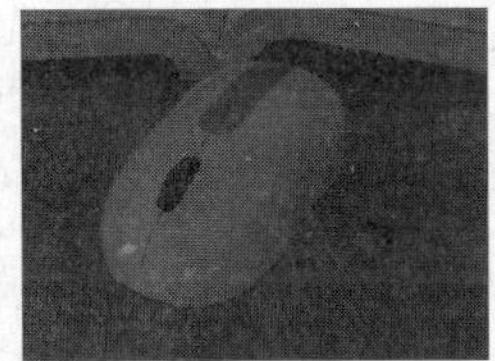
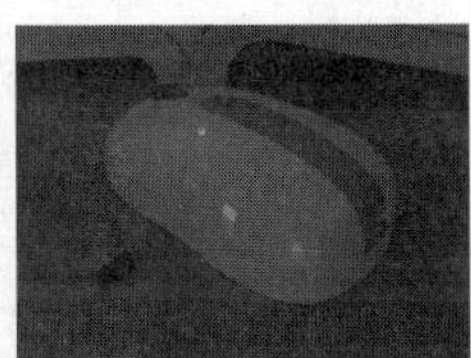

图4-7　最终效果

【操作思路】

【步骤提示】

1. 放样鼠标模型。

(1) 运行 3ds Max 2010 软件。

(2) 打开制作模板。

① 按 Ctrl + O 组合键打开附盘文件"素材\第 4 章\时尚鼠标\鼠标.max"，如图 4-8 所示。

② 场景中绘制了鼠标 3 个视图方向上的轮廓图形。

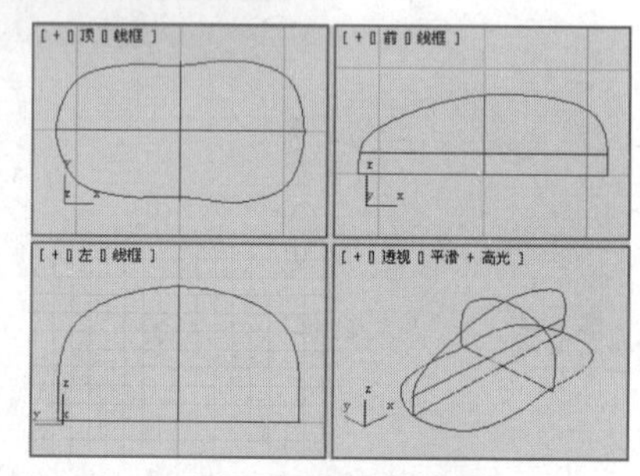

图4-8 打开制作模板

(3) 执行放样操作，操作步骤如图 4-9 所示。

① 选中场景中绘制的直线段。

② 单击按钮。

③ 设置创建对象类型为【复合对象】。

④ 单击 放样 按钮。

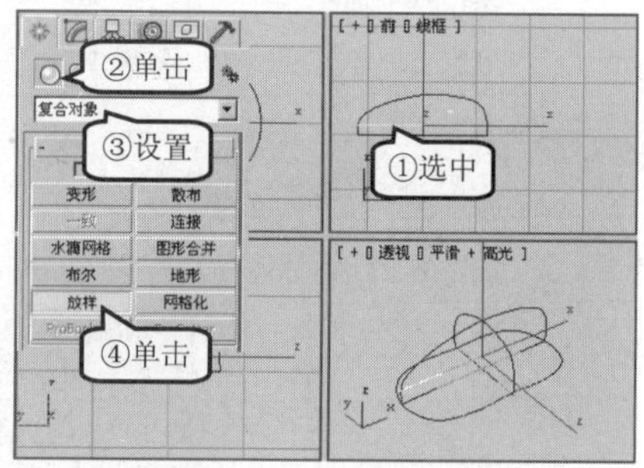

图4-9 执行放样操作

(4) 生成放样对象，操作步骤如图 4-10 所示。

① 单击【创建方法】卷展栏中的 获取图形 按钮。

② 选中左视图中绘制的图形生成放样对象。

(5) 旋转截面图形，操作步骤如图 4-11 所示。

① 在【修改】面板中选择【图形】子层级。

② 按 E 键选择【选择并旋转】工具。

③ 按 A 键激活【角度捕捉】功能。

④ 选中放样对象的截面图形，将截面图形绕 x 轴逆时针旋转 90°。

在旋转时，单击工具栏上的按钮（或按 A 键），打开【角度捕捉】功能，默认情况下可以方便地进行 5 的倍数角度的调整。

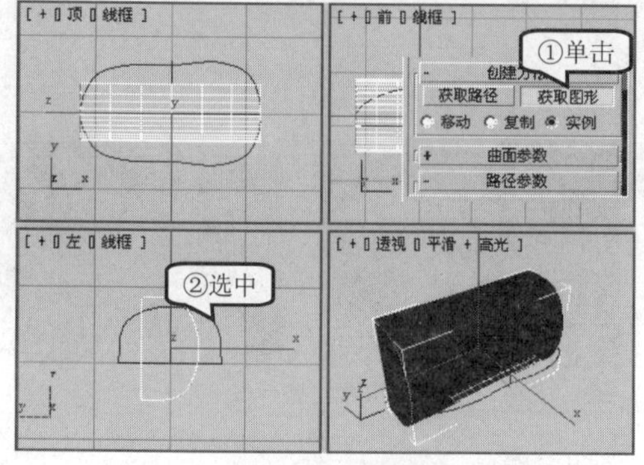

图4-10 生成放样对象

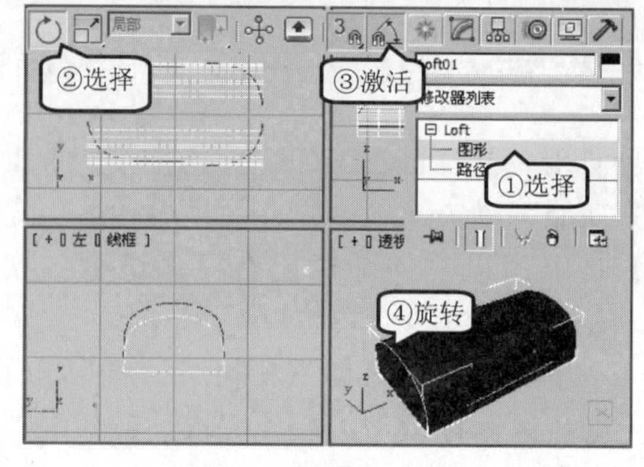

图4-11 旋转截面图形

(6) 进行 x 轴拟合变形，操作步骤如图 4-12 所示。

① 返回父层级。

② 在【变形】卷展栏中单击 拟合 按钮，打开【拟合变形】窗口。

③ 释放按钮。

④ 按下按钮。

⑤ 单击按钮。

⑥ 选中前视图中绘制的图形。

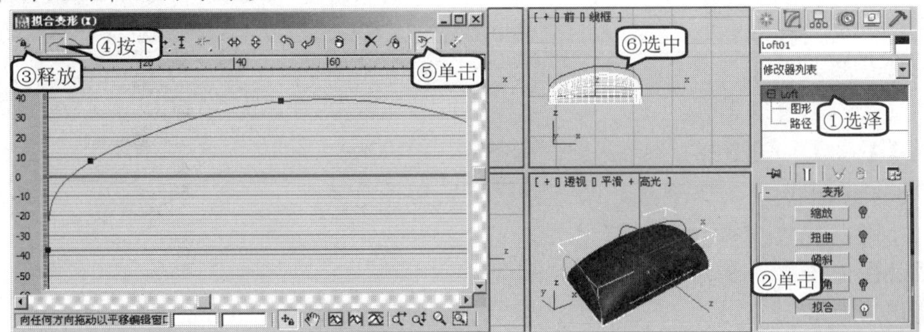

图4-12　进行 x 轴拟合变形

(7) 进行 y 轴拟合变形，操作步骤如图 4-13 所示。

① 按下按钮。

② 单击按钮。

③ 选中顶视图中绘制的图形。

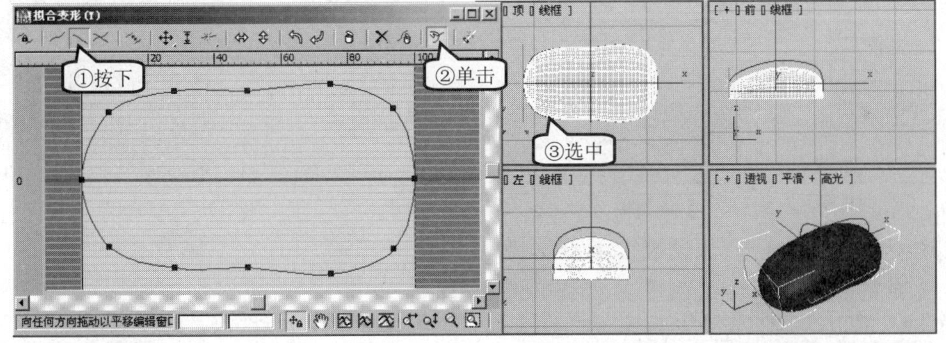

图4-13　进行 y 轴拟合变形

2. 修饰鼠标外形。

(1) 绘制圆弧图形，操作步骤如图 4-14 所示。

① 在【创建】面板中单击按钮。

② 单击 弧 按钮。

③ 在前视图中绘制一条圆弧。

④ 设置圆弧参数。

⑤ 设置圆弧坐标参数。

(2) 增加圆弧轮廓，操作步骤如图 4-15 所示。

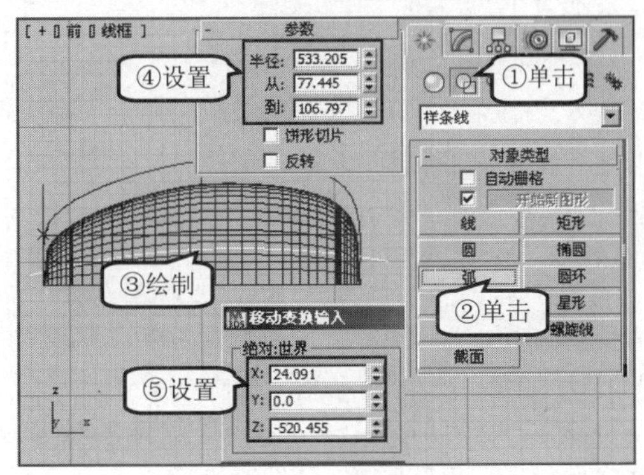

图4-14　绘制圆弧图形

① 确认圆弧处于选中状态，单击鼠标右键，在弹出的快捷菜单中选择【转换为】/【转换为可编辑样条线】命令。

② 选择【样条线】子层级。

③ 选中图形中的样条线。

④ 在【几何体】卷展栏中设置【轮廓】为“1”，按 Enter 键增加轮廓形状。

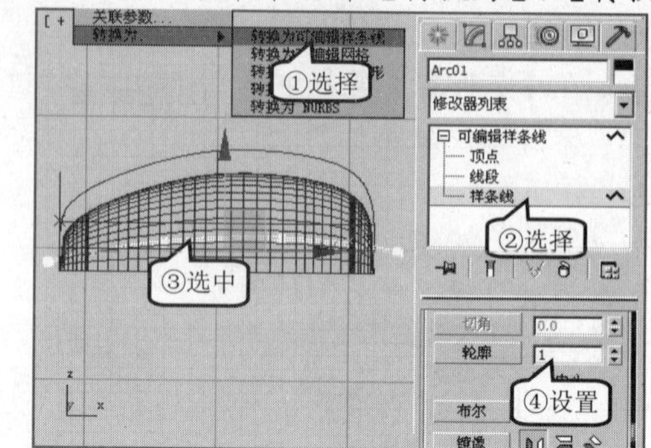

图4-15 增加圆弧轮廓

(3) 添加【挤出】修改器，操作步骤如图4-16所示。

① 返回父层级。

② 添加【挤出】修改器。

③ 设置【数量】为“160”。

④ 按 W 键在顶视图中向上移动，使鼠标模型完全位于其中。

(4) 绘制矩形，操作步骤如图4-17所示。

① 在顶视图中绘制一个矩形。

② 设置矩形参数。

③ 设置坐标参数。

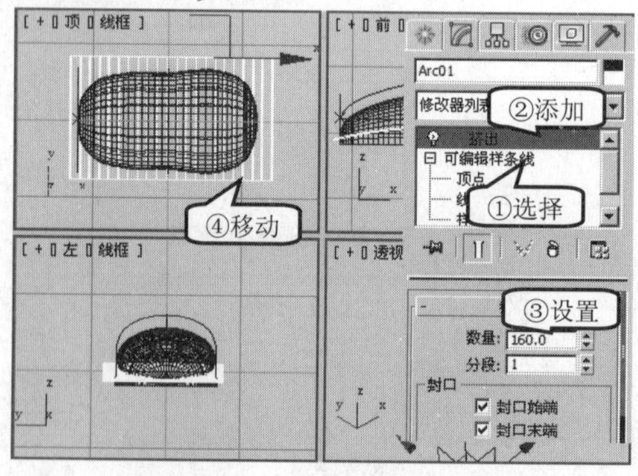

图4-16 添加【挤出】修改器

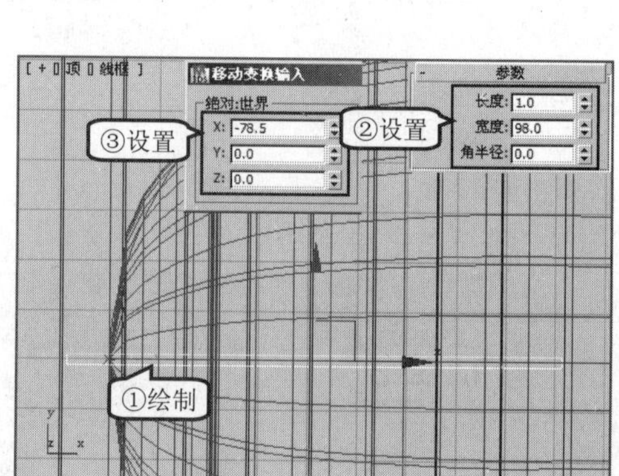

图4-17 绘制矩形

(5) 继续绘制第2个矩形，设置其参数如图4-18所示。

(6) 继续绘制第3个矩形，设置其参数如图4-19所示。

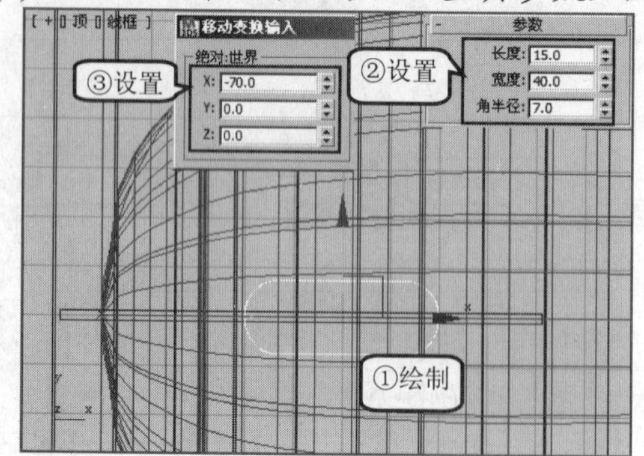

图4-18 绘制矩形

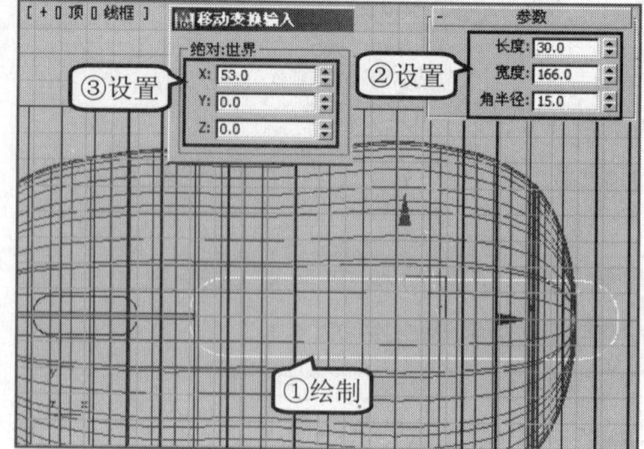

图4-19 绘制矩形

(7) 继续绘制第4个矩形，设置其参数如图4-20所示。

(8) 转换并附加图形，操作步骤如图4-21所示。

① 单击鼠标右键，在弹出的快捷菜单中选择【转换为】/【转换为可编辑样条线】命令。
② 在【修改】面板的【几何体】卷展栏中单击 附加 按钮。
③ 依次选中前面绘制的 3 个矩形，完成后单击鼠标右键退出附加状态。

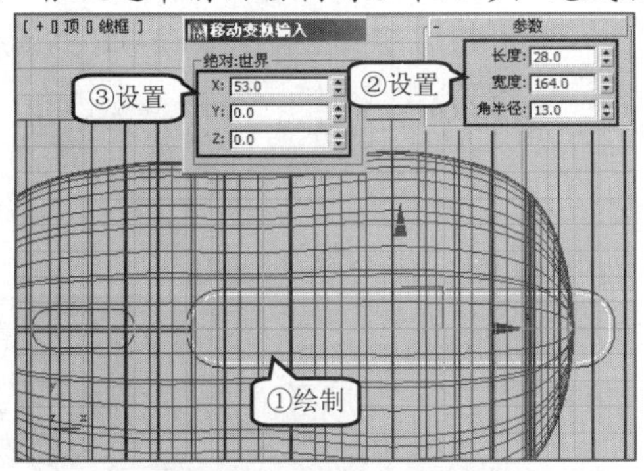

图4-20　绘制矩形

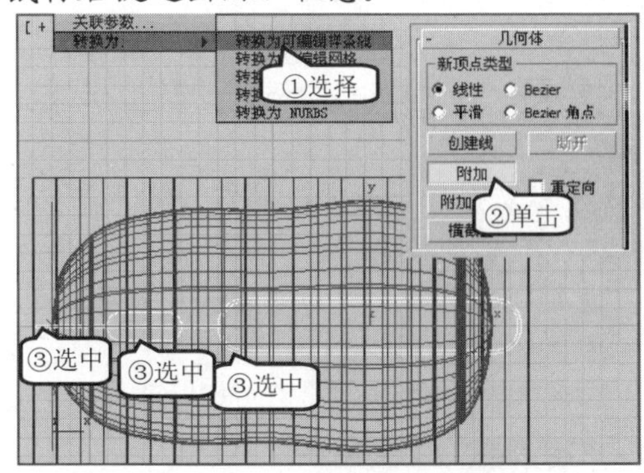

图4-21　转换并附加图形

(9) 整合图形，操作步骤如图 4-22 所示。
① 选择【样条线】子层级。
② 选中绘制的第 1 个矩形。
③ 在【几何体】卷展栏中单击 布尔 按钮。
④ 依次选中第 2 个和第 3 个矩形进行整合。

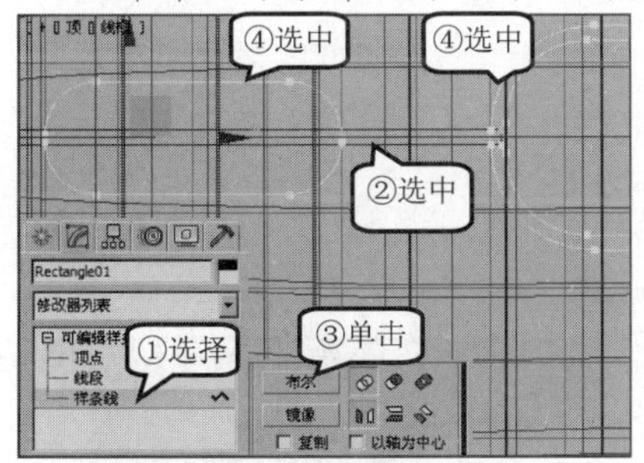

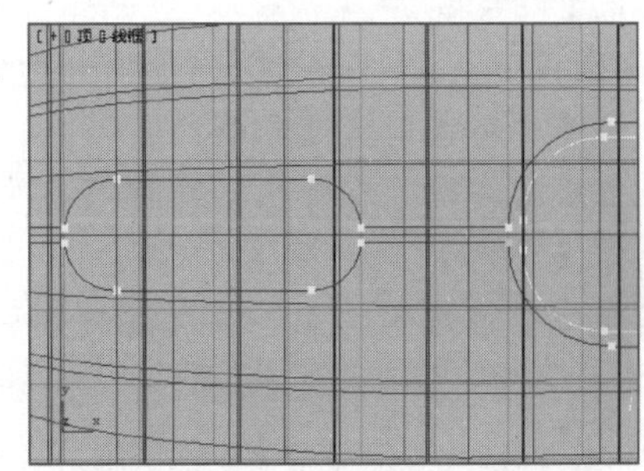
图4-22　整合图形

在【样条线】子层级进行布尔运算时，可能会出现不能生成正确布尔结果的情况，此时可单击 修剪 按钮，然后单击不需要的线段将其去除，如图 4-23 所示。
修剪完成后，选择【顶点】子层级，框选所有顶点，单击 焊接 按钮将修剪过的图形连接到一起，如图 4-24 所示。

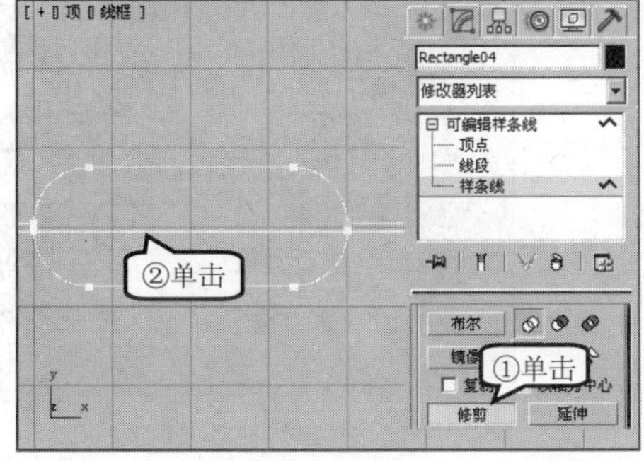

图4-23　修剪图形

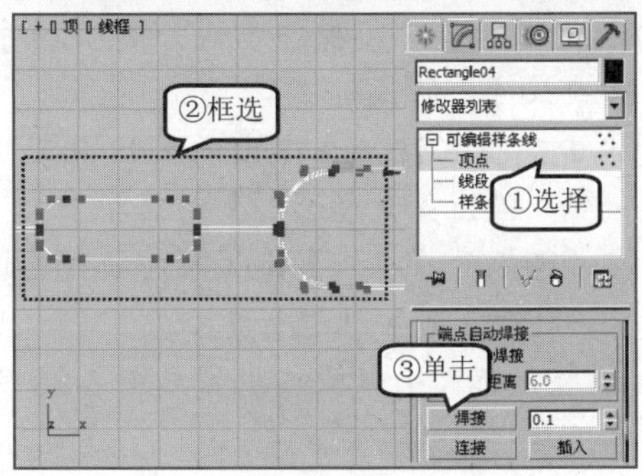

图4-24　焊接顶点

(10) 挤出模型，操作步骤如图 4-25 所示。

① 返回父层级。

② 添加【挤出】修改器。

③ 设置【数量】为“100”。

④ 按W键在前视图中向下移动挤出模型，使鼠标模型完全位于其中。

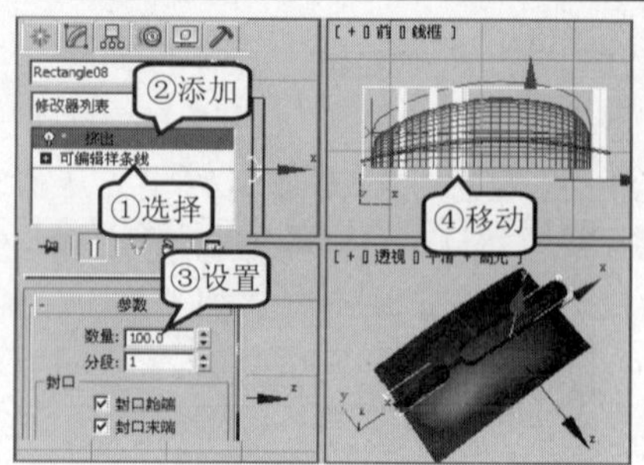

图4-25 挤出模型

(11) 布尔切割挤出模型，操作步骤如图 4-26 所示。

① 选中挤出的模型。

② 设置创建对象类型为【复合对象】。

③ 单击 布尔 按钮。

④ 点选 差集(A-B) 选项。

⑤ 单击 拾取操作对象 B 按钮。

⑥ 选中圆弧挤出模型进行布尔运算。

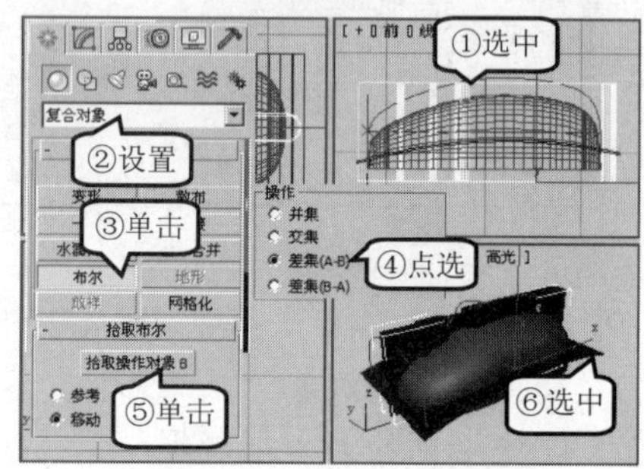

图4-26 布尔切割挤出模型

(12) 提取圆弧挤出模型，操作步骤如图 4-27 所示。

① 在【修改】面板的【拾取布尔】卷展栏中选择【B：Arco】选项。

② 点选 复制 选项。

③ 单击 提取操作对象 按钮，将圆弧挤出模型复制一份。

(13) 删除模型多余部分，操作步骤如图 4-28 所示。

① 确认布尔对象处于选中状态。

② 单击鼠标右键，在弹出的快捷菜单中选择【转换为】/【转换为可编辑多边形】命令。

③ 选择【元素】子层级。

④ 框选模型下方的元素，按Delete键删除。

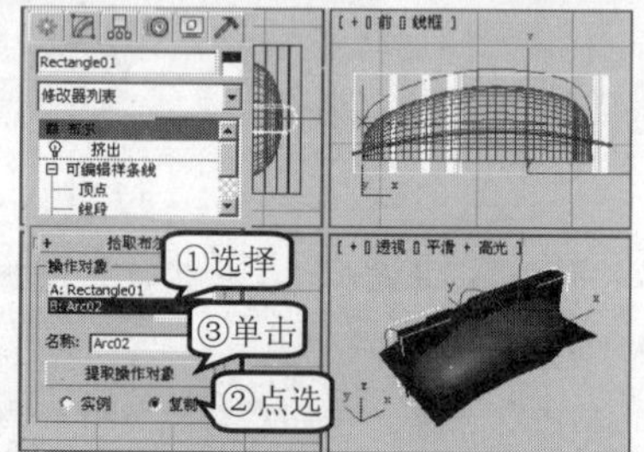

图4-27 提取圆弧挤出模型

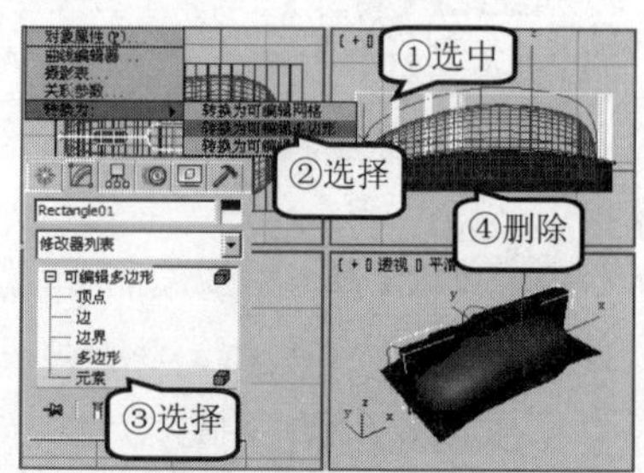

图4-28 删除模型多余部分

(14) 克隆鼠标模型，操作步骤如图 4-29 所示。

① 选中放样出的鼠标模型。

② 单击鼠标右键，在弹出的快捷菜单中选择【克隆】命令，弹出【克隆选项】对话框。

③ 在对话框的【对象】设置项中点选 复制 选项。

④ 单击 确定 按钮进行克隆。

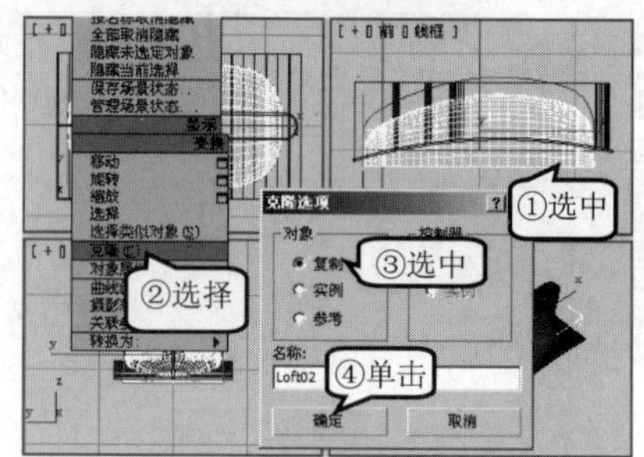

图4-29 克隆鼠标模型

(15) 调整鼠标大小，操作步骤如图 4-30 所示。

① 在工具栏上右击按钮。

② 在弹出的对话框中设置缩放参数。

(16) 布尔去除圆弧模型内部，操作步骤如图 4-31 所示。

① 选中圆弧挤出模型。

② 在【创建】面板中单击 布尔 按钮。

③ 单击 拾取操作对象 B 按钮。

④ 选中内部克隆出的鼠标模型进行布尔运算。

⑤ 单击鼠标右键完成布尔操作。

(17) 修饰鼠标上部，操作步骤如图 4-32 所示。

① 选中鼠标模型。

② 单击 布尔 按钮。

③ 单击 拾取操作对象 B 按钮。

④ 选中圆弧上面的模型进行布尔运算。

⑤ 单击鼠标右键完成布尔操作。

(18) 修饰鼠标侧面，操作步骤如图 4-33 所示。

① 单击 布尔 按钮。

② 单击 拾取操作对象 B 按钮。

③ 选中圆弧挤出模型进行布尔运算。

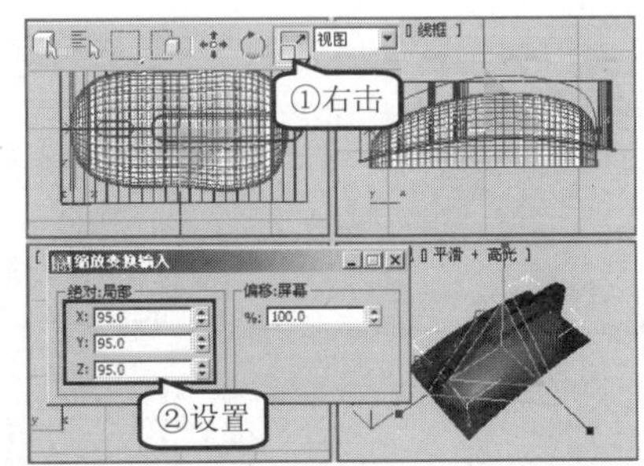

图4-30　调整鼠标大小

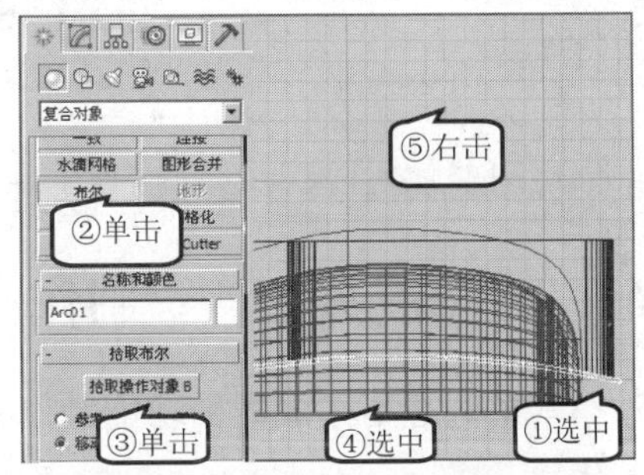

图4-31　布尔去除圆弧模型内部

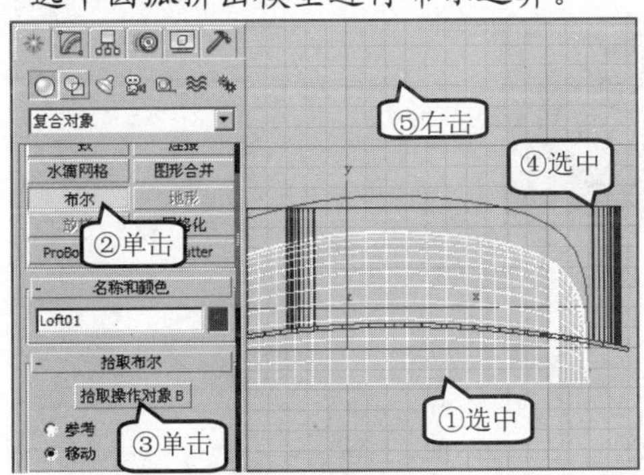

图4-32　修饰鼠标上部

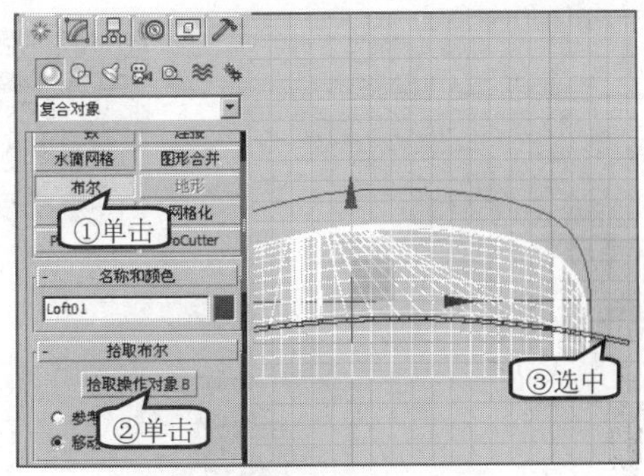

图4-33　修饰鼠标侧面

(19) 平滑模型，操作步骤如图 4-34 所示。

① 在【修改】面板中添加【平滑】修改器。

② 勾选 自动平滑 选项。

3. 制作滚轮和蓝牙接收器。

(1) 制作鼠标滚轮，操作步骤如图 4-35 所示。

① 设置创建对象类型为【标准基本体】。

② 单击 圆环 按钮。

③ 在前视图中绘制一个圆环。

④ 设置圆环参数。

⑤ 设置坐标参数。

(2) 制作蓝牙接收器，操作步骤如图 4-36 所示。

① 单击 长方体 按钮。

② 在左视图中在绘制两个长方体，分别设置其参数和位置坐标。

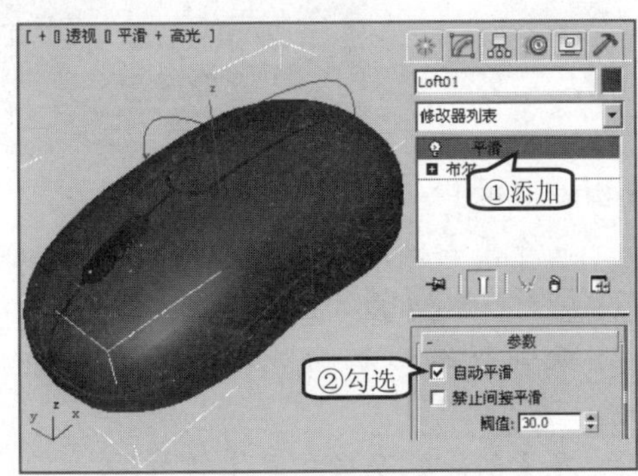

图4-34　平滑模型

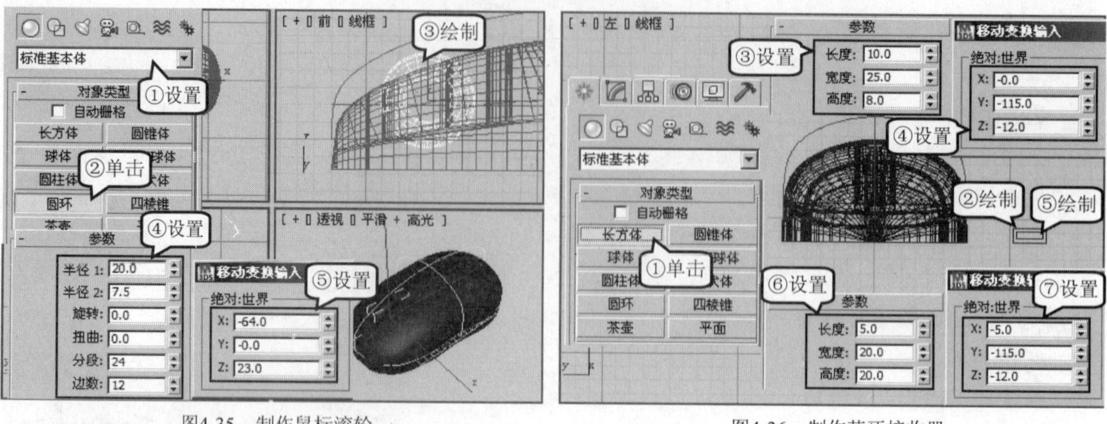

图4-35　制作鼠标滚轮　　　图4-36　制作蓝牙接收器

(3) 按Ctrl+S组合键保存场景文件到指定目录，本案例制作完成。

4.1.3 拓展案例——制作“红玫瑰”

本案例运用【放样】功能制作一支浪漫的红玫瑰，完成后的效果如图 4-37 所示。

图4-37　最终效果

【操作思路】

【步骤提示】

1. 制作花瓣放样曲线。

(1) 运行 3ds Max 2010 软件。

(2) 绘制花瓣形状曲线，操作步骤如图 4-38 所示。

① 在【创建】面板中单击按钮。

② 单击 线 按钮。

③ 在【初始类型】设置项中点选 平滑 选项。

④ 在前视图中绘制一条由 4 个顶点形成的曲线。

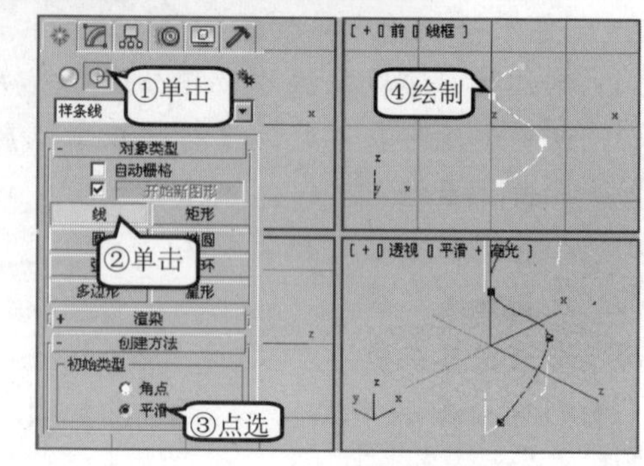

图4-38　绘制花瓣形状曲线

(3) 调整顶点坐标参数，操作步骤如图 4-39 所示。

① 在【修改】面板中选择【顶点】子层级。

② 单独选中最上面的顶点。

③ 设置其坐标参数。

④ 依次设置其余 3 个顶点的 x 和 z 坐标参数。

图4-39　调整顶点坐标参数

(4) 绘制花瓣截面曲线，操作步骤如图 4-40 所示。

① 在【创建】面板中单击 线 按钮。

② 在前视图中绘制一条由 3 个顶点形成的曲线。

(5) 依次调整各个顶点的 x 和 z 坐标参数，如图 4-41 所示。

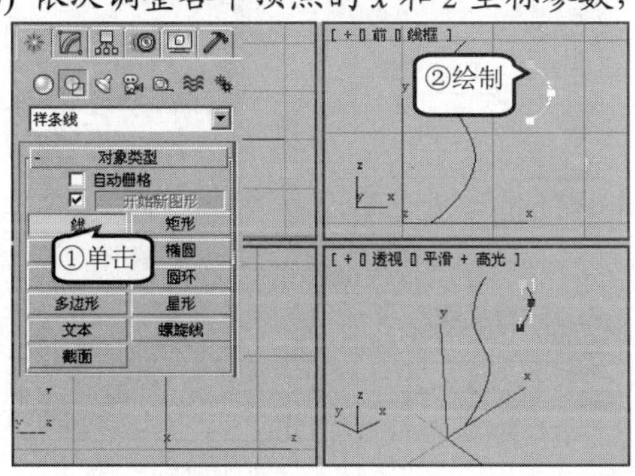

图4-40　绘制花瓣截面曲线

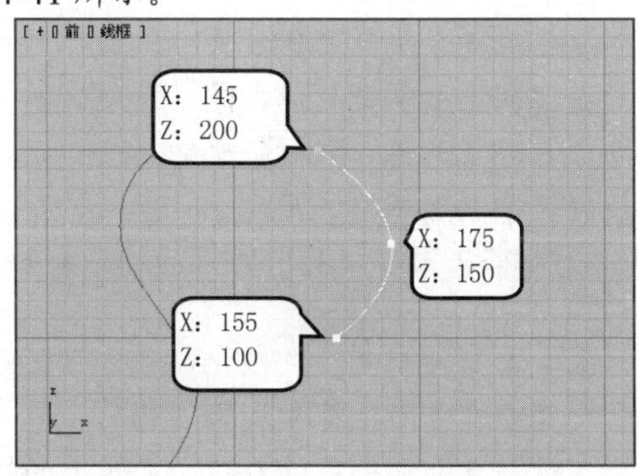

图4-41　调整顶点坐标参数

2. 制作花朵。

(1) 放样花瓣，操作步骤如图 4-42 所示。

① 选中花瓣形状曲线。

② 在【创建】面板中单击 按钮。

③ 设置创建对象类型为【复合对象】。

④ 单击 放样 按钮。

⑤ 单击 获取图形 按钮。

⑥ 选中花瓣截面曲线。

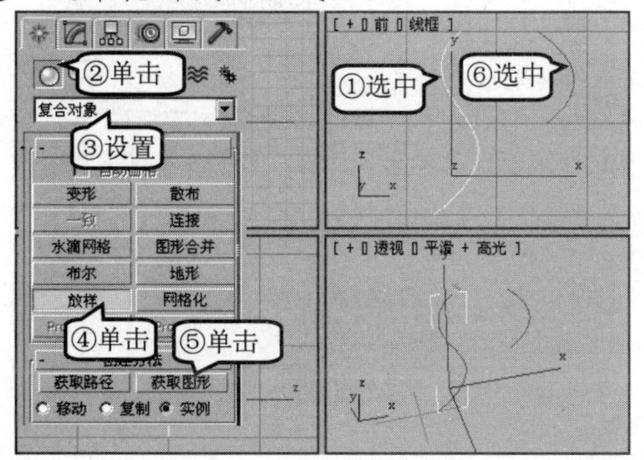

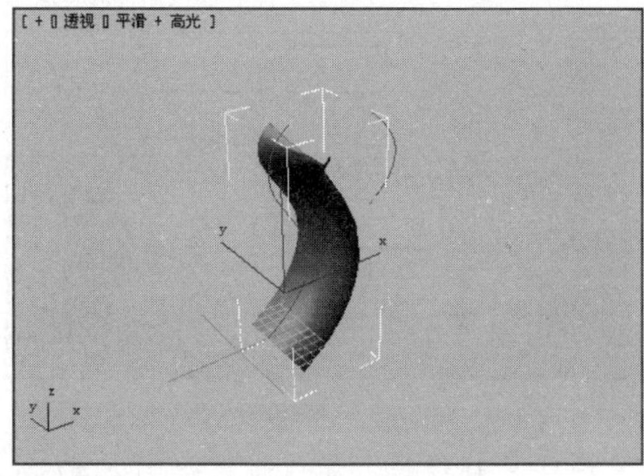

图4-42　放样花瓣

(2) 调整放样模型，操作步骤如图 4-43 所示。

① 在【修改】面板中选择【图形】子层级。

② 选中放样模型上的截面图形。

③ 单击 居中 按钮。

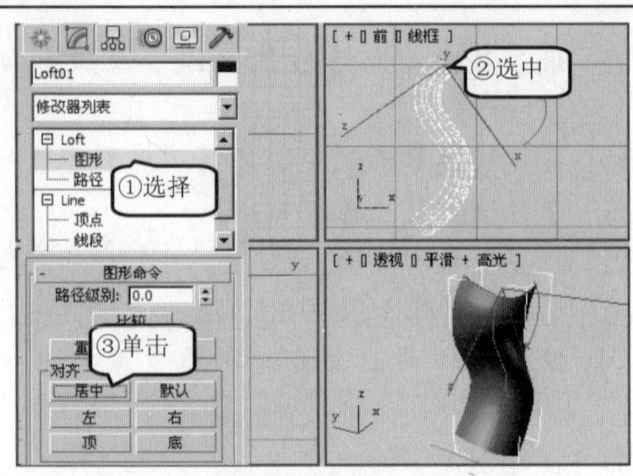

图4-43 调整放样模型

(3) 调整缩放变形，操作步骤如图 4-44 所示。

① 返回父层级。

② 在【变形】卷展栏中单击 缩放 按钮，打开【缩放变形】窗口。

③ 选中左侧控制点。

④ 设置垂直方向位置参数为“1.5”。

⑤ 在控制点上单击鼠标右键，在弹出的快捷菜单中选择【Bezier-角点】命令。

⑥ 调整控制手柄的位置。

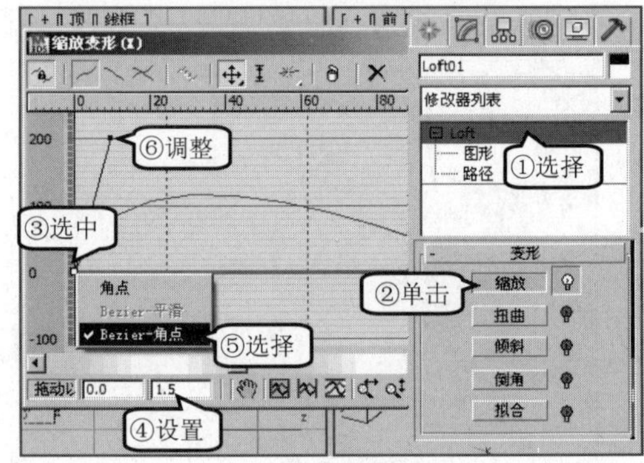

图4-44 调整缩放变形

(4) 调整缩放变形，操作步骤如图 4-45 所示。

① 选中右侧控制点。

② 设置垂直方向位置参数为“30”。

③ 在控制点上单击鼠标右键，在弹出的快捷菜单中选择【Bezier-角点】命令。

④ 调整控制手柄的位置。

(5) 调整轴，操作步骤如图 4-46 所示。

① 切换到【层次】面板。

② 单击 仅影响轴 按钮。

③ 设置轴的坐标参数。

④ 切换到【修改】面板退出调整状态。

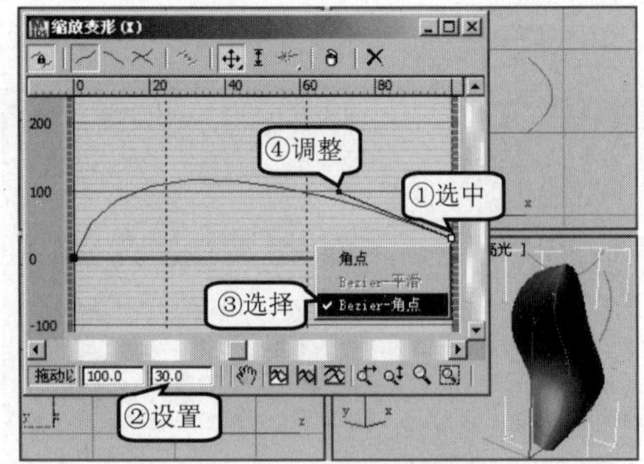

图4-45 调整缩放变形

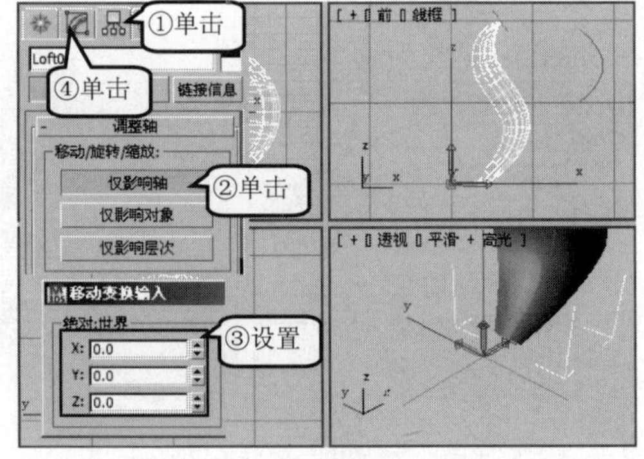

图4-46 调整轴

(6) 旋转复制花瓣，操作步骤如图 4-47 所示。

① 按 E 键选择【选择并旋转】工具。

② 按 A 键激活【角度捕捉】功能。

③　按住 Shift 键不放。

④　将放样对象绕 z 轴旋转 90°。

⑤　设置【副本数】为“3”。

⑥　单击 确定 按钮完成复制。

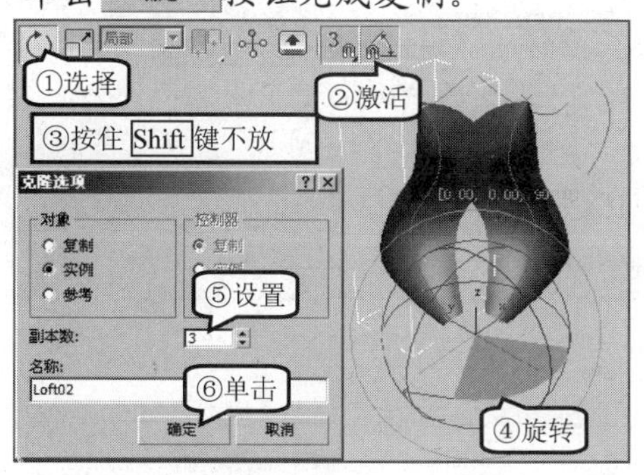

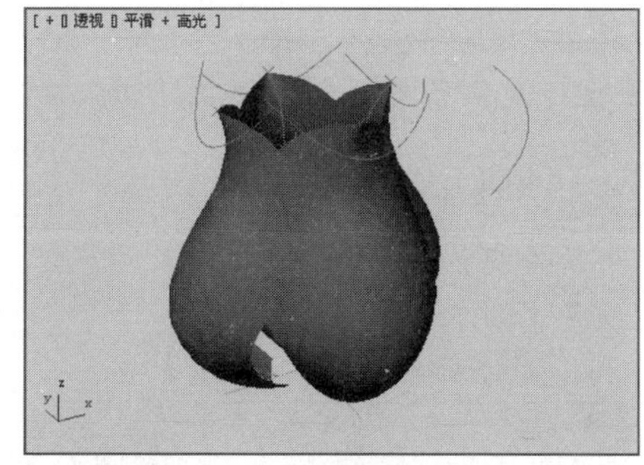

图4-47　旋转复制花瓣

(7) 克隆花瓣，操作步骤如图 4-48 所示。

①　选中第一个放样出的花瓣。

②　单击鼠标右键，在弹出的快捷菜单中选择【克隆】命令。

③　单击 确定 按钮完成克隆。

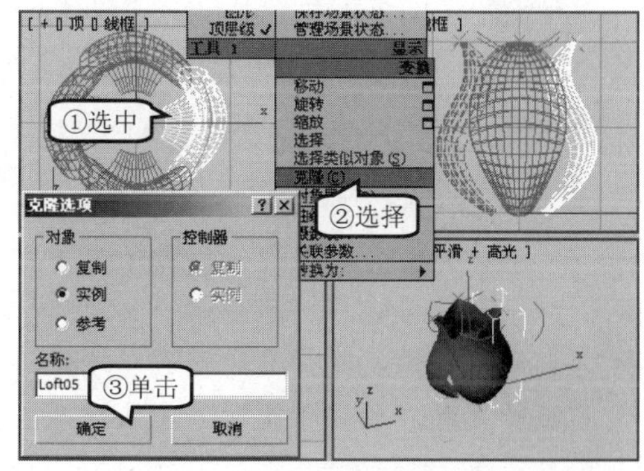

图4-48　克隆花瓣

(8) 调整克隆花瓣，操作步骤如图 4-49 所示。

①　设置克隆花瓣旋转参数。

②　设置克隆花瓣缩放参数。

(9) 旋转复制花瓣，操作步骤如图 4-50 所示。

①　按住 Shift 键不放。

②　将花瓣绕 z 轴旋转 90°。

③　设置【副本数】为“3”。

④　单击 确定 按钮完成复制。

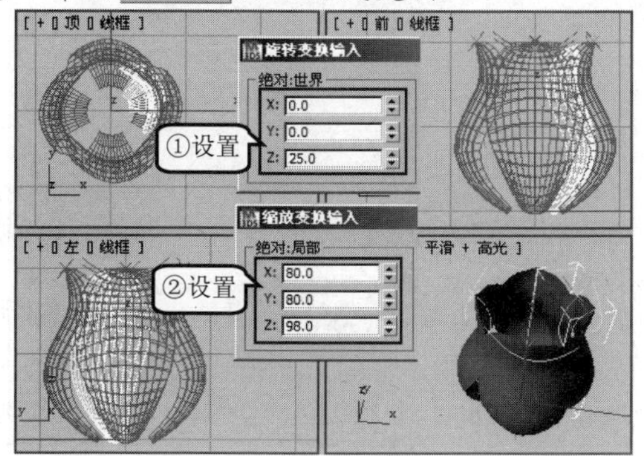

图4-49　调整克隆花瓣

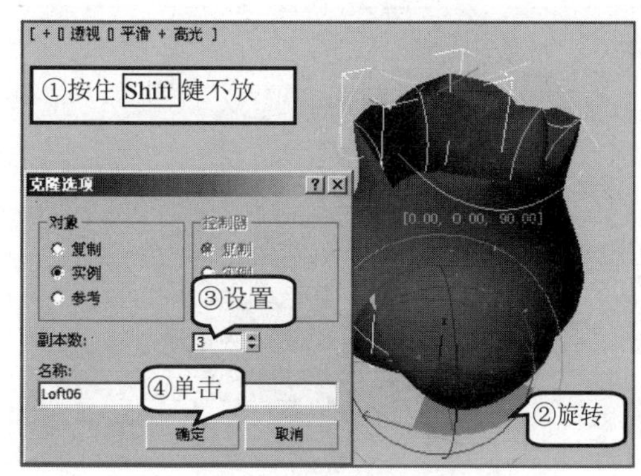

图4-50　旋转复制花瓣

(10) 克隆花瓣，操作步骤如图 4-51 所示。

①　选中内层第一个花瓣。

②　单击鼠标右键，在弹出的快捷菜单中选择【克隆】命令。

③ 单击 确定 按钮完成克隆。

(11) 调整克隆花瓣，操作步骤如图 4-52 所示。

① 设置克隆花瓣旋转参数。

② 设置克隆花瓣缩放参数。

(12) 旋转复制花瓣，操作步骤如图 4-53 所示。

① 按住 Shift 键不放。

② 将花瓣绕 z 轴旋转 90°。

③ 设置【副本数】为"3"。

④ 单击 确定 按钮完成复制。

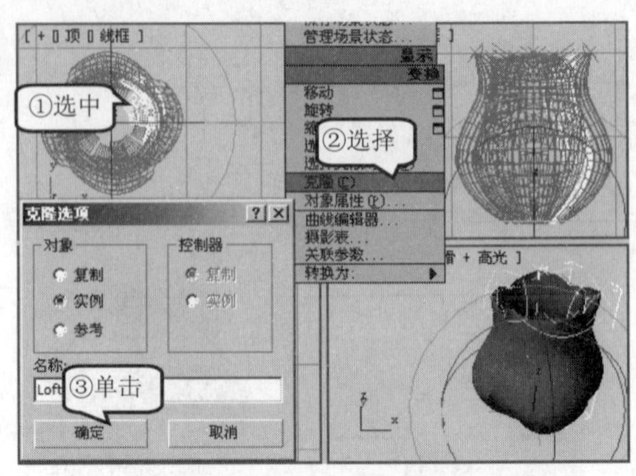

图4-51 克隆花瓣

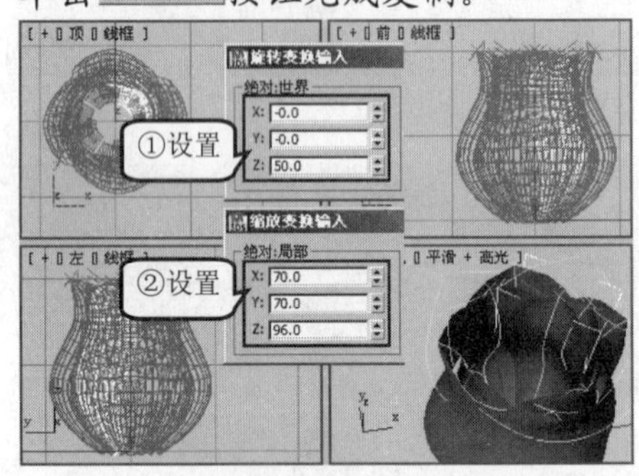

图4-52 调整克隆花瓣

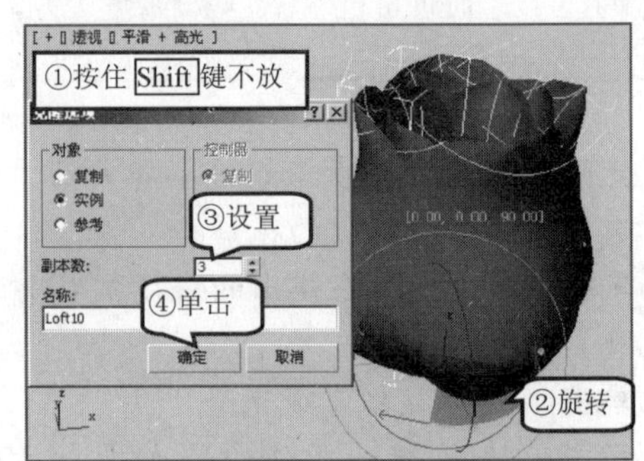

图4-53 旋转复制花瓣

(13) 继续克隆内层花瓣，将其旋转 25°，x 轴和 y 轴缩小 10%，z 轴缩小 2%，再进行 90° 旋转复制。最终使花朵看上去比较饱满，如图 4-54 所示。

3. 制作花萼。

(1) 绘制花萼形状曲线，操作步骤如图 4-55 所示。

① 在【创建】面板中单击 线 按钮。

② 在【初始类型】设置项中点选 平滑 选项。

③ 在前视图中绘制一条由 4 个顶点组成的曲线。

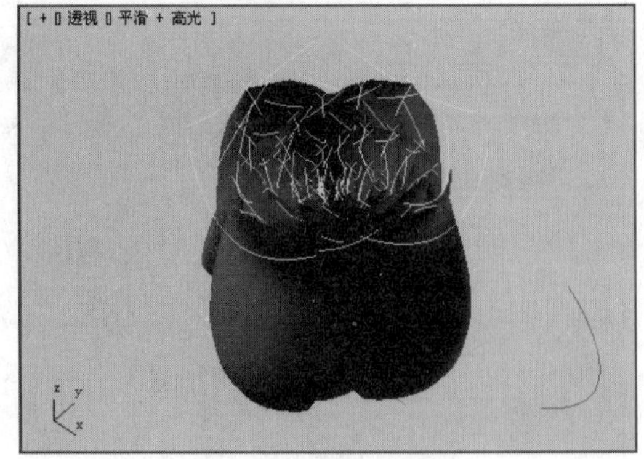

图4-54 复制并调整花瓣

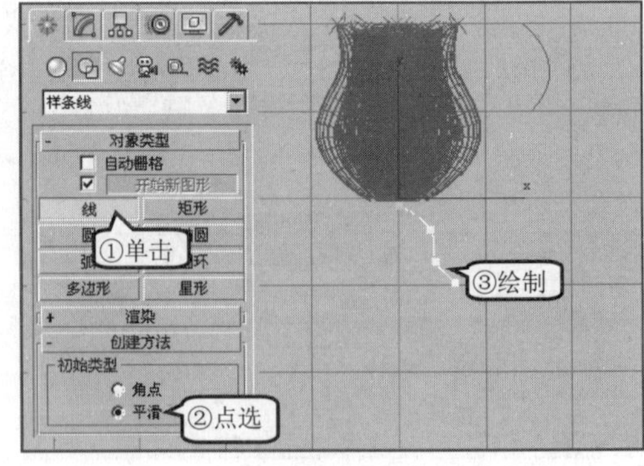

图4-55 绘制花萼外形曲线

(2) 调整曲线形状，操作步骤如图 4-56 所示。

① 在【修改】面板中选择【顶点】子层级。

② 调整各个顶点的 x 和 z 坐标参数。

(3) 绘制截面线，操作步骤如图 4-57 所示。

① 在【创建】面板中单击 线 按钮。

② 在前视图中绘制一条长 50 的垂直线段。

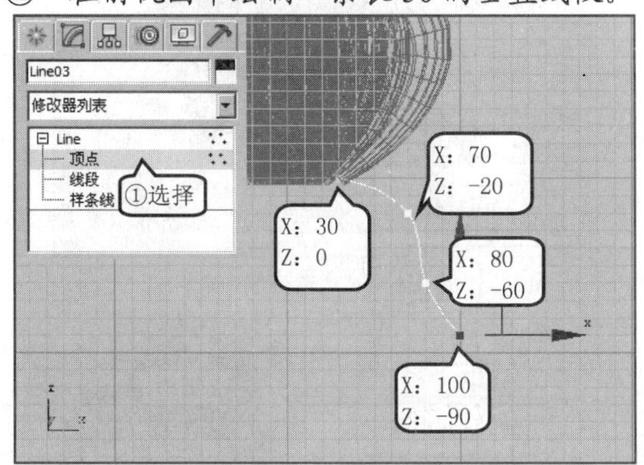

图4-56　调整曲线形状

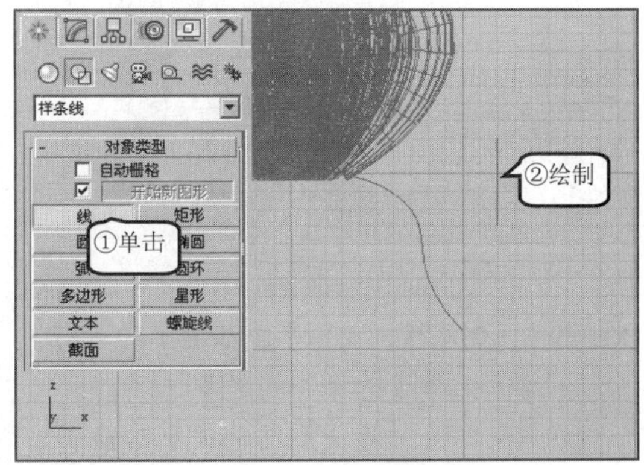

图4-57　绘制截面线

要点提示 在绘制直线时，可按 S 键激活【捕捉开关】，在绘制时注意观察状态栏的如下提示 栅格点 捕捉 场景根 的坐标位置：[150.0, 0.0, 0.0] ，以方便绘制指定长度的直线。

(4) 放样花萼，操作步骤如图 4-58 所示。

① 单击按钮。

② 设置创建对象类型为【复合对象】。

③ 选中花萼形状曲线。

④ 单击 放样 按钮。

⑤ 单击 获取图形 按钮。

⑥ 选中花萼截面线。

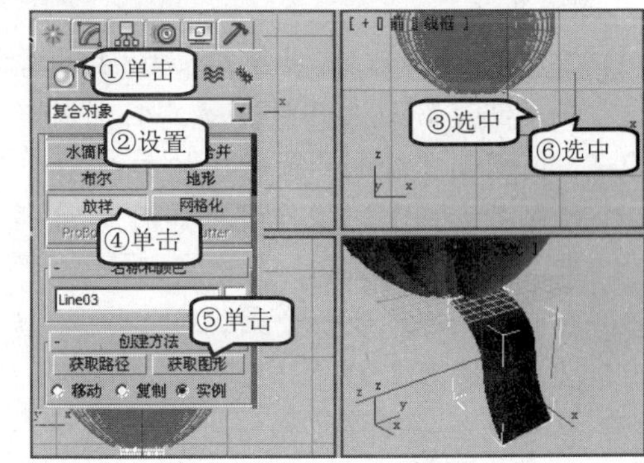

图4-58　放样花萼

(5) 调整缩放变形，操作步骤如图 4-59 所示。

① 在【修改】面板中单击 缩放 按钮，打开【缩放变形】窗口。

② 选中左侧控制点。

③ 在控制点上单击鼠标右键，在弹出的快捷菜单中选择【Bezier-角点】命令。

(6) 调整缩放变形，操作步骤如图 4-60 所示。

① 选中右侧控制点。

② 设置垂直方向位置参数为“0”。

(7) 调整花萼的轴，操作步骤如图 4-61 所示。

① 切换到【层次】面板。

② 单击 仅影响轴 按钮。

③ 设置轴的坐标参数。

④ 切换到【修改】面板退出调整状态。

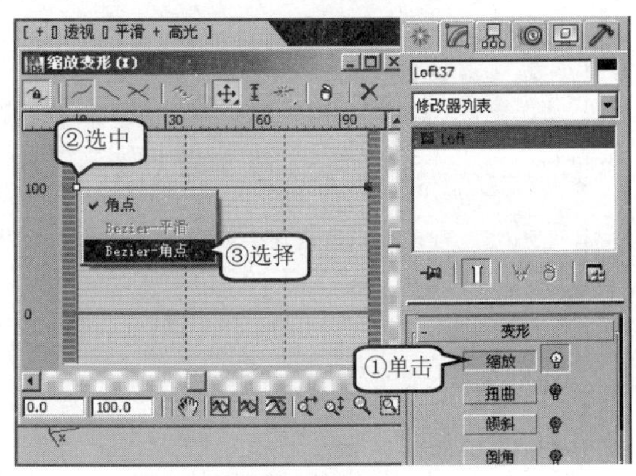

图4-59　调整缩放变形

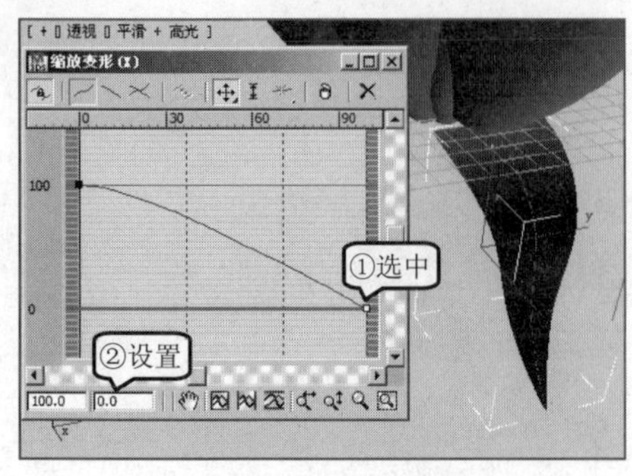

图4-60　调整缩放变形

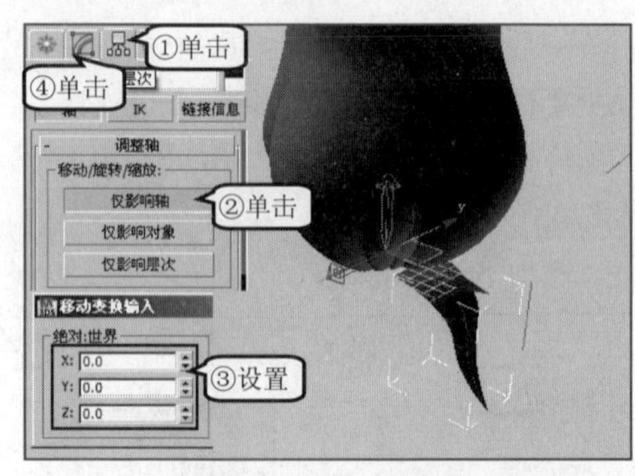

图4-61　调整花萼的轴

(8) 旋转复制花萼，操作步骤如图 4-62 所示。

① 按E键选择【选择并旋转】工具。
② 按A键取消激活【角度捕捉】功能。
③ 按住Shift键不放。
④ 将花萼绕 z 轴旋转约 72°。
⑤ 设置【副本数】为“4”。
⑥ 单击确定按钮完成复制。

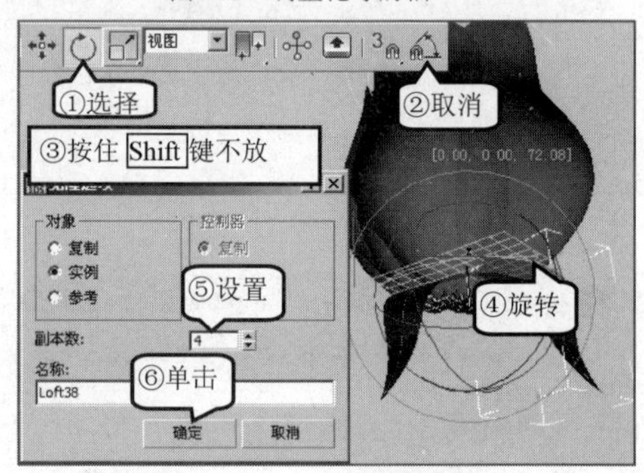

图4-62　旋转复制花萼

4. 制作花茎。

(1) 绘制花茎形状曲线，操作步骤如图 4-63 所示。

① 在【创建】面板中单击线按钮。
② 在前视图中绘制一条较长的曲线。

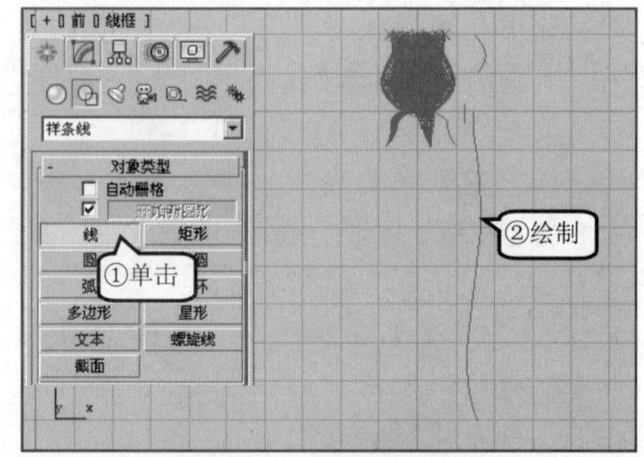

图4-63　绘制花茎形状曲线

(2) 绘制截面图形，操作步骤如图 4-64 所示。

① 单击圆按钮。
② 在前视图中绘制一个圆。
③ 设置【半径】为“35”。

(3) 放样花茎，操作步骤如图 4-65 所示。

① 选中花茎形状曲线。
② 单击按钮。
③ 单击放样按钮。
④ 单击获取图形按钮。
⑤ 选中绘制的圆形截面。

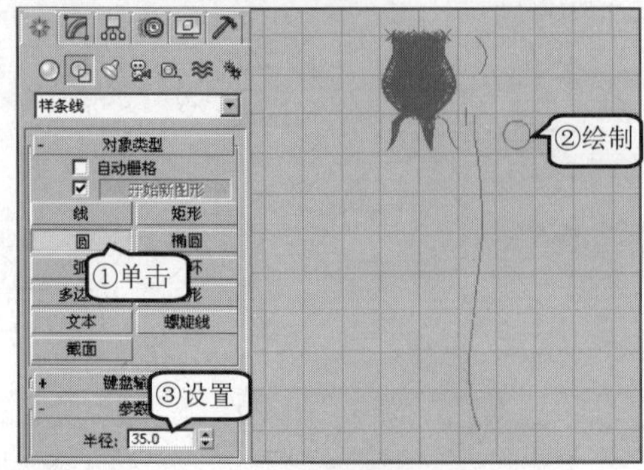

图4-64　绘制截面图形

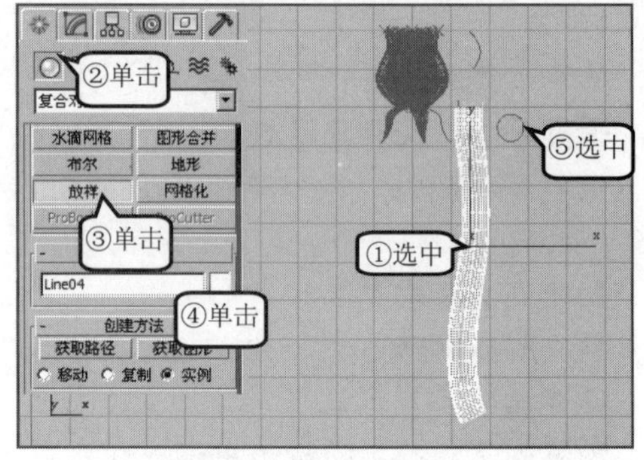

图4-65　放样花茎

(4) 调整缩放变形，操作步骤如图 4-66 所示。

① 在【修改】面板中单击 缩放 按钮，打开【缩放变形】窗口。

② 在【缩放变形】窗口中单击按钮。

③ 在控制线上添加一个控制点。

④ 在添加的控制点上单击鼠标右键，在弹出的快捷菜单中选择【Bezier-平滑】命令。

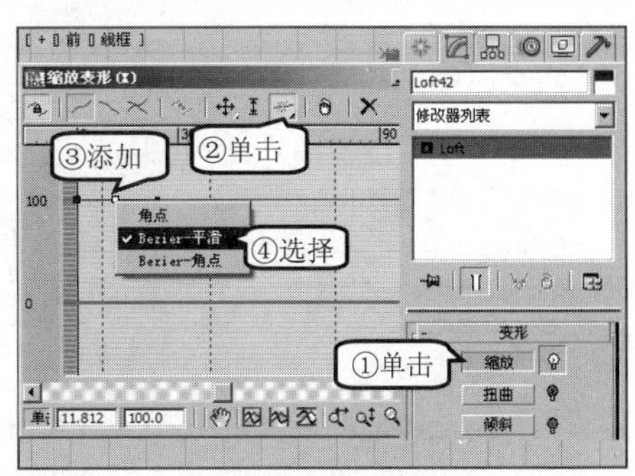

图4-66　调整缩放变形

(5) 调整控制点位置，操作步骤如图 4-67 所示。

① 单击按钮。

② 框选第 2 个和第 3 个控制点。

③ 设置垂直方向位置参数为“10”。

④ 按键，向左移动花茎至花朵下面。

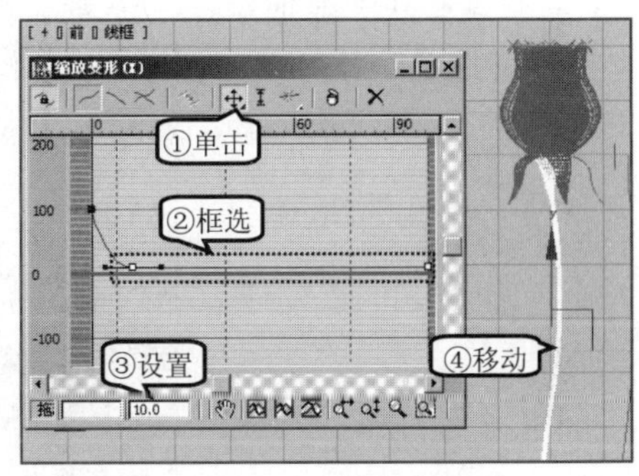

图4-67　调整控制点位置

5. 制作叶子。

(1) 绘制叶子形状曲线，操作步骤如图 4-68 所示。

① 在【创建】面板中单击 线 按钮。

② 在前视图中绘制一条由 3 个顶点形成的曲线。

(2) 绘制叶子截面曲线，操作步骤如图 4-69 所示。

① 单击 线 按钮。

② 绘制一条由 3 个顶点形成的曲线。

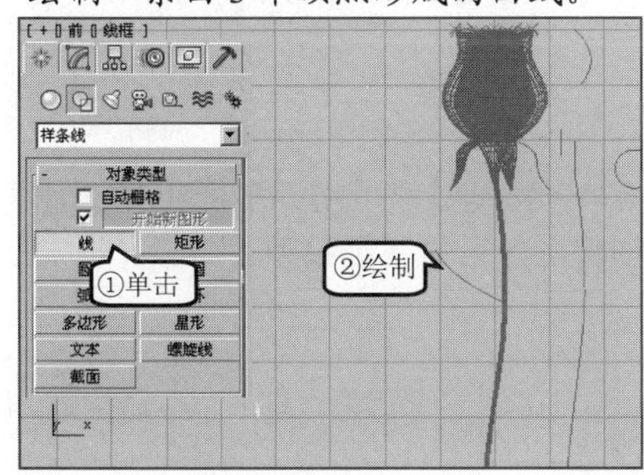

图4-68　绘制叶子形状曲线

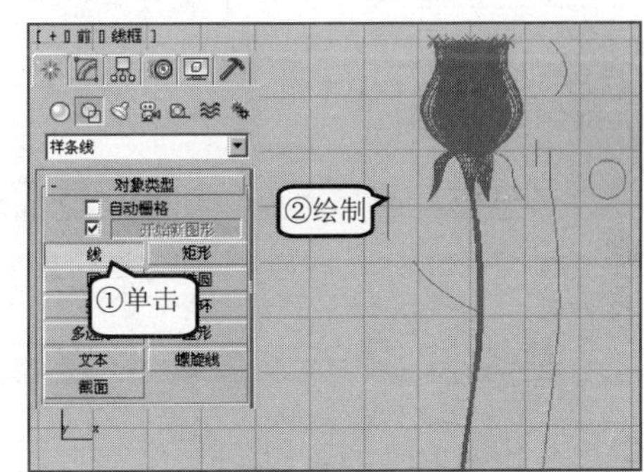

图4-69　绘制叶子截面曲线

(3) 放样叶子，操作步骤如图 4-70 所示。

① 选中叶子形状曲线。

② 单击按钮。

③ 单击 放样 按钮。

④ 单击 获取图形 按钮。

⑤ 选中叶子截面曲线。

(4) 调整缩放变形，操作步骤如图 4-71 所示。

① 在【修改】面板中单击 缩放 按钮，打开【缩放变形】窗口。

② 转换控制点类型并调整控制曲线形状。

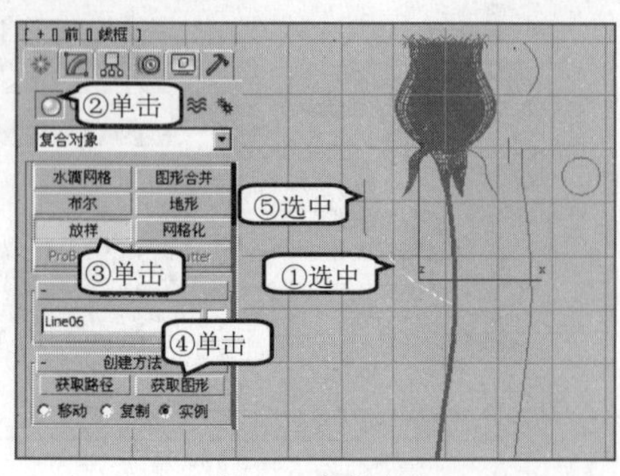

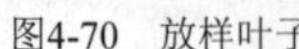
图4-70 放样叶子

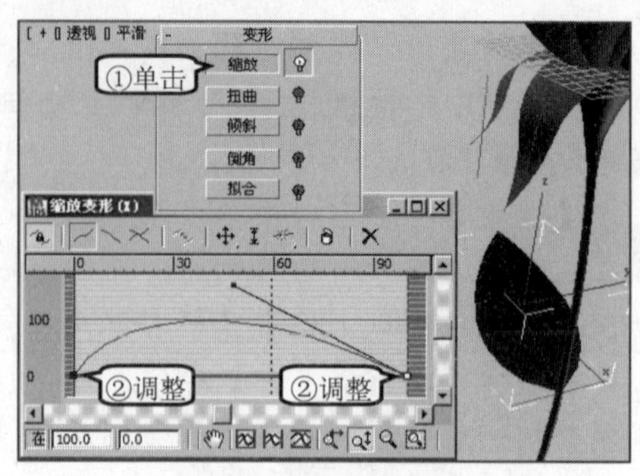

图4-71 调整缩放变形

(5) 复制一片叶子并调整叶子位置，最后获得的设计效果如图 4-72 所示。

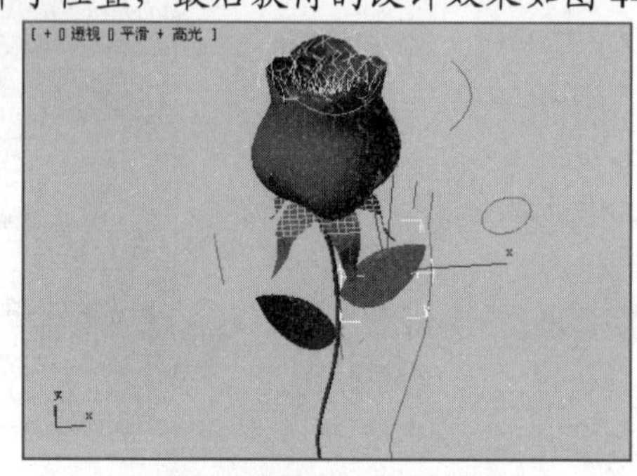

图4-72 复制并调整叶子位置

(6) 按Ctrl+S组合键保存场景文件到指定目录，本案例制作完成。

4.2 多边形建模

多边形建模是最早也是应用最广泛的建模方法。一般模型都是由许多面组成的，每个面都有不同的尺寸和方向。通过创建和排列面可以创建出复杂的三维模型。

4.2.1 基础知识——多边形建模思想

一、多边形建模的流程

多边形建模的一般流程如图 4-73 所示。

(1) 通过创建几何体或者其他方式得到大致的模型。

(2) 将基础模型转化为可编辑多边形，进入可编辑多边形的子级别进行编辑。

(3) 使用【网格平滑】或【涡轮平滑】修改器对模型进行平滑处理。

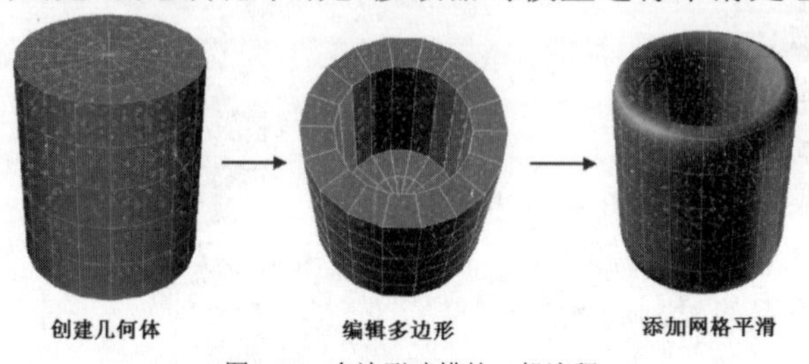

图4-73 多边形建模的一般流程

二、创建与编辑多边形对象

1．在场景中已经创建好的对象上单击鼠标右键，在弹出的快捷菜单中选择【转化为】/【转化为可编辑多边形】命令，即可将其转化为可编辑多边形，如图 4-74 所示。

2．保持对象处于选中状态，切换到【修改】面板，展开【可编辑多边形】选项可以分别进入其子层级进行编辑，如图 4-75 所示。

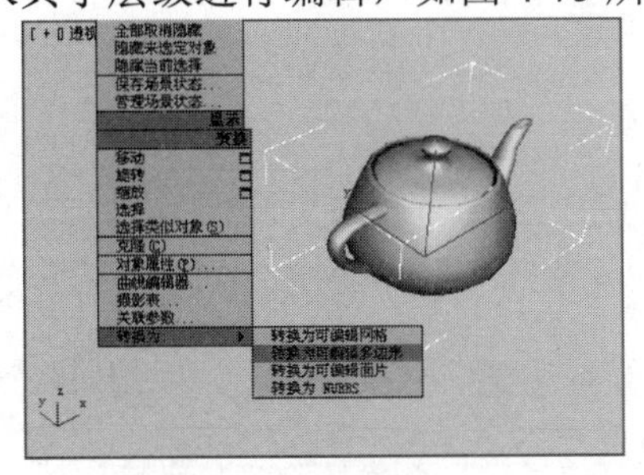

图4-74　转化为可编辑多边形

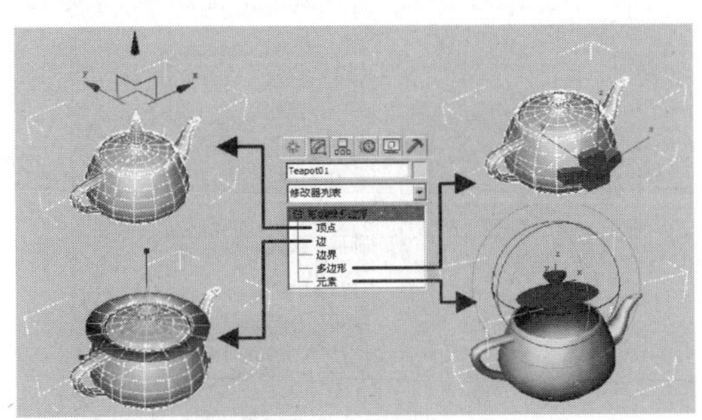

图4-75　编辑多边形

4.2.2 案例剖析——制作“水晶鞋”

本案例使用多边形建模方式来制作一双精美的水晶高跟鞋，制作完成后的效果如图 4-76 所示。

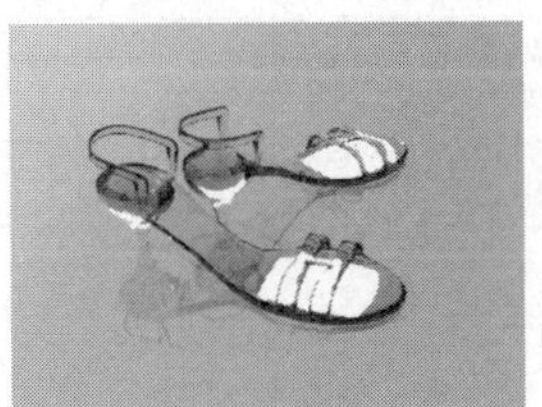
图4-76　最终效果

【操作思路】

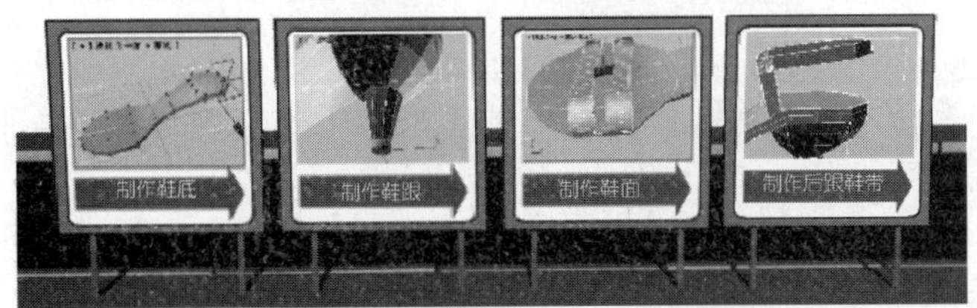

【步骤提示】

1.　制作鞋底。

(1) 运行 3ds Max 2010 软件。

(2) 绘制矩形，操作步骤如图 4-77 所示。

①　在【创建】面板中单击 长方体 按钮。

②　在顶视图中绘制一个矩形。

③　设置矩形参数。

④　设置矩形坐标参数。

(3) 转换为可编辑多边形，操作步骤如图 4-78 所示。

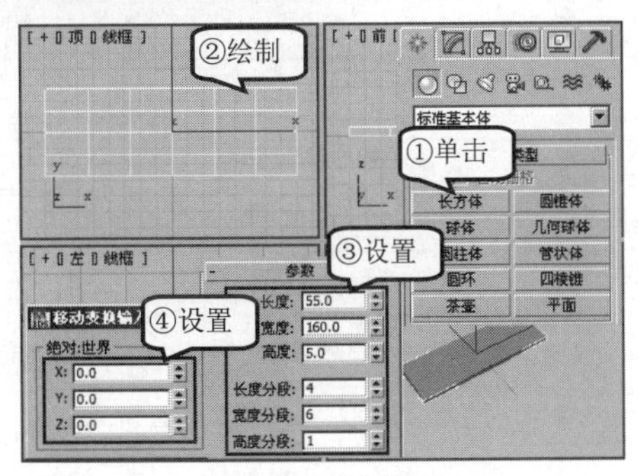

图4-77　绘制矩形

① 选中绘制的矩形。

② 单击鼠标右键，在弹出的快捷菜单中选择【转换为】/【转换为可编辑多边形】命令。

(4) 调整鞋底外形，操作步骤如图 4-79 所示。

① 选择【顶点】子层级。

② 单独框选各处顶点，按W键对其位置进行调整。

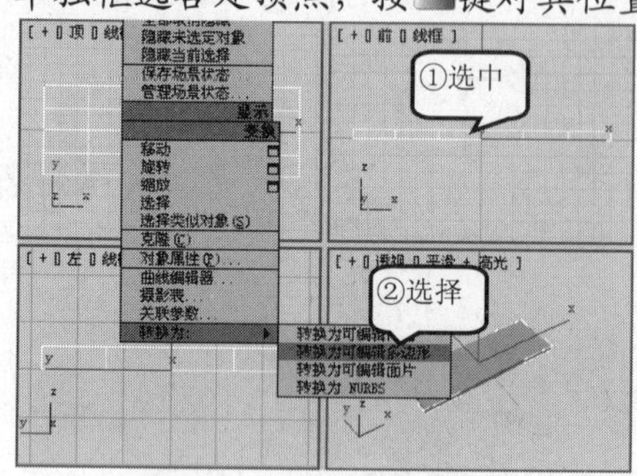

图4-78 转换为可编辑多边形

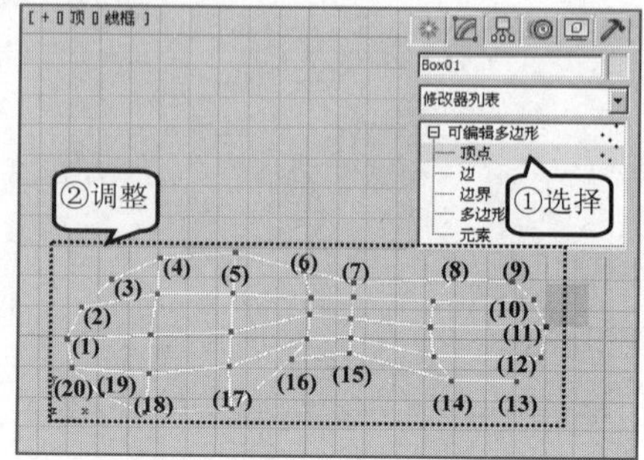

图4-79 调整鞋底外形

(5) 调整后跟位置，操作步骤如图 4-80 所示。

① 框选后跟处的顶点。

② 在前视图中向上移动 35 个单位。

③ 框选中间顶点，调整其位置。

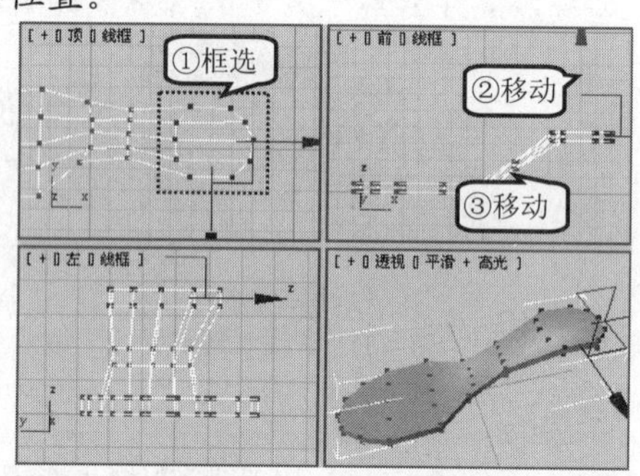

图4-80 调整后跟位置

要点提示 鞋的外形可根据个人喜好进行调整，但大体结构应与图 4-80 中相同，特别是鞋后跟处。表 4-2 给出图 4-80 中外轮廓各点的 x 和 y 坐标值供读者参考。

表 4-2 鞋外轮廓各点的 x 和 y 坐标参考值

序号	（x，y）	序号	（x，y）	序号	（x，y）
（1）	（-80.392,-0.732）	（2）	（-75.712,9.607）	（3）	（-65.447,18.886）
（4）	（-49.594,26.145）	（5）	（-24.181,28.377）	（6）	（-1.118,22.545）
（7）	（20.296,18.662）	（8）	（48.852,19.741）	（9）	（68.635,19.541）
（10）	（75.959,13.347）	（11）	（80.315,4.562）	（12）	（78.496,-5.611）
（13）	（70.341,-13.564）	（14）	（49.099,-13.499）	（15）	（18.736,-4.62）
（16）	（-4.822,-6.776）	（17）	（-25.034,23.515）	（18）	（-53.983,-25.174）
（19）	（-68.586,-19.273）	（20）	（-78.642,-10.389）		

2. 制作鞋跟。

(1) 删除多余线段，操作步骤如图 4-81 所示。

① 选择【边】子层级。

② 框选后跟内部的线段。

③ 单击 移除 按钮进行删除。

(2) 挤出鞋跟，操作步骤如图 4-82 所示。

① 选择【多边形】子层级。

② 选中后跟下侧的面。

③ 单击 倒角 按钮后的□按钮。

④ 设置倒角参数。

⑤ 单击 确定 按钮完成倒角。

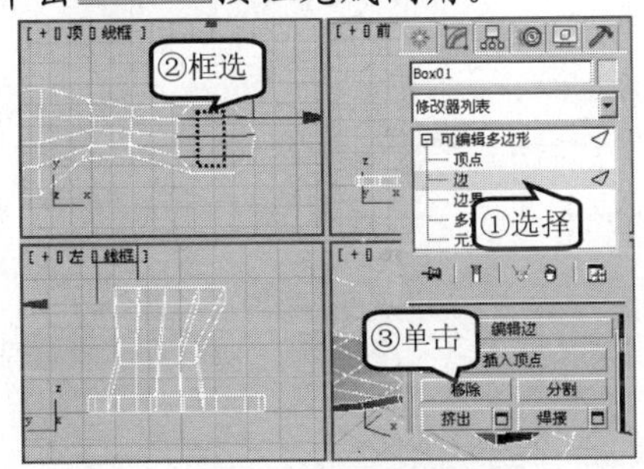

图4-81　删除多余线段

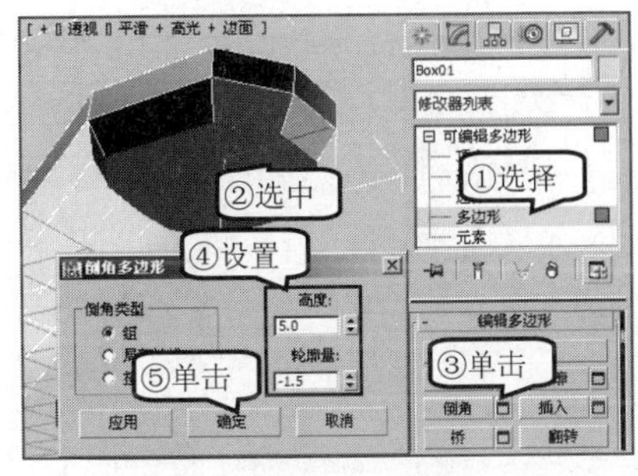

图4-82　挤出鞋跟

要点提示 在进行多边形编辑时，可按 F4 键进入边面显示状态，从而方便选择操作。

(3) 挤出鞋跟，操作步骤如图 4-83 所示。

① 单击 倒角 按钮后的□按钮。

② 设置倒角参数。

③ 单击 确定 按钮完成倒角。

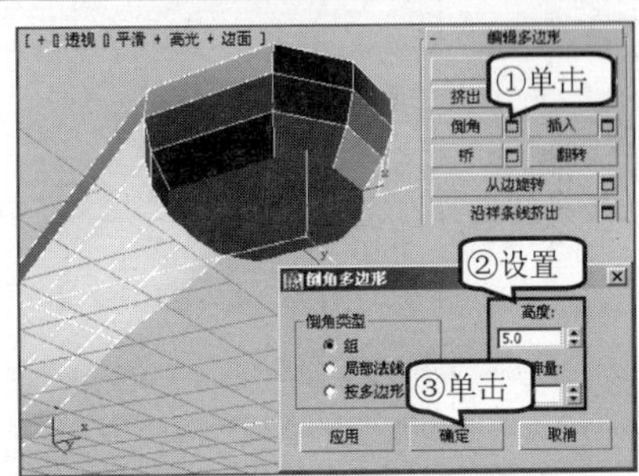

图4-83　挤出鞋跟

(4) 挤出鞋跟，操作步骤如图 4-84 所示。

① 单击 倒角 按钮后的□按钮。

② 设置倒角参数。

③ 单击 确定 按钮完成倒角。

(5) 调整顶点位置，操作步骤如图 4-85 所示。

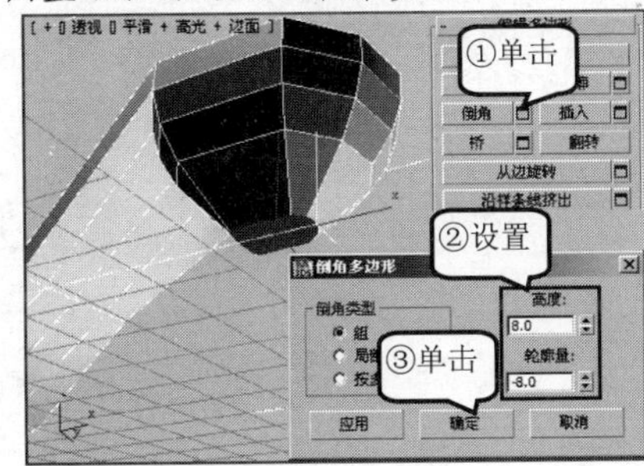

图4-84　挤出鞋跟

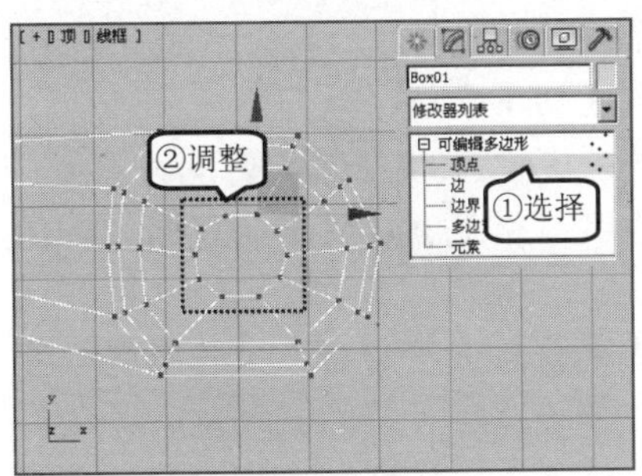

图4-85　调整顶点位置

① 选择【顶点】子层级。

② 在顶视图中对内部各个顶点的位置进行调整。

(6) 挤出鞋跟，操作步骤如图 4-86 所示。

① 选择【多边形】子层级。

② 单击 倒角 按钮后的□按钮。

③ 设置倒角参数。

④ 单击 确定 按钮完成倒角。

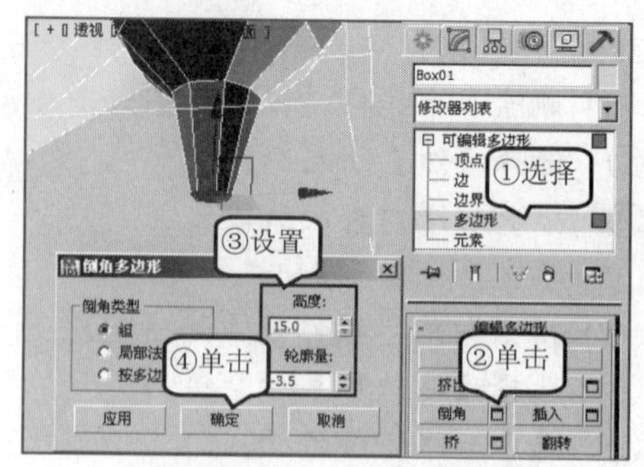

图4-86 挤出鞋跟

(7) 挤出鞋跟，操作步骤如图 4-87 所示。

① 单击 挤出 按钮后的□按钮。

② 设置挤出参数。

③ 单击 确定 按钮完成挤出。

3. 制作鞋面。

(1) 新增连线，操作步骤如图 4-88 所示。

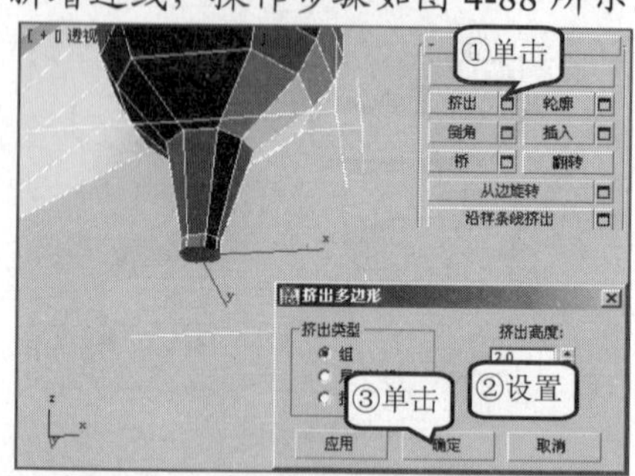

图4-87 挤出鞋跟

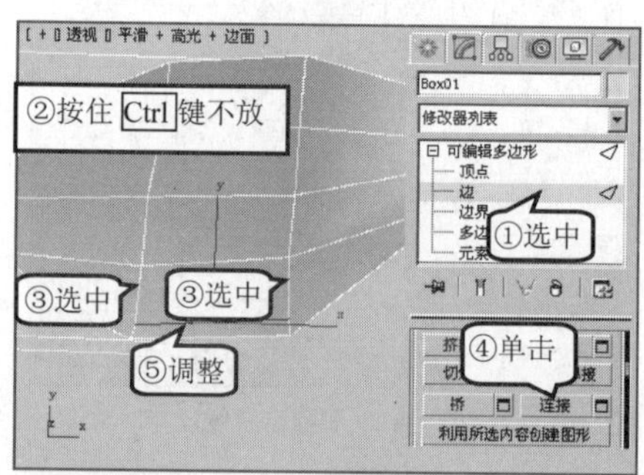

图4-88 新增连线

① 选择【边】子层级。

② 按住 Ctrl 键不放。

③ 选中前后两条边。

④ 单击 连接 按钮新增一条连线。

⑤ 按 W 键调整其位置。

(2) 新增连线，操作步骤如图 4-89 所示。

① 按住 Ctrl 键不放。

② 选中外侧两条边。

③ 单击 连接 按钮新增一条连线。

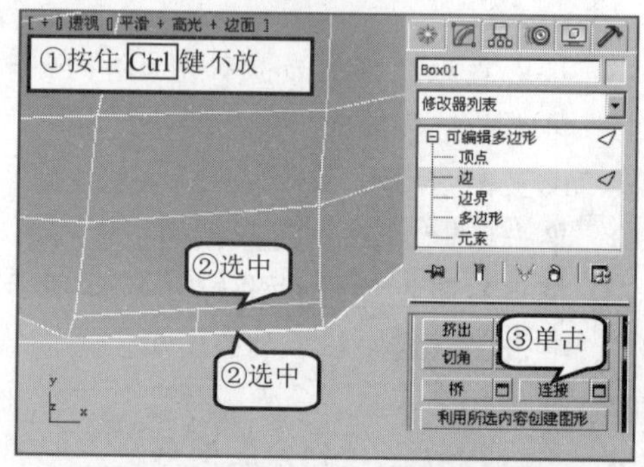

图4-89 新增连线

(3) 对边进行切角，操作步骤如图 4-90 所示。

① 单击 切角 按钮后的□按钮。

② 设置切角参数。

③ 单击 确定 按钮完成切角。

(4) 在另一侧也创建需要的边线，如图 4-91 所示。

(5) 选中需要调整的面，操作步骤如图 4-92 所示。

① 选择【多边形】子层级。

② 配合 Ctrl 键选中需要调整的面。

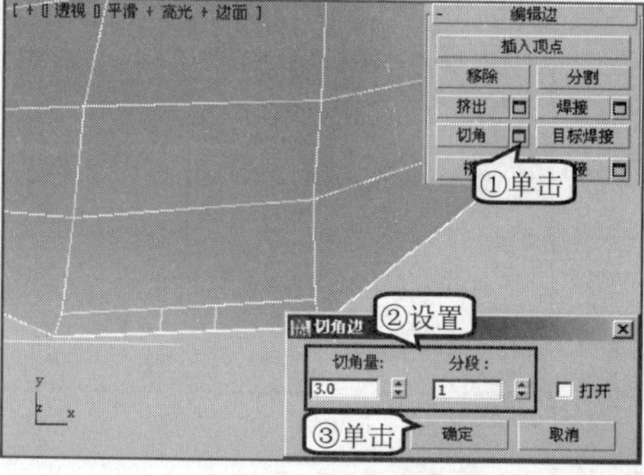

图4-90 对边进行切角

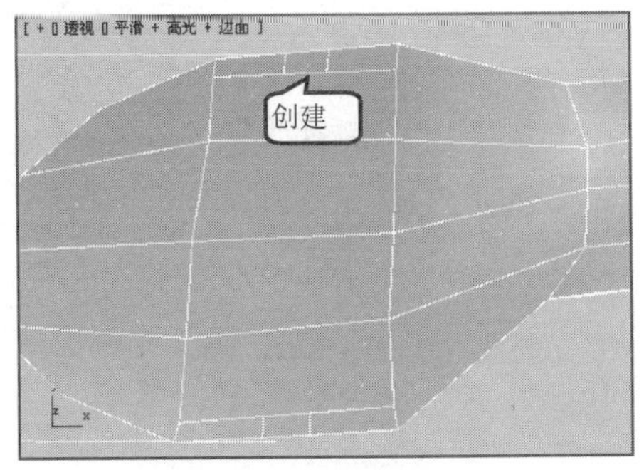

图4-91　新增连线

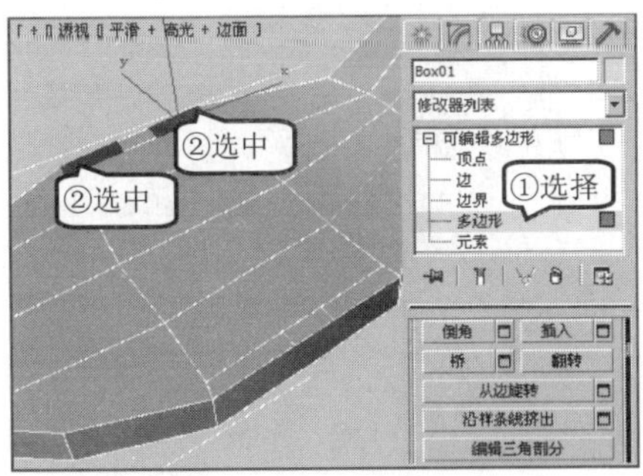

图4-92　选中需要调整的面

(6) 进行旋转挤出，操作步骤如图 4-93 所示。

① 单击 从边旋转 按钮后的□按钮。

② 单击 拾取转枢 按钮。

③ 选中内侧第一条线段。

④ 设置【角度】和【分段】参数。

⑤ 单击 确定 按钮完成倒角。

(7) 对另一侧相对应的面也进行旋转挤出，操作步骤如图 4-94 所示。

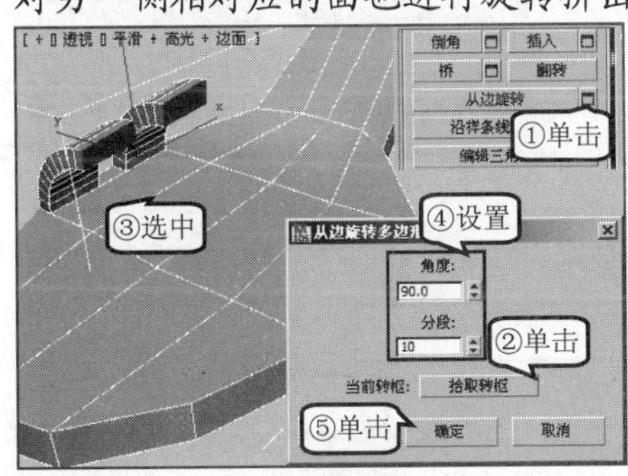

图4-93　进行旋转挤出

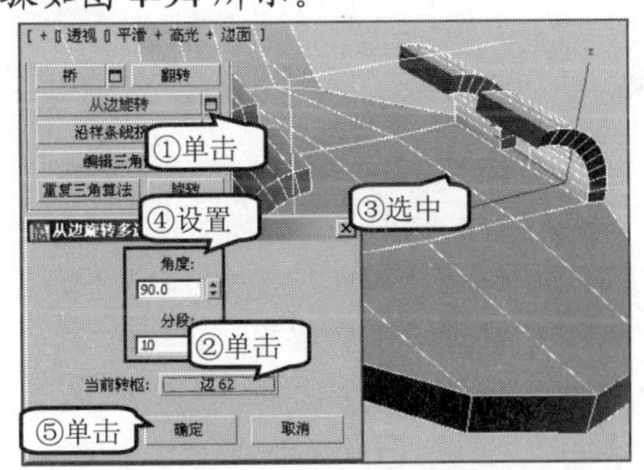

图4-94　进行旋转挤出

(8) 对挤出鞋面进行桥连接，操作步骤如图 4-95 所示。

① 配合 Ctrl 键选中相对的两个面。

② 单击 桥 按钮后的□按钮。

(9) 设置桥连接参数，操作步骤如图 4-96 所示。

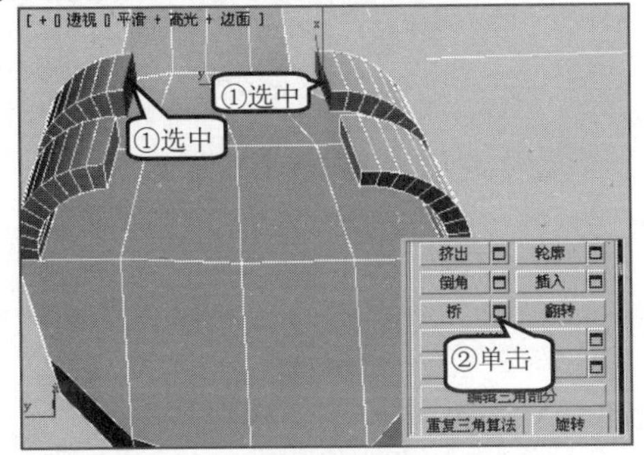

图4-95　对挤出鞋面进行桥连接

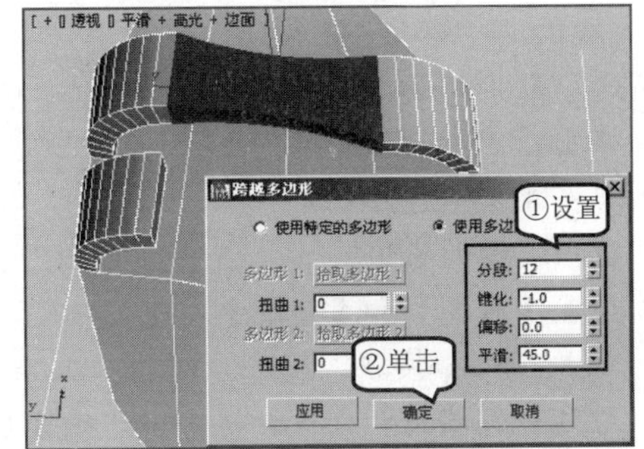

图4-96　设置桥连接参数

(10) 对另一条鞋面进行桥连接，如图 4-97 所示。

(11) 在两条鞋面之间进行桥连接，如图 4-98 所示。

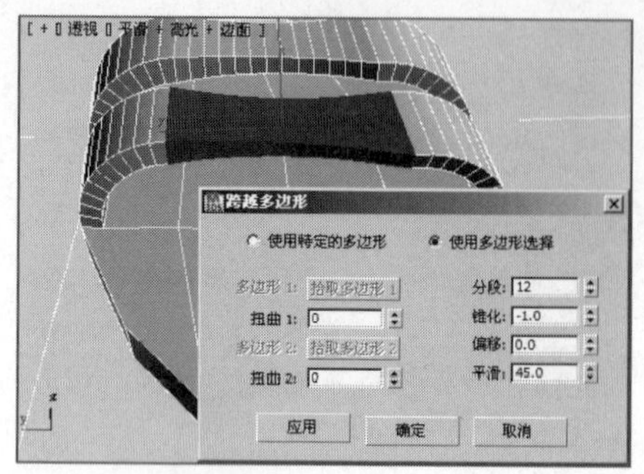

图4-97 进行桥连接

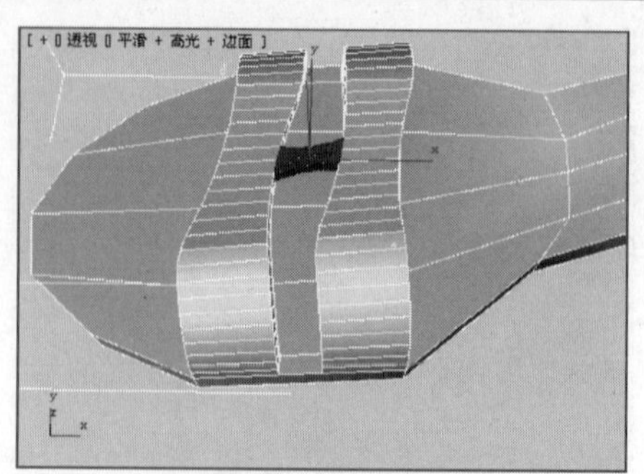

图4-98 进行桥连接

4. 制作后跟鞋带。

(1) 向内挤出鞋带轮廓面，操作步骤如图 4-99 所示。

① 选择【多边形】子层级。
② 选中后跟上侧的面。
③ 单击 插入 按钮后的□按钮。
④ 设置插入参数。
⑤ 单击 确定 按钮。

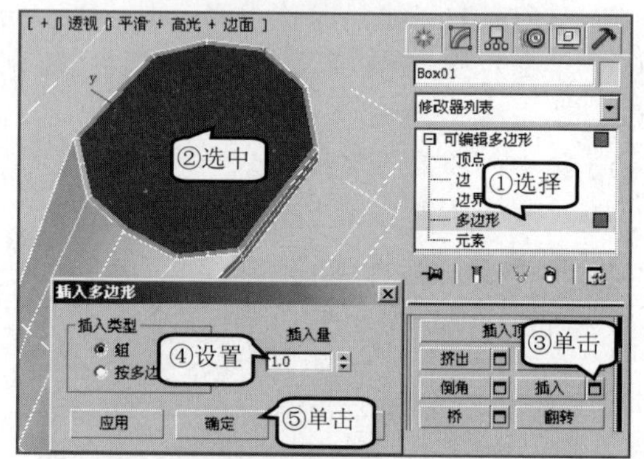

图4-99 向内挤出鞋带轮廓面

(2) 向上复制鞋带面，操作步骤如图 4-100 所示。

① 选中后半圈轮廓面。
② 按住 Shift 键不放。
③ 将选中的面向上移动 20 个单位。
④ 点选 克隆到元素 选项。
⑤ 单击 确定 按钮。

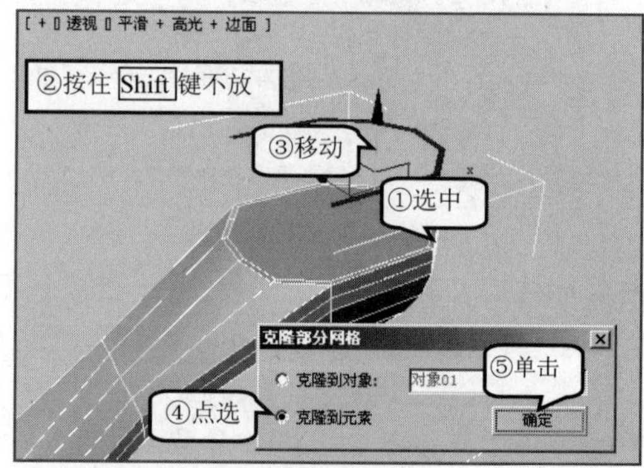

图4-100 向上复制鞋带面

(3) 挤出鞋带，操作步骤如图 4-101 所示。

① 单击 挤出 按钮后的□按钮。
② 设置挤出参数。
③ 单击 确定 按钮。

(4) 旋转挤出鞋带端面，操作步骤如图 4-102 所示。

① 选中鞋带端面。
② 单击 从边旋转 按钮后的□按钮。
③ 单击 拾取转枢 按钮。
④ 选中端面的底边。
⑤ 设置【角度】和【分段】参数。
⑥ 单击 确定 按钮。

(5) 对另一侧端面也进行旋转挤出，操作步骤如图 4-103 所示。

(6) 向下挤出鞋带端面，操作步骤如图 4-104 所示。

① 配合 Ctrl 键同时选中鞋带两侧端面。
② 单击 挤出 按钮后的□按钮。

③　设置挤出参数。

④　单击 确定 按钮完成。

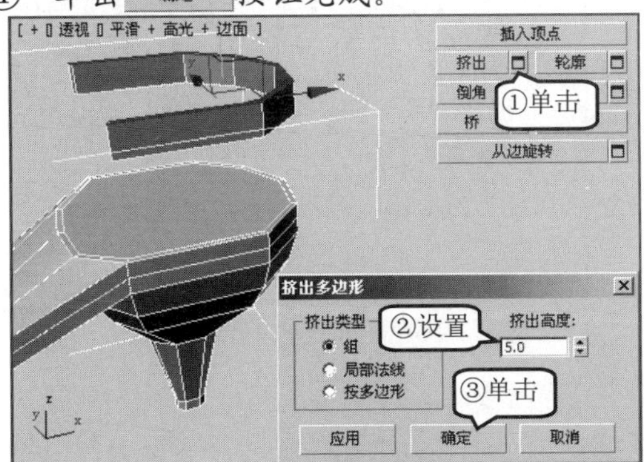

图4-101　挤出鞋带

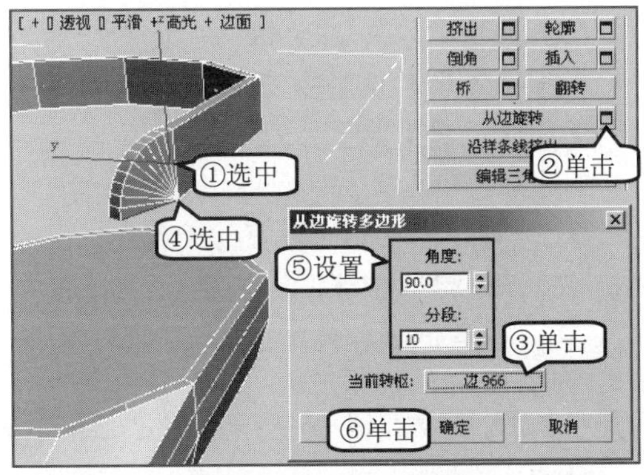

图4-102　旋转挤出鞋带端面

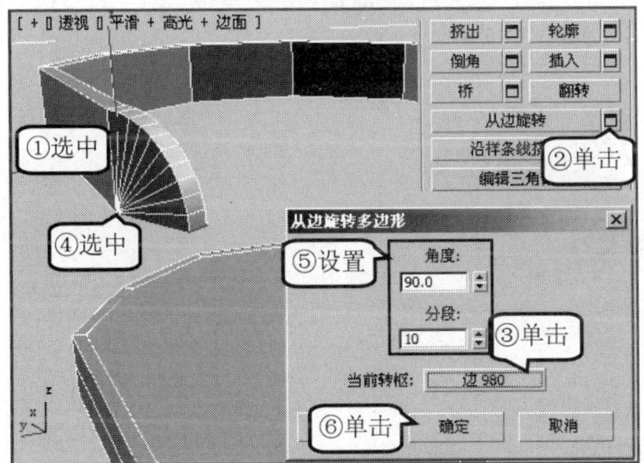

图4-103　旋转挤出鞋带端面

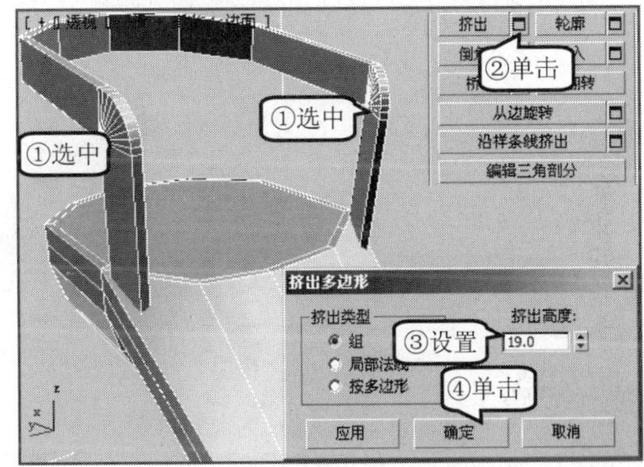

图4-104　向下挤出鞋带端面

(7) 调整鞋带外形，操作步骤如图 4-105 所示。

①　选择【顶点】子层级。

②　对鞋带外形进行适当调整。

(8) 进行平滑处理，操作步骤如图 4-106 所示。

①　返回父层级。

②　添加【网格平滑】修改器。

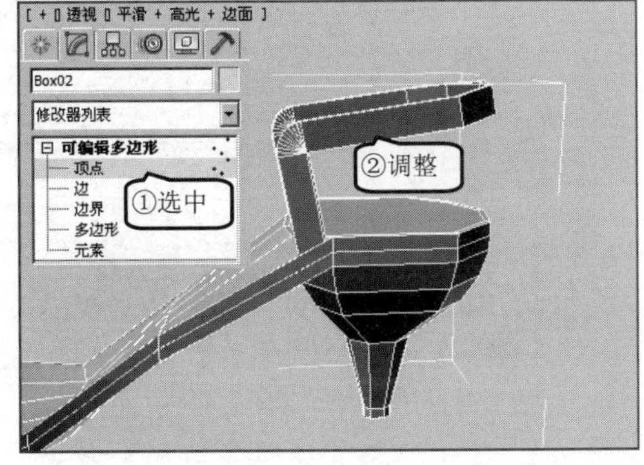

图4-105　调整鞋带外形

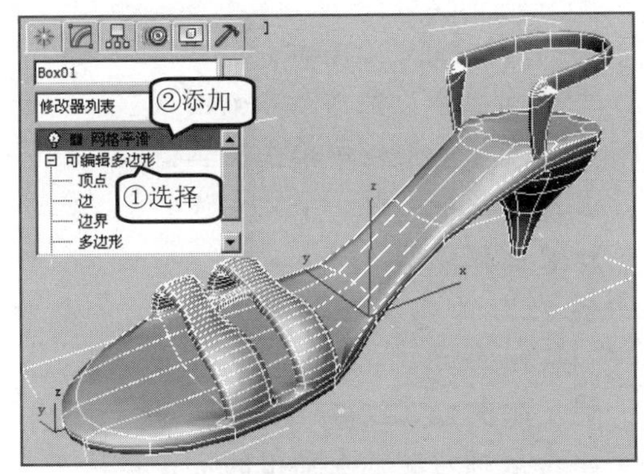

图4-106　进行平滑处理

(9) 镜像克隆出另一只鞋，操作步骤如图 4-107 所示。

① 在工具栏中单击按钮。

② 在【镜像轴】设置项中点选 Y 选项。

③ 设置【偏移】为“-55”。

④ 点选 实例 选项。

⑤ 单击 确定 按钮完成镜像克隆。

(10) 按 Ctrl + S 组合键保存场景文件到指定目录，本案例制作完成。

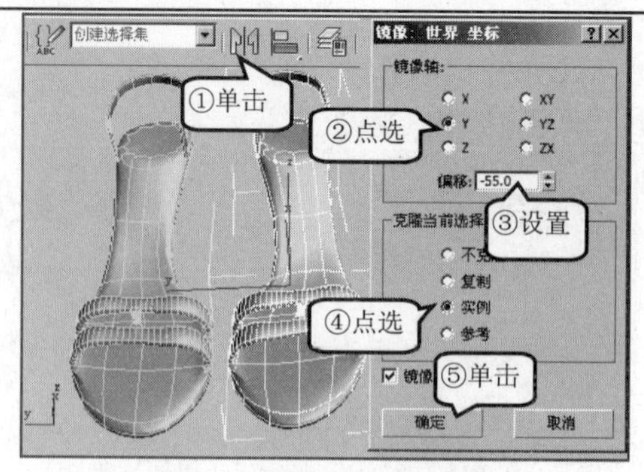

图4-107 镜像克隆出另一只鞋

4.2.3 拓展案例——制作“马克杯”

本案例使用多边形建模方式制作一个马克杯模型，制作完成后的效果如图 4-108 所示。

图4-108 最终效果

【操作思路】

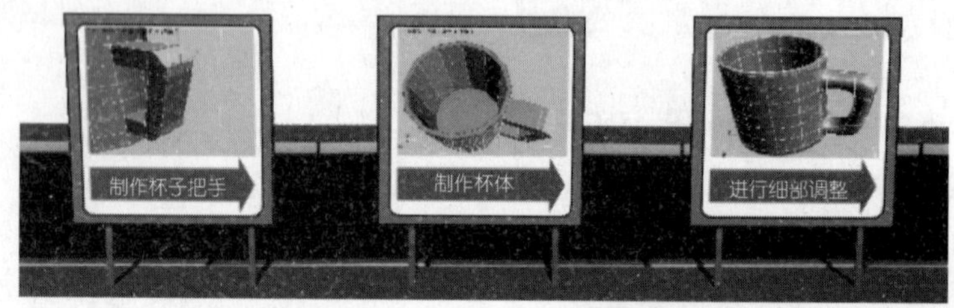

【步骤提示】

1. 制作杯子把手。

(1) 运行 3ds Max 2010 软件。

(2) 创建圆柱体，操作步骤如图 4-109 所示。

① 在【创建】面板中单击 圆柱体 按钮。

② 在透视图中绘制一个圆柱体。

③ 设置圆柱体参数。

(3) 转换为可编辑多边形，操作步骤如图 4-110 所示。

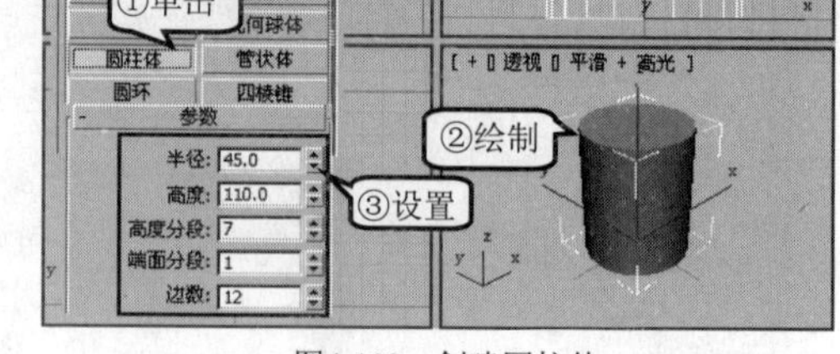

图4-109 创建圆柱体

① 选中绘制的圆柱体。

② 单击鼠标右键，在弹出的快捷菜单中选择【转换为】/【转换为可编辑多边形】命令。

(4) 挤出把手上部，操作步骤如图 4-111 所示。

① 选择【多边形】子层级。

② 选中把手上部的面。

③ 单击 挤出 按钮后的□按钮。

④ 设置挤出参数。

⑤ 单击 确定 按钮。

(5) 再次进行挤出，操作步骤如图 4-112 所示。

① 单击 挤出 按钮后的□按钮。

② 设置挤出参数。

③ 单击 确定 按钮。

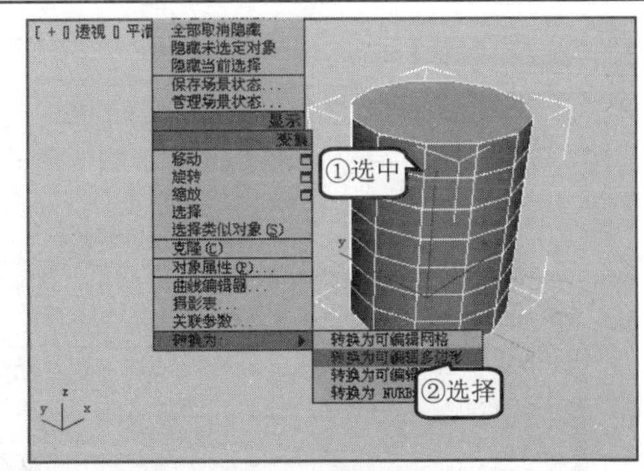

图4-110　转换为可编辑多边形

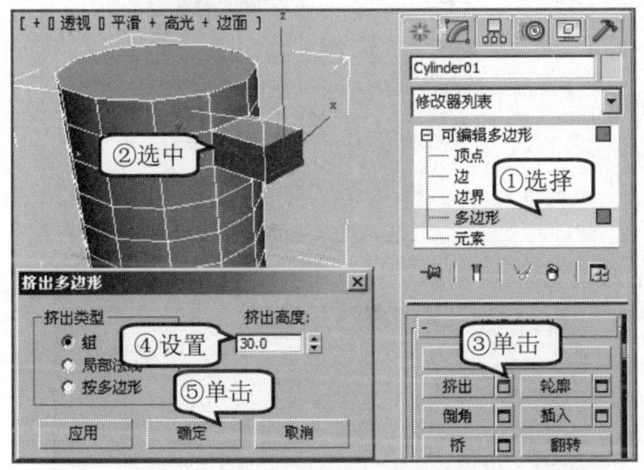

图4-111　挤出把手上部

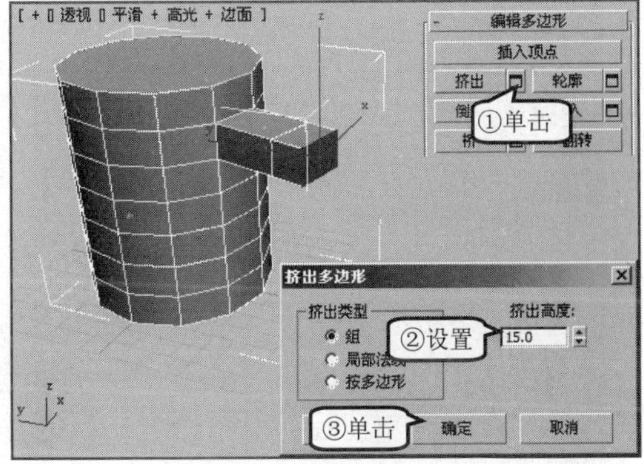

图4-112　再次进行挤出

(6) 挤出把手下部，操作步骤如图 4-113 所示。

① 选中把手下部的面。

② 单击 挤出 按钮后的□按钮。

③ 设置挤出参数。

④ 单击 确定 按钮。

(7) 再次进行挤出，操作步骤如图 4-114 所示。

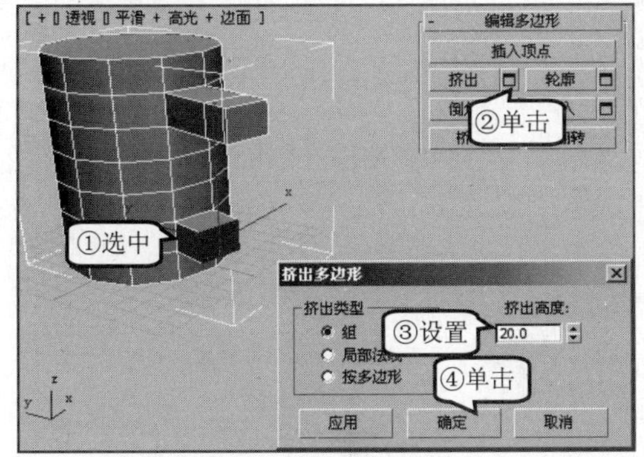

图4-113　挤出把手下部

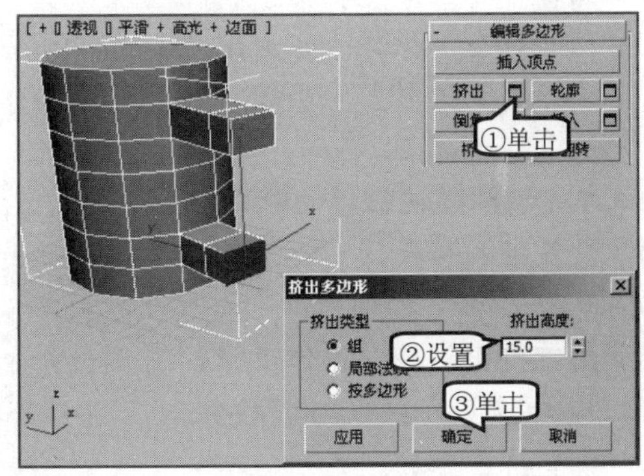

图4-114　再次进行挤出

(8) 连接上下把手，操作步骤如图 4-115 所示。

① 配合 Ctrl 键选中上下把手相对的面。

② 单击 桥 按钮进行连接。

(9) 选择转角处的边，操作步骤如图 4-116 所示。

① 选择【边】子层级。
② 配合 Ctrl 键选中把手转角处的边。
(10) 进行切角，操作步骤如图 4-117 所示。
① 单击 切角 按钮后的□按钮。
② 设置切角参数。
③ 单击 确定 按钮。

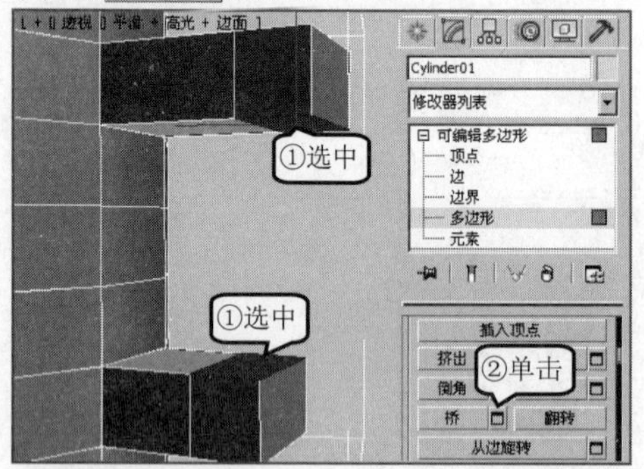

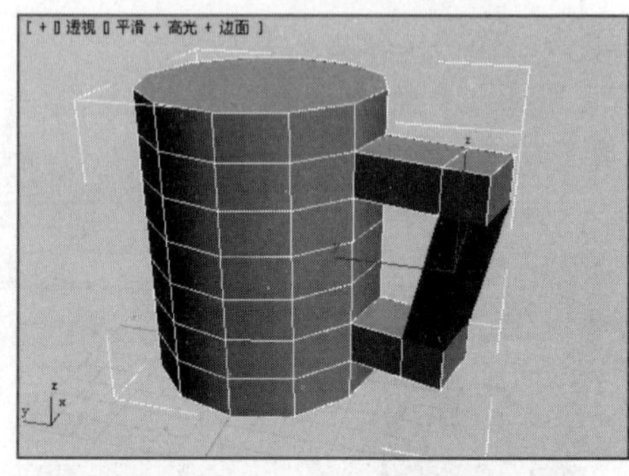

图4-115 连接上下把手

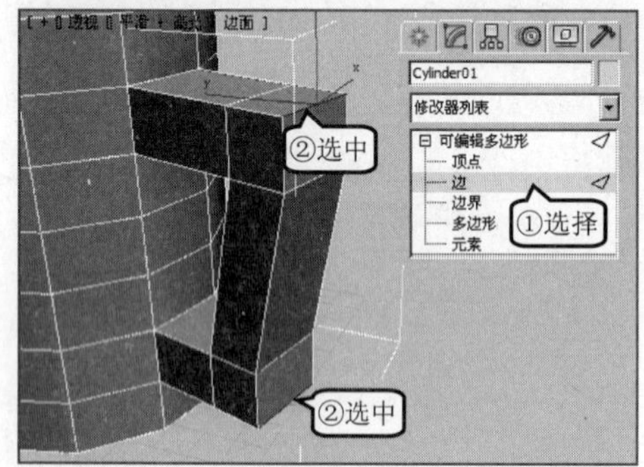

图4-116 选择转角处的边

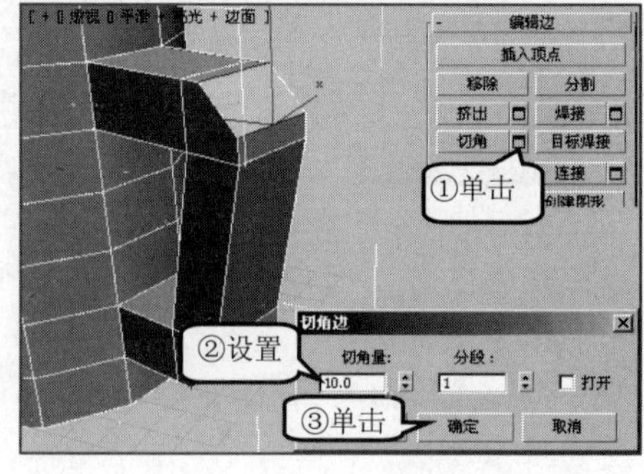

图4-117 进行切角

2. 制作杯体。
(1) 创建杯壁，操作步骤如图 4-118 所示。
① 选择【多边形】子层级。
② 选中杯子顶面。
③ 单击 插入 按钮后的□按钮。
④ 设置插入参数。
⑤ 单击 确定 按钮。
(2) 向下挤出杯底，操作步骤如图 4-119 所示。
① 单击 挤出 按钮后的□按钮。
② 设置挤出参数。
③ 单击“确定”按钮。
(3) 选中需要切角的边，操作步骤如图 4-120 所示。
① 选择【边】子层级。
② 配合 Ctrl 键选中杯壁顶端和杯底边线。
(4) 进行切角，操作步骤如图 4-121 所示。

① 单击 切角 按钮后的■按钮。
② 设置切角参数。
③ 单击 确定 按钮。

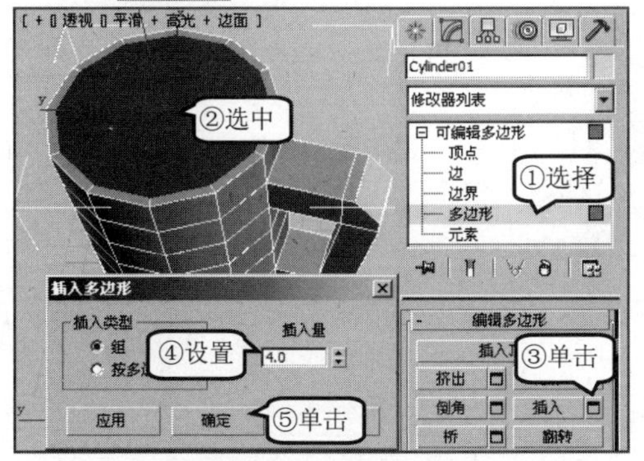

图4-118　创建杯壁

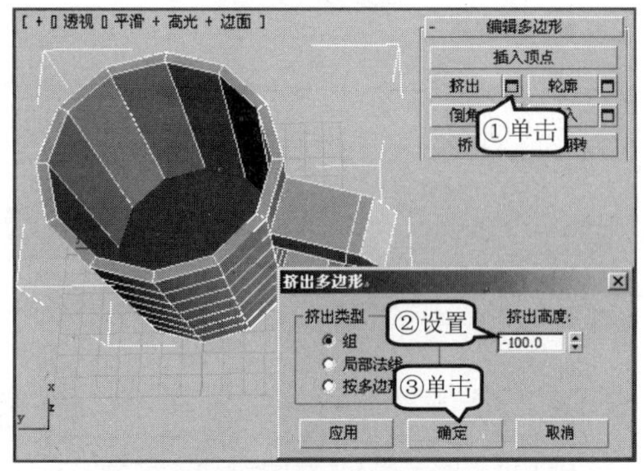

图4-119　向下挤出杯底

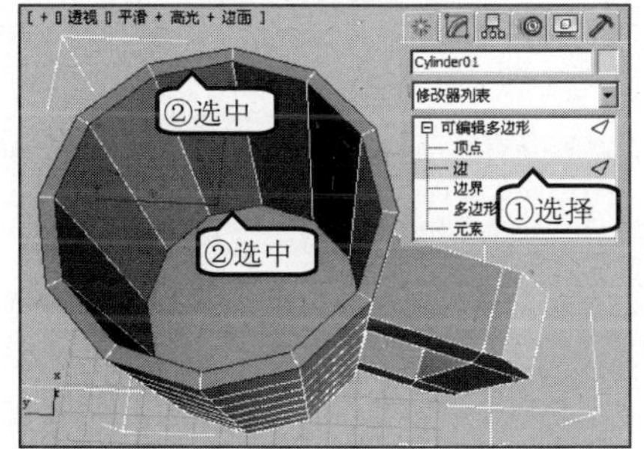

图4-120　选中需要切角的边

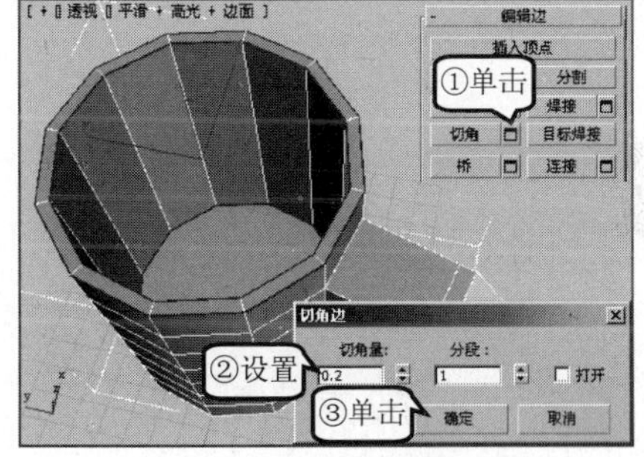

图4-121　进行切角

(5) 进行切角，操作步骤如图 4-122 所示。
① 配合 Ctrl 键选中把手与杯体连接处的边。
② 单击 切角 按钮后的■按钮。
④ 设置切角参数。
⑤ 单击 确定 按钮。
(6) 进行平滑处理，操作步骤如图 4-123 所示。
① 返回父层级。
② 添加【网格平滑】修改器。
③ 设置【迭代次数】为“3”。

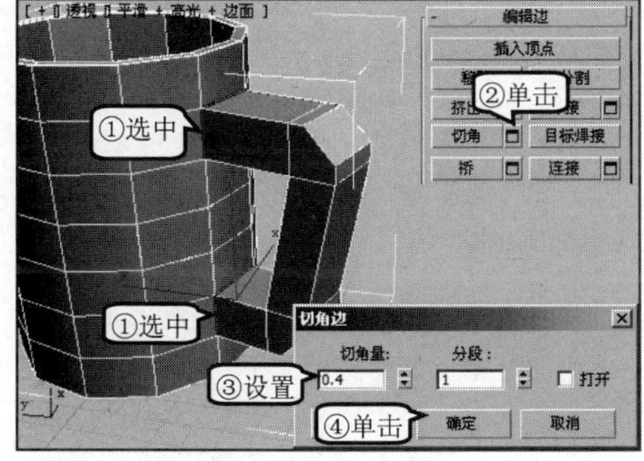

图4-122　进行切角

图4-123　进行平滑处理

(7) 按Ctrl+S组合键保存场景文件到指定目录，本案例制作完成。

要点提示 在添加【网络平滑】修改器之前，需要对外观保持不变的边进行切角处理，以保持模型的整体外形。如果不进行切角就添加修改器，产生的效果将不理想，如图 4-424 所示。

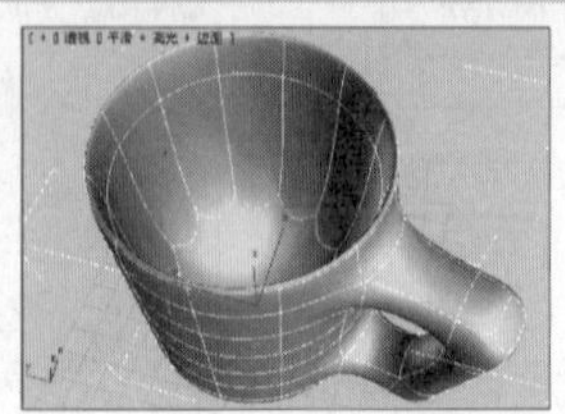

图4-124 进行切角

4.3 综合案例——制作“直板手机”

本案例使用多边形建模方法结合布尔运算创建一个直板手机模型，制作完成后的效果如图 4-125 所示。

图4-125 最终效果

【操作思路】

【步骤提示】

1. 制作手机外壳。

(1) 运行 3ds Max 2010 软件。

(2) 打开制作模板。

① 按Ctrl+O组合键打开附盘文件“素材\第 4 章\手机\手机.max”，如图 4-126 所示。

② 场景中绘制了手机各个部件的线框图。

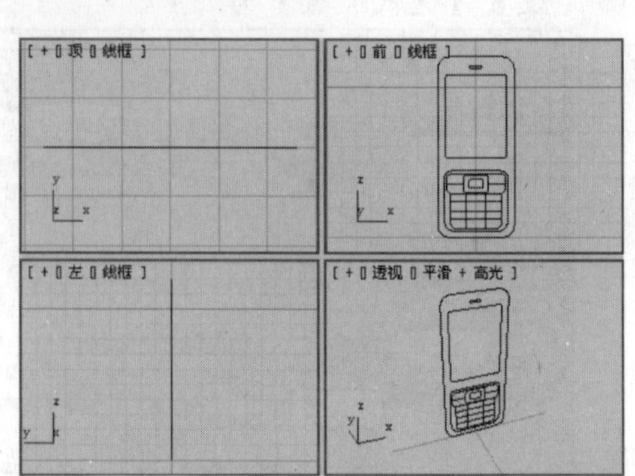

图4-126 打开制作模板

(3) 挤出手机外形，操作步骤如图 4-127 所示。

① 选中手机边框图形。

② 在【修改】面板中添加【挤出】修改器。

③　设置【数量】为“–9”。

(4) 选择“多边形”编辑方式，操作步骤如图 4-128 所示。

①　单击鼠标右键，在弹出的快捷菜单中选择【转换为】/【转换为可编辑多边形】命令。

②　选择【多边形】子层级。

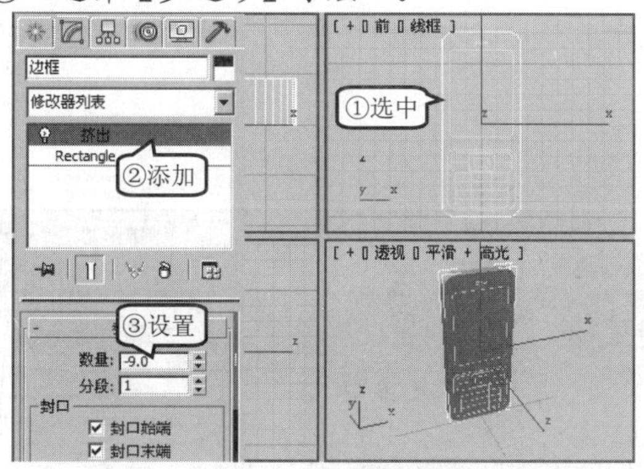

图4-127　挤出手机外形

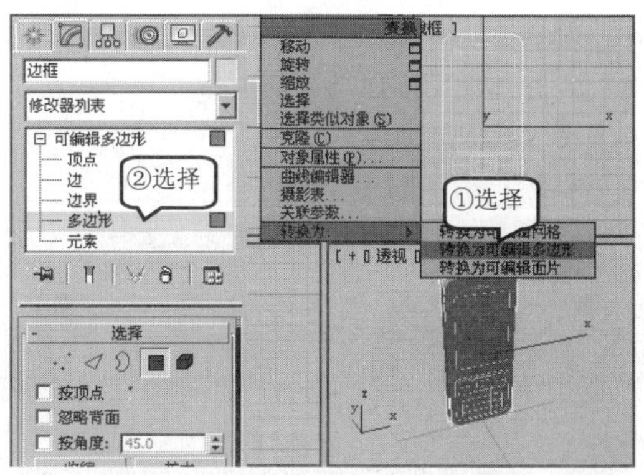

图4-128　选择“多边形”编辑方式

(5) 调整手机正面效果，操作步骤如图 4-129 所示。

①　选中手机正面。

②　在【编辑多边形】卷展栏中单击 倒角 按钮后的□按钮。

③　设置倒角参数。

④　单击 确定 按钮完成倒角。

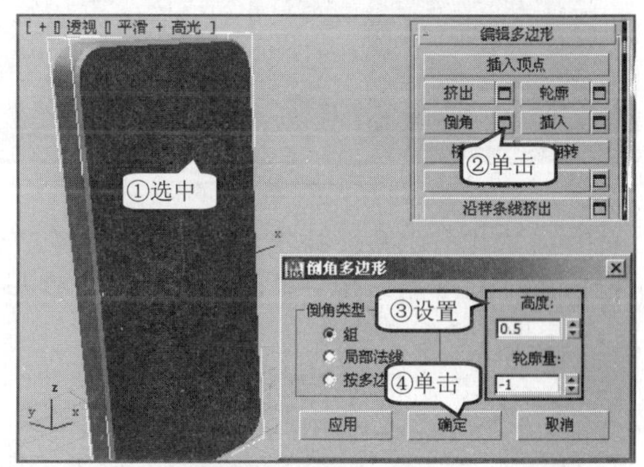

图4-129　调整手机正面效果

(6) 再次进行倒角，操作步骤如图 4-130 所示。

(7) 调整手机背面效果，操作步骤如图 4-131 所示。

①　选中手机背面。

②　单击 挤出 按钮后的□按钮。

③　设置挤出参数。

④　单击 确定 按钮完成挤出。

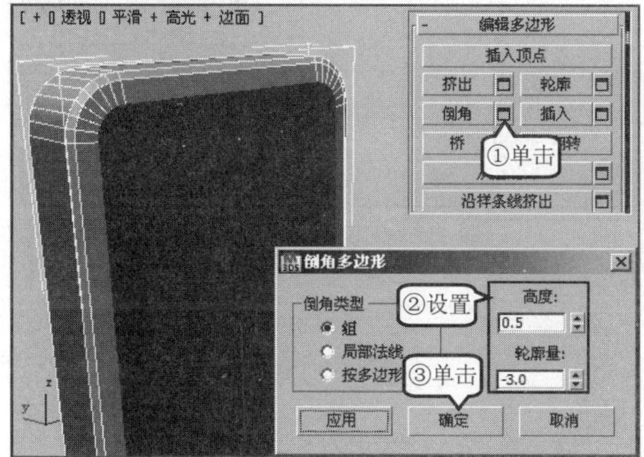

图4-130　再次进行倒角

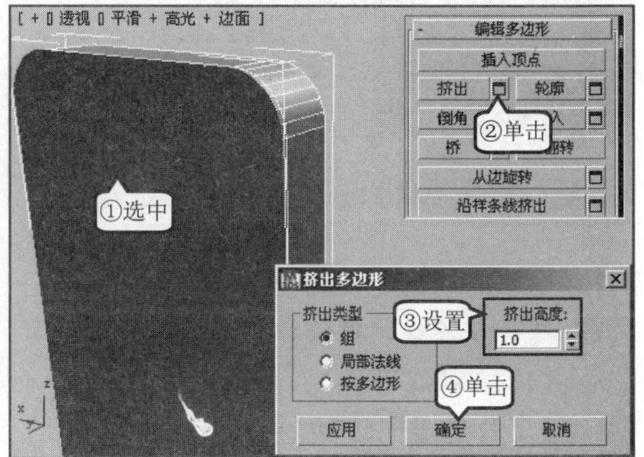

图4-131　调整手机背面效果

(8) 调整手机背面效果，操作步骤如图 4-132 所示。

① 单击 倒角 按钮后的□按钮。

② 设置倒角参数。

③ 单击 确定 按钮。

(9) 调整手机背面效果，操作步骤如图 4-133 所示。

① 单击 插入 按钮后的□按钮。

② 设置插入参数。

③ 单击 确定 按钮。

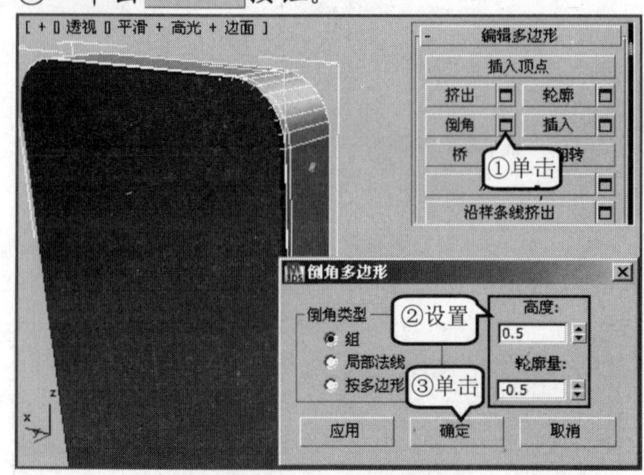

图4-132 调整手机背面效果

图4-133 调整手机背面效果

(10) 再次进行倒角，操作步骤如图 4-134 所示。

(11) 在手机背面新增一条折线，操作步骤如图 4-135 所示。

① 选择【边】子层级。

② 在左视图中框选左侧所有边线。

③ 单击 连接 按钮新增一条折线。

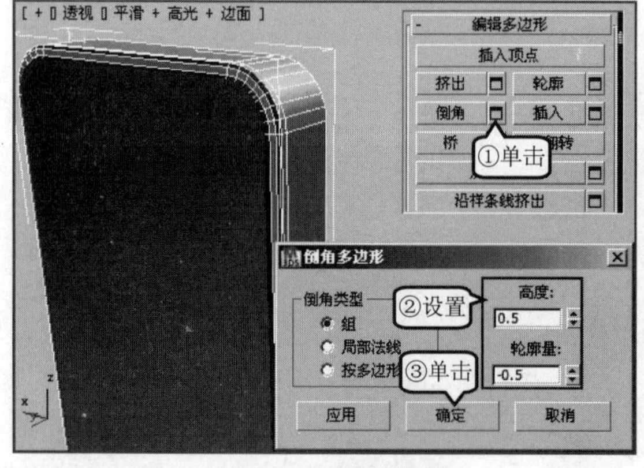

图4-134 再次进行倒角

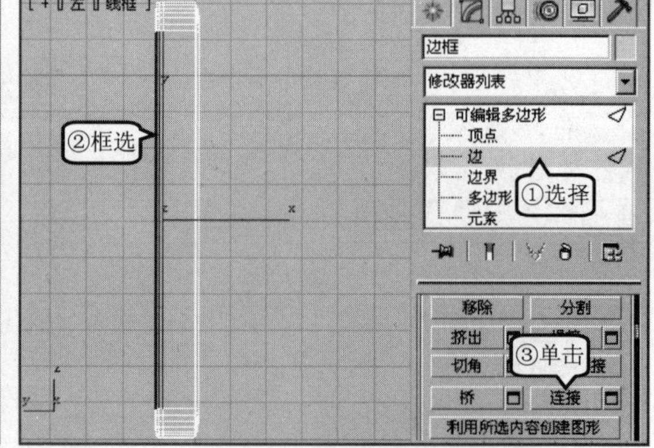

图4-135 在手机背面新增一条折线

(12) 向上移动新增折线，如图 4-136 所示。

(13) 选择整圈线，操作步骤如图 4-137 所示。

① 按住 Ctrl 键不放。

② 选中与新增折线相连的整圈线。

图4-136　移动新增折线

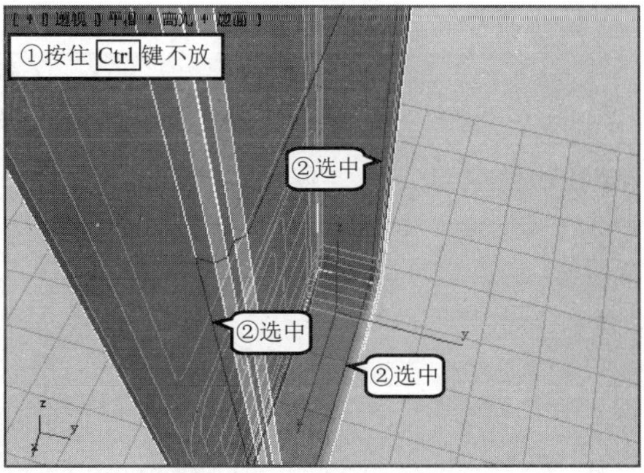

图4-137　选择整圈线

(14) 对边进行挤出，操作步骤如图 4-138 所示。

① 单击 挤出 按钮后的□按钮。

② 设置挤出参数。

③ 单击 确定 按钮。

2. 制作手机正面部件。

(1) 挤出屏幕，操作步骤如图 4-139 所示。

① 选中“屏幕”线框。

② 在【修改】面板中添加【挤出】修改器。

③ 设置【数量】为“5”。

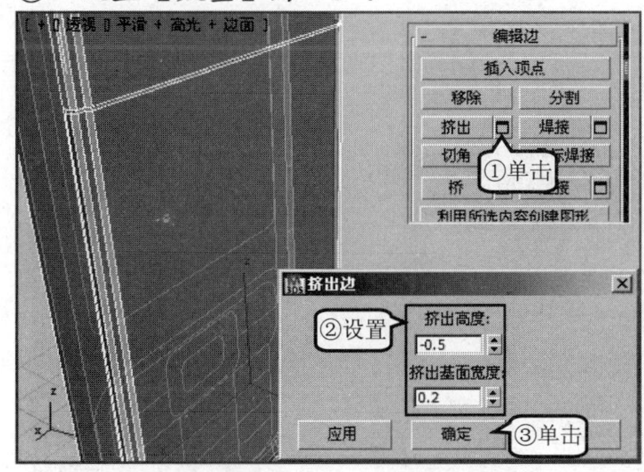

图4-138　对边进行挤出

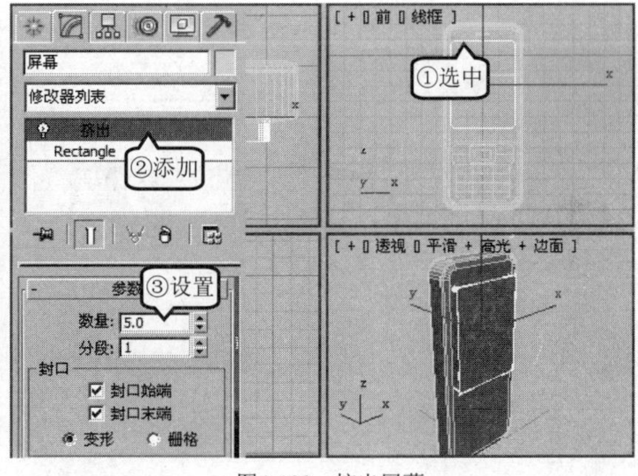

图4-139　挤出屏幕

(2) 挤出听筒，操作步骤如图 4-140 所示。

① 选中“听筒”线框。

② 添加【挤出】修改器。

③ 设置【数量】为“5”。

(3) 挤出键盘，操作步骤如图 4-141 所示。

① 选中“键盘”线框。

② 添加【挤出】修改器。

③ 设置【数量】为“5”。

④ 取消勾选□ 封口始端和□ 封口末端选项。

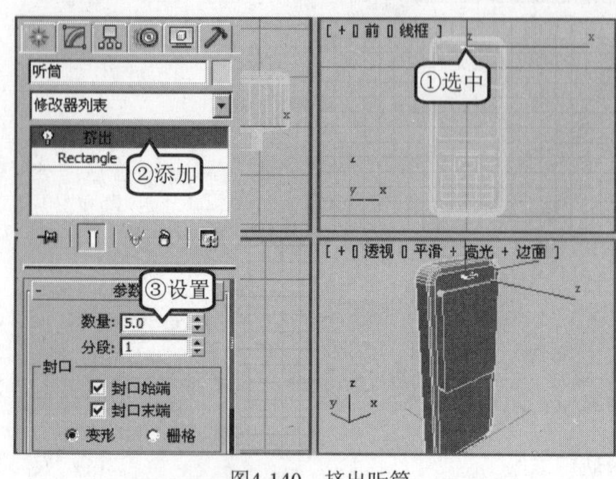

图4-140　挤出听筒

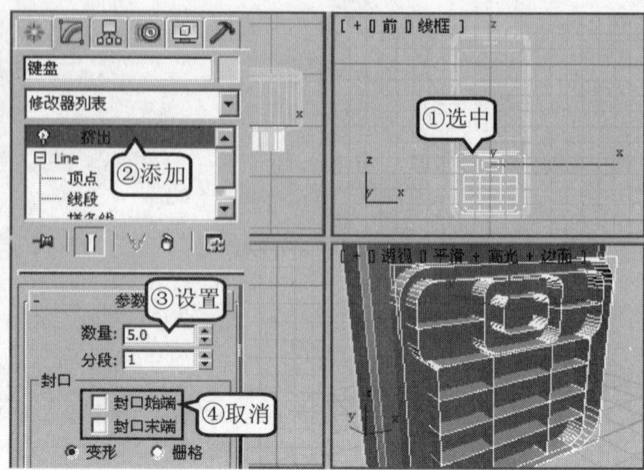

图4-141　挤出键盘

(4) 为挤出的键盘面增加厚度，操作步骤如图 4-142 所示。

① 添加【壳】修改器。

② 设置壳参数。

(5) 进行布尔修剪，操作步骤如图 4-143 所示。

① 选中手机外壳模型。

② 在【创建】面板中设置创建对象类型为【复合对象】。

③ 单击 ProBoolean 按钮。

④ 单击 开始拾取 按钮。

⑤ 依次选中“听筒”、“屏幕”和“键盘”挤出模型进行布尔运算。

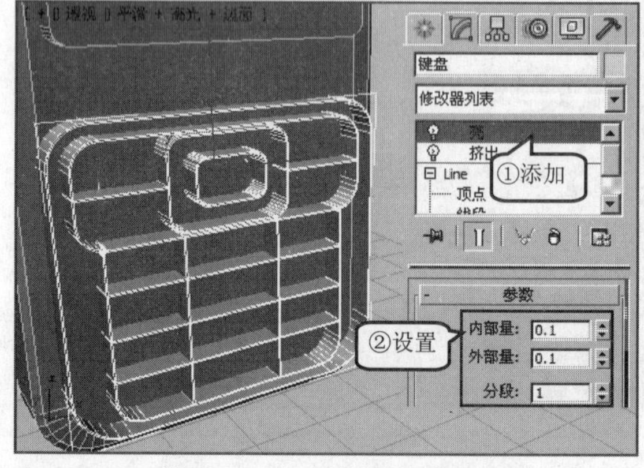

图4-142　为挤出的键盘面增加厚度

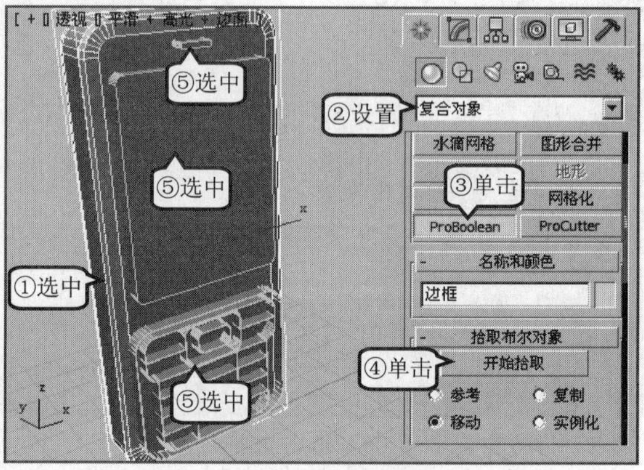

图4-143　进行布尔修剪

(6) 单击鼠标右键，在弹出的快捷菜单中选择【转换为】/【转换为可编辑多边形】命令，将模型转换为可编辑多边形，如图 4-144 所示。

(7) 复制保护屏，操作步骤如图 4-145 所示。

① 在【创建】面板中选择【多边形】子层级。

② 选中屏幕面。

③ 按住 Shift 键不放。

④ 沿 y 轴向手机前方拖出选择面。

⑤ 点选 克隆到对象: 选项。

⑥ 设置对象名称为“保护屏”。

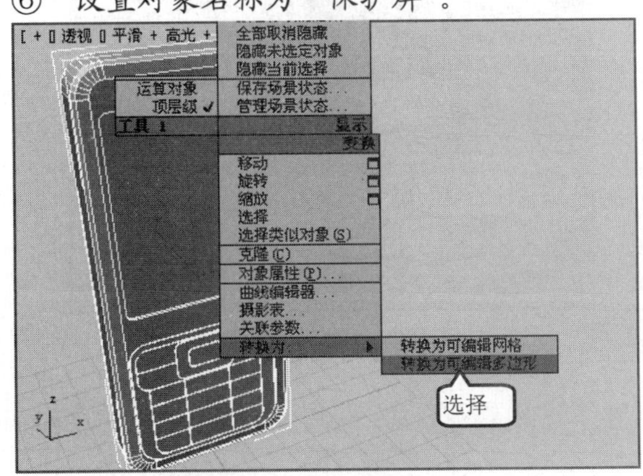

图4-144　转换为可编辑多边形

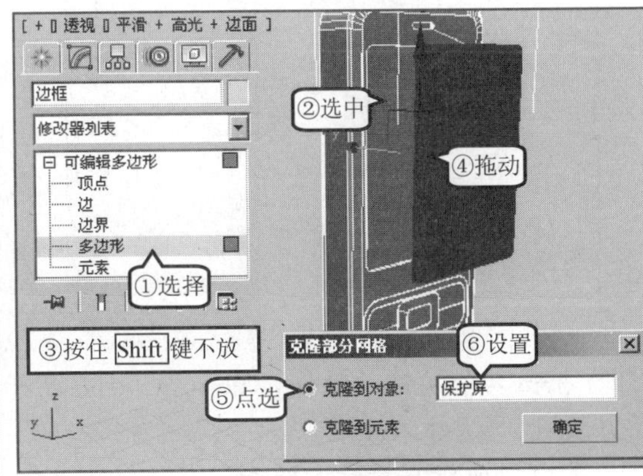

图4-145　复制保护屏

(8) 调整保护屏位置，操作步骤如图 4-146 所示。

① 选中“保护屏”对象。

② 向后移动至手机壳内部，并且在手机屏幕前面。

(9) 调整手机“确认”键，操作步骤如图 4-147 所示。

① 选中手机外壳。

② 选择【顶点】子层级。

③ 勾选☑ 忽略背面 选项。

④ 框选手机“确认”键周边顶点。

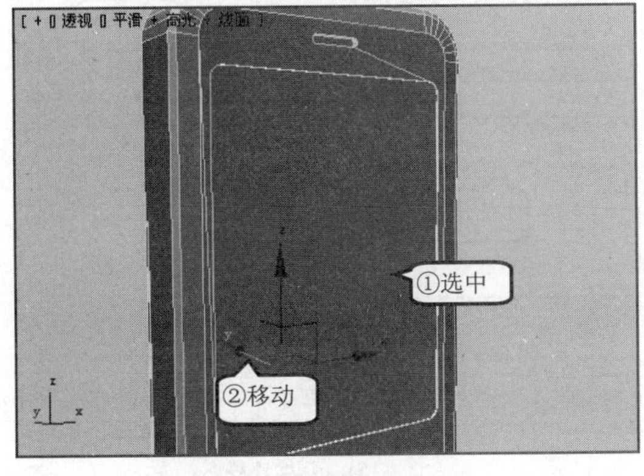

图4-146　调整保护屏位置

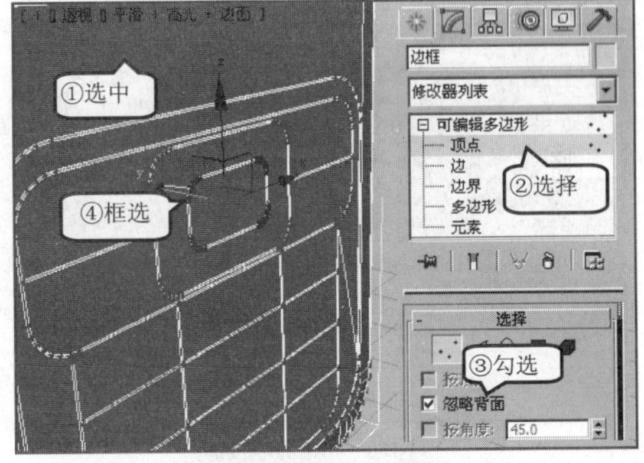

图4-147　调整手机“确认”键

(10) 调整手机“确认”键，如图 4-148 所示。在顶视图中将选中顶点向后移动 0.5 个单位。

(11) 对“确认”键倒角，操作步骤如图 4-149 所示。

① 选择【多边形】子层级。

② 选中“确认”键上的面。

③ 单击 倒角 按钮后的□按钮。

④ 设置倒角参数。

⑤ 单击 确定 按钮。

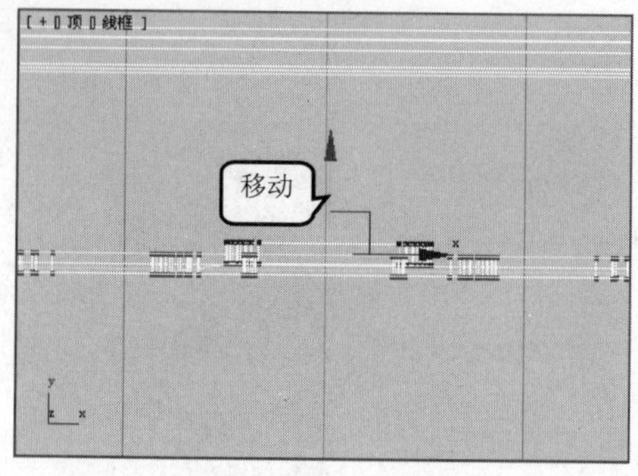

图4-148 调整手机“确认”键

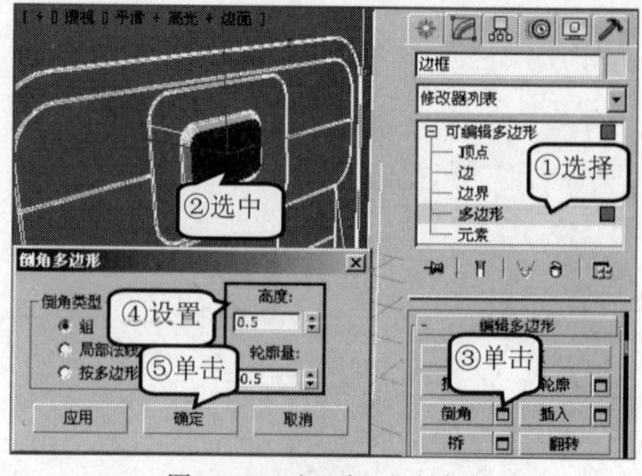

图4-149 对“确认”键倒角

(12) 挤出其他按键，操作步骤如图 4-150 所示。

① 按住 Ctrl 键不放。

② 选中其他所有按键上的面。

③ 单击 挤出 按钮后的□按钮。

④ 设置挤出参数。

⑤ 单击 确定 按钮。

3. 制作手机侧面音量调节键。

(1) 新增连线，操作步骤如图 4-151 所示。

① 选择【边】子层级。

② 在左视图中配合 Ctrl 键选中手机内侧的两条边。

③ 单击 连接 按钮新增一条连线。

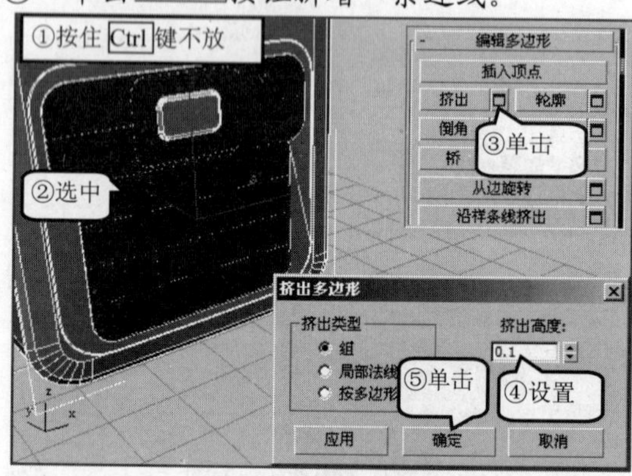

图4-150 挤出其他按键

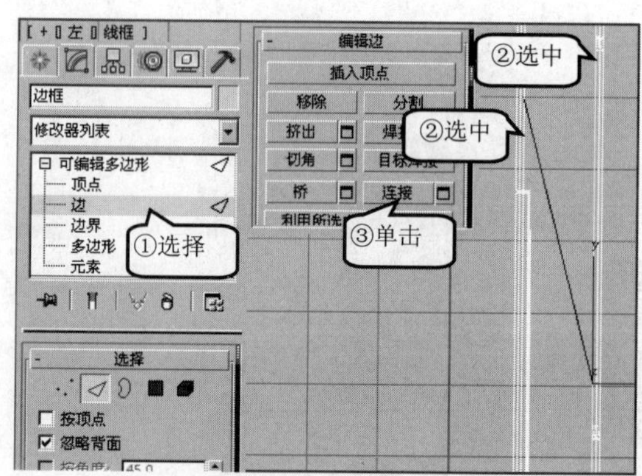

图4-151 新增连线

(2) 调整连线位置，操作步骤如图 4-152 所示。

① 选择【顶点】子层级。

② 调整新增连线右侧顶点的位置，与左侧顶点平齐。

(3) 对新增连线进行切角，操作步骤如图 4-153 所示。

① 选择【边】子层级。

② 选中新增的连线。

③ 单击 切角 按钮后的□按钮。

④ 设置切角参数。

⑤ 单击 确定 按钮。

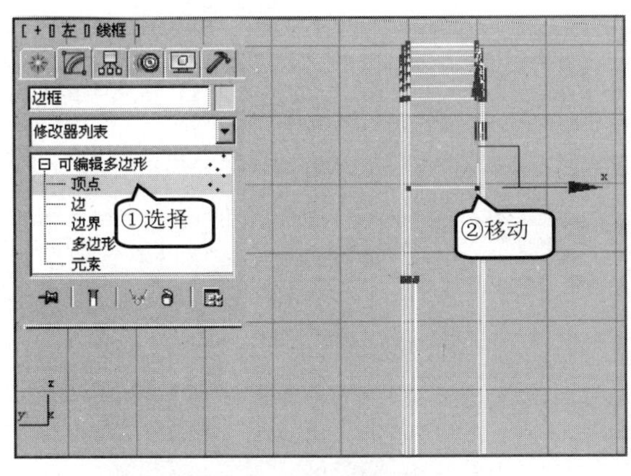

图4-152　调整连线位置

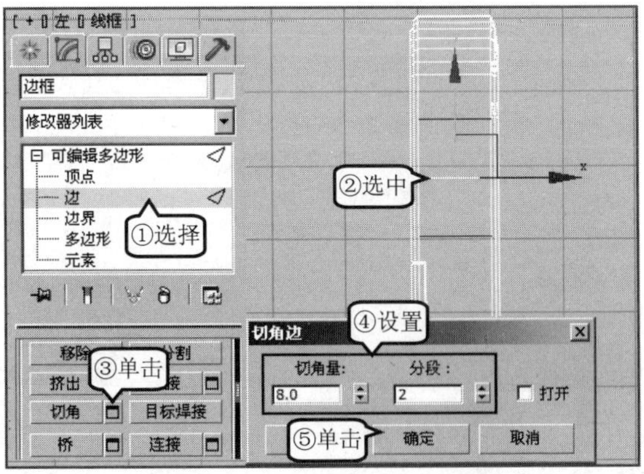

图4-153　对新增连线进行切角

(4) 新增连线，操作步骤如图 4-154 所示。

① 框选切角产生的 3 条连线。

② 单击 连接 按钮后的□按钮。

③ 设置连接参数。

(5) 挤出音量调整键，操作步骤如图 4-155 所示。

① 选择【多边形】子层级。

② 配合 Ctrl 键选中连线内部的两个面。

③ 单击 倒角 按钮后的□按钮。

④ 选点 ◉ 按多边形 选项。

⑤ 设置倒角参数。

⑥ 单击 确定 按钮。

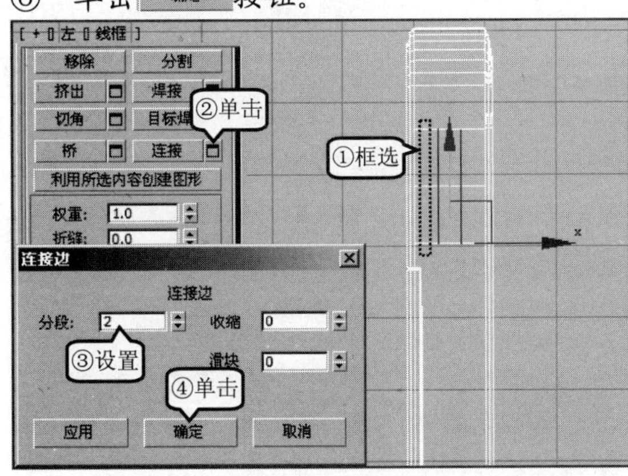

图4-154　新增连线

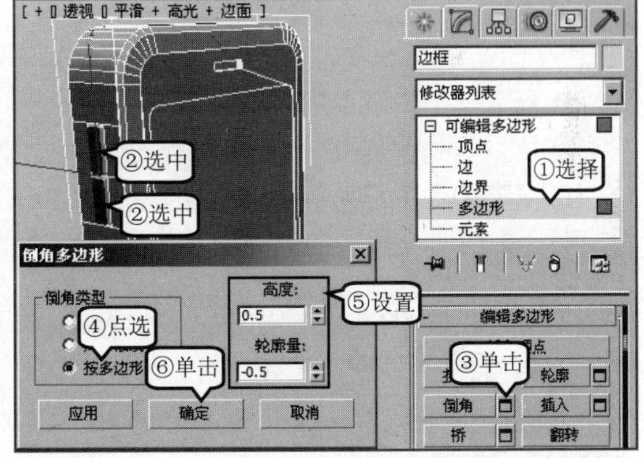

图4-155　挤出音量调整键

(6) 按 Ctrl + S 组合键保存场景文件到指定目录，本案例制作完成。

4.4 教师辅导

第一问：

在进行放样建模时，为什么要等放样完成后进入【图形】子层级对放样图形进行调整呢？为什么不事先对放样图形进行调整，再进行放样呢？如图 4-156 所示。

解答一：

在进行放样时，软件会默认清除放样图形的【旋转】和【缩放】操作，即不管如何对放样图形进行【旋转】和【缩放】操作，放样的结果都不变，如图 4-157 所示。

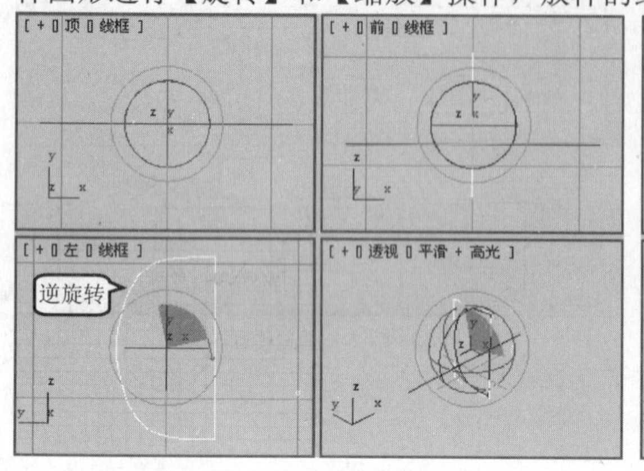

图4-156　旋转放样图形

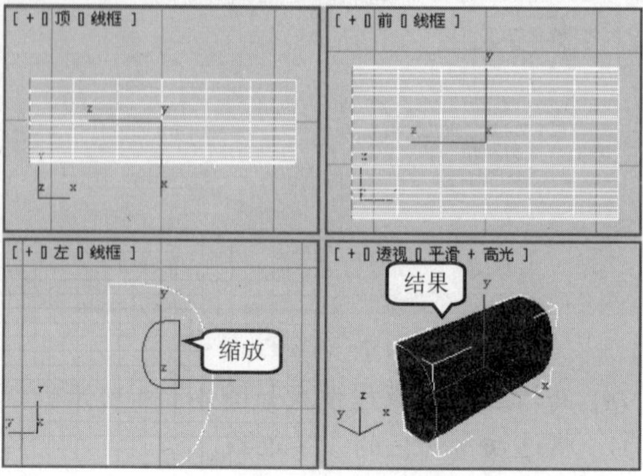

图4-157　缩放后进行放样

第二问：

在制作红玫瑰时，模型在透视图中以及在渲染预览其效果时都只能显示一半，另一半看不见，如图 4-158 所示。这是什么原因？怎么解决？

图4-158　模型显示不完整

解答二：

这是由于所创建的花瓣等模型是面片，软件对面片的背面进行了消隐处理。解决方法是，在视图中选中这些模型，单击鼠标右键，在弹出的快捷菜单中选择【对象属性】命令，在弹出对话框的【显示属性】设置项中取消勾选 背面消隐 选项。在【渲染设置】对话框的【选项】设置项中勾选 强制双面 选项，再进行渲染，即可显示正确的效果，如图 4-159 所示。

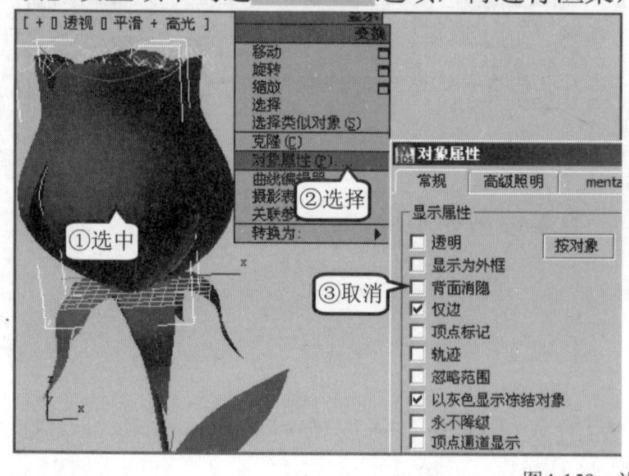

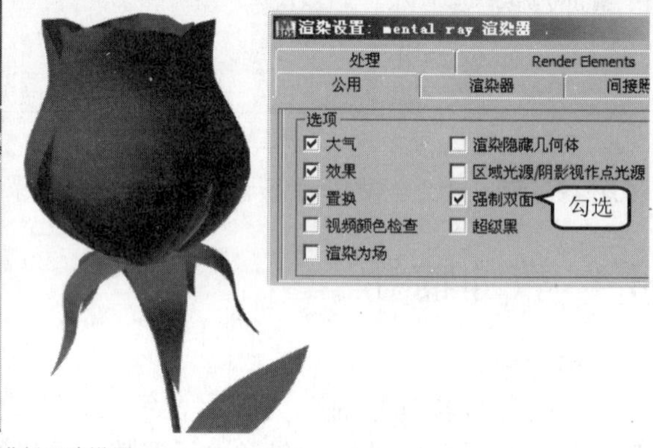

图4-159　进行正确设置

4.5 一章一技巧——软选择的使用

软选择可以将当前选择的子层级的作用范围向四周扩散，当进行变换的时候，离原选择集越近的地方受影响越强，越远的地方受影响越弱。这在多边形建模过程中通常应用较多，下面介绍其使用方法，操作步骤如图 4-160 所示。

① 进入【可编辑多边形】选项的【顶点】子层级。

② 展开【软选择】卷展栏，勾选☑ 使用软选择选项。

③ 选中需要进行调整的顶点。

④ 对顶点进行调整。

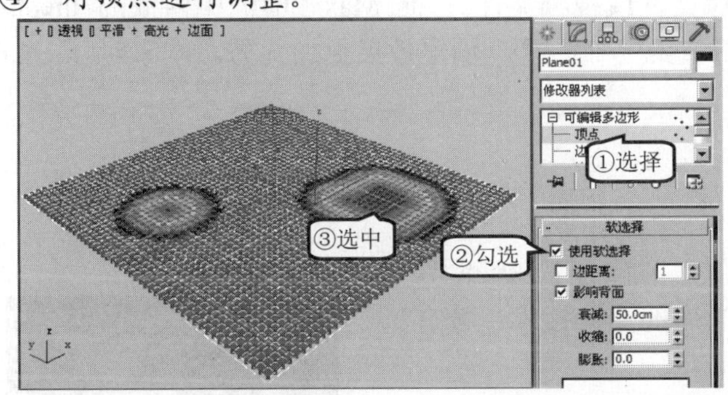

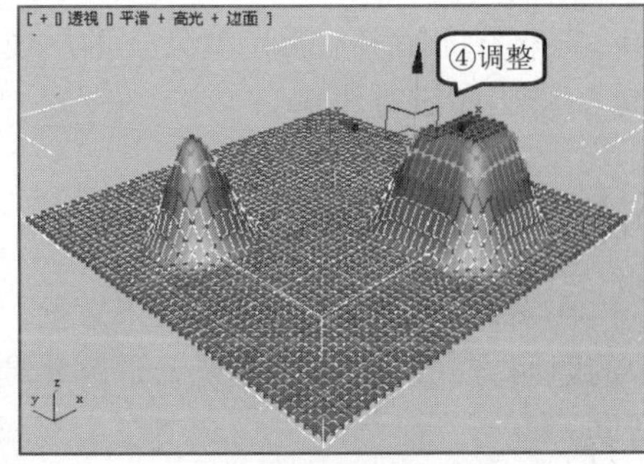

图4-160　使用软选择

通过调整【衰减】、【收缩】和【膨胀】参数，可改变受影响的范围。

第5章 渲染基础

在 3ds Max 2010 中创建了各种场景之后，不论最终是静止的图像还是动画，都需要经过渲染输出为人们可接受的格式，如图像文件或视频文件。3ds Max 2010 中内嵌的 mental ray 渲染系统使用全局光渲染技术，使得渲染更加简单，输出效果更加优秀。本章对 mental ray 渲染出图进行讲解。

5.1 三维世界中的照明方式

在学习 mental ray 渲染技术之前，首先了解一下三维世界中的照明方式。这对我们充分理解将要学习的渲染技术十分有帮助。

一、 光

光的传播方式：光是沿直线传播的，所以在真空的宇宙空间中，在没有反射对象的情况下，看到的是漆黑的一片，如图 5-1 所示。

图5-1 宇宙

五彩斑斓的地球：因为光具有反射、折射的特性，在地球上特有的空气中能够发生漫反射，并且地球上的万物各自具有颜色属性，所以在我们生活的地球上能够看到五彩缤纷的生活环境，如图 5-2 所示。

二、 三维世界的照明

为了便于理解以下的知识点，读者可以把三维世界看做是一个真空的环境。

三维世界的照明可分为直接照明和间接照明两种。

直接照明：如图 5-3 所示，场景中只创建一个【Daylight】（日光）和一个【mr Physical Sky】（环境贴图）环境。除了有光照的地方外，其他地方都是漆黑的一片，没有任何细节。这是不符合我们生存环境的真实效果的，而更加像浩瀚的宇宙空间。

间接照明：在图 5-3 的基础上，开启间接光照算法渲染图像。除了阳光直接照射的地方外，墙壁等区域也因为光线的反射而变得可见，此时更加接近于地球上的真实效果，如图 5-4 所示。

图5-2 雨后彩虹

图5-3 直接光照效果

图5-4 间接光照效果

通过对比，相信间接照明方式更加被人们所接受，事实也的确如此。在间接光照算法还没有被应用于三维软件之前，要模拟现实世界中的光照效果只有通过“灯光阵列”来完成。一幅好的“灯光阵列”作品也能达到照片集的渲染效果，但需要更多的制作经验和技巧，而这些往往是初学者不易把握的。

间接照明的概念：通过光源发射出来的光线到达物体表面后，反弹回来的光线所形成的再次照明。

全局照明算法（Global Illumination）：在三维软件中要实现间接照明效果，需考虑到光源强度、光源方向、光线颜色、物体表面的漫反射、高光、发射和折射等因素，这种照明算法被称为全局照明算法。

目前绝大多数的主流渲染器都使用这种算法。使用这种算法可以简单地创造出现实主义的作品，很好地模拟现实世界中光线照亮物体的方式。

因为计算机的硬件能力有限，所以在三维软件中的光线反弹次数是有限的。而现实世界中，光线的反弹次数是无限的，所以三维软件中光线的反弹次数越多得到的效果越接近真实效果。因此我们只能说三维软件对于间接光照是模拟而不是还原。

5.2 mental ray 渲染器简介

mental ray 渲染器在 2010 版本之前就已经被集成到 3ds Max 软件中，到 2010 版本时，mental ray 渲染器已经成为 3ds Max 软件的默认渲染器。这一细节足以说明 mental ray 渲染器对于目前三维创作的重要作用。

一、 访问 mental ray 渲染器

按F10键打开【渲染设置：mental ray 渲染器】窗口，其主要功能分布在【公用】、【处理】、【渲染器】和【间接照明】4 个选项卡中。

在【公用】选项卡中可以单击【指定渲染器】卷展栏中【产品级】文本框右边的…按钮，打开【选择渲染器】对话框来选择其他的渲染器，如图 5-5 所示。

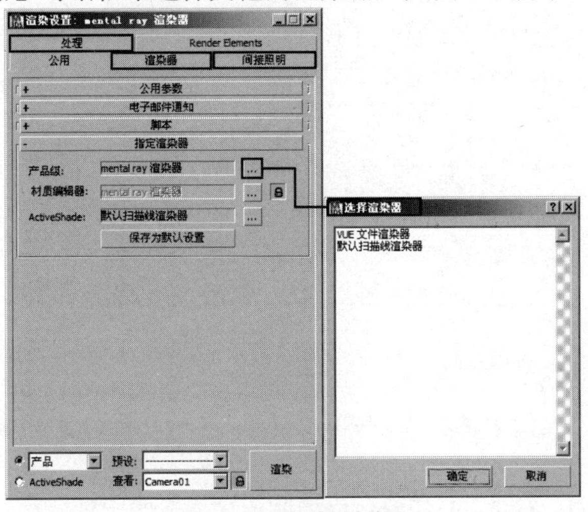

图5-5 选择其他的渲染器

使用 mental ray 渲染器实现间接光照的引擎可分为【最终聚集】（简称 FG）和【全局照

明】(简称 GI),两个引擎的设置都在【间接照明】选项卡中,如图 5-6 所示。

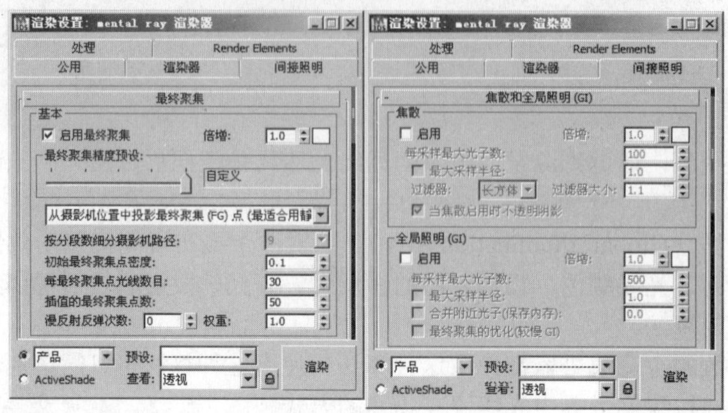

图5-6 【最终聚集】和【全局照明】设置

二、 mental ray 材质

当使用默认的 mental ray 渲染器时,按M键可以打开【材质编辑器】窗口,如图 5-7 所示。此时【材质编辑器】窗口中已经有一部分编辑好的材质,它们可以作为编辑材质时的模板,这样大大地简化了用户的设计工作。

使用已经具有材质的材质球作为模板只是获得 mental ray 材质模板的一个途径,一般最常用的获取材质模板的方法是,在【模板】卷展栏的【选择模板】下拉列表中选择材质模板。

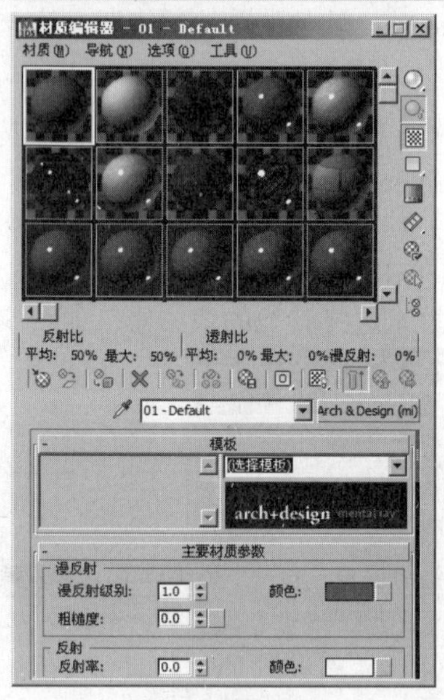

图5-7 材质编辑器

三、 mental ray 灯光

mental ray 为用户提供了两种专用灯光:【mr 区域泛光灯】和【mr 区域聚光灯】,如图 5-8 所示。

mental ray 还提供了【日光】功能,该功能在全局照明中被广泛使用。第 8 章将对【日光】功能作详细的介绍,它是十分重要的灯光,如图 5-9 所示。

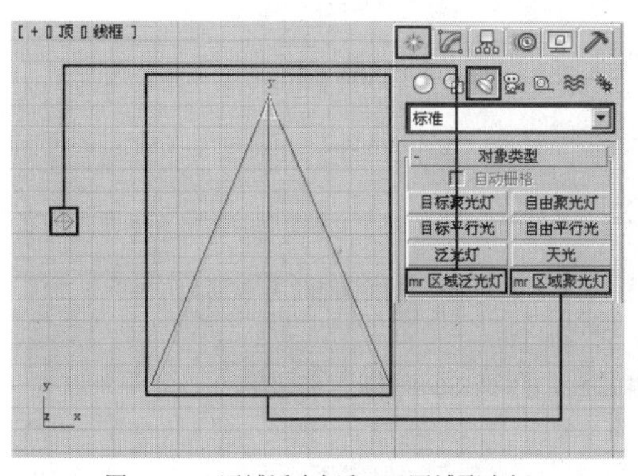

图5-8　mr 区域泛光灯和 mr 区域聚光灯

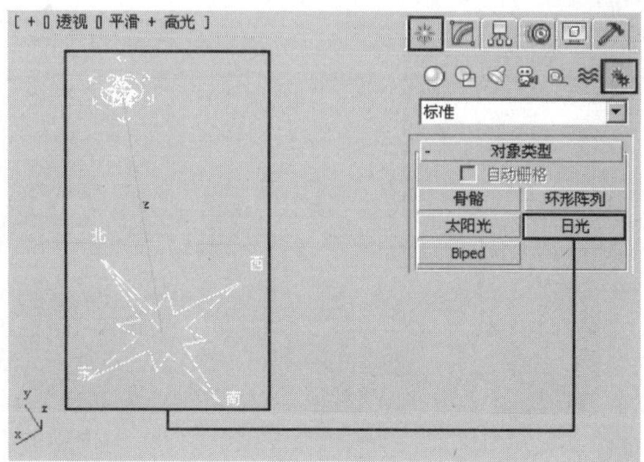

图5-9　日光

5.3 使用【最终聚集】实现间接光照

使用【最终聚集】实现间接照明是目前使用不是十分广泛的一种方式，在开始案例剖析之前我们首先对其基础知识进行讲解。

5.3.1 基础知识

FG 的应用场合

(1)　场景灯光限制。

由于 FG 属于非物理算法，当场景中存在很多非物理灯光时建议使用 FG 进行计算（所谓非物理灯光指的是，除光度学灯光以外的灯光类型，如图 5-10 所示）。

(2)　场景限制。

在只有窗外日光没有其他室内辅助光源的情况下，室内的照明完全取决于窗口的大小。当窗口较小时，室内光线不够充足，此时推荐使用 FG，因为可通过设置 FG 中的【漫反射反弹次数】来增加室内光线，如图 5-11 所示。

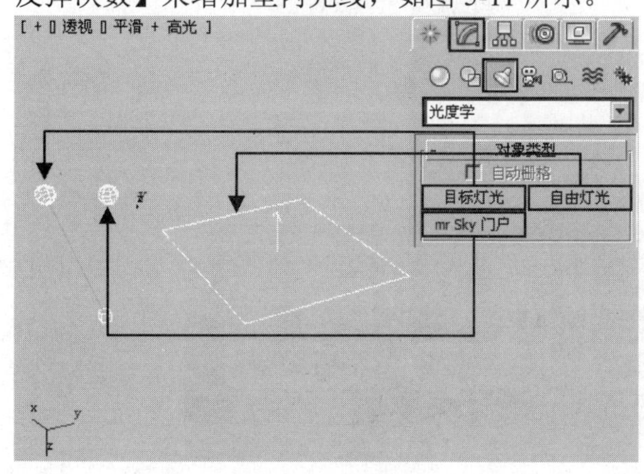

图5-10　光度学灯光

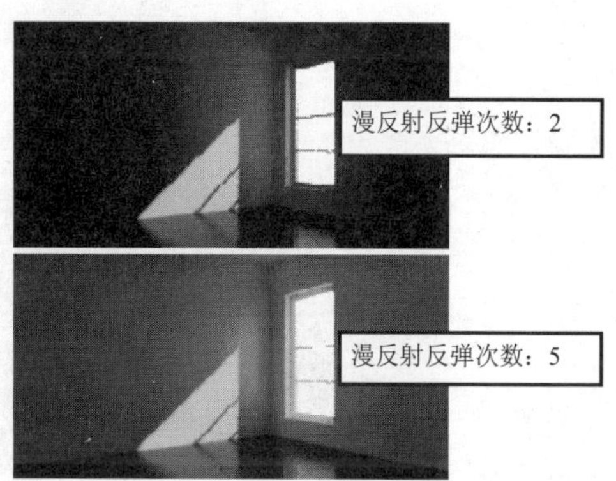

图5-11　不同的漫反射次数

(3)　使用 FG 预设。

FG 渲染引擎提供了 5 种预设方案，分别为草图级、低、中、高和很高，如图 5-12 所示。

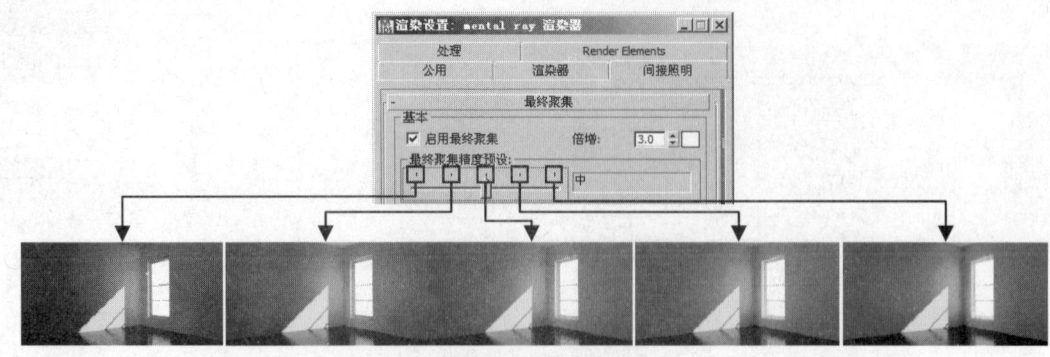

图5-12　5 种预设效果

由观察可知，随着预设级别的提高，出图品质在逐渐提高，但渲染时间也会相应地增加。

当预览场景光线是否充足时，通常使用草图级。

对于图像品质要求不高的情况下，可使用中等。中等一般不出现明显的黑斑。

除此之外，可以通过手动设置各项参数的方式来取得图像品质与出图时间的平衡。

5.3.2 案例剖析——制作“落地窗式客厅效果”

【案例剖析】

本案例使用 3ds Max 中的【天光】和【mr Physical Sky】贴图功能，并运用 mental ray【最终聚集】渲染出图。当然实际使用中是没有设计者会单独使用【最终聚集】来渲染出图的，这里安排此案例主要是通过详细介绍如何使用【最终聚集】来模拟现实世界中的间接光照，为制作超写真的效果图打下基础，最终效果如图 5-13 所示。

图5-13　最终效果

【操作思路】

【操作步骤】

1. 制作简单材质。

(1) 运行 3ds Max 2010 软件。

(2) 打开制作模板。

① 按Ctrl+O组合键打开附盘文件“素材\第 5 章\落地窗式客厅效果\落地窗式客厅效果.max”，如图 5-14 所示。

② 场景中提供了本案例所需的模型。

③ 场景中创建了一架摄影机，用于对房间进行特写渲染。

(3) 创建“简单”材质，操作步骤如图 5-15 所示。

① 按M键打开【材质编辑器】窗口。

② 选中一个空白材质球。

③ 将其重命名为“简单”。

④ 设置当前使用的材质类型为【Arch & Design (mi)】。

⑤ 单击按钮添加材质球环境。

图5-14　打开制作模板

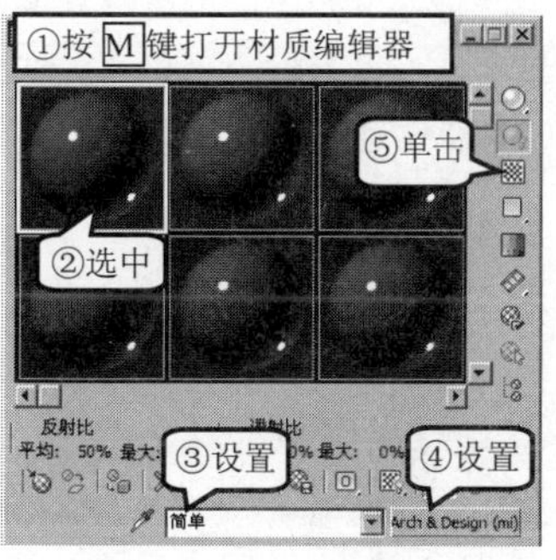

图5-15　创建“简单”材质

(4) 设置“简单”材质，操作步骤如图 5-16 所示。

① 在【模板】卷展栏中的设置材质类型为【无光磨光】。

② 在【主要材质参数】卷展栏中设置【反射】/【颜色】为【白色】。

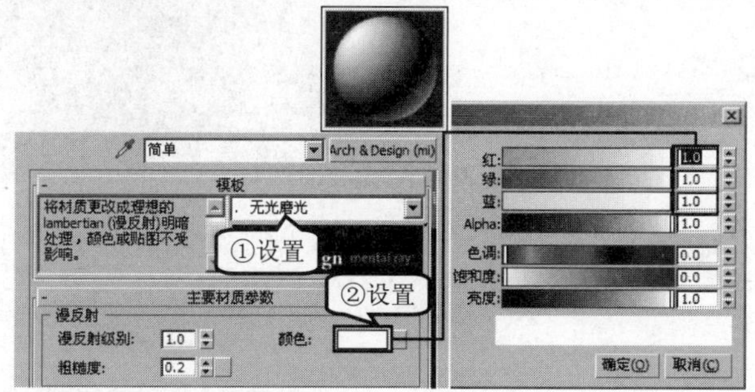

图5-16　设置“简单”材质

(5) 为场景中所有对象赋材质，操作步骤如图 5-17 所示。

① 按Ctrl+A组合键选中场景中所有对象。

② 单击按钮将“简单”材质赋予场景中所有对象。

③ 单击按钮打开渲染窗口。

④ 在【视口】下拉列表中选择【Camera01】选项。

⑤ 单击按钮锁定渲染视口。

⑥ 单击按钮启动渲染。

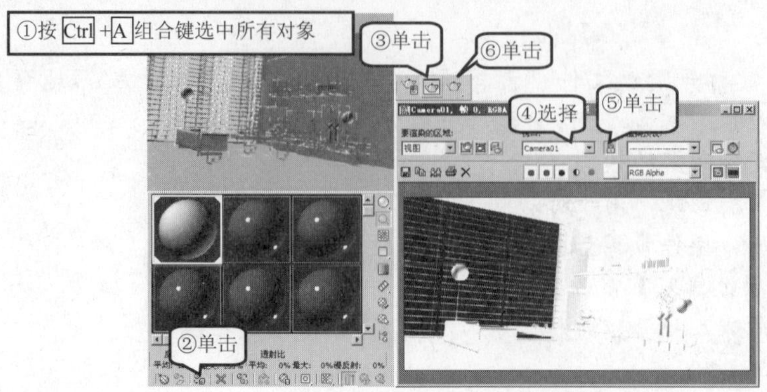

图5-17 为场景中所有对象赋材质

为了在本案例中着力于讲解模拟纯天光照明环境的知识点，所以将一切对象都赋予一个简单的材质，此时渲染可以看到在默认环境下的渲染效果非常不理想，窗外一片漆黑，接下来将讲解如何使用天光和全局照明设置来实现间接光照。

2. 设置间接光照效果。

(1) 为场景打天光，操作步骤如图 5-18 所示。

① 在【创建】面板上单击按钮切换到灯光创建模板。

② 设置创建灯光类型为【标准】。

③ 按下 天光 按钮。

④ 在顶视图中单击，创建一个“天光”对象。

⑤ 按F9键渲染。

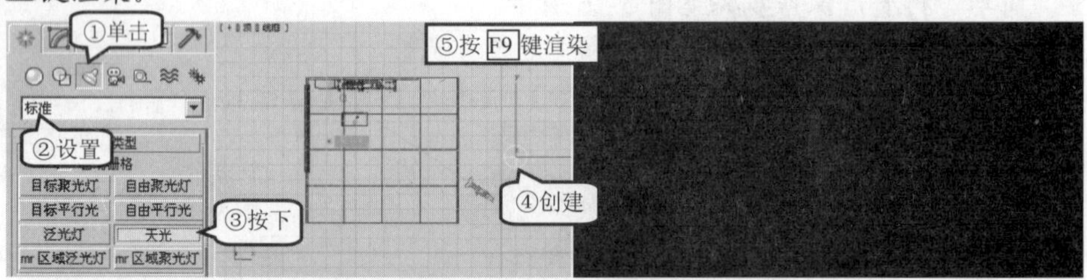

图5-18 为场景打天光

在顶视图中的任意位置创建天光都不影响照明效果。

此时观察渲染场景可以发现，窗户附近已经出现了微弱的照明效果，但室内依然是一片漆黑，这是因为目前还没有对场景环境进行设置。

(2) 设置环境贴图效果，操作步骤如图 5-19 所示。

① 在【材质编辑器】窗口中选中一个空白材质球。

② 重命名材质为“环境贴图”。

③ 单击按钮打开【材质/贴图浏览器】窗口。

④ 在【材质/贴图浏览器】窗口中双击 mr Physical Sky 选项。

⑤ 按8键打开【环境和效果】窗口。

⑥ 按住鼠标左键不放，将“环境贴图”材质拖到【环境和效果】对话框中【环境贴图】选项下的 无 按钮上，然后释放鼠标左键。

⑦ 在弹出的【实例（副本）贴图】对话框中点选 实例 选项。

⑧　单击 确定 按钮。

⑨　按 F9 键渲染。

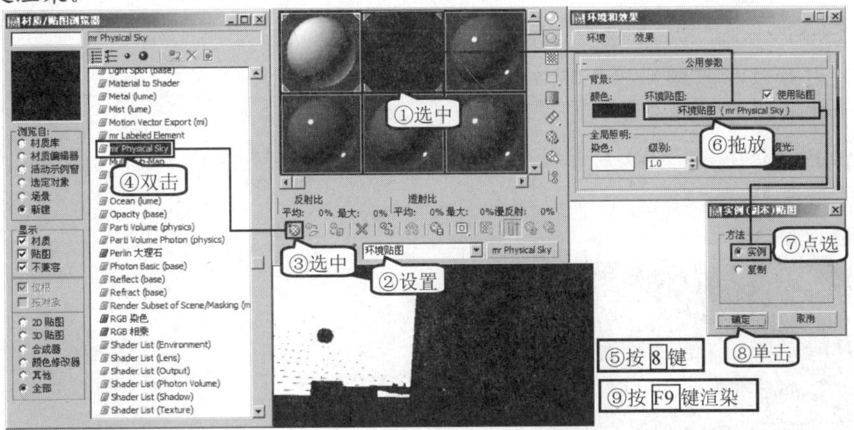

图5-19　设置环境贴图效果

要点提示 观察可知，现在室外的环境正常了，但是室内的光线还是显得十分暗。接下来可以通过改变天光设置来解决这个问题。

(3)　修改天光参数，操作步骤如图 5-20 所示。

①　选中场景中的“天光”对象。

②　在【修改】面板中设置【倍增】为“31”。

③　按 F9 键渲染。

要点提示 此时的光线十分强烈，以至于窗口附近区域已经出现了曝光现象。但是效果同样不理想，接下来还需对其进行曝光控制。

(4)　设置曝光控制，操作步骤如图 5-21 所示。

①　按 8 键打开【环境和效果】窗口。

②　在【曝光控制】卷展栏中设置曝光类型为【对数曝光控制】。

③　在【对数曝光控制参数】卷轴栏中勾选☑ 室外日光选项。

④　按 F9 键渲染。

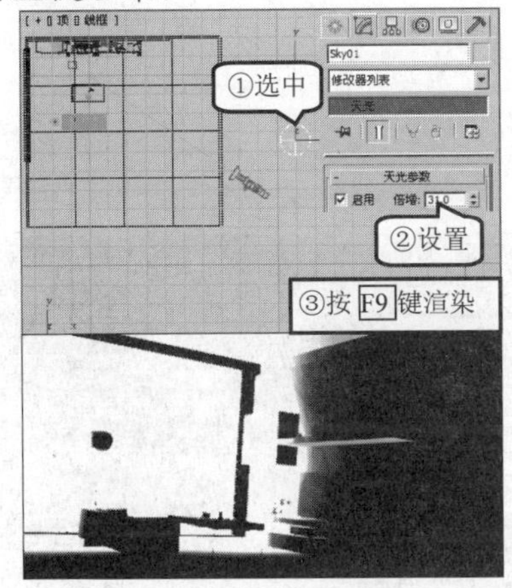

图5-20　修改天光参数

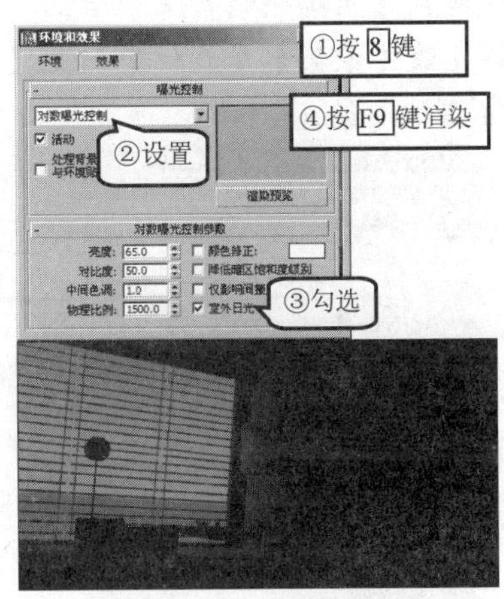

图5-21　设置曝光控制

要点提示 观察渲染结果发现，场景中的曝光问题得到了控制，不过画面中的光线和室外光线却再一次变暗。接下来我们来解决这个问题。

(5) 设置【mr Physical Sky】参数，操作步骤如图 5-22 所示。

① 按M键打开【材质编辑器】窗口。

② 选中“环境贴图”材质球。

③ 在【mr Physical Sky 参数】卷轴栏中取消勾选由 mr Sky 继承而来选项。

④ 设置【倍增】为“11”。

⑤ 按F9键渲染。

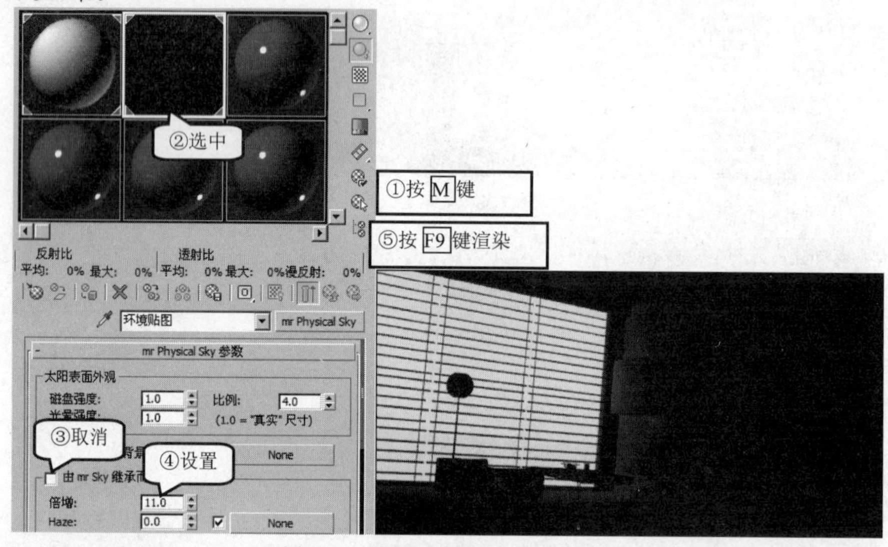

图5-22 设置【mr Physical Sky】参数

要点提示 观察渲染结果发现，此时窗外环境的光线已经变得十分充足了，接下来使用提高漫反射反弹次数的方法来提亮室内的光线。

(6) 设置【漫反射反弹次数】参数，操作步骤如图 5-23 所示。

① 按F10键打开【渲染设置：mental ray 渲染器】窗口。

② 切换到【间接照明】选项卡。

③ 在【最终聚集】卷展栏中设置【漫反射反弹次数】为“5”。

④ 按F9键渲染。

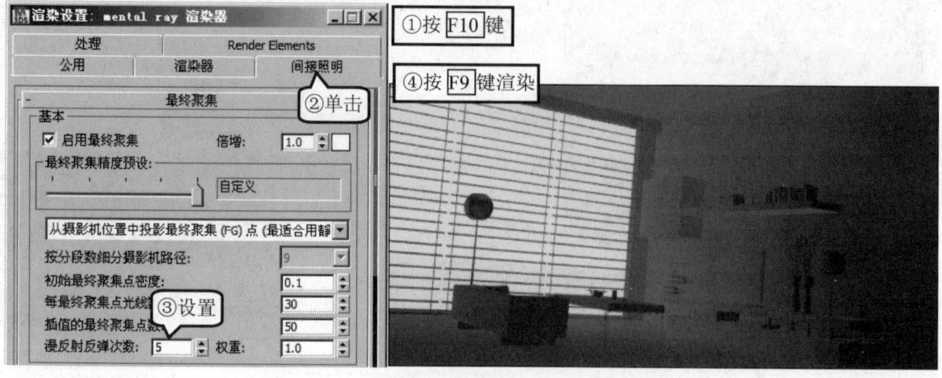

图5-23 设置【漫反射反弹次数】参数

图 5-24 所示为【漫反射反弹次数】为“1”和“3”的效果，通过对比观察可以发现，随着漫反射反弹次数的增多，场景也逐渐被提亮，当次数达到 5 时，画面中基本上没有死黑区域。普通场景使用 5 次反弹即可，只有在极亮的场景中才需要使用 5 以上的反弹。随着反弹次数的增加，渲染时间也会成倍增加，所以应尝试使用其他方法来提亮场景光线。

图5-24　不同漫反射反弹次数的效果

(7)　设置【倍增】参数，操作步骤如图 5-25 所示。

①　在【最终聚集】卷展栏中设置的【倍增】为“3.1”。

②　按 F9 键渲染。

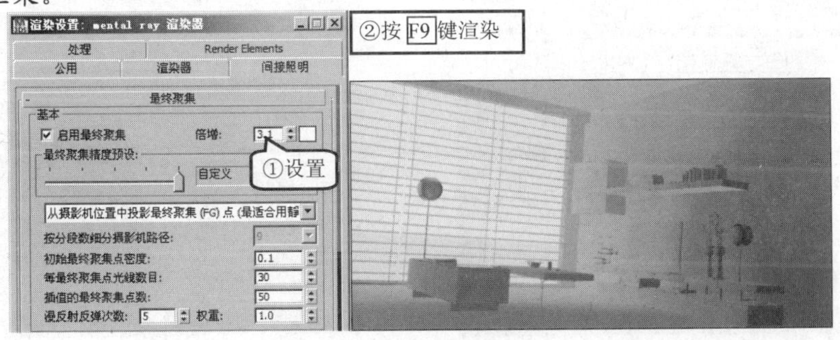

图5-25　设置【倍增】参数

此时的画面室内光线已经相当充足了，但是仔细观察可以发现，画面中“柜子”、“沙发”和“电视柜”的阴影显得十分淡（甚至没有阴影效果），甚至出现了“发飘”的效果。接下来解决这个问题。

发飘的含义：物体和其阴影连接不够紧密，使得物体看起来是悬浮的。

(8)　设置【初始最终聚集点密度】参数，操作步骤如图 5-26 所示。

①　在【最终聚集】卷展栏中设置【初始最终聚集点密度】为“1.6”。

②　按 F9 键渲染。

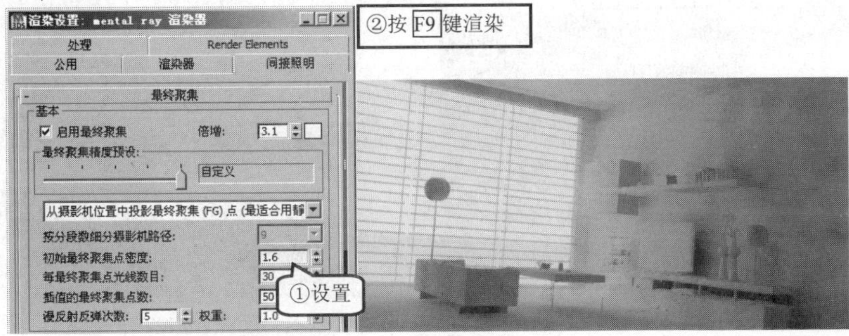

图5-26　设置【初始最终聚集点密度】参数

此时画面中“柜子”、“沙发”和“电视柜”的暗部阴影细节有了一定的改善，不过在场景中出现了大量的黑斑。

【初始最终聚集点密度】是指，最终聚集点栅格的密度，这些栅格涵盖了整个图像，所谓密度值即指定栅格之间的距离值。

这里给出栅格密度值为“0.01”、“0.1”、“1”、“4”时的渲染效果和 FG 点的诊断结果，如图 5-27 所示，可以看到随着密度值的增加，诊断图像中最终聚集点（绿色原点）的数量逐渐增多，画面中被考虑的图像细节也随之增多，当值为“4”时画面中出现了完美的细节。如果想让场景中有更多的细节，那么增加密度值即可，不过渲染时间也会增加。

本案例需要平衡渲染时间和效果，故设为“1.6”。

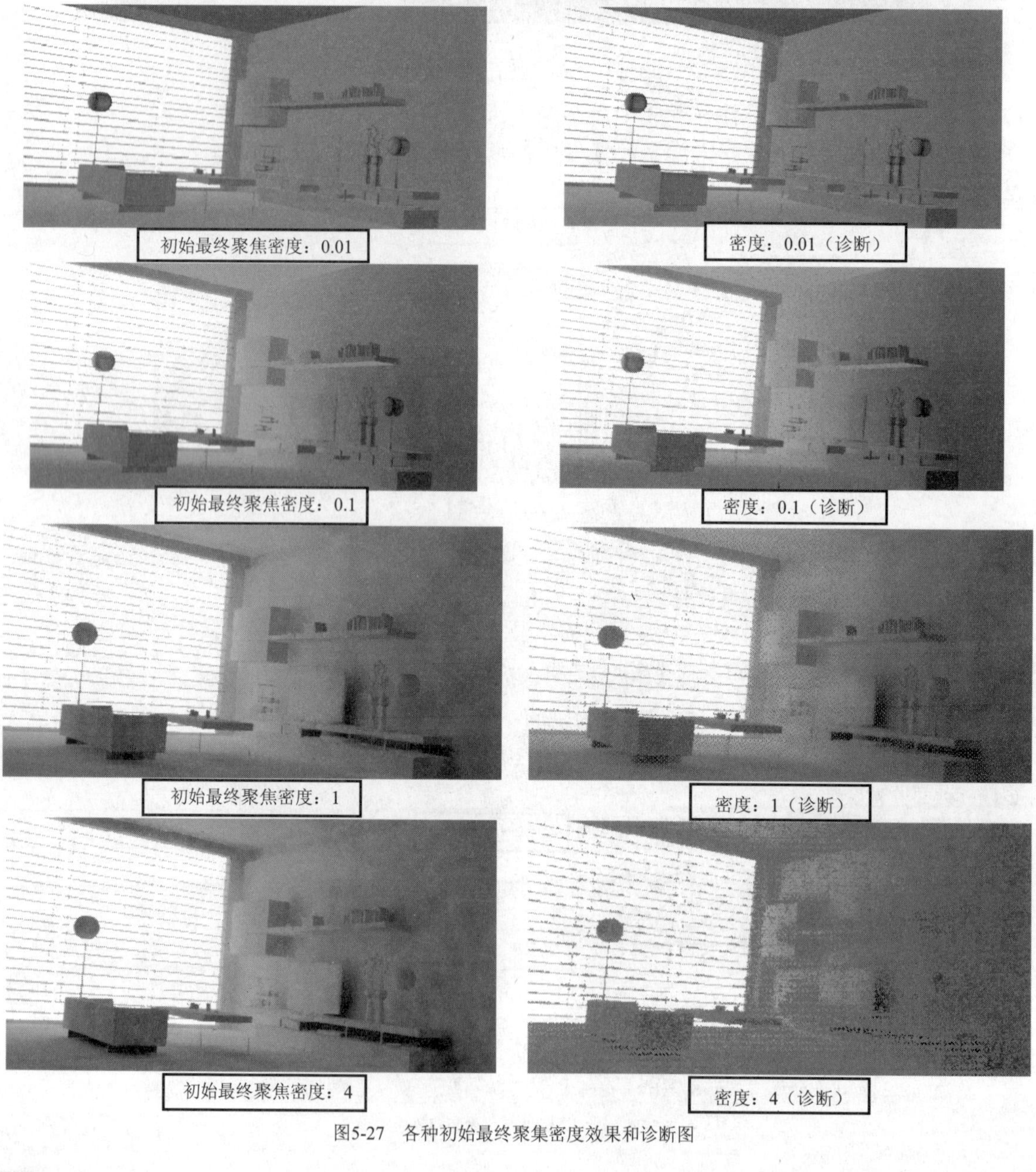

初始最终聚焦密度：0.01

密度：0.01（诊断）

初始最终聚焦密度：0.1

密度：0.1（诊断）

初始最终聚焦密度：1

密度：1（诊断）

初始最终聚焦密度：4

密度：4（诊断）

图5-27　各种初始最终聚集密度效果和诊断图

要点提示 要消除黑斑可以修改【每最终聚集点光线数目】和【插值的最终聚集点数】参数，接下来我们分别对两种方式进行讲述。

(9) 使用【插值的最终聚集点数】参数消除黑斑，操作步骤如图 5-28 所示。

① 在【最终聚集】卷展栏中设置【插值的最终聚集点数】为“80”。

② 按F9键渲染。

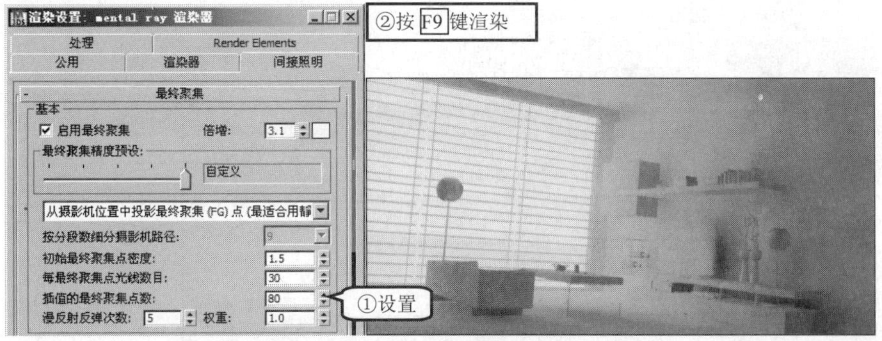

图5-28　使用【插值的最终聚集点数】参数消除黑斑

要点提示 【插值的最终聚集点数】参数越高，渲染出图的黑斑越少，画面也越平滑，不过太大的插值设置会丢失画面细节，使画面的真实性降低。图 5-29 所示为【插值的最终聚集点数】为“50”、“100”、“200”的效果，其中“200”的效果已经出现了不真实的现象。

本案例为兼顾出图时间和效果，故设为“80”。

插值的最终聚集点数：50

插值的最终聚集点数：100

插值的最终聚集点数：200

图5-29　不同插值的最终聚集点数

(10) 使用【每最终聚集点光线数目】参数消除黑斑，操作步骤如图 5-30 所示。

① 将【插值的最终聚集点数】调回默认值“50”。

② 设置【每最终聚集点光线数目】为“2 000”。

③ 在【重用（最终聚集和全局照明磁盘缓存）】卷展栏的【最终聚集贴图】设置项中的下

拉列表中选择【逐渐将最终聚集（FG）点添加到贴图文件】选项。

④ 单击…按钮打开【另存为】对话框，设置FG光子图的保存路径和文件名。

⑤ 按F9键渲染，由于保存光子图，此次渲染时间会比较长。

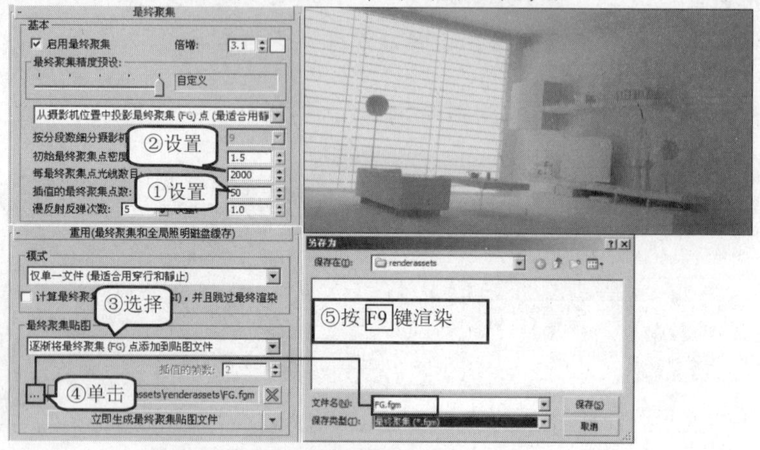

图5-30 使用【每最终聚集点光线数目】参数消除黑斑

要点提示 前面的操作通过设置【每最终聚集点光线数目】和【插值的最终聚集点数】参数来解决黑斑问题。这两种方式的使用原则如下。

【每最终聚集点光线数目】参数：FG焦点数目并非越多越好，当到达一定数值时，画面的质量就会得到限制而增加渲染时间。故一般视黑斑是否消除来确定FG焦点数目。

【插值的最终聚集点数】参数：可以快速地消除画面黑斑，但以牺牲画面细节为代价。故一般以既能消除黑斑又能保留图像细节为标准。

(11) 设置【亮度】和【对比度】参数，操作步骤如图5-31所示。

① 在【重用（最终聚集和全局照明磁盘缓存）】卷展栏的【最终聚集贴图】设置项的下拉列表中选择【仅从现有贴图文件中读取最终聚集（FG）FG点】选项。

② 按8键打开【环境和效果】窗口。

③ 在【对数曝光控制参数】卷展栏中设置【亮度】为“71”，【对比度】为“55”。

④ 按F9键渲染。

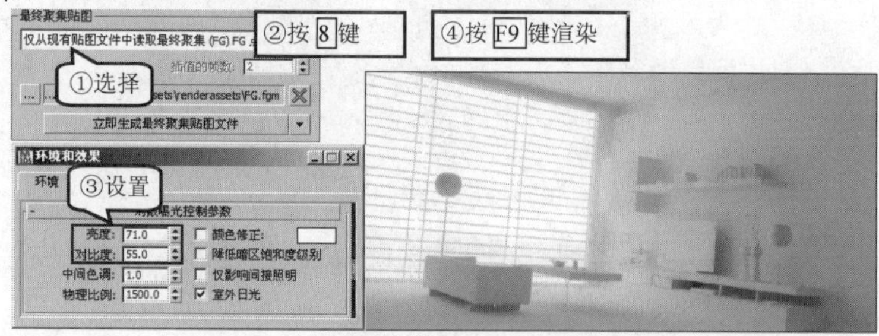

图5-31 设置【亮度】和【对比度】参数

要点提示 mental ray渲染器可以兼容3ds Max的【曝光控制】类型，其设置独立于计算光子图之外，因此可以先保存计算好的光子图，再调节【对数曝光控制参数】卷展栏中的各项参数，以达到整体上控制画面亮度以及对比度的效果。

通过测试使光子图渲染速度也快了很多。

(12) 提高抗锯齿品质，操作步骤如图 5-32 所示。

① 按F10键打开【渲染设置：mental ray 渲染器】窗口。

② 在【公用】选项卡中设置渲染的【输出大小】/【宽度】为“1000”、【高度】为 500。

③ 在【渲染器】选项卡中设置【采样质量】/【每像素采样数】/【最小值】为“4”、【最大值】为“16”。

④ 按F9键渲染。

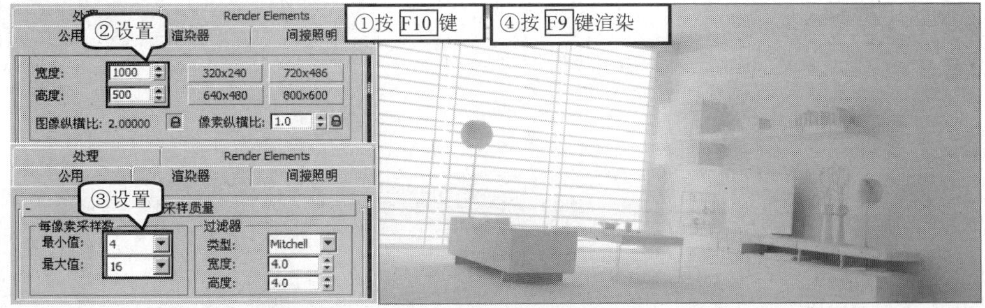

图5-32　提高抗锯齿品质

【输出大小】和【采样质量】卷展栏中参数的设置对于渲染时间有很大的关系，较高的抗锯齿品质会增加渲染时间。因此在实际工作中，测试场景光线或计算光子图时，可以使用相对较低的抗锯齿品质进行计算，正式出图的时候提高抗锯齿品质，得到最终的渲染效果。

(13) 按Ctrl+S组合键保存场景文件到指定目录，本案例制作完成。

5.3.3 拓展案例——制作“书房效果”

【案例剖析】

本案例同样使用【最终聚集】来模拟全局照明，并对场景中的模型赋予适合的材质，通过此案例再次巩固【最终聚集】的知识点，最终效果如图 5-33 所示。

图5-33　最终效果

【操作思路】

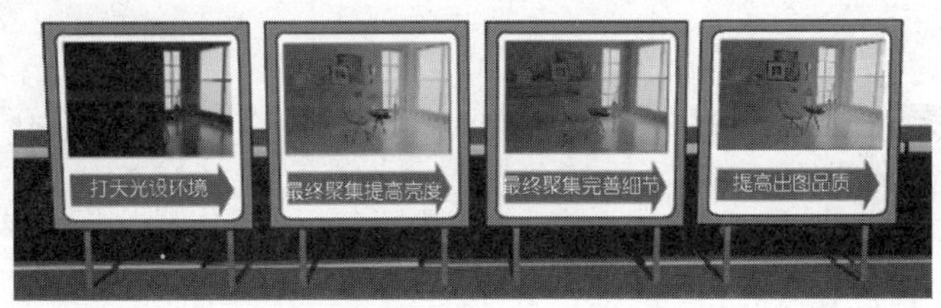

【步骤提示】

1. 调整场景光照亮度。

(1) 运行 3ds Max 2010 软件。

(2) 打开制作模板。

① 按Ctrl+O组合键打开附盘文件“素材\第 5 章\书房效果\书房效果.max”，如图 5-34 所示。

② 场景中提供了本案例所需的模型。

③ 场景中创建了一架摄影机，用于对房间进行特写渲染。

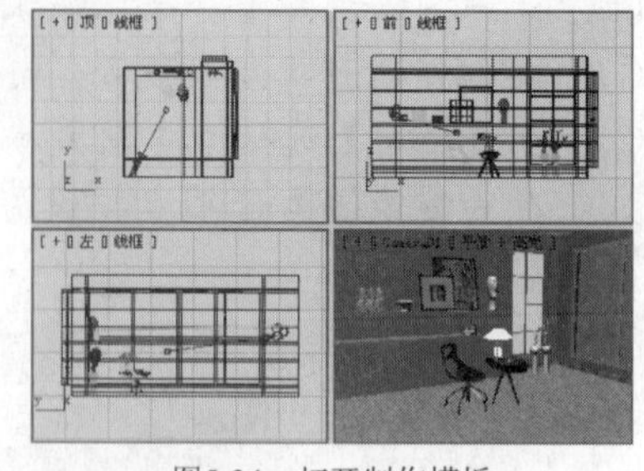

图5-34 打开制作模板

(3) 打天光并设置天光参数，操作步骤如图 5-35 所示。

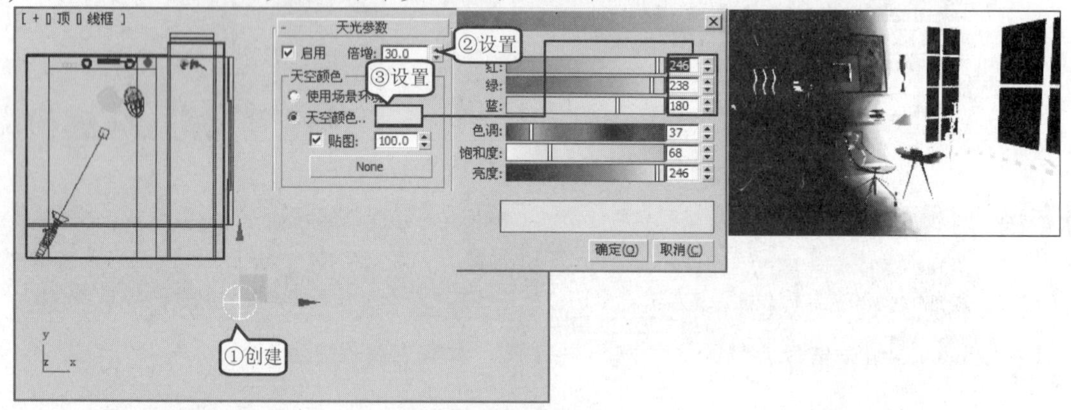

图5-35 打天光并设置天光参数

(4) 设置环境参数改善曝光效果，操作步骤如图 5-36 所示。

(5) 设置【最终聚集】参数再次调亮场景，操作步骤如图 5-37 所示。

2. 增加图像细节。

(1) 设置【初始最终聚集点密度】参数增加场景光照细节，如图 5-38 所示。

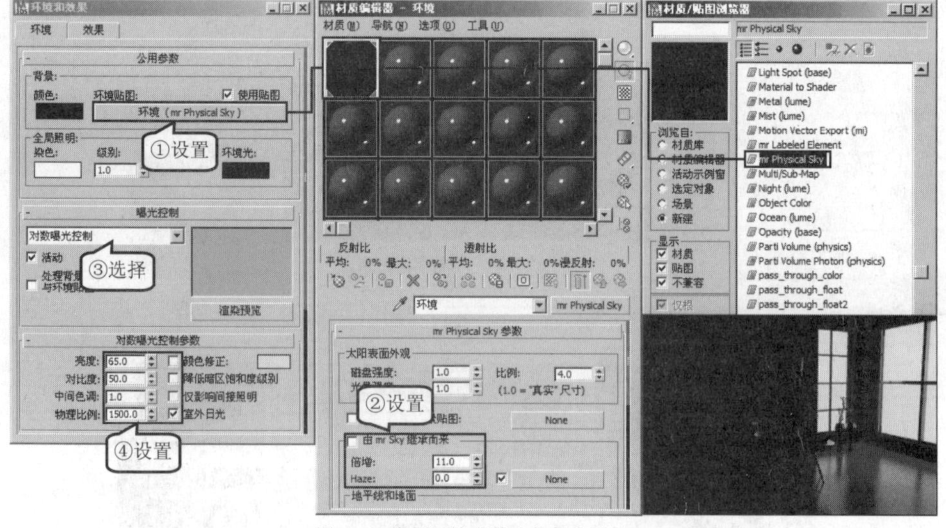

图5-36 设置环境参数改善曝光效果

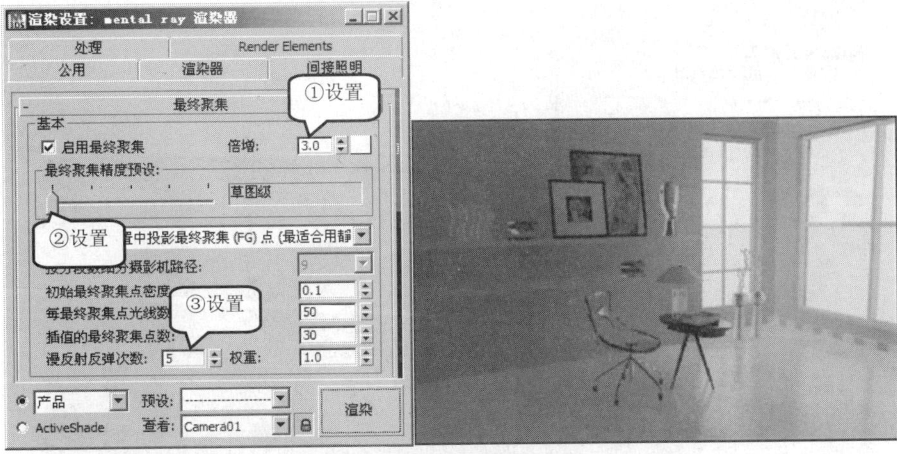

图5-37　设置【最终聚集】参数再次调亮场景

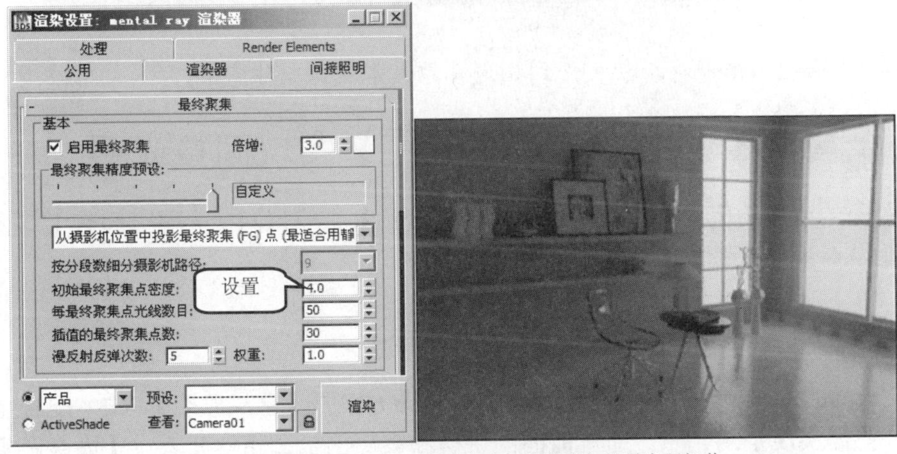

图5-38　设置【初始最终聚集点密度】参数增加场景光照细节

(2) 设置【每最终聚集点光线数目】参数消除黑斑，操作步骤如图 5-39 所示。

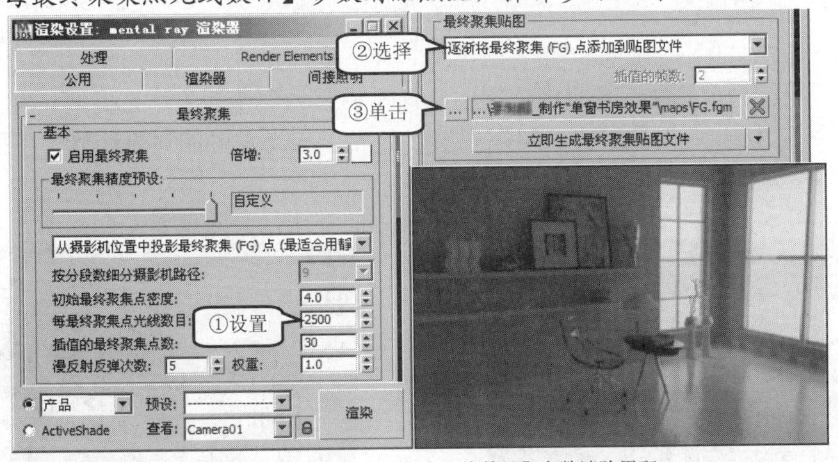

图5-39　设置【每最终聚集点光线数目】参数消除黑斑

(3) 设置抗锯齿参数，操作步骤如图 5-40 所示。

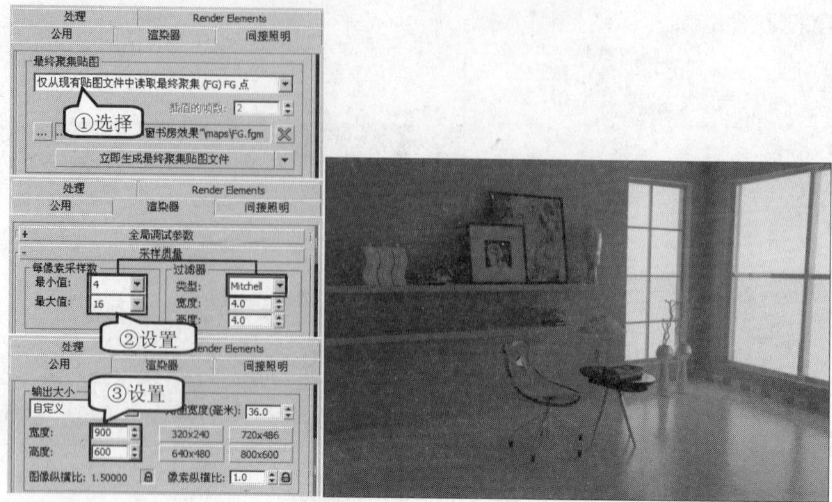

图5-40 设置抗锯齿参数

(4) 按 Ctrl + S 组合键保存场景文件到指定目录，本案例制作完成。

5.4 【全局光照】配合【最终聚集】实现间接光照

通过前面的讲述相信读者对如何使用【最终聚集】来模拟间接光照已经有了一个全面的认识，本小节对设计中最常用的实现间接光照的方式进行讲解。

5.4.1 基础知识

使用 mental ray 渲染出室内设计效果图的首选方案是【全局照明】(GI) 配合【最终聚集】(FG) 共同实现全局光照。通过前面的讲解和案例剖析，相信读者对【最终聚集】已经有了一个深刻的认识，本小节首先对【全局照明】进行较为详细的讲解。

一、 GI 的应用场合

(1) 灯光限制。

由于 GI 属于物理算法，场景中使用的必须是具有物理属性的灯光类型（例如，光度学灯光、日光等）。这一点相当重要，如果光发射的光子与光发射的“直线光”不匹配，则图像效果不会很好。

标准聚光灯反射的光子分布和场景明亮程度方面都比日光效果要差，如图 5-41 所示。

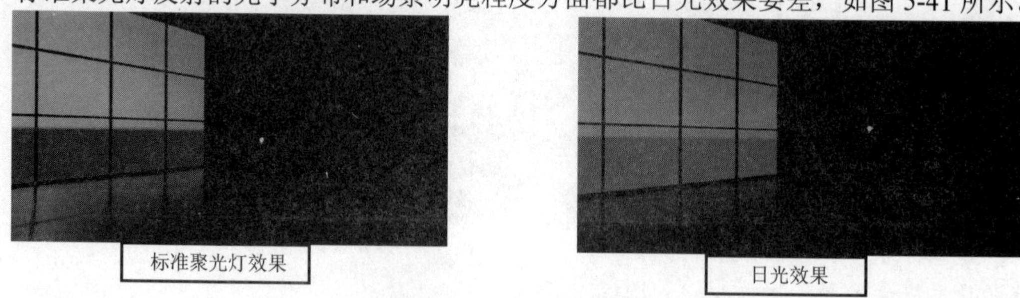

图5-41 标准光照和日光

当场景中同时存在“物理”和“非物理”性灯光的时候，需要同时开启 GI 和 FG 从而得到更好的效果。

(2) 场景限制。

当场景中的光源分布比较均匀时，如图 5-42 所示，使用 GI 光子是最好的选择。这种情况下，光子可以轻松地替代 FG 的多个反弹，从而使渲染速度大幅度提升。

图5-42　GI 的应用场合

二、 GI 光子配合 FG 最佳出图组合

只用 FG 的特点：一般单独使用 FG 引擎即可得到较好的图像效果，但出图效率差。

只用 GI 的特点：一般单独使用 GI 引擎很难取得完全平滑的效果，但出图效果高。

GI 与 FG 的最佳配合：可以使用 GI 光子先取得相对平滑的图像效果，然后配合适当的 FG 设置，即可轻松高效地获得高品质的图像。

5.4.2 案例剖析——制作“阳光休闲大厅”

【案例剖析】

本案例使用 GI 首先对间接光照时形成的黑斑进行处理，然后配合 FG 高效地制作出高画质的图像。此种方式是目前最为盛行的出图方式，望读者精心制作、细心思考，最终效果如图 5-43 所示。

图5-43　最终效果

【操作思路】

【操作步骤】

1. 创建“日光”对象。

(1) 运行 3ds Max 2010 软件。

(2) 打开制作模板。

① 按Ctrl+O组合键打开附盘文件“素材\第 5 章\阳光休闲大厅\阳光休闲大厅.max”，如图 5-44 所示。

② 场景中提供了本案例所需的模型并赋予了材质。

③ 场景中创建了一架摄影机，用于对房间进行特写渲染。

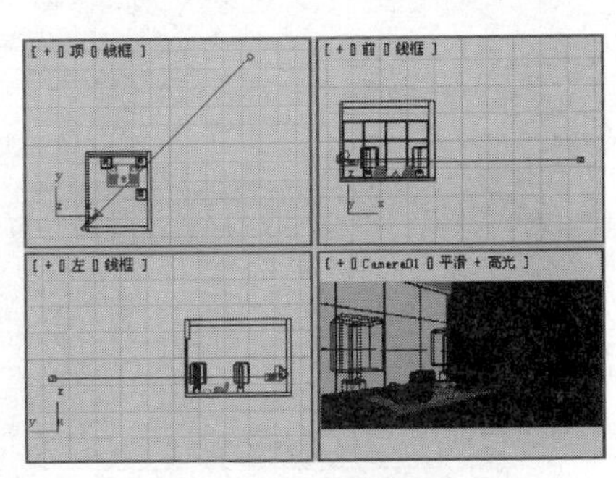
图5-44　打开制作模板

(3) 创建“日光”对象，操作步骤如图 5-45 所示。

① 在【创建】面板上单击按钮。

② 单击 日光 按钮打开【创建日光系统】对话框。

③ 单击 是 按钮。

④ 在顶视图中单击，弹出【mental ray Sky】对话框。

⑤ 单击 是(Y) 按钮。

⑥ 在顶视图中单击完成创建。

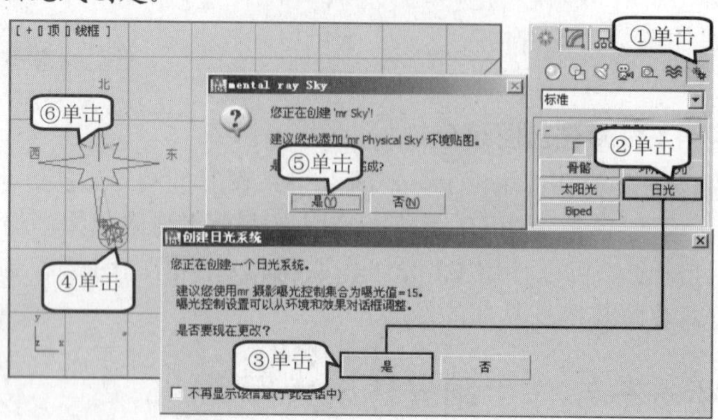

图5-45 创建“日光”对象

要点提示 观察创建完成的“日光”对象可以发现，一个“日光”对象由“Compass01”（指南针）和“Daylight01”（日光）两部分组成。在【修改】面板中可以分别对两个对象进行设置。关于日光的知识点将在后面章节中详细讲解，这里读者按照本例操作即可。

(4) 修改“Compass01”（指南针）参数，操作步骤如图 5-46 所示。

① 选中场景中的“Compass01”对象。

② 在【修改】面板中设置其【半径】为“40”。

③ 右击 按钮打开【移动变换输入】对话框。

④ 设置【绝对：世界】/【X】为“0”，【Y】为“0”，【Z】为“0”。

(5) 修改“Daylight01”（日光）参数，操作步骤如图 5-47 所示。

① 选中场景中的“Daylight01”对象。

② 在【修改】面板中设置其参数。

③ 在【移动变换输入】对话框中设置【绝对：世界】/【X】为“−2 500”，【Y】为“4 750”，【Z】为“5 700”。

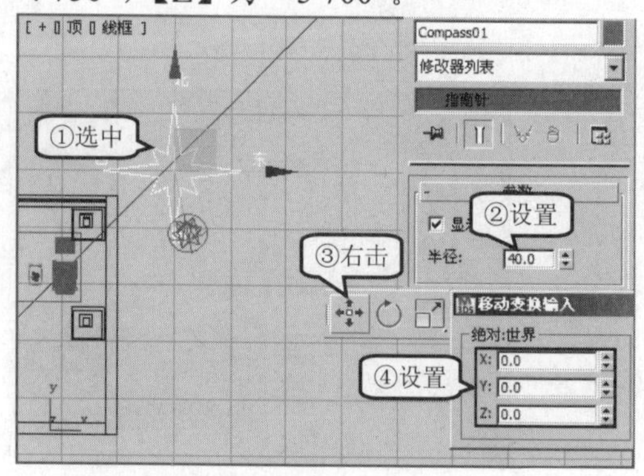

图5-46 修改“Compass01”（指南针）参数

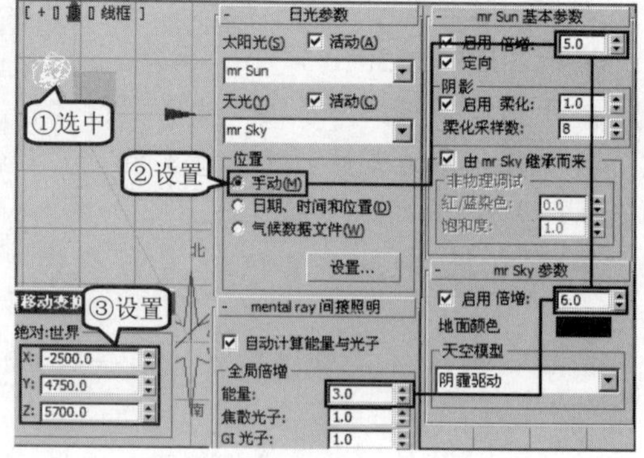

图5-47 修改“Daylight01”（日光）参数

(6) 测试渲染，操作步骤如图 5-48 所示。

① 单击 按钮打开渲染窗口。

② 在【视口】下拉列表中选择【Camera01】选项。

③　单击🔒按钮锁定渲染视口。

④　单击按钮启动渲染。

图5-48　测试渲染

要点提示　观察此时的渲染效果，画面中除了直接光照和材质反射以外没有全局照明效果，故没有光线的地方一片漆黑。接下来我们通过全局照明设置来提亮场景。

2.　全局光照明设置。

(1)　设置【每采样最大光子数】和【最大采样半径】参数，操作步骤如图 5-49 所示。

①　按F10键打开【渲染设置：mental ray 渲染器】窗口。

②　切换到【间接照明】选项卡。

③　在【焦散和全局照明（GI）】卷展栏中勾选【全局照明（GI）】设置项中的☑启用选项。

④　勾选☑最大采样半径:选项。

⑤　设置【每采样最大光子数】为“2”、【最大采样半径】为“10”。

⑥　按F9键渲染。

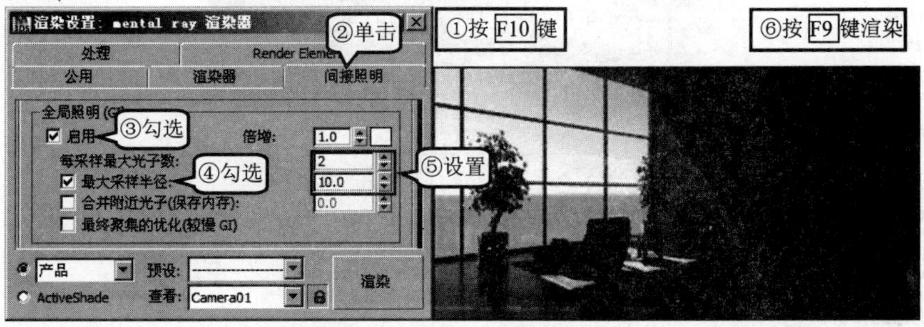

图5-49　设置【每采样最大光子数】和【最大采样半径】参数

观察渲染结果，场景中出现了一些亮点，这就是光子，场景中光子密度越集中的地方越明亮，从而使得画面的明暗分界非常明显。如果要通过光子获得平滑的图像效果，可以增加 GI 光子的半径或数量。

(2)　增大【最大采样半径】参数，操作步骤如图 5-50 所示。

①　设置【最大采样半径】为“100”。

②　按F9键渲染。

图5-50　增大【最大采样半径】参数

观察渲染结果可以发现，随着光子半径的增加，光子之间出现了重叠，明亮的区域也开始增多，但是目前图像很不平滑。

图 5-51 所示为光子【最大采样半径】为“200”、“400”、“1 000”的效果，对比可以发现，即使再加大光子半径，画面也没有得到改善。这是由于目前场景中的光子数量太少，而一般中等质量的图像效果至少需要 100 个光子，高品质需要 10 000 个光子以上。接下来将对光子数量进行调整。

图5-51　各种【最大采样半径】参数的效果

(3) 增加【每采样最大光子数】参数，操作步骤如图 5-52 所示。

① 设置【每采样最大光子数】为“100”、【最大采样半径】为“300”。

② 按F9键渲染。

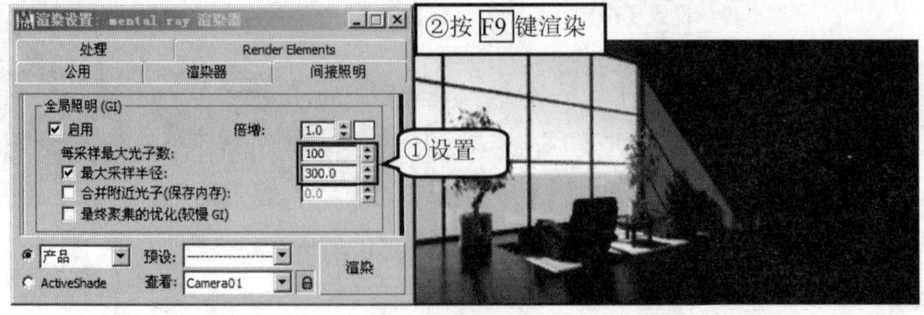

图5-52　增加【每采样最大光子数】参数

要点提示 通过观察发现，此时画面的明暗效果已经变得平滑，同时也可以看出增加【每采样最大光子数】参数对于画面的作用，但是此时的画面还是有黑斑现象。

图 5-53 所示为光子数为“1 000”和“20 000”的渲染效果，画面依然有黑斑问题，但继续增加光子数并不可取，接下来我们介绍其他的方法。

每采样最大光子数：1 000

每采样最大光子数：20 000

图5-53　各种【每采样最大光子数】参数的效果

(4) 设置【灯光属性】和【几何体属性】参数，操作步骤如图 5-54 所示。

① 在【全局照明（GI）】设置项中勾选☑ 最终聚集的优化(较慢 GI)选项。

② 设置【灯光属性】/【每个灯光的平均全局照明光子】为“20 000”。

③ 勾选【几何体属性】设置项中的☑ 所有对象产生＆接收全局照明和焦散选项。

④ 按F9键渲染。

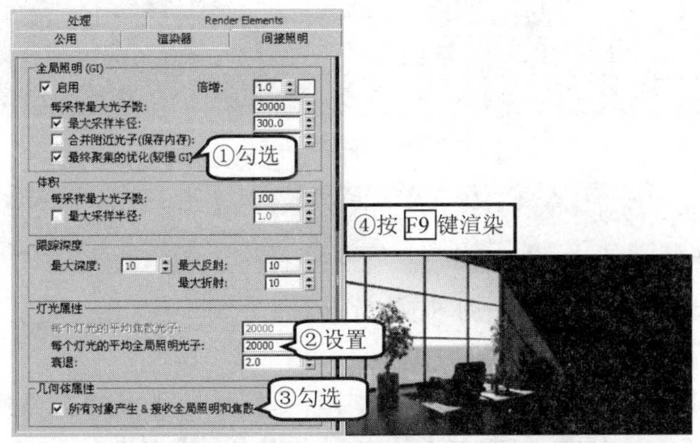

图5-54　设置【灯光属性】和【几何体属性】参数

通过观察读者可能会发现，增加光子数并不能很好地解决黑斑问题，那为什么要在这里将【每采样最大光子数】和【每个灯光的平均全局照明光子】设置为“20 000”呢？

第一，场景中设置为 20 000 效果略好于 1 000。第二，GI 计算速度非常快，可以在使用 GI 的情况下尽量解决黑斑问题，后期加入 FG 之后可以不必再为其困扰。

(5) 设置【倍增】参数并保存光子贴图，操作步骤如图 5-55 所示。

① 设置【全局照明（GI）】设置项中的【倍增】为“1.5”。

② 在【重用（最终聚集和全局照明磁盘缓存）】卷展栏的【焦散和全局照明光子贴图】设置项中的下拉列表中选择【将光子读取/写入到贴图文件】选项。

③ 单击…按钮打开【另存为】对话框，设置光子贴图的保存路径和文件名。

④ 按F9键渲染。

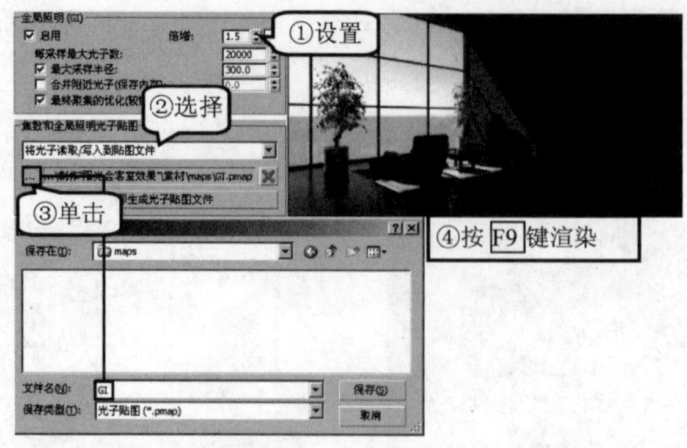

图5-55　设置【倍增】参数并保存光子贴图

3.　全局光照明设置。

(1)　开启最终焦散，操作步骤如图 5-56 所示。

①　在【最终聚焦】卷轴栏的【基本】设置项中勾选☑启用最终聚集选项。

②　设置【最终聚集精度预设】为【草图级】。

③　按F9键渲染。

图5-56　开启最终焦散

观察可知，目前虽然将【最终聚集精度预设】仅设为【草图级】，但是场景中的黑斑已经完全被解决掉了，这都是前面对 GI 正确设置的结果。接下来解决场景中光线不足的问题。

(2)　调整最终聚集参数，操作步骤如图 5-57 所示。

①　设置【最终聚集】参数。

②　在【重用（最终聚集和全局照明磁盘缓存）】卷展栏的【最终聚集贴图】设置项中的下拉列表中选择【逐渐将最终聚集（FG）点添加到贴图文件】选项。

③　单击...按钮打开【另存为】对话框，设置 FG 光子图的保存路径和文件名。

④　按F9键渲染，由于保存光子图此次渲染时间会比较长。

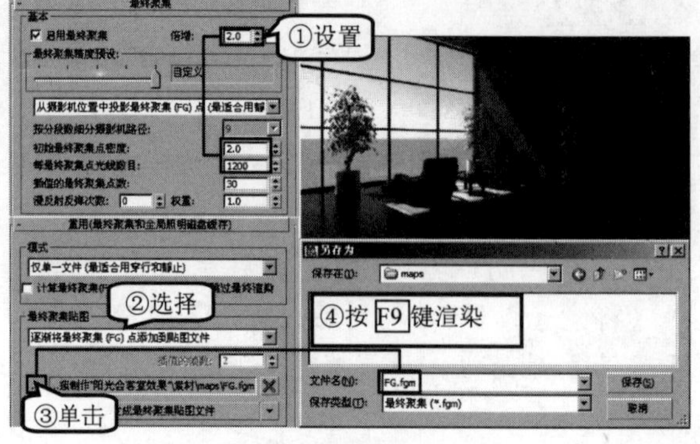

图5-57　调整最终聚集参数

(3) 设置出图参数，操作步骤如图 5-58 所示。

① 在【最终聚集贴图】中的下拉列表中选择【仅从现有贴图文件中读取最终聚集（FG）FG 点】选项。

② 在【焦散和全局照明光子贴图】中的下拉列表中选择【仅从现有的贴图文件中读取光子】选项。

③ 在【公用】选项卡中，设置【输出大小】/【宽度】为“900”、【高度】为“459”。

④ 在【渲染器】选项卡中，设置【每像素采样数】/【最小值】为“4”、【最大值】为“16”。

⑤ 按F9键渲染。

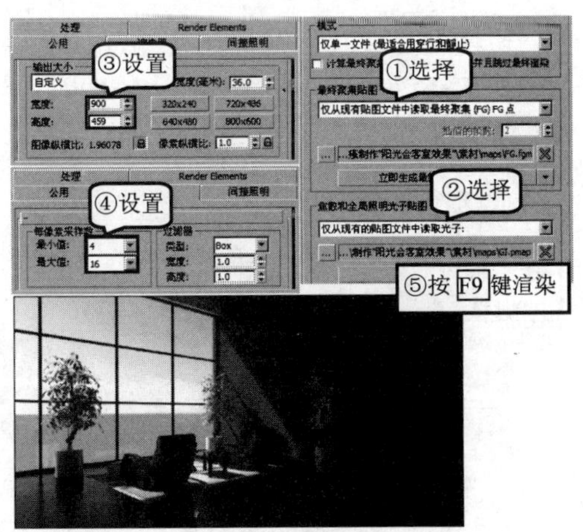

图5-58　设置出图参数

(4) 按Ctrl+S键保存场景文件到指定目录，本案例制作完成。

5.4.3 拓展案例——制作“夜间客厅效果”

本案例将使用光度学灯光来模拟夜间客厅中的灯具，然后使用【最终聚集】配合【全局照明】的方法来模拟真实光照，最终效果如图 5-59 所示。

图5-59　最终效果

【操作思路】

【步骤提示】

调整场景光照亮度。

(1) 运行 3ds Max 2010 软件。

(2) 打开制作模板。

① 按Ctrl+O组合键打开附盘文件“素材\第 5 章\夜间客厅效果\夜间客厅效果.max”，如图 5-60 所示。

② 场景中提供了本案例所需的模型。

③ 场景中创建了一架摄影机，用于对房间进行特写观察。

(3) 创建光度学自由灯光并设置参数，操作步骤如图 5-61 所示。

① 在【创建】/【灯光】面板中单击 自由灯光 按钮。

② 在场景中单击创建自由灯光。

③ 设置其位置坐标。

④ 切换到【修改】面板，设置【强度/颜色/衰减】卷展栏中的参数。

⑤ 设置【图形/区域阴影】卷展栏中的参数。

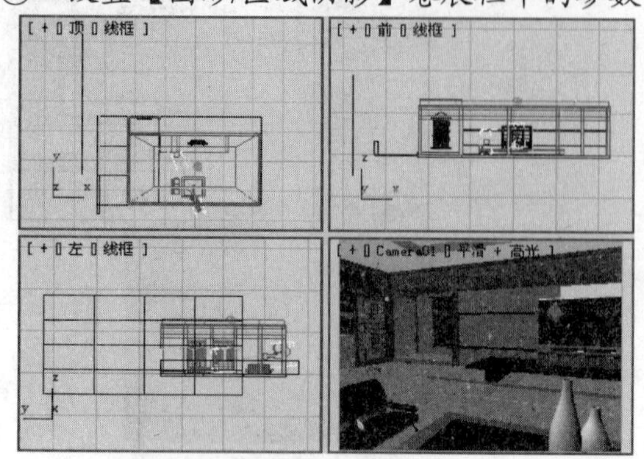

图5-60 打开制作模板

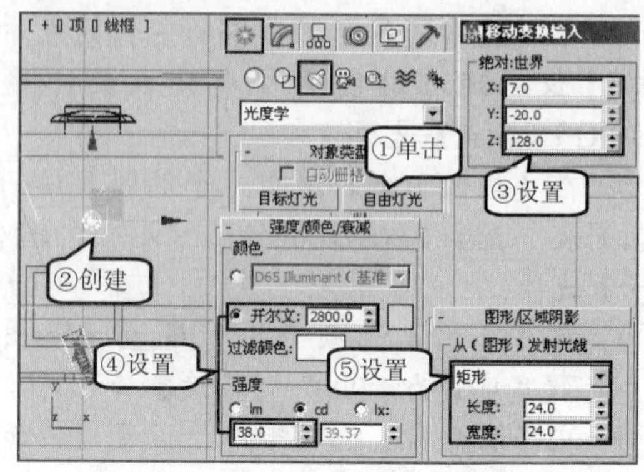

图5-61 创建光度学自由灯光并设置参数

(4) 设置【曝光控制】参数，操作步骤如图 5-62 所示。

① 按8键打开【环境和效果】窗口。

② 设置曝光控制类型为【mr 摄影曝光控制】。

③ 按F9键渲染。

(5) 设置全局照明参数，操作步骤如图 5-63 所示。

① 按F10键打开【渲染设置：mental ray 渲染器】窗口。

② 设置【最终聚集精度预设】为【草图级】。

③ 设置全局照明参数。

④ 按F9键渲染。

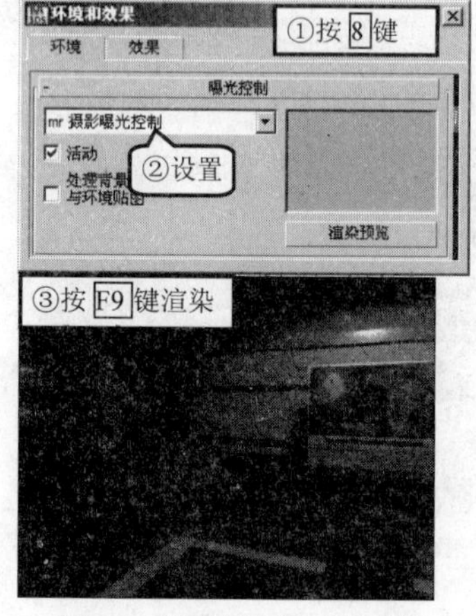

图5-62 设置【曝光控制】参数

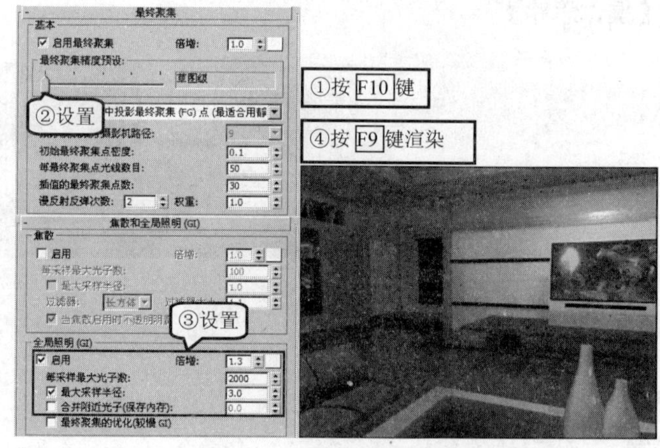

图5-63 设置全局照明参数

(6) 按Ctrl+S组合键保存场景文件到指定目录，本案例制作完成。

5.5 教师辅导

第一问：

在制作“落地窗式客厅效果”案例时，里面提到了 FG 点的诊断图，请问具体的设置位置在哪里？

解答一：

按F10键打开【渲染设置：mental ray 渲染器】窗口。

切换到【处理】/【诊断】卷展栏，勾选☑启用选项，点选◉最终聚集选项。

按F9键渲染即可得到 FG 诊断图，操作步骤如图 5-64 所示。

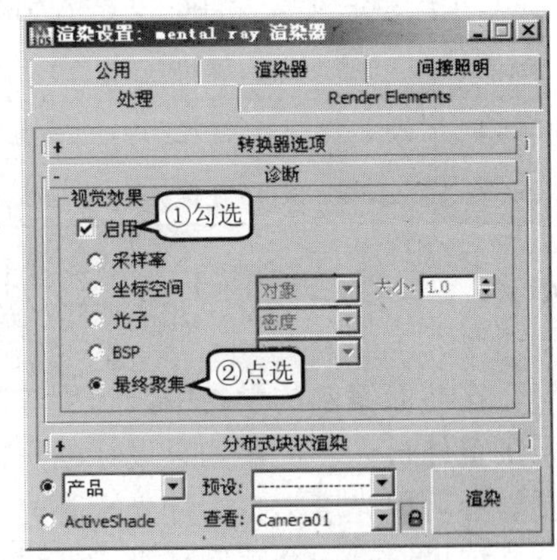

图5-64　启动 FG 光子诊断

第二问：

在制作前面的案例时，发现“夜间客厅效果”和其他 3 个案例使用的曝光类型不同，请问【对数曝光控制】和【mr 摄影曝光控制】有什么区别。

解答二：

首先来看 3ds Max 官方对这两个曝光控制类型的定义。

【对数曝光控制】：使用亮度、对比度以及场景是否是日光中的室外，将物理值映射为 RGB 值。

【mr 摄影曝光控制】：像控制摄影机一样来修改渲染的输出，一般提供曝光值或特定快门速度、光圈和胶片速度设置。它还提供可调节高光、中间调和阴影值的图像控制设置。

看完官方的定义，再来对照以下 4 张效果图，如图 5-65 所示，可以得出以下结论。

(1)　光源为非室外日光，室内光线比较暗时建议使用【mr 摄影曝光控制】。

(2)　光源为室外日光，并且室内光线充足时建议使用【对数曝光控制】。

光度学点光源照明、未进行全局光照设置、对数曝光控制

光度学点光源照明、未进行全局光照设置、mr 摄影曝光控制

日光照明、未进行全局光照设置、对数曝光控制

日光照明、未进行全局光照设置、mr 摄影曝光控制

图5-65　效果图

第三问：

请问【渲染设置：mental ray 渲染器】窗口的【渲染器】选项卡中设置的【采样质量】/【过滤器】/【类型】中不同种类各自的含义是什么？有没有什么好的使用建议呢？

解答三：

首先理解【过滤器】的含义：确定如何将多个采样合并成一个单个的像素值。

其中默认的是【Box】类型，出图效果最好的是【Mitchell】类型，各种类型的含义如表 5-1 所示。

表 5-1　　过滤器的含义

名称	含义
Box	长方体过滤器：对所有过滤区域的采样进行求和运算，过滤区域的权重相等。这是最快速的采样方法
Gauss	高斯过滤器：采用位于像素中心的高斯（贝尔）曲线对采样进行加权
Triangle	三角形过滤器：采用位于像素中心的三角形对采样进行加权
Mitchell	过滤器：采用位于像素中心的曲线（比高斯曲线陡峭）对采样进行加权
Lanczos	过滤器：采用位于像素中心的曲线（比高斯曲线陡峭）对采样进行加权，减小位于过滤区域边界的采样影响

5.6 一章一技巧——巧用光度学自由灯光补光

在前面案例的学习中，房屋建筑物都具有一个很大的落地窗户，这样的房间可以方便地采集室外日光。但是如果设计的房间窗户很小，而且希望能够得到很好的日光效果，这时就要学会巧用光度学自由灯光来补光。

这里通过一个案例来为读者讲解，效果如图 5-66 所示。

补光之前

补光之后

图5-66　补光前后

【步骤提示】

1. 观察分析。

(1) 运行 3ds Max 2010 软件。

(2) 打开制作模板。

① 按 Ctrl + O 组合键打开附盘文件"素材\第 5 章\一章一技巧_补光\一章一技巧_补光.max"，如图 5-67 所示。

② 场景中提供了本案例所需的模型。

③ 已经对场景创建了日光、设置了曝光类型和全局光照明。

④ 场景中创建了一架摄影机，用于对房间进行特写渲染。

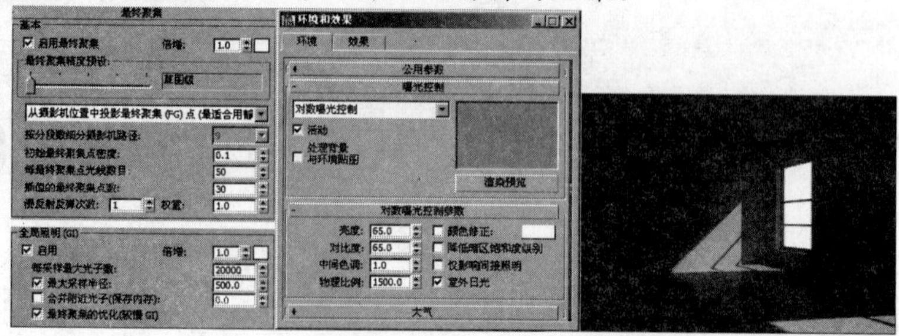

图5-67　打开制作模板

要点提示：此时室内场景显得十分暗沉，没有阳光充足的感觉。接下来使用打自由灯光的方法来补光。

2. 创建光度学自由灯光。

(1) 创建并复制自由灯光，操作步骤如图 5-68 所示。

① 在【创建】/【灯光】面板中单击 自由灯光 按钮。

② 在左视图中单击创建一盏自由灯光。

③ 按住 Shift 键拖动并以实例方式复制出另一盏自由灯光。

④ 分别设置两盏自由灯光的位置坐标。

(2) 创建并复制自由灯光，操作步骤如图 5-69 所示。

① 选中其中任意一盏自由灯光。

② 设置其参数。

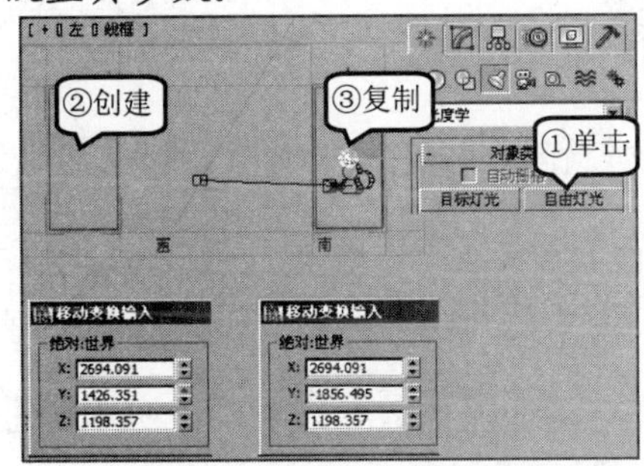

图5-68　创建并复制自由灯光

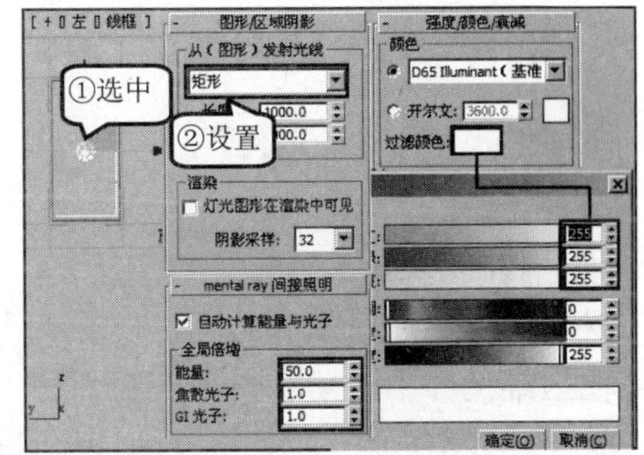

图5-69　创建并复制自由灯光

(3) 渲染出图，操作步骤如图 5-70 所示。

① 激活“Camera01”视图。

② 按 F9 键渲染。

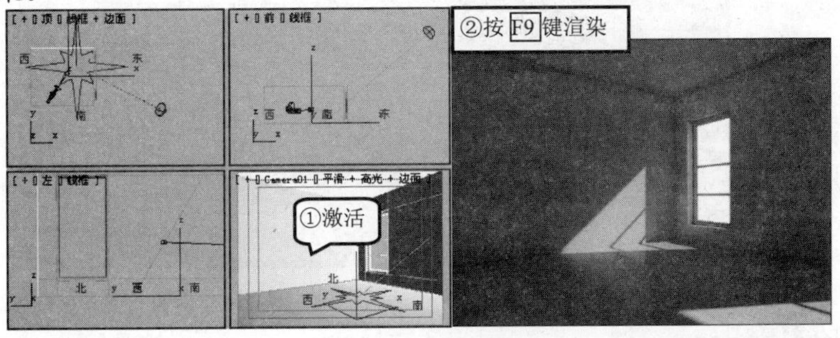

图5-70　渲染出图

要点提示：通过前面的操作，相信读者对使用自由灯光补光有了比较深的认识，那么使用自由灯光补光的优势又有哪些呢？这里总结以下 3 点。

（1）便于独立于室外日光来控制场景内光线的颜色。

（2）自由灯光的位置可以任意设置，对于一些日光照射不到的部位有很好的补光作用。

（3）灯光的能量控制十分方便，对于小区域的光线强度控制具有十分重要的作用。

第6章　材质基础

在现实世界中钻石比玻璃更有价值、更有吸引力，即使它们具有相同的体积、相同的外形，这是为什么呢？原因在于钻石具有比普通玻璃更加珍贵的材质。

在三维世界里面没有被赋予材质的模型就像是一个橡皮泥，只有被赋予了材质的模型才有表现特定事物的功能，可见材质对于三维设计的重要性。本章对材质进行详细的讲解。

6.1　【Arch & Design（mi）】材质简介

所谓工欲善其事必先利其器，所以在开始讲解如何制作材质之前，首先介绍材质的概念。

一、 材质

(1) 材质的概念。

材质是材料和质感的结合，也称为物体的质地。

在三维世界中材质是模型表面各种可视属性的集合，这些视觉属性来自于物体表面的色彩、纹理、光滑度、透明度、反射率、折射率、发光等属性。

同一模型被赋予不同材质后，表现的质地完全不同，如图 6-1 所示，所以同一个模型可以表现多种事物。因为材质的存在，使得三维世界生产的图像和现实世界一样多彩。

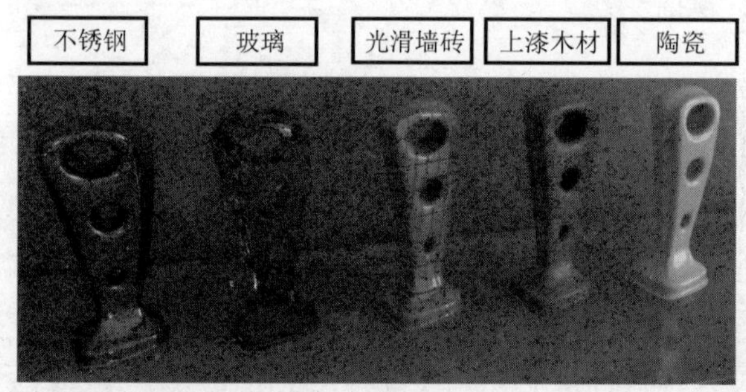

图6-1　不同材质的物体

(2) 材质的本质。

材质的本质：光。

世间万物能够被人眼所识别都是反射光的缘故。光作为事物可见的源头对事物的外观表达有着十分重要的作用。

例如，在一个漆黑的环境中，往往不能分辨物体的材质，而在充足照明的环境中却很容易分辨。

在彩色光照时，物体自身的颜色很难区分，而在白色光照的情况下则很容易区分，如图 6-2 所示。

所以要制作出高品质的效果图，使用正确的光来反映相应的材质是十分重要的。

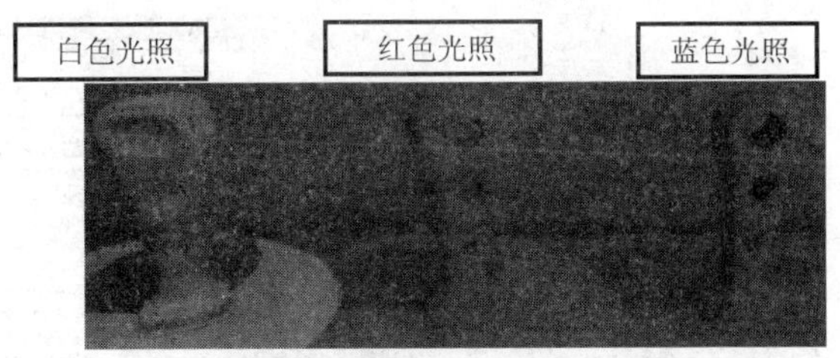

图6-2　不同颜色光照的效果

二、　【Arch & Design(mi)】界面与功用

当 mental ray 渲染器成为 3ds Max 的默认渲染器后，mental ray 的材质也成为了设计师的首选。其中最常用的 mental ray 材质是【Arch & Design(mi)】（建筑与设计），从名称可知其在建筑产品设计中的强大用途。

要点提示 本章针对【Arch & Design(mi)】材质进行讲解。这样做的原因其一是该材质很优秀，只要熟练掌握就可以满足材质制作的要求；其二是目前材质制作工具太多，专注学习一种渲染工具对于初学者来说可以更快更好地掌握渲染技术。

(1)　认识材质面板。

运行 3ds Max 2010 软件后，按 M 键可以打开【材质编辑器】窗口，主要分为材质示例区、工具按钮区和参数控制区 3 大部分，如图 6-3 所示。

围绕材质示例区的纵横两排工具按钮用来对材质进行控制。纵排按钮针对的是材质示例区中的显示效果，横排按钮用来为材质指定保存和层级跳跃，常用工具按钮的功能如图 6-4 所示。

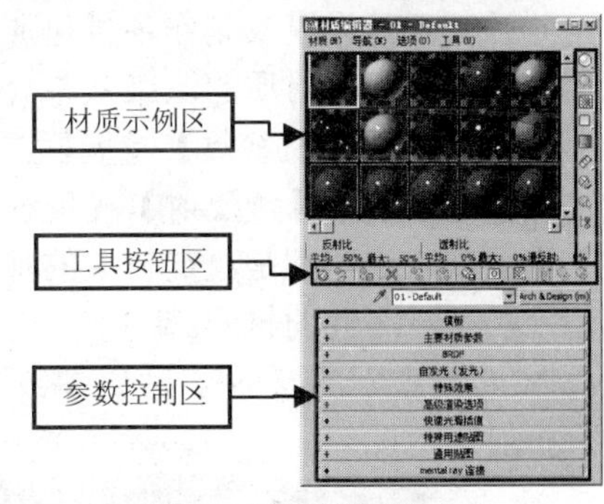

图6-3　【材质编辑器】窗口

材质编辑器 - 01 - Default
材质(M)　导航(N)　选项(O)　工具(U)
获取材质按钮，单击此按钮打开【材质/贴图浏览器】窗口
将材质指定给选择对象按钮
重置贴图/材质为默认设置按钮
在场景中显示贴图按钮，单击此按钮可在场景中显示出材质的贴图效果
采样类型按钮，用于控制示例球的形态，有球形、圆柱体和长方体
背景按钮，为材质示例增加彩色方格环境
采样 UV 平铺按钮，用于测试贴图重复效果
转到父层级按钮
标准按钮，单击此按钮打开【材质/贴图浏览器】窗口，从中选择材质和贴图类型
反射比　平均：50%　最大：50%
透射比　平均：0%　最大：0%　漫反射：0%
01 - Default
Arch & Design (mi)

图6-4　常用工具按钮的功能

(2)　【模板】卷展栏。

打开【材质编辑器】窗口，当材质的类型为【Arch & Design(mi)】时，进入【模板】卷展栏即可选用多达 27 种表面材质的预设模板，如图 6-5 所示。

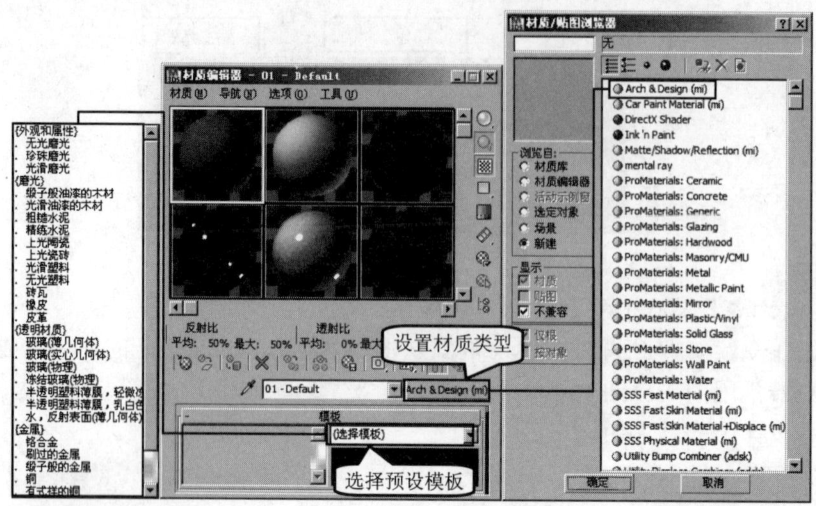

图6-5 【模板】卷展栏

这些预设模板几乎涵盖了建筑产品中常见的各种材质类型，并且基于预设模板制作各种材质会快捷许多，图 6-6 所示为部分预设模板材质的渲染效果。

图6-6 部分预设模板材质的渲染效果

(3) 【主要材质参数】卷展栏。

此卷展栏包括【漫反射】、【反射】、【折射】和【各向异性】设置项，这些都是决定材质的基本属性，通过调节可以模拟各种视觉属性的材质。

图 6-7 所示为【主要材质参数】卷展栏和漫反射、反射、折射示意图。

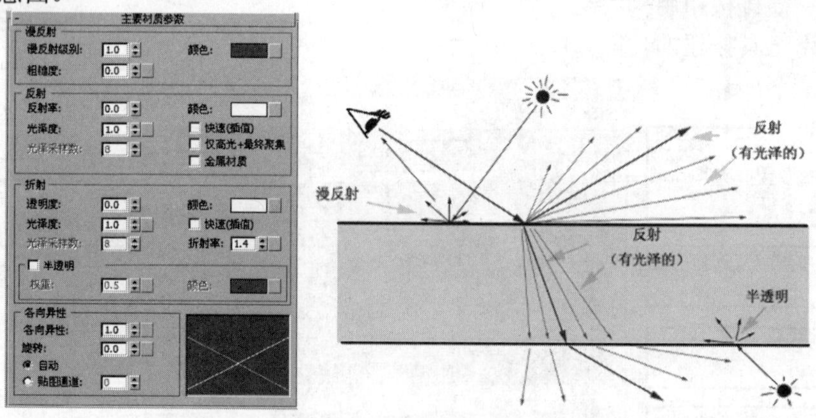

图6-7 【主要材质参数】卷展栏

(4) 【特殊效果】卷展栏。

【特殊效果】卷展栏主要用于增强场景细节，提高出图效果。

【Ambient Occlusion】(环境光阻光) 选项用于产生阴影连接的细节，使物体与阴影连接得更加紧密。

【圆角】选项用于使模型的棱角边缘被圆化，且只产生在渲染效果中，不影响实际的模型，如图 6-8 所示。

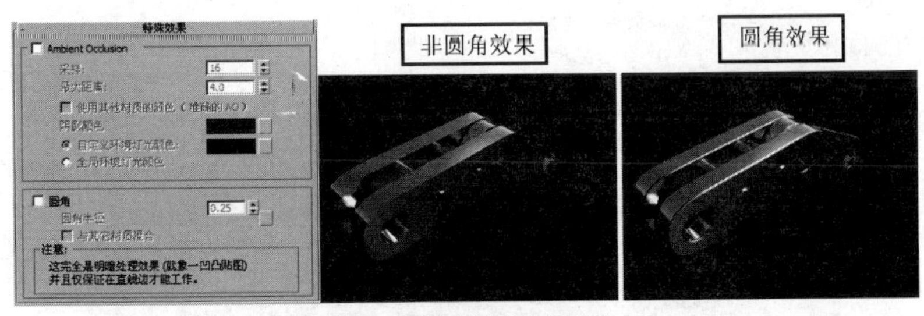

图6-8　【特殊效果】卷展栏

(5)　【高级渲染选项】卷展栏。

此卷展栏中的各项参数主要用于提高出图效率，例如，通过限制反/折射距离、深度、中止阈值等参数来控制出图时间，如图 6-9 所示。

(6)　【特殊用途贴图】卷展栏。

此卷展栏提供了用于模拟更多复杂材质效果的贴图通道来满足各种特殊材质的需求，如图 6-10 所示。

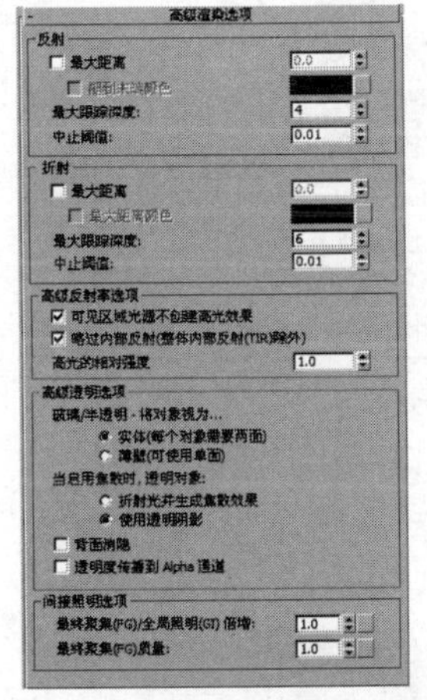

图6-9　【高级渲染选项】卷展栏

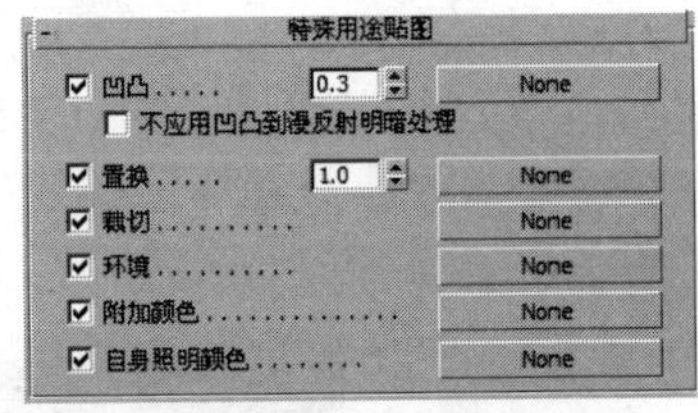

图6-10　【特殊用途贴图】卷展栏

通过对【Arch & Design（mi）】材质的介绍，相信读者已经迫不及待要动手调制自己的材质了，接下来我们通过一系列的案例让读者学会各种常用材质的调制方法。

6.2 乳胶漆、木地板材质——制作“房间一角”

从制作建筑室内效果图的步骤来看，首先需要设计制作地板和墙壁材质。本小节讲述如何制作乳胶漆、木地板材质效果。

6.2.1 基础知识——乳胶漆、木地板材质的制作方法

一、 预设模板

制作乳胶漆、木地板材质首选的【Arch & Design（mi）】预设模板分别为【天光磨光】和【缎子般油漆的木材】。

【无光磨光】预设模板通过只修改【漫反射】/【颜色】即可制作出各种颜色的乳胶漆效果，如图 6-11 所示。

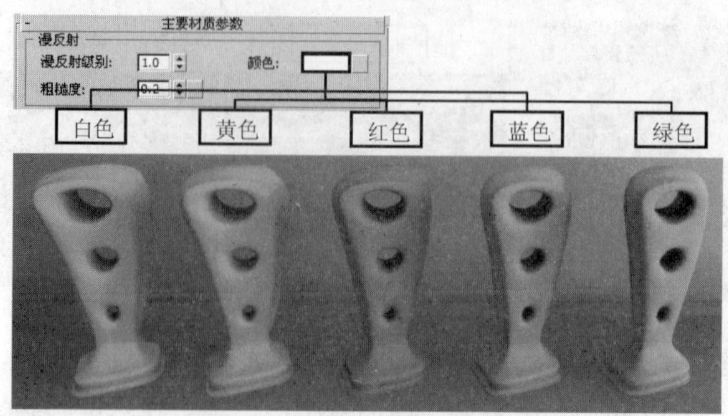

图6-11　各种颜色的乳胶漆效果

【缎子般油漆的木材】预设模板为有少量模糊反射的缎子般磨光的木材。通过改变漫反射中的贴图以及凹凸通道中的贴图可制作出各种木纹的木地板效果，如图 6-12 所示。

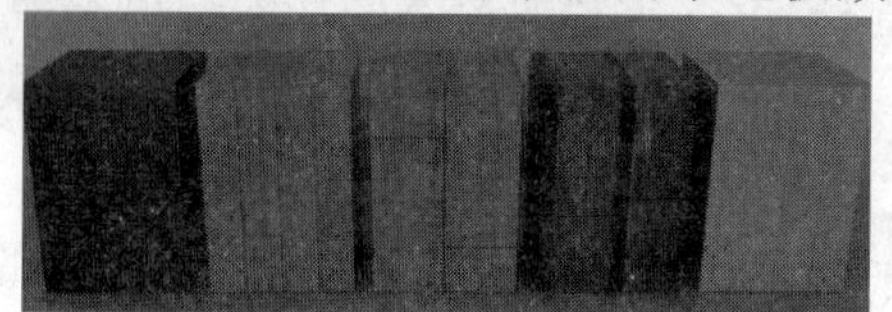

图6-12　各种木纹的木地板

二、 色溢控制

对于场景中颜色饱和度非常高的对象，会使其附近颜色浅的对象严重地被染色，这种现象称为色溢。

在图 6-13 左图中，场景中红色的地毯对白色的墙壁染色十分，严重影响了设计效果。

但可以通过对深色材质进行色溢控制来改善画面质量，如图 6-13 右图所示，具体操作在后面案例中讲解。

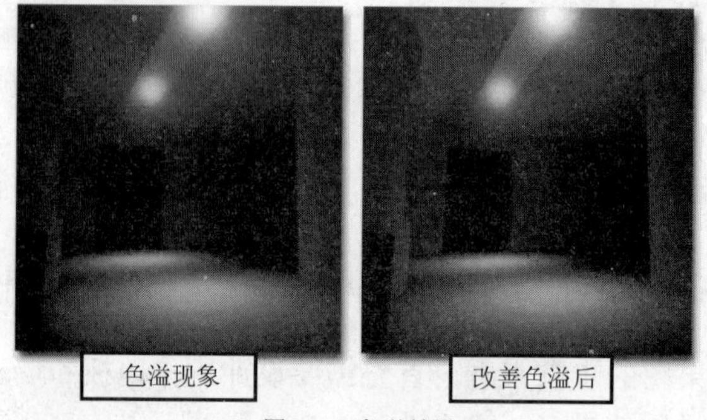

图6-13　色溢效果

6.2.2 案例剖析——制作“房间一角”

【案例剖析】

使用【Arch & Design （mi）】材质可以快速地制作出各种超现实的材质效果，本案例使用【无光磨光】、【缎子般油漆的木材】材质模板制作乳胶漆墙壁和木地板效果，并且讲述如何控制色溢现象，最终制作出完美的效果，如图 6-14 所示。

图6-14　最终效果

【操作思路】

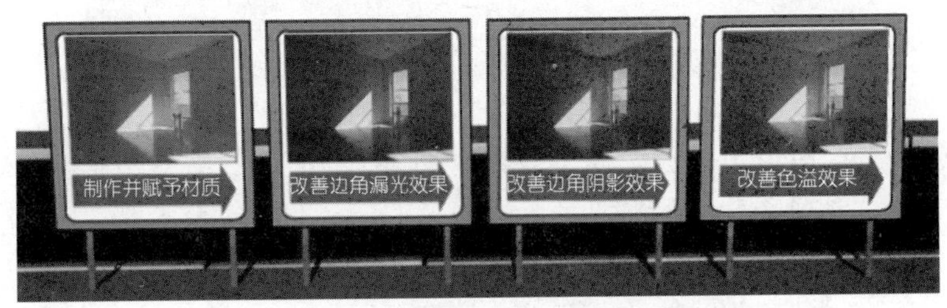

【操作步骤】

1.　制作墙壁材质。

(1)　运行 3ds Max 2010 软件。

(2)　打开制作模板。

①　按 Ctrl + O 组合键打开附盘文件“素材\第 6 章\房间一角\房间一角.max”，如图 6-15 所示。

②　场景中设置了全局照明效果。

③　场景中只为“花瓶”对象设置了材质。

④　场景中创建了一架摄影机，用于对场景进行特写渲染。

(3)　创建“浅绿色”材质，操作步骤如图 6-16 所示。

①　按 M 键打开【材质编辑器】窗口。

②　选中一个空白材质球。

③　将材质重命名为“浅绿色”。

④　设置当前使用的材质类型为【Arch & Design (mi)】。

⑤　单击按钮为材质球添加背景。

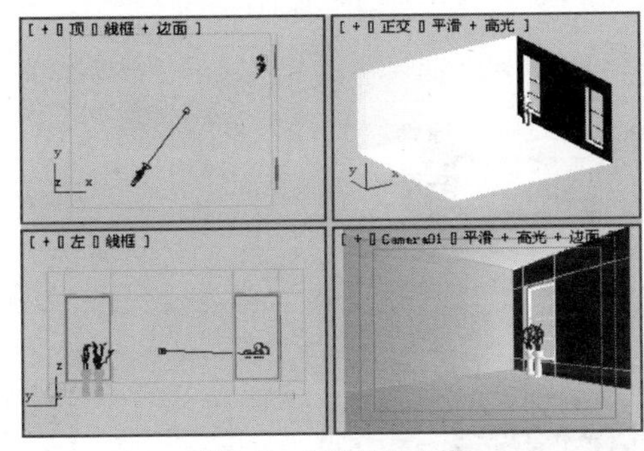

图6-15　打开场景文件

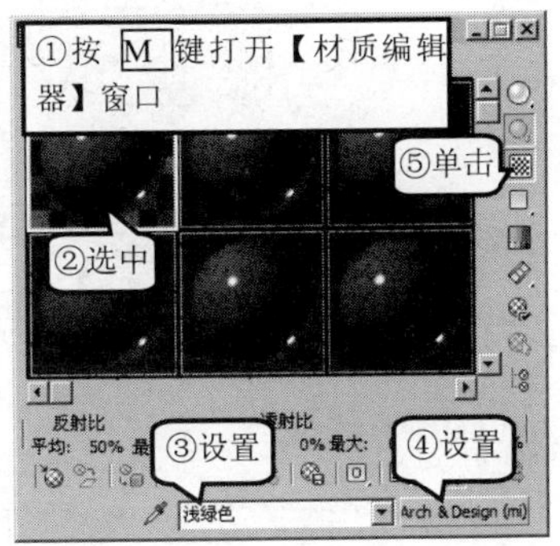

图6-16　创建“浅绿色”材质

(4)　设置“浅绿色”材质，操作步骤如图 6-17 所示。

①　在【模板】卷展栏中设置材质类型为【无光磨光】。

② 在【主要材质参数】卷展栏中设置【漫反射】/【颜色】为【浅绿色】。

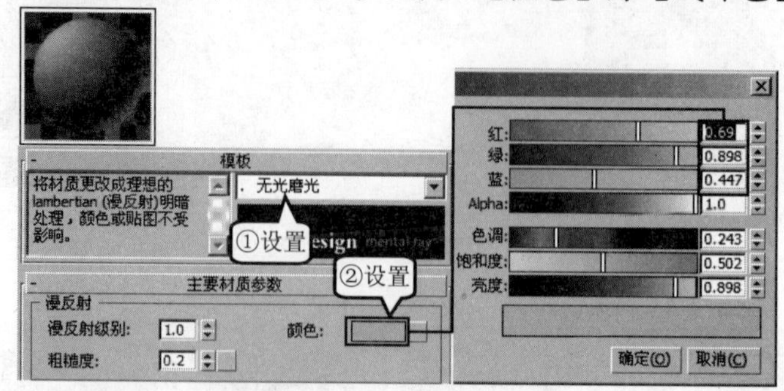

图6-17 设置“浅绿色”材质

(5) 为“浅绿色墙壁”对象附材质，操作步骤如图 6-18 所示。

① 选中场景中的“浅绿色墙壁”对象。

② 单击按钮将“浅绿色”材质赋予“浅绿色墙壁”对象。

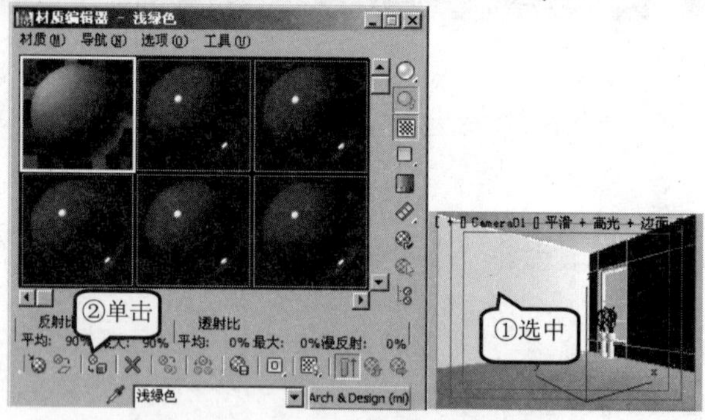

图6-18 为“浅绿色墙壁”对象附材质

(6) 制作“白色”材质，操作步骤如图 6-19 所示。

① 按住鼠标左键不放，将“浅绿色”材质球拖曳到一个默认材质球上。

② 将材质重命名为“白色”。

③ 在【主要材质参数】卷展栏中设置【漫反射】/【颜色】为【纯白色】。

④ 选中场景中的“白色墙壁”对象。

⑤ 单击按钮将“白色”材质赋予“白色墙壁”对象。

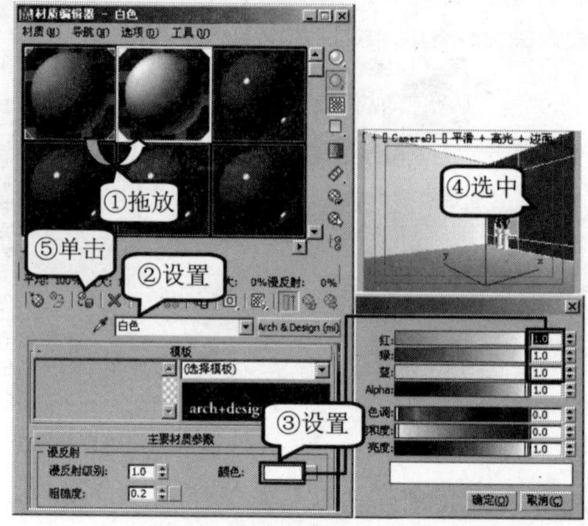

图6-19 制作“白色”材质

2. 制作“木地板”材质。

(1) 创建“木地板”材质，操作步骤如图 6-20 所示。

① 按M键打开【材质编辑器】窗口。

② 选中一个空白材质球。

③ 将材质重命名为“木地板”。

④ 设置当前使用的材质类型为【Arch & Design (mi)】。

⑤ 单击按钮为材质球添加背景。

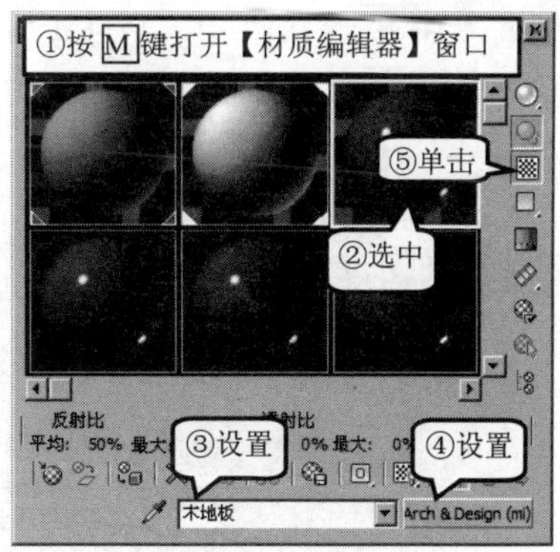

图6-20　创建“木地板”材质

(2) 为“木地板”材质添加漫反射贴图，操作步骤如图 6-21 所示。

① 在【主要材质参数】卷展栏中单击【漫反射】/【颜色】的按钮。

② 在【材质/贴图浏览器】对话框中双击位图选项。

③ 在【选中位图图像文件】对话框中双击附盘文件“素材\第 6 章\房间一角\maps\木地板.jpg”。

④ 单击按钮，返回“木地板”材质层级。

⑤ 设置【反射】/【光泽度】为“0.5”、【光泽采样数】为“15”。

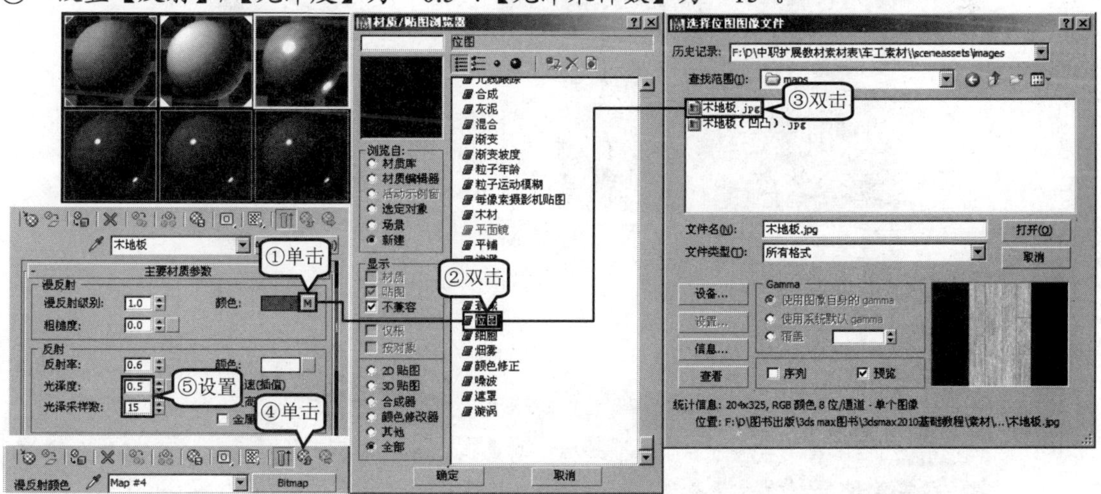

图6-21　为“木地板”材质添加漫反射贴图

(3) 为“木地板”材质添加凹凸效果，操作步骤如图 6-22 所示。

① 在【特殊用途贴图】卷展栏中单击☑ 凹凸选项右边的 None 按钮。

② 在【材质/贴图浏览器】对话框中双击混合选项。

③ 在【混合参数】卷展栏中单击颜色 #2选项右边的 None 按钮。

④ 在【材质/贴图浏览器】对话框中双击位图选项。

⑤ 在【选中位图图像文件】对话框中双击附盘文件“素材\第 6 章\房间一角\maps\木地板凹凸.jpg”。

⑥ 连续两次单击按钮，返回“混合”材质层级。

(4) 为“地板”对象赋材质，操作步骤如图 6-23 所示。

① 选中场景中的“地板”对象。

② 单击按钮将“木地板”材质赋给“地面”对象。

③ 单击按钮，启用在视口中显示标准贴图功能。

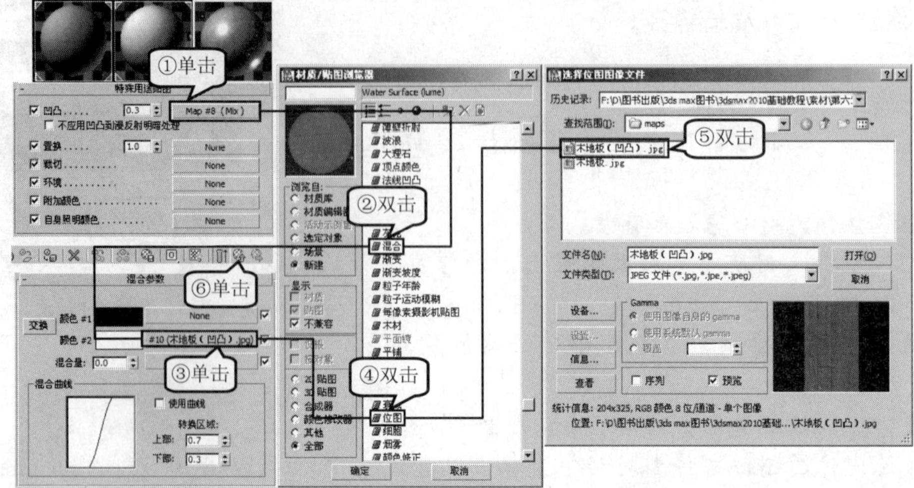

图6-22 为“木地板”材质添加凹凸效果

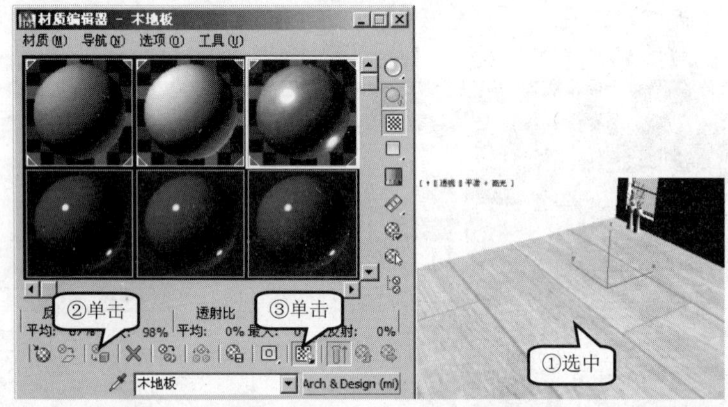

图6-23 为“地板”对象赋材质

要点提示 通过观察发现，此时显示的木地板效果十分不真实，这是因为刚才为“地板”对象贴的“木地板.jpg”位图被拉伸显示在整个“地板”对象上，此时需要让“木地板.jpg”显示得更小些，故需要为“地板”对象添加一个【UVW 贴图】修改器进行贴图显示调整。

(5) 为“地板”对象添加【UVW 贴图】修改器，操作步骤如图 6-24 所示。

① 选中场景中的“地板”对象。

② 在【修改】面板中为其添加【UVW 贴图】修改器。

③ 确认平面选项。

④ 取消勾选真实世界贴图大小选项。

⑤ 设置【长度】和【高度】参数。

(6) 渲染视图，操作步骤如图 6-25 所示。

① 激活“Camera01”视图。

② 按F9键渲染。

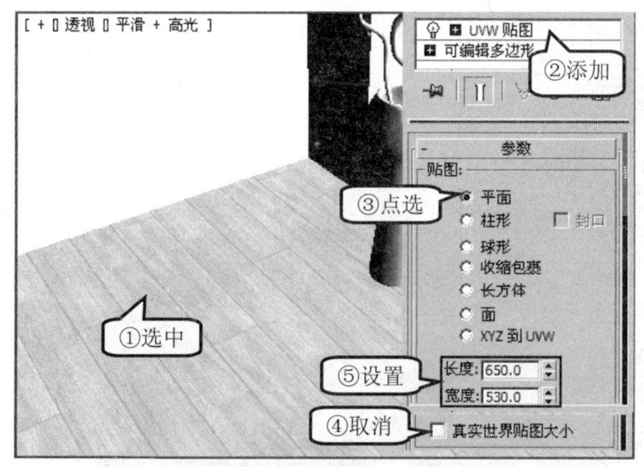

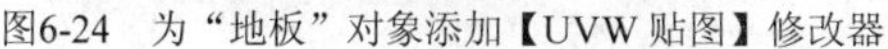
图6-24　为“地板”对象添加【UVW 贴图】修改器

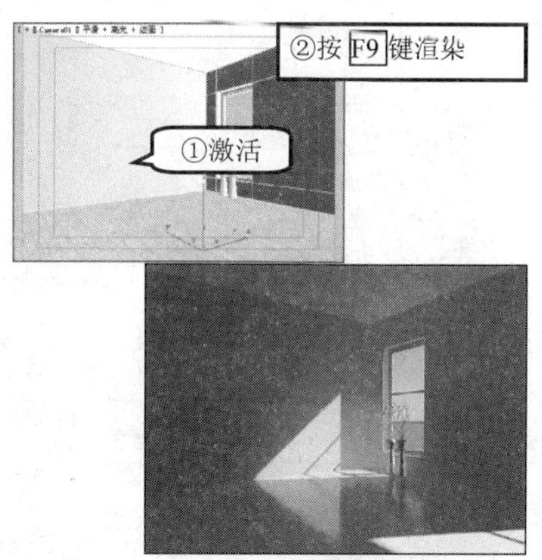

图6-25　渲染视图

> **要点提示** 通过观察渲染出来的效果可以发现两个非常明显的问题：①场景中墙壁的边角处好像没有连接在一起，出现了漏光现象。②画面中由于绿色乳胶漆材质的漫反射颜色饱和度很高，导致严重的色溢现象。接下来对这些问题进行处理。

3.　改善漏光和色溢现象。

(1)　改善漏光现象，操作步骤如图 6-26 所示。

①　分别选中“浅绿色”、“白色”、“木地板”3 个材质球，在【特殊效果】卷展栏中勾选☑ Ambient Occlusion选项，设置【采样】和【最大距离】参数，勾选☑ 使用其他材质的颜色（准确的 AO）选项。

②　按F9键渲染。

> **要点提示** 再次渲染后观察发现漏光线现象得到了很好的控制，但是墙壁边角处显得很黑，这一点不够真实，下面来解决这个问题。

(2)　修改墙壁边角处的阴影效果，操作步骤如图 6-27 所示。

①　分别选中“浅绿色”、“白色”材质球，在【特殊效果】卷展栏中修改阴影颜色。

②　按F9键渲染。

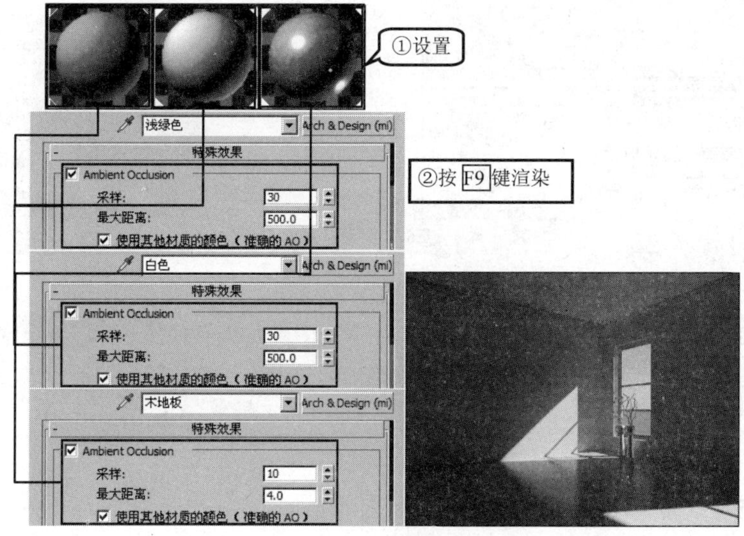

图6-26　改善漏光现象

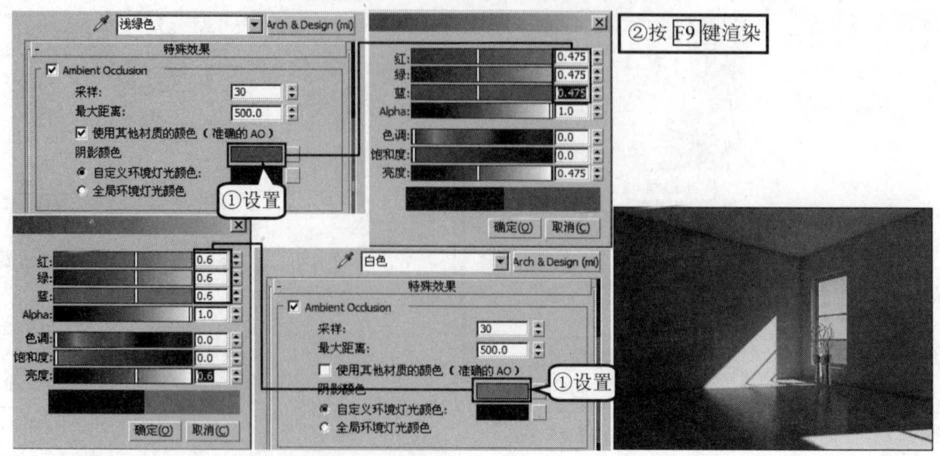

图6-27　修改墙壁边角处的阴影效果

(3)　改善色溢现象，操作步骤如图 6-28 所示。

①　选中“浅绿色”材质球。

②　在【mental ray 连接】卷展栏的【焦散和 GI】设置项中单击按钮。

③　单击光子选项右边的 None 按钮。

④　在【材质/贴图浏览器】对话框中双击Photon Basic (base)选项，保存默认参数即可。

⑤　单击按钮返回父层级。

⑥　按F9键渲染。

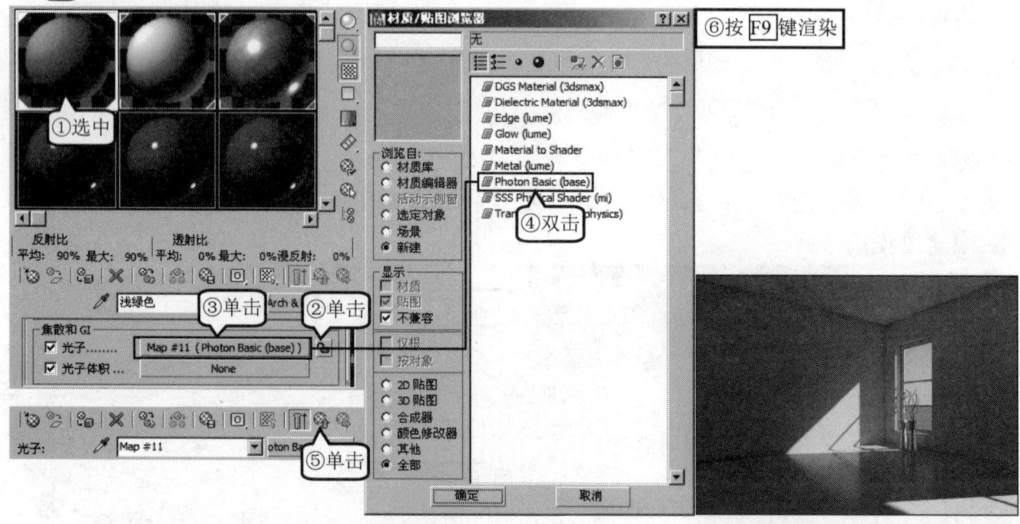

图6-28　改善色溢现象

要点提示　色溢是普遍存在的物理现象，光线投射到物体上再被反弹回来时，会因为物体的颜色而改变光线的颜色。由于黑色会吸收光线，而白色会反弹所有光线，所以浅色物体容易被深色物体染色。

(4)　修改渲染对比度，操作步骤如图 6-29 所示。

①　按8键打开【环境和效果】窗口。

②　在【对数曝光控制参数】卷展栏中设置【对比度】为“65”。

③　按F9键渲染。

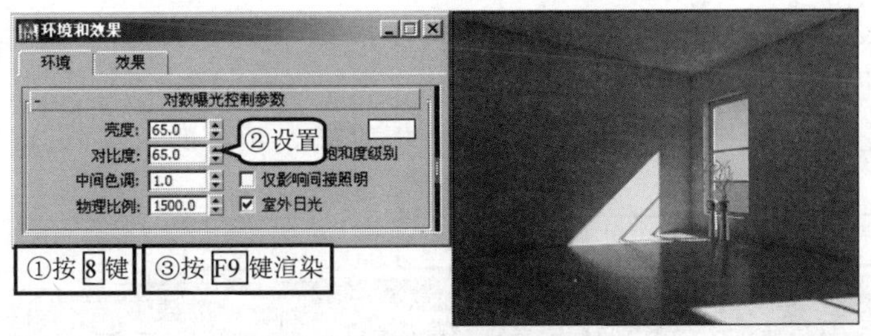

图6-29　修改渲染对比度

(5)　使用"Camera01"摄影机视图渲染，即可得到如图 6-14 所示的房间特写效果。

(6)　按Ctrl+S组合键保存场景文件到指定目录，本案例制作完成。

6.3　透明材质——制作"玻璃水杯"

本节对透明材质的制作方法进行讲解，由于玻璃和水在日常生活中是最为常见的，故作为本节的一个重点讲解内容。

6.3.1　基础知识——玻璃材质简介

一、　玻璃容器模型的法线方向

仔细观察如图 6-30 所示的两个玻璃水杯效果，读者能够区分出哪个玻璃水杯效果符合现实物理现象吗？

经过仔细的观察，发现左边的玻璃水杯效果是正确的，而右边的是错误的，理由如下。

(1)　右边玻璃水杯中的液体没有发生液体折射到杯壁的现象。

图6-30　玻璃水杯效果

(2)　右边玻璃杯水杯中的气泡看起来也不真实。

要使玻璃水杯具有正确的效果需要做到以下 3 点。

(1)　正确的水杯模型，如图 6-31 左图所示将玻璃杯及水分为 3 个曲面。

(2)　正确的法线，如图 6-31 左图所示分别为 3 个曲面的法线方向。

(3)　为 3 个曲面分别制定不同的折射率。

图 6-31 右图所示为一般情况下的模型，分为玻璃杯和液体两个曲面，并且曲面各自封闭，当指定两个不同折射率的材质后得到的就是错误的水杯效果。

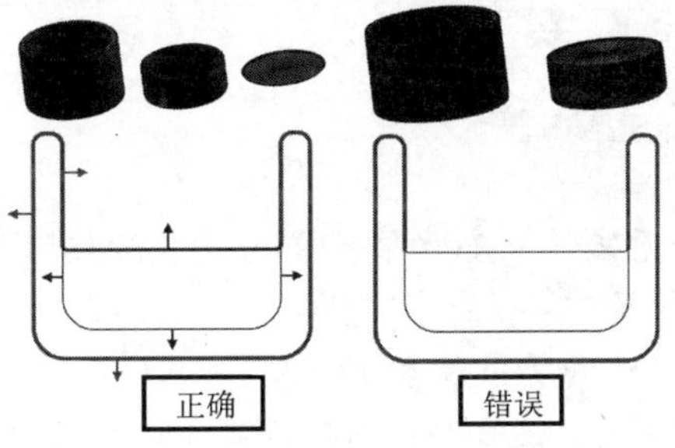

图6-31　水杯模型

二、 预设模板

制作玻璃、水、有色玻璃、磨砂玻璃、有色液体、玉石等透明和半透明的材质都可以使用【玻璃（实心几何体）】预设模板。

只需通过设置不同的折射颜色、折射率或折射最大距离即可得到各种透明效果，如图 6-32 所示。

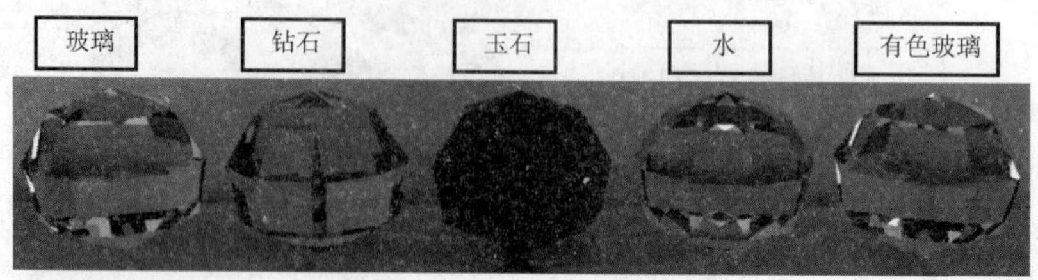

图6-32 各种透明以及半透明材质

当需要制作较薄门窗玻璃时，可以使用【玻璃（薄几何体）】预设模板。

6.3.2 案例剖析——制作“玻璃水杯”

【案例剖析】

使用【Arch & Design （mi）】材质可以快速地制作出各种超现实的材质效果，本案例使用【玻璃（实心几何体）】材质模板，并通过设置不同的【折射率】、【折射颜色】以及其他参数调制出非常好的玻璃、液体和磨砂玻璃效果，如图 6-33 所示。

图6-33 最终效果

【操作思路】

【操作步骤】

1. 制作玻璃材质。

(1) 运行 3ds Max 2010 软件。

(2) 打开制作模板。

① 按Ctrl+O组合键打开附盘文件“素材\第 6 章\玻璃水杯\玻璃水杯.max”，如图 6-34 所示。

② 场景中设置了全局照明效果。

③ 场景中为除水杯和桌子以外的物体设置了材质。

④ 场景中创建了两架摄影机，分别用于对水杯和桌子进行特写渲染。

(3) 创建“玻璃”材质，操作步骤如图 6-35 所示。

① 按 M 键打开【材质编辑器】窗口。
② 选中一个空白材质球。
③ 将材质重命名为“玻璃”。
④ 设置当前使用的材质类型为【Arch & Design (mi)】。
⑤ 单击▩按钮添加材质球环境。

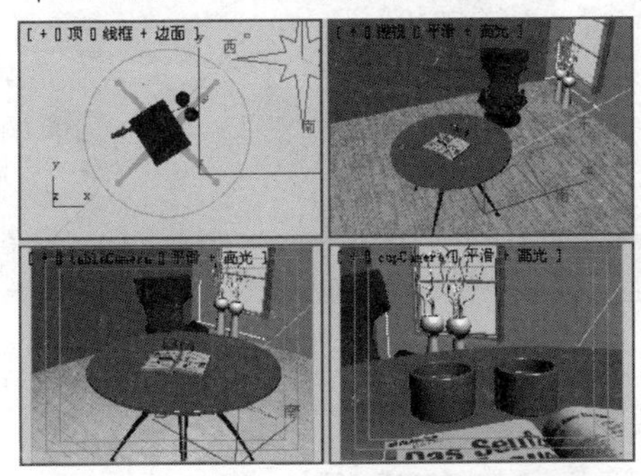
图6-34　打开场景文件

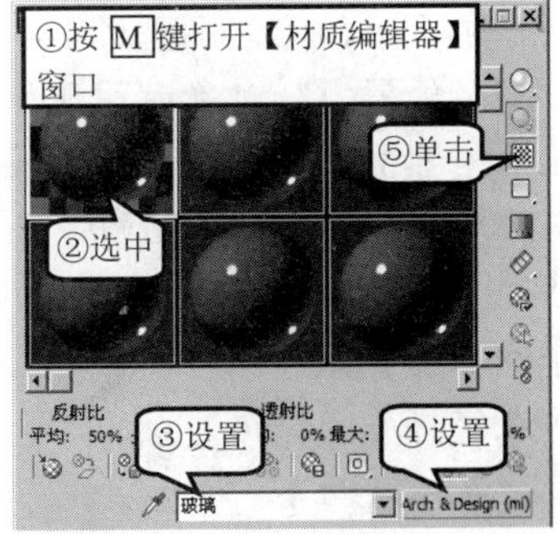

图6-35　创建“玻璃”材质

(4) 设置“玻璃”材质参数，操作步骤如图 6-36 所示。
① 在【模板】卷展栏中的设置材质类型为【玻璃（实心几何体）】。
② 在【主要材质参数】卷展栏中设置【折射】/【颜色】为【白色】。
③ 设置【折射】/【折射率】为“1.5”。

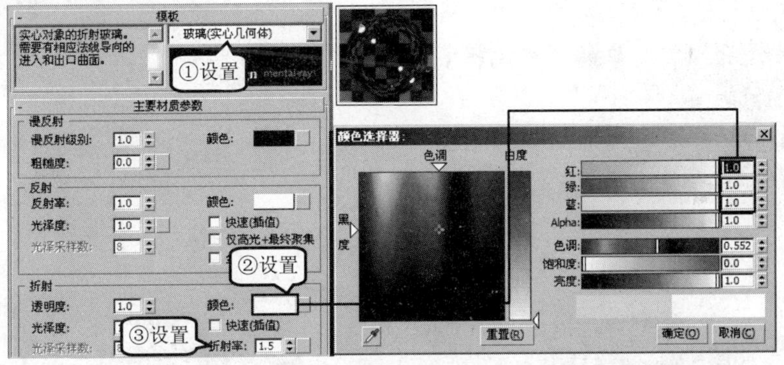

图6-36　设置“玻璃”材质参数

使用 mental ray 渲染时，材质参数完全按照真实世界的客观数据进行设定。例如，水的折射率为 1.33、玻璃的折射率为 1.5，除折射率不同外，水和玻璃的制作方法基本相同。
其他常见事物的折射率如表 6-1 所列。

表 6-1　常见事物的折射率

事物名称	折射率	事物名称	折射率
真空	1.0	酒精	1.36
融化的石英	1.46	王冠玻璃	1.52
钻石	2.42	冰	1.3090
水晶	2.0	碘晶体	3.34
石英	11.6440	氯化钠（食盐）	21.6440

(5) 查看“水杯外壁 1”对象法线，操作步骤如图 6-37 所示。

① 选中场景中的“水杯外壁 1”对象。

② 在【修改】面板中添加【编辑法线】修改器。

③ 法线方向正确，无需调整。

(6) 为“水杯外壁 1”对象赋材质，操作步骤如图 6-38 所示。

① 选中“玻璃”材质球。

② 单击按钮将“玻璃”材质赋予“水杯外壁 1”对象。

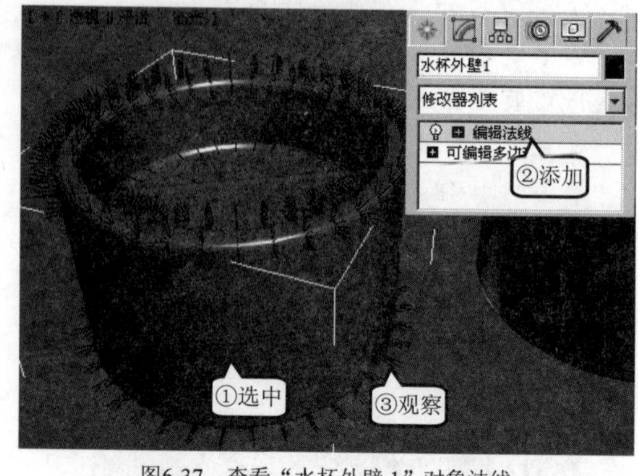

图6-37 查看“水杯外壁 1”对象法线

2. 制作液体材质。

(1) 查看“液体表面 1”对象法线，操作步骤如图 6-39 所示。

① 选中场景中的“液体表面 1”对象。

② 在【修改】面板中添加【编辑法线】修改器。

③ 观察发现此时的法线并不符合设计要求。

(2) 修改“液体表面 1”对象法线，操作步骤如图 6-40 所示。

① 选择“液体表面 1”对象的【可编辑多边形】层级。

② 在【修改】面板中添加【法线】修改器。

③ 勾选☑翻转法线选项。

④ 返回【编辑法线】层级。

⑤ 观察可知，法线已正确。

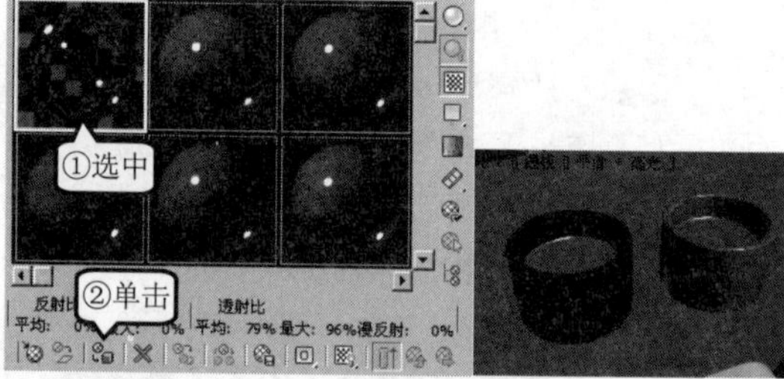

图6-38 为“水杯外壁 1”对象赋材质

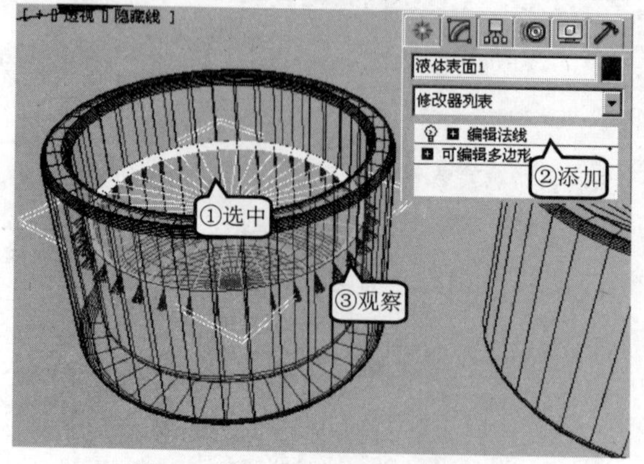

图6-39 查看“液体表面 1”对象法线

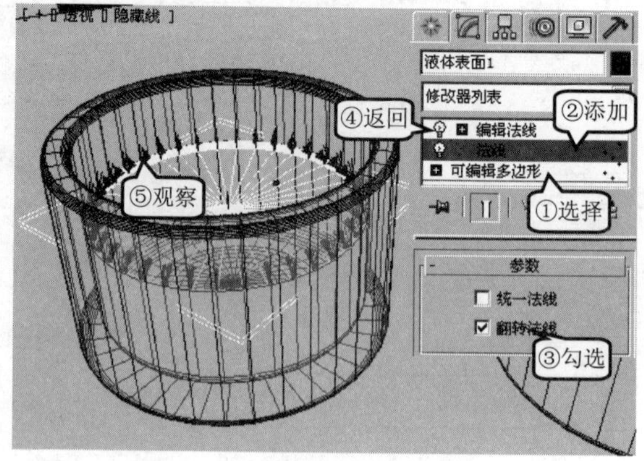

图6-40 修改“液体表面 1”对象法线

(3) 创建“液体表面”材质，操作步骤如图 6-41 所示。

① 按住鼠标左键不放，将“玻璃”材质球拖到一个默认材质球上。

② 将其重命名为“液体表面”。

③ 设置【折射】/【折射率】为“1.33”。

④ 单击按钮将“液体表面”材质赋予“液体表面 1”对象。

(4) 编辑“液体内部 1”对象法线，操作步骤如图 6-42 所示。

① 选中场景中的“液体内部 1”对象。

② 在【修改】面板中为其添加【编辑法线】修改器，观察发现其法线与设计要求不符。

③ 选择【可编辑多边形】层级。

④ 在【修改】面板中为其添加【法线】修改器。

⑤ 观察可知，法线已正确。

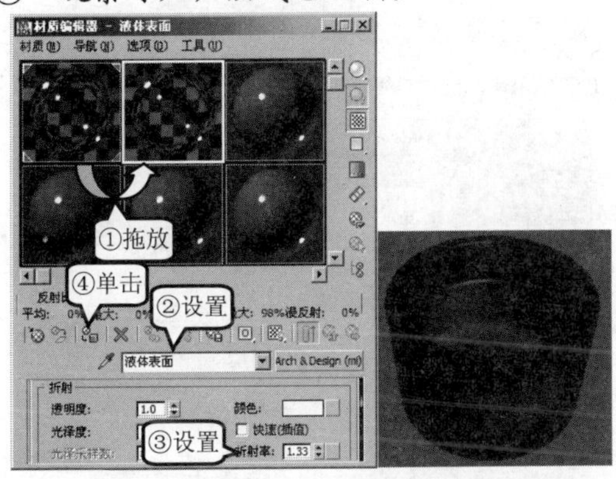

图6-41　创建“液体表面”材质

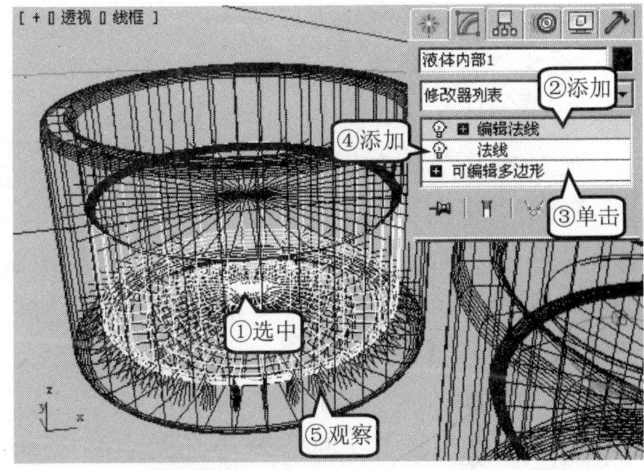

图6-42　编辑“液体内部 1”对象法线

(5) 制作“液体内部”材质，操作步骤如图 6-43 所示。

① 按住鼠标左键不放，将“液体表面”材质球拖到一个默认材质球上。

② 将其重命名为“液体内部”。

③ 设置【折射】/【折射率】为“0.8”。

④ 单击按钮将“液体内部”材质赋予“液体内部 1”对象。

⑤ 按F9键渲染。

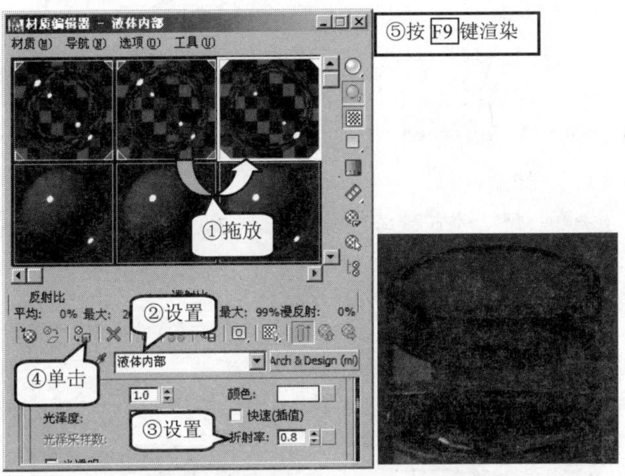

图6-43　制作“液体内部”材质

当出图工作还未完成时，往往需要对局部效果进行渲染观察，可以单击按钮打开渲染窗口，单击按钮即可在视图窗口中框选要渲染的区域，通过区域下拉列表可以返回视图渲染模式，如图 6-44 所示。

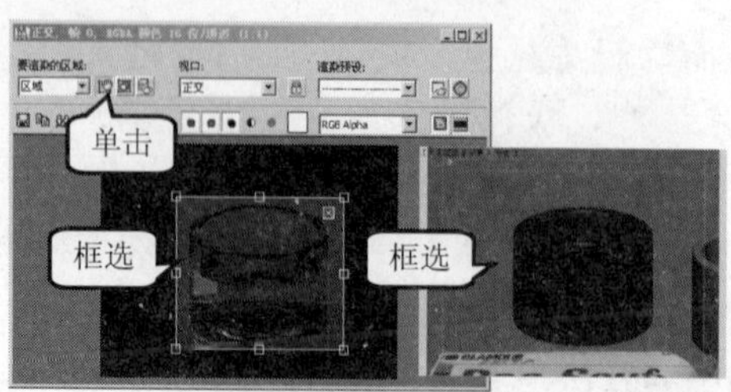

图6-44 编辑法线

(6) 使用相同的方法为场景中的"水杯外壁 2"、"液体表面 2"、"液体内部 2" 3 个对象设置正确的法线方向。

(7) 制作"液体表面 2"和"液体内部 2"材质，操作步骤如图 6-45 所示。

① 使用"液体表面"和"液体内部"材质复制出"液体表面 2"和"液体内部 2"材质。

② 设置"液体表面 2"和"液体内部 2"材质的【折射】/【颜色】。

③ 单击按钮分别将"玻璃"、"液体表面 2"和"液体内部 2"材质赋予场景中的"水杯外壁 1"、"液体表面 2"和"液体内部 2"对象。

④ 按键渲染。

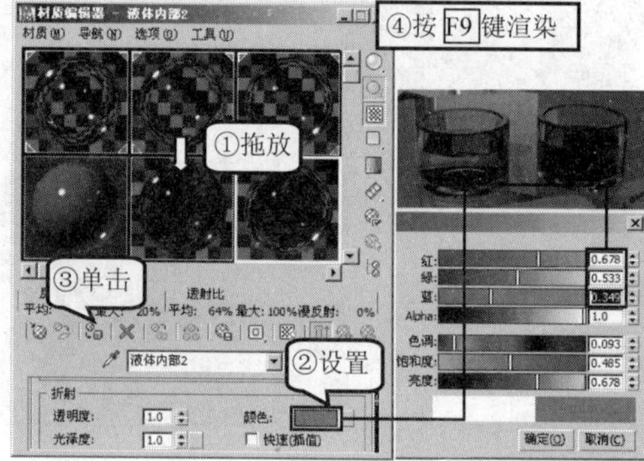

图6-45 制作有色液体材质

要点提示 通过设置不同的折射率可以调制出不同特性的透明材质效果，而通过不同的折射颜色则可以制作出各种有色玻璃和有色液体效果。

3. 制作磨砂玻璃材质。

(1) 创建"磨砂玻璃"材质，操作步骤如图 6-46 所示。

① 按住鼠标左键不放，将"玻璃"材质球拖到一个默认材质球上。

② 将材质重命名为"磨砂玻璃"。

③ 设置【折射】/【光泽度】为"0.5"、【光泽采样数】为"20"。

④ 选中场景中的"桌面"对象。

⑤ 单击按钮将"磨砂玻璃"材质赋给"桌面"对象。

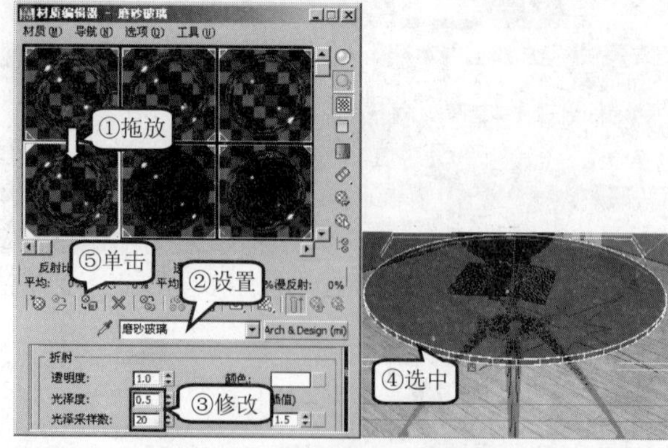

图6-46 创建"磨砂玻璃"材质

【光泽度】参数：该值越大，玻璃的磨砂效果越强烈，同时渲染时间也会增加。值为“0”时，为完全漫反射；值为“1”时，为真实镜面反射。

【光泽采样数】参数：该值越大，得到的模糊颗粒越细腻，同时渲染时间也会增加。

在实际应用中，最好采用适中设置，【光泽度】为 0.5，【光泽采样数】为 15~20，图 6-47 所示为 4 种不同【光泽度】和【光泽采样数】参数的组合效果。

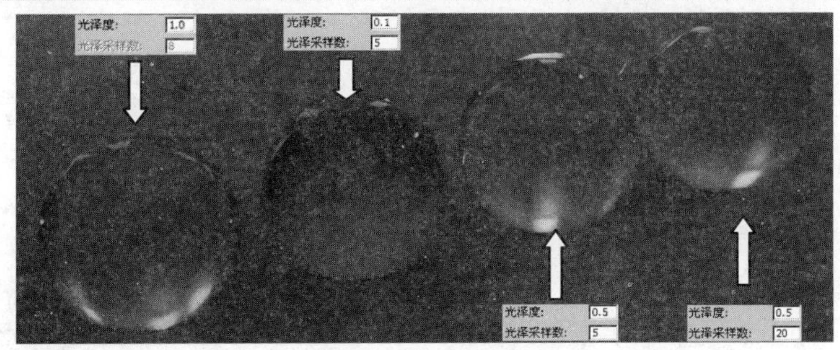

图6-47　各种磨砂玻璃球

(2) 分别使用“cupCamera”和“tableCamera”摄影机视图渲染，即可得到如图 4-33 所示的水杯特写和桌子特写效果。

(3) 按 Ctrl + S 组合键保存场景文件到指定目录，本案例制作完成。

6.3.3 拓展案例——制作“雕花圆盘”

【案例剖析】

使用 6.3.2 节案例中制作玻璃的方法完成玻璃材质的制作，再为【折射颜色】添加一张黑白贴图可以制作出精美的雕花玻璃效果，如图 6-48 所示。

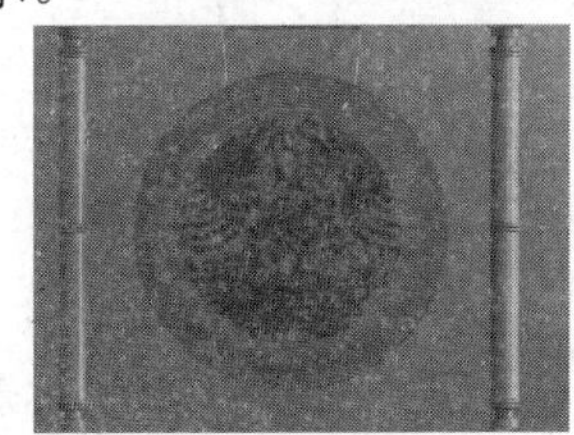

图6-48　最终效果

【操作思路】

【步骤提示】

1. 设置材质 ID。

(1) 运行 3ds Max 2010 软件。

(2) 打开制作模板。

① 按Ctrl+O组合键打开附盘文件“素材\第 6 章\雕花圆盘\雕花圆盘.max”，如图 6-49 所示。

② 场景中设置了全局照明效果。

③ 场景中为除“圆盘”以外的物体设置了材质。

④ 场景中创建了一架摄影机，用于对“圆盘”进行特写渲染。

(3) 设置“圆盘”所有面的材质 ID，操作步骤如图 6-50 所示。

① 激活左视图，然后按F键换到前视图。

② 选中场景中的“圆盘”对象。

③ 选择“圆盘”对象的【多边形】层级。

④ 按Ctrl+A组合键选中“圆盘”对象的所有面。

⑤ 在【多边形：材质 ID】卷展栏中设置【设置 ID】为“1”。

⑥ 按Enter键确认。

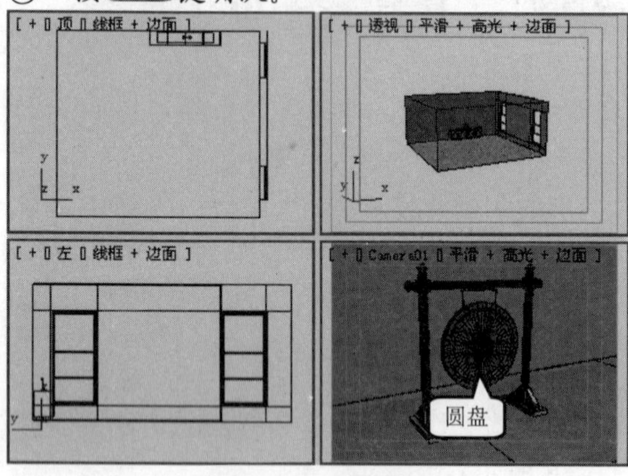

图6-49 打开制作模板

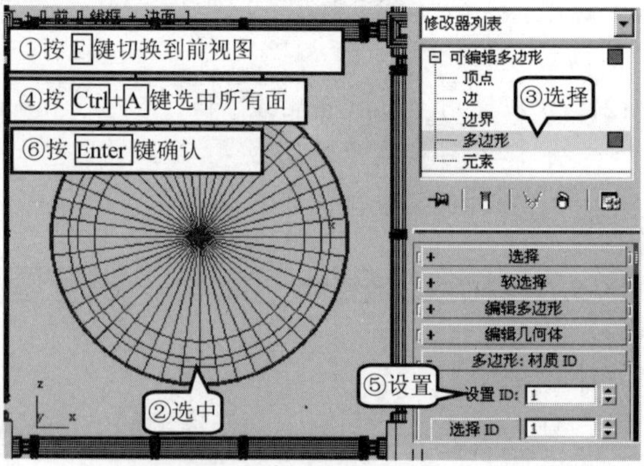

图6-50 设置“圆盘”所有面的材质 ID

(4) 设置“圆盘”内圈面的材质 ID，操作步骤如图 6-51 所示。

① 连续按Q键，切换到【圆形圈选】方式。

② 勾选☑忽略背面选项。

③ 圈选“圆盘”对象最里圈的多边形。

④ 在【多边形：材质 ID】卷展栏中设置【设置 ID】为“2”。

⑤ 按Enter键确认。

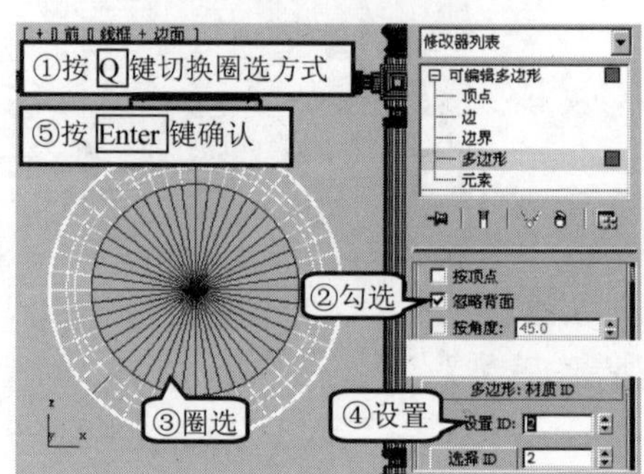

图6-51 设置“圆盘”内圈面的材质 ID

2. 设置雕花玻璃材质。

(1) 创建“雕花玻璃”材质，操作步骤如图 6-52 所示。

① 按M键打开【材质编辑器】窗口。

② 选中一个空白材质球。

③ 将材质重命名为“雕花玻璃”。

④ 单击Arch & Design (mi)按钮打开【材质/贴图浏览器】对话框。

⑤ 双击●多维/子对象选项，弹出【替换材质】对话框。

⑥ 点选【丢弃旧材质】选项。

⑦ 单击 确定 按钮。

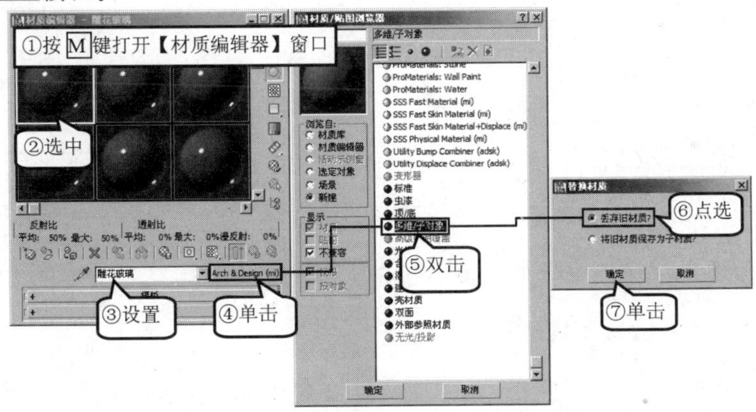

图6-52　创建“雕花玻璃”材质

(2) 设置材质数量，操作步骤如图 6-53 所示。

① 单击 设置数量 按钮，打开【设置材质数量】对话框。

② 设置【材质数量】为“2”。

③ 单击 确定 按钮

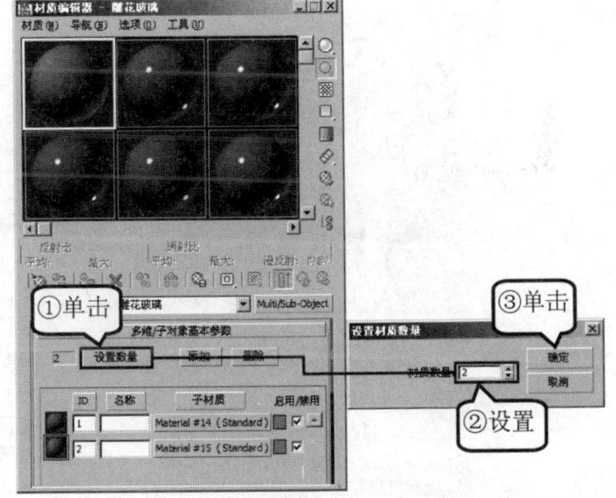

图6-53　设置材质数量

(3) 设置子材质 1，操作步骤如图 6-54 所示。

① 单击 Material #14 (Standard) 按钮进入子材质 1 通道。

② 设置材质类型为【Arch & Design （mi）】。

③ 在【模板】卷展栏中设置材质类型为【玻璃（实心几何体）】。

④ 设置【折射】/【颜色】为【白色】。

⑤ 在【高级渲染选项】卷展栏中勾选 ☑ 最大距离 和 ☑ 最大距离颜色 选项。

⑥ 设置【最大距离】为“3”，【最大距离颜色】为【淡绿色】。

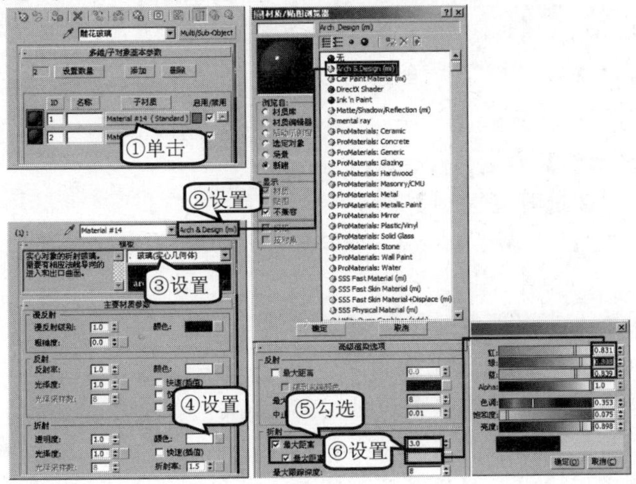

图6-54　设置子材质 1

(4) 复制材质，操作步骤如图 6-55 所示。

① 单击按钮转到【多维/子材质】层级。

② 右击#14 (Arch & Design (mi))按钮。

③ 在弹出的快捷菜单中选择【复制】命令。

④ 右击Material #15 (Standard)按钮。

⑤ 在弹出的快捷菜单中选择【粘贴（复制)】命令。

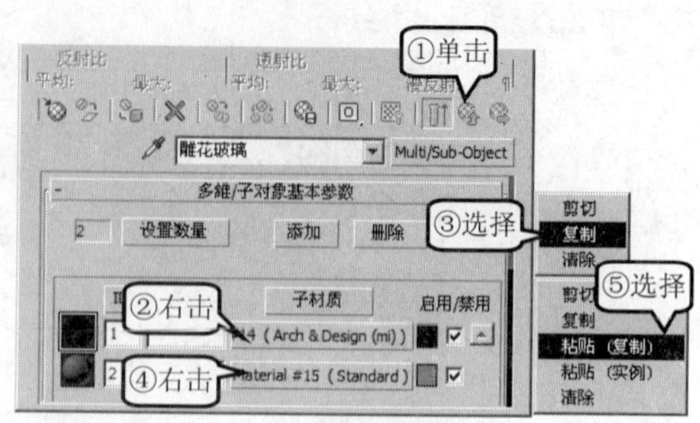

图6-55 复制材质

(5) 修改材质 2 参数，操作步骤如图 6-56 所示。

① 单击#28 (Arch & Design (mi))按钮。

② 在【主要材质参数】卷展栏中单击【折射】/【颜色】右边的按钮。

③ 在【材质/贴图浏览器】对话框中双击位图选项。

④ 在【选择位图图像文件】对话框中双击附盘文件“素材\第 6 章\雕花圆盘\maps\图腾.jpg”。

⑤ 单击按钮返回父层级。

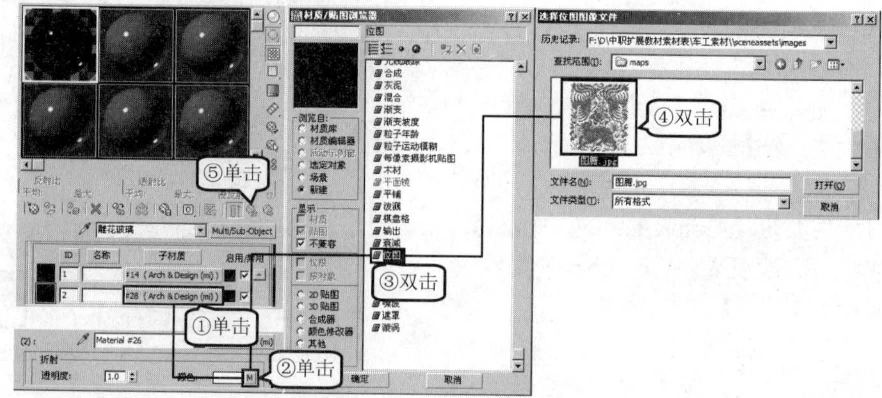

图6-56 修改材质 2 参数

【Arch & Design （mi）】材质的折射强度可以通过折射颜色来控制，纯白为全折射，纯黑为完全不折射。故这里通过指定一张灰白的雕花贴图来控制折射区域和效果，其中白色区域为全折射，灰色区域为半折射。

(6) 复制材质，操作步骤如图 6-57 所示。

① 右击【折射】/【颜色】右边的M按钮。

② 在弹出的快捷菜单中选择【复制】命令。

③ 在【特殊用途贴图】卷展栏中设置☑ 凹凸选项右边的【凹凸数量】为“0.17”，并右击None按钮。

④ 在弹出的快捷菜单中选择【粘贴（复制)】命令。

⑤ 单击按钮返回到【多维/子材质】层级。

(7) 为“圆盘”对象赋材质，操作步骤如图 6-58 所示。

① 选中场景中的“圆盘”对象。

② 单击按钮将“雕花玻璃”材质赋予“圆盘”对象。

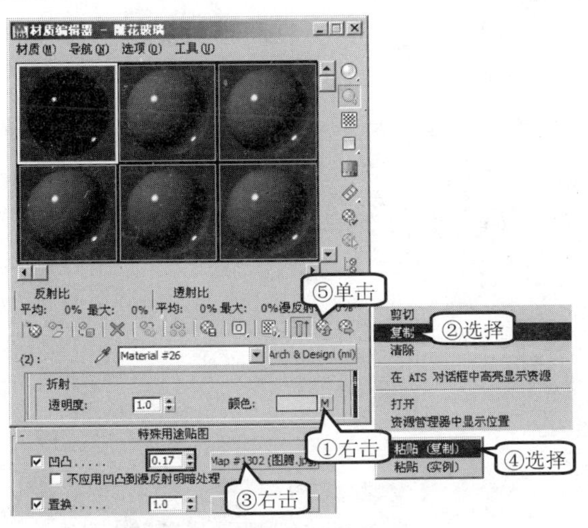

图6-57　复制材质

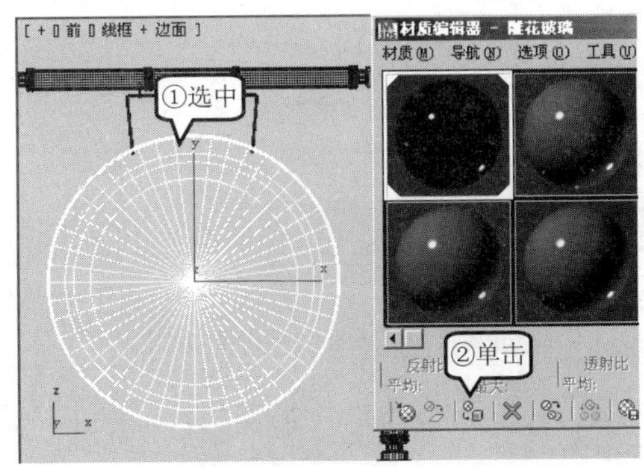

图6-58　为“圆盘”对象赋材质

3.　渲染及修改。

(1)　按F9键，对“圆盘”对象部分进行渲染，渲染效果如图 6-59 所示。

要点提示 图 6-60 所示为“雕花.jpg”,观察可知此时的渲染雕花部分只显示雕花贴图的部分效果，这并非我们所愿的。这时需为“圆盘”对象添加一个【UVW 贴图】修改器来设置图片的效果。

图6-59　渲染效果

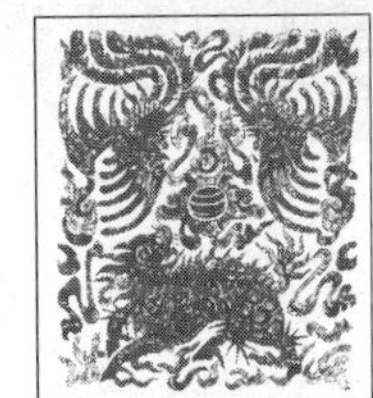

图6-60　雕花贴图

(2)　为“圆盘”对象添加【UVW 贴图】修改器，操作步骤如图 6-61 所示。

①　选中场景中的“圆盘”对象。

②　在【修改】面板中为其添加【UVW 贴图】修改器。

③　点选◉ 平面选项。

④　取消勾选□ 真实世界贴图大小选项。

⑤　设置【长度】和【高度】参数。

(3)　按F9键对“圆盘”对象部分进行渲染，此时效果非常好，如图 6-62 所示。

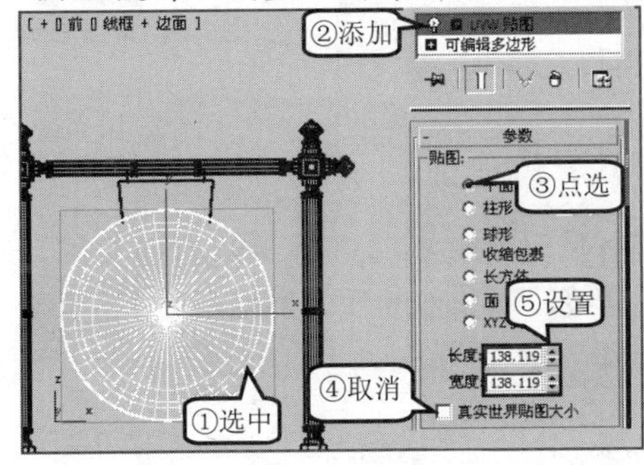

图6-61　为“圆盘”对象添加【UVW 贴图】修改器

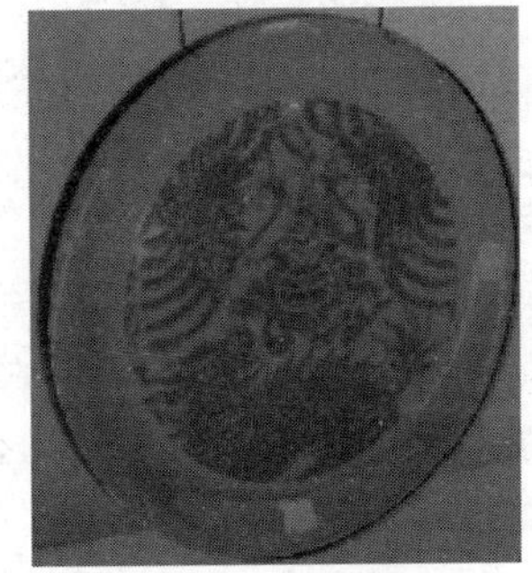

图6-62　正确渲染效果

(4) 使用“Camera01”摄影机视图渲染，即可得到如图 6-48 所示的雕花玻璃效果。

(5) 按Ctrl+S组合键保存场景文件到指定目录，本案例制作完成。

要点提示 分别进入“雕花玻璃”的两个子材质，设置其【最大距离】为“1”，如图 6-63 所示。然后渲染得到如图 6-64 所示的效果，此时的玻璃更像玉，这是由于光线进入玻璃材质中 1 个单位距离就开始衰减，从而影响了材质的不透明度。此时制作玉的效果可以在模拟简单玉石效果时使用。

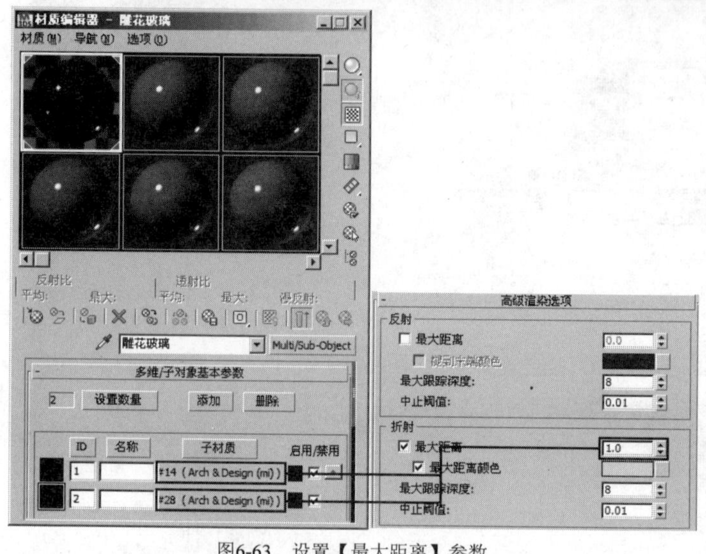

图6-63 设置【最大距离】参数

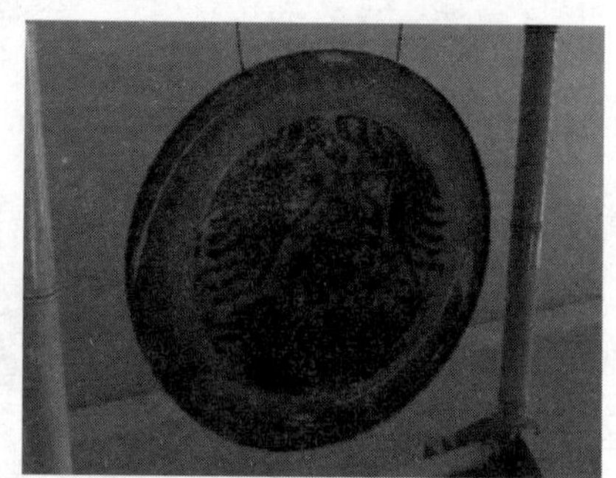

图6-64 玉石效果

6.4 金属材质——制作“牛顿撞撞球”

金属在日常生活中非常常见，三维世界中也经常使用金属材质来制作各种炫目的效果。本节对金属材质的制作方法进行讲解。

6.4.1 基础知识——金属材质简介

一、 预设模板

在 mental ray 的【Arch & Design（mi）】的预设模板中最常用的金属模板有【铬合金】和【铜】。

【铬合金】预设模板可以轻松制作不锈钢、铝、银和镜子等材质。

【铜】预设模板可以制作各类有色的金属，如铜、铁和金等材质。

二、 金属材质的特点

(1) 环境依赖。

金属具有反射性，这意味着它们需要一些物体进行反射。图 6-65 所示为只有地板和天光环境下的金属对象，此时与地板能产生反射的面效果比较好，而其他的面效果就十分不理想。

此时可以通过给环境贴一张 HDRI 环境贴图，得到如图 6-66 所示的反射效果，现在的金属效果就非常好了。

(2) 圆角效果。

仔细观察如图 6-66 所示的效果，球体和环形节对象的金属效果非常真实，但是矩形块的效果就差了许多。

这主要是由于在真实世界中完全的直角边是存在的，而且越圆滑的曲面模型得到的金属效果越好，故这里可以通过金属材质的【圆角】设置来给矩形块添加一个圆角效果，如图 6-67 所示。

图6-65　无环境

图6-66　有环境

图6-67　圆角金属效果

6.4.2　案例剖析——制作“牛顿撞撞球”

【案例剖析】

使用【Arch & Design （mi)】材质可以快速地制作出各种精美的金属效果，但金属材质对环境的依赖十分强，故本案例使用【铬合金】材质来制作一个“牛顿撞撞球”效果，并为读者介绍如何脱离真实环境来模拟制作精美金属材质效果的方法，最终效果如图 6-68 所示。

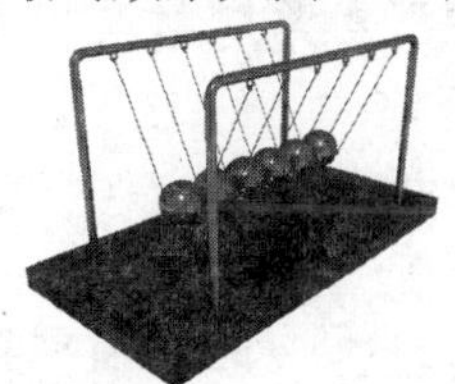

图6-68　最终效果

【操作思路】

【操作步骤】

1.　制作不锈钢材质。

(1)　运行 3ds Max 2010 程序。

(2)　打开制作模板。

①　按 Ctrl + O 组合键打开附盘文件“素材\第 6 章\牛顿撞撞球\牛顿撞撞球.max”，如图 6-69 所示。

②　场景中设置了全局照明效果。

③　场景中为除“钢架”、“钢丝”、“钢环”、“钢

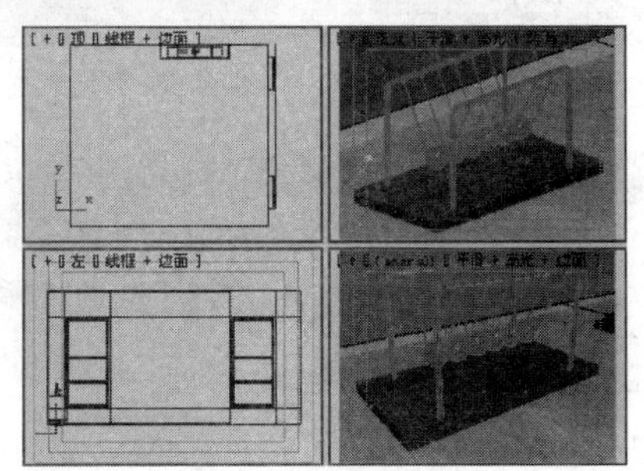
图6-69　打开场景文件

球”以外的物体设置了材质。

④ 场景中创建了一架摄影机，用于对“牛顿撞撞球”进行特写渲染。

(3) 创建“不锈钢”材质，操作步骤如图 6-70 所示。

① 按M键打开【材质编辑器】窗口。

② 选中一个空白材质球。

③ 重命名材质为“不锈钢”。

④ 设置当前使用的材质类型为【Arch & Design (mi)】。

⑤ 单击按钮添加材质球背景。

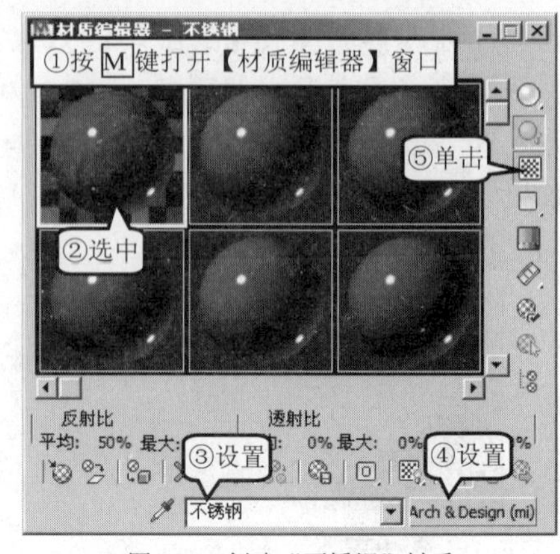

图6-70 创建“不锈钢”材质

(4) 修改“不锈钢”材质参数，操作步骤如图 6-71 所示。

① 在【模板】卷展栏中设置材质类型为【铬合金】。

② 在【主要材质参数】卷展栏中设置【反射】/【反射率】为“0.5”。

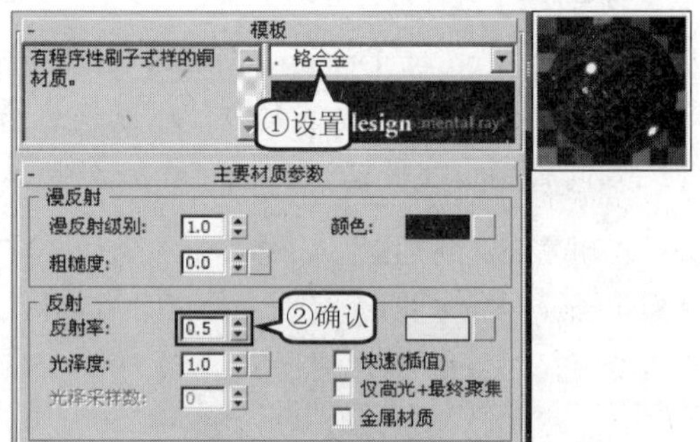

图6-71 修改“不锈钢”材质参数

(5) 为场景中的“钢架”、“钢环”、“钢丝”和“钢球”对象赋材质，操作步骤如图 6-72 所示。

① 选中场景中的“钢架”、“钢环”、“钢丝”和“钢球”对象。

② 单击按钮将“不锈钢”材质赋予“钢架”、“钢环”、“钢丝”和“钢球”对象。

③ 激活“Camera01”视口，按F9键渲染。

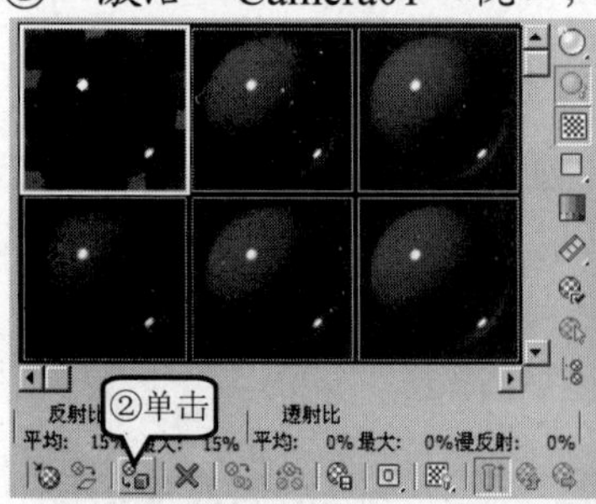

图6-72 为场景中的“钢架”、“钢环”、“钢丝”、“钢球”对象赋材质

通过前面步骤的制作，相信读者都做出了一个精美的“牛顿撞撞球”效果，但这种效果和本例预先布置的场景有着十分重要的联系，如果没有这样的周围环境，相信读者得到的又是另一种效果。故在接下来的讲解中，对没有环境时如何制作金属材质效果进行剖析。

2. 制作独立材质。

(1) 打开制作模板。

① 按Ctrl+S组合键保存目前场景。

② 按Ctrl+O组合键打开附盘文件“素材\第6章\牛顿撞撞球\牛顿撞撞球独立效果.max”，如图6-73所示。

③ 除“钢架”、“钢丝”、“钢环”、“钢球”、“底板”对象以外再无其他对象。

(2) 按F9键渲染，得到如图6-74所示的效果，此时的效果明显不是我们预期的。

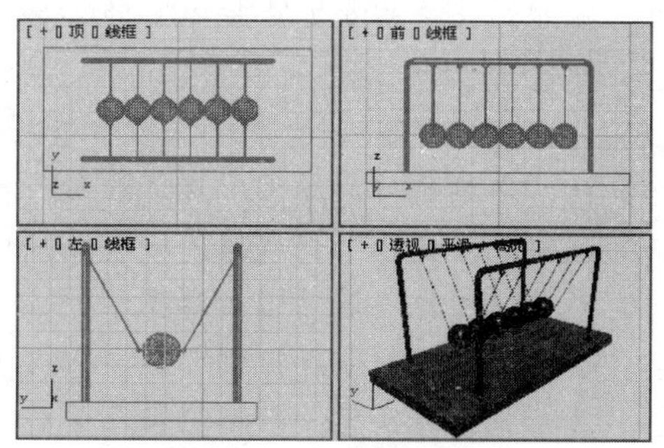

图6-73　打开场景文件

日常生活中，人们看到的五彩斑斓的世间万物，其实都是事物反射出来的各种光形成的效果。此时的场景中没有其他环境事物，故“牛顿撞撞球”效果变得呆板。需要给其添加一个模拟环境效果。

(3) 制作环境材质，操作步骤如图6-75所示。

① 单击M键打开【材质编辑器】窗口。

② 选中一个空白材质球。

③ 设置材质名称为“环境”。

④ 单击按钮打开【材质/贴图浏览器】对话框。

⑤ 在【材质/贴图浏览器】对话框中双击位图选项。

⑥ 在【选择位图图像文件】对话框中双击附盘文件“素材\第6章\牛顿撞撞球\maps\室内.hdr”。

⑦ 在【HDRI加载设置】对话框中单击确定按钮。

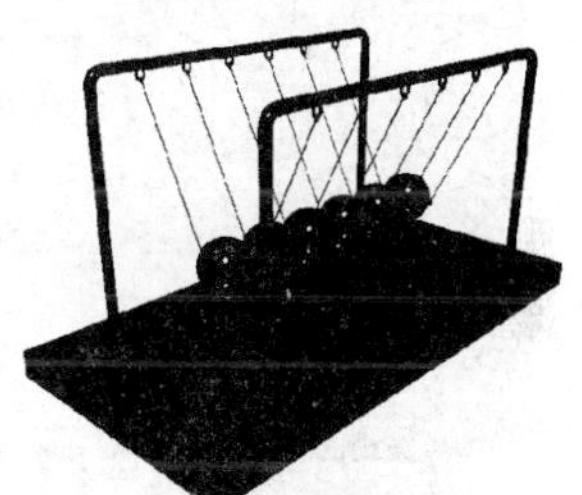

图6-74　渲染效果

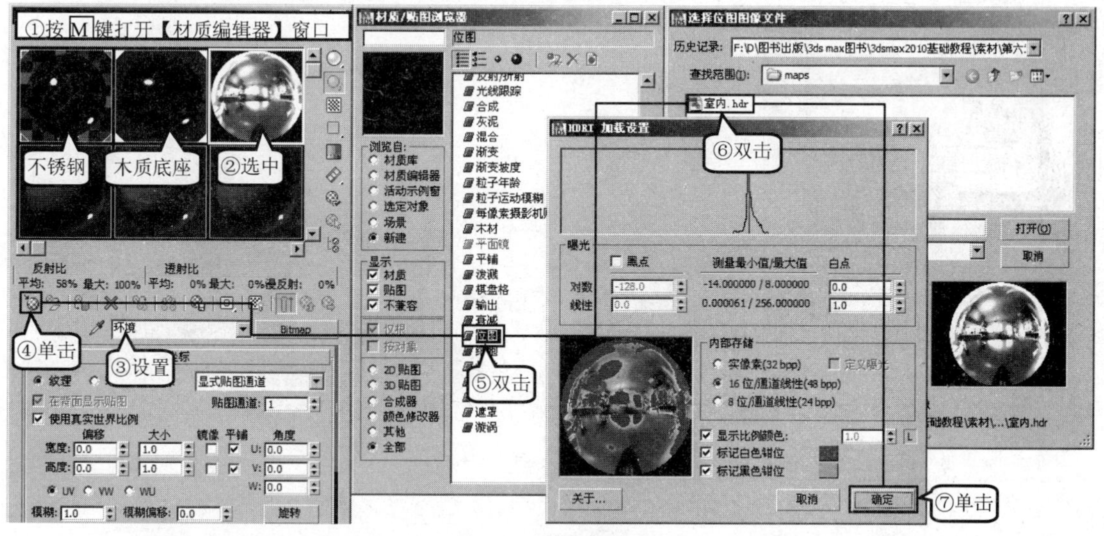

图6-75　制作环境材质

(4) 修改“环境”材质参数，操作步骤如图6-76所示。

① 在【坐标】卷展栏中点选环境选项。

② 设置【贴图】为【球形环境】。

(5) 查看裁剪室内贴图，操作步骤如图6-77所示。

① 在【位图参数】卷展栏中勾选☑应用选项。
② 单击 查看图像 按钮。
③ 在【指定裁剪/放置】对话框中框选位图中的明亮区域。
(6) 为“不锈钢”材质添加环境效果，操作步骤如图 6-78 所示。
① 选中“不锈钢”材质球。
② 展开【特殊用途贴图】卷展栏。
③ 将“环境”材质球拖到☑环境选项右侧的 None 按钮上释放鼠标左键。
④ 在弹出的【实例（副本）贴图】对话框中点选◉实例选项。
⑤ 单击 确定 按钮完成设置。
(7) 单击F9键渲染，得到如图 6-79 所示的效果。

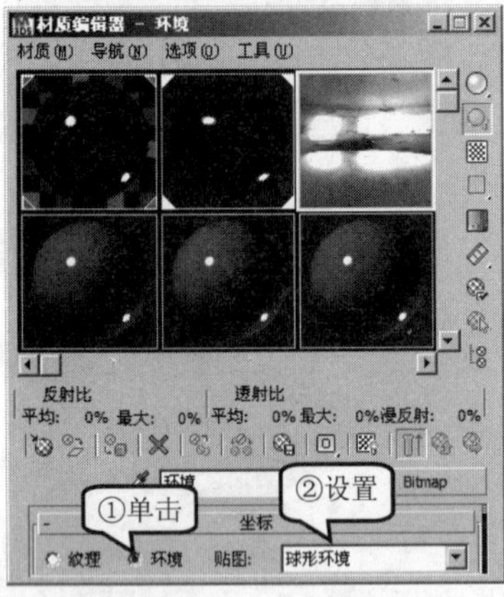

图6-76 修改“环境”材质参数

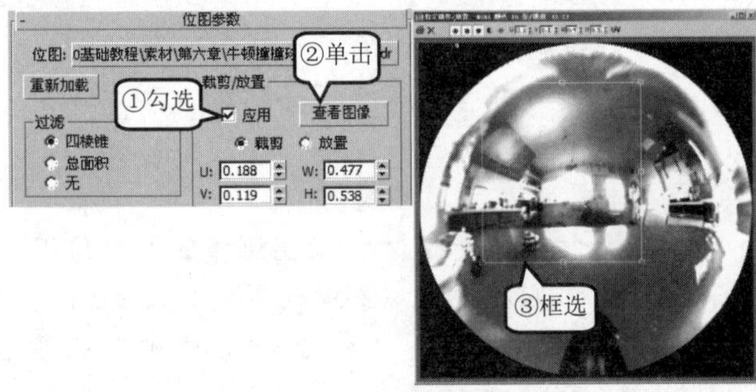

图6-77 查看裁剪室内贴图

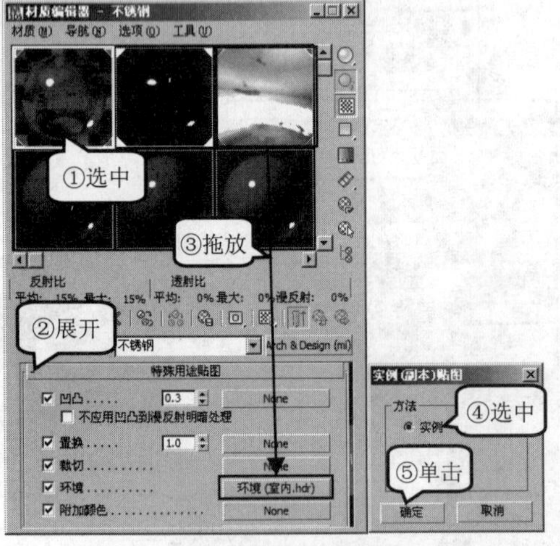

图6-78 为“不锈钢”材质添加环境效果

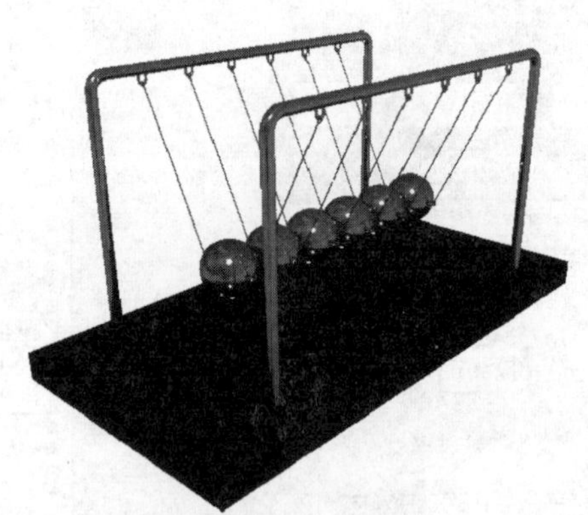

图6-79 渲染效果

观察可知通过为“不锈钢”材质添加环境已经使“牛顿撞撞球”的金属部分得到了非常好的渲染效果，与其形成鲜明对比的是“底座”对象的暗淡无光，其实为“不锈钢”材质添加环境效果的方法也同样适用于其他材质。图 6-80 所示为使用相同方法为“木质底座”材质添加环境的渲染效果。

图6-80　“牛顿撞撞球”独立效果

(8) 按 Ctrl + S 组合键保存场景文件到指定目录，本案例制作完成。

要点提示　通过前面的操作，相信读者已经领悟到了环境对于对象材质效果的影响是十分重要的，在环境不足以满意渲染需要时，还可以通过给材质单独添加环境进行模拟，此方法对于初学者来说是十分有用的。

6.5 石材材质——制作“浴室效果”

石材材质一般在表现浴室、厨房和陶瓷艺术品时经常被使用，而且其效果十分受人喜爱。本节详细介绍玻化砖、毛石、玻璃马赛克、扣板和陶瓷的制作。

6.5.1 基础知识——石材材质简介

【上光陶瓷】材质模板：常用于表现浴缸、盥洗盆、马桶和陶瓷工艺品等。

【上光瓷砖】材质模板：用光滑反射的薄泥浆填塞。通过修改相应的参数可以制作墙壁瓷砖、毛石、玻璃马赛克和地板玻化砖等材质，如图 6-81 所示。

图6-81　各种陶瓷和瓷砖效果

6.5.2 案例剖析——制作“浴室效果”

【案例剖析】

本案例使用【上光瓷砖】和【上光陶瓷】材质模板并通过设置制作出浴室中各种石材材质，最终效果如图 6-82 所示。

图6-82　最终效果

【操作思路】

【操作步骤】

1. 制作玻化砖地面材质。

(1) 运行 3ds Max 2010 软件。

(2) 打开制作模板。

① 按 Ctrl + O 组合键打开附盘文件“素材\第 6 章\浴室效果\浴室效果.max”，如图 6-83 所示。

② 场景中设置了全局照明效果。

③ 场景中为除“陶瓷器件”、“毛石”、“地面”、“天花”和“马赛克”以外的物体设置了材质。

④ 场景中创建了一架摄影机，用于对场景进行特写渲染。

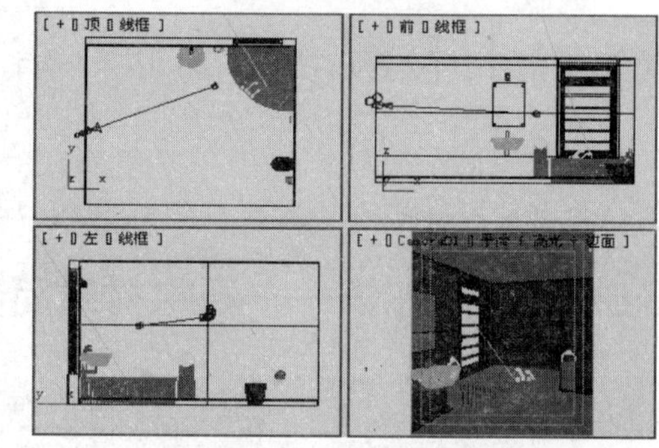

图6-83 打开场景文件

(3) 创建“玻化砖”材质，操作步骤如图 6-84 所示。

① 按 M 键打开【材质编辑器】窗口。

② 选中一个空白材质球。

③ 将材质重命名为“玻化砖”。

④ 设置当前使用的材质类型为【Arch & Design (mi)】。

⑤ 单击按钮添加材质球环境。

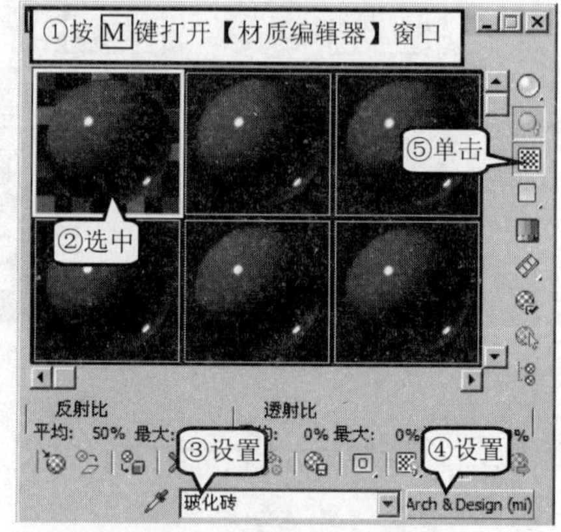

图6-84 创建“玻化砖”材质

(4) 设置“玻化砖”材质，操作步骤如图 6-85 所示。

① 在【模板】卷展栏中设置材质类型为【上光瓷砖】。

② 在【主要材质参数】卷展栏中单击【漫反射】/【颜色】右边的按钮进入【Tiles】通道。

③ 设置【高级控制】/【平铺设置】/【纹理】的贴图为附盘文件“素材\第 6 章\浴室效果\地砖（5）.JPG”。

④ 设置【水平数】为“2”、【垂直数】为“2”。

⑤ 单击按钮返回“玻化砖”层级。

⑥ 设置【光泽采样数】为“15”。

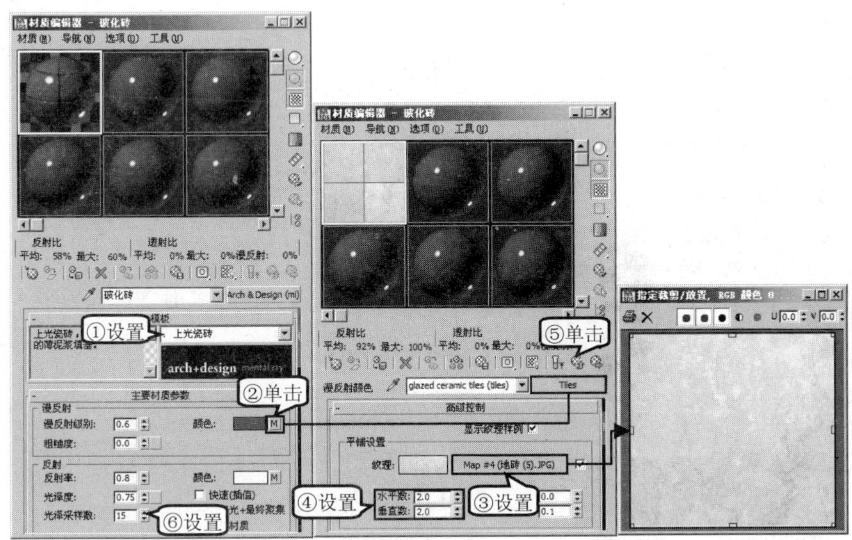

图6-85　设置“玻化砖”材质

(5) 设置“玻化砖”材质特殊效果参数，操作步骤如图 6-86 所示。

① 在【特殊效果】卷展览中勾选☑ Ambient Occlusion选项。

② 设置【采样】和【最大距离】参数。

③ 勾选☑ 使用其他材质的颜色（准确的 AO）选项。

④ 在【特殊用途贴图】卷展栏中设置【凹凸】为“-0.9”。

⑤ 选中场景中的“地面”对象。

⑥ 单击按钮将“玻化砖”材质赋予“地面”对象。

⑦ 按F9键渲染。

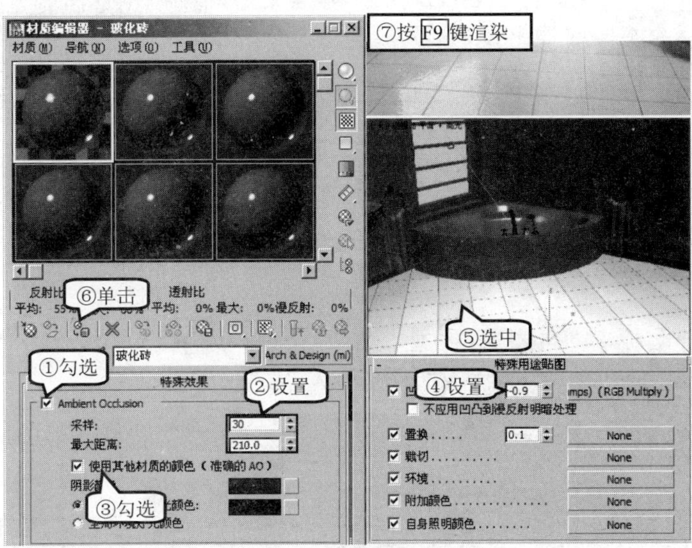

图6-86　设置“玻化砖”材质特殊效果参数

2. 制作“马赛克”材质。

(1) 创建“马赛克”材质，操作步骤如图 6-87 所示。

① 选中一个空白材质球。

② 将材质重命名为“马赛克”。

③ 在【模板】卷展栏中的设置材质类型为【上光瓷砖】。

④ 在【主要材质参数】卷展栏中设置【漫反射】/【颜色】贴图。

⑤ 设置【特殊用途贴图】卷展栏中的【凹凸】参数。

⑥ 返回“马赛克”材质层级，设置【特殊效果】卷展栏中的参数。

(2) “马赛克”材质赋予，操作步骤如图 6-88 所示。

① 选中场景中的“马赛克”对象。

② 单击按钮将“马赛克”材质赋予“马赛克”对象。

③ 按下按钮开启显示对象标准材质贴图功能。

④ 按键渲染。

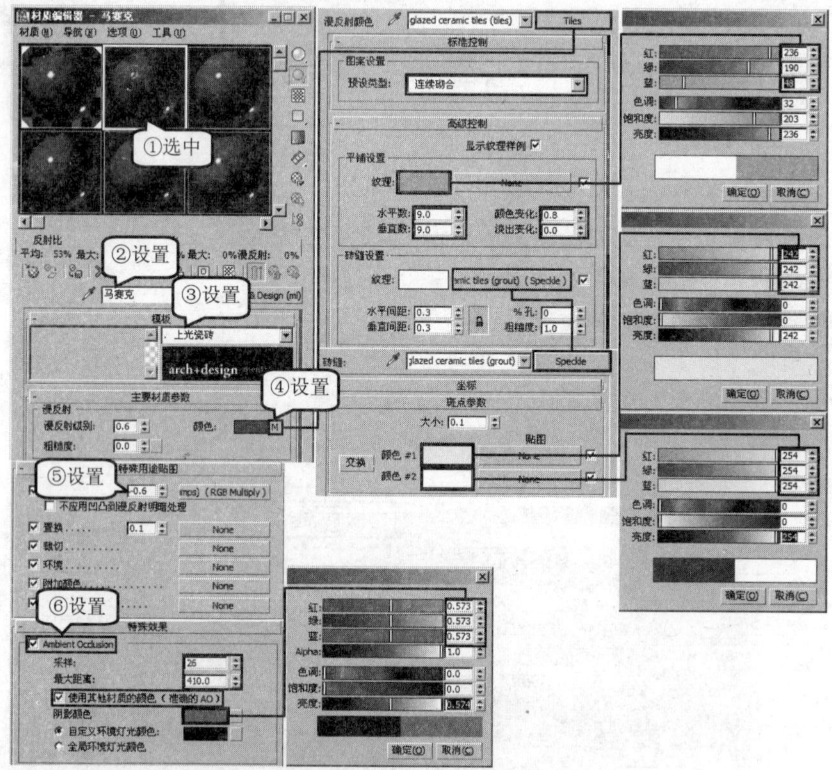

图6-87 创建“马赛克”材质

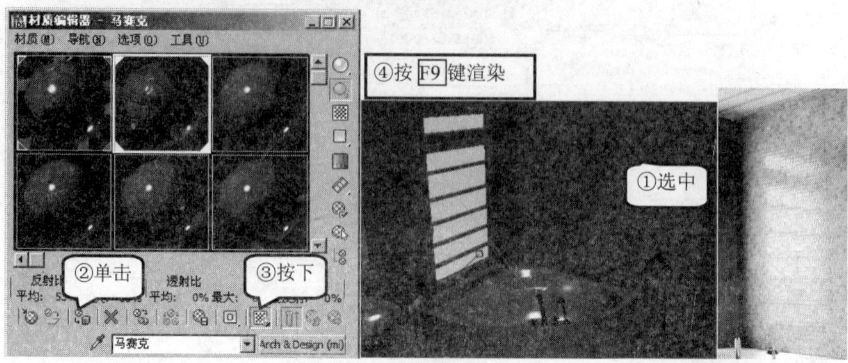

图6-88 “马赛克”材质赋予

3. 制作“毛石”材质。

(1) 创建“毛石”材质，操作步骤如图 6-89 所示。

① 选中一个空白材质球。

② 将材质重命名为“毛石”。

③ 在【模板】卷展栏中设置材质类型为【上光瓷砖】。

④ 在【主要材质参数】卷展栏中，单击【漫反射】/【颜色】右边的M按钮进入【Tiles】层级。

⑤ 单击 Tiles 按钮打开【材质/贴图浏览器】对话框。

⑥ 双击位图选项打开【选择位图图像文件】对话框。

⑦ 双击附盘文件“素材\第 6 章\浴室效果\maps\墙砖.jpg”添加贴图文件。

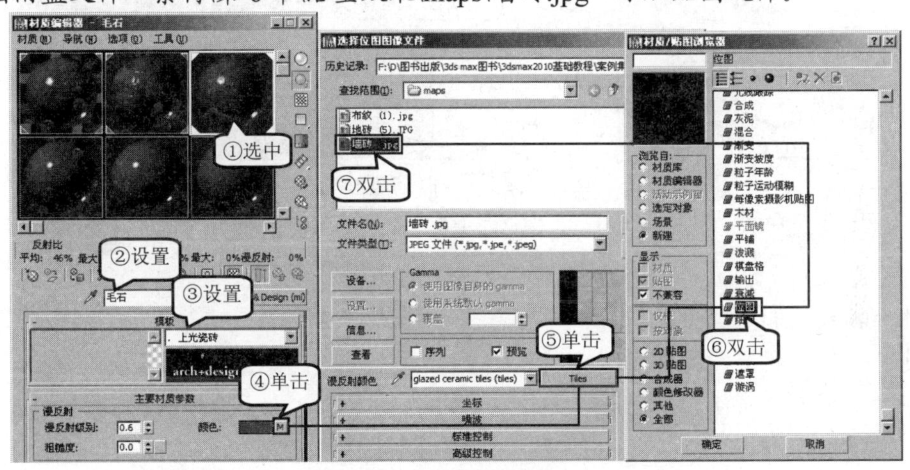

图6-89　创建“毛石”材质

(2) 设置“毛石”材质参数，操作步骤如图 6-90 所示。

① 设置【平铺】参数。

② 单击按钮返回“毛石”材质层级。

③ 右击【漫反射】/【颜色】右边的M按钮。

④ 在弹出的快捷菜单中选择【复制】命令。

⑤ 右击【反射】/【颜色】右边的M按钮。

⑥ 在弹出的快捷菜单中选择【粘贴（实例）】命令。

⑦ 设置【反射】参数。

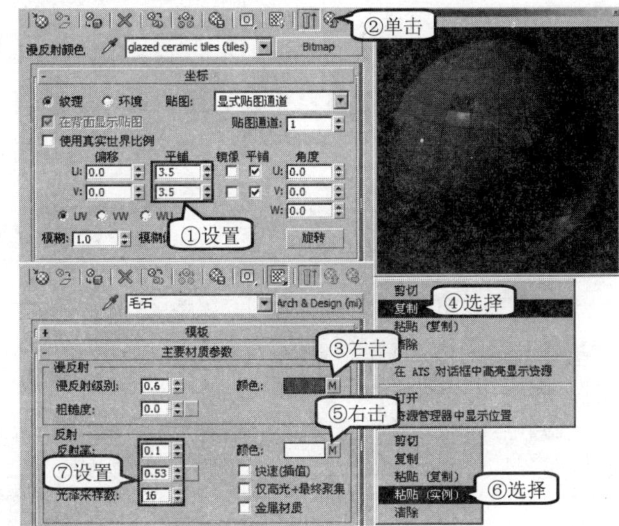

图6-90　设置“毛石”材质参数

(3) “毛石”材质赋予，操作步骤如图 6-91 所示。

① 右击【漫反射】/【颜色】右边的M按钮。

② 在弹出的快捷菜单中选择【复制】命令。

③ 右击【特殊用途贴图】卷展览中【凹凸】选项右边的 mps) (RGB Multiply) 按钮。

④ 在弹出快捷菜单中选择【粘贴（实例）】命令。

⑤ 设置【凹凸】为“–1”。

⑥ 选中场景中的“毛石”对象。

⑦ 单击按钮将“毛石”材质赋予“毛石”对象。

⑧ 按下按钮开启显示对象标准材质贴图功能。

⑨ 按键渲染。

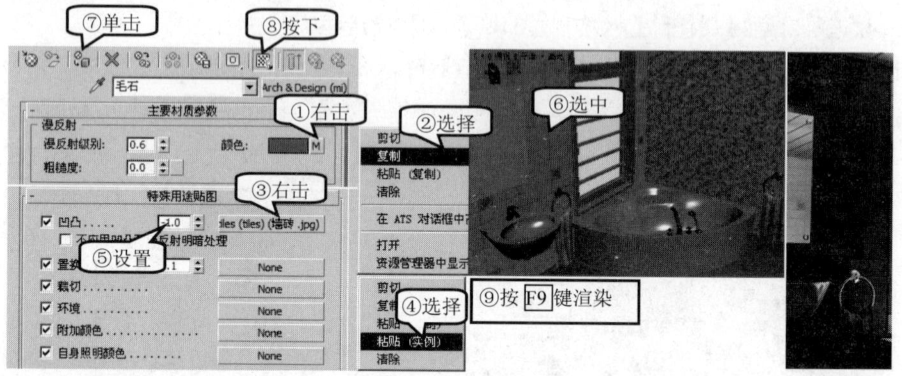

图6-91 “毛石”材质赋予

4. 制作“扣板”和“陶瓷”材质。

(1) 创建“扣板”材质，操作步骤如图 6-92 所示。

① 选中一个空白材质球。

② 将材质重命名为“扣板”。

③ 在【主要材质参数】卷展栏中单击【漫反射】/【颜色】右边的按钮，打开【材质/贴图浏览器】对话框。

④ 双击平铺选项进入【Tiles】通道。

⑤ 在【坐标】卷展栏中取消勾选使用真实世界比例选项。

⑥ 在【高级控制】卷展栏中设置【平铺设置】/【纹理】的颜色及【平铺设置】参数。

⑦ 设置【砖缝设置】/【纹理】的颜色及【砖缝设置】参数。

⑧ 单击按钮返回“扣板”材质层级。

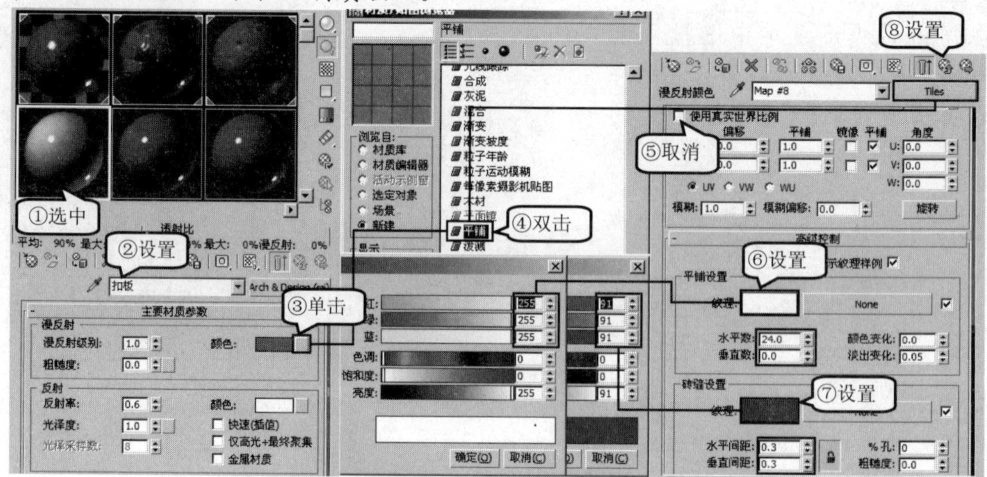

图6-92 创建“扣板”材质

(2) 设置“扣板”材质参数，操作步骤如图 6-93 所示。
① 设置【漫反射】/【粗糙度】为“0.35”。
② 设置【反射】参数。
③ 勾选☑快速(插值)选项。
④ 右击【漫反射】/【颜色】右边的M按钮。
⑤ 在弹出的快捷菜单中选择【复制】命令。
⑥ 右击【特殊用途贴图】卷展览中【凹凸】右边的mps) (RGB Multiply)按钮。
⑦ 在弹出快捷菜单中选择【粘贴（实例)】命令。
⑧ 选中场景中的“天花”对象。
⑨ 单击按钮将“扣板”材质赋予“天花”对象。
(3) 创建“陶瓷”材质，操作步骤如图 6-94 所示。
① 选中一个空白材质球。
② 将材质重命名为“陶瓷”。
③ 在【模板】卷展栏中设置材质类型为【上光陶瓷】。
④ 在【主要材质参数】卷展栏中设置【漫反射】/【颜色】为【纯白】。
⑤ 设置【反射】/【光泽采样数】为“15”。
⑥ 选中场景中的“陶瓷器件”对象。
⑦ 单击按钮将“陶瓷”材质赋予“陶瓷器件”对象。
⑧ 按F9键渲染。

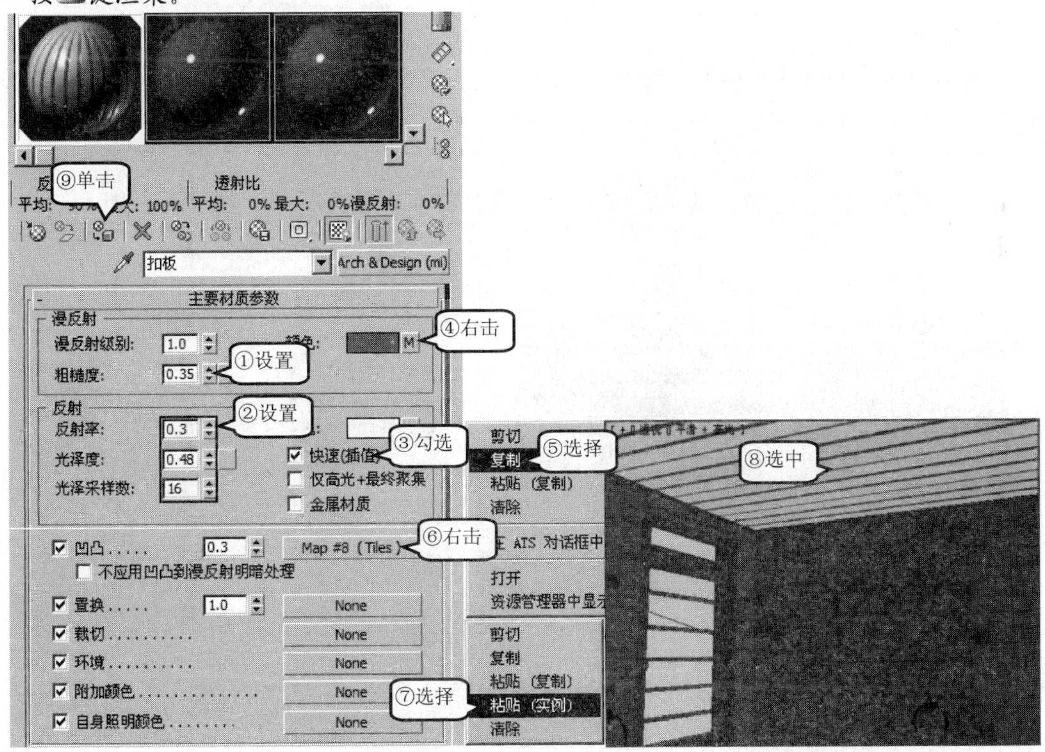

图6-93　设置“扣板”材质参数

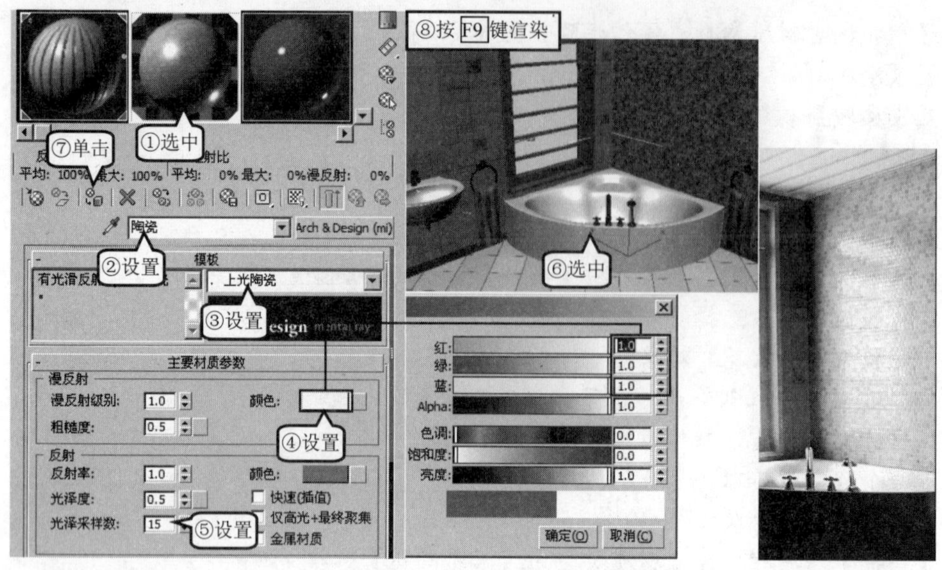

图6-94 创建“陶瓷”材质

(4) 使用“Camera01”摄影机视图渲染，即可得到如图 6-82 所示的浴室特写效果。

(5) 按Ctrl+S组合键保存场景文件到指定目录，本案例制作完成。

6.6 教师辅导

第一问：

在制作“雕花圆盘”案例时，使用了多维材质，虽然我们掌握了多维材质的用法，但希望更深入地了解多维材质。

解答一：

多维材质是非常有用的工具，首先多维材质自身拥有多个材质，每个材质都用一个 ID 号进行区分。

被赋予多维材质对象的面也使用 ID 号进行分类，材质赋予后根据 ID 号进行材质和面的匹配，如图 6-95 所示。多维材质对于进行复杂的模型材质赋予是十分有用的。

图6-95 多维材质

第二问：

有时候打开一些源文件后，再打开【材质编辑器】窗口，为什么材质球显示为黑色圆形？如图 6-96 所示。

解答二：

这是渲染器设置不对造成的，3ds Max 2010 的默认材质为 mental ray 类型，mental ray 材质必须与 mental ray 渲染器进行搭配。所以需要在【渲染设置】对话框中将软件默认渲染器设置为 mental ray 渲染器，调整后的效果如图 6-97 所示。

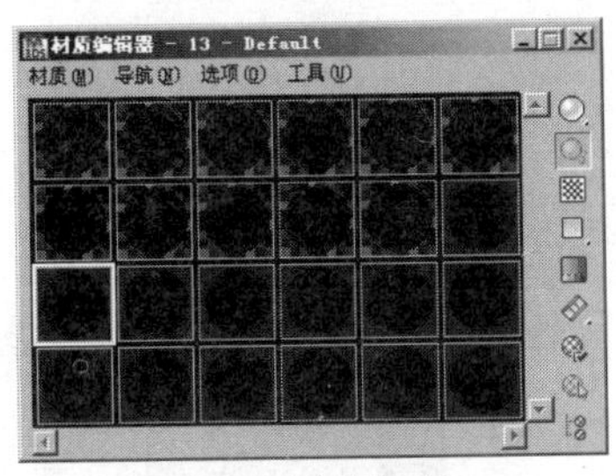

图6-96　问题情况

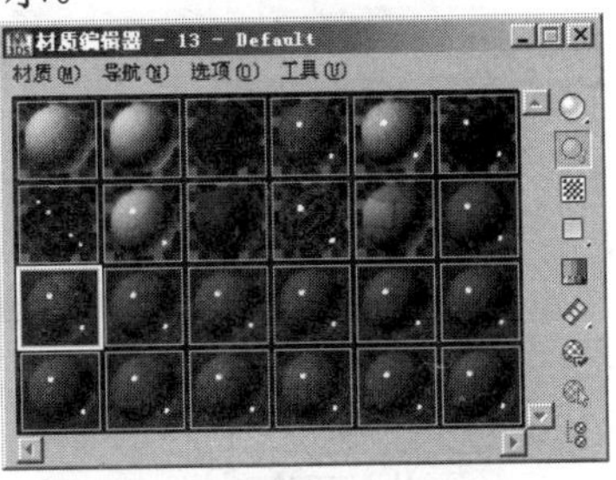

图6-97　调整后的效果

6.7　一章一技巧——3ds Max 归档操作

相信很多读者曾经都为打开一个 3ds Max 源文件时被提示找不到文件而苦恼过，如图 6-98 所示。

而根据大多数设计者的经历来看，辛辛苦苦完成了自己的作品后，还要去找使用过的贴图文件，并且要保证下次打开源文件时能够由软件准确无误地找到所有贴图文件。这些工作足以使人头晕。

本章技巧教读者一个 3ds Max 归档的方法，从而解决这个问题。

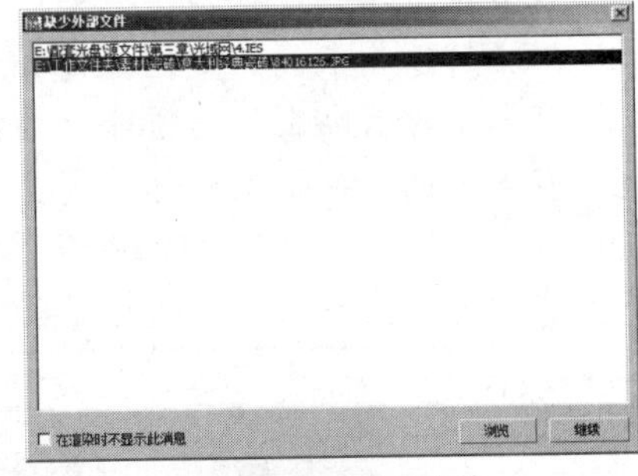

图6-98　缺少外部文件

【步骤提示】

1. 归档操作，操作步骤如图 6-99 所示。

① 当设计工作完成后，选择【文件】/【另存为】/【归档】命令，打开【文件归档】对话框。

② 设置归档文件名。

③ 单击 保存(S) 按钮。

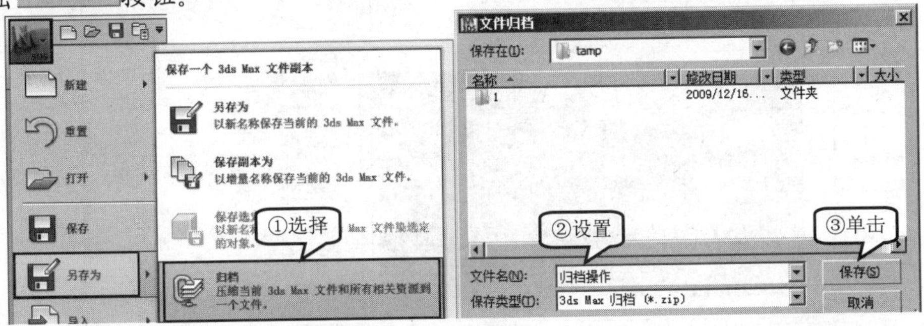

图6-99　归档操作

2. 整理压缩文件，操作步骤如图 6-100 所示。

① 在归档压缩包的同一目录下新建一个文件夹，并命名为“maps”。

② 双击第 1 步保存的压缩包，打开【归档操作】窗口。

③ 将压缩包中的“.max”文件拖放到与“maps”文件夹同级的目录下。

④　将其他文件夹中所有的外部文件拖放到“maps”文件夹中。

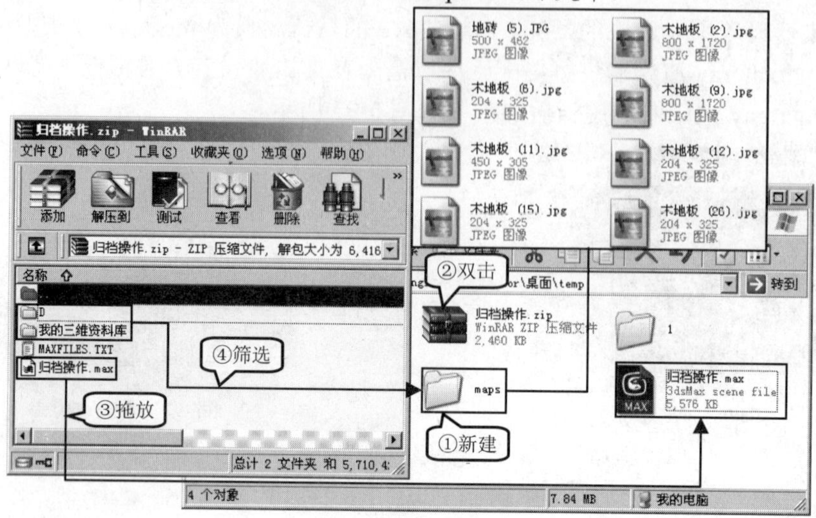

图6-100　整理压缩文件

3.　设置条带路径，操作步骤如图 6-101 所示。

①　双击解压出来的“归档操作.max”源文件，按M键打开【材质编辑器】窗口。

②　在一个含有贴图的材质球上单击鼠标右键。

③　在弹出的快捷菜单中选择【在 AST 对话框中高亮显示资源】命令。

④　在【资源追踪】窗口中选中除“归档操作.max”以外的所有选项，然后在其上单击鼠标右键。

⑤　在弹出的快捷菜单中选择【条带路径】命令。

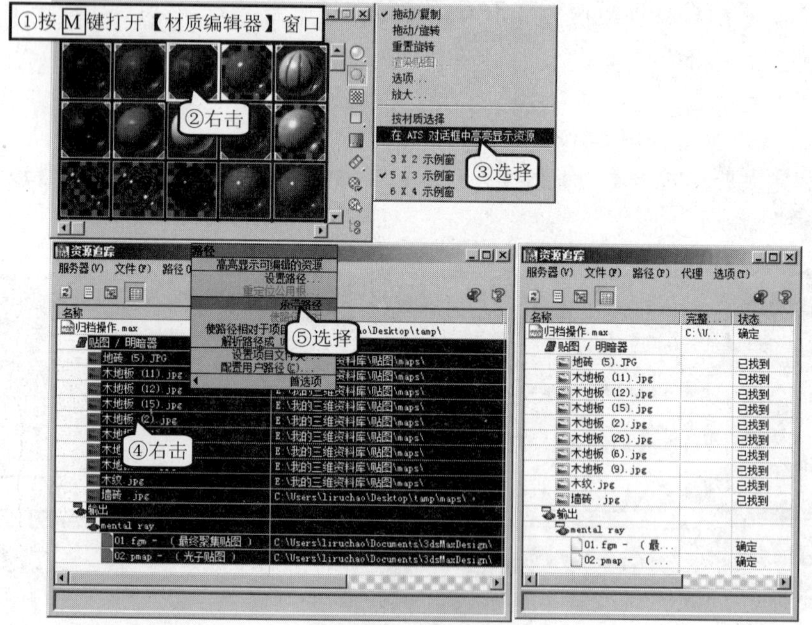

图6-101　设置条带路径

当外部资源文件的追踪方式修改为条带路径后，3ds Max 打开源文件时会默认从与源文件同级目录的名为“maps”的文件夹中搜寻外部文件，这样大大方便了管理外部文件。

第7章　贴图基础

贴图是三维艺术中的重要表现手法，其在形体表现、静态效果及动画展示上都起着举足轻重的作用，可以说是三维艺术家族中必不可少的成员。3ds Max 2010 的贴图已经实现了高度的集中管理，通过给不同的通道中添加贴图可以实现不同的效果，本章对贴图的应用进行讲解。

7.1　基本贴图手法

基本贴图是最为基础也是最为常用的贴图手法，我们经常看到一些栩栩如生、近乎真实的人物，一些梦幻唯美、让人神往的场景，一些豪华尊贵、超越现实的效果，这些都是通过基本贴图来完成的，下面对此部分内容进行讲解。

7.1.1　基础知识——认识 2D 贴图和 3D 贴图

一、　认识 2D 贴图

(1)　2D 贴图的修改选项。

所有的 2D 贴图都有两大修改选项——【坐标】和【噪波】，当为材质添加了 2D 贴图后，这两大选项也随之出现。

在【坐标】卷展栏中，通过调整坐标参数，可以相对于应用贴图的对象表面移动贴图，以实现其他效果，如图 7-1 所示。

噪波是用于创建外观随机图案的方式，非常复杂，但是应用广泛。主要是对原贴图进行扭曲变化，如图 7-2 所示。

(2)　位图 2D 贴图。

位图 2D 贴图是最为常用的一种贴图方式，可以用来创建多种材质，从木纹和墙面到蒙皮和羽毛，也可以使用动画或视频文件替代位图来创建动画材质，如图 7-3 所示。

图7-1　【坐标】卷展栏控制效果

图7-2　【噪波】卷展栏控制效果

图7-3　位图 2D 贴图

(3)　方格贴图。

方格贴图将两色的棋盘图案应用于材质。这里的两色可以是任意颜色，也可以是贴图，如图 7-4 所示。

(4)　渐变贴图。

渐变贴图是从一种颜色到另一种颜色进行明暗处理。为渐变指定两种或 3 种颜色，3ds

Max Design 将插补中间值，如图 7-5 所示。

(5) 渐变坡度贴图。

渐变坡度贴图是与渐变贴图相似的 2D 贴图。它从一种颜色到另一种颜色进行着色。在这个贴图中，可以为渐变指定任何数量的颜色或贴图，并且几乎任何参数都可以设置动画，如图 7-6 所示。

(6) 平铺贴图。

使用平铺贴图，可以创建砖、彩色瓷砖或材质贴图，如图 7-7 所示。

图7-4 方格贴图

图7-5 渐变贴图

图7-6 渐变坡度贴图

图7-7 平铺贴图

二、 认识 3D 贴图

(1) 细胞贴图。

细胞贴图是一种程序贴图，生成用于各种视觉效果的细胞图案，包括马赛克瓷砖、鹅卵石表面，甚至海洋表面，如图 7-8 所示。

(2) 凹痕贴图。

凹痕贴图是 3D 程序贴图，它根据分形噪波产生随机图案，图案的效果取决于贴图类型，如图 7-9 所示。

(3) 衰减贴图。

衰减贴图基于几何体曲面上面法线的角度衰减来生成从白到黑的值，如图 7-10 所示。

图7-8 细胞贴图

图7-9 凹痕贴图

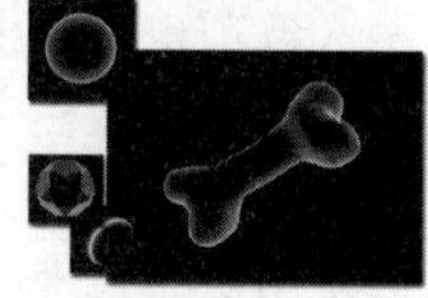

图7-10 衰减贴图

(4) Perlin 大理石贴图。

Perlin 大理石贴图使用“Perlin 湍流”算法生成大理石图案，如图 7-11 所示。

(5) 斑点贴图。

斑点贴图是一个 3D 贴图，它生成斑点的表面图案，该图案用于漫反射贴图和凹凸贴图以创建类似花岗岩的表面和其他图案的表面，如图 7-12 所示。

(6) 木材贴图。

木材贴图是 3D 程序贴图，此贴图将整个对象的体积渲染成波浪纹图案，可以控制纹理的方向、粗细和复杂度，如图 7-13 所示。

图7-11 Perlin 大理石贴图

图7-12 斑点贴图

图7-13 木材贴图

7.1.2　案例剖析——制作“汽车人影集”

【案例剖析】

本案例使用【UVW 贴图】修改器对贴图进行调整，将炫丽的色彩贴图赋予纸张，最终效果如图 7-14 所示。

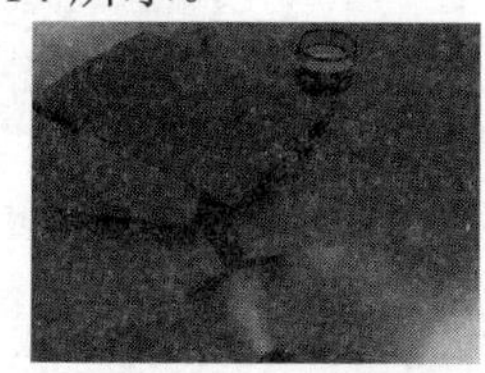

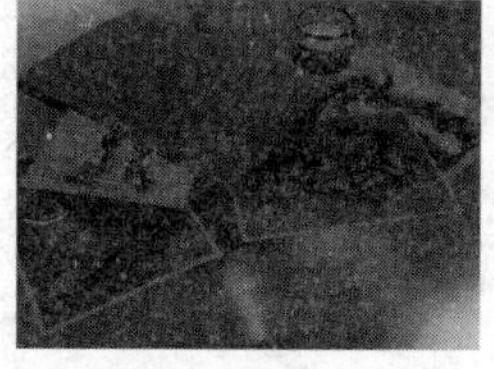

图7-14　最终效果

【操作思路】

【操作步骤】

1. 设置贴图材质。

(1) 运行 3ds Max 2010 软件。

(2) 打开制作模板。

① 按Ctrl+O组合键打开附盘文件“素材\第 7 章\汽车人影集\汽车人影集.max”，如图 7-15 所示。

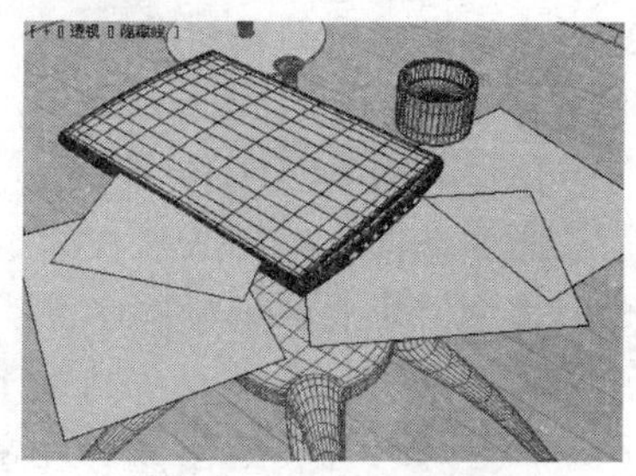

图7-15　打开制作模板

② 场景中创建了“桌子”、“水杯”、“扫描仪”、“纸张”等对象。

③ 场景中为除“纸张”外的其他对象赋予了材质。

④ 场景中创建了灯光，用于照明并烘托环境（灯光已隐藏，读者可在【显示】面板中取消灯光类别的隐藏）。

⑤ 场景中创建了一架摄影机，用来对场景进行渲染（摄影机已隐藏，读者可在【显示】面板中取消摄影机类别的隐藏）。

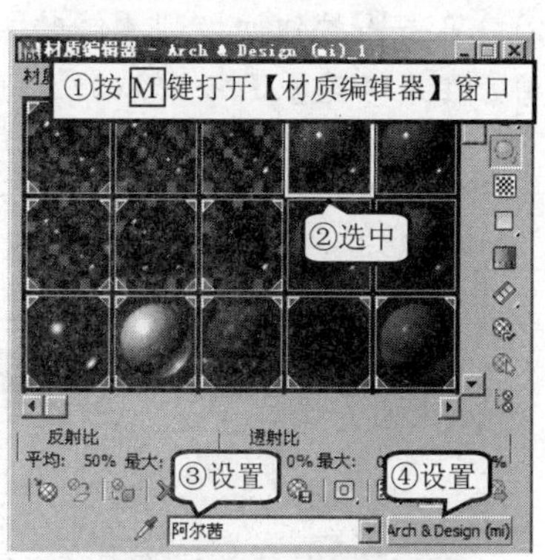

图7-16　创建“阿尔茜”材质

(3) 创建“阿尔茜”材质，操作步骤如图 7-16 所示。

① 按M键打开【材质编辑器】窗口。

② 选中一个空白材质球。

③ 将其重命名为“阿尔茜”。

④ 设置当前使用的材质类型为【Arch & Design (mi)】。

(4) 为“阿尔茜”设置贴图，操作步骤如图 7-17 所示。

① 在【材质编辑器】窗口中选中“阿尔茜”材质球。

② 在【漫反射】设置项中单击颜色：选项上的按钮。

③ 在弹出的【材质/贴图浏览器】对话框中双击位图选项。

④ 在【选择位图图像文件】对话框中选中附盘文件“素材\第 7 章\汽车人影集\maps\阿尔茜.jpg”。

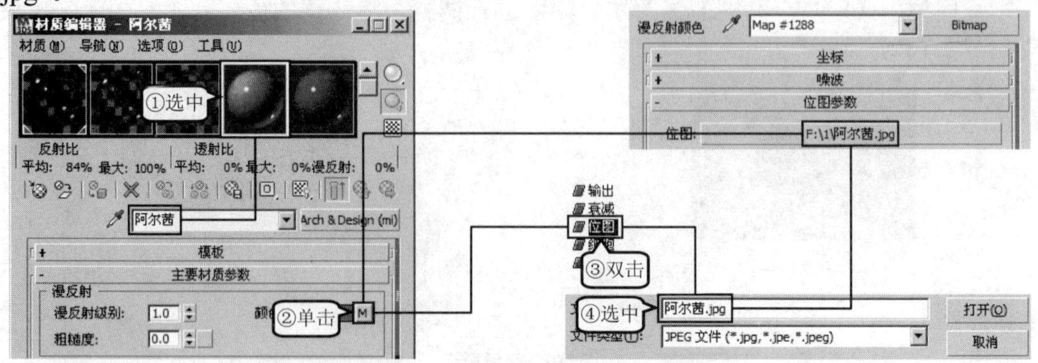

图7-17 为“阿尔茜”设置贴图

(5) 制作其他贴图材质，操作步骤如图 7-18 所示。

① 使用相同方法设置“擎天柱”贴图材质。

② 使用相同方法设置“威震天”贴图材质。

③ 使用相同方法设置“大黄蜂”贴图材质。

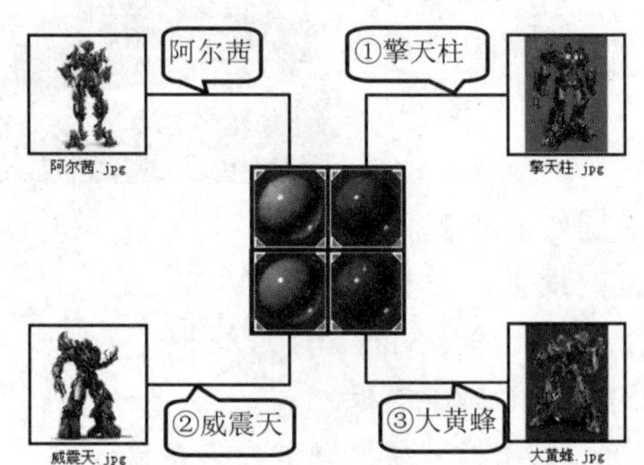

图7-18 制作其他贴图材质

2. 为纸张赋予贴图材质。

(1) 将“擎天柱”贴图材质赋予“纸张 03”对象，操作步骤如图 7-19 所示。

① 选中场景中的“纸张 03”对象。

② 选中“擎天柱”材质球。

③ 单击按钮完成材质的赋予。

④ 单击按钮使贴图能够在窗口中显示。

(2) 调整“擎天柱”贴图，操作步骤如图 7-20 所示。

① 选中“纸张 03”对象。

② 单击按钮切换到【修改】面板。

③ 在【修改】面板中添加【UVW 贴图】修改器。

④ 取消勾选真实世界贴图大小选项。

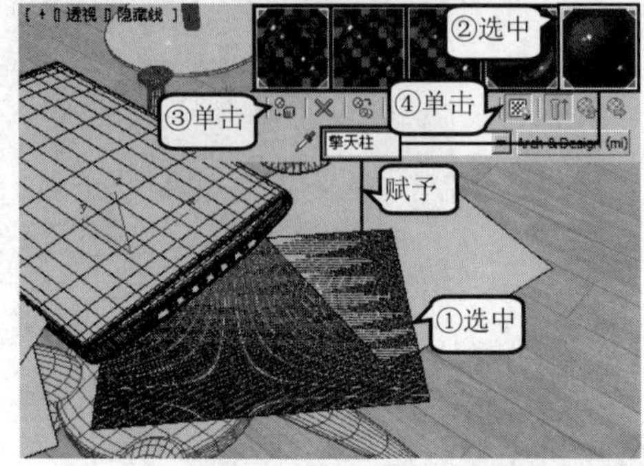

图7-19 将“擎天柱”贴图材质赋予“纸张 03”对象

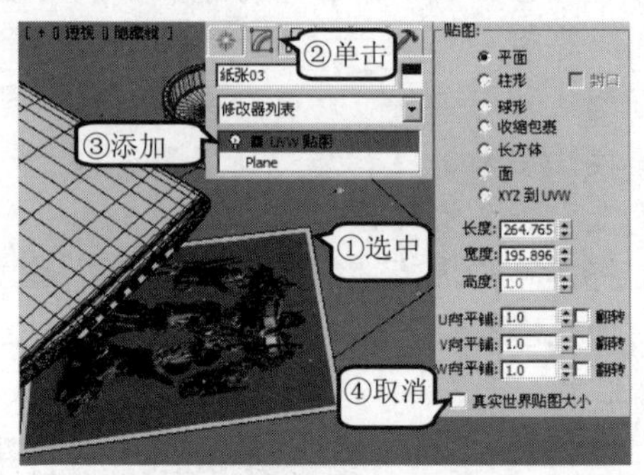

图7-20 调整“擎天柱”贴图

使用【UVW 贴图】修改器对贴图进行修改时，一般需要对【贴图】设置项中的【长度】、【宽度】和【高度】3 个选项进行设置，使得贴图能够与模型完美匹配。本案例中因为已经对素材位图做了尺寸的修改，因此不需要调整。

(3) 设置其他贴图的赋予，操作步骤如图 7-21 所示。

① 使用相同的方法设置“阿尔茜”材质的赋予。

② 使用相同的方法设置“大黄蜂”材质的赋予。

③ 使用相同的方法设置“威震天”材质的赋予。

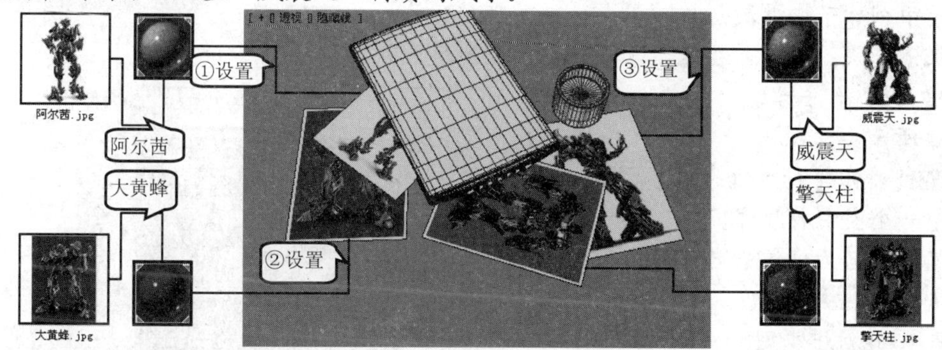

图7-21　制作其他贴图材质

(4) 使用“Camera01”摄影机视图渲染，即可得到如图 7-14 所示的动画效果。

(5) 按 Ctrl + S 组合键保存场景文件到指定目录，本案例制作完成。

7.1.3 拓展案例——制作“熔岩星球”

【案例剖析】

本案例的制作技巧性很强，使用“衰减”贴图进行主体色彩控制，使用“衰减”贴图中的第一颜色控制熔岩星球的暗部，第二颜色控制熔岩星球的亮部，这里的第一颜色与第二颜色都被赋予了“细胞”贴图，“细胞”贴图很好地模拟了星球熔岩般的外形，最终效果如图 7-22 所示。

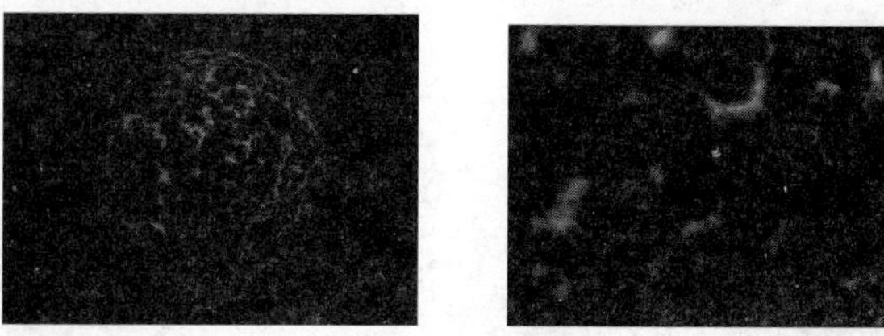

图7-22　最终效果

【操作思路】

【步骤提示】

1. 设置漫反射贴图。

(1) 运行 3ds Max 2010 软件。

(2) 打开制作模板。

① 按Ctrl+O组合键打开附盘文件“素材\第 7 章\熔岩星球\熔岩星球.max”，如图 7-23 所示。

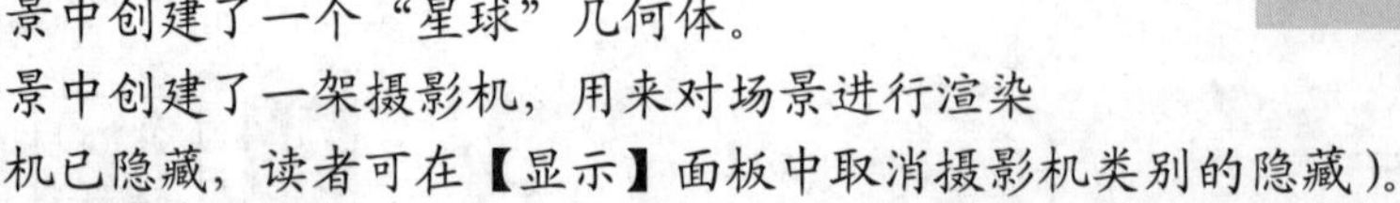

② 场景中创建了一个“星球”几何体。

图7-23 打开制作模板

③ 场景中创建了一架摄影机，用来对场景进行渲染（摄影机已隐藏，读者可在【显示】面板中取消摄影机类别的隐藏）。

(3) 创建“熔岩”材质，操作步骤如图 7-24 所示。

① 按M键打开【材质编辑器】窗口。

② 选中一个空白材质球。

③ 将其重命名为“熔岩”。

④ 单击Arch & Design (mi)按钮。

⑤ 选中标准材质类型。

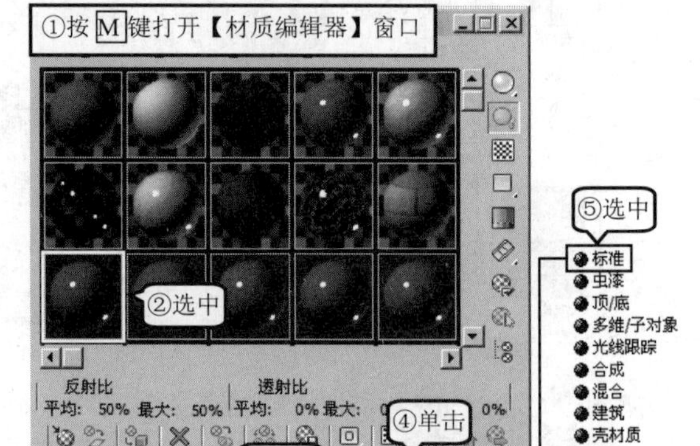

图7-24 创建“熔岩”材质

(4) 为漫反射添加“衰减”贴图，操作步骤如图 7-25 所示。

① 选中“熔岩”材质球。

② 单击漫反射:选项上的按钮。

③ 在弹出的【材质/贴图浏览器】对话框中双击衰减选项。

(5) 设置“衰减”贴图中的【混合曲线】参数，操作步骤如图 7-26 所示。

① 进入“衰减”贴图层级。

② 在【混合曲线】卷展栏中单击按钮。

③ 在曲线上单击，添加两个控制点。

④ 单击按钮。

⑤ 移动新增的两个控制点至所需位置。

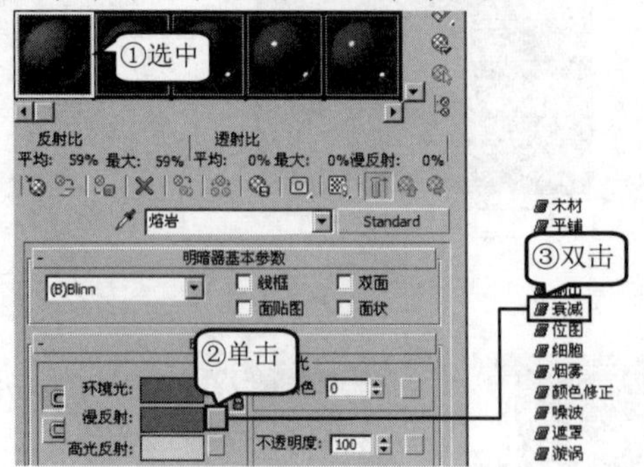

图7-25 为漫反射添加“衰减”贴图

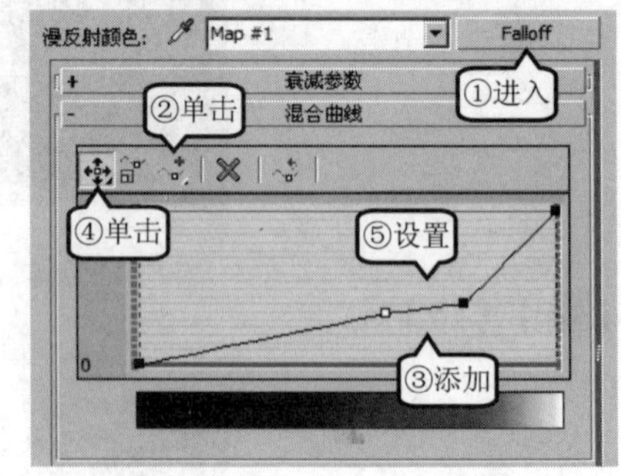

图7-26 设置“衰减”贴图中的【混合曲线】参数

【混合曲线】参数所控制的是“衰减”贴图中两个颜色的过渡方式，混合曲线为对角线形式时,过渡最为平缓。

(6) 为“衰减”贴图添加“细胞”贴图，操作步骤如图 7-27 所示。

① 在“衰减”贴图级别下单击 None 按钮。

② 双击细胞选项。

③ 单击按钮返回“衰减”贴图层级。

④ 使用相同方法为另一个颜色添加“细胞”贴图。

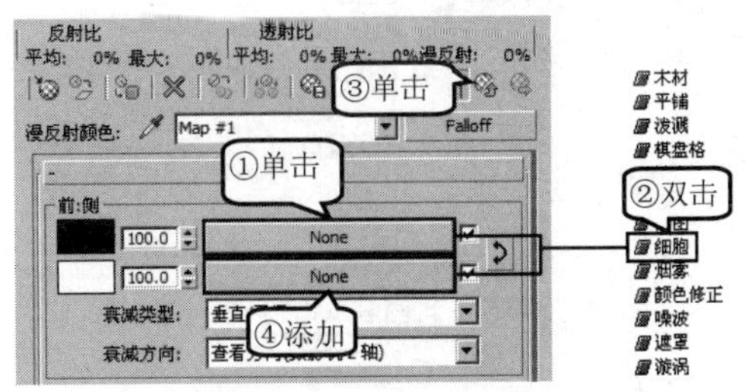

图7-27　为“衰减”贴图添加“细胞”贴图

(7) 为第一个颜色的“细胞”贴图设置参数，操作步骤如图 7-28 所示。

① 单击 100.0 Map #5 (Cellular) 选项上的 Map #5 (Cellular) 按钮。

② 设置参数。

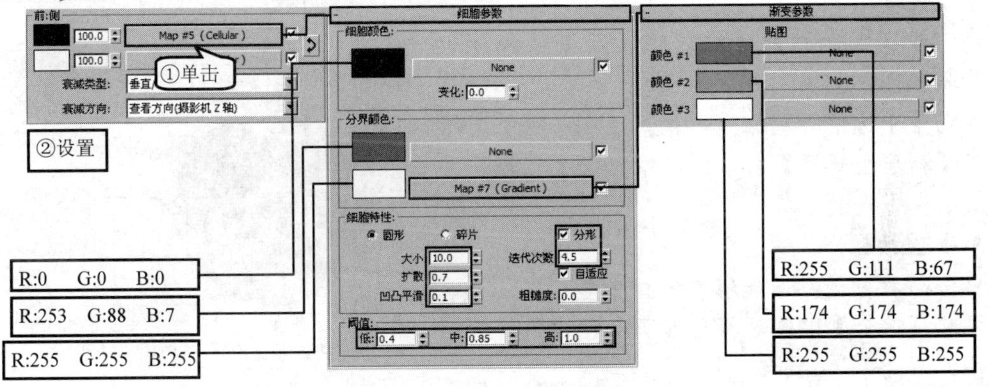

图7-28　为第一个颜色的“细胞”贴图设置参数

(8) 为第二个颜色的“细胞”贴图设置参数，操作步骤如图 7-29 所示。

① 单击 100.0 Map #6 (Cellular) 选项上的 Map #6 (Cellular) 按钮。

② 设置参数。

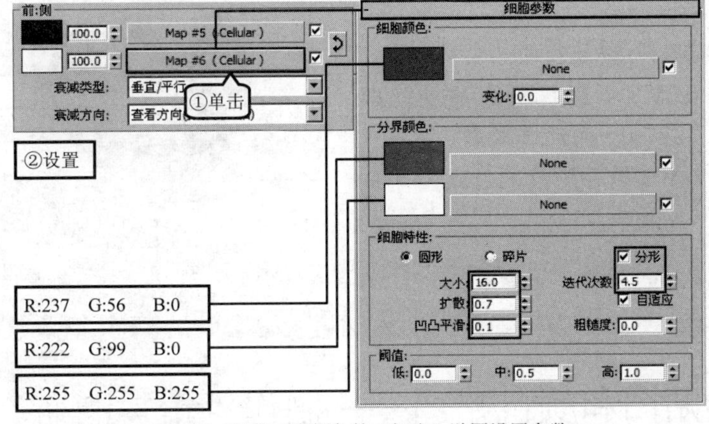

图7-29　为第二个颜色的“细胞”贴图设置参数

2. 为自发光赋予“细胞”贴图，操作步骤如图 7-30 所示。

① 在【自发光】设置项中单击按钮。

② 双击细胞选项。

③ 设置【细胞】贴图参数。

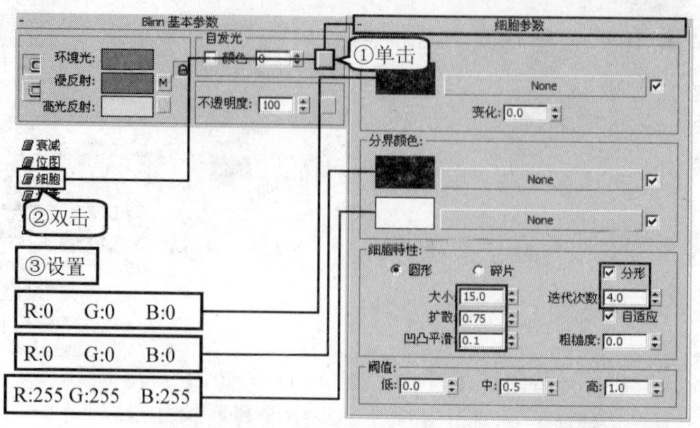

图7-30 为自发光赋予“细胞”贴图

3. 渲染设置。

(1) 将“熔岩”材质赋予“星球”对象，操作步骤如图 7-31 所示。

① 在场景中选中“星球”对象。

② 在【材质编辑器】窗口中选中“熔岩”材质球。

③ 单击按钮。

④ 单击按钮使贴图能够在窗口中显示。

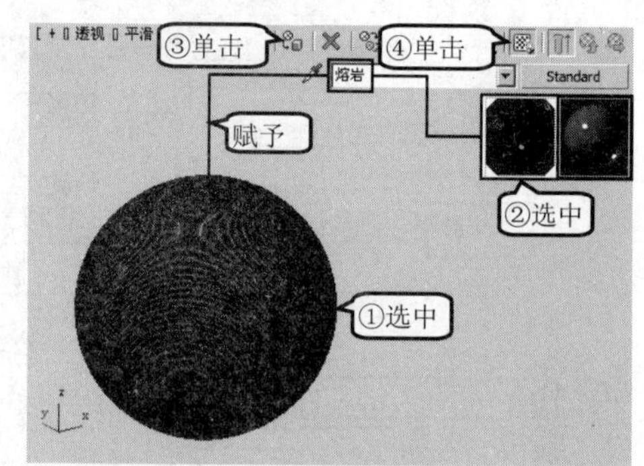

图7-31 将“熔岩”材质赋予“星球”对象

(2) 调整【熔岩】贴图，操作步骤如图 7-32 所示。

① 选中“星球”对象。

② 单击按钮切换到【修改】面板。

③ 在【修改】面板中添加【UVW 贴图】修改器。

④ 点选 球形 选项。

⑤ 取消勾选 真实世界贴图大小 选项。

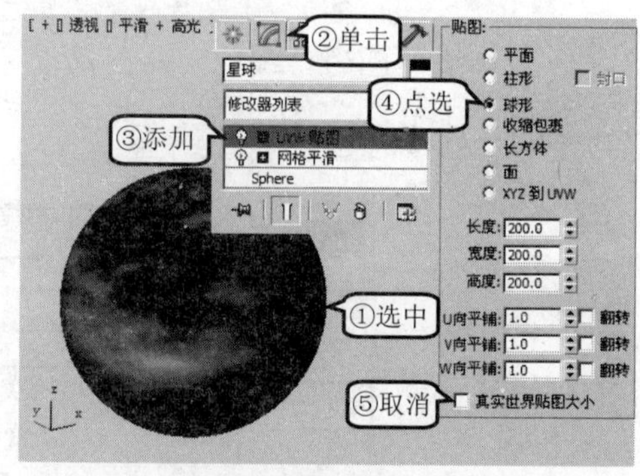

图7-32 调整“熔岩”贴图

(3) 使用“Camera01”摄影机视图渲染，即可得到如图 7-22 所示的动画效果。

(4) 按 Ctrl + S 组合键保存场景文件到指定目录，本案例制作完成。

要点提示 在使用【UVW 贴图】修改器时，通常将贴图类型设置为与所修改对象外形相近，如本案例中设置为【球形】，7.1.2 节案例中设置为【平面】。

7.2 合成器贴图和颜色贴图——制作“精美酒瓶”

细心观察可以发现，现实中大部分物体都是混合型的，它们不仅在颜色上多种多样，而且在花纹和纹理上也是不同的。单靠一些基本贴图的方法往往达不到理想的效果，这就需要对这些复杂物体的贴图进行合成和颜色的变换，下面对这些知识进行简要的讲解。

7.2.1　基础知识——认识合成器贴图和颜色贴图

一、　合成器贴图

在图像处理中，图像的合成是指将两个或多个图像以不同的方式进行混合。使用合成器贴图能帮助我们创建更为真实可信的材质效果。

(1)　合成贴图。

合成贴图类型同时由几个贴图组成，并且可以使用Alpha 通道和其他方法将某层置于其他层之上。对于此类贴图，可使用已含 Alpha 通道的叠加图像，或使用内置遮罩工具仅叠加贴图中的某些部分，原理如图 7-33 所示。

(2)　遮罩贴图。

遮罩贴图通过使用一个黑白图像或灰度图像覆盖另一个图像上的部分区域，原理如图 7-34 所示。

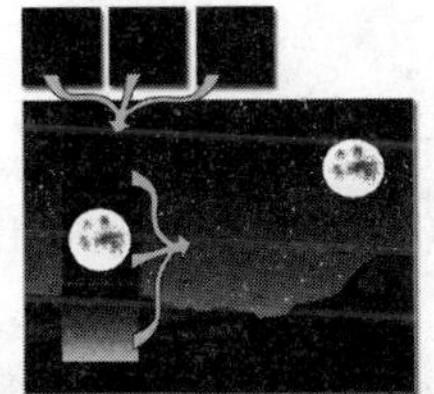

图7-33　合成贴图

图7-34　遮罩贴图

默认情况下，浅色（白色）的遮罩区域不透明，显示贴图。深色（黑色）的遮罩区域透明，显示基本材质。

(3)　混合贴图。

混合贴图将两种颜色或材质合成在曲面的一侧。也可以将“混合数量”参数设为动画，然后画出使用变形功能曲线的贴图来控制两个贴图随时间混合的方式，原理如图 7-35 所示。

混合贴图和混合材质是一样的，只不过混合贴图是混合两个贴图通道，而混合材质混合的是两种不同的材质，它们的卷展栏也很相似。

(4)　RGB 相乘贴图。

RGB 相乘贴图将两个贴图或颜色的 RGB 值进行相乘计算，通常用于凹凸贴图，在此可能要组合两个贴图，以获得正确的效果，原理如图 7-36 所示。

图7-35　混合贴图

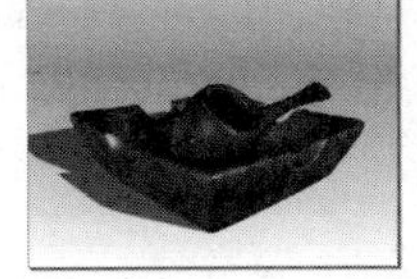

图7-36　RGB 相乘贴图

二、　颜色修改器贴图

使用颜色修改器贴图可以调整贴图的色彩、亮度、颜色的均衡度等。如果使用好这部分贴图，就不需要使用像 Photoshop 这样的软件在后期处理图片的饱和度和颜色了。

(1)　RGB 染色贴图。

RGB 染色贴图可以调整贴图中红、绿、蓝 3 种颜色，原理如图 7-37 所示。

(2) 顶点颜色贴图。

顶点颜色贴图应用于可渲染对象的顶点颜色，可以使用顶点绘制修改器、指定顶点颜色工具指定顶点颜色，也可以使用可编辑网格顶点控件、可编辑多边形顶点控件指定顶点颜色，原理如图 7-38 所示。

图7-37 RGB 染色贴图

图7-38 顶点颜色贴图

7.2.2 案例剖析——制作“精美酒瓶”

【案例剖析】

本案例主要使用漫反射和凹凸贴图及遮罩贴图的综合应用来制作一个精美的酒瓶，效果如图 7-39 所示。

图7-39 效果图

【操作思路】

【步骤提示】

1. 制作“瓶盖”材质。

(1) 运行 3ds Max 2010 软件。

(2) 打开制作模板。

① 按 Ctrl + O 组合键打开附盘文件“素材\第 7 章\精美酒瓶\精美酒瓶.max”，如图 7-40 所示。

② 场景中创建了“酒瓶”、“花”、“地毯”等对象。

③ 场景中创建了灯光，用于照明并烘托环境。

④ 场景中为除右边的“酒瓶”外的对象赋予了材质。

⑤ 场景中创建了一架摄影机，用于对场景进行特写渲染。

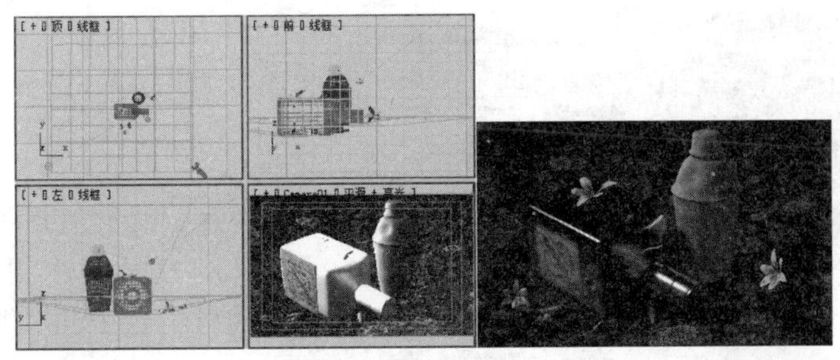

图7-40　打开制作模板

(3) 创建“瓶盖”材质，操作步骤如图 7-41 所示。

① 按M键打开【材质编辑器】窗口。

② 选中一个空白材质球。

③ 将材质重命名为“瓶盖”。

④ 单击Arch & Design (mi)按钮打开【材质/贴图浏览器】对话框。

⑤ 在【材质/贴图浏览器】对话框中双击标准选项。

(4) 设置明暗器参数，操作步骤如图 7-42 所示。

① 在【明暗器基本参数】卷展栏中设置类型为【(O) Oren-Nayar-Blinn】。

② 在【Oren-Nayar-Blinn 基本参数】卷展栏中设置【高光级别】为“56”、【光泽度】为“21”。

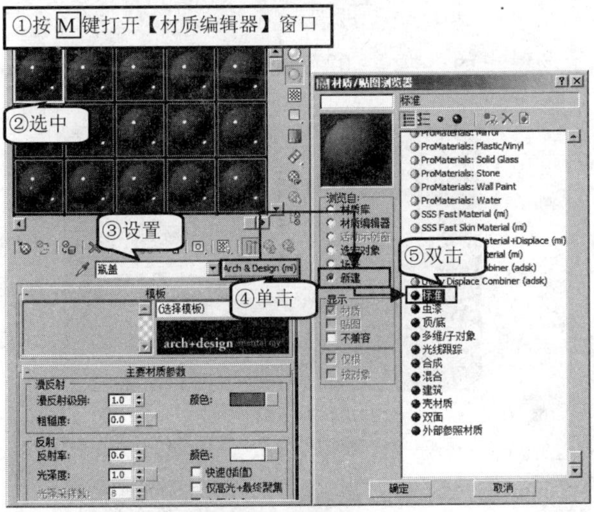

图7-41　创建“瓶盖”材质

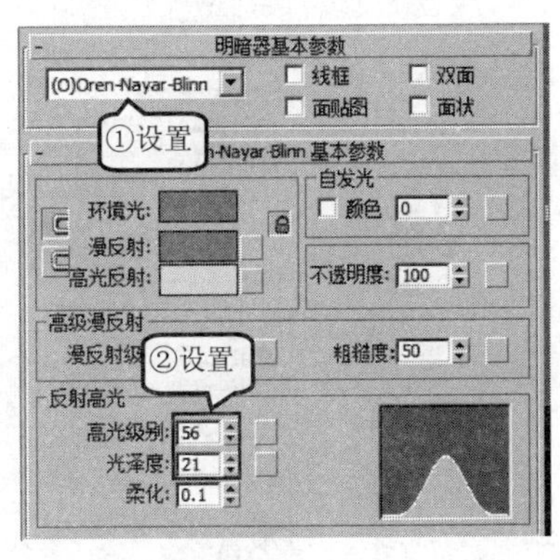

图7-42　设置明暗器参数

(5) 为【漫反射颜色】添加位图，操作步骤如图 7-43 所示。

① 展开【贴图】卷展栏，单击【漫反射颜色】选项后的 None 按钮，打开【材质/贴图浏览器】对话框。

② 在【材质/贴图浏览器】对话框中双击位图选项，打开【选择位图图像文件】对话框。

③ 在【选择位图图像文件】对话框中双击“纹理.jpg”选项（附盘文件“素材\第 7 章\精美酒瓶\maps\纹理.jpg””）为【漫反射颜色】添加一张位图。

要点提示 在【贴图】卷展栏中添加位图是贴图中经常使用的操作，这里为读者详细介绍了添加的方法，在后续案例操作中遇到添加贴图的操作，请读者参照此处进行添加。

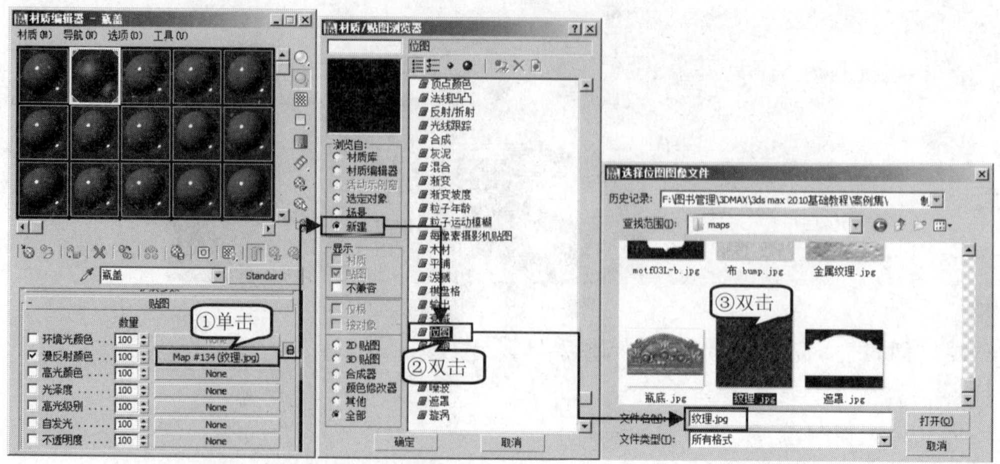

图7-43　为【漫反射颜色】添加位图

(6) 为【凹凸】添加位图，操作步骤如图 7-44 所示。

① 在【贴图】卷展栏中将“纹理.jpg”拖曳到【凹凸】贴图通道上，弹出【复制（实例）贴图】对话框。

② 在【复制（实例）贴图】对话框中点选 复制 选项。

要点提示 这里为读者介绍了以复制方式进行贴图通道复制的方法，在后续案例操作中遇到复制操作，笔者将不再详细讲述。

(7) 至此，“瓶盖”材质编辑完毕，将其赋予场景中的“瓶盖 02”和“瓶颈 02”模型，渲染摄影机视图，效果如图 7-45 所示。

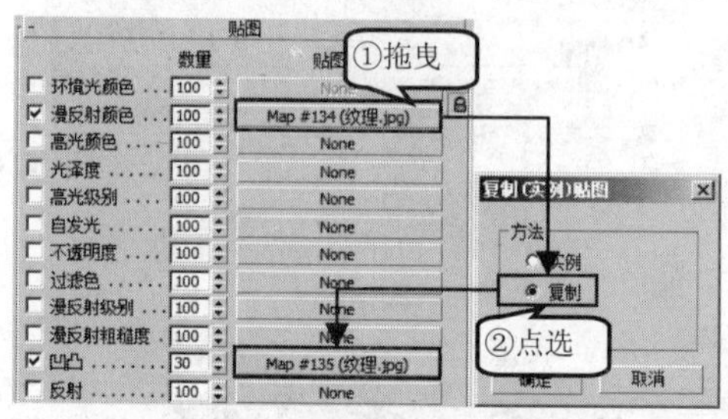

图7-44　为【凹凸】添加位图

图7-45　渲染结果

2. 制作“瓶身”材质。

(1) 创建“瓶身”材质，操作步骤如图 7-46 所示。

① 选中一个空白材质球。

② 设置材质类型为【标准】。

③ 将材质重命名为“瓶身”。

④ 在【Blinn 基本参数】卷展栏中设置【高光级别】为“97”、【光泽度】为“40”。

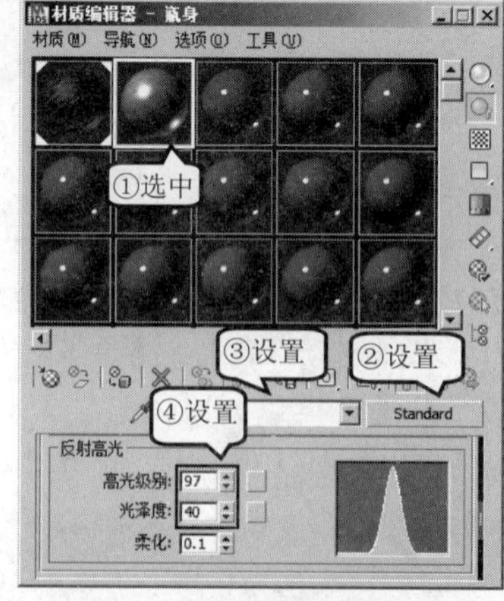

图7-46　创建“瓶身”材质

(2) 为【漫反射颜色】和【凹凸】添加位图，操作步骤如图 7-47 所示。

① 展开【贴图】卷展栏，为【漫反射颜色】添加一张位图：“金属纹理.jpg”。

② 设置【漫反射颜色】为“50”。

③ 将【漫反射颜色】上的“金属纹理.jpg”复制到【凹凸】贴图通道上。

(3) 至此，“瓶身”材质编辑完毕，将其赋予场景中的“瓶身 02”模型，渲染摄影机视图，效果如图 7-48 所示。

图7-47　为【漫反射颜色】和【凹凸】添加位图

图7-48　渲染结果

3. 制作“瓶底”材质。

(1) 创建“瓶底”材质，操作步骤如图 7-49 所示。

① 选中一个空白材质球

② 将材质重命名为“瓶底”。

③ 设置材质类型为【标准】。

④ 在【Blinn 基本参数】卷展栏中设置【高光级别】为“63”、【光泽度】为“38”。

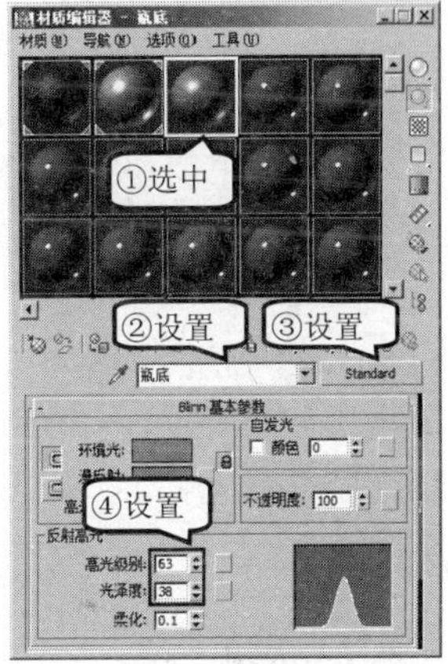

图7-49　创建“瓶底”材质

(2) 设置【漫反射颜色】上的材质，操作步骤如图 7-50 所示。

① 展开【贴图】卷展栏，单击【漫反射颜色】选项后面的 None 按钮，打开【材质/贴图浏览器】对话框。

② 在【材质/贴图浏览器】对话框中双击 遮罩 选项。

(3) 设置【遮罩】上的材质，操作步骤如图 7-51 所示。

① 在【贴图】卷展栏中为【贴图】添加一张位图：“瓶底.jpg”。

② 在【贴图】卷展栏中为【遮罩】添加一张位图：“遮罩.jpg”。

③ 单击 按钮返回上一层级。

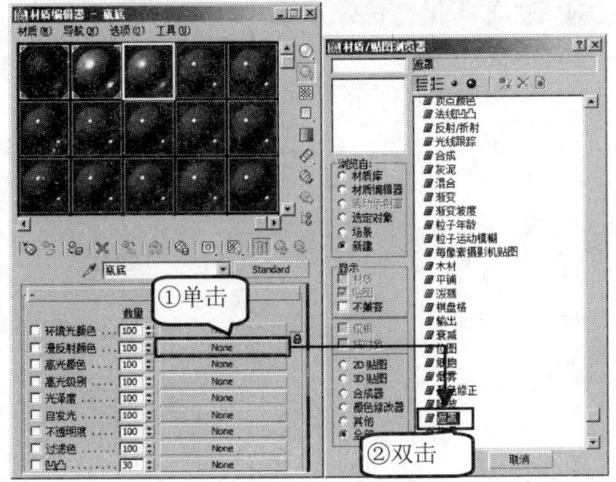

图7-50　设置【漫反射颜色】上的材质

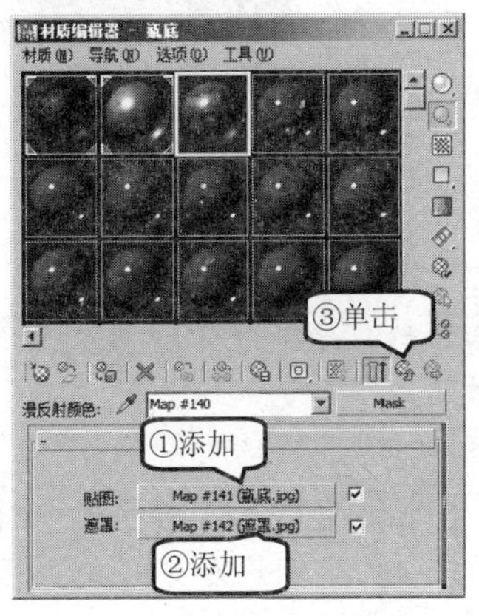

图7-51　设置【遮罩】上的材质

(4) 设置【不透明度】和【凹凸】上的材质，操作步骤如图 7-52 所示。

① 在【贴图】卷展栏中为【不透明度】添加一张位图："遮罩.jpg"。

② 在【贴图】卷展栏中为【凹凸】添加一张位图："瓶底.jpg"

③ 设置【凹凸】为"100"。

(5) 至此，"瓶底"材质编辑完毕，将其赋予场景中的"瓶底 02"模型，渲染摄影机视图，效果如图 7-39 所示。

(6) 按 Ctrl + S 组合键保存场景文件到指定目录，本案例制作完成。

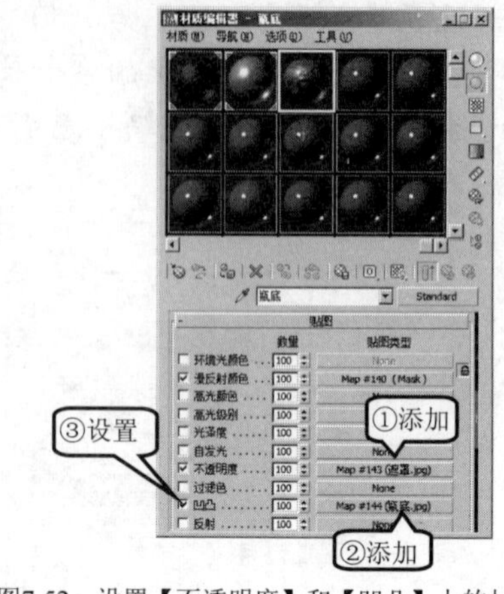

图7-52 设置【不透明度】和【凹凸】上的材质

7.2.3 拓展案例——制作"被遗忘的角落"

【案例剖析】

本案例主要练习位图的应用，重点学习如何使用材质和贴图表现现实生活中的不完美效果，效果如图 7-53 所示。

图7-53 效果图

【操作思路】

【步骤提示】

1. 制作"墙体"材质。

(1) 运行 3ds Max 2010 软件。

(2) 打开制作模板。

① 按 Ctrl + O 组合键开附盘文件"素材\第 7 章\被遗忘的角落\被遗忘的角落.max"，如图 7-54 所示。

② 场景中创建了"墙"、"地面"、"长椅"等对象。

③ 场景中创建了灯光，用于照明并烘托环境。

④ 场景中给主光源添加了投影贴图。

⑤ 场景中创建了一架摄影机，用于对场景进行特写渲染。

(3) 创建“墙体”材质，操作步骤如图 7-55 所示。

① 按M键打开【材质编辑器】窗口。

② 选中一个空白材质球。

③ 将材质重命名为“墙体”。

④ 单击Arch & Design (mi)按钮打开【材质/贴图浏览器】对话框。

⑤ 在【材质/贴图浏览器】对话框中双击混合选项打开【替换材质】对话框。

⑥ 在【替换材质】对话框中点选丢弃旧材质?选项。

⑦ 单击确定按钮。

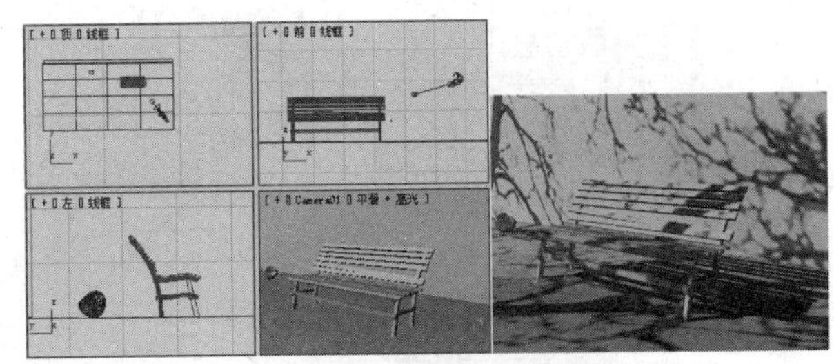

图7-54　打开制作模板

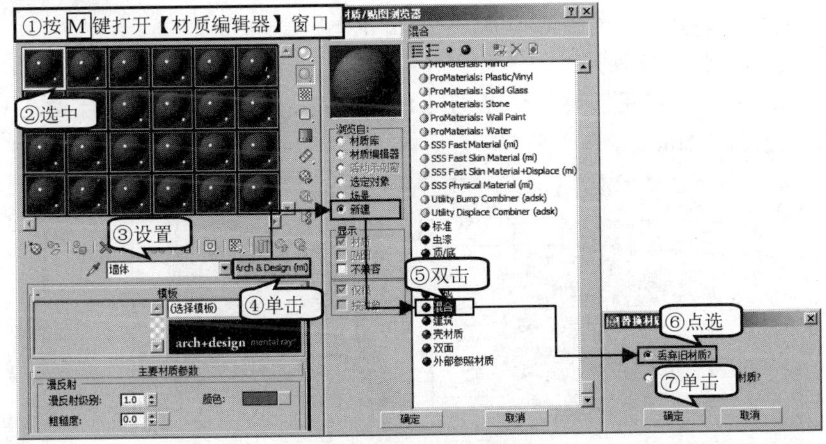

图7-55　创建“墙体”材质

要点提示　这里为读者介绍了设置混合材质的方法，在后续案例操作中遇到类似操作，请读者参照此处的方法进行操作。

(4) 设置【材质 1】的【高光级别】参数，操作步骤如图 7-56 所示。

① 在【混合基本参数】卷展栏中单击【材质 1】选项后面的Material #0 (Standard)按钮。

② 在【Blinn 基本参数】卷展栏中设置【高光级别】为“10”。

(5) 为【漫反射颜色】添加位图，操作步骤如图 7-57 所示。

① 展开【贴图】卷展栏，单击【漫反射颜色】选项后的None按钮，打开【材质/贴图浏览器】对话框。

② 在【材质/贴图浏览器】对话框中双击位图选项，打开【选择位图图像文件】对话框。

③ 在【选择位图图像文件】对话框中双击“砖块.jpg”选项（附盘文件“素材\第 7 章\被遗忘的角落\maps\砖块.jpg”）为【漫反射颜色】添加一张位图。

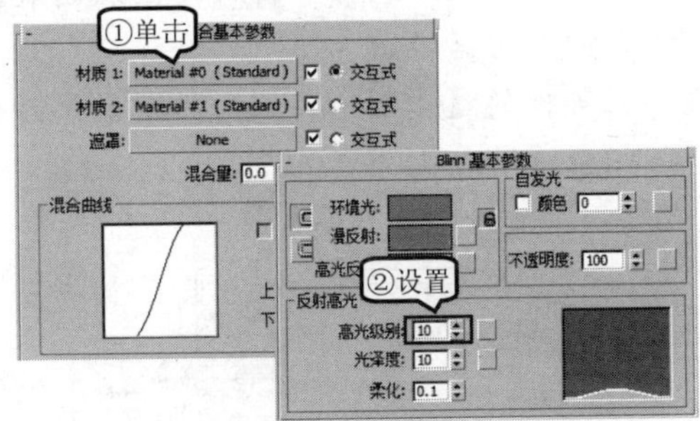

图7-56　为【材质 1】的【高光级别】参数

④ 在弹出的【坐标】卷展栏中设置 U、V 向的【平铺】为“3”。

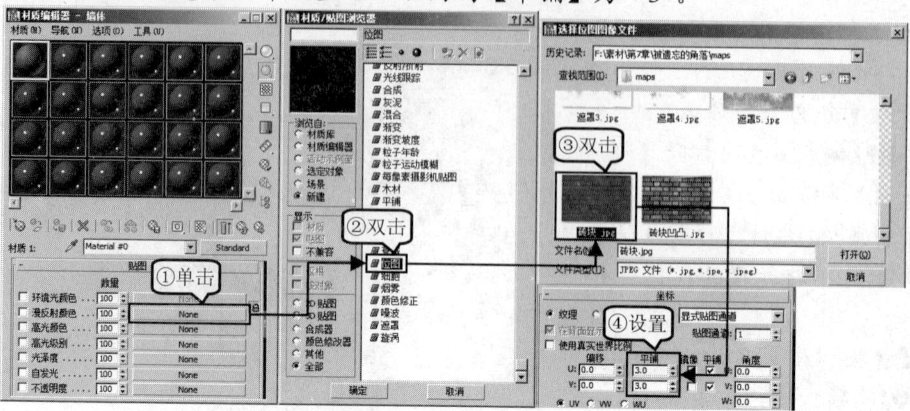

图7-57 为【漫反射颜色】添加位图

(6) 为【凹凸】添加位图，操作步骤如图 7-58 所示。

① 单击按钮返回上一层级。

② 在【贴图】卷展栏中使用同样的方法为【凹凸】指定一张位图：“砖块凹凸.jpg”。

③ 设置【凹凸】为“100”。

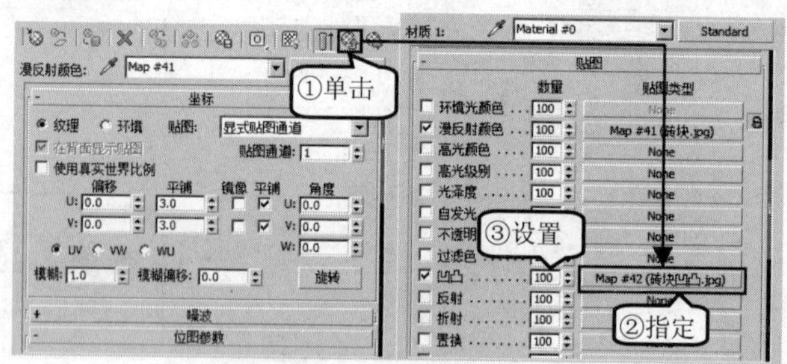

图7-58 为【凹凸】添加位图

(7) 为【材质 2】的【漫反射颜色】添加位图，操作步骤如图 7-59 所示。

① 返回材质的父层级，在【混合基本参数】卷展栏中单击【材质 2】选项后面的 Material #1 (Standard) 按钮。

② 展开【贴图】卷展栏，为【漫反射颜色】添加一张位图：“墙面贴图.jpg”。

(8) 为【凹凸】添加位图，操作步骤如图 7-60 所示。

① 在【贴图】卷展栏中将“墙面贴图.jpg”拖曳到【凹凸】贴图通道上，弹出【复制（实例）贴图】对话框。

② 在弹出的【复制（实例）贴图】对话框中点选 复制 选项。

③ 设置【凹凸】为“-40”。

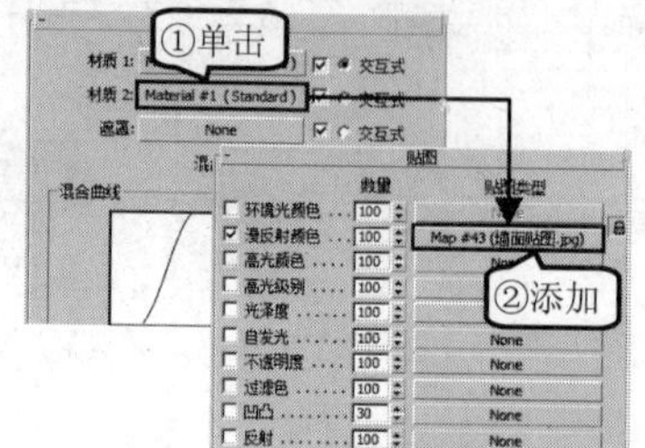

图7-59 为【材质 2】的【漫反射颜色】添加位图

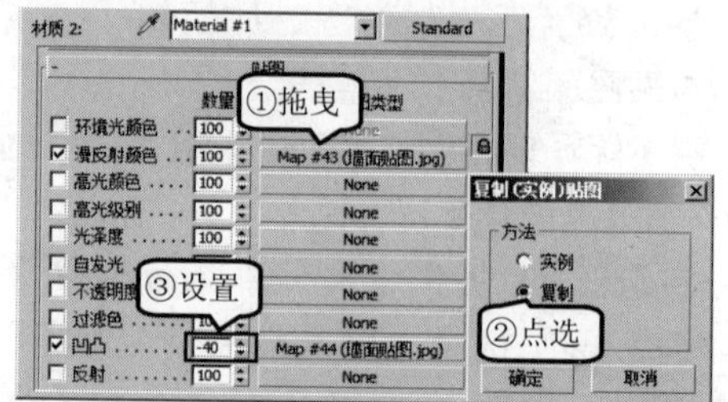

图7-60 为【凹凸】添加位图

(9) 设置“遮罩”材质，操作步骤如图 7-61 所示。

① 返回材质的父层级，在【混合基本参数】卷展栏中单击【遮罩】选项后面的 None 按钮，打开【材质/贴图浏览器】对话框。

② 在【材质/贴图浏览器】对话框中双击渐变选项。

(10) 设置【渐变参数】参数，操作步骤如图 7-62 所示。

① 在【渐变参数】卷展栏中将【颜色#1】设置为【白色】。

② 单击【颜色#2】选项后的 None 按钮，打开【材质/贴图浏览器】对话框。

③ 在【材质/贴图浏览器】对话框中双击凹痕选项。

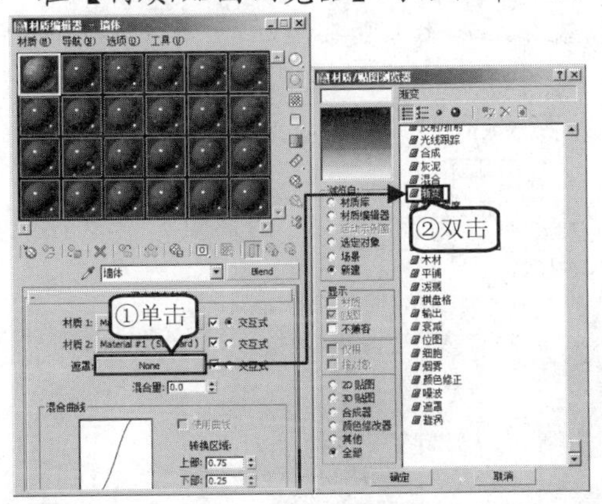

图7-61　设置“遮罩”材质

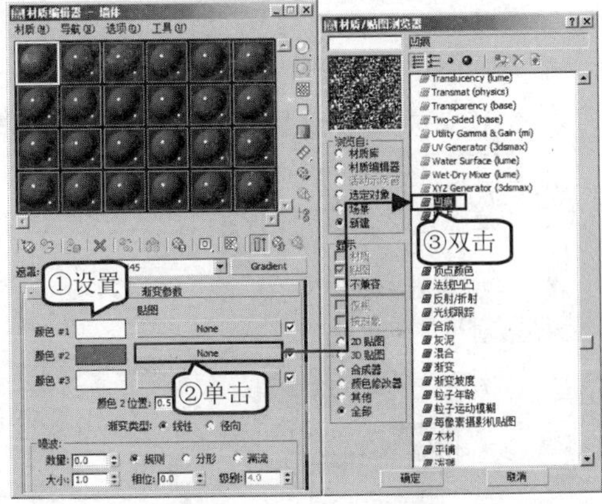

图7-62　设置“渐变参数”

(11) 设置【坐标】参数，操作步骤如图 7-63 所示。

① 拖曳 Dent 按钮到一个空白材质球上，以观察贴图的变化。

② 在弹出的【复制（实例）贴图】对话框中点选实例选项。

③ 在【坐标】卷展栏中设置 X、Y 向的【平铺】为“0.5”。

(12) 为【颜色#3】添加位图，操作步骤如图 7-64 所示。

① 选中“墙体”材质。

② 单击按钮返回上一层级。

③ 在【渐变参数】卷展栏中给【颜色#3】添加一张位图：“遮罩 1.jpg”。

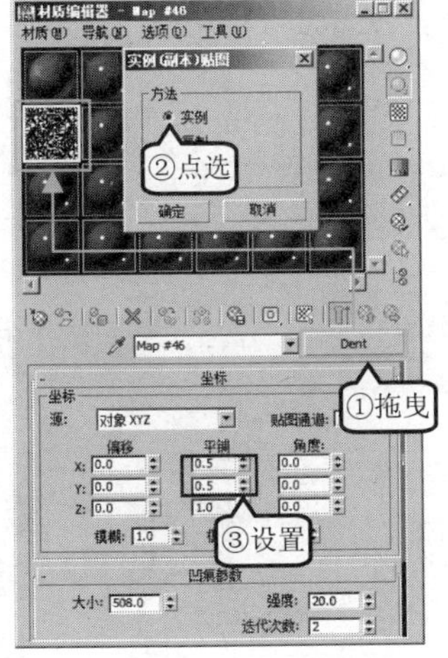

图7-63　设置【坐标】参数

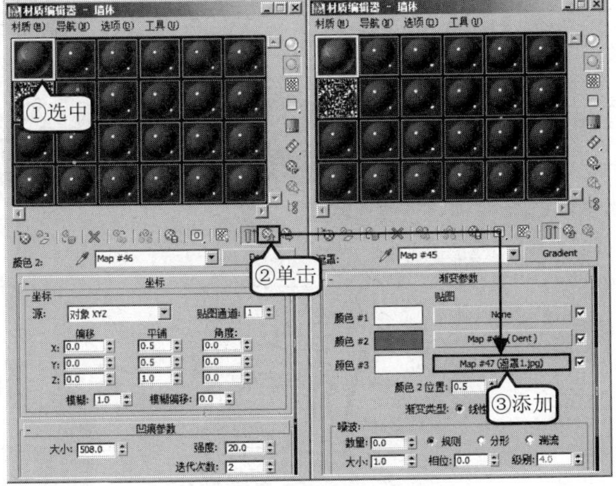

图7-64　为【颜色#3】添加位图

(13) 至此，“墙体”材质编辑完毕，将其赋予场景中的“墙体”模型，渲染摄影机视图，效果如图 7-65 所示。

图7-65　渲染结果

2. 制作“地面”材质。

(1) 创建“地面”材质，操作步骤如图 7-66 所示。

① 选中一个空白材质球。

② 将材质重命名为“地面”。

③ 单击 Arch & Design (mi) 按钮打开【材质/贴图浏览器】对话框。

④ 在【材质/贴图浏览器】对话框中双击 混合 选项。

(2) 设置【材质 1】的【高光级别】和【光泽度】参数，操作步骤如图 7-67 所示。

① 在【混合基本参数】卷展栏中单击【材质 1】选项后面的 Material #5 (Standard) 按钮。

② 在【Blinn 基本参数】卷展栏中设置【高光级别】为“30”、【光泽度】为“15”。

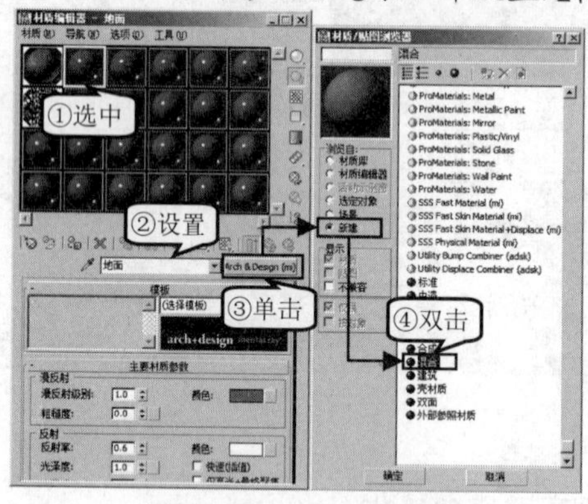

图7-66　创建“地面”材质

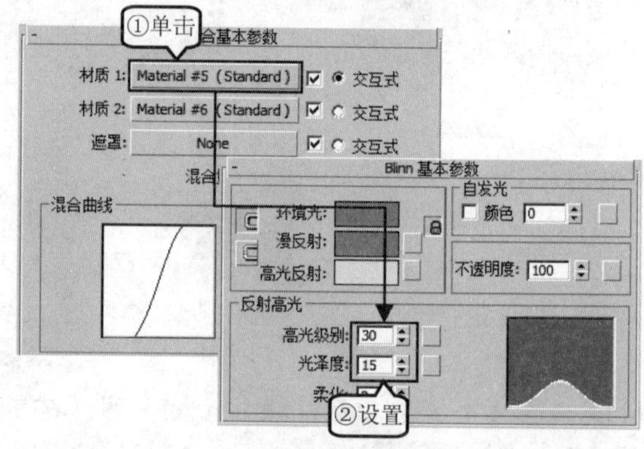

图7-67　设置【材质 1】的【高光级别】和【光泽度】参数

(3) 为【漫反射颜色】和【凹凸】添加位图，操作步骤如图 7-68 所示。

① 展开【贴图】卷展栏，为【漫反射颜色】添加一张位图：“墙面贴图.jpg”。

② 为【凹凸】添加一张位图：“遮罩 3.jpg”。

③ 设置【凹凸】为“40”。

(4) 设置【材质 2】的【高光级别】和【光泽度】参数，操作步骤如图 7-69 所示。

① 返回父层级，单击【材质 2】选项后面的 Material #6 (Standard) 按钮。

② 在【Blinn 基本参数】卷展栏中设置【高光级别】为“30”、【光泽度】为“15”。

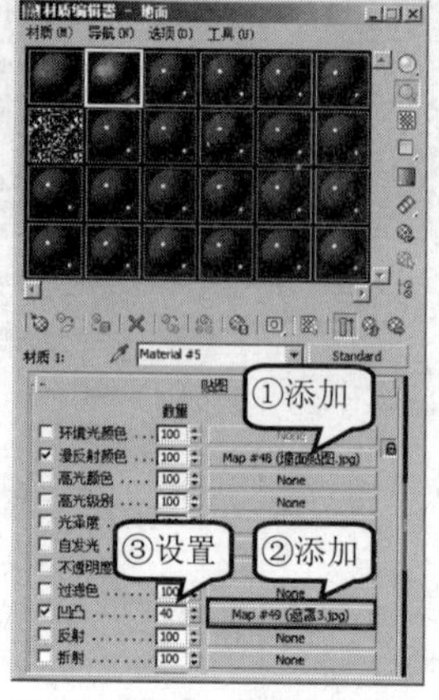

图7-68　为【漫反射颜色】和【凹凸】添加位图

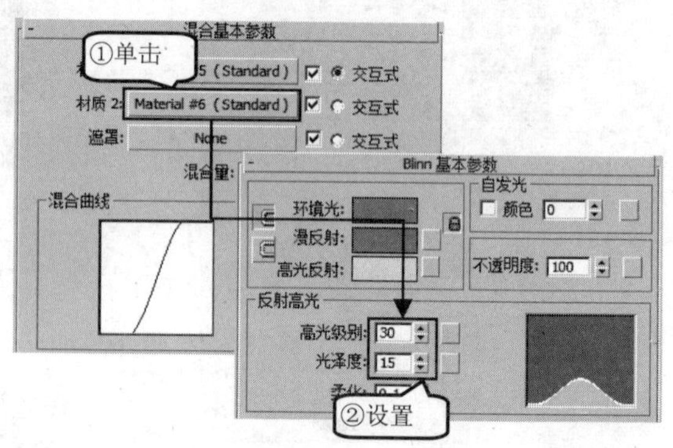

图7-69　设置【材质 2】的【高光级别】和【光泽度】

(5) 为【漫反射颜色】添加位图，操作步骤如图 7-70 所示。

① 展开【贴图】卷展栏，为【漫反射颜色】添加一张位图：“地面.jpg”。

② 在【坐标】卷展栏中设置 U、V 向的【平铺】为“3”。

③ 单击按钮返回上一层级。

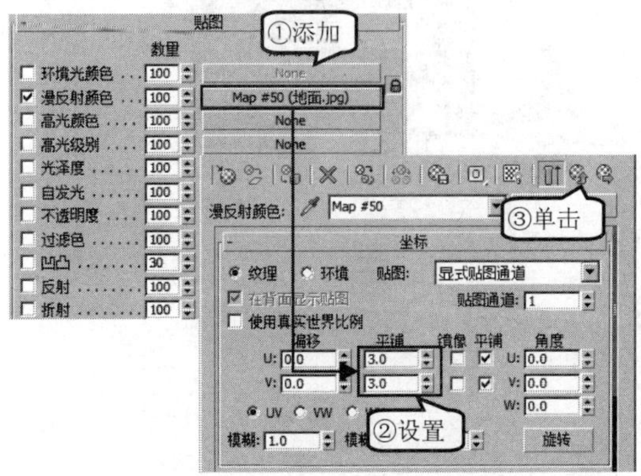

图7-70　为【漫反射颜色】添加位图

(6) 为【凹凸】添加位图，操作步骤如图 7-71 所示。

① 返回上一层级，为【凹凸】添加一张位图：“地面凹凸.jpg”

② 在【坐标】卷展栏中设置 U、V 向的【平铺】为“3”

③ 返回上一层级，在【贴图】卷展栏中设置【凹凸】为“50”。

(7) 返回父层级，为【遮罩】添加一张位图：“遮罩 4.jpg”，如图 7-72 所示。

(8) 至此，“地面”材质编辑完毕，将其赋予场景中的“地面”模型，渲染摄影机视图，效果如图 7-73 所示。

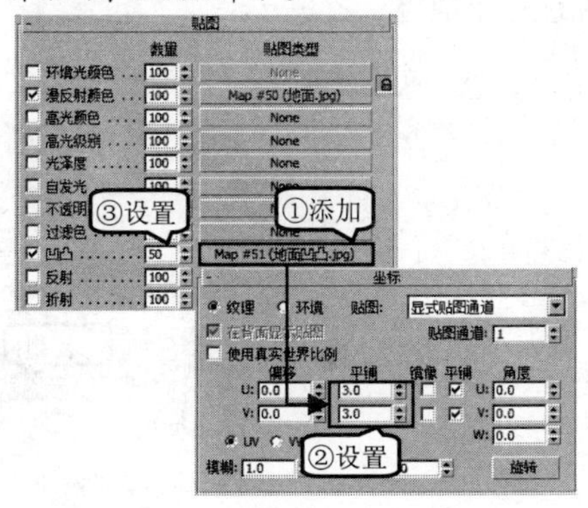

图7-71　为【凹凸】添加位图

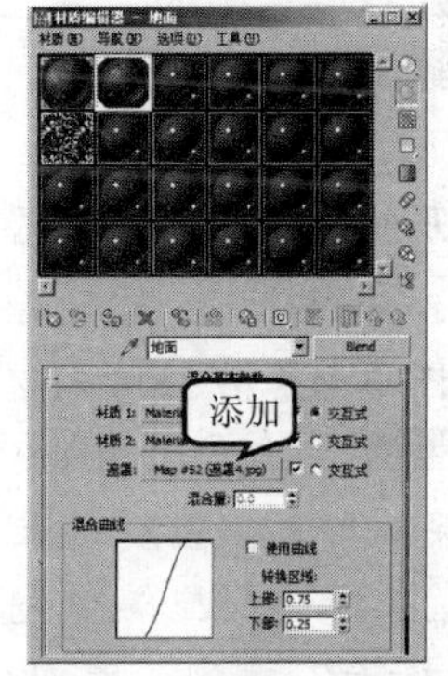

图7-72　为【遮罩】添加位图

3. 制作“长椅”材质。

(1) 创建“长椅”材质，操作步骤如图 7-74 所示。

① 选中一个空白材质球。

② 将材质重命名为“长椅”。

③ 使用同样方法设置材质类型为【混合】。

(2) 设置【材质 1】的材质，操作步骤如图 7-75 所示。

① 单击【材质 1】选项后面的 Material #8（Standard） 按钮。

图7-73　渲染效果

② 展开【贴图】卷展栏，为【漫反射颜色】添加一张位图：“木纹.jpg”。

③ 为【凹凸】添加一张位图：“木纹凹凸.jpg”。

④ 设置【凹凸】为“–140”。

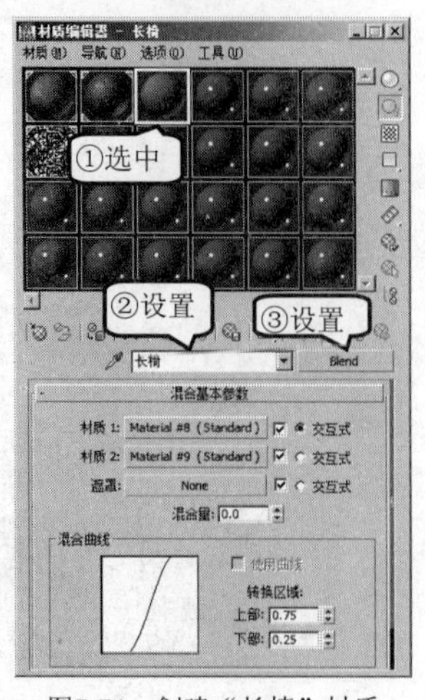

图7-74 创建“长椅”材质

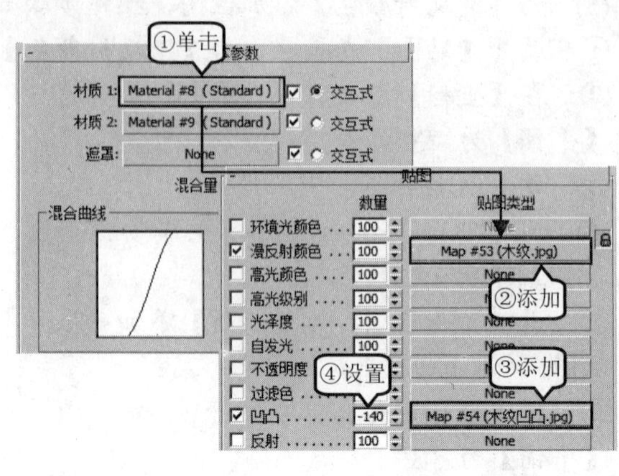

图7-75 设置【材质 1】的材质

(3) 设置【材质 2】的材质，操作步骤如图 7-76 所示。

① 单击【材质 2】选项后面的 Material #9 (Standard) 按钮。

② 展开【贴图】卷展栏，为【漫反射颜色】添加一张位图：“纹理.jpg”。

③ 将【漫反射颜色】的“纹理.jpg”复制到【凹凸】贴图通道。

(4) 设置【遮罩】的材质，操作步骤如图 7-77 所示。

① 返回父层级，为【遮罩】添加一张位图：“遮罩 1.jpg”。

② 在【位图参数】卷展栏勾选 ☑ 应用 选项。

③ 单击 查看图像 按钮弹出【指定裁剪/放置】对话框。

④ 在【指定裁剪/放置】对话框中设置裁剪区域。

(5) 至此，“长椅”材质编辑完毕，将其赋予场景中的“椅子”模型，渲染摄影机视图，效果如图 7-78 所示。

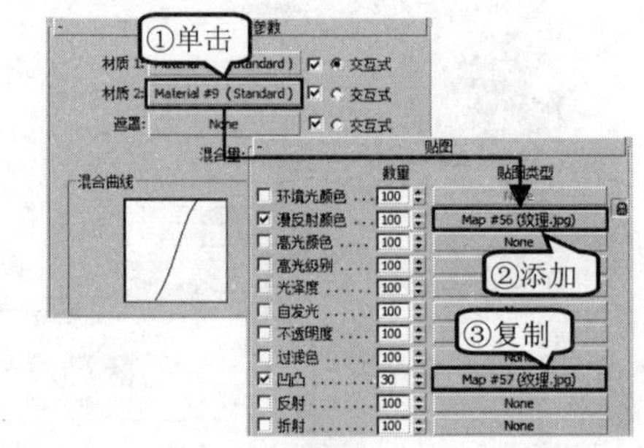

图7-76 设置【材质 2】的材质

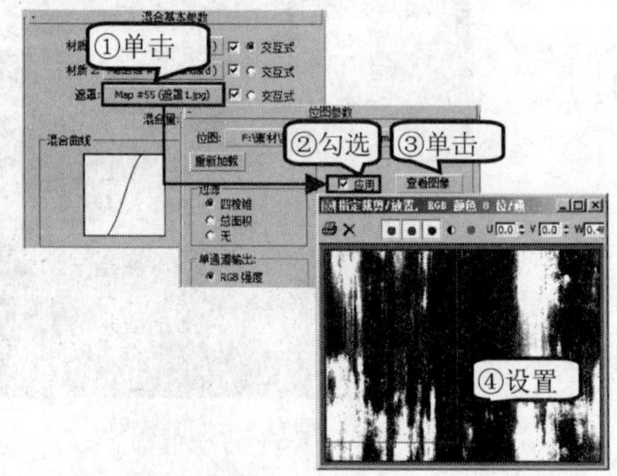

图7-77 设置【遮罩】的材质

图7-78 渲染结果

(6) 按 Ctrl + S 组合键保存场景文件到指定目录，本案例制作完成。

7.3 教师辅导

第一问：

我在制作“熔岩星球”案例时，发现“细胞”形状很大，是何原因？

解答一：

这是细胞参数的设置与“星球”大小不匹配所致，光盘素材提供的“星球”半经为“100”（当然这跟系统尺寸也有关系）。读者可多尝试，理解此案例制作的根本原理。

第二问：

物体逐渐消失的动画能不能用贴图表现？

解答二：

当然可以。使用渐变、衰减、渐变坡度等贴图都可以做到。比如使用渐变坡度贴图，给材质的【不透明度】添加渐变坡度贴图之后，在【渐变坡度参数】卷展栏的颜色条上添加两个标志，黑色控制透明部分，白色控制不透明部分，在启用动画记录模式之后，移动这两个标志的位置即可做透明动画，如图 7-79 所示。

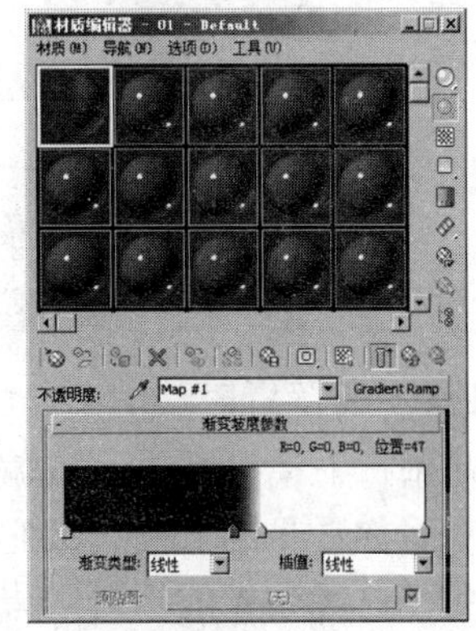

图7-79　给材质的【不透明度】添加渐变坡度贴图

第三问：

为什么在给不规则的物体贴图的时候，纹理会被拉伸变形？

解答三：

在给不规则物体贴图时，比如人物模型，如果使用的是二维贴图，则纹理会不同程度地被拉伸，这是因为我们在建模时改变了模型的 UV 布局。纠正方法是，给模型添加【UVW 贴图】修改器，对模型进行 UV 的再编辑。

7.4 一章一技巧——反射与折射贴图

反射与折射贴图一般应用在反射或折射颜色通道上，反射与折射贴图包括 4 种类型：平面镜贴图、光线跟踪贴图、反射/折射贴图、薄壁折射贴图。

一、 平面镜贴图

平面镜贴图是指具有镜子的反射效果，按照原样进行反射而不扭曲对象，原理如图 7-80 所示。

图7-80　平面镜贴图

二、 光线跟踪贴图

使用光线跟踪贴图可以提供全部光线跟踪反射和折射。生成的反射和折射比反射/折射贴图的反射和折射更精确。该贴图一般应用在材质的【反射】或【折射】贴图通道上，效果如图 7-81 所示。

三、 反射/折射贴图

反射/折射贴图是以对象为中心在周围表现反向和折射效果的贴图，该贴图和光线跟踪贴图一样，一般应用在材质的【反射】或【折射】贴图通道上，效果如图 7-82 所示。

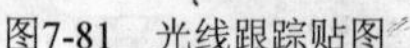

图7-81　光线跟踪贴图

图7-82　反射/折射贴图

要点提示 反射/折射贴图专门用于弯曲或不规则形状的对象，对于要准确反映环境的类似镜子的平面，则使用平面镜贴图。为实现更准确的反射，特别是反射介质中的对象（如一杯水中的一支铅笔），则使用薄壁折射贴图。

四、 薄壁折射贴图

薄壁折射模拟缓进，或偏移效果，例如，鱼儿在清澈的水里游动，可以看得很清楚。然而，沿着你看见的方向去叉它，却叉不到。有经验的渔民都知道，只有瞄准鱼的下方才能把鱼叉到，这就是光的折射效果，如图 7-83 所示。

图7-83　薄壁折射贴图

第8章　摄影机与灯光

3ds Max 2010 中的摄影机是调整观察场景视角的重要工具，使用摄影机不仅便于观察场景，还可提供许多模拟真实摄影机的特效。

三维场景中离不开灯光，它可以照亮场景，使模型显示出各种反射效果并产生阴影，只有应用了灯光，为模型设置的各种材质才有意义。

8.1　摄影机

3ds Max 2010 中的摄影机与现实世界中的摄影机十分相似，摄影机的位置、摄影角度、焦距等都可以随意调整，这样不仅方便观看场景中各部分的细节，而且可以利用摄影机的移动创建浏览动画，另外使用摄影机还可以制作一些特殊效果，如景深、运动模糊等。

8.1.1　基础知识——摄影机及其应用

一、　摄影机的种类

3ds Max 2010 中提供了两种类型的摄影机。

(1)　目标摄影机。

目标摄影机除了有摄影机对象外，还有一个目标点，摄影机的视角始终向着目标点，以查看所放置的目标点周围的区域。其中摄影机和目标点的位置都可单独自由调整，如图 8-1 所示。

(2)　自由摄影机。

自由摄影机只有一个对象，不仅可以自由移动位置坐标，还可以沿自身坐标自由旋转和倾斜，如图 8-2 所示。当创建摄影机沿着一条路径运动的动画时，使用自由摄影机可方便地实现转弯等效果。

二、　摄影机的参数

3ds Max 2010 中的摄影机主要通过两个参数控制其观察效果：焦距和视野，如图 8-3 所示。这两个参数分别用摄影机【参数】卷展栏中的【镜头】和【视野】参数指定，如图 8-4 所示。

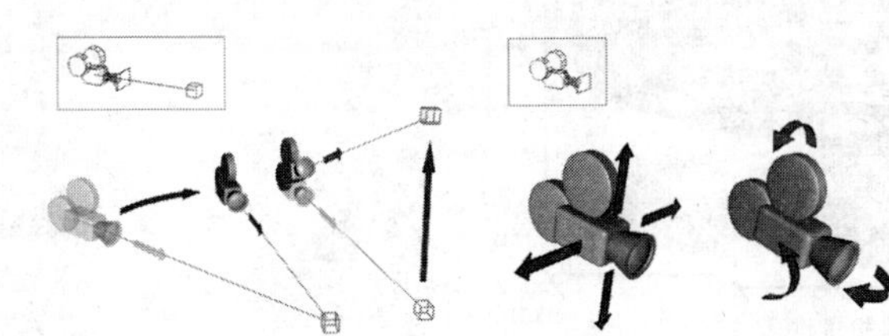

图8-1　目标摄影机

图8-2　自由摄影机

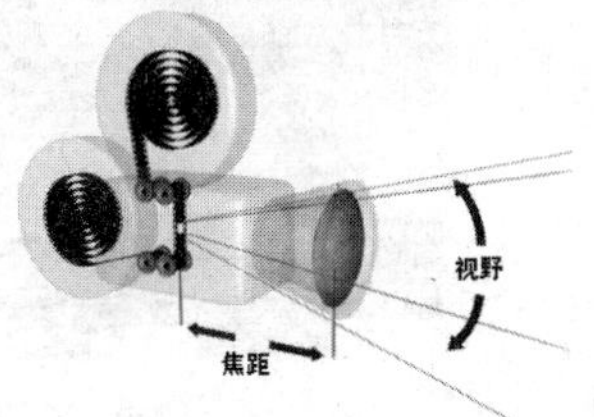

图8-3　摄影机的焦距和视野

图8-4　摄影机参数

(1) 焦距。

焦距决定了被拍摄物体在摄影机视图中的大小。以相同的距离拍摄同一物体时，焦距越长，被拍摄物体在摄影机视图上显示就越大；焦距越短，被拍摄物体在摄影机视图上显示就越小，摄影机视图中包含的场景也就越多。

(2) 视野。

视野（FOV）用于控制场景可见范围的大小，视野越大，在摄影机视图中包含的场景就越多。视野与焦距相互联系，改变其中一个的值，另一个也会相应地改变。

三、 摄影机视角的调整

摄影机的观察角度除了可以通过工具栏上的移动和旋转工具进行调整外，在摄影机视图中，还可通过右下角视图控制区提供的导航工具对摄影机的视角进行调整，导航工具及其功能说明如图 8-5 所示。

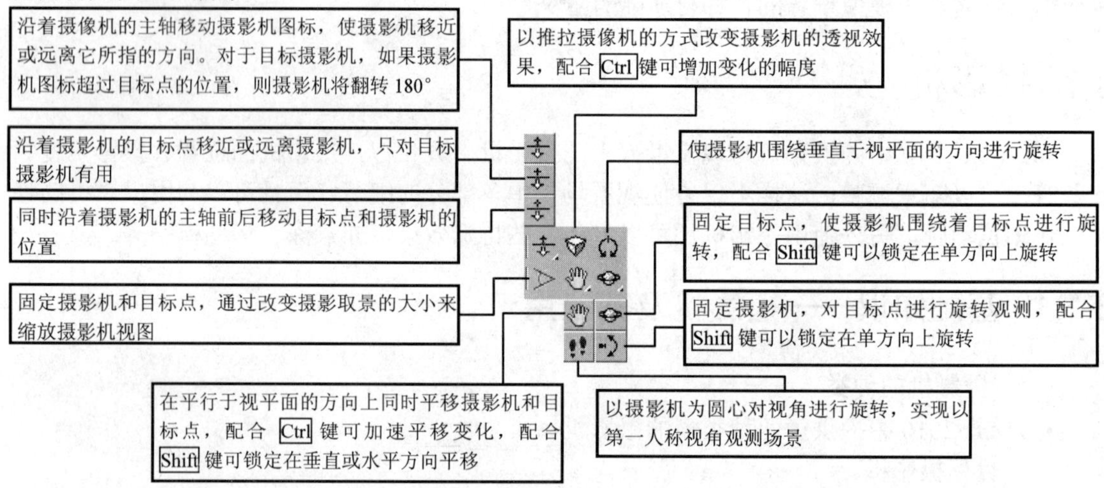

图8-5　导航工具及其功能说明

四、 景深运动模糊效果

在【多过程效果】设置项中勾选☑启用选项，即可通过参数设置制作景深和运动模糊效果，如图 8-6 所示。

景深是摄影术语，当镜头的焦距调整在聚焦点上时，只有唯一的点会在焦点上形成清晰的影像，其他部分会形成模糊的影像，在焦点前后出现清晰区。

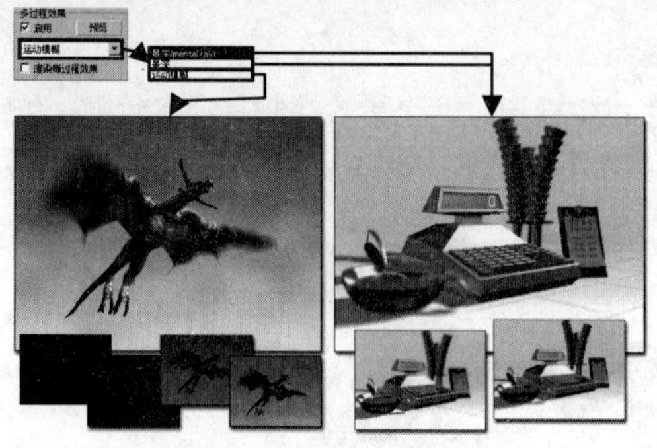

图8-6　运动模糊和景深效果

8.1.2　案例剖析——制作“画室景深效果”

本案例使用摄影机的景深功能对画室中的不同对象制作景深效果，并通过案例向读者讲解景深参数的设置技巧，最终效果如图 8-7 所示。

图8-7　最终效果

【操作思路】

【操作步骤】

1.　创建摄影机。

(1)　运行 3ds Max 2010 软件。

(2)　打开制作模板。

①　按 Ctrl + O 组合键打开附盘文件“素材\第 8 章\画室景深效果\画室景深效果.max”，如图 8-8 所示。

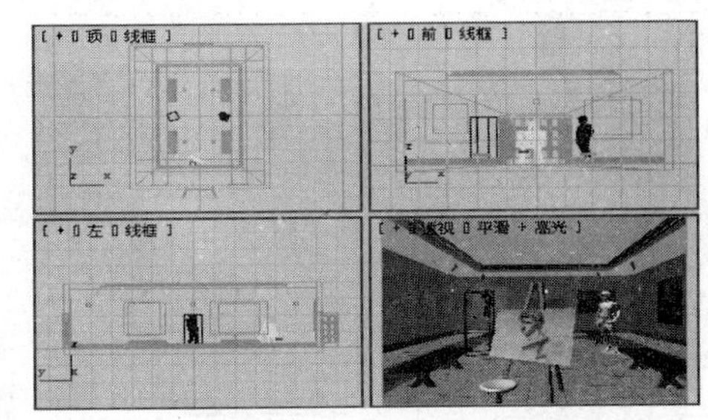

图8-8　打开制作模板

②　场景中提供了本案例所需的模型并赋予材质。

(3)　创建目标摄影机，操作步骤如图 8-9 所示。

①　单击按钮切换到【创建】面板。

②　单击按钮切换到【标准摄像机】面板。

③　单击 目标 按钮。

④　在顶视图中按下鼠标左键。

⑤　拖动鼠标光标。

⑥　释放鼠标左键。

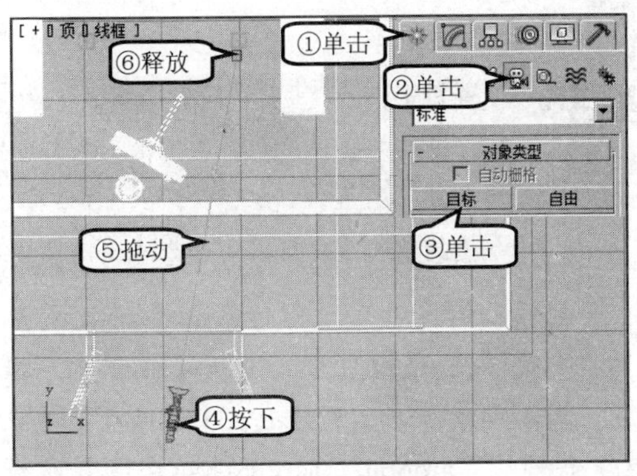

图8-9　创建目标摄影机

2.　制作“画架”对象的景深效果，操作步骤如图 8-10 所示。

(1)　设置摄影机位置。

①　设置场景中“Camera01”对象的位置参数。

②　设置场景中“Camera01.Target”对象的位置参数。

要点提示 在透视图中观察可以发现，此时“Camera01.Target”对象正处在画架对象的前面，这样做的目的就是确定场景中画架对象为渲染画面中的清晰对象，而其他对象都会被模糊掉。

(2) 设置景深参数，操作步骤如图 8-11 所示。

① 选中场景中的“Camera01”对象。

② 在【修改】面板的【多过程效果】设置项中勾选☑ 启用选项。

③ 设置【景深类型】为【景深（mental ray）】。

④ 设置【f 制光圈】为“0.5”。

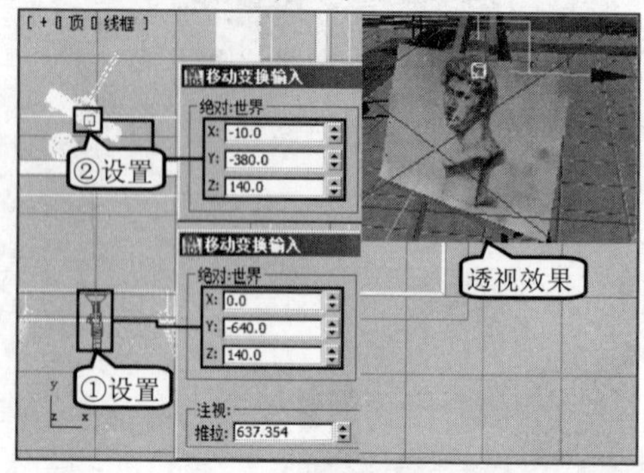

图8-10　设置摄影机位置

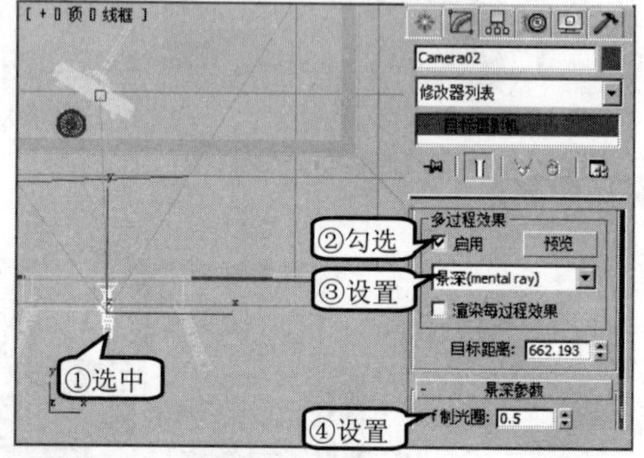

图8-11　设置景深参数

(3) 设置 mental ray 渲染参数，操作步骤如图 8-12 所示。

① 按F10键打开【渲染设置】窗口。

② 单击【渲染器】选项卡，在【景深（仅透视视图）】设置项中设置参数。

③ 按F9键渲染。

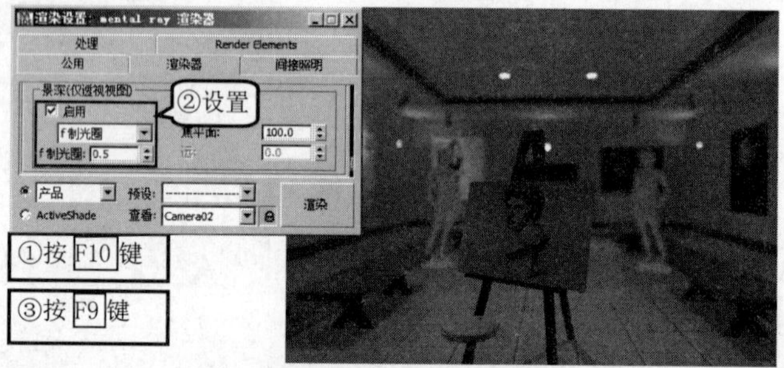

图8-12　设置 mental ray 渲染参数

要点提示 设置摄影机的【f 制光圈】参数。增加【f 制光圈】参数使景深变短，减小【f 制光圈】参数使景深变长。默认设置是 2.0。

对于真实的摄影机来说【f 制光圈】参数小于 1.0 是不现实的，但是在场景比例没有使用现实单位的情况下，可以用这个值帮助调整场景的景深。

3. 制作“石膏模型 1”对象的景深效果。

(1) 修改“Camera01.Target”对象位置，操作步骤如图 8-13 所示。

① 选中场景中的“Camera01.Target”对象。

② 设置“Camera01.Target”对象位置参数。

(2) 渲染景深效果，操作步骤如图 8-14 所示。

① 按C键切换到摄影机视图。

② 按F9键渲染。

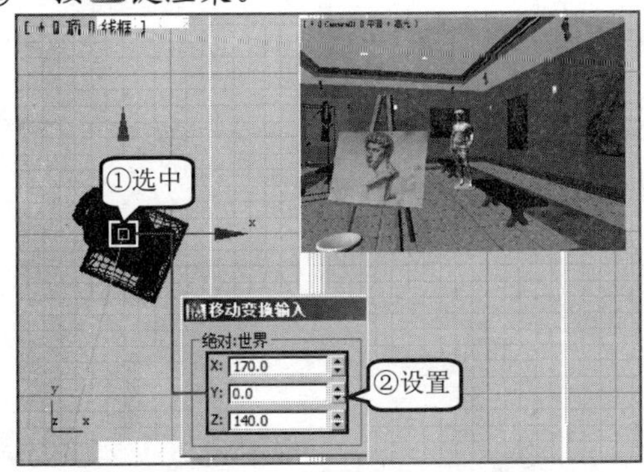

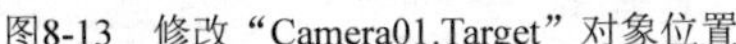

图8-13　修改“Camera01.Target”对象位置

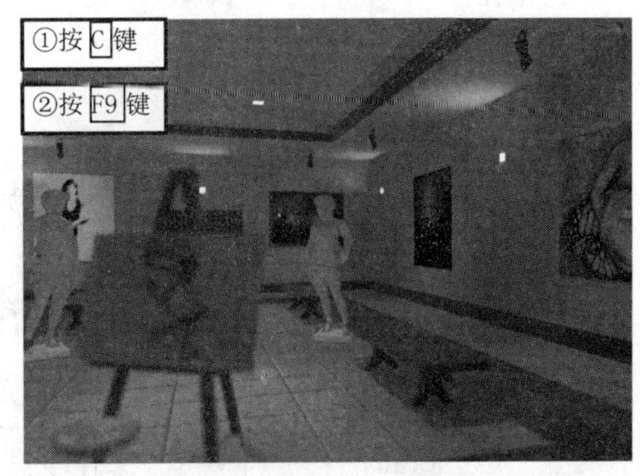

图8-14　渲染景深效果

(3) 按Ctrl+S组合键保存场景文件到指定目录，本案例制作完成。

8.1.3 拓展案例——制作“穿越动画”

自由摄像机由于其使用非常灵活，故方便用来制作摄像机的动画，本案例使用自由摄像机制作一个长城上穿越烽火台的动画，最终效果如图 8-15 所示。

图8-15　最终效果

【操作思路】

【步骤提示】

1. 创建自由摄影机对象。

(1) 运行 3ds Max 2010 软件。

(2) 打开制作模板。

① 按Ctrl+O组合键打开附盘文件“素材\第 8 章\穿越动画\穿越动画.max”，如图 8-16 所示。

② 场景中提供了本案例所需的模型并赋予材质。

③ 场景中绘制了一条用于摄影机路径的样条线：“穿越路径”。

(3) 创建自由摄影机，操作步骤如图 8-17 所示。

① 单击按钮切换到【创建】面板。

图8-16　打开制作模板

② 单击按钮切换到【标准摄像机】面板。

③ 单击 自由 按钮。

④ 在顶视图中单击创建自由摄影机。

2. 制作摄影机路径约束动画。

(1) 为“Camera01”添加路径约束，操作步骤如图 8-18 所示。

① 选中场景中的“Camera01”对象。

② 选择【动画】/【约束】/【路径约束】命令。

③ 单击场景中的“穿越路径”样条线。

④ 设置“Camera01”旋转参数。

(2) 设置“Camera01”旋转参数，操作步骤如图 8-19 所示。

① 按 C 键切换到摄影机视图。

② 单击按钮在摄影机视图中预览动画效果。

(3) 预览效果已经满足预期效果，按 F9 键渲染，效果如图 8-15 所示。

(4) 按 Ctrl + S 组合键保存场景文件到指定目录，本案例制作完成。

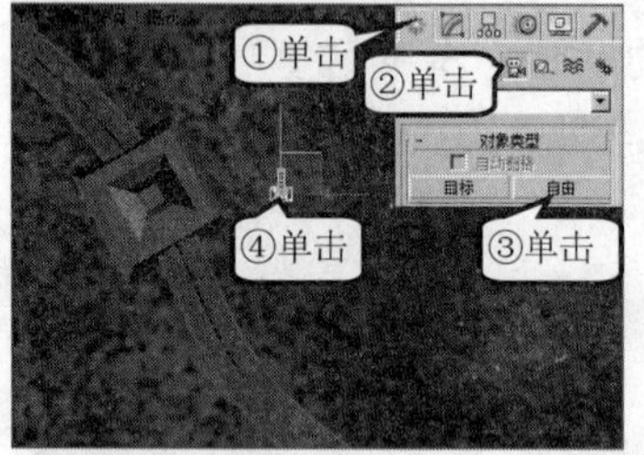

图8-17 创建自由摄影机

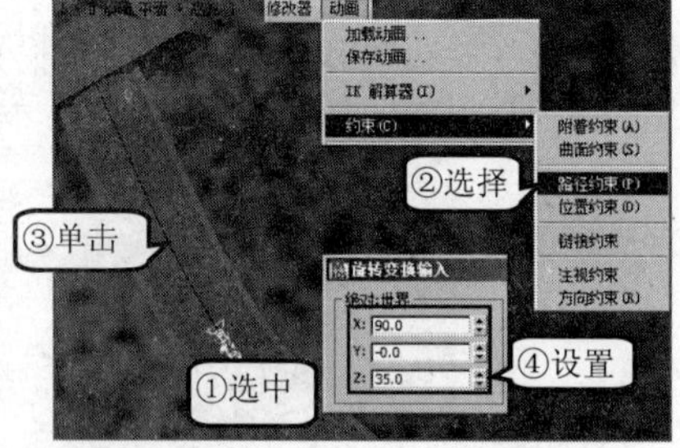

图8-18 为“Camera01”添加路径约束

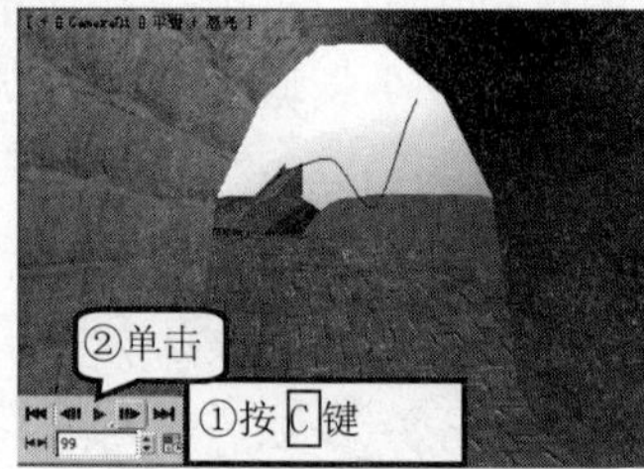

图8-19 设置“Camera01”旋转参数

8.2 灯光

在 3d Max 中灯光的主要作用就是照明物体、增加场景的真实感和模拟真实世界中的各种光源类型，此外灯光也是表现场景基调和烘托气氛的重要手段。良好的照明不仅能够使场景更加生动、更具表现力，而且可以带动人的感官，让人产生身临其境的感觉。

8.2.1 基础知识——灯光及其应用

一、 灯光的类型

在 3ds Max 2010 中提供了 3 种类型的灯光：光度学灯光、标准灯光和日光系统。

(1) 光度学灯光。

光度学灯光使用光度学（光能）值，可以更精确地定义灯光，就像在真实世界一样。用户可以创建具有各种分布和颜色特性的灯光，或导入照明制造商提供的特定光度学文件。

在 3ds Max 2010 中提供了 3 种类型的光度学灯光：目标灯光、自由灯光和 mr Sky 门户，如图 8-20 所示。

图8-20 光度学灯光

(2) 标准灯光。

标准灯光是基于计算机的模拟灯光对象，不同种类的灯光对象可用不同的方式投影灯光，用于模拟真实世界不同种类的光源，如家庭或办公室灯具、舞台灯光设备以及太阳光等。与光度学灯光不同，标准灯光不具有基于物理的强度值。

在 3ds Max 2010 中提供了 8 种类型的光度学灯光：目标聚光灯、自由聚光灯、目标平行光、自由平行光、泛光灯、天光、mr 区域泛光灯和 mr 区域聚光灯，如图 8-21 所示。

图8-21　标准灯光

(3) 日光系统。

日光系统遵循太阳照射在地球上的物理特性，使用它可以方便地创建太阳光照的效果。用户可以通过设置日期、时间和指南针方向来改变日光照射效果，也可以设置日期和时间的动画，从而动态地模拟不同时间、不同季节太阳光的照射效果，如图 8-22 所示。

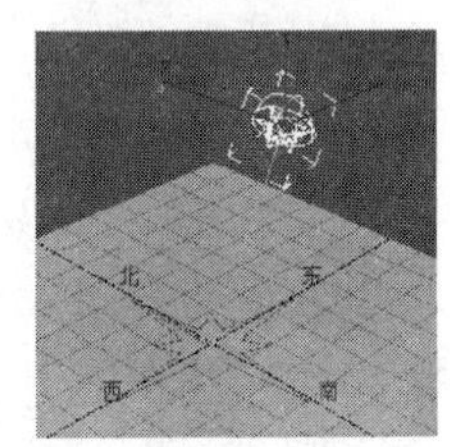

图8-22　日光系统

二、 光度学灯光常用设置

3ds Max 中的灯光具有多种参数，而且不同类型的灯光参数设置也不同，下面主要介绍光度学灯光的常用设置。

(1) 灯光模板。

在【模板】卷展栏的下拉列表中列出了一些常用灯值，可以方便地使用这些值作为定义光度学灯光的参考，如图 8-23 所示。

(2) 图形/区域阴影。

在这里可以选择用于生成阴影的灯光图形，共有 6 种形状，如图 8-24 所示。

① 点：计算阴影时，如同点在发射灯光一样。

② 线：计算阴影时，如同线在发射灯光一样。线性图形提供了长度控件。

③ 矩形：计算阴影时，如同矩形区域在发射灯光一样。区域图形提供了长度和宽度控件。

④ 圆形：计算阴影时，如同圆形在发射灯光一样。圆图形提供了半径控件。

⑤ 球体：计算阴影时，如同球体在发射灯光一样。球体图形提供了半径控件。

⑥ 圆柱体：计算阴影时，如同圆柱体在发射灯光一样。圆柱体图形提供了长度和半径控件。

这些渲染设置只适用于 mental ray 渲染器。扫描线渲染器不计算光度学区域阴影，而且扫描线渲染器不会将光度学区域灯光呈现为自供照明，或在渲染中显示光度学区域灯光的形状。

图8-23　灯光模板

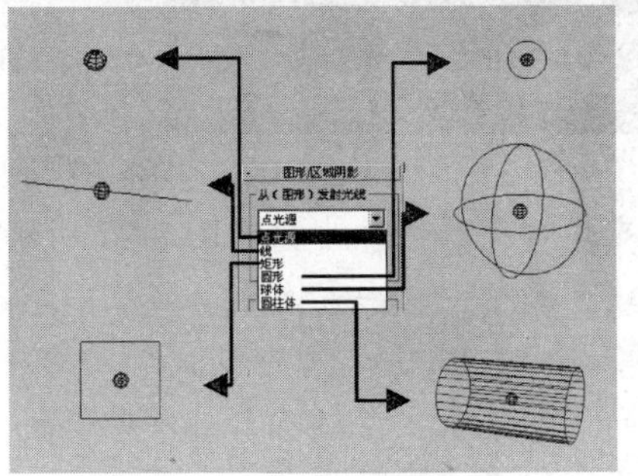

图8-24　图形/区域阴影

8.2.2 案例剖析——制作“夜景照明”

本案例通过添加光度学灯光完成场景的照明效果，案例制作完成后的效果如图 8-25 所示。

图8-25　最终效果

【操作思路】

【操作步骤】

1. 制作走廊的照明效果。

(1) 运行 3ds Max 2010 软件。

(2) 打开制作模板。

① 按 Ctrl + O 组合键打开附盘文件“素材\第 8 章\夜景照明\夜景照明.max”。

② 场景中制作了一个海边别墅。

③ 模板场景及其渲染效果如图 8-26 所示。

图8-26　模板场景及渲染效果

(3) 创建光度学灯光，操作步骤如图 8-27 所示。

① 在【创建】面板中单击按钮。

② 单击 自由灯光 按钮。

③ 在弹出的【创建光度学灯光】对话框中单击 是 按钮。

④ 在顶视图中创建一盏灯光。

⑤ 设置灯光的坐标参数。

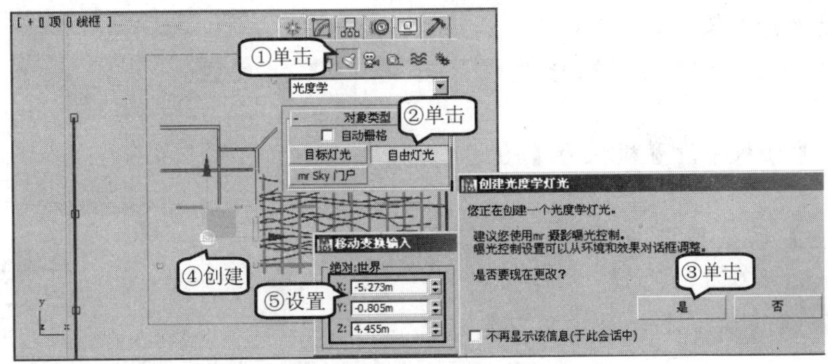

图8-27　创建光度学灯光

(4) 调整参数并克隆灯光，操作步骤如图 8-28 所示。

① 在【修改】面板的【模板】卷展栏中设置模板为【隐藏式 75W 灯光（web)】。

② 按住 Shift 键沿 x 轴移动灯光并以【实例】方式克隆灯光。

③ 设置克隆灯光的坐标参数。

④ 继续以【实例】方式克隆一个灯光。

⑤ 设置克隆灯光的坐标参数。

⑥ 渲染摄影机视图。

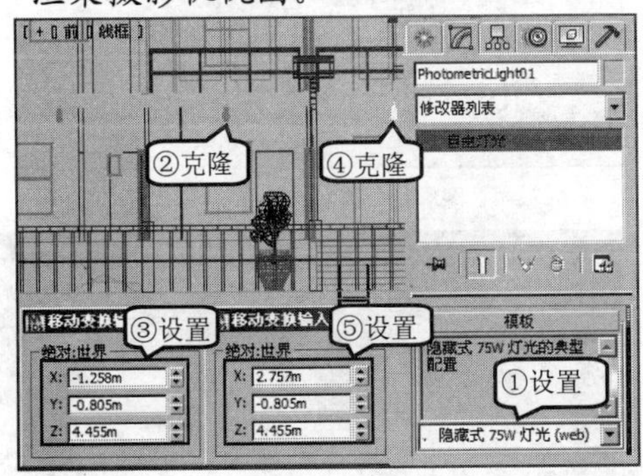

图8-28　调整参数并克隆灯光

(5) 调整曝光控制，操作步骤如图 8-29 所示。

① 按 8 键打开【环境和效果】窗口。

② 在【mr 摄影曝光控制】卷展栏中设置【预设值】为【物理性灯光，户外夜间】。

③ 渲染摄影机视图。

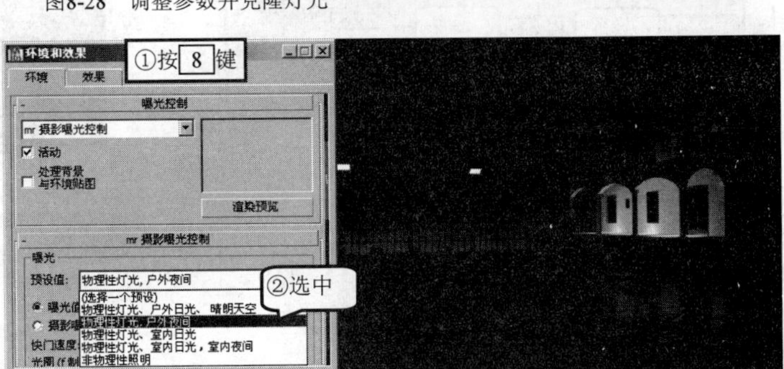

图8-29　调整曝光控制

2. 制作阳台的照明效果。

(1) 创建灯光，操作步骤如图 8-30 所示。

① 在【创建】面板中单击 自由灯光 按钮。

② 在顶视图中创建一盏灯光。

③ 设置灯光坐标参数。

(2) 调整参数并克隆灯光，操作步骤如图 8-31 所示。

① 在【修改】面板中设置模板为【100W 灯泡】。

② 在【颜色】设置项中点选第一个选项：【D65 Illuminant（基准白色）】。

③ 按住 Shift 键移动灯光并以【实例】方式克隆灯光。

④ 设置克隆灯光的坐标参数。

(3) 创建并克隆灯光，操作步骤如图 8-32 所示。

① 在【创建】面板中单击 自由灯光 按钮。

② 在顶视图中创建一盏灯光。

③ 设置灯光模板为【100W 灯泡】。

④ 设置灯泡坐标参数。

⑤ 按住 Shift 键移动灯光并以【实例】方式克隆灯光。

⑥ 设置克隆灯光的坐标参数。

⑦ 渲染摄影机视图。

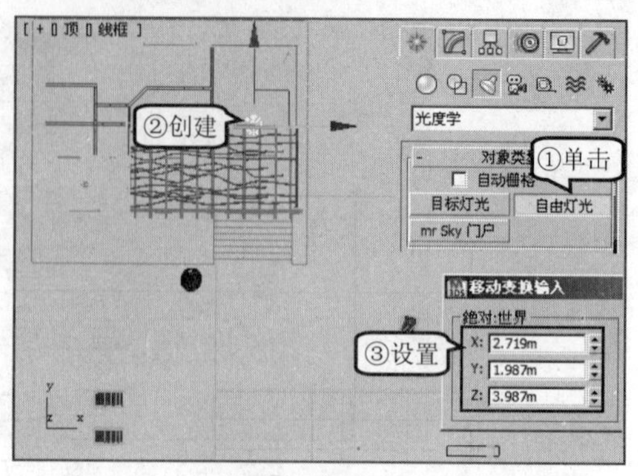

图8-30 创建灯光

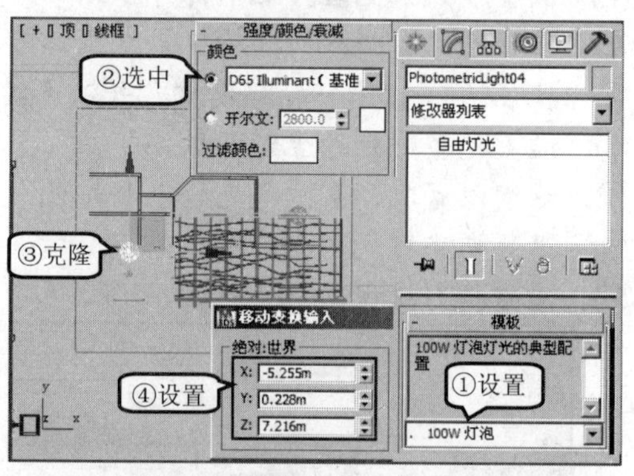

图8-31 调整参数并克隆灯光

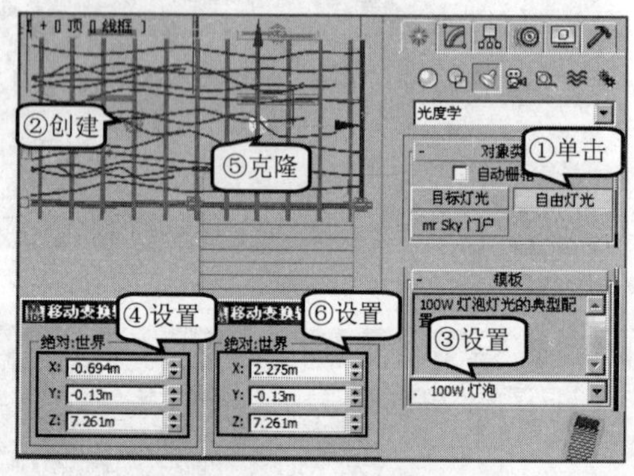

图8-32 创建并克隆灯光

3. 制作游泳池照明效果。

(1) 创建灯光，操作步骤如图 8-33 所示。

① 在【创建】面板中单击 自由灯光 按钮。

② 在顶视图中创建一盏灯光。

③ 设置灯光坐标参数。

(2) 调整并克隆灯光，操作步骤如图 8-34 所示。

① 在【创建】面板中设置灯光模板为【80W 卤元素灯泡】。

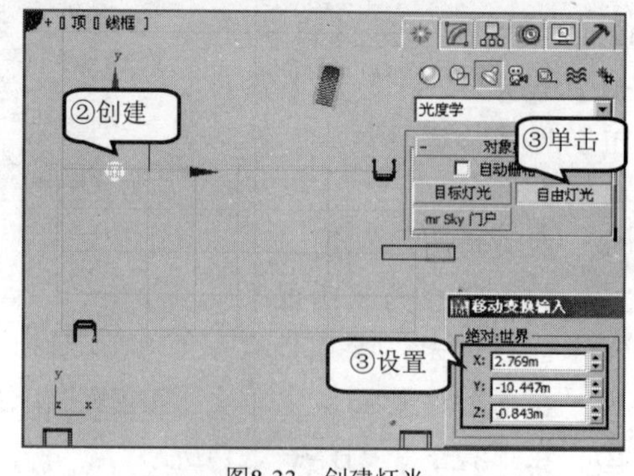

图8-33 创建灯光

② 设置【开尔文】为“8 000”。
③ 按住Shift键沿 x 轴移动灯光至泳池中线处。
④ 设置【副本数】为“2”。
⑤ 单击确定按钮。

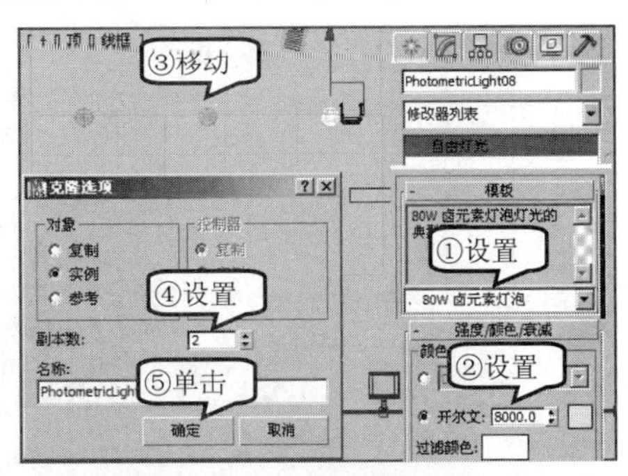

图8-34　调整并克隆灯光

(3) 克隆灯光，操作步骤如图 8-35 所示。
① 按住Ctrl键同时选中泳池中的 3 个灯光。
② 按住Shift键沿 y 轴移动灯光至泳池另一侧以【实例】方式克隆灯光。
③ 渲染摄影机视图。

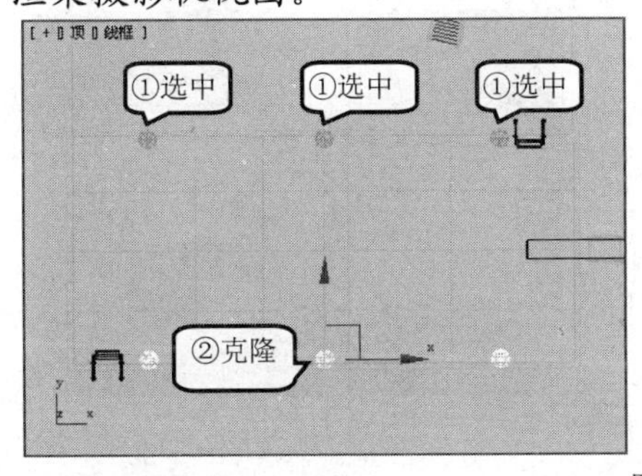

图8-35　克隆灯光

4. 制作灯柱照明效果。
(1) 创建灯光，操作步骤如图 8-36 所示。
① 在【创建】面板中单击自由灯光按钮。
② 在顶视图中创建一盏灯光。
③ 设置灯光坐标参数。

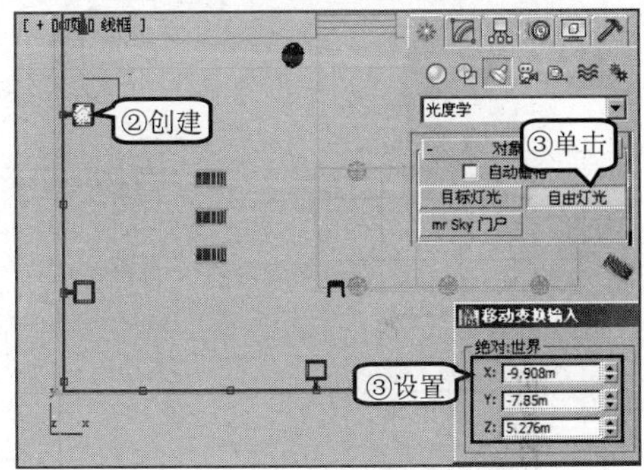

图8-36　创建灯光

(2) 调整灯光参数，操作步骤如图 8-37 所示。
① 在【修改】面板中设置灯光模板为【4ft 暗槽荧光灯（web)】。
② 设置【从（图形）发射光线】参数。
③ 调整灯光旋转参数。

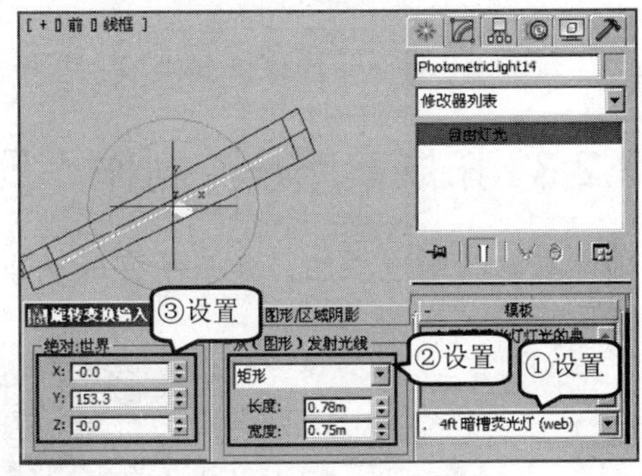

图8-37　调整灯光参数

(3) 克隆灯光，操作步骤如图 8-38 所示。
① 按住Shift键沿 y 轴移动灯光至下侧灯罩内并以【实例】方式克隆。
② 按住Ctrl键同时选中灯罩内的两盏灯光并沿 x 方向克隆。
③ 将最后克隆出的两盏灯光旋转 180°。
(4) 调整并克隆灯光，操作步骤如图 8-39 所示。
① 将最后克隆出的两盏灯光沿 x 轴移动至右侧灯罩内。
② 再次对两盏灯光进行克隆。
③ 顺时针旋转 90°。

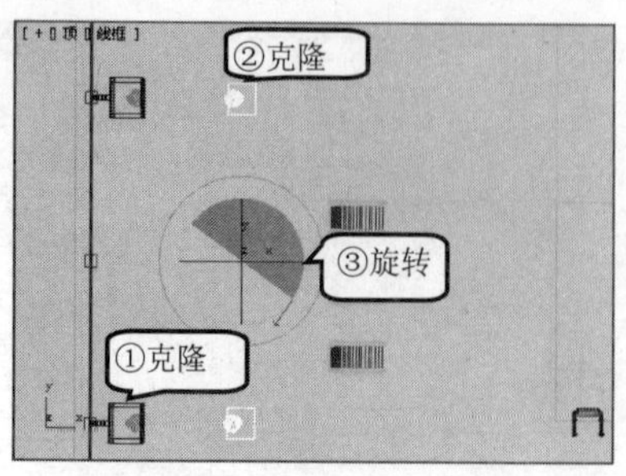

图8-38　克隆灯光

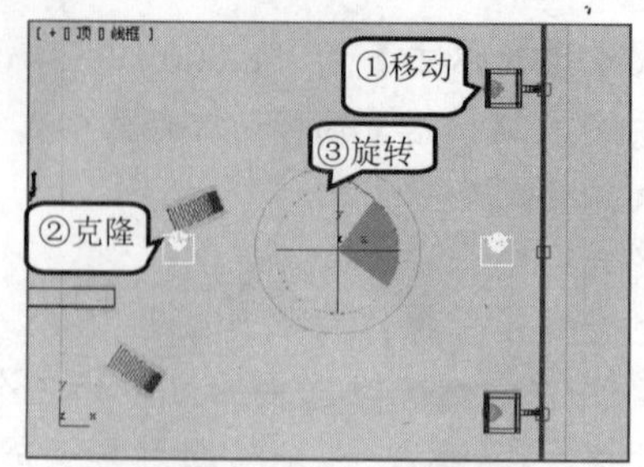

图8-39　调整并克隆灯光

(5)　调整灯光位置至灯罩内，渲染摄影机视图，如图 8-40 所示。

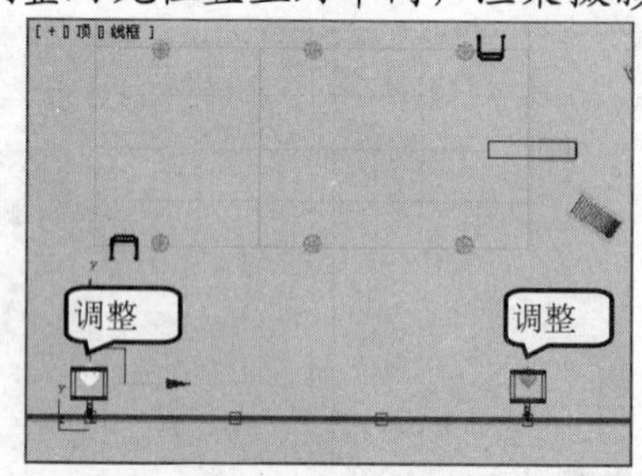

图8-40　调整灯光位置

(6)　调整灯光强度，操作步骤如图 8-41 所示。

①　任意选中一个灯罩内的灯光。

②　在【修改】面板中设置其【结果强度】为“200%”。

③　渲染摄影机视图。

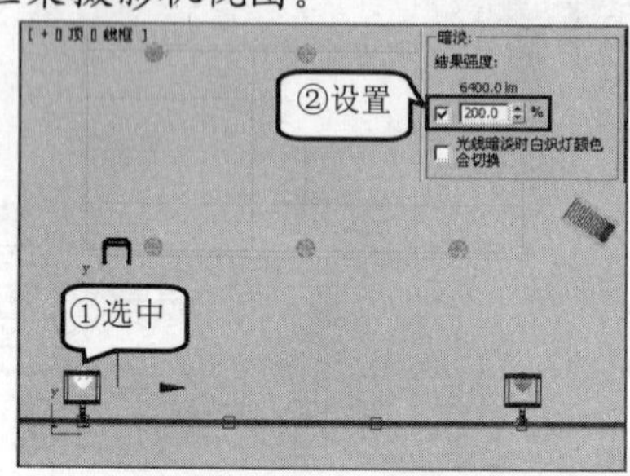

图8-41　调整灯光强度

(7)　按Ctrl+S组合键保存场景文件到指定目录，本案例制作完成。

8.2.3　拓展案例——制作“日光照明”

本案例通过添加日光系统完成场景的日光照明效果，案例制作完成后的效果如图 8-42 所示。

图8-42　最终效果

【操作思路】

【步骤提示】

1. 创建日光系统。

(1) 运行 3ds Max 2010 软件。

(2) 打开制作模板。

① 按 Ctrl + O 组合键打开附盘文件"素材\第 8 章\日光照明\日光照明.max"，如图 8-43 所示。

② 场景中制作了一个海边别墅。

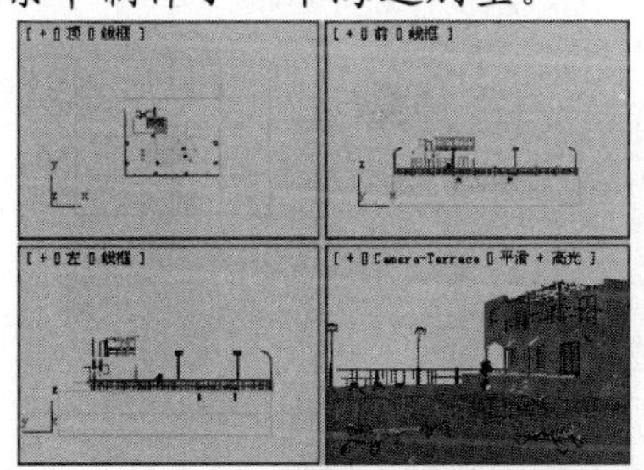

图8-43　模板场景及渲染效果

(3) 创建日光系统，操作步骤如图 8-44 所示。

① 在【创建】面板中单击 按钮。

② 单击 日光 按钮。

③ 在弹出的【创建日光系统】对话框中单击 是 按钮。

④ 在顶视图中单击并略微拖动以创建指南针。

⑤ 松开鼠标左键，在弹出的【mental ray Sky】对话框中单击 是(Y) 按钮。

⑥ 向上移动鼠标以定位日光对象，单击完成创建。

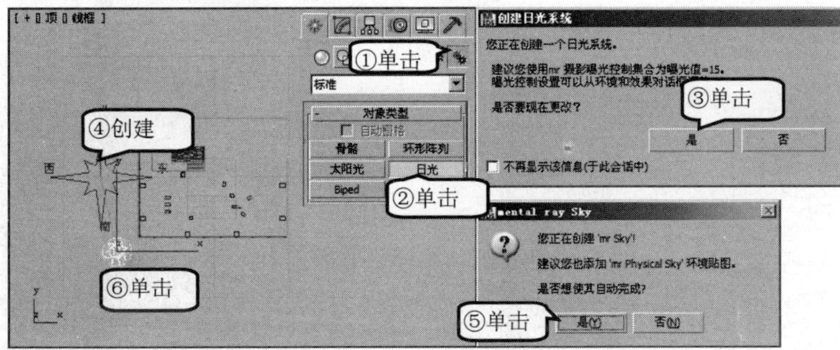

图8-44　创建日光系统

(4) 设置日光系统参数，操作步骤如图 8-45 所示。

① 在【修改】面板中单击 设置... 按钮切换到【运动】面板。

② 设置【时间】为“15：00”。

(5) 渲染摄影机视图获得的设计效果如图 8-46 所示。

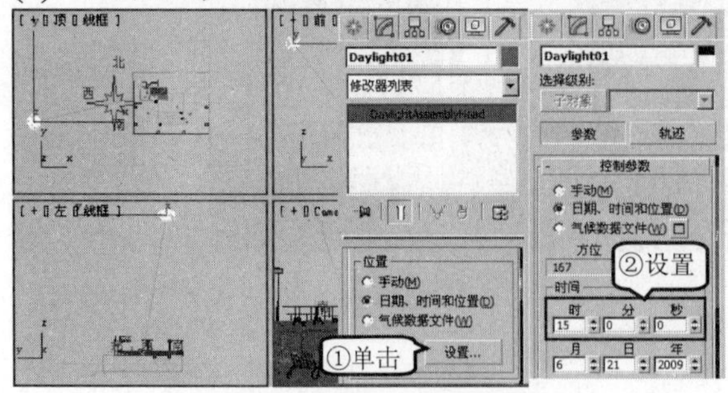

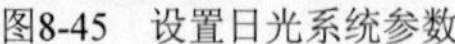

图8-45 设置日光系统参数

图8-46 渲染效果

(6) 启用最终聚集，操作步骤如图 8-47 所示。

① 按F10键打开【渲染设置：mental ray 渲染器】对话框。

② 单击【间接照明】选项卡。

③ 勾选 ☑ 启用最终聚集 选项。

④ 渲染摄影机视图。

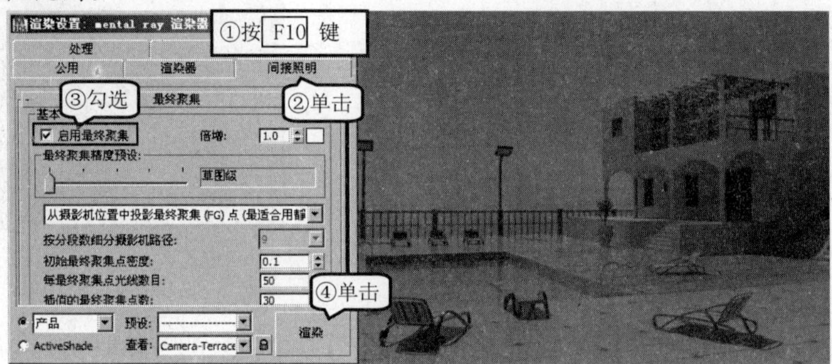

图8-47 启用最终聚集

2. 制作下午照明效果。

(1) 调整日光系统参数，操作步骤如图 8-48 所示。

① 在【运动】面板中设置【时间】为“18：20”。

② 设置【北向】为“345”。

③ 渲染摄影机视图。

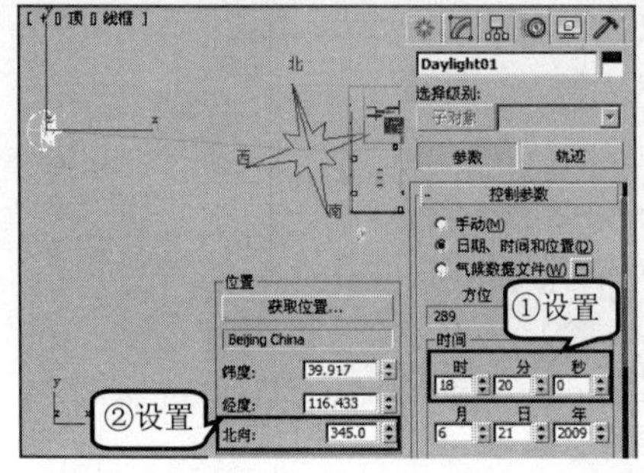

图8-48 调整日光系统参数

(2) 调整曝光控制，操作步骤如图 8-49 所示。

① 按8键打开【环境和效果】窗口。

图8-49　调整曝光控制

② 在【mr 摄影曝光控制】卷展栏中点选 摄影曝光： 选项。

③ 设置【光圈】为“5.6”。

④ 渲染摄影机视图。

3. 制作傍晚照明效果。

(1) 调整日光系统参数，操作步骤如图 8-50 所示。

① 在【运动】面板中设置【时间】为“19: 35”。

② 渲染摄影机视图。

图8-50　调整日光系统参数

(2) 调整曝光控制，操作步骤如图 8-51 所示。

① 在【环境和效果】窗口中设置【快门速度】为“100”。

② 渲染摄影机视图。

图8-51　调整曝光控制

(3) 按 Ctrl + S 组合键保存场景文件到指定目录，本案例制作完成。

8.3 教师辅导

第一问：

我用摄影机视图渲染出来的图，为什么有些离摄像机较近的对象会有破面现象呢？

解答一：

如果排除对象自身是破面的缘故，那么可能是该对象与摄像机的【近距剪切平面】相交，位于【近距剪切平面】和摄像机之间的对象部分就会被切除掉，看起来就会出现破面现象。

图 8-52 左图：剪切平面排除前景椅子和桌子的前方区域。

同时还会切除【远距剪切平面】后的区域，如图 8-52 右图所示：剪切平面排除背景椅子和桌子的后方区域。

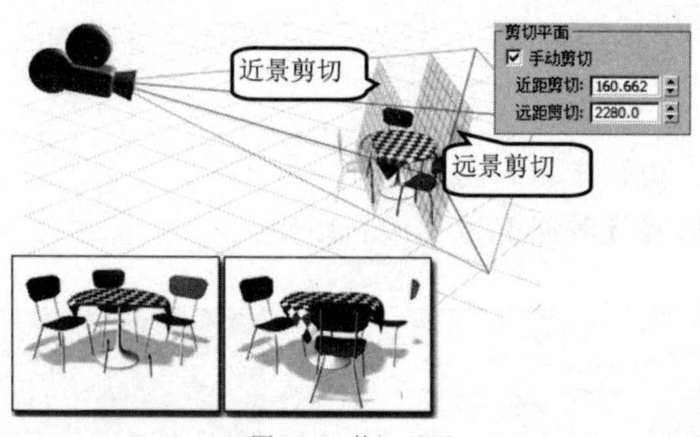

图8-52　剪切平面

第二问：

在使用日光系统时，我想模拟特定地点的太阳光照射情况，该如何设置？

解答二：

首先选中场景中的日光系统，切换到【运动】面板，单击 获取位置... 按钮打开【地理位置】对话框，在其中便可对日光系统的地理位置进行设置，如图 8-53 所示。

图8-53　设置地理位置

8.4 一章一技巧——安全框的使用

相信读者在出渲染效果图的时候都出现过渲染效果图范围和用来渲染的视口范围不同的情况，如果要达到出图范围和预期效果一样，就必须具备一定的出图经验，对于初学者可以使用安全框功能来辅助出图。

(1) 按Ctrl+O组合键打开附盘文件“源文件\第 8 章\画室景深效果\画室景深效果.max”。

(2) 显示安全框，操作步骤如图 8-54 所示。

① 按C键切换到摄影机视图。

② 在视口左上角右击“Camera01”。

③ 在弹出的快捷菜单中选择【显示安全框】命令。

(3) 图 8-55 所示为显示安全框的效果，此时在安全框以内的区域就是出图的区域。

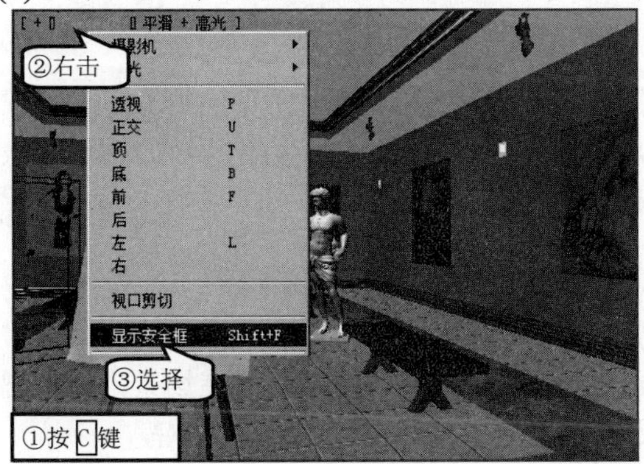

图8-54　显示安全框

图8-55　显示安全框效果

第9章　环境和效果

环境特效是制作三维效果中常用的一种效果，包含多种现实生活中常见的特效，例如雾气、火焰等。利用 3ds Max 2010 的环境特效可以制作出很多真实的效果，例如燃烧的火焰、爆炸时产生的火焰、大雾弥漫以及一些体积光的特效等。

9.1　环境

在环境中应用最多的就是大气效果，利用大气效果功能可以非常容易地在场景中模拟出燃烧、云雾和阳光的体积光等特效，从而使场景看上去更加真实、更具感染力。

9.1.1　基础知识——大气效果的应用

在 3ds Max 2010 中提供了 4 种大气效果，分别是火效果、雾、体积雾和体积光，如图 9-1 所示。

一、　火效果

火效果用于制作火焰、烟雾和爆炸等效果，如图 9-2 所示。通过修改相关参数还可方便地制作出云层效果。

二、　雾

雾用于制作晨雾、烟雾、蒸汽等效果，分为标准雾和分层雾两种类型。

(1)　标准雾。

标准雾的深度是由摄影机的环境范围进行控制的，所以要求场景中必须创建摄影机。标准雾的效果如图 9-3 所示。

图9-1　大气效果列表

图9-2　火效果

图9-3　标准雾效果

(2)　分层雾。

分层雾在场景中具有一定的高度，而长度和宽度则没有限制，主要用于表现舞台和旷野中的雾效。分层雾的效果如图 9-4 所示。

三、　体积雾

体积雾效果可以在场景中生成密度不均匀的三维云团，如图 9-5 所示。它能够像分层雾一样使用澡波参数，适合制作可以被风吹动的云雾效果。

四、　体积光

体积光效果可以产生具有体积的光线，这些光线可以被物体阻挡，产生光线透过缝隙的效果，如图 9-6 所示。

图9-4　分层雾效果

图9-5　体积雾效果

图9-6　体积光效果

9.1.2　案例剖析——制作“美丽海岛”

本案例使用雾和火效果制作海岛上的云雾效果，制作完成后的效果如图 9-7 所示。

图9-7　最终效果

【操作思路】

【操作步骤】

1.　制作雾效果。

(1)　运行 3ds Max 2010 软件。

(2)　打开制作模板。

①　按 Ctrl + O 组合键打开附盘文件“素材\第 9 章\美丽海岛\美丽海岛.max”。

②　场景中制作了海面、海岛和天空，并加入了一艘油轮。

③　场景中创建了一个摄影机，并默认从摄影机视图观察。

④　模板场景及其渲染效果如图 9-8 所示。

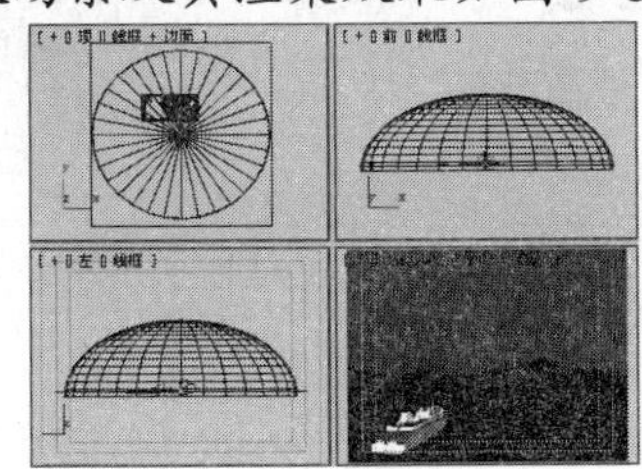

图9-8　模板场景及其渲染效果

(3) 添加雾效果，操作步骤如图 9-9 所示。

① 按8键打开【环境和效果】窗口。

② 在【大气】卷展栏中单击 添加... 按钮。

③ 双击【雾】选项。

④ 渲染摄影机视图。

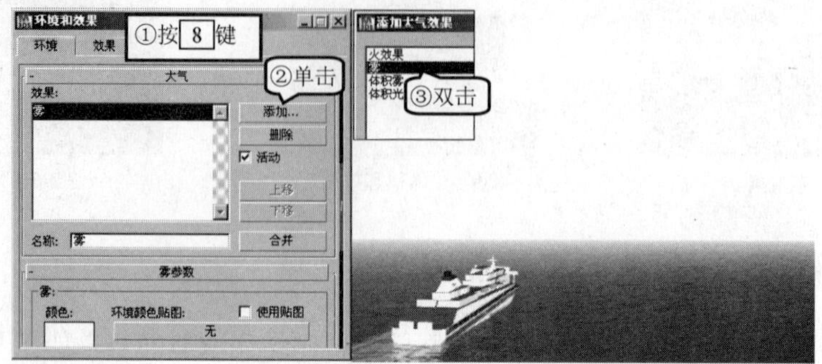

图9-9 添加雾效果

(4) 调整雾效果，操作步骤如图 9-10 所示。

① 在【雾参数】卷展栏中勾选 ☑指数 选项。

② 设置【远端】为“30”。

③ 渲染摄影机视图。

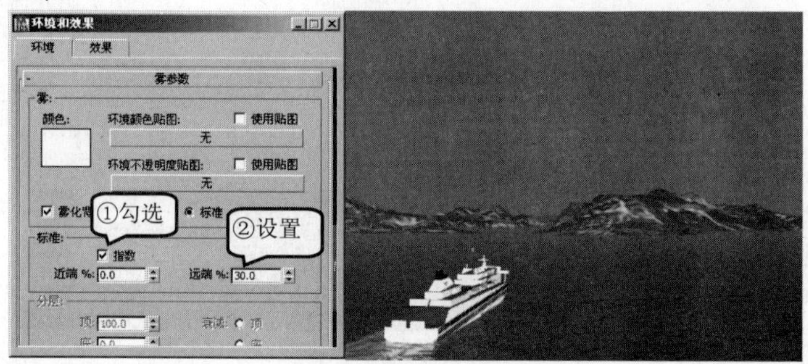

图9-10 调整雾效果

2. 制作天空云层效果。

(1) 创建云层容器，操作步骤如图 9-11 所示。

① 在【创建】面板中单击按钮。

② 设置创建对象类型为【大气装置】。

③ 单击 长方体 Gizmo 按钮。

④ 在顶视图中绘制一个长方体 Gizmo。

⑤ 设置长方体 Gizmo 的参数。

⑥ 设置坐标参数。

(2) 创建云层容器，操作步骤如图 9-12 所示。

① 单击 长方体 Gizmo 按钮。

② 在顶视图中绘制一个长方体 Gizmo。

③ 设置长方体 Gizmo 的参数。

④ 设置坐标参数。

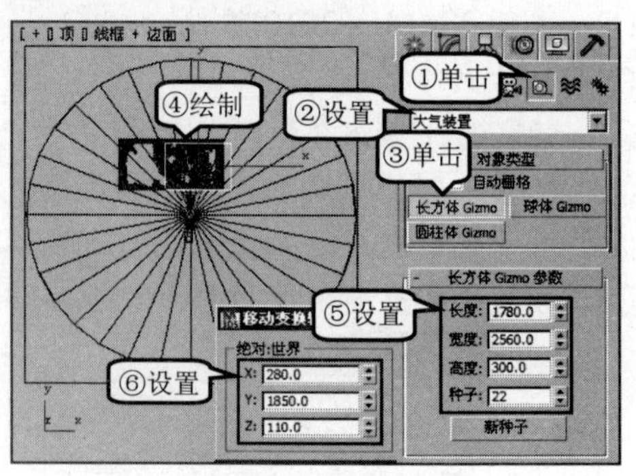

图9-11 创建云层容器

(3) 继续在顶视图中再绘制两个长方体 Gizmo，操作步骤如图 9-13 所示。

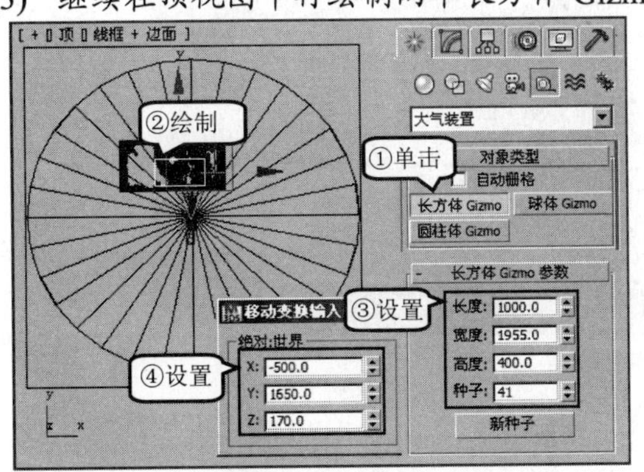

图9-12　创建云层容器

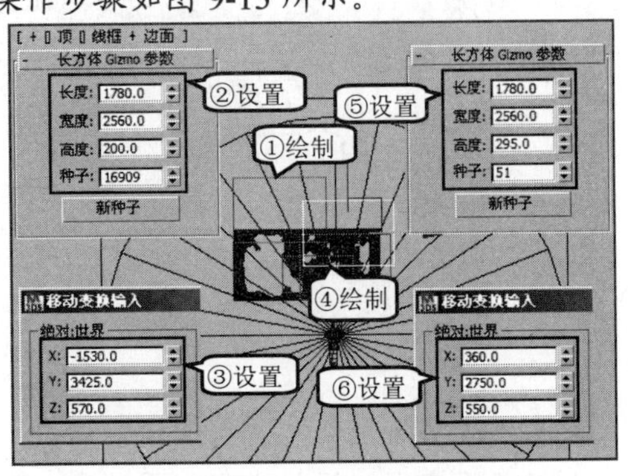

图9-13　创建云层容器

(4) 继续在顶视图中再绘制两个长方体 Gizmo，操作步骤如图 9-14 所示。

(5) 添加大气效果，操作步骤如图 9-15 所示。

① 按8键打开【环境和效果】窗口。

② 在【大气】卷展栏中单击 添加... 按钮。

③ 双击【火效果】选项。

④ 在【火效果参数】卷展栏中单击 拾取 Gizmo 按钮。

⑤ 按H键打开【拾取对象】窗口。

⑥ 配合Ctrl键选中列表中所有 Gizmo 对象。

⑦ 单击 拾取 按钮。

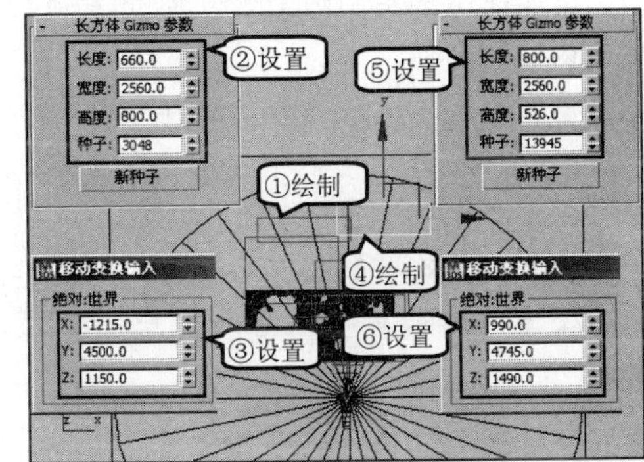

图9-14　创建云层容器

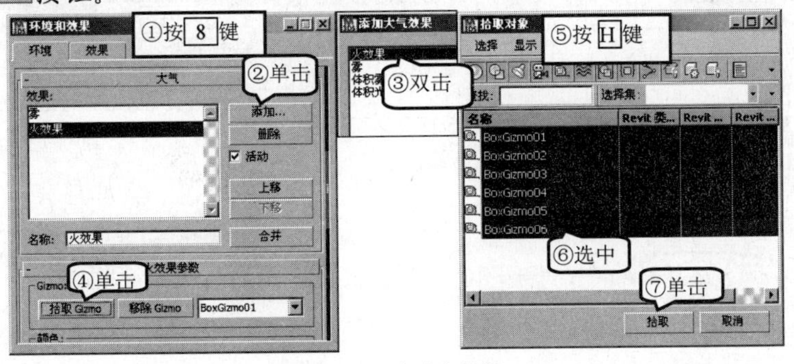

图9-15　添加大气效果

(6) 调整参数，操作步骤如图 9-16 所示。

① 单击【内部颜色】色块。

② 设置颜色参数。

③ 单击【外部颜色】色块。

④ 设置颜色参数。

⑤ 在【特性】设置项中设置参数。

⑥ 渲染摄影机视图。

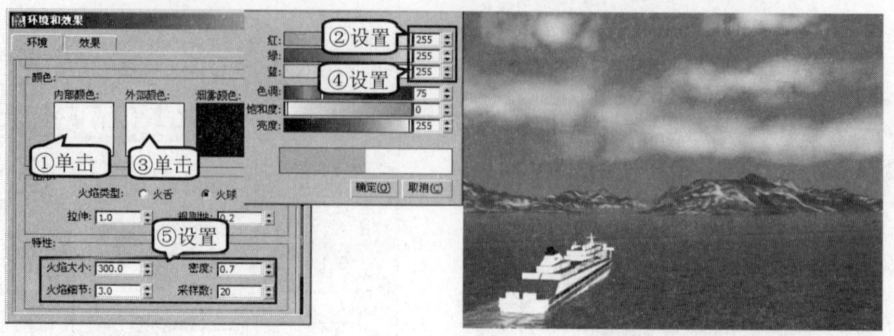

图9-16 调整参数

3. 制作山尖云层效果。

(1) 创建云层容器，操作步骤如图 9-17 所示。

① 在【创建】面板中单击 长方体 Gizmo 按钮。

② 在顶视图中绘制两个长方体 Gizmo，并分别设置参数和坐标。

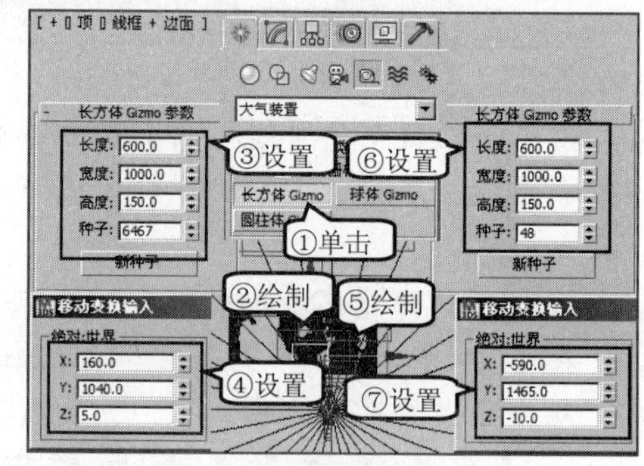

图9-17 创建云层容器

(2) 添加大气效果，操作步骤如图 9-18 所示。

① 按 8 键打键开【环境和效果】窗口。

② 在【大气】卷展栏中单击 添加... 按钮。

③ 双击【火效果】选项。

④ 在【火效果】参数卷展栏中单击 拾取 Gizmo 按钮。

⑤ 按 H 键打开【拾取对象】窗口。

⑥ 配合 Ctrl 键选中最后绘制的两个 Gizmo 对象。

⑦ 单击 拾取 按钮。

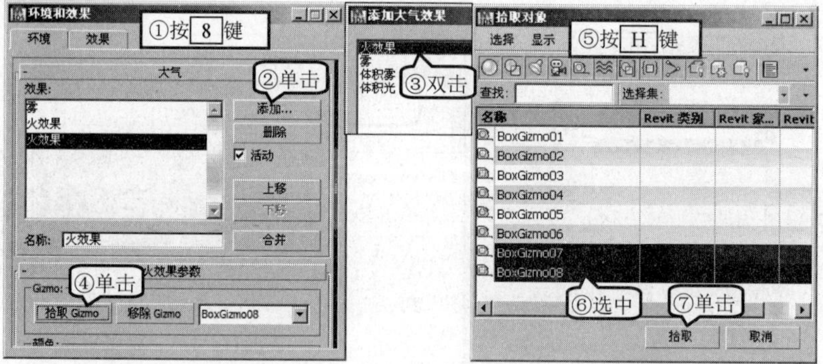

图9-18 添加大气效果

(3) 调整参数，操作步骤如图 9-19 所示。

① 单击【内部颜色】色块。

② 设置颜色参数。

③ 单击【外部颜色】色块。

④ 设置颜色参数。

⑤ 在【特性】设置项中设置参数。

⑥ 渲染摄影机视图。

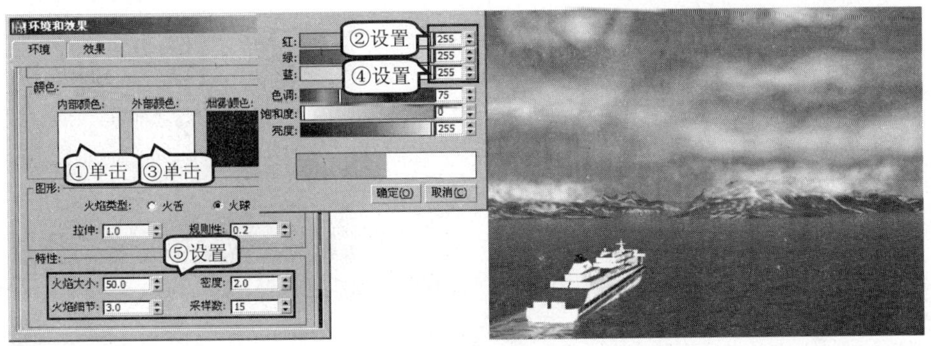

图9-19　调整参数

(4) 按Ctrl+S组合键保存场景文件到指定目录，本案例制作完成。

9.1.3 拓展案例——制作“水底世界”

本案例使用雾和体积光模拟太阳光照射到水面以下的效果，制作完成后的效果如图 9-20 所示。

图9-20　最终效果

【操作思路】

【步骤提示】

1. 制作雾效果。

(1) 运行 3ds Max 2010 软件。

(2) 打开制作模板。

① 按Ctrl+O组合键打开附盘文件“素材\第 9 章\水底世界\水底世界.max”。

② 场景中制作了海底沙面，并加入了鱼和水草等海底生物。

③ 场景中添加了一个平行光和一个天光用于照明。

④ 场景中创建了一个摄影机，并默认从摄影机视图观察。

⑤ 模板场景及其渲染效果如图 9-21 所示。

图9-21　模板场景及其渲染效果

(3) 添加雾效果，操作步骤如图 9-22 所示。

① 按 8 键打开【环境和效果】窗口。

② 在【大气】卷展栏中单击 添加... 按钮。

③ 双击【雾】选项。

④ 渲染摄影机视图。

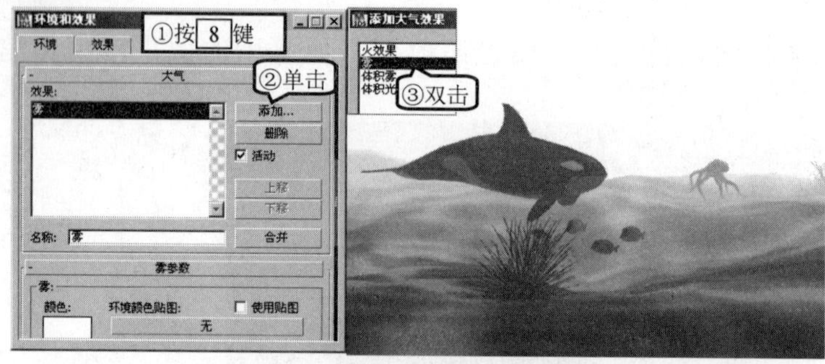

图9-22　添加雾效果

(4) 调整雾效果，操作步骤如图 9-23 所示。

① 单击【颜色】色块。

② 设置颜色参数。

③ 在【雾参数】卷展栏中勾选 ☑指数 选项。

④ 设置【远端】为“80”。

2. 制作体积光效果。

(1) 添加体积光效果，操作步骤如图 9-24 所示。

① 单击 添加... 按钮。

② 双击【体积光】选项。

③ 单击 拾取灯光 按钮。

④ 按 H 键打开【拾取对象】窗口。

⑤ 双击列表中的“Direct01”灯光。

(2) 调整体积光参数，操作步骤如图 9-25 所示。

① 设置【密度】和【最大亮度】参数。

② 点选【过滤阴影】/【高】选项。

③ 设置【衰减】参数。

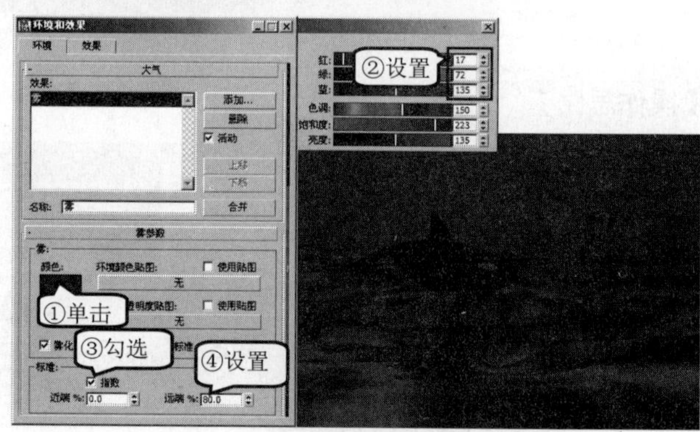

图9-23　调整雾效果

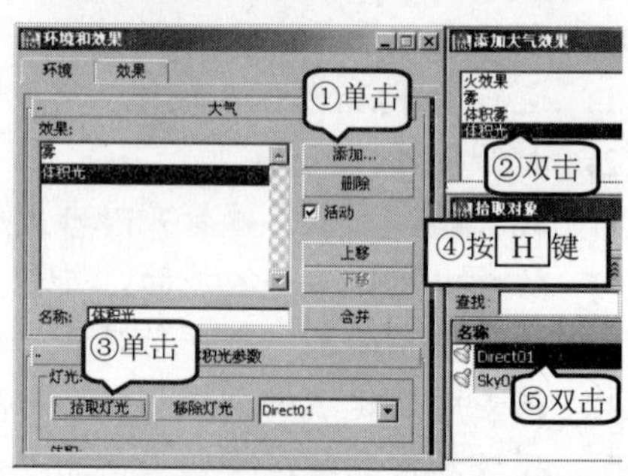

图9-24　添加体积光效果

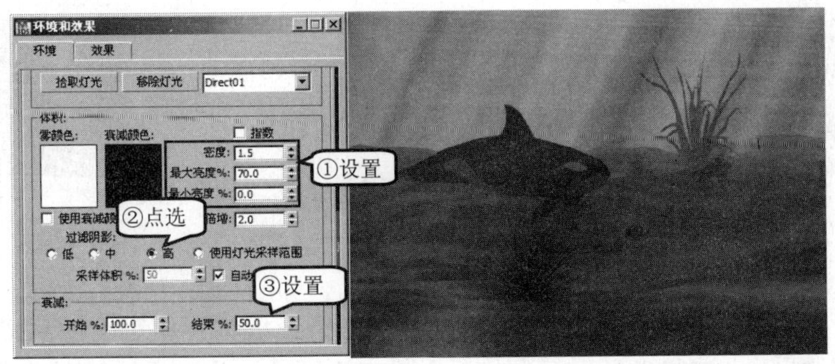

图9-25　调整体积光参数

(3)　按Ctrl+S组合键保存场景文件到指定目录，本案例制作完成。

9.2　效果

在效果编辑器中可以为场景添加并且编辑各种特效效果。在 3ds Max 2010 中特效编辑器属于一个独立的部分，不会影响其他操作。

9.2.1　基础知识——效果的应用

在 3ds Max 2010 中提供了 10 种特效效果，如图 9-26 所示。其中常用的有镜头效果、模糊、胶片颗粒和景深等。

一、　镜头效果

镜头效果用于模拟与镜头相关的各种真实效果，包括光晕、光环、射线、自动二级光斑、手动二级光斑、星形和条纹 7 个类型，如图 9-27 所示。

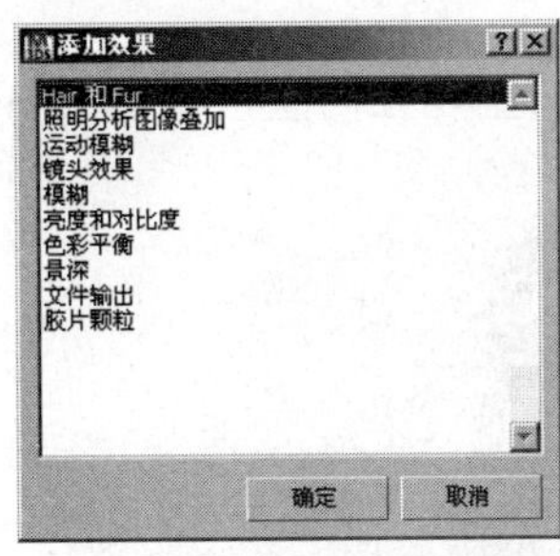

图9-26　效果列表

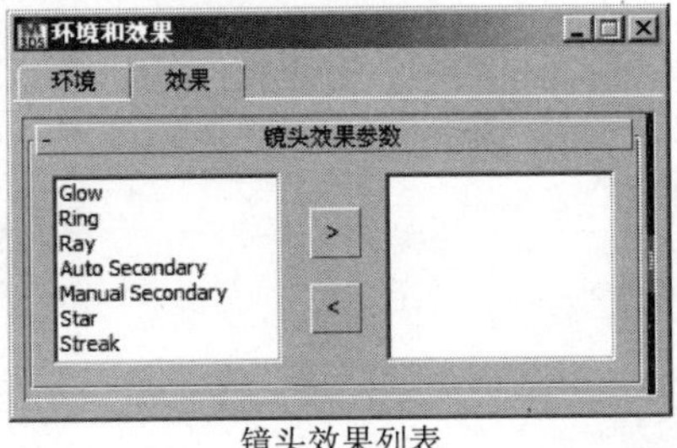

镜头效果列表

效果图

图9-27　镜头效果

(1)　光晕。

光晕用于在指定对象的周围添加光环。例如，对于爆炸粒子系统，给粒子添加光晕使它们看起来更明亮而且更热。光晕效果如图 9-28 所示。

(2)　光环。

光环是环绕源对象中心的环形彩色条带，其效果如图 9-29 所示。

(3)　射线。

射线是从源对象中心发出的明亮的直线，为对象提供亮度很高的效果。使用射线可以模拟摄影机镜头元件的划痕，其效果如图 9-30 所示。

图9-28　光晕效果

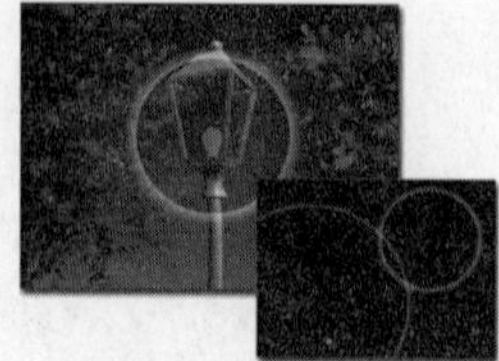

图9-29　光环效果

图9-30　射线效果

(4)　自动（手动）二级光斑。

二级光斑是可以正常看到的一些小圆，沿着与摄影机位置相对的轴从镜头光斑源中发出，如图 9-31 所示。这些光斑由灯光从摄影机中不同的镜头元素折射而产生。随着摄影机的位置相对于源对象的更改，二级光斑也随之移动。

(5)　星形。

星形比射线效果要大，由 0～30 个辐射线组成，而不像射线由数百个辐射线组成，如图 9-32 所示。

(6)　条纹。

条纹是穿过源对象中心的条带，如图 9-33 所示。在实际使用摄影机时，使用失真镜头拍摄场景时会产生条纹。

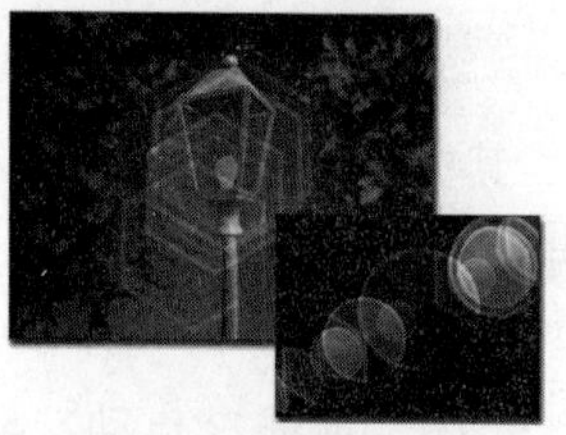

图9-31　二级光斑效果

图9-32　星形效果

图9-33　条纹效果

二、　模糊

模糊特效提供了 3 种不同的方法使图像变模糊：均匀型、方向型和径向型，如图 9-34 所示。

原始效果

均匀型

方向型

径向型

图9-34　模糊效果

三、　胶片颗粒

胶片颗粒用于在渲染场景中重新创建胶片颗粒的效果，如图 9-35 所示。

四、 景深

景深效果模拟在通过摄影机镜头观看时，前景和背景场景元素的自然模糊，如图 9-36 所示。

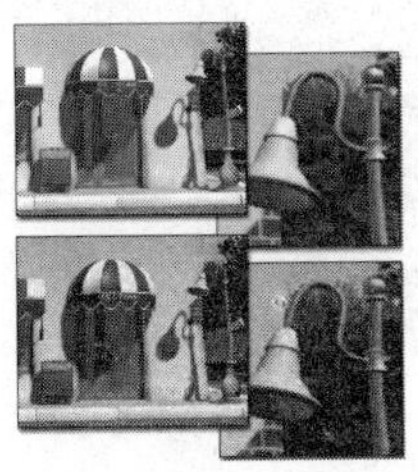
图9-35　将胶片颗粒应用于场景前后

图9-36　景深效果

9.2.2 案例剖析——制作“浪漫烛光”

本案例通过添加镜头效果制作一个浪漫的心形烛光场景，制作完成后的效果如图 9-37 所示。

图9-37　最终效果

【操作思路】

【操作步骤】

1. 制作火焰效果。

(1) 运行 3ds Max 2010 软件。

(2) 打开制作模板。

① 按 Ctrl + O 组合键打开附盘文件“素材\第 9 章\浪漫烛光\浪漫烛光.max”，如图 9-38 所示。

② 场景中制作了一根蜡烛模型。

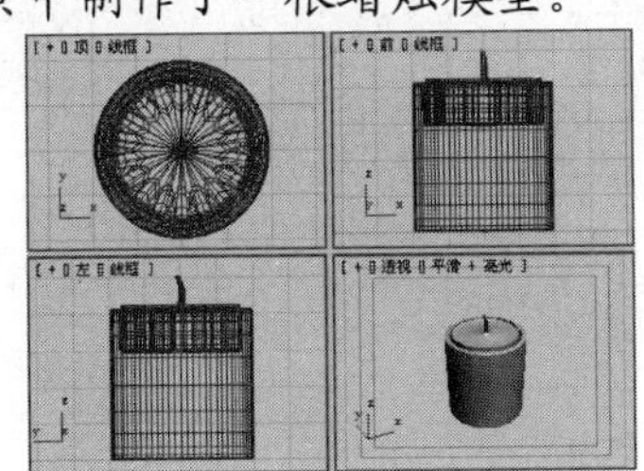

图9-38　模板场景及渲染效果

(3) 创建火焰容器，操作步骤如图 9-39 所示。

① 在【创建】面板中单击按钮。

② 设置创建对象类型为【大气装置】。

③ 单击 球体 Gizmo 按钮。

④ 在顶视图中绘制一个球体 Gizmo。

⑤ 设置【半径】为“20”。

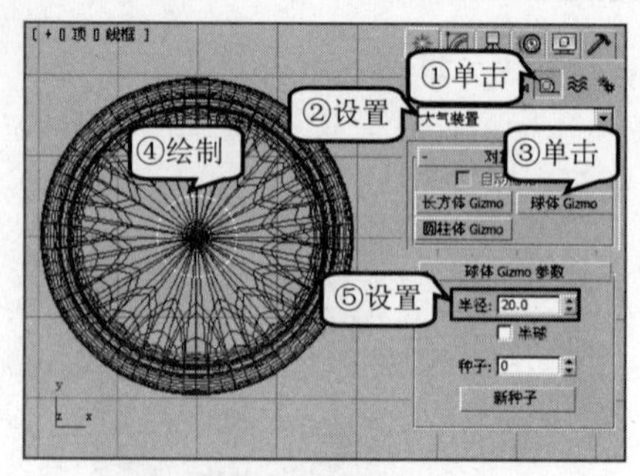

图9-39 创建火焰容器

(4) 调整火焰容器，操作步骤如图 9-40 所示。

① 选中球体 Gizmo。

② 右击按钮。

③ 设置 z 轴缩放参数。

④ 按键调整其位置。

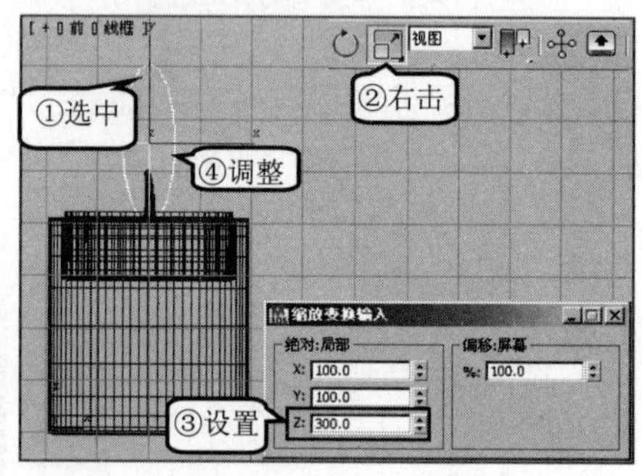

图9-40 调整火焰容器

(5) 添加火效果，操作步骤如图 9-41 所示。

① 按 8 键打开【环境和效果】窗口。

② 在【大气】卷展栏中单击 添加... 按钮。

③ 双击【火效果】选项。

④ 在【火效果】卷展栏中单击 拾取 Gizmo 按钮。

⑤ 选中绘制的球体 Gizmo。

⑥ 渲染透视图。

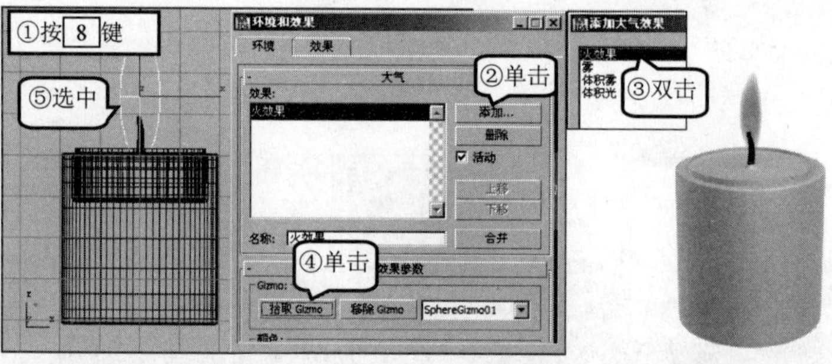

图9-41 添加火效果

(6) 调整火焰效果，操作步骤如图 9-42 所示。

① 设置【火焰类型】为【火舌】。

② 设置【规则性】、【火焰大小】和【密度】参数。

③ 渲染透视图。

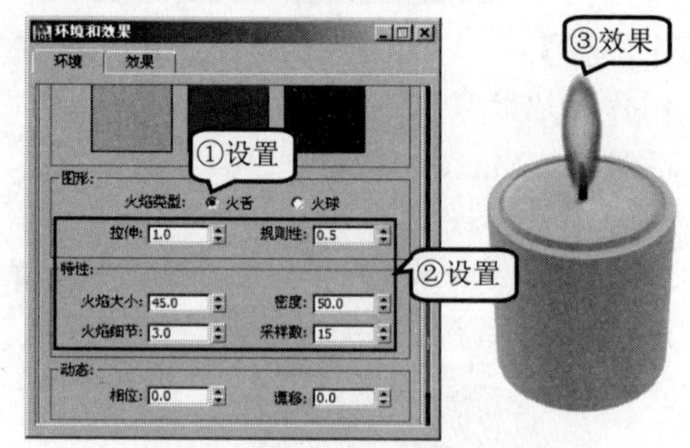

图9-42 调整火焰效果

2. 制作灯光特效。

(1) 添加灯光，操作步骤如图 9-43 所示。

① 在【创建】面板中单击按钮。

② 设置创建对象类型为【标准】。

③ 单击 泛光灯 按钮。

④ 在球体 Gizmo 的中心创建一盏泛光灯。

⑤ 设置阴影类型为【区域阴影】。

⑥　在【强度/颜色/衰减】和【区域阴影】卷展栏中设置灯光相关参数。

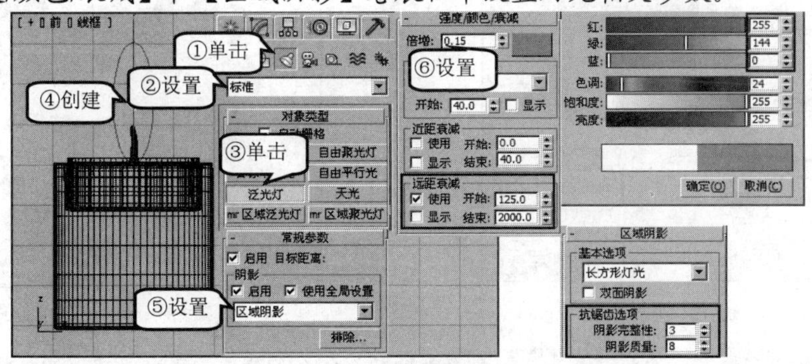

图9-43　添加灯光

(2)　添加镜头效果，操作步骤如图 9-44 所示。

①　按 8 键打开【环境和效果】窗口。

②　单击【效果】选项卡。

③　单击 添加... 按钮。

④　双击【镜头效果】选项。

(3)　设置镜头效果参数，操作步骤如图 9-45 所示。

①　在左侧的列表中选择【Star】选项。

②　单击 > 按钮添加效果。

③　单击 拾取灯光 按钮。

④　按 H 键打开【拾取对象】窗口。

⑤　双击列表中的灯光。

⑥　设置镜头效果和星形参数。

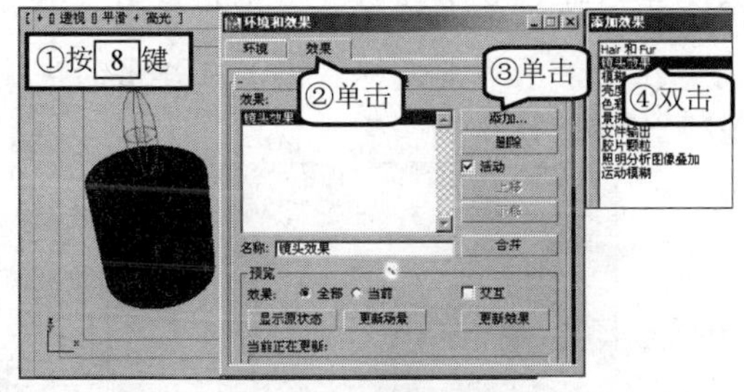

图9-44　添加镜头效果

3.　调整最终效果。

(1)　复制蜡烛，操作步骤如图 9-46 所示。

①　在顶视图中框选场景中所有对象。

②　按住 Shift 键不放。

③　拖动选中对象进行复制。

④　单击 确定 按钮完成复制。

(2)　继续复制并调整位置，最后获得的设计效果如图 9-47 所示。

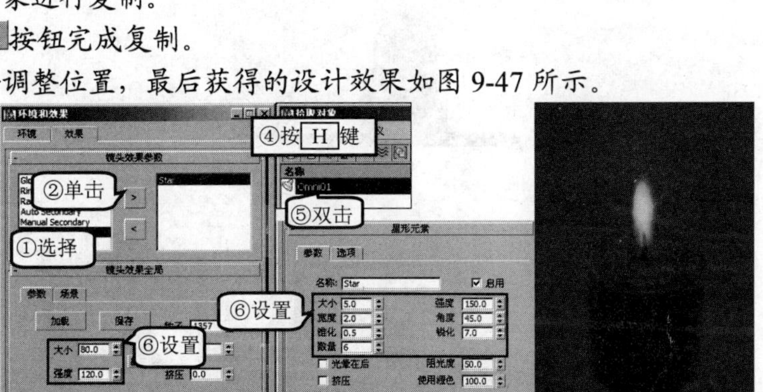

图9-45　设置镜头效果参数

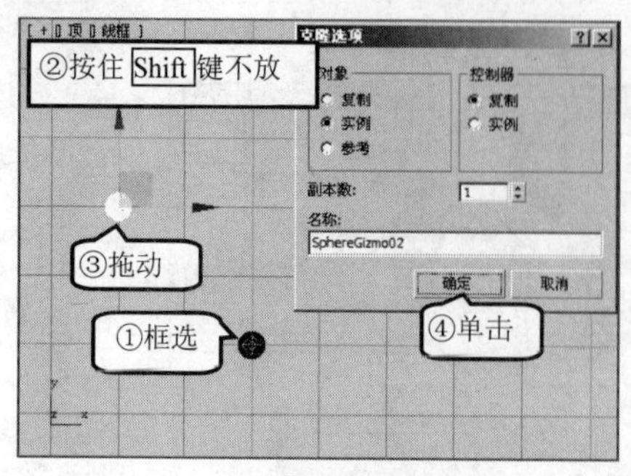

图9-46 复制蜡烛

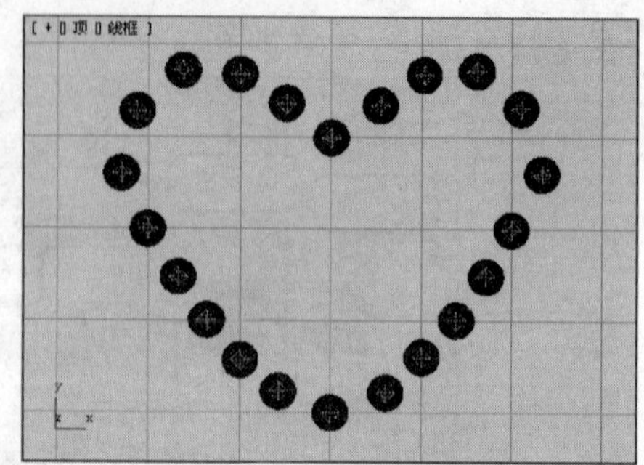

图9-47 复制并调整位置

要点提示 在调整心形时，可先将复制出的对象摆放到几个特殊的位置，再对心形进行完善，如图 9-48 所示。

(3) 添加地板并调整视角，操作步骤如图 9-49 所示。

① 在场景中单击鼠标右键，在弹出的快捷菜单中选择【全部取消隐藏】命令。

② 按 C 键切换到摄影机视图。

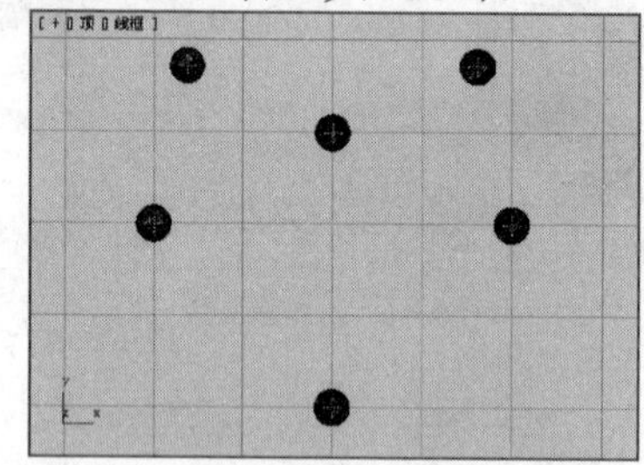

图9-48 心形的特殊位置

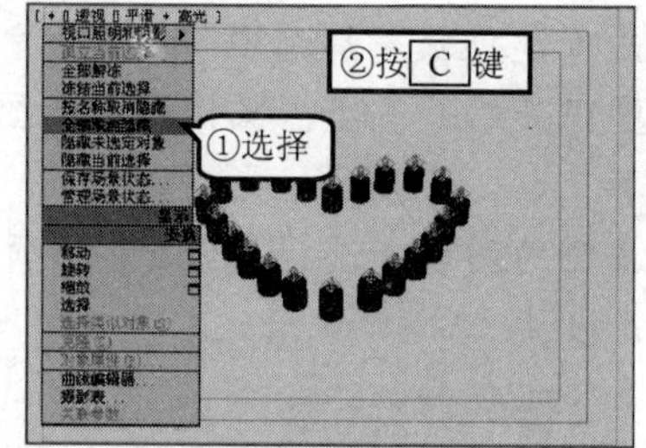

图9-49 添加地板并调整视角

(4) 按 Ctrl + S 组合键保存场景文件到指定目录，本案例制作完成。

9.2.3 拓展案例——制作“烈日晴空”

本案例通过添加各种效果模拟太阳光照，制作完成后的效果如图 9-50 所示。

图9-50 最终效果

【操作思路】

【步骤提示】

1.　添加模糊效果。

(1)　运行 3ds Max 2010 软件。

(2)　打开制作模板。

①　按 Ctrl + 0 组合键打开附盘文件“素材\第 9 章\烈日晴空\烈日晴空.max”，如图 9-51 所示。

②　场景中制作了一片草地和一座风车。

③　场景中添加了摄影机和灯光。

图9-51　模板场景及渲染效果

(3)　添加模糊效果，操作步骤如图 9-52 所示。

①　按 8 键打开【环境和效果】窗口。

②　单击【效果】选项卡。

③　单击 添加... 按钮。

④　双击【模糊】选项。

⑤　渲染摄影机视图。

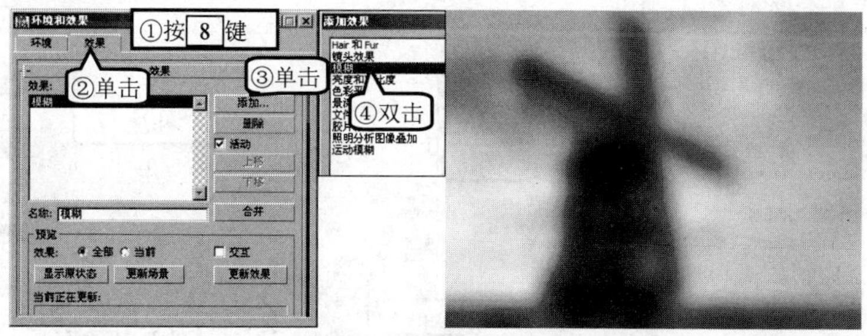

图9-52　添加模糊效果

(4)　设置模糊参数，操作步骤如图 9-53 所示。

①　在【模糊参数】卷展栏中单击【像素选择】选项卡。

②　取消勾选 整个图像 选项。

③　勾选 亮度 选项。

④　设置【加亮】和【混合】参数。

⑤　渲染摄影机视图。

图9-53　设置模糊参数

(5)　调整亮度和对比度，操作步骤如图 9-54 所示。

①　单击 添加... 按钮。

② 双击【亮度和对比度】选项。

③ 设置【亮度】和【对比度】参数。

④ 渲染摄影机视图。

图9-54 调整亮度和对比度

2. 添加太阳光照效果。

(1) 添加镜头效果，操作步骤如图 9-55 所示。

① 单击 添加... 按钮。

② 双击【镜头效果】选项。

③ 在【镜头效果全局】卷展栏中设置【大小】和【强度】参数。

④ 单击 拾取灯光 按钮。

⑤ 按H键打开【拾取对象】窗口。

⑥ 双击列表中的“Direct01”灯光。

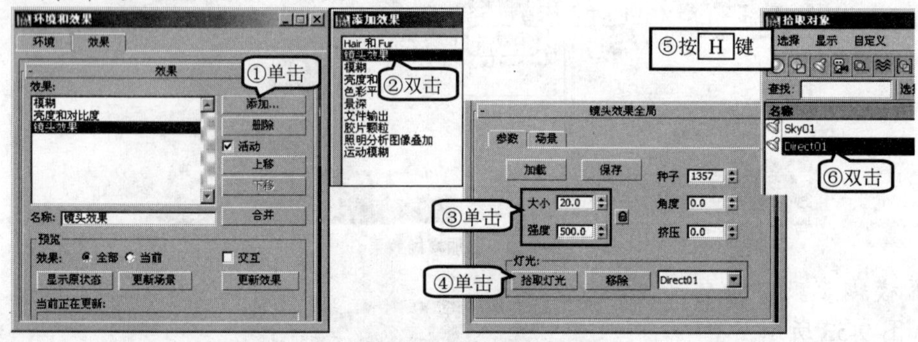

图9-55 添加镜头效果

(2) 添加光晕效果，操作步骤如图 9-56 所示。

① 在【镜头效果参数】卷展栏左侧的列表中选择【Glow】选项。

② 单击 > 按钮添加效果。

③ 单击【径向颜色】设置项中的第 1 个色块。

④ 设置颜色参数。

⑤ 单击第 2 个色块。

⑥ 设置颜色参数。

⑦ 渲染摄影机视图。

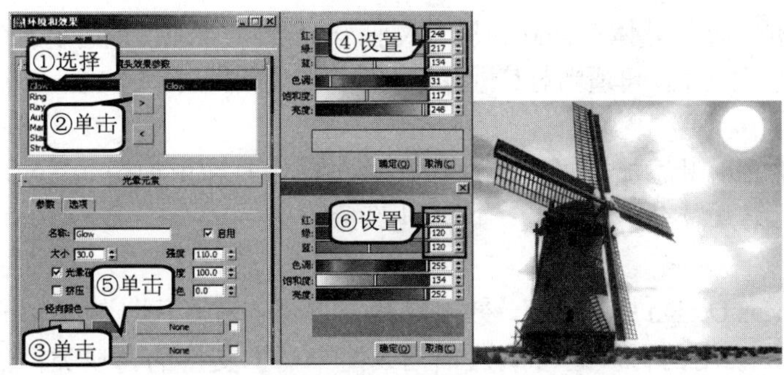

图9-56　添加光晕效果

(3) 添加射线效果，操作步骤如图 9-57 所示。

① 在【环境和效果】卷展栏左侧的列表中选择【Ray】选项。

② 单击 > 按钮添加效果。

③ 渲染摄影机视图。

图9-57　添加射线效果

(4) 添加光斑效果，操作步骤如图 9-58 所示。

① 在【环境和效果】卷展栏左侧的列表中选择【Auto Secondary】选项。

② 单击 > 按钮添加效果。

③ 渲染摄影机视图。

图9-58　添加光斑效果

(5) 按 Ctrl + S 组合键保存场景文件到指定目录，本案例制作完成。

9.3 教师辅导

第一问：

在单独制作火焰效果时，使用自己绘制的球体 Gizmo，在环境容器中无论怎么调整火焰的参数，其渲染效果都不理想，这是什么原因？

解答一：

这可能是由于所绘制的球体 Gizmo 的尺寸太小，一般情况下应保证绘制的 Gizmo 在 10 个单位以上。若场景中的模型太小，可适当对其进行缩放，再绘制较大尺寸的 Gizmo 来制作火焰效果。

第二问：

想为自己创建的场景添加效果，但在执行渲染操作时弹出如图 9-59 所示的对话框，继续渲染，得到的结果并没有产生特效，这是什么原因？

解答二：

这是由于 3ds Max Design 中的大部分效果与 32 位的浮点输出不兼容，解决办法有以下两种。

1．如果场景中使用的材质是【默认扫描线渲染器】支持的材质类型，如【标准】材质等，可将渲染器类型设置为【默认扫描线渲染器】进行渲染，如图 9-60 所示。

2．如果材质类型是 mental ray 材质，则可在【渲染器】选项卡中设置【帧缓冲区类型】为【整数（每通道 16 位数）】，如图 9-61 所示。这样虽然可以正常渲染得到效果，但图像质量会有一定损失。

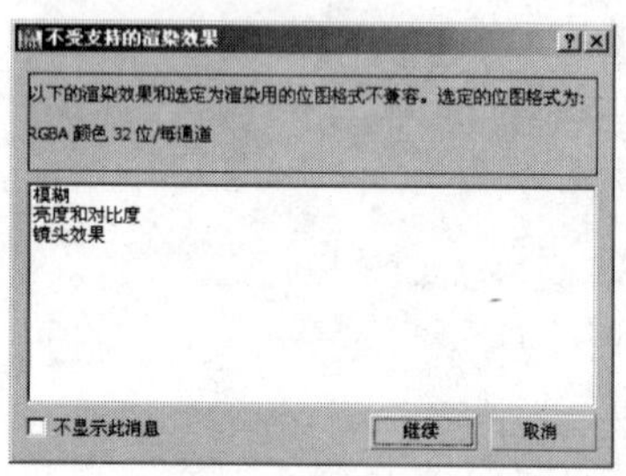

图9-59　提示对话框

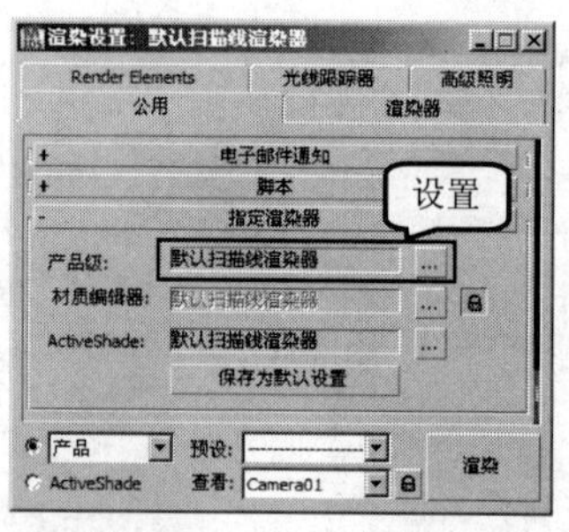

图9-60　设置渲染器

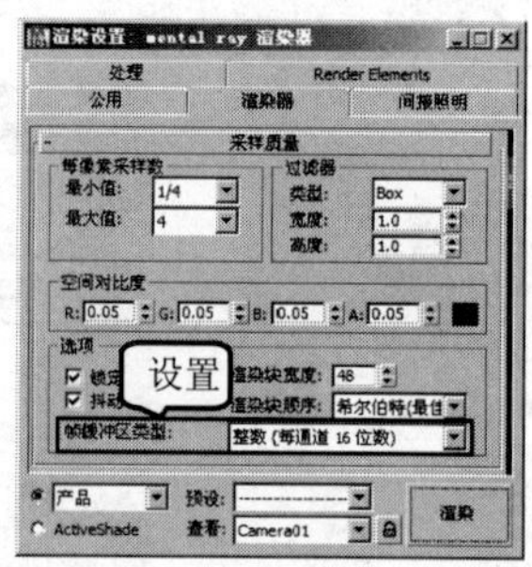

图9-61　设置【帧缓冲区类型】

9.4　一章一技巧——合并效果

通过合并功能可以方便地使用其他 3ds Max（.max）场景文件中的已制作好的大气效果和特效，具体操作步骤如图 9-62 所示。

① 按 8 键打开【环境和效果】窗口。

② 单击 合并 按钮弹出【打开】对话框。

③ 双击打开包含效果的场景文件。

④ 在弹出的【合并大气效果】对话框中选中一个或多个效果。

⑤ 单击 确定 按钮将效果合并到场景中。

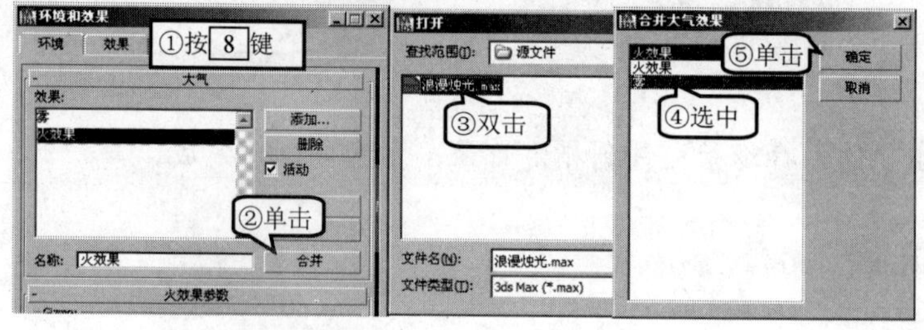

图9-62　合并大气效果

在合并效果时，与效果绑定的所有灯光或 Gizmo 也会合并到场景中。

第10章　动画制作基础

3ds Max 2010 是一款非常优秀的动画制作软件，可以创建现实生活中的各种动画效果。在 3ds Max 2010 中制作动画的方法多种多样，主要包括关键帧动画、IK 动画、Reactor 动画和骨骼动画，接下来本章将这些知识一一进行讲解与运用。

10.1　关键帧动画——制作“翻书效果”

本节结合关键帧动画来讲解动画理论的基础知识，使读者对动画的概念及制作过程有个清醒的认识，以更好地使用软件创作自己的作品。

10.1.1　基础知识——认识动画

一、　动画的介绍

三维动画效果在人们身边无处不在，如现在网络上流行的大型 3D 游戏魔兽世界，风靡全球的 3D 动画片功夫熊猫，以及电视绚丽的 3D 广告片头等。

图 10-1 所示为三维游戏中的角色，角色可以模拟现实人物的造型风格，也可以是超现实的虚拟人物形象。

图 10-2 所示的效果主要用于影视片头，这种影视片头只在 3ds Max 中作为主体动画部分，而特效和场景都是经过后期合成形成的。

二、　动画的概念

动画是将静止的画面变为动态的艺术，和电影的原理基本一样，它是基于人的视觉原理来创建运动图像。人的眼睛会产生视觉暂留，对上一个画面的感知还未消失，下一个画面又出现，这样就会有运动的感觉，如图 10-3 所示。

图10-1　三维游戏中的角色

图10-2　影视片头效果

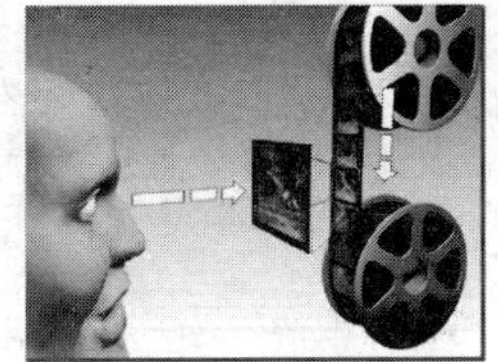

图10-3　动画原理

下面来了解一下传统动画和 3ds Max 2010 动画的创建方法。

(1)　传统动画的创建方法。

传统动画工作室可以提高工作效率，实现的方法是让艺术家只绘制重要的帧，称为关键帧，然后其助手计算出关键帧之间需要的帧，填充在关键帧中的帧称为中间帧，如图 10-4 所示。

图 10-4 中标记为 1、2 和 3 的是关键帧，其他的是中间帧。

(2) 3ds Max 2010 动画的创建方法。

在 3ds Max 2010 中只需要创建每个动画序列起点和终点的关键帧，这些关键帧的值称为关键点。软件将计算每个关键点之间的插补值，从而生成完整的动画，如图 10-5 所示。

图 10-5 中位于 1 和 2 位置的是不同帧上的关键帧模型，计算机产生中间帧。

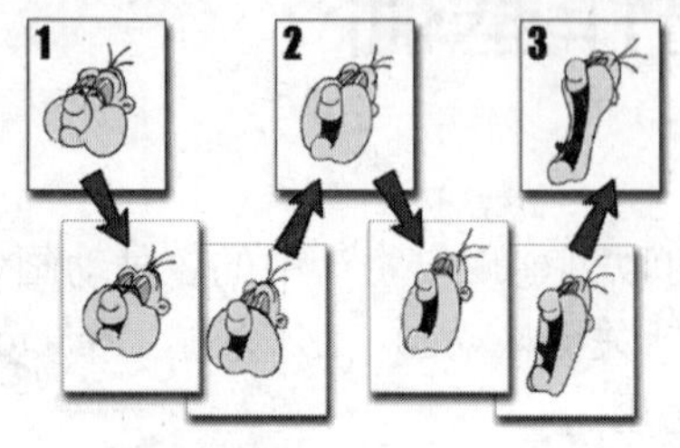

图10-4 传统动画的创建方法

图10-5 3ds Max 2010 动画的创建方法

三、 创建动画

在 3ds Max 2010 中创建动画有两种方式，一种是自动关键点模式，另一种是设置关键点模式。

(1) 自动关键点模式。开启自动关键点模式的操作步骤如图 10-6 所示。

① 在场景中创建一个茶壶。

② 单击自动关键点按钮，开启动画记录模式。

③ 将时间滑块移动到第 20 帧，使用缩放工具对茶壶进行 z 轴向压缩。

④ 按 / 键在场景中预览动画，效果如图 10-7 所示。

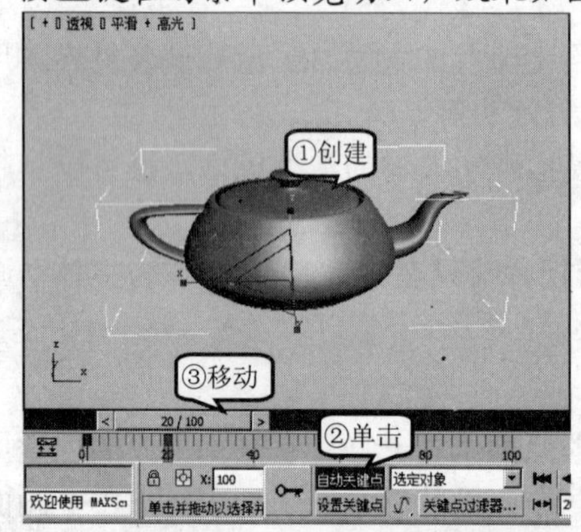

图10-6 开启自动关键点模式

图10-7 播放建立的动画

单击自动关键点按钮后，当前激活的视图以红色边框显示，表示已经开启了自动关键点模式，将时间滑块拖动到一个帧上，然后对模型进行移动、旋转等操作，系统就会自动将模型的变化记录为动画。

(2) 设置关键点模式。设置关键帧和移动对象的操作步骤分别如图 10-8、图 10-9 所示。

① 重置 3ds Max 2010，同样在场景中创建一个茶壶。

② 在动画控制区中单击设置关键点按钮，开启设置关键点模式。

③ 在第 0 帧单击按钮创建一个关键帧。

④ 将时间滑块拖动到第 40 帧，并移动对象，最后单击按钮创建一个关键帧。

⑤ 按 / 键在场景中预览动画。

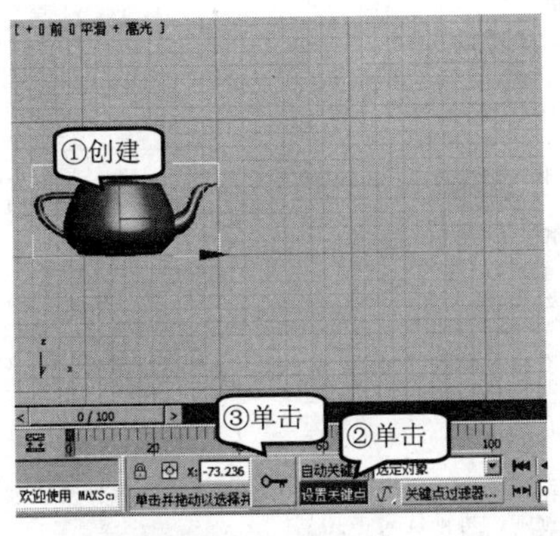

图10-8　设置关键帧

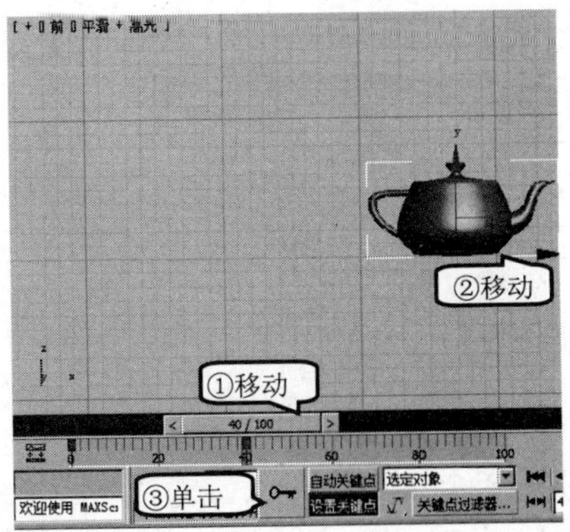

图10-9　移动对象

单击设置关键点按钮后，开启了设置关键点模式，它能够在独立轨迹上创建关键帧。当一个对象的状态调整至理想状态时，可以使用该状态创建关键帧。如果移动到另一个时间而没有设置关键帧，那么该状态将被放弃。

(3)　认识关键帧。

关键帧是制作动画时最常见的，也是操作最多的操作对象。它的编辑技巧如表 10-1 所示。

表 10-1　关键帧编辑技巧

目的	方法
移动关键帧	选中需要移动的关键帧，拖动鼠标左键进行移动
复制关键帧	选中需要复制的关键帧，按住 Shift 键并拖动鼠标左键进行复制
删除关键帧	选中需要删除的关键帧，按 Delete 键将其删除

在遇到一个关键帧上具有多个参数时，可以选中关键帧，单击鼠标右键，然后通过快捷菜单对需要改变的关键帧进行操作。

(4)　认识【时间配置】对话框。

单击时间控制区中的按钮，打开【时间配置】对话框，如图 10-10 所示，其具体功能如表 10-2 所示。

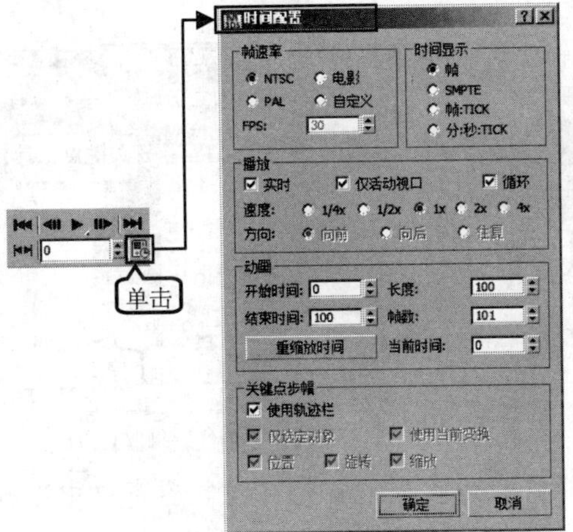

图10-10　【时间配置】对话框

表 10-2 【时间配置】对话框中的参数及其功能

设置项	参数	功能介绍
帧速率	NTSC	美国和日本视频标准，帧速率为 30 帧/秒
	PAL	中国和欧洲视频标准，帧速率为 25 帧/秒
	电影	电影胶标准，帧速率为 24 帧/秒
	自定义	点选此选项后，可以在下面的【FPS】输入框中自定义帧速率
时间显示	帧	完全使用帧显示时间 这是默认的显示模式。单个帧代表的时间长度取决于所选择的当前帧速率。例如，在 NTSC 视频中，每帧代表 1/30 秒
	SMPTE	使用电影电视工程师协会格式显示时间 这是一种标准的时间显示格式，适用于大多数专业的动画制作。SMPTE 格式从左到右依次显示分钟、秒和帧
	帧:TICK	使用帧和程序的内部时间增量（称为“tick”）显示时间 每秒包含 4 800 tick，所以实际上可以访问最小为 1/4 800 秒的时间间隔
	分：秒：TICK	以分钟（MM）、秒钟（SS）和 tick 显示时间，中间用冒号分隔。例如，02:16:2240 表示 2 分钟、16 秒和 2 240 tick
动画	开始时间	设置动画的开始时间
	结束时间	设置动画的结束时间
	长度	设置动画的总长度
	帧数	设置可渲染的总帧数，它等于动画的时间总长度加 1
	当前时间	设置时间滑块当前所在的帧
	重缩放时间	单击该项按钮后会弹出一个对话框，在改变时间长度后，可以把动画的所有关键帧通过增加或减少中间帧的方式缩放到修改后的时间内

(5) 认识轨迹视图。

① 在场景中创建动画后，选中需要编辑动画轨迹的对象，单击按钮，弹出【轨迹视图-曲线编辑器】窗口，如图 10-11 所示。

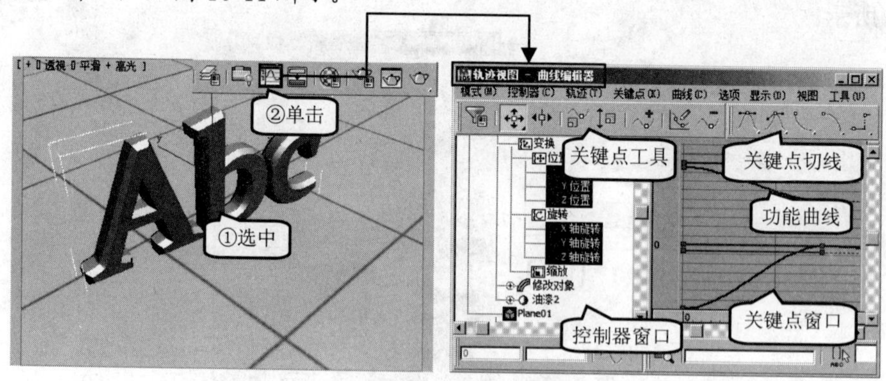

图10-11 打开【轨迹视图-曲线编辑器】窗口

② 修改【Z 位置】的功能曲线为直线。首先在控制器窗口中选择【Z 位置】选项，然后选中所有的关键帧，最后单击按钮，如图 10-12 所示。

③ 在【轨迹视图-曲线编辑器】窗口中选择【控制器】/【超出范围类型】命令，打开【参

数曲线超出范围类型】对话框，如图 10-13 所示，其功能如表 10-3 所示。

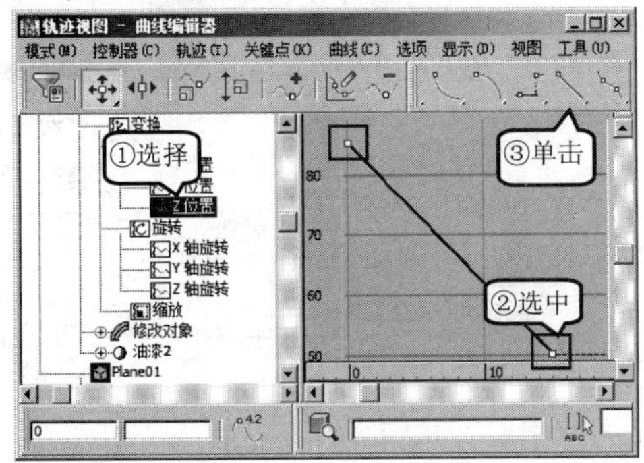

图10-12　设置功能曲线为线性状态

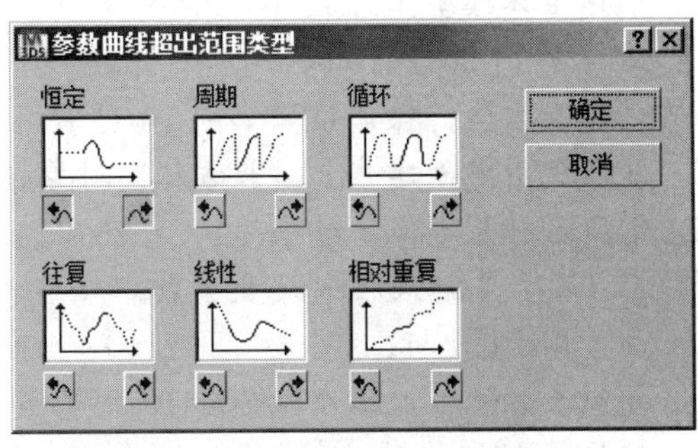

图10-13　【参数曲线超出范围类型】对话框

表 10-3　【参数曲线超出范围类型】对话框中的参数及其功能

选项	功能介绍
恒定	在所有帧范围内保留末端关键点的值。如果要在范围的起始关键点之前或结束关键点之后不再使用动画效果，应该选择该选项
周期	在一个范围内重复相同的动画。如果起始关键点和结束关键点的值不同，动画会从结束帧到起始帧显示一个突然的“跳跃”效果
循环	在一个范围内重复相同的动画，但是会在范围内的结束帧和起始帧之间进行插值来创建平滑的循环。如果初始和结束关键点同时位于范围的末端，循环实际上会与周期类似
往复	在动画重复范围内向前或向后切换
线性	在范围末端沿着切线到功能曲线控制动画的值。如果想要动画以一个恒定速度进入或离开，应选择该选项

10.1.2　案例剖析——制作“翻书效果”

【案例剖析】

使用关键帧进行动画设置是 3ds Max 中最常见的一种动画表达形式，本案例对对象的位置、旋转角度及修改器的参数进行动画设置，从而模拟出逼真的翻书效果，如图 10-14 所示。

图10-14　效果图

【操作思路】

【操作步骤】

1. 创建主体模型。

(1) 运行 3ds Max 2010 软件。

(2) 创建长方体，操作步骤如图 10-15 所示。

① 在顶视图中创建一个“长方体”对象。

② 重命名“长方体”对象为“book01”。

③ 在【参数】卷展栏中设置参数。

④ 设置其位置坐标。

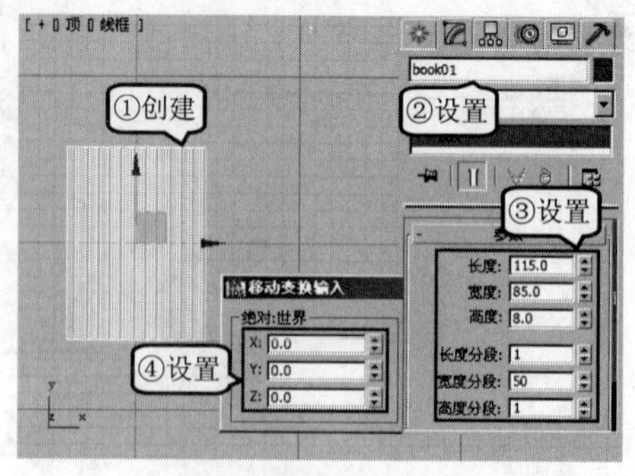

图10-15 创建长方体

(3) 复制长方体，操作步骤如图 10-16 所示。

① 按住 Shift 键拖动“book01”对象。

② 在【克隆选项】对话框中点选 复制 选项。

③ 设置其名称为“book02”。

④ 设置其位置坐标。

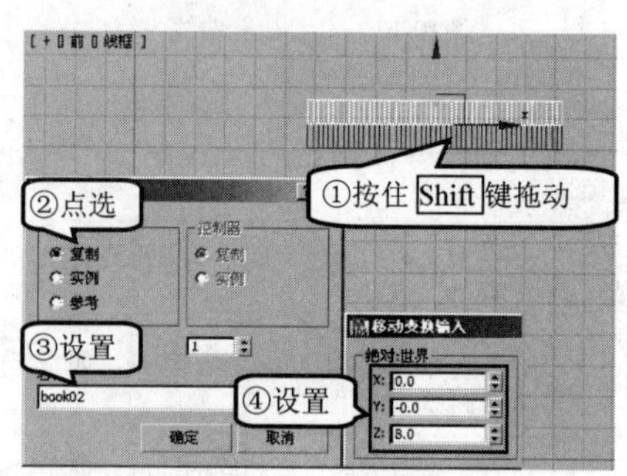

图10-16 复制长方体

2. 配置材质。

(1) 为了贴图操作方便，隐藏名为“book02”的对象。

(2) 制作“下部”材质，操作步骤如图 10-17 所示。

① 按 M 键打开【材质编辑器】窗口。

② 选中一个空白材质球。

③ 重命名材质为“下部”。

④ 单击 Arch & Design (mi) 按钮打开【材质/贴图浏览器】对话框。

⑤ 双击 多维/子对象 选项打开【替换材质】对话框。

⑥ 在【替换材质】对话框中点选 丢弃旧材质? 选项。

⑦ 单击 确定 按钮。

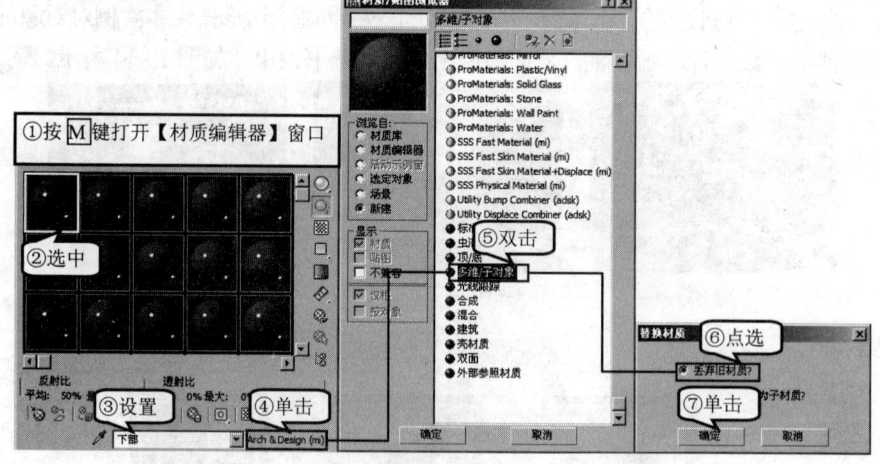

图10-17 制作“下部”材质

(3) 设置子材质的材质，操作步骤如图 10-18 所示。

① 在【多维/子对象基本参数】卷展栏中单击 设置数量 按钮，弹出【设置材质数量】对话框。

② 在【设置材质数量】对话框中设置【材质数量】为“6”。

③　单击 Material #0（Standard）按钮进入子材质 1 通道。

④　重命名材质为“中页”。

⑤　为漫反射指定一幅贴图：附盘文件“素材\第 10 章\翻书效果\maps\正文.jpg”。

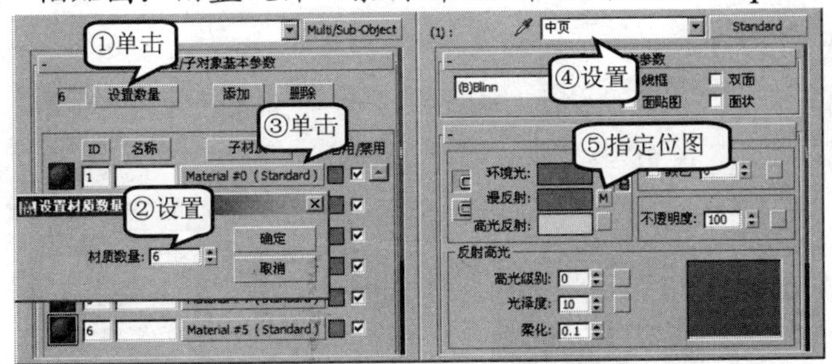

图10-18　设置子材质的材质

(4)　设置贴图参数，操作步骤如图 10-19 所示。

①　在【坐标】卷展栏中设置位图的【大小】参数。

②　在【裁剪/放置】设置项中勾选 ☑应用 选项。

③　单击 查看图像 按钮打开【指定裁剪/放置】窗口。

④　在【指定裁剪/放置】窗口中设置裁剪参数。

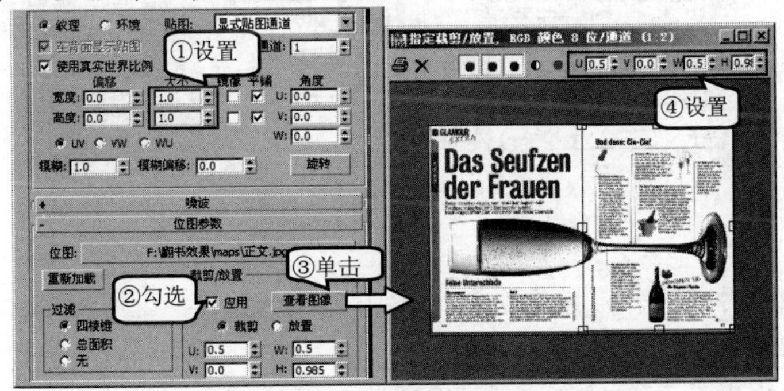

图10-19　设置贴图参数

(5)　使用同样的方法，为其他 5 个子材质设置贴图，并修改其名称以便理解，如图 10-20 所示。

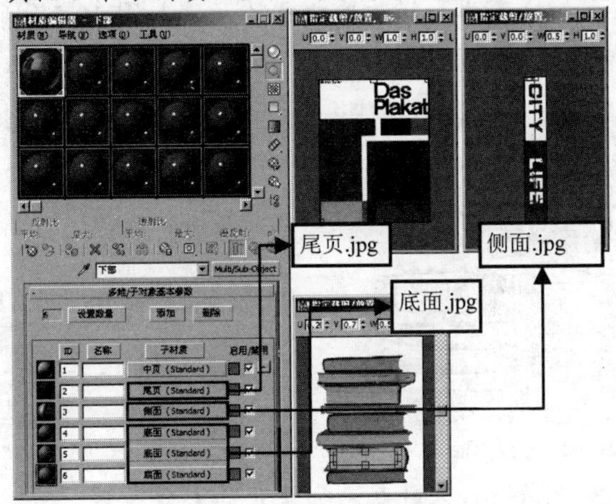

图10-20　设置其他子材质贴图

(6)　制作“上部”材质，操作步骤如图 10-21 所示。

①　选中一个空白材质球。

② 重命名材质为“上部”。

③ 使用同样的方法创建多维材质，并对子材质进行贴图设置。

(7) 取消隐藏“book02”对象，然后将“上部”材质赋予“book01”对象，将“下部”材质赋予“book02”对象。

在给“book01”和“book02”对象贴图的过程时，一定要进入它们的“box”层级的【参数】面板，取消勾选 ☐ 真实世界贴图大小 选项，这样才能保证贴图效果正确。

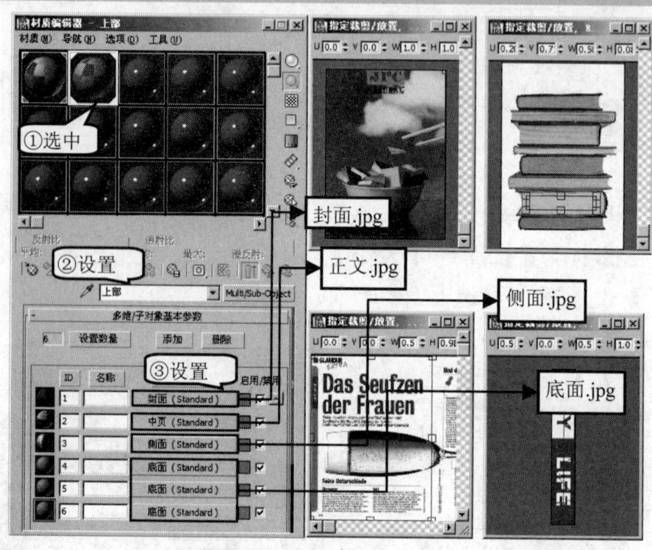

图10-21 制作“上部”材质

3. 设置动画。

(1) 调整“book02”对象的轴，操作步骤如图 10-22 所示。

① 选中“book02”对象。

② 在【层次】面板中单击 仅影响轴 按钮。

③ 设置轴的位置坐标。

(2) 为“book02”对象添加【弯曲】修改器，操作步骤如图 10-23 所示。

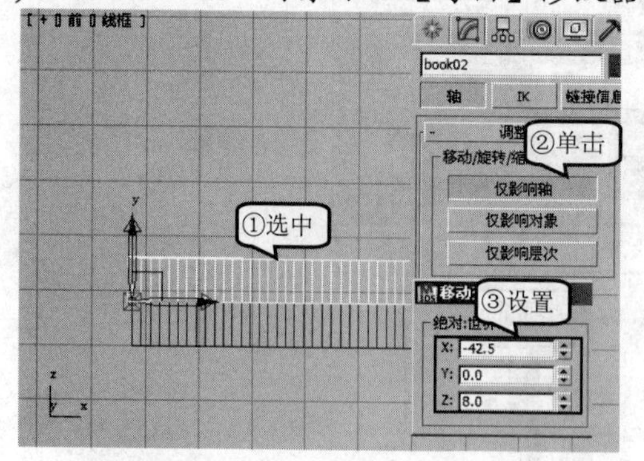

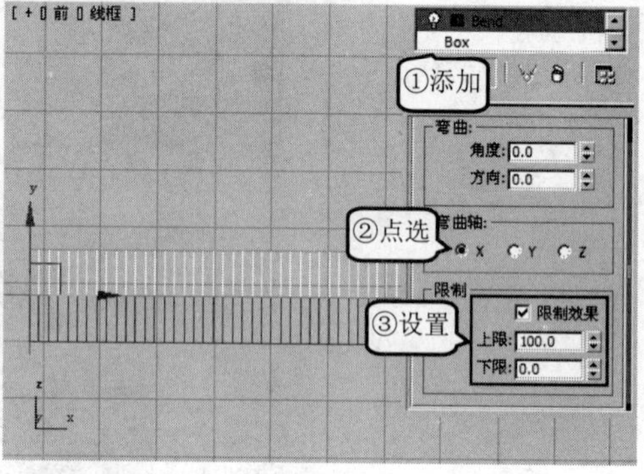

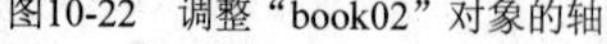

图10-22 调整“book02”对象的轴

图10-23 为“book02”对象添加【弯曲】修改器

① 在【修改】面板中为“book02”对象添加【弯曲】修改器。

② 在【弯曲轴】设置项中点选【X】选项。

③ 在【限制】卷展栏中设置【限制效果】/【上限】为“100”。

(3)　设置“book02”对象第 50 帧处的参数，操作步骤如图 10-24 所示。

①　单击自动关键点按钮启动动画记录模式。

②　移动时间滑块到第 50 帧。

③　设置【弯曲】和【限制】参数。

(4)　设置“book02”对象第 100 帧处的参数，操作步骤如图 10-25 所示。

①　移动时间滑块到第 100 帧。

②　设置【弯曲】和【限制】参数。

③　设置旋转和移动参数。

④　单击自动关键点按钮关闭动画记录模式。

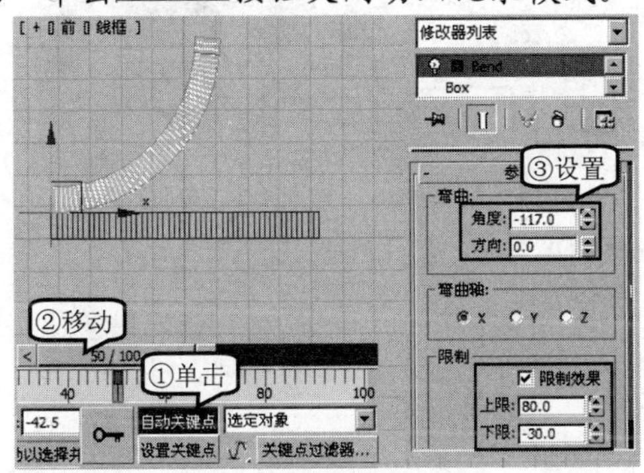

图10-24　设置“book02”对象第 50 帧处的参数

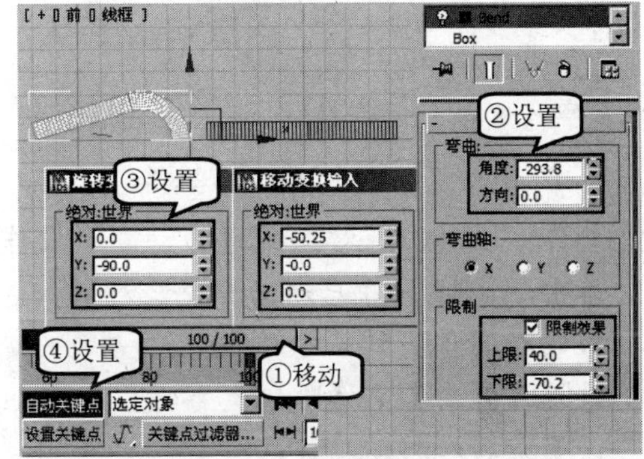

图10-25　设置“book02”对象第 100 帧处的参数

(5)　调整“book02”对象的动画轨迹，操作步骤如图 10-26 所示。

①　单击按钮打开【轨迹视图-曲线编辑器】窗口。

②　在【轨迹视图-曲线编辑器】窗口中选择“book02”对象的所有功能曲线。

③　设置其轨迹为线性功能曲线。

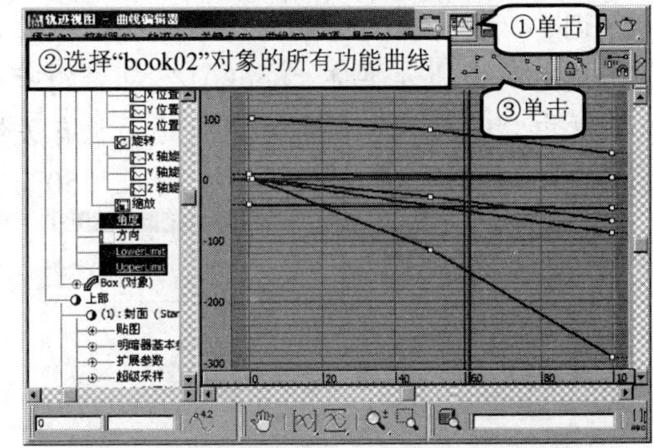

图10-26　调整“book02”对象的动画轨迹

(6)　移动“book02”对象的关键帧，操作步骤如图 10-27 所示。

①　选中“book02”对象的【X 位置】、【Z 位置】、【Y 轴旋转】的第一个关键帧。

②　在关键帧显示栏的文本框中输入“50”。

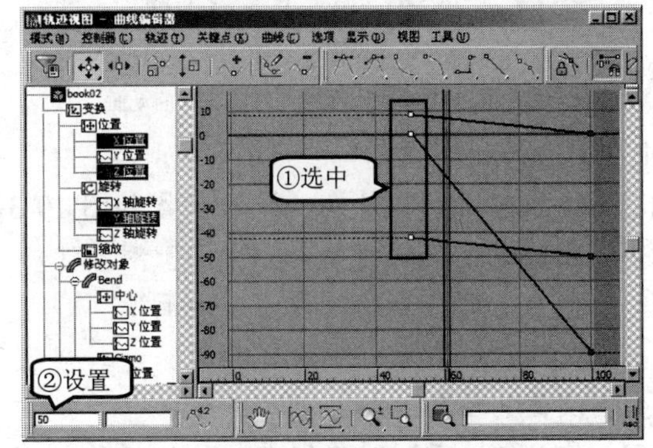

图10-27　移动“book02”对象的关键帧

(7)　调整“book01”对象的轴，操作步骤如图 10-28 所示。

①　选中“book01”对象。

②　在【层次】面板中单击仅影响轴按钮。

③　设置轴的位置坐标。

(8)　为“book01”对象添加【弯曲】修改器，操作步骤如图 10-29 所示。

① 在【修改】面板中为“book01”对象添加【弯曲】修改器。
② 在【弯曲轴】设置项中点选【X】选项。
③ 在【限制】卷展栏中设置【限制效果】/【上限】为“12”。【下限】为“-5”。
④ 使用同样的方法调整“book01”对象轴的位置坐标。

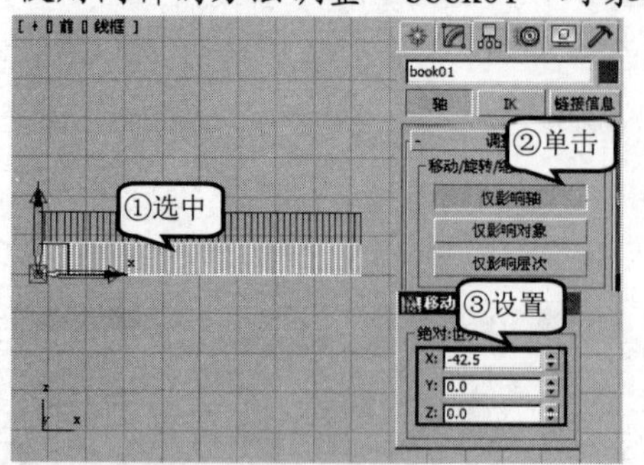

图10-28 调整“book01”对象的轴

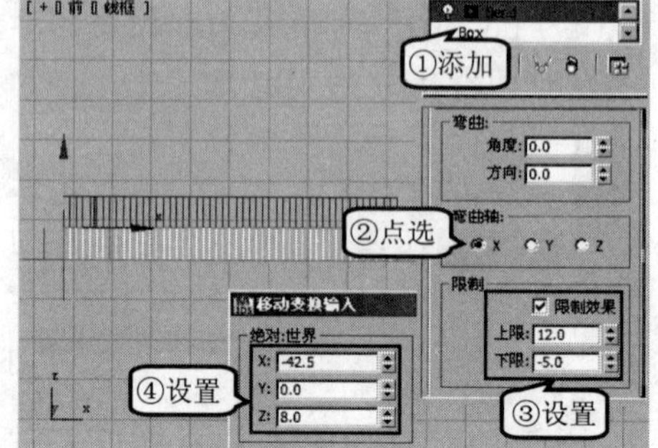

图10-29 为“book01”对象添加【弯曲】修改器

(9) 制作“book01”对象的弯曲动画，操作步骤如图 10-30 所示。
① 单击自动关键点按钮启动动画记录模式。
② 移动时间滑块到第 100 帧。
③ 设置【弯曲】和【限制】参数。
④ 设置旋转和移动参数。
⑤ 单击自动关键点按钮关闭动画记录模式。
(10) 调整“book01”对象的动画轨迹，操作步骤如图 10-31 所示。
① 使用同样的方法将“book01”对象的所有功能曲线设置为线性曲线。
② 选中“book01”对象第 1 帧处的所有关键帧。
③ 在关键帧显示栏的文本框中输入“50”。

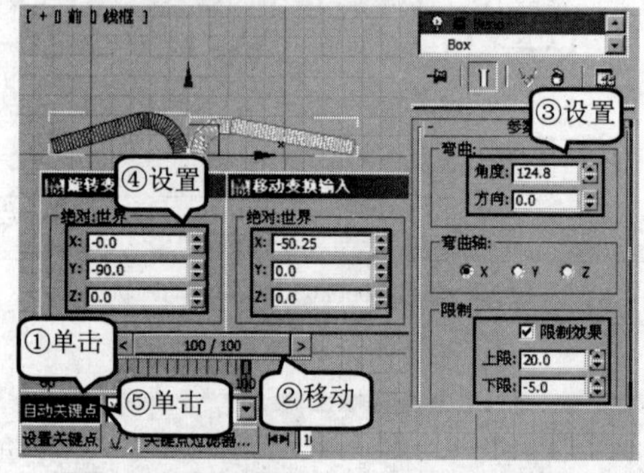

图10-30 制作“book01”对象的弯曲动画

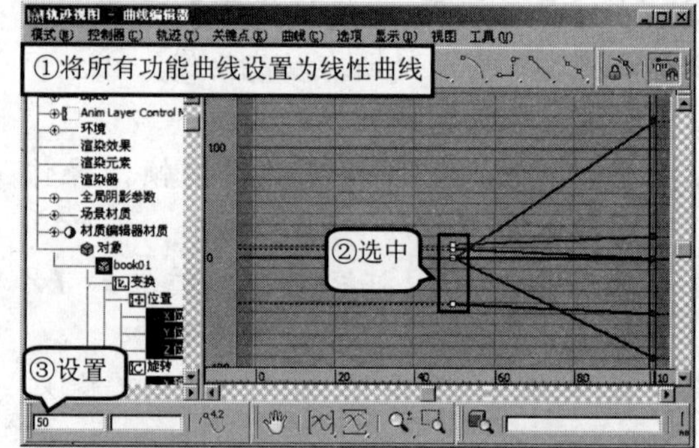

图10-31 调整“book01”对象的动画轨迹

4. 添加场景元素。
(1) 添加“地面”对象，操作步骤如图 10-32 所示。
① 在顶视图中创建一个“平面”对象。
② 重命名“平面”对象为“地面”。
③ 在【参数】面板中设置参数。
④ 设置其位置坐标。
(2) 导入“地面”对象所需材质，操作步骤如图 10-33 所示。

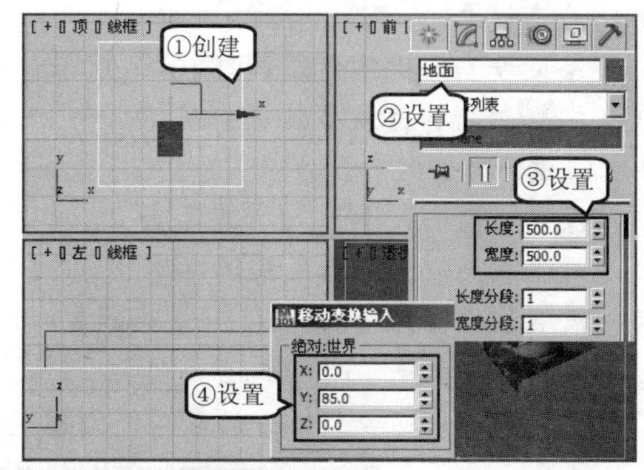

图10-32　添加“地面”对象

① 按M键打开【材质编辑器】窗口。
② 选中一个空白材质球。
③ 单击按钮打开【材质/贴图浏览器】窗口。
④ 在【材质/贴图浏览器】窗口中点选 材质库 选项。
⑤ 单击 打开... 按钮，打开附盘文件“素材\第 10 章\翻书效果\maps\木纹.mat”。
⑥ 双击“木纹”材质，将其赋予到当前材质球上。
⑦ 将“木纹”材质赋予“地面”对象。

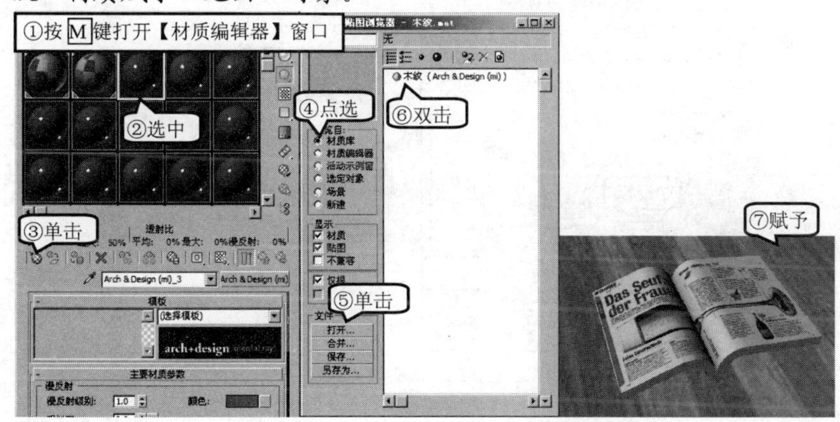

图10-33　导入“地面”对象所需材质

(3) 添加摄影机，操作步骤如图 10-34 所示。
① 在顶视图中创建一个目标摄影机。
② 设置摄影机的位置坐标。
(4) 添加灯光，操作步骤如图 10-35 所示。
① 在场景中添加两盏泛光灯，设置【倍增】为“0.1”。
② 在场景中添加一盏目标聚光灯，设置【倍增】为“0.1”。
③ 在场景中添加天光。

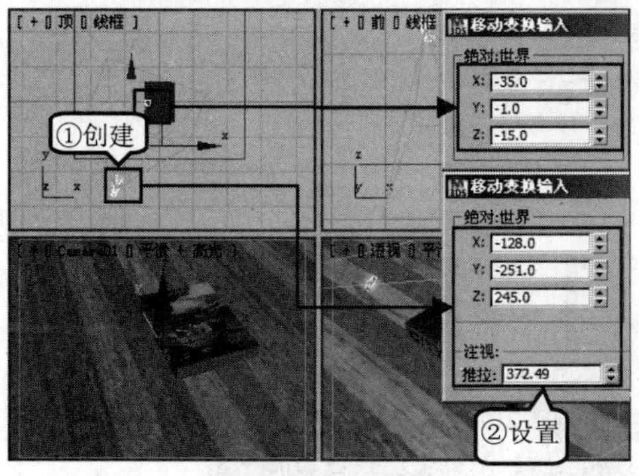

图10-34　添加摄影机

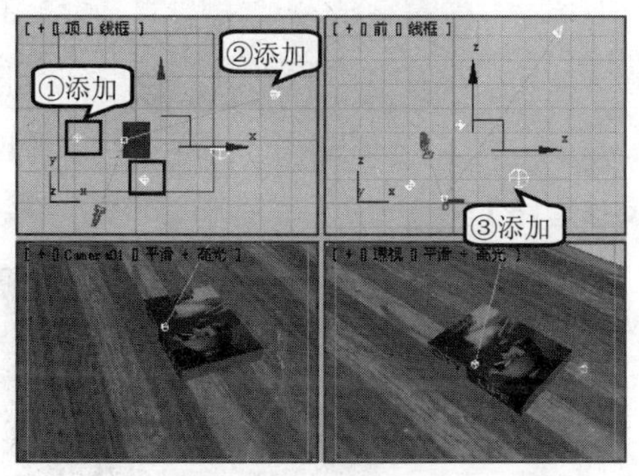

图10-35　添加灯光

5. 渲染动画。

(1) 渲染设置，操作步骤如图 10-36 所示。

① 按F10键打开【渲染设置】窗口。

② 点选活动时间段:选项。

③ 设置【输出大小】/【宽度】为“640”、【高度】为“480”。

④ 设置渲染输出的格式及保存路径。

⑤ 设置渲染器为【mental ray 渲染器】。

⑥ 单击渲染按钮，开始动画渲染。

(2) 按Ctrl+S组合键保存场景文件到指定目录，本案例制作完成。

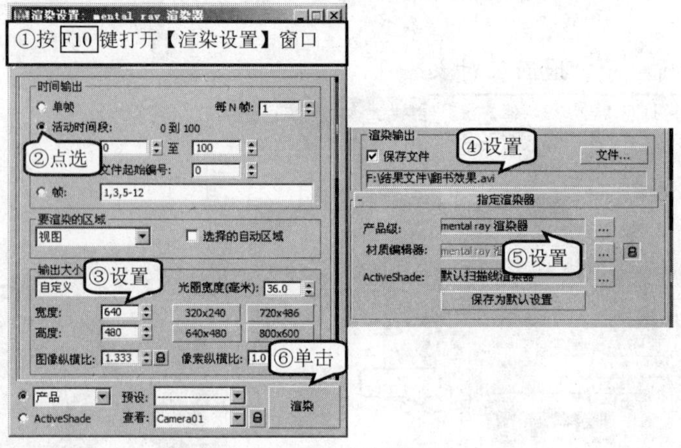

图10-36 渲染设置

10.1.3 拓展案例——制作“水墨画效果”

【案例剖析】

要想灵活运用关键帧动画，还需要掌握它各个方面的运用。本案例结合关键帧动画和空间扭曲中的波浪对象制作出一幅生动而有趣的水墨画效果，如图 10-37 所示。

图10-37 效果图

【操作思路】

【步骤提示】

1. 添加空间扭曲对象。

(1) 运行3ds Max 2010软件。

(2) 打开制作模板。

① 按Ctrl+O组合键打开附盘文件“素材\第10章\水墨画效果\水墨画效果.max”，如图10-38所示。

② 场景中对所有的鱼设置了材质。

③ 场景中创建了一架摄影机，用于对鱼游动的效果进行动画渲染。

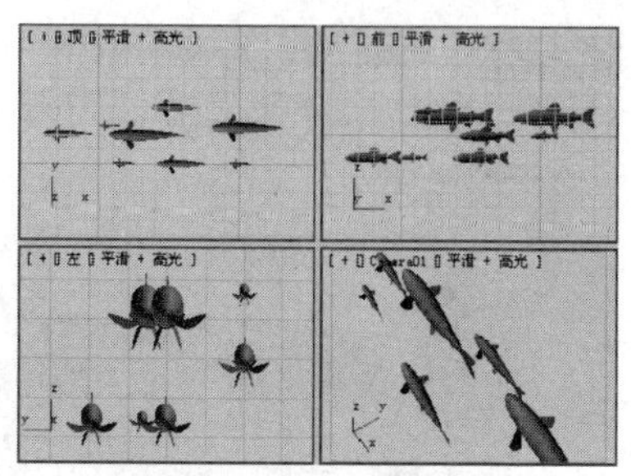

图10-38　打开制作模板

(3) 创建线性波浪，操作步骤如图10-39所示。

① 在菜单中选择【创建】/【空间扭曲】/【几何/可变形】/【波浪】命令，在前视图中创建一个“波浪”对象。

② 重命名“波浪”对象为“波浪01”。

③ 在【参数】面板中设置参数。

④ 设置其移动和旋转参数。

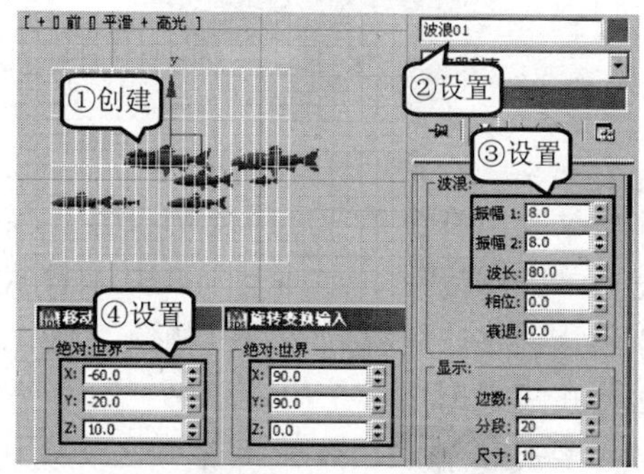

图10-39　创建线性波浪

(4) 复制线性波浪，操作步骤如图10-40所示。

① 选中“波浪01”对象。

② 按Ctrl+V组合键打开【克隆选项】对话框。

③ 在【克隆选项】对话框中点选复制选项。

④ 设置其名称为“波浪02”。

⑤ 在【参数】面板中设置参数。

⑥ 设置其位置坐标。

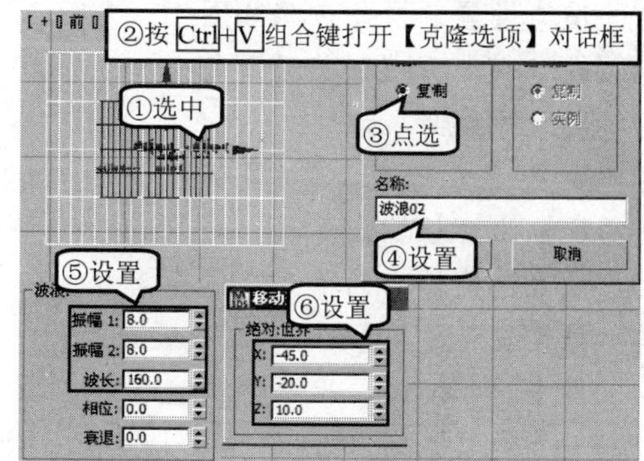

图10-40　复制线性波浪

2. 制作鱼的游动动画。

(1) 绑定到空间扭曲，操作步骤如图10-41所示。

① 同时选中“fish06”和“fish07”对象。

② 单击按钮。

③ 单击按钮打开【选择空间扭曲】窗口。

④ 在【选择空间扭曲】窗口中双击“波浪02”对象。

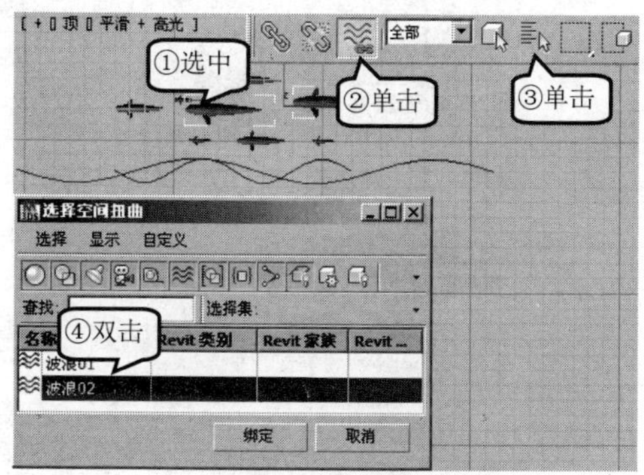

图10-41　绑定到空间扭曲

(2) 使用同样的方法将剩下的鱼和“波浪01”对象进行绑定，绑定完成后，按W键取消绑定到空间扭曲状态，最终获得的设计效果如图10-42所示。

(3) 设置所有鱼第1帧处的位置，操作步骤如图10-43所示。

① 按H键打开【从场景选择】窗口。

② 在【从场景选择】窗口中选中所有的鱼。

③ 单击 确定 按钮。

④ 在前视图中水平向右移动一段距离，直到所有的鱼在摄影机视图外部。

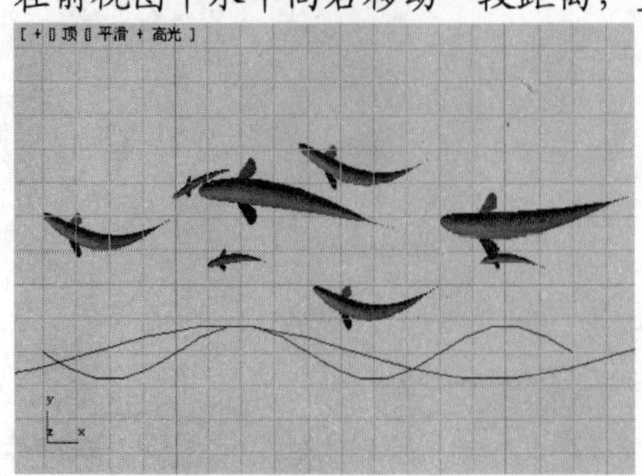

图10-42 绑定后的效果

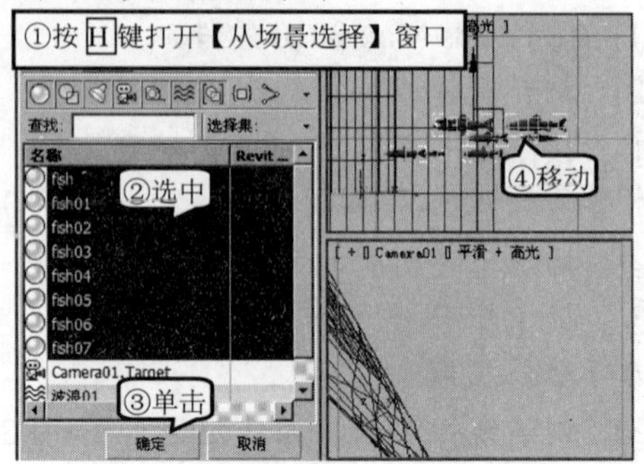

图10-43 设置所有鱼第1帧处的位置

(4) 设置所有鱼第300帧处的位置，操作步骤如图10-44所示。

① 单击自动关键点按钮启动动画记录模式。

② 移动时间滑块到第300帧。

③ 在前视图中水平向左移动一段距离，直到所有的鱼在摄影机视图外部。

④ 单击自动关键点按钮关闭动画记录模式。

3. 渲染动画。

(1) 渲染设置，操作步骤如图10-45所示。

① 按F10键打开【渲染设置】窗口。

② 勾选活动时间段:选项。

③ 设置【输出大小】/【宽度】为"640"、【高度】为"480"。

④ 设置渲染输出的格式及保存路径。

⑤ 设置渲染器为【默认扫描线渲染器】。

⑥ 单击 渲染 按钮，开始动画渲染。

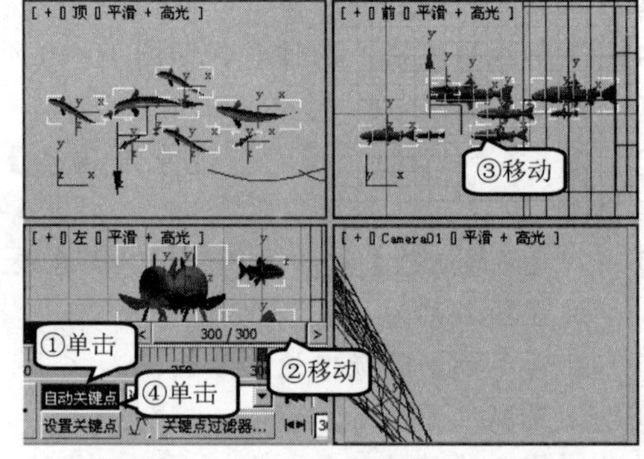

图10-44 设置所有鱼第300帧处的位置

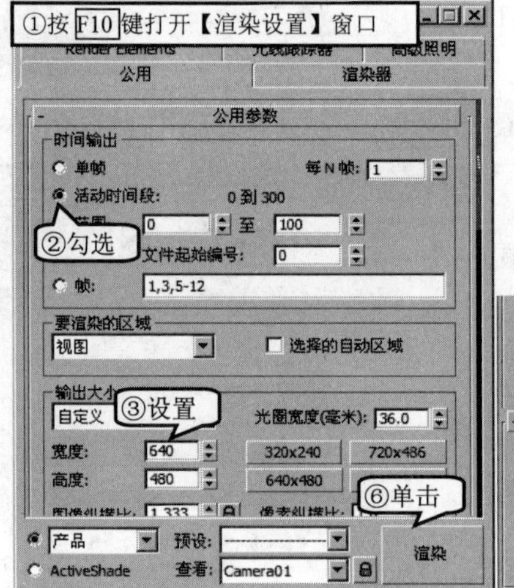

图10-45 渲染设置

(2) 按Ctrl+S组合键保存场景文件到指定目录，本案例制作完成。

10.2　IK 动画——制作“连杆的运动效果”

在 3ds Max 2010 中，三维空间反向运动学系统简称 IK，它是在层次链接概念基础上创建的定位和动画方法。只需调整层次链接中的单一体就会使整个物体或物体的一部分出现复杂的运动，这种系统被大量运用到角色动画的制作之中。

10.2.1　基础知识——创建 IK 动画的方法

在 3ds Max 2010 中，按照子对象的运动来确定父对象的运动方式而提供了 6 种解算方法来完成反向运动学的计算。下面对常用的几种解算器进行简要介绍，具体的使用方法将在案例中一一详解。

一、　交互式 IK

交互式 IK 是反向运动学求解中最基本的解算方法，当建立好 IK 系统后，进入【层次】面板的【IK】子面板，设置好各种参数即可。

1. 运行 3ds Max 2010 软件，打开附盘文件“素材\第 10 章\基础知识\交互式 IK.max”。
2. 将“绳子”对象链接到“杆”对象上，操作步骤如图 10-46 所示。

(1) 选中“绳子”对象。

(2) 单击按钮。

(3) 在“绳子”对象上按住鼠标左键不放，拖动鼠标到“杆”对象上释放鼠标左键。

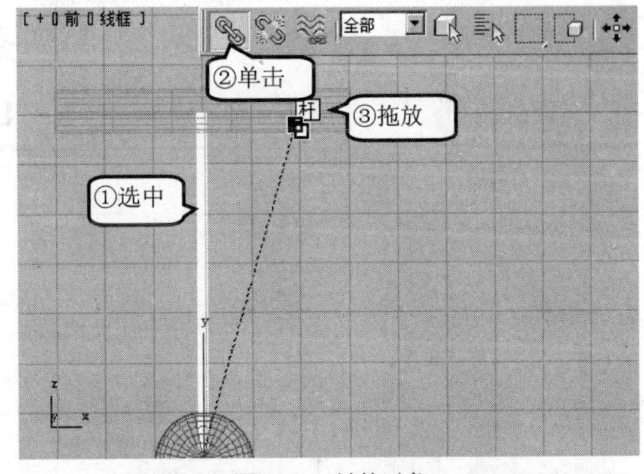

图10-46　链接对象

3. 使用同样的方法将“小球”对象链接到“绳子”对象上。

要点提示 在 3ds Max 2010 中创建动画时，层次链接的应用比较广泛，其链接和断开链接的方法有两种，如表 10-4 所示。

表 10-4　　链接和断开链接的方法

使用选项	具体方法
使用工具栏中的【选择并链接】按钮和【断开当前选择链接】按钮	选中一个对象，在工具栏上单击按钮，在对象上按住鼠标左键，拖动鼠标到目标对象上释放鼠标左键，此时目标对象作为父对象。如果想断开链接，同时选中两个物体，单击按钮即可
在【新建图解视图】中进行链接	使用【图表编辑器】/【新建图解视图】命令将其打开，场景中所有的物体在这里以带名称的方块显示。在【新建图解视图】的工具栏中也有按钮和按钮，功能和工具栏上的一样

4. 设置“绳子”对象的关节参数，操作步骤如图 10-47 所示。

(1) 选中“绳子”对象。

(2) 在【层次】面板>【IK】按钮>【转动关节】卷展栏中关闭所有轴向活动。

5. 设置“杆”对象的关节参数，操作步骤如图 10-48 所示。

(1) 选中“杆”对象。

(2) 在【层次】面板>【IK】按钮>【转动关节】卷展栏>【Y 轴】设置项中勾选☑ 活动 选项。

(3) 取消勾选其他轴向上的活动选项。

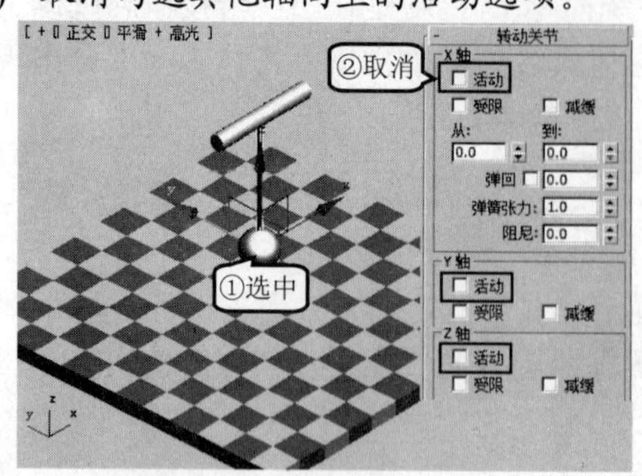

图10-47 设置“绳子”对象的关节参数

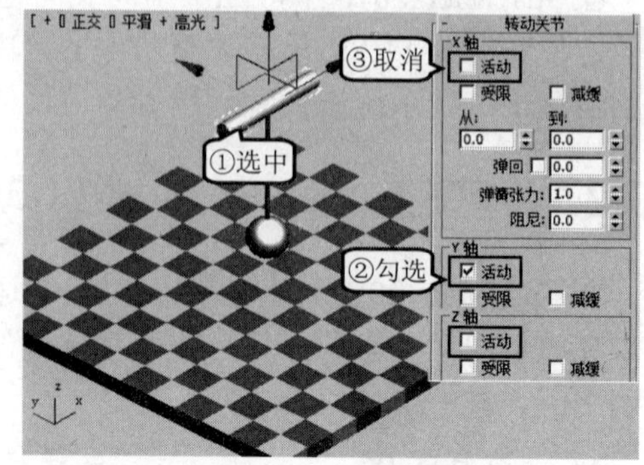

图10-48 设置“杆”对象的关节参数

在 3ds Max 2010 创建 IK 动画时，关节的活动信息是非常重要的，一定要合理设置其参数才能保证运动的正确性，下面为读者提供其参数说明，如表 10-5 所示。

表 10-5 【滑动关节】或【转动关节】卷展栏

选项	功能
☑ 活动	激活某个轴（*x*/*y*/*z*）,允许选定的对象在激活的轴上滑动或沿着这个轴旋转
☐ 受限	限制活动轴上所允许的运动或旋转范围，与【从】和【到】输入框共同使用。多数关节沿着活动轴所做的运动都有它们的限制范围。例如，活塞只能在汽缸的长度范围之内滑动
☐ 减缓	当关节接近【从】和【到】限制时，使它抗拒运动。用来模拟有机关节或者旧机械关节，它们在运动的中间范围移动或转动时是自由的，但是在范围的末端，却无法很自由地运动
从: 0.0 到: 0.0	确定位置和旋转限制。与【受限】选项共同使用
弹回 ☐	激活弹回功能。每个关节都有停止位置，关节离停止位置越远，就会有越大的力量将关节向它的停止位置拉，像有弹簧一样
弹簧张力: 1.0	设置弹簧的强度。当关节远离平衡位置时，这个值越大，弹簧的拉力就越大。设置为“0”时会禁用弹簧。非常高的设置值会把关节限制住，因为弹簧弹力太强，关节不会移动过某个点，只能达到那个点范围之内的点
阻尼: 0.0	在关节运动或旋转的整个范围内应用阻力，用来模拟关节摩擦或惯性的自然效果。当关节受腐蚀、干燥或受重压时，它会在活动轴方向抗拒运动

6. 单击 交互式 IK 按钮，移动小球，可以发现小球的移动带动了它的父对象的转动。如图 10-49 所示。

二、 应用式 IK

建立应用式 IK 的方法与交互式 IK 不同，它可以获得非常精确的运算结果，但会产生大量的关键帧。使用应用式 IK 首先要创建一个 IK 系统和引导对象，并对引导对象设置移动动画，再将 IK 系统中一个或多个对象绑定到引导对象上，这样 3ds Max 2010 就会计算每一帧的关键点并记录动画，下面接着前面的操作进行讲解。

1. 在场景中创建一个虚拟对象，并居中对象到“小球”对象，如图 10-50 所示。

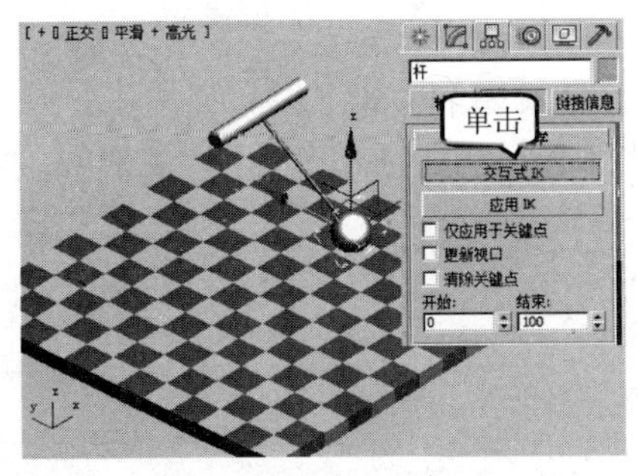

图10-49　执行交互式 IK

图10-50　创建虚拟对象

2. 将"小球"对象绑定到虚拟对象，操作步骤如图 10-51 所示。

(1) 选中"小球"对象。

(2) 在【层次】面板>【IK】按钮>【对象参数】卷展栏中单击 绑定 按钮。

(3) 在"小球"对象上按住鼠标左键，拖动鼠标到虚拟对象上释放鼠标左键。

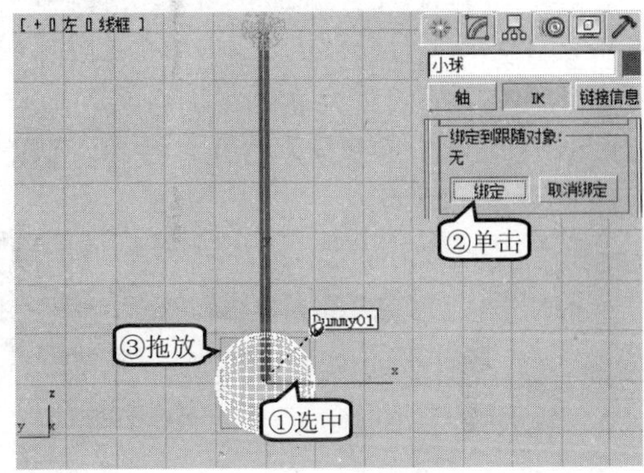

图10-51　绑定到虚拟对象

3. 创建一段移动动画。

4. 选中虚拟对象。

(1) 单击 自动关键点 按钮启动动画记录模式。

(2) 移动时间滑块到 100 帧。

(3) 在左视图中将虚拟对象向右上方移动一段距离。

(4) 单击 自动关键点 按钮关闭动画记录模式。

5. 应用 IK，操作步骤如图 10-52 所示。

(1) 在【层次】面板>【IK】按钮>【反向运动学】卷展栏中设置【开始】为"1"。

(2) 单击 应用 IK 按钮。

6. 这时系统会自动计算 IK 链跟随虚拟对象的运动，移动时间滑块可以看到 IK 链的运动变化，如图 10-53 所示。

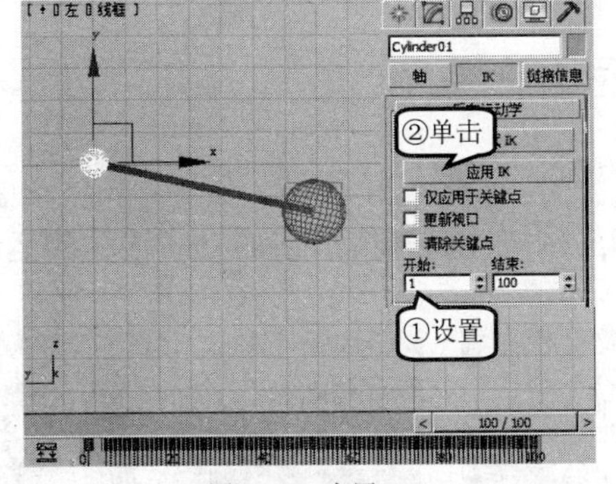

图10-52　应用 IK

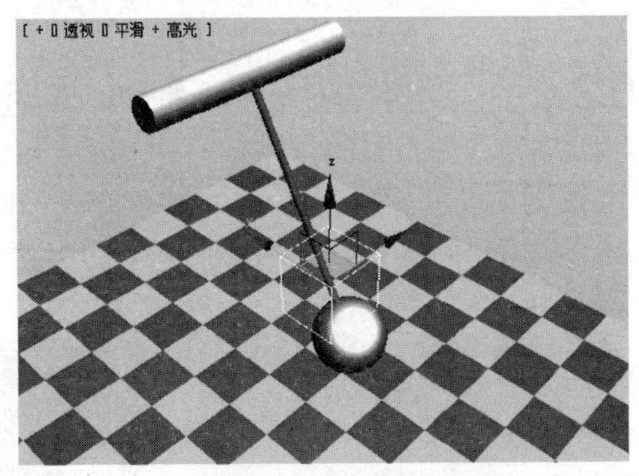

图10-53　IK 链的运动变化

三、 HI IK（历史独立型）解算器

使用 HI IK 解算器可以在层次中设置多个链。例如，角色的腿部可能存在一个从臀部到脚踝的链，还存在一个从脚跟到脚趾的链。因为该解算器的算法属于历史独立型，也就是说当前的求解计算和动画中以前的关键帧没有关系，所以无论涉及的动画帧有多少，都可以加

快使用速度。

下面通过使用人物腿部骨骼的操作实例来学习 HI 解算器的应用。

1. 运行 3ds Max 2010 软件，打开附盘文件“素材\第 10 章\基础知识\HI 解算器.max”，在该场景中已经创建好一个简单的腿部骨骼模型。
2. 利用 HI 解算器创建链接，操作步骤如图 10-54 所示。
(1) 选中名为“大腿”的骨骼。
(2) 选择【动画】/【IK 解算器】/【HI 解算器】命令。
(3) 选中名为“脚跟”的骨骼。
3. 在视图上创建一个虚拟对象，将其调整到膝盖的前方。
4. 将 IK 链目标物体与虚拟对象进行链接，操作步骤如图 10-55 所示。
(1) 选中 IK 链的目标物体。
(2) 在【运动】面板>【参数】按钮>【IK 解算器属性】卷展栏中单击 None 按钮。
(3) 选中虚拟对象。

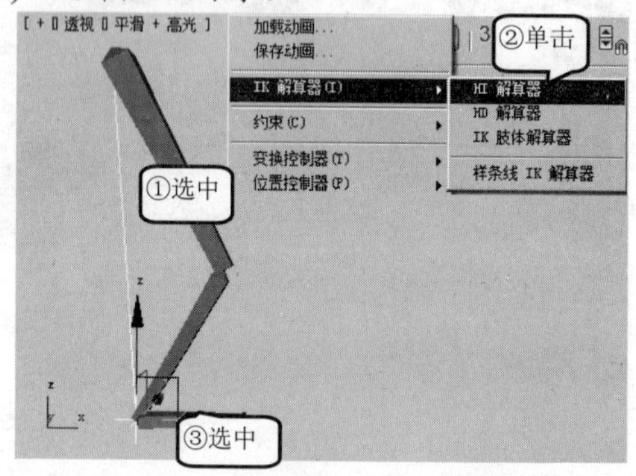

图10-54 利用 HI 解算器创建链接

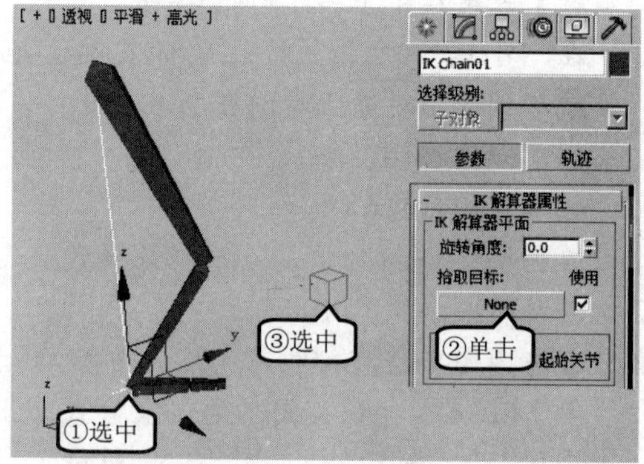

图10-55 将 IK 链目标物体与虚拟对象进行链接

要点提示 IK 链的目标物体是指 IK Chain01，后面的编号是根据目标物体的个数命名的，本章后面内容中 IK 链目标物体的定义按此处理解。

5. 这时移动虚拟物体则腿部跟随旋转，此方法经常用来控制腿部的旋转。

10.2.2 案例剖析——制作“连杆的运动效果”

【案例剖析】

本案例利用 3ds Max 2010 中的交互式 IK 和应用式 IK 来模拟柴油机中连杆的运动效果，如图 10-56 所示。

图10-56 效果图

【操作思路】

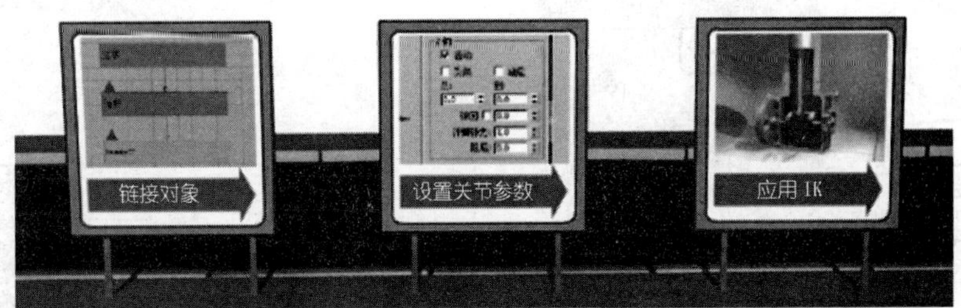

【操作步骤】

1.　链接对象之间的关系。

(1)　运行 3ds Max 2010 软件。

(2)　打开制作模板。

①　按 Ctrl + O 组合键打开附盘文件“素材\第 10 章\连杆的运动效果\连杆的运动效果.max”，如图 10-57 所示。

②　场景中对所有的对象设置了材质。

③　场景中创建了一架摄影机，用于对连杆和活塞的运动效果进行动画渲染。

要点提示　本模板中已经将齿轮的参数关联设置好，读者可以转动大齿轮或小齿轮进行效果观看，本案例主要制作连杆和活塞的运动效果。

(3)　将“连杆”对象链接到“活塞”对象，操作步骤如图 10-58 所示。

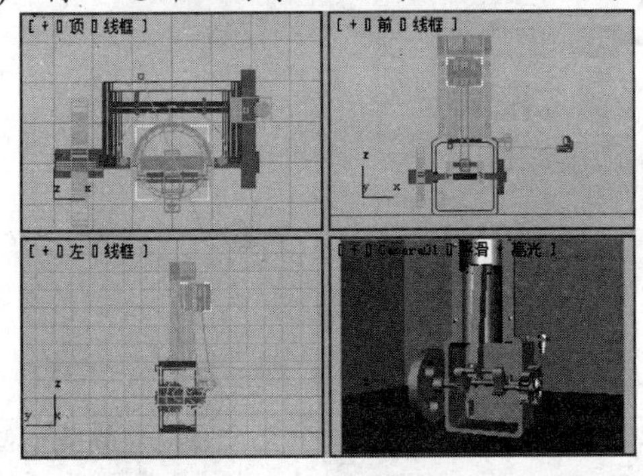

图10-57　打开制作模板

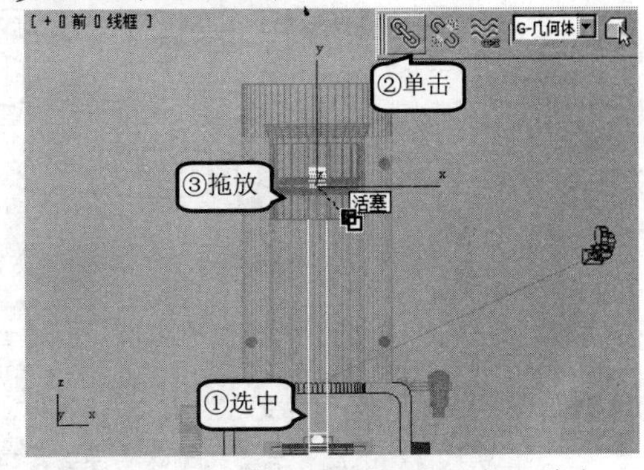

图10-58　将“连杆”对象链接到“活塞”对象上

①　选中“连杆”对象。

②　单击按钮。

③　在“连杆”对象上按住鼠标左键拖动鼠标到“活塞”对象上释放鼠标左键。

(4)　将“Dummy01”对象链接到“连杆”对象上，操作步骤如图 10-59 所示。

①　选中“Dummy01”对象。

②　单击按钮。

③　在“Dummy01”对象上按住鼠标左键拖动鼠标到“连杆”对象上释放鼠标左键。

(5)　将“Dummy01”对象绑定到跟随对象，操作步骤如图 10-60 所示。

①　选中“Dummy01”对象。

②　在【层次】面板>【IK】按钮>【对象参数】卷展栏中单击 绑定 按钮。

③ 在“Dummy01”对象上按住鼠标左键，拖动鼠标到“Cylinder06”对象上释放鼠标左键。

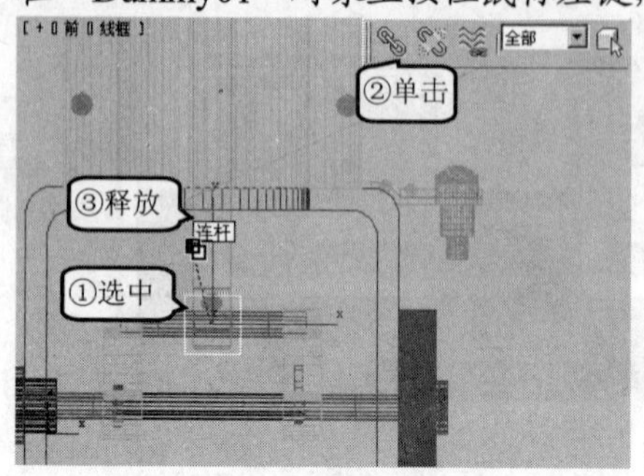

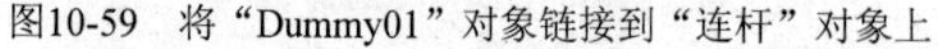
图10-59 将“Dummy01”对象链接到“连杆”对象上

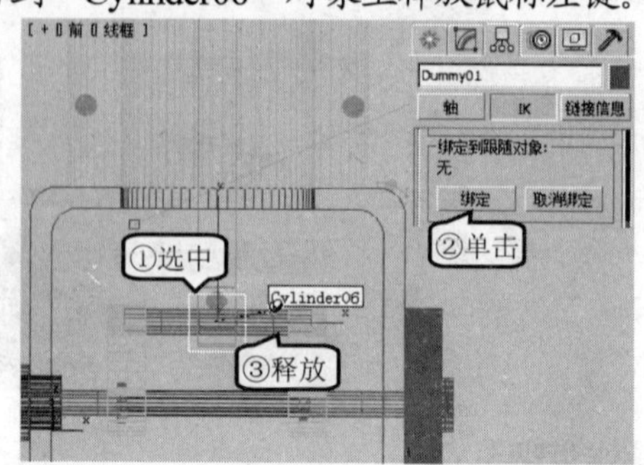

图10-60 将“Dummy01”对象绑定到跟随对象

2. 设置对象的关节参数。

(1) 为“活塞”对象指定位置控制器，操作步骤如图 10-61 所示。

① 选中“活塞”对象。

② 在【运动】面板>【参数】按钮>【指定控制器】卷展栏中选择【位置：位置 XYZ】选项。

③ 单击按钮。

④ 双击【TCB 位置】选项。

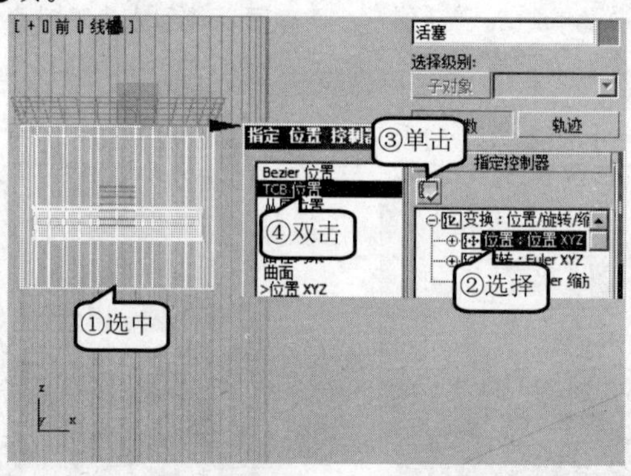

图10-61 为“活塞”对象指定位置控制器

要点提示 通过分析可知，“活塞”只在 *z* 轴方向上下活动，需要对其滑动关节进行调整，而“活塞”对象在默认情况下没有滑动关节这项参数。解决方法是调整它的位置控制器为【TCB 位置】。

(2) 设置“活塞”对象的关节参数，操作步骤如图 10-62 所示。

① 选中“活塞”对象。

② 在【层次】面板>【IK】按钮>【滑动关节】卷展栏>【Z 轴】设置项中勾选☑ 活动 选项。

③ 取消勾选【转动关节】卷展栏中所有轴向的活动选项。

(3) 设置“连杆”对象的关节参数，操作步骤如图 10-63 所示。

① 选中“连杆”对象。

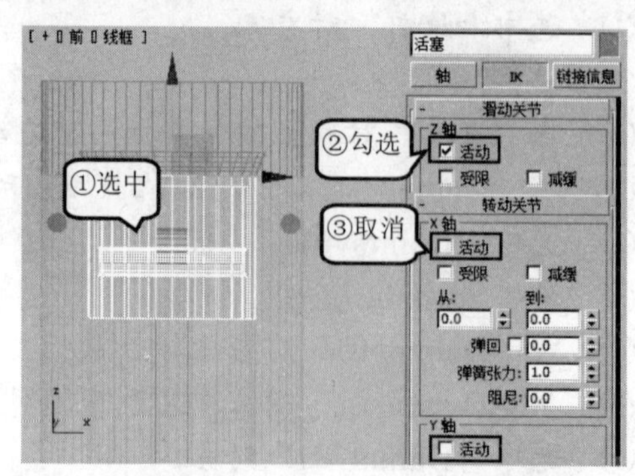

图10-62 设置“活塞”对象的关节参数

② 在【层次】面板>【IK】按钮>【转动关节】卷展栏>【Y 轴】设置项中勾选☑ 活动 选项。

③ 取消勾选其他轴向上的活动选项。

要点提示 经过多次测试这里只有勾选 Y 轴才能保证运动的正确性，所以请读者在模仿实例时确认此处是否正确。

(4) 预览运动效果，操作步骤如图 10-64 所示。

① 在【层次】面板>【IK】按钮>【反向运动学】卷展栏中单击 交互式 IK 按钮。

② 在场景中旋转“小齿轮”对象时，其他对象也一起运动。

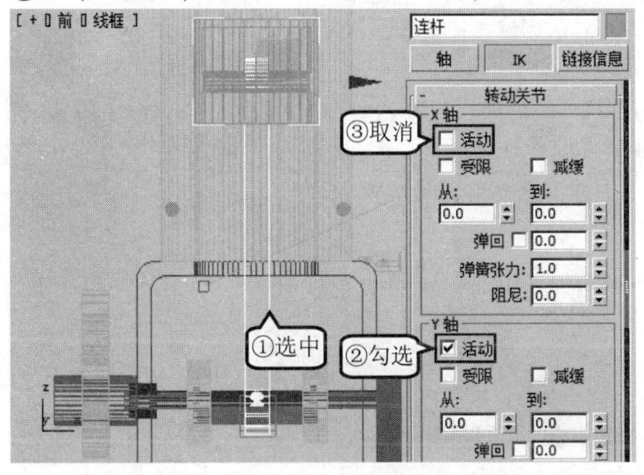

图10-63　设置“连杆”对象的关节参数

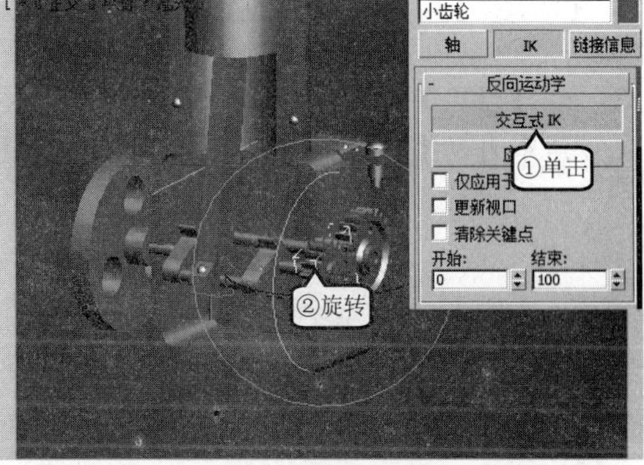

图10-64　预览运动效果

在预览运动效果的同时，检查运动效果的正确性，如果运动效果不正确，要检查关节参数是否设置合理并及时调整，直到运动效果符合要求为止。还有一点值得注意是，在预览完成后，一定要返回预览前的状态，这样方便后期应用 IK 产生动画效果。

3. 应用 IK。

(1) 设置“小齿轮”对象第 100 帧处的旋转参数，操作步骤如图 10-65 所示。

① 选中“小齿轮”对象。

② 单击 自动关键点 按钮启动动画记录模式。

③ 移动时间滑块到第 100 帧。

④ 向下拖动黄色的旋转轴，直到旋转角度为 720° 为止。

⑤ 单击 自动关键点 按钮关闭动画记录模式。

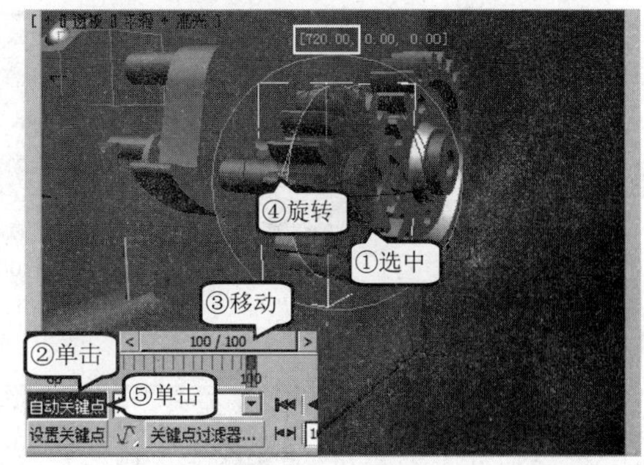

图10-65　设置“力”对象第 20 帧的位置坐标

(2) 设置动画轨迹为线性，操作步骤如图 10-66 所示。

① 单击按钮打开【轨迹视图-曲线编辑器】窗口。

② 在【轨迹视图-曲线编辑器】窗口中选择“小齿轮”对象的【X 轴旋转 动画】功能曲线。

③ 同时选中第 1 帧和第 100 帧。

④ 单击按钮将切线设置为线性。

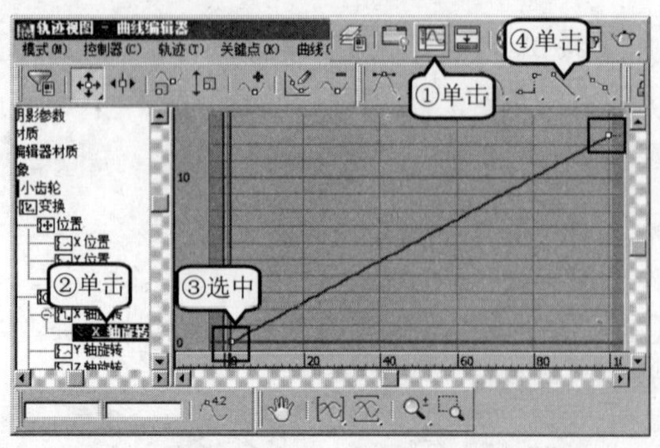

图10-66　设置动画轨迹为线性

(3) 在【层次】面板>【IK】按钮>【反向运动学】卷展栏中单击 应用 IK 按钮，连杆和活塞自动生成关键帧，将交互式 IK 应用到关联对象上，效果如图 10-67 所示。

图10-67　应用 IK 后的动画效果

(4) 按 Ctrl + S 组合键保存场景文件到指定目录，本案例制作完成。

10.2.3　拓展案例——制作"炫光夺目"

【案例剖析】

本案例利用 3ds Max 2010 中的 HI 解算器来控制灯的运动效果，如图 10-68 所示。

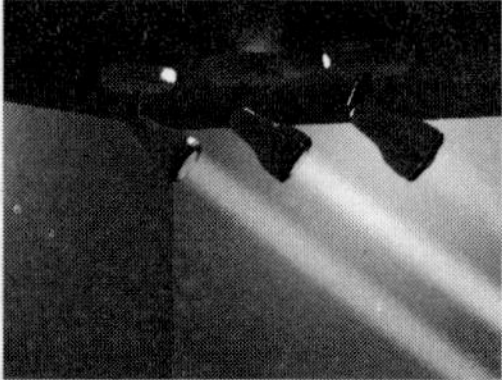

图10-68　效果图

【操作思路】

【步骤提示】

1. 创建骨骼。

(1) 运行 3ds Max 2010 软件。

(2) 打开制作模板。

① 按 Ctrl + O 组合键打开附盘文件“素材\第 10 章\炫光夺目\炫光夺目.max”，如图 10-69 所示。

② 场景中对所有的对象设置了材质。

③ 场景中自由平行光已经和灯罩建立了链接关系。

④ 场景中创建了一架摄影机，用于灯光的动画渲染。

(3) 在左视图中创建 3 段骨骼，如图 10-70 所示。

要点提示 在创建骨骼时，骨骼的延伸方向要同“灯颈 01”对象和“灯罩 01”对象分别对齐，这样才能实现灯的各个部位和骨骼一起正常的运动。

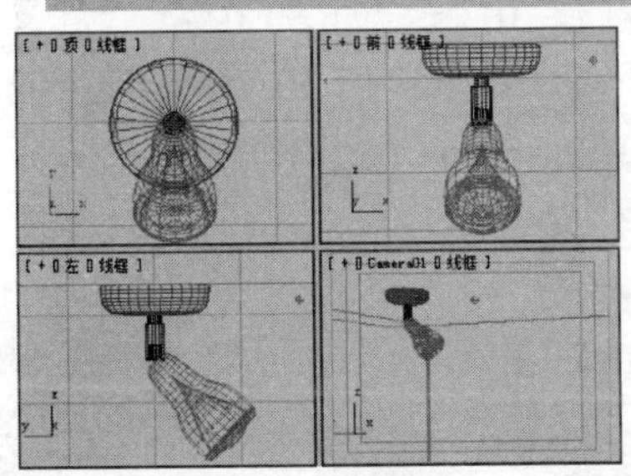

图10-69　打开制作模板

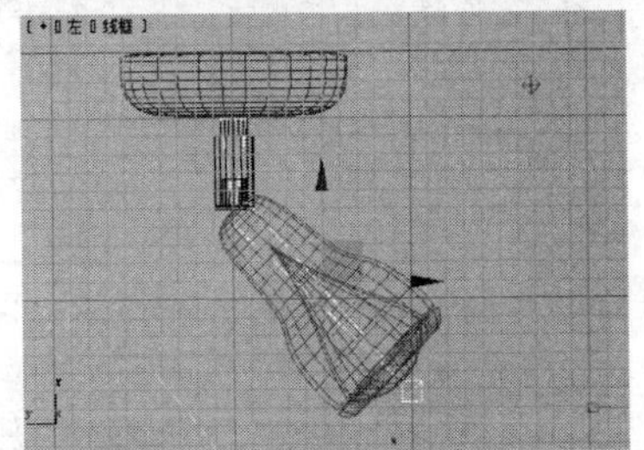

图10-70　创建“骨骼”对象

2. 添加 HI 解算器。

(1) 利用 HI 解算器创建链接，操作步骤如图 10-71 所示。

① 选中名为“Bone03”的骨骼。

② 选择【动画】/【IK 解算器】/【HI 解算器】命令。

③ 选中名为“Bone01”的骨骼。

(2) 将“灯颈 01”对象链接到名为“Bone01”的骨骼，操作步骤如图 10-72 所示。

① 选中“灯颈 01”对象。

② 单击 按钮。

③ 在“灯颈 01”对象上按住鼠标左键，拖动鼠标到“Bone01”的骨骼上释放鼠标左键。

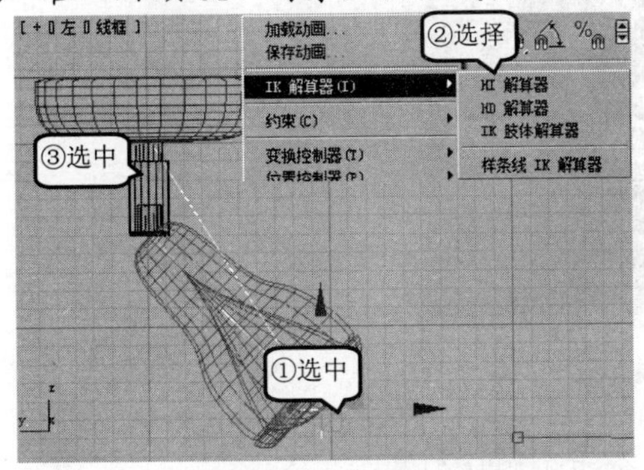

图10-71　利用 HI 解算器创建链接

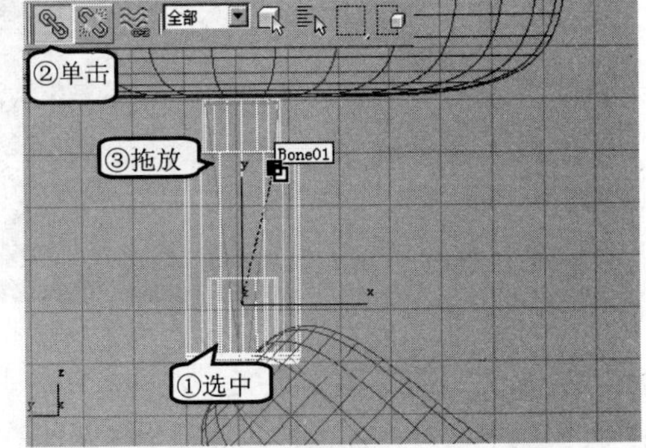

图10-72　将“灯颈 01”对象链接到名为“Bone01”的骨骼上

(3) 使用同样的方法将“灯罩 01”对象链接到名为“Bone02”的骨骼上。

要点提示 这时移动 IK 链对象，“灯颈 01”对象和“灯罩 01”对象都会随骨骼一起运动，所以在制作动画时，只需要制作 IK 链对象的移动就可以了。

3. 制作动画效果。

(1) 制作 IK 链目标对象的移动动画，操作步骤如图 10-73 所示。

① 选中 IK 链目标对象。

② 单击自动关键点按钮启动动画记录模式。

③ 移动时间滑块到第 40 帧。

④ 使用移动工具调整 IK 目标链的位置，注意观察摄影机视图的位置。

⑤ 单击自动关键点按钮关闭动画记录模式。

(2) 选中 IK 链目标对象第 1 帧处的关键帧，按Shift键拖动到 100 帧，让 IK 链目标对象回到原来的位置。

(3) 为了让场景更加饱满，在左视图中同时选中“灯座 01”、“灯颈 01”、“灯罩 01”、“Spot01”对象及骨骼系统，按Shift键复制出两个灯，效果如图 10-74 所示。

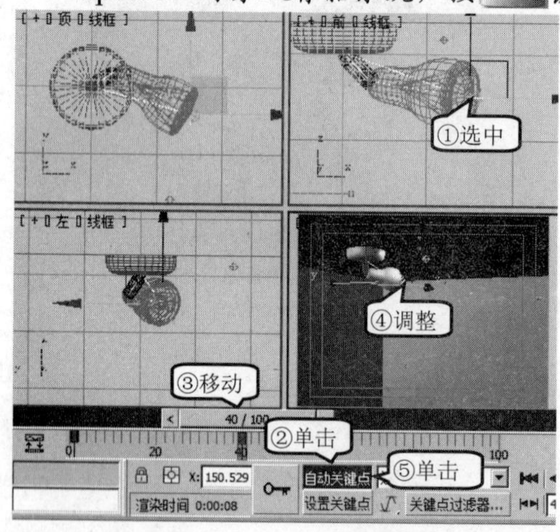

图10-73 制作 IK 链对象的移动动画

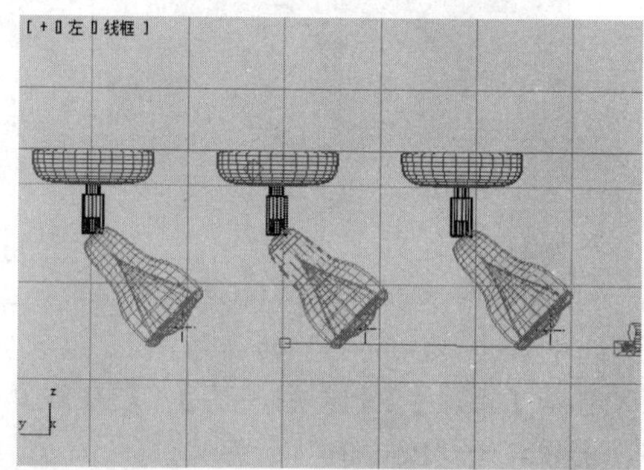

图10-74 复制对象

(4) 调整复制后两个“平行自由光”和灯罩处的颜色，效果如图 10-75 所示。

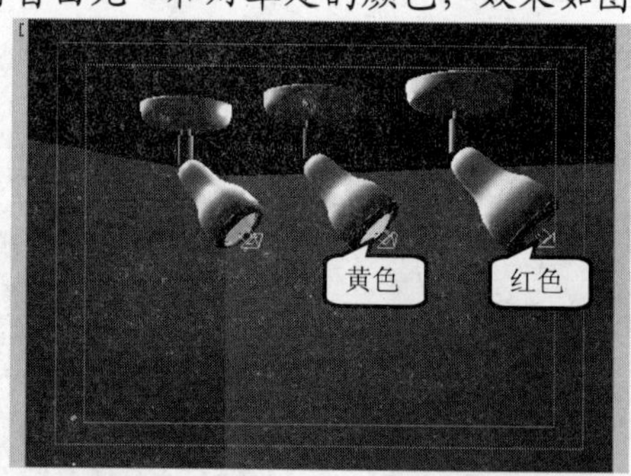

图10-75 “平行自由光”和灯罩颜色

(5) 播放动画，预览运动效果。

(6) 按Ctrl+S组合键保存场景文件到指定目录，本案例制作完成。

10.3 Reactor 动画——制作“打保龄球效果”

reactor 工作组是 3ds max 中强大的物理场景模拟器。动画制作者能够用它来控制并模拟复杂的物理场景。reactor 支持刚体和柔体动力学、布料模拟以及流体模拟、枢连物体的约束和关节模拟、风和马达之类的物理行为模拟。

10.3.1　基础知识——认识刚体和柔体

使用 reactor 几乎可以模拟现实生活中一切物理现象，本节从刚体和布料收集器入手带领读者掌握 reactor 的创建和设置方法。

一、　刚体与柔体

在 reactor 的模拟世界里，通常将物体分为刚体和柔体两种。

(1)　刚体是指在物理模拟的过程中，其几何形状始终保持不变的物体。可将不会明显改变形状的任何真实对象（从钢笔到滚下山坡的巨石）模拟为刚体，如图 10-76 所示。

(2)　柔体是指可改变形态的实体，如对布料、绳索或其他外形会随时间改变的材质进行模拟，则需使用柔体，如图 10-77 所示。

图10-76　钢球掉在地上却没有发生形变

图10-77　布料被风轻轻一吹就改变了它的形态

二、　创建 reactor 刚体和柔体

创建 reactor 中的刚体和柔体的大致步骤如下。

1.　创建刚体。

(1)　运行 3ds Max 2010 软件，在场景中创建对象，如图 10-78 所示。

(2)　在【reactor】工具栏上单击按钮，打开【刚体属性】窗口，选中场景中任何一个对象，即可对其刚体属性进行设置，如图 10-79 所示。

打开【reactor】工具栏的方法：在工具栏上单击鼠标右键，在弹出的快捷菜单中选择【reactor】选项，即可打开【reactor】工具栏。本章后面将不介绍打开此工具栏的方法，请参照此处进行操作。

图10-78　创建几何对象

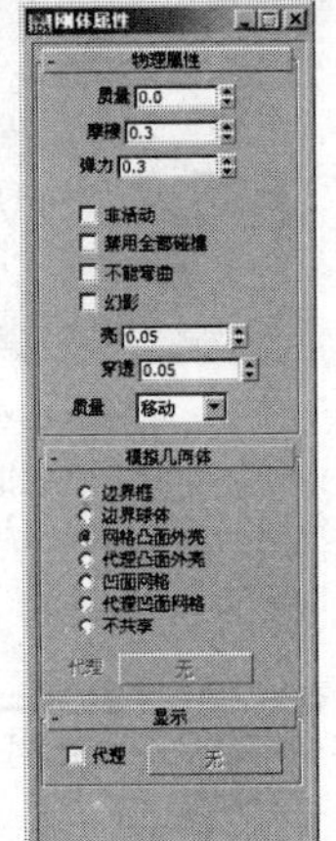

图10-79　【刚体属性】窗口

在 reactor 模拟的世界中，刚体的属性对刚体在场景中的表现具有十分重要的意义，这里为读者提供其中最常用也是最重要的参数说明，如表 10-6 所示。

表 10-6 reactor 刚体属性参数

<table>
<tr><th>选项</th><th colspan="3">功能</th></tr>
<tr><td>质量</td><td colspan="3">表示物体的质量，当物体质量设为“0”时，表示物体质量无限大，并不受重力影响</td></tr>
<tr><td>□ 非活动</td><td colspan="3">非活动的刚体在模拟中，需要和另一个对象、系统或者鼠标进行交互后才开始动力学模拟</td></tr>
<tr><td>□ 禁用全部碰撞</td><td colspan="3">该对象不会和场景中的其他对象发生碰撞，仅仅是穿过它们而已</td></tr>
<tr><td>□ 不能弯曲</td><td colspan="3">刚体的运动源自已存在时间轴上的动画，而非物理模拟。模拟中，其他对象会因为它而发生运动变化，而它不受碰撞的影响</td></tr>
<tr><td>□ 幻影</td><td colspan="3">与【禁用全部碰撞】选项相似，但是会保留模拟期间的碰撞信息。可以使用该碰撞信息来触发声音或其他效果</td></tr>
<tr><td>○ 边界框</td><td>将对象模拟为长方体，其范围由对象的尺寸决定</td><td>○ 边界球体</td><td>将对象模拟为球体，该球体以对象的轴点为中心，用最小的体积围住对象的几何体</td></tr>
<tr><td>● 网格凸面外壳</td><td>这是系统默认选项。对象的几何体会使用一种算法，该算法使用几何体的顶点创建一个凸面几何体，并完全围住原几何体的顶点。为了使这一情景形象化，可以想象对茶壶进行收缩包裹：茶壶是凹面的，但其收缩包裹却形成了凸面外壳</td><td>○ 代理凸面外壳</td><td>使用另一个对象的凸面外壳作为该对象在模拟中的物理表示。例如，可以使用低多边形茶壶的凸面外壳对高多边形茶壶进行模拟。代理对象的轴点和刚体的轴点是对齐的</td></tr>
<tr><td>○ 凹面网格</td><td>如果希望将对象放置在凸面对象的内部，并使它们与该对象的内部表面碰撞，那么应该将其模拟为凹面而非凸面</td><td>○ 代理凹面网格</td><td>使用另一个对象的凹面网格作为该对象的物理表示。例如，可以使用一个低多边形的茶壶模拟细分程度较高的茶壶的动画。代理对象的轴点和刚体的轴点是对齐的</td></tr>
</table>

(3) 选中场景中的舞台，分别设置其刚体属性，如图 10-80 所示。

(4) 在【reactor】工具栏上单击按钮，在舞台上创建一个“RBCollection01”对象，选中“RBCollection01”对象，在【修改】面板中单击 拾取 按钮，即可在场景中拾取要设置为刚体的对象，这里选择其中一个茶壶和立方体对象，如图 10-81 所示。

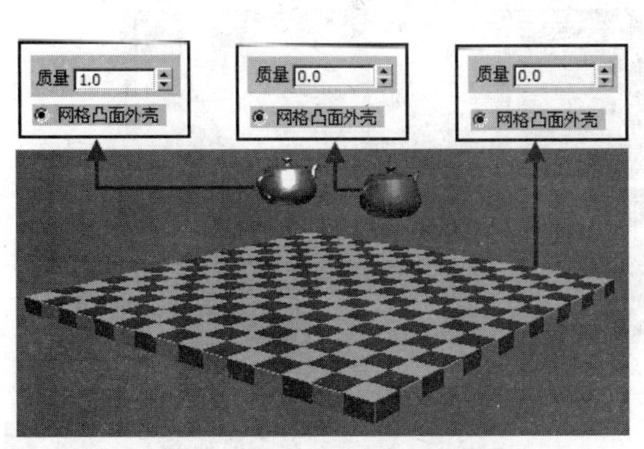

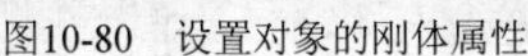
图10-80　设置对象的刚体属性

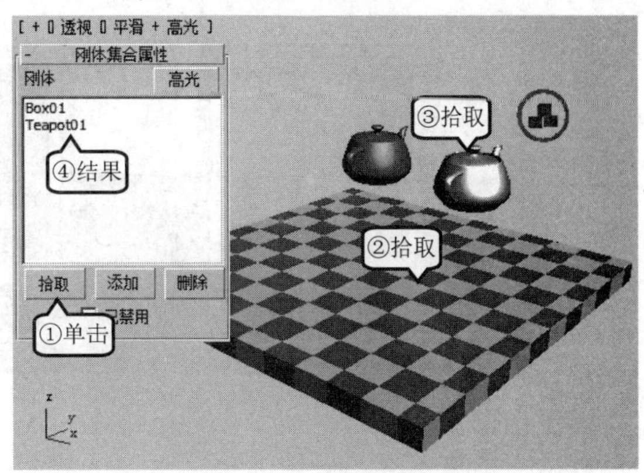

图10-81　创建“RBCollection01”对象

2.　创建柔体。

(1)　选中剩下的一个茶壶，在【修改】面板中为其添加一个【Reactor 软体】修改器。

(2)　在【reactor】工具栏上单击按钮，在场景中创建一个“SBCollection01”对象，选中“SBCollection01”对象，即可在【修改】面板中添加几何对象，这里将剩下的一个茶壶加入。

(3)　在【reactor】工具栏上单击按钮，打开【Reactor 实时预览（OpenGL）】窗口，单击键即可查看模拟的效果，如图 10-82 所示。

图10-82　刚体与柔体

注意这里作为柔体的茶壶和立方体在【刚体属性】面板中的【质量】都设置为“0”，为什么茶壶受重力影响而立方体不受呢？这是因为柔体的质量只受柔件几何对象上【Reactor 软体】修改器的影响，同时创建布料的方法和柔体相似，需要为作为布料的对象添加【Reactor Cloth】修改器，一般用平面对象作为布料。

10.3.2　案例剖析——制作“打保龄球效果”

【操作步骤】

本案例利用 reactor 中的刚体来模拟打保龄球的动画效果，如图 10-83 所示。

图10-83　效果图

【操作思路】

【操作步骤】

1. 添加刚体集合。

(1) 运行 3ds Max 2010 软件。

(2) 打开制作模板。

① 按Ctrl+0组合键打开附盘文件“素材\第 10 章\打保龄球效果\打保龄球效果.max”，如图 10-84 所示。

② 场景中对所有的对象设置了材质。

③ 场景中创建了一架摄影机，用于对保龄球运动的效果进行动画渲染。

图10-84 打开制作模板

(3) 设置“保龄球”刚体属性，操作步骤如图 10-85 所示。

① 选中“保龄球”对象。

② 在【reactor】工具栏上单击按钮，打开【刚体属性】窗口。

③ 在【刚体属性】窗口中设置参数。

(4) 设置所有“木瓶”刚体属性，操作步骤如图 10-86 所示。

① 选中“木瓶 01”～“木瓶 10”对象。

② 在【reactor】工具栏上单击按钮，打开【刚体属性】窗口。

③ 在【刚体属性】窗口中设置参数。

图10-85 设置“保龄球”刚体属性

图10-86 设置所有“木瓶”刚体属性

(5) 设置“球道”刚体属性，操作步骤如图 10-87 所示。

① 选中“球道”对象。

② 在【reactor】工具栏上单击按钮，打开【刚体属性】窗口。

③ 在【刚体属性】窗口中设置参数。

(6) 添加刚体集合，操作步骤如图 10-88 所示。

① 选中所有的几何体对象。

② 在【reactor】工具栏上单击按钮，在场景中添加一个刚体集合。

2. 制作打保龄球的动画效果。

(1) 创建长方体，操作步骤如图 10-89 所示。

① 在顶视图中创建一个“长方体”对象。

② 重命名“长方体”对象为“力”。

③ 在【参数】卷展栏中设置参数。

④ 设置其位置坐标。

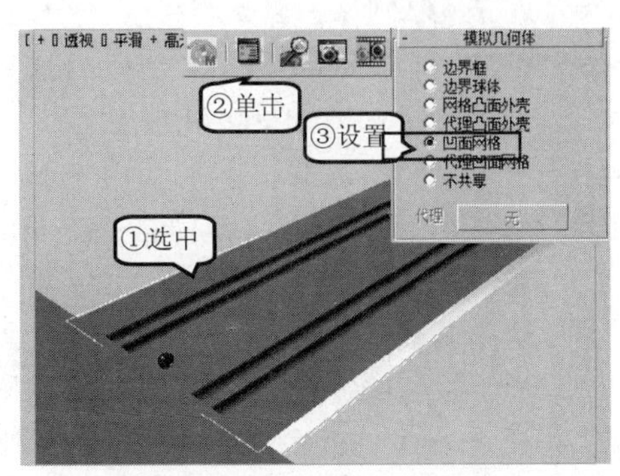

图10-87　设置“球道”刚体属性

要点提示 这里创建长方体的目的主要是为保龄球提供动力来源，就好像人的手给保龄球的推力效果，这样才能模拟得更真实。

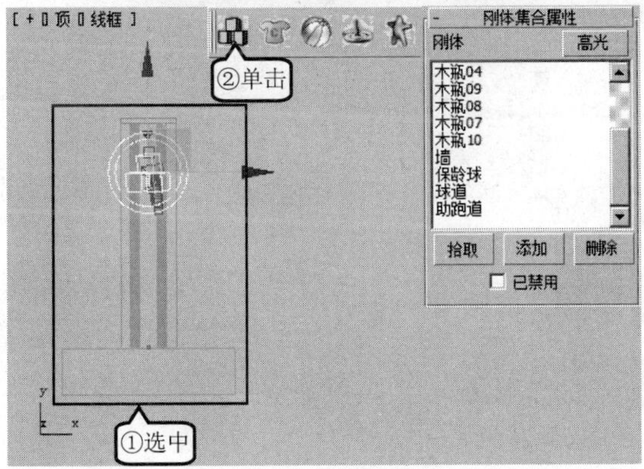

图10-88　添加刚体集合

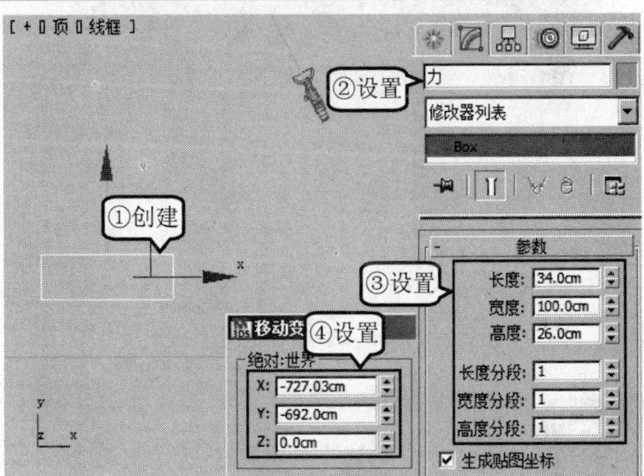

图10-89　创建长方体

(2) 设置“力”对象的刚体属性，操作步骤如图 10-90 所示。

① 选中“力”对象。

② 在【reactor】工具栏上单击按钮打开【刚体属性】窗口。

③ 在【刚体属性】窗口中设置参数。

(3) 将“力”对象添加到刚体集合中，操作步骤如图 10-91 所示。

① 选中“RBCollection01”对象。

② 在【修改】面板中单击添加按钮，打开【选择刚体】窗口。

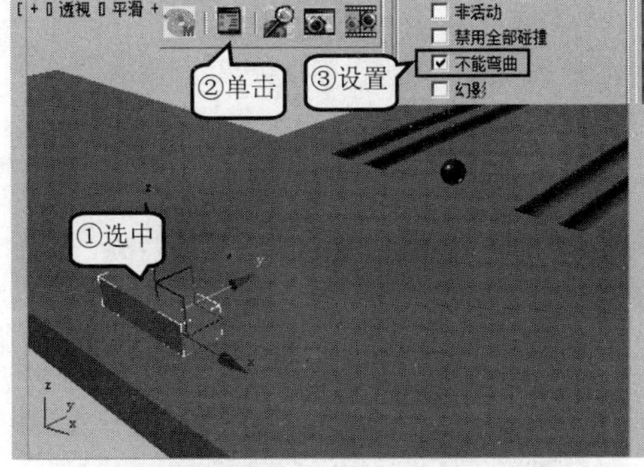

图10-90　设置“力”对象的刚体属性

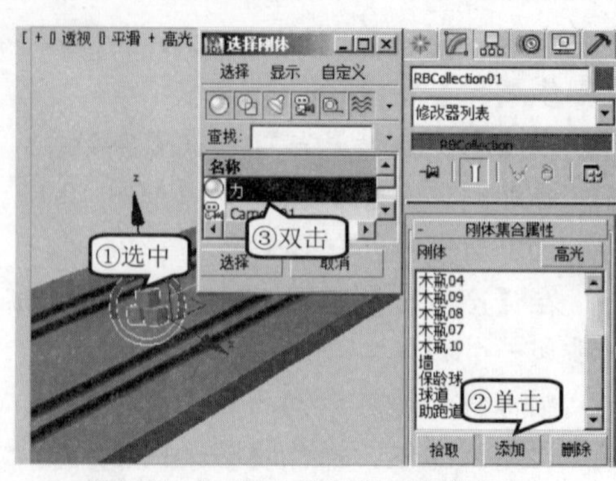

图10-91 将“力”对象添加到刚体集合中

③ 在【选择刚体】窗口中双击“力”选项。

(4) 设置“力”对象第 20 帧处的位置坐标，操作步骤如图 10-92 所示。

① 选中“力”对象。

② 单击自动关键点按钮启动动画记录模式。

③ 移动时间滑块到第 20 帧。

④ 设置其位置坐标参数。

⑤ 单击自动关键点按钮关闭动画记录模式。

(5) 预览动画，操作步骤如图 10-93 所示。

① 在【reactor】工具栏上单击按钮，打开【Reactor 实时预览】窗口。

② 在【Reactor 实时预览】窗口中按P键开始模拟动画。

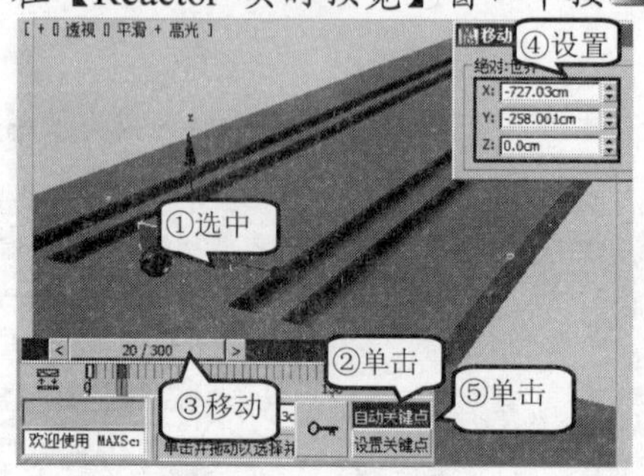

图10-92 设置“力”对象第 20 帧处的位置坐标

图10-93 预览动画

(6) 隐藏“力”对象，在【reactor】工具栏上单击按钮，在场景中创建刚刚模拟的动画效果，如图 10-94 所示。

因为 reactor 制作动画的原理是模拟现实，所以在动画形成的过程中可能会出现不同的效果，为了达到很好的效果，读者可以进行一些细部参数的调节。

3. 制作摄像机动画。

(1) 按C键将当前视图切换到摄影机视图，如图 10-95 所示。

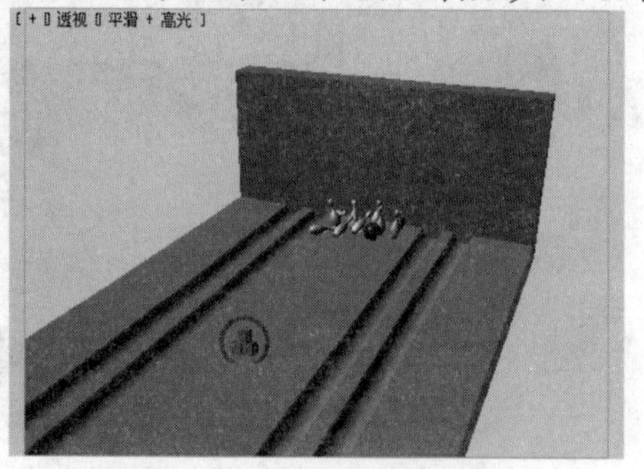

图10-94 在场景中创建动画

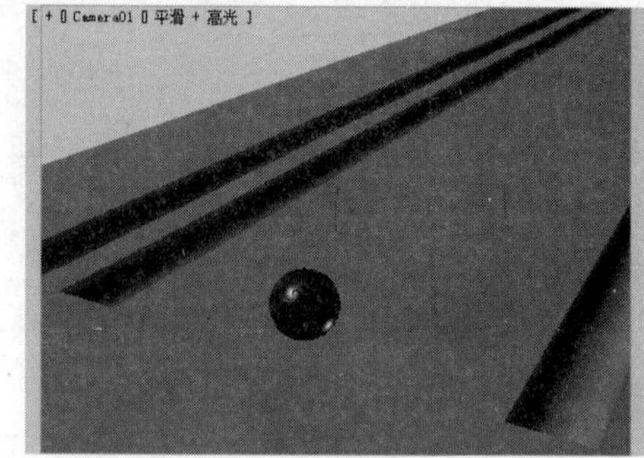

图10-95 切换到摄影机视图

(2) 设置第 40 帧处的摄像机视图效果，操作步骤如图 10-96 所示。

① 单击自动关键点按钮启动动画记录模式。

② 移动时间滑块到第 40 帧。

③ 调整其摄影机视图效果。

(3) 选中摄影机第 1 帧处的所有关键帧，将其移动到第 10 帧处。

(4) 使用同样的方法调整第 120 帧处的摄影机视图效果，如图 10-97 所示。

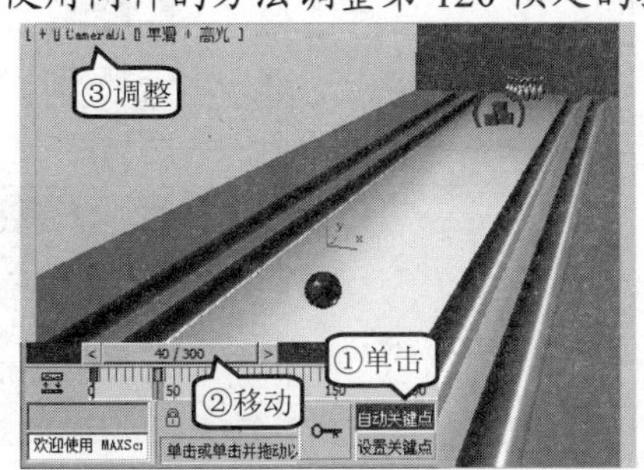

图10-96　设置第 40 帧处的摄影机视图效果

图10-97　设置第 120 帧处的摄影机视图效果

摄影机动画的制作比较特殊，一般通过以上方法制作摄影机动画，这样既快捷，又可以制作出较好的摄影机效果。

读者还应注意，因为动画制作过程存在一些差异，所以动画效果将有所差别，摄像机动画也应该有所不同，在制作时不可完全照搬书本，应该根据实际情况调整摄像机位置来达到最优效果。

(5) 按 Ctrl + S 组合键保存场景文件到指定目录，本案例制作完成。

10.3.3　拓展案例——制作“旗帜飘扬”

【案例剖析】

本案例将利用 reactor 中的刚体和布料来模拟旗帜在天空中飘扬的动画效果，效果如图 10-98 所示。

图10-98　效果图

【操作思路】

【步骤提示】

1. 添加修改器。

(1) 运行 3ds Max 2010 软件。

(2) 打开制作模板。

① 按 Ctrl + O 组合键打开附盘文件“素材\第 10 章\旗帜飘扬\旗帜飘扬.max”，如图 10-99 所示。

② 场景中对所有的对象设置了材质。

③ 场景中创建了一架摄影机，用于对旗帜飘扬的效果进行动画渲染。

图10-99 打开制作模板

(3) 添加【网格选择】修改器，操作步骤如图 10-100 所示。

① 选中“旗帜 01”对象。

② 在【修改】面板中为“旗帜 01”对象添加【网格选择】修改器。

(4) 添加【Reactor Cloth】修改器，操作步骤如图 10-101 所示。

① 选择【网格选择】修改器的【多边形】层级。

② 在前视图中选中除第一列外的所有多边形。

③ 在【修改】面板中添加【Reactor Cloth】修改器。

(5) 固定“旗帜 01”对象的顶点，操作步骤如图 10-102 所示。

① 选择【Reactor Cloth】修改器的【顶点】层级。

② 选择最左列的顶点。

③ 在【Reactor Cloth】修改器的【约束】卷展栏中单击 固定顶点 按钮。

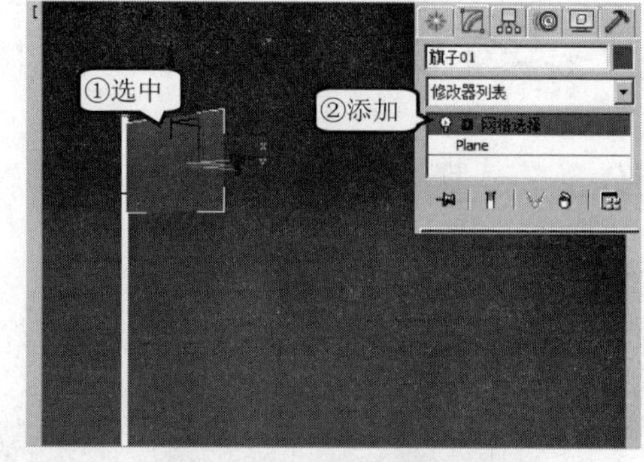

图10-100 添加【网格选择】修改器

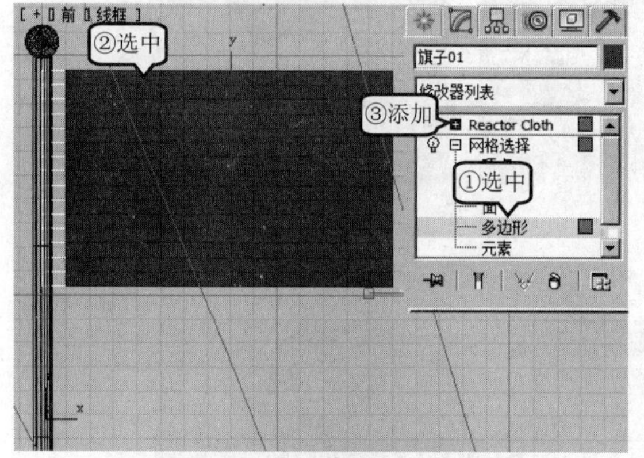

图10-101 添加【Reactor Cloth】修改器

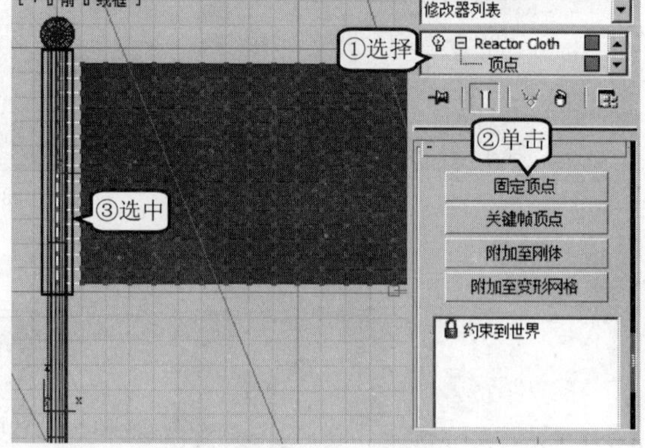

图10-102 固定“旗帜 01”对象的顶点

(6) 设置【Reactor Cloth】修改器中的参数，操作步骤如图 10-103 所示。

① 选择【Reactor Cloth】修改器。

② 在【属性】卷展栏上勾选 ☑ 避免自相交 选项。

2. 制作旗帜的初始状态。

(1) 创建 Cloth 集合，操作步骤如图 10-104 所示。

① 选中“旗帜 01”对象。

② 在【reactor】工具栏上单击按钮，在场景中添加一个 Cloth 集合。

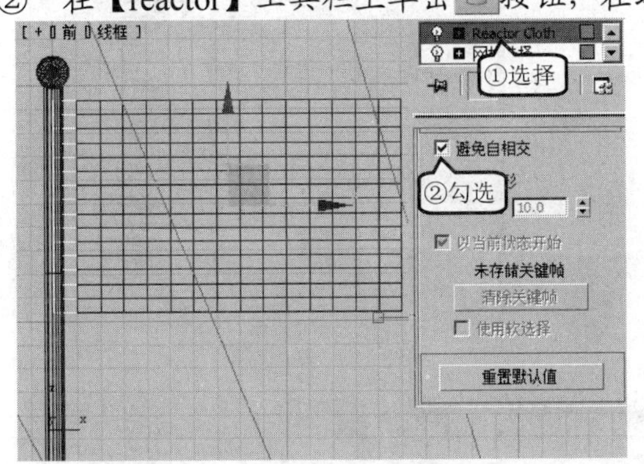

图10-103　设置【Reactor Cloth】修改器中的参数

图10-104　创建 Cloth 集合

(2) 创建刚体集合，操作步骤如图 10-105 所示。

① 选中“旗杆 01”对象。

② 设置其刚体属性。

③ 在【reactor】工具栏上单击按钮，在场景中添加一个刚体集合。

(3) 创建风，操作步骤如图 10-106 所示。

① 在【reactor】工具栏上单击按钮。

② 在前视图中创建风。

③ 在【修改】面板中设置风的参数。

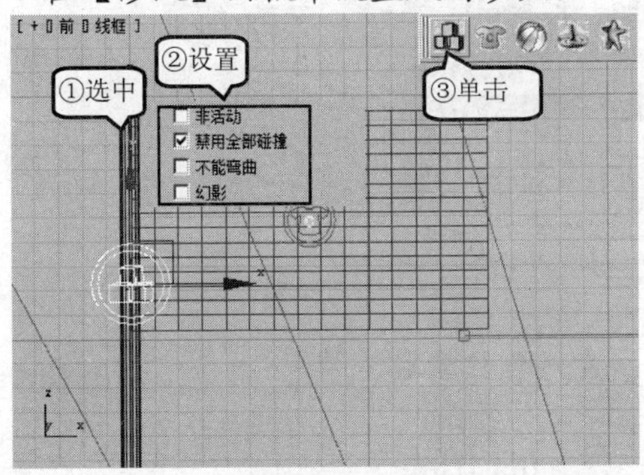

图10-105　创建刚体集合

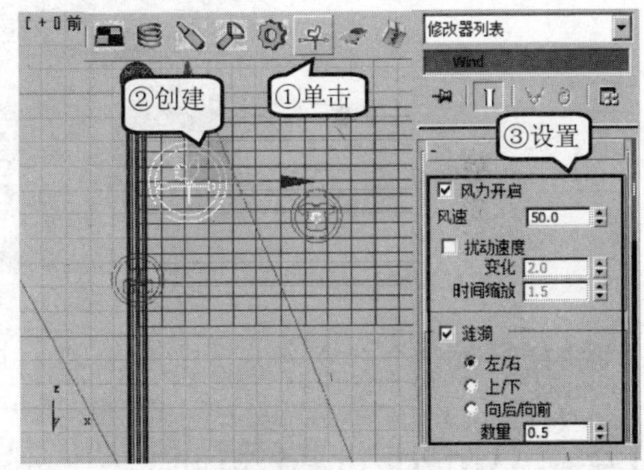

图10-106　创建风

在创建风的时候，由于软件系统存在差异，风的方向有可能不一样，请读者在制作时将风的方向调整为从左向右吹的效果。

3. 创建动画。

(1) 在【reactor】工具栏上单击按钮，打开【Reactor 实时预览】窗口，按键可以对模拟的动画进行预览，如图 10-107 所示。

(2) 为了让场景更加饱满，将“旗帜 01”、“旗杆 01”和“Sphere01”3 个对象同时复制两个，并改变旗帜的材质颜色，效果如图 10-108 所示。

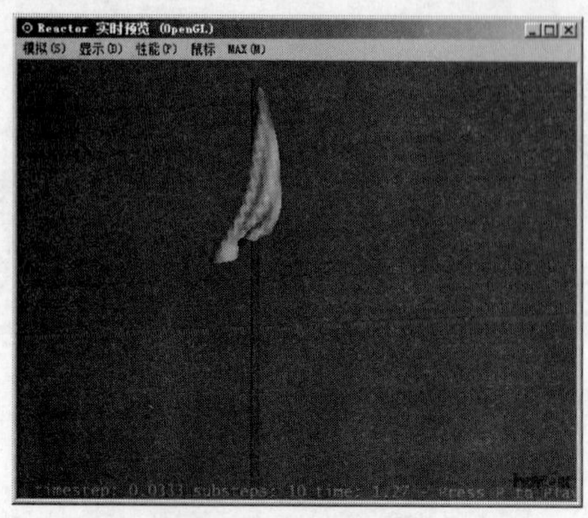

图10-107 预览动画效果

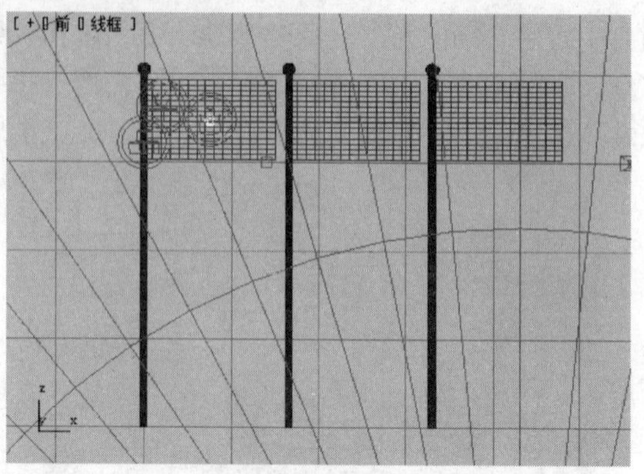

图10-108 复制对象

完成复制后，一定要将其他旗帜和旗杆分别添加到 Cloth 和刚体集合中，这样才能进行动画效果的模拟。

(3) 在场景中创建动画，操作步骤如图 10-109 所示。

① 单击按钮切换到【工具】面板。

② 单击 reactor 按钮。

③ 在【预览与动画】卷展栏中设置参数。

④ 单击 创建动画 按钮。

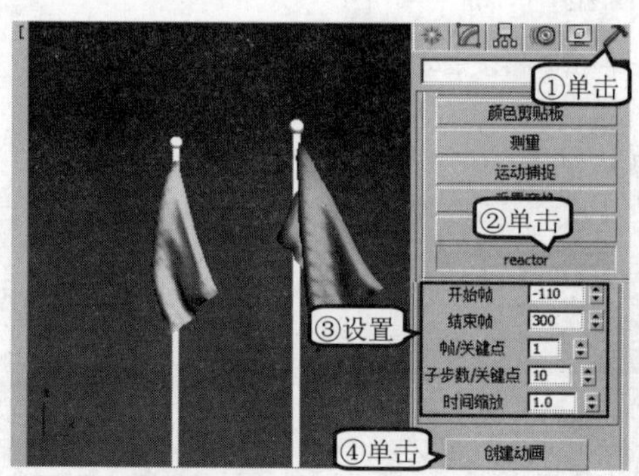

图10-109 在场景中创建动画

(4) 按 Ctrl + S 组合键保存场景文件到指定目录，本案例制作完成。

10.4 Biped 骨骼动画——制作“足迹动画”

Character studio（角色动画制作系统）为动画师提供了三维角色动画专用工具，使动画师能够快速而轻松地建造骨骼和运动序列，用具有动画效果的骨骼来驱动 3ds Max 中的几何模型，进而制作虚拟角色。使用 Character studio 可以生成这些角色的群组，从而使用代理系统和过程行为制作其动画效果。

使用 Character studio 中的 Biped（三维人物及动画模拟系统）组件可以方便地创建人物骨骼系统，而且这种装置具有足够的灵活性来定制或适配各种类型的角色，比如四足动物和鸟类。Character studo 包含 3 个组件：Biped、Physique（骨骼变形系统）和群组，各个组件的含义如下。

10.4.1　基础知识——认识 Biped 骨骼

Biped 工具是创建两足动物的系统插件，利用它可以构建骨骼框架并使之具有动画效果，为制作角色动画做好准备。

一、　Biped 骨骼的创建及修改

在【创建】面板的【系统】子面板中单击 Biped 按钮，在任意一个视图中拖曳鼠标，视图中就会出现一个骨骼。如果是在透视图或者摄像机视图中，用鼠标在参考网格上拖曳即可创建 Biped，它会自动站在网格平面上，如图 10-110 所示。

单击鼠标右键结束创建模式，切换到【运动】面板，在【Biped】卷展栏中按下 按钮，在面板下方会出现一个【结构】卷展栏，在这里可以对创建好的骨骼进行参数设置，如图 10-111 所示。

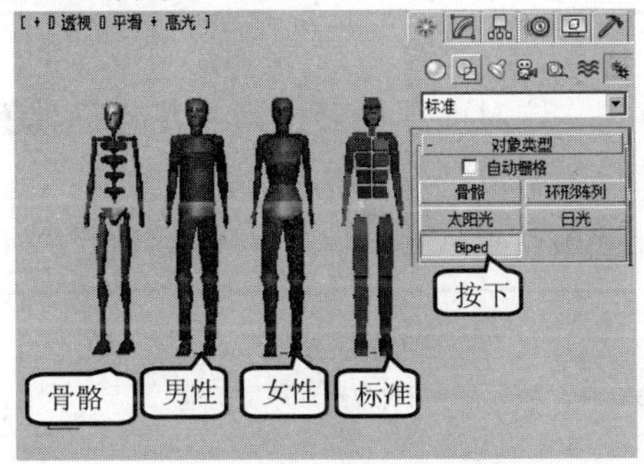

图10-110　创建 Biped

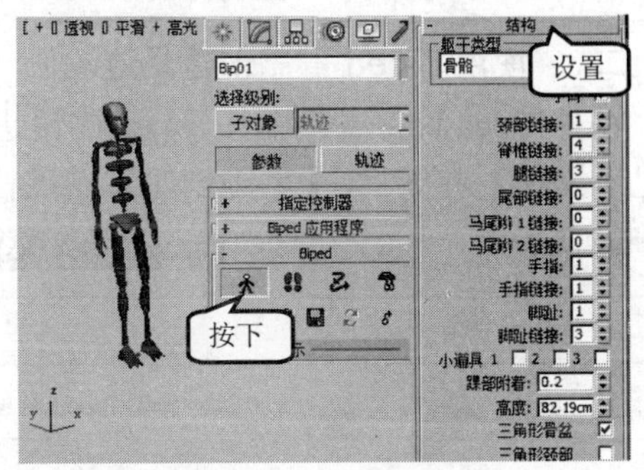

图10-111　修改 Biped 骨骼参数

Biped 骨骼非常灵活，可以使用移动、旋转和绽放等工具编辑出各种动物的骨骼结构，如图 10-112 所示。

图10-112　非人类结构

【Biped】卷展栏中的工具主要用于控制 Biped 对象的不同工作模式、保存 Biped 专用的信息文件，详细功能如表 10-7 所示。

表 10-7　　　　　　　　　　**【Biped】卷展栏中的选项及其功能**

选项	功能介绍
体形模式	在该模式下可以调整 Biped 对象的结构和形状。另外，给网格物体添加蒙皮后，按下该按钮，Biped 对象会临时关闭动画，恢复到原始状态，并允许用户对它的形状进行修改以适配网格对象
足迹模式	该选项用来创建和编辑足迹，当足迹模式被激活时，在【运动】面板上会多出两个附加的卷展栏，【足迹创建】和【足迹操作】卷展栏
运动流模式	使用运动流模式可以进行运动脚本的编辑修改，也可以对多个动作进行链接、动作间的过渡等操作，还可以对运动捕捉的动作进行剪辑操作。激活该按钮会多出一个【运动流】卷展栏
混合器模式	激活该模式会让所有用混合器编辑的运动流临时生效，并多出一个【混合器】卷展栏

续表

选项	功能介绍
Biped 播放	实时播放场景中所有 Biped 对象的动画，当按下该按钮时，Biped 对象以线条形式显示，并且场景中其他对象都是不可见的
加载文件	由于 Biped 对象的工作模式不同，打开文件的格式也不一样，在体形模式下打开.fig 格式的文件；在足迹模式打开.bip 或者.stp 格式的文件
保存文件	单击该按钮，会弹出【另存为】对话框。可以将文件保存成.flg、.bip 和.stp 格式
转化	将足迹动画转化成自由形式的动画，这种转换是双向的。根据相关的方向，显示【转换为自由形式】对话框或【转换为足迹】对话框
移动所有模式	该按钮被激活时，会自动选择质心，并弹出一个偏移设置对话框，在【偏移】对话框中设置参数可以使两足动物与其相关的非活动动画一起移动和旋转，其中的 塌陷 按钮是把当前的位移或者旋转值恢复到 0，再操作会以当前位置为起始点

二、 使用 Biped 骨骼创建足迹动画

在【Biped】卷展栏中按下按钮进入足迹模式，这时面板中会出现【足迹创建】和【足迹操作】卷展栏，【足迹创建】卷展栏中各选项的含义如表 10-8 所示。

表 10-8　【足迹创建】卷展栏中的选项及其功能

选项	功能介绍
创建足迹（附加）	如果 Biped 对象已经存在足迹动画，单击该按钮可以继续添加足迹
创建足迹（在当前帧上）	在当前帧上创建足迹
创建多个足迹	单击该按钮后会弹出一个对话框，在这里可以设置足迹的数量，步幅的宽度、长度，以及行走的速度等
行走、跑步、跳跃	这 3 种足迹状态用来确定新创建足迹的形式。下面有两个选项，当足迹状态不同时，所显示的选项也不一样

按下按钮，会显示【行走足迹】和【双脚支撑】两个选项。【行走足迹】选项是指在一个行走周期中，一个足迹到另一个足迹之间在地面上停留的帧数；【双脚支撑】选项是指在一个行走周期中，两脚同时在地面上停留的帧数。其他两个按钮下的参数含义与此相似，读者可以自己进行相关的练习。

【足迹操作】卷展栏中各选项的含义如表 10-9 所示。

表 10-9　【足迹创建】卷展栏中的选项及其功能

选项	功能介绍
为非活动足迹创建关键点	当使用【足迹创建】卷展栏中的工具创建好足迹后，单击该按钮，Biped 对象就会和足迹相关联，使足迹有效，这时播放动画，Biped 对象就会沿着足迹活动
取消激活足迹	对选择的足迹解除运算，让足迹不再和 Biped 对象关联
删除足迹	删除所选择的足迹，也可以使用 Del 键直接删除
复制足迹	将选择的足迹和 Biped 对象的关键帧复制到足迹的缓冲区。注意只能复制连续的足迹，如果足迹还没有被运算，则该按钮呈灰色，不能使用
粘贴足迹	把足迹缓冲区中的足迹粘贴到场景中。注意粘贴后的足迹，要对其稍做移动才可以被激活使用

续表

选项	功能介绍
弯曲	弯曲足迹的走向。只有选择多个足迹时才可以使用该选项。值为正时，足迹顺时针弯曲；值为负时，足迹逆时针弯曲
缩放	对选择的足迹进行重新缩放处理。值为正时，足迹和足迹之间的距离加大；值为负时，足迹和足迹之间的距离缩小

三、 Biped 骨骼蒙皮

由骨骼结构变形的网格叫做蒙皮。在 Character studio 中，Physique 是应用到蒙皮上的修改器，使蒙皮能够由 Biped 或其他的骨骼结构变形而来。图 10-113 所示演示了不同骨骼的网格。

图10-113　不同骨骼的网格

要点提示 3ds Max 2010 自身也有一个蒙皮修改器——Skin（蒙皮）。但 Skin 本身存在一些缺陷，在制作角色动画时会遇到困难，这里我们只讲解 Physique 的用法，该工具不仅仅针对 Biped 骨骼，对于 3ds Max 2010 自身的骨骼及几何体对象都可以进行蒙皮操作。

网格模型被蒙皮后，可以操作骨骼让模型具有一些漂亮的姿势，从而模拟现实中的一些动作，这为制作角色动画带来了极大的方便。具体的使用方法将在本节拓展案例中讲解，这里不做具体说明。

10.4.2　案例剖析——制作“足迹动画”

【案例剖析】

足迹动画使用一种特殊的足迹装置使脚和地面产生联系。当移动足迹到新的位置时，动画会更新来适应运动。Character Studio 提供的足迹动画可以方便地完成角色的走、跑、跳等各种动作，本案例介绍如何利用足迹动画来实现一个上下楼梯和跑步的效果，如图 10-114 所示。

图10-114　效果图

【操作思路】

【操作步骤】

1. 创建人物骨骼对象。

(1) 运行 3ds Max 2010 软件。

(2) 创建 Biped 骨骼，操作步骤如图 10-115 所示。

① 在透视图中创建一个“Biped”对象。

② 切换到【运动】面板，在【Biped】卷展栏中按下按钮，展开【结构】卷展栏。

③ 在【结构】卷展栏中设置参数。

(3) 在透视图中使用移动和缩放工具调整骨骼的位置和大小，将骨骼编辑成一位“身材魁梧”模样的角色，如图 10-116 所示。

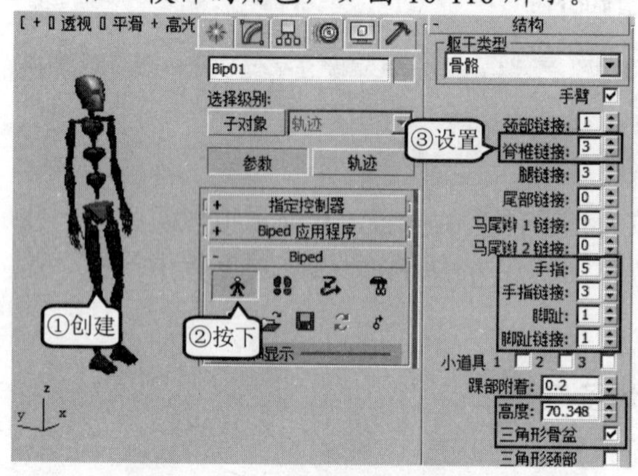

图10-115 创建 Biped 骨骼

图10-116 编辑 Biped 对象

2. 创建行走的足迹并设置它的动画效果。

(1) 创建足迹，操作步骤如图 10-117 所示。

① 在【Biped】卷展栏中按下按钮进入足迹模式。

② 在【足迹创建】卷展栏中单击按钮，打开【创建多个足迹：行走】对话框。

③ 在【创建多个足迹：行走】对话框中点选 从左脚开始 选项。

④ 设置【足迹数】为“13”。

⑤ 单击 确定 按钮。

要点提示 读者在【创建多个足迹：行走】对话框中设置参数时，有的参数可能和图中的不一样，这是由骨骼高度造成的，让其保持原来的设置即可。

(2) 编辑足迹路径，操作步骤如图 10-118 所示。

① 选中第 6～第 12 个足迹。

② 在【足迹操作】卷展栏中设置【弯曲】为“-7”。

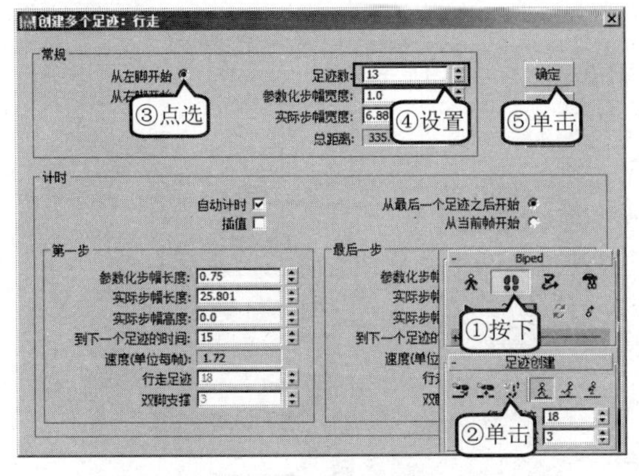

图10-117　创建足迹

图10-118　编辑足迹路径

(3) 添加快速行走的足迹，操作步骤如图 10-119 所示。

① 在【足迹创建】卷展栏中单击按钮，打开【创建多个足迹：行走】对话框。

② 在【创建多个足迹：行走】对话框中点选从右脚开始选项。

③ 设置【足迹数】为“6”。

④ 设置【步幅长度】和【到下一个足迹的时间】参数。

⑤ 单击确定按钮。

(4) 在【足迹操作】卷展栏中单击按钮，播放动画，可以发现骨骼到第 13 足迹时，速度加快，效果如图 10-120 所示。

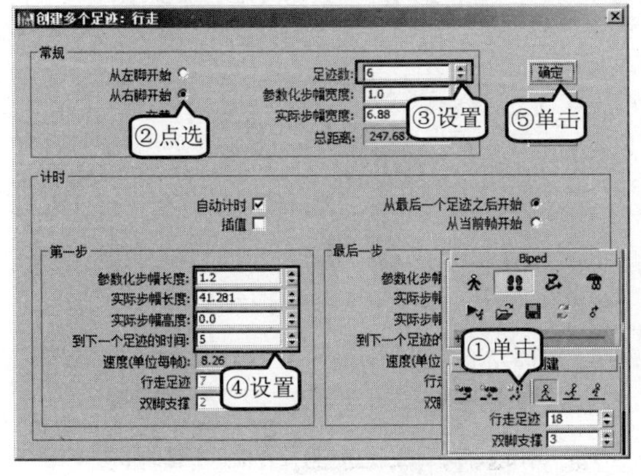

图10-119　添加快速行走的足迹

[+ 0 透视 0 平滑 + 高光]
足迹操作
单击
弯曲:
0.0
缩放:
1.0
长度
宽度

图10-120　生成足迹行走动画

(5) 在足迹模式下，切换到左视图，使用移动工具将第 3～第 7 个足迹依次抬高，然后将第 7～第 11 个足迹依次降低，这样就创建了一段上下楼梯的动画，如图 10-121 所示。

图10-121　创建上下楼梯的动画

3. 调整行走时身体各部分的形态。

(1) 调整第 60 帧处脊椎和手臂的形态，操作步骤如图 10-122 所示。

① 单击按钮退出足迹模式。

② 单击自动关键点按钮启动动画记录模式。

③ 移动时间滑块到第 60 帧。

④ 使用旋转工具调整脊椎使身体前倾，然后使用移动工具调整手臂使右臂在前左臂在后。

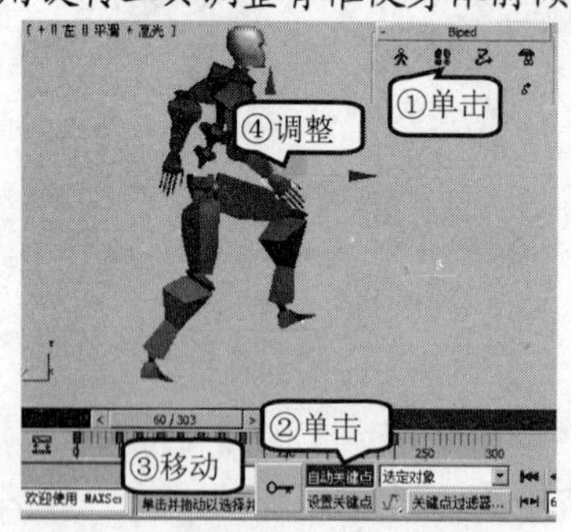

图10-122 调整第 60 帧处脊椎和手臂的形态

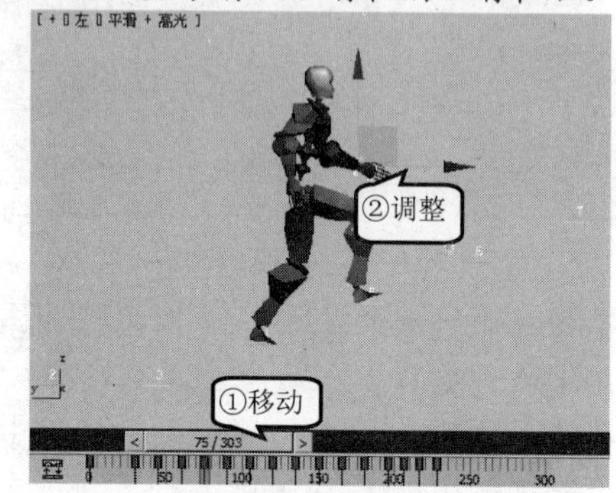

图10-123 调整第 75 帧处脊椎和手臂的形态

(2) 调整第 75 帧处脊椎和手臂的形态，操作步骤如图 10-123 所示。

① 移动时间滑块到第 75 帧。

② 使用旋转工具调整脊椎使身体前倾，然后使用移动工具调整手臂使左臂在前右臂在后。

(3) 使用同样的方法调整第 90 帧和第 105 帧处脊椎和手臂的形态，如图 10-124 和图 10-125 所示。

图10-124 调整第 90 帧处脊椎和手臂的形态

图10-125 调整第 105 帧处脊椎和手臂的形态

(4) 使用同样的方法调整第 135 帧和第 150 帧处脊椎和手臂的形态，如图 10-126 和图 10-127 所示，设置完成后单击自动关键点按钮退出动画记录模式。

图10-126 调整第 135 帧处脊椎和手臂的形态

图10-127 调整第 150 帧处脊椎和手臂的形态

要点提示 请读者注意，前面所设置的形态是上楼梯的效果，而第 135 帧和第 150 帧是下楼梯的时候，所以在调整时要将身体稍微向后仰。

4.　创建跑步的足迹并设置它的动画效果。

(1)　创建足迹，操作步骤如图 10-128 所示。

①　在【Biped】卷展栏中按下按钮进入足迹模式。

②　在【足迹创建】卷展栏中单击按钮。

③　单击按钮打开【创建多个足迹：跑步】对话框。

④　在【创建多个足迹：跑步】对话框中点选从右脚开始选项。

⑤　设置【足迹数】及【实际步幅长度】参数。

⑥　单击确定按钮。

(2)　在【足迹操作】卷展栏中单击按钮，重新计算关键帧，播放动画，可以发现骨骼到第 19 足迹时，角色开始跑步，效果如图 10-129 所示。

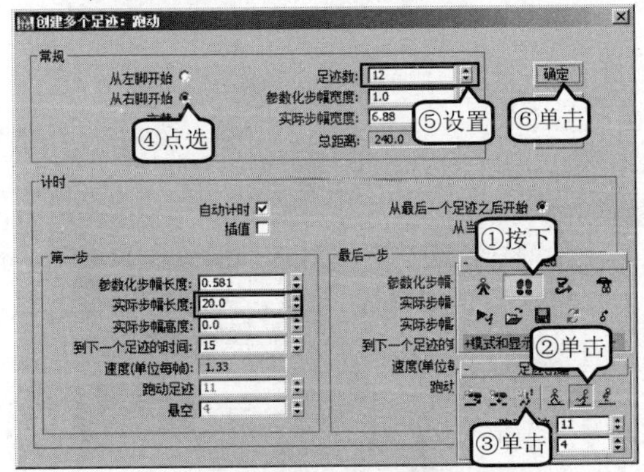

图10-128　创建足迹

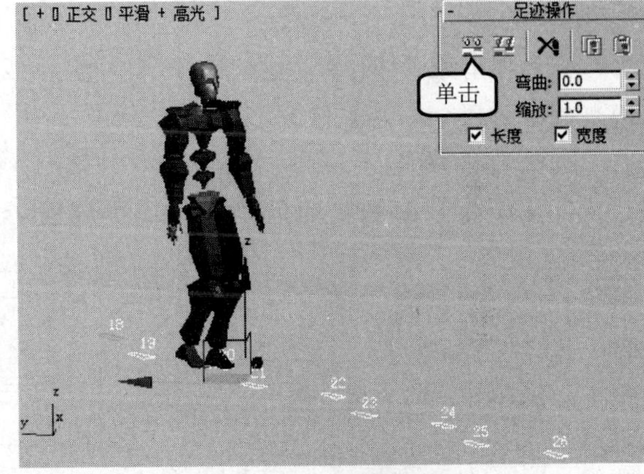

图10-129　生成足迹动画

播放动画发现角色开始跑步前进，但是动作有点假。如果想创建逼真的跑步动画，还需要配合记录关键帧的方法去调节，读者可以自己去尝试，这里不再赘述。

(3)　按 Ctrl + S 组合键保存场景文件到指定目录，本案例制作完成。

10.4.3　拓展案例——制作“角色蒙皮”

【案例剖析】

蒙皮操作是角色动画比较重要的一个环节。如果要制造出逼真的蒙皮效果，就需要花大量的时间去调整各个细节，但是原理基本上相同。本案例通过一个简单的模型来介绍蒙皮的基本操作要领，效果如图 10-130 所示。

图10-130　效果图

【操作思路】

【步骤提示】

1. 进行初步蒙皮操作。

(1) 运行 3ds Max 2010 软件。

(2) 打开制作模板。

① 按 Ctrl + O 组合键打开附盘文件“素材\第 10 章\角色蒙皮\角色蒙皮.max”，如图 10-131 所示。

② 场景中骨骼和网格模型的大小比例已经匹配合理。

(3) 添加【Physique】修改器，操作步骤如图 10-132 所示。

① 选中网格模型。

② 在【修改】面板中为网格模型添加【Physique】修改器。

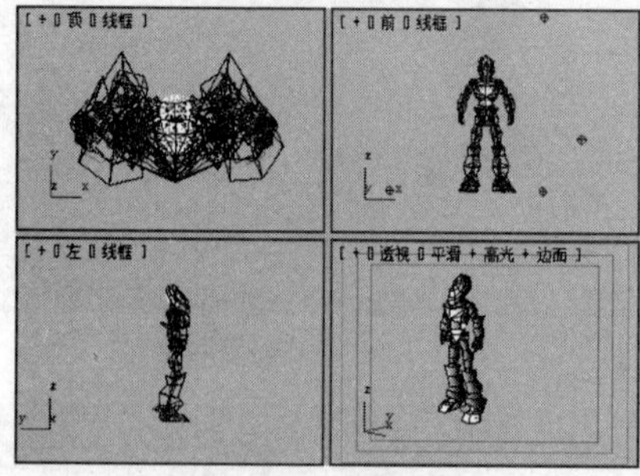

图10-131 打开制作模板

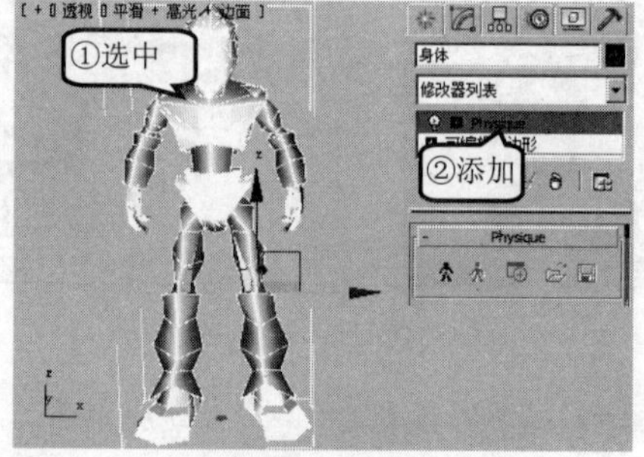

图10-132 添加【Physique】修改器

(4) 附加到节点，操作步骤如图 10-133 所示。

① 在【Physique】卷展栏中单击按钮。

② 在透视图中单击“Bip01 骨盆”对象，弹出【Physique 初始化】对话框。

③ 在【Physique 初步化】对话框中单击 初始化 按钮。

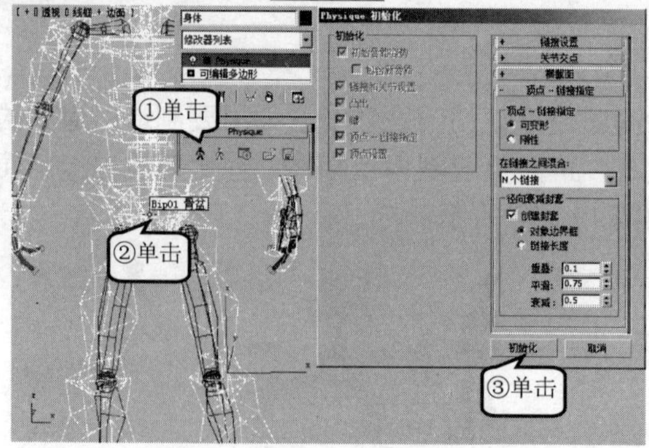

图10-133 附加到节点

要点提示 在单击 初始化 按钮后，会出现一条橘黄色的骨骼线，如果 Physique 被正确应用，这条线会伸展上至头顶，下至每个手指和脚趾，如图 10-134 所示；如果效果不是这样，说明单击 按钮后拾取的不是“Bip01 骨盆”对象。如果在操作中出现这种情况，就重复附加到节点的操作，直到正确为止。

(5) 移动手掌骨骼和脚跟骨骼，发现网格模型被撕扯，想要得到好的蒙皮效果，必须对封套进行调节，如图 10-135 所示。

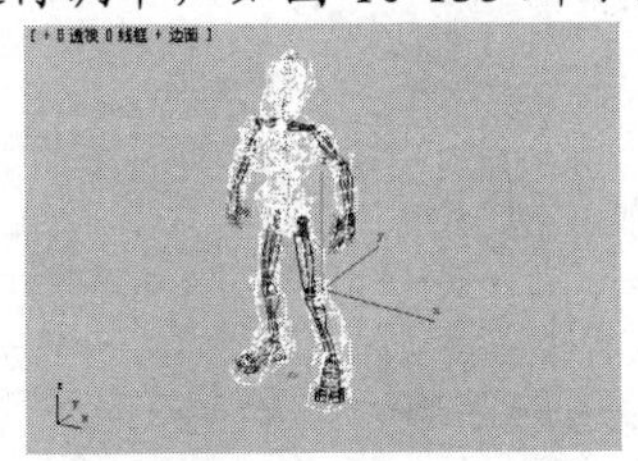
图10-134　正确骨骼线显示

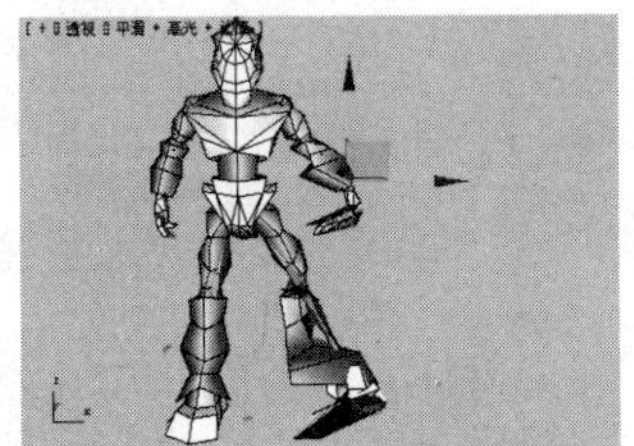
图10-135　错误的效果

2. 进行封套调节。

(1) 撤销第 1（5）步移动操作。

(2) 放大左小腿处的封套区域，操作步骤如图 10-136 所示。

① 选择【Physique】修改器的【封套】层级。

② 选中左小腿处的黄色骨骼线。

③ 使用缩放工具将封套放大。

要点提示 在进入【封套】层级时，可以看到两个封套包裹着小腿，封套里面的顶点被骨骼影响，红色封套内的骨骼影响最强，红色到紫色区域开始递减，紫色外的区域不受影响。

(3) 调节封套的顶点，操作步骤如图 10-137 所示。

① 在【混合封套】卷展栏中按下 按钮。

② 调节封套的顶点，直到小腿部的模型顶点都被包含在封套内。

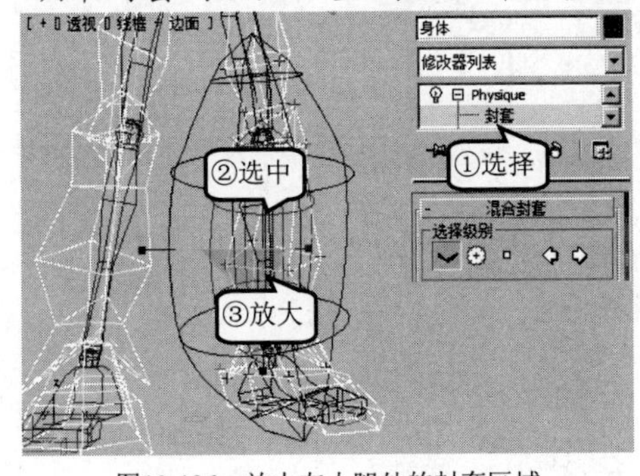

图10-136　放大左小腿处的封套区域

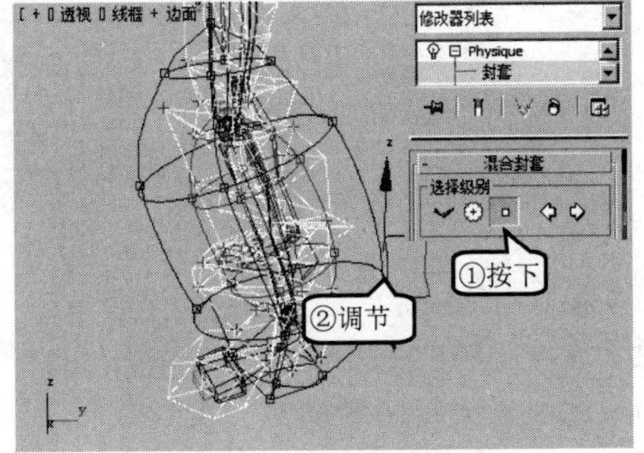

图10-137　调节封套的顶点

(4) 调节左脚跟处的骨骼线，操作步骤如图 10-138 所示。

① 按下 按钮。

② 选中左脚跟处的骨骼线。

③ 使用缩放工具将封套放大。

④ 在【混合封套】卷展栏中设置【父对象重叠】为“0.5”。

(5) 调节左脚尖处的骨骼线，操作步骤如图 10-139 所示。

① 选中左脚尖处的骨骼线。

② 使用缩放工具将封套放大。

③ 在【混合封套】卷展栏中设置【子对象重叠】为“1.5”。

要点提示 请读者注意，完成左脚尖处的骨骼线调整后，可以移动脚尖骨骼测试其正确性，如果发现有些地方有问题，要及时调整。

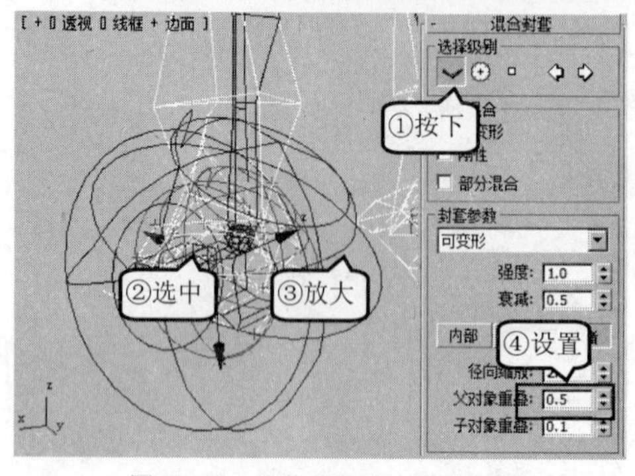

图10-138 调节左脚跟处的骨骼线

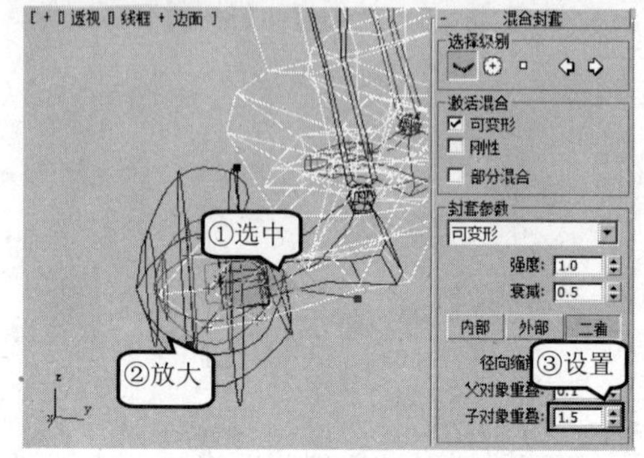

图10-139 调节左脚尖处的骨骼线

(6) 调节大腿处的骨骼线，操作步骤如图 10-140 所示。

① 选中左大腿处的骨骼线。

② 使用同样的方法调整封套区域。

③ 设置【父对象重叠】为“0.3”。

(7) 镜像复制大腿的封套区域，操作步骤如图 10-141 所示。

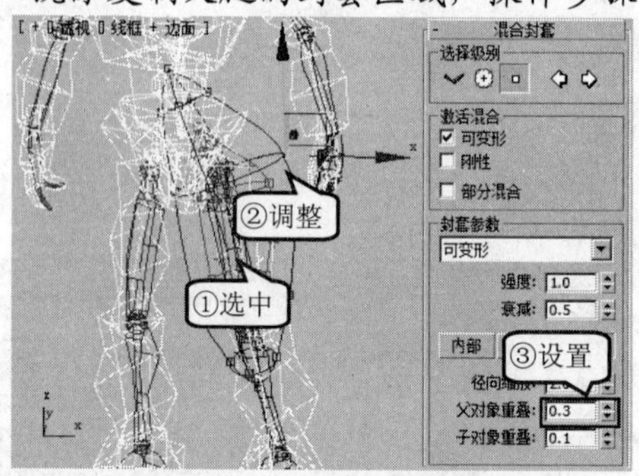

图10-140 调节大腿处的骨骼线

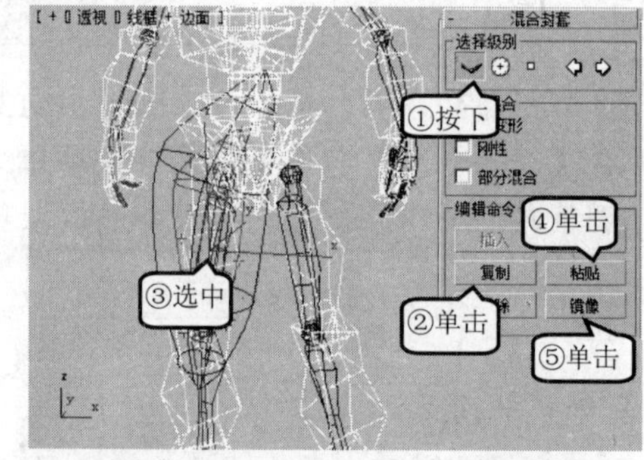

图10-141 镜像复制大腿的封套区域

① 按下按钮。

② 单击 复制 按钮。

③ 选中右大腿的骨骼线。

④ 单击 粘贴 按钮。

⑤ 单击 镜像 按钮。

(8) 使用同样的方法复制、镜像小腿和脚部的骷髅线，效果如图 10-142 所示。

(9) 调整手臂的方法和调整腿的方法一样，先调整一个手臂的封套，然后复制到另一个手臂上，效果如图 10-143 所示。

镜像后在测试时，如果发现还有撕扯现象，对撕扯处的骨骼线进行单独调整即可，只要将相应顶点全部包含在对应的封套内，这个问题就解决了。

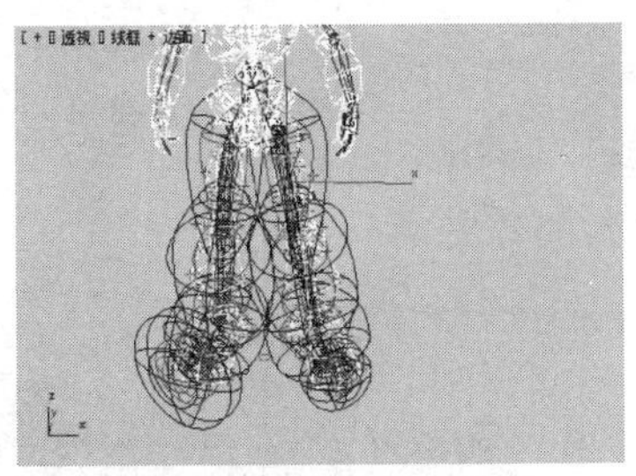
图10-142　腿部的骨骼线显示

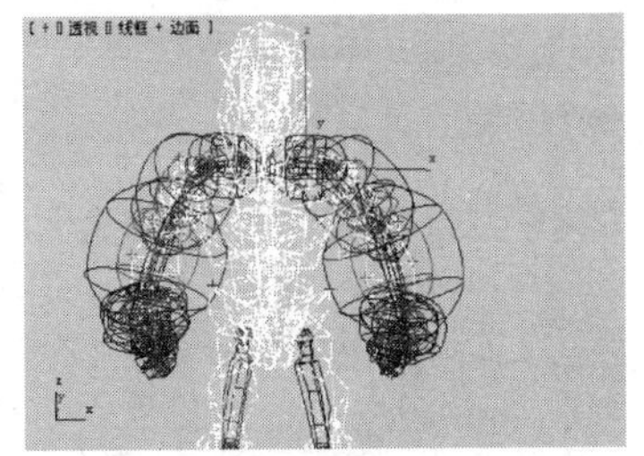
图10-143　手臂的骨骼线显示

(10) 调节骨盆处的骨骼线，操作步骤如图 10-144 所示。

① 选中骨盆处的骨骼线。

② 使用同样的方法调整封套区域。

③ 设置【父对象重叠】和【子对象重叠】分别为“1.3”和“1.5”。

(11) 排除大腿封套对骨盆处网格模型的影响，操作步骤如图 10-145 所示。

① 在【混合封套】卷展栏中单击 排除 按钮，打开【排除封套】对话框。

② 在【排除封套】对话框中选中“Bip01 L Thigh”和“Bip01 R Thigh”两个物体。

③ 单击 > 按钮将其添加到排除封套列表中。

④ 单击 确定 按钮。

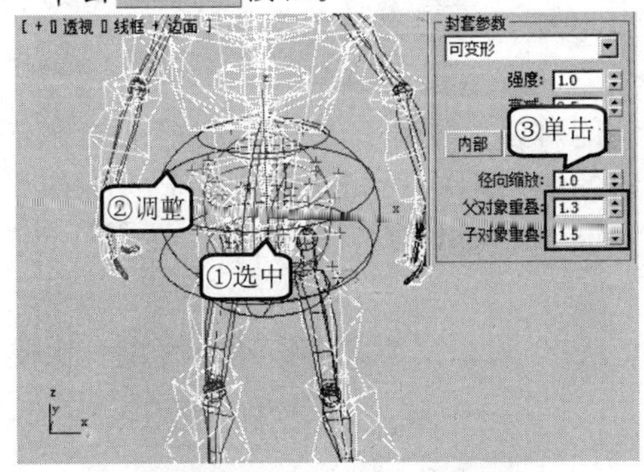

图10-144　调节骨盆处的骨骼线

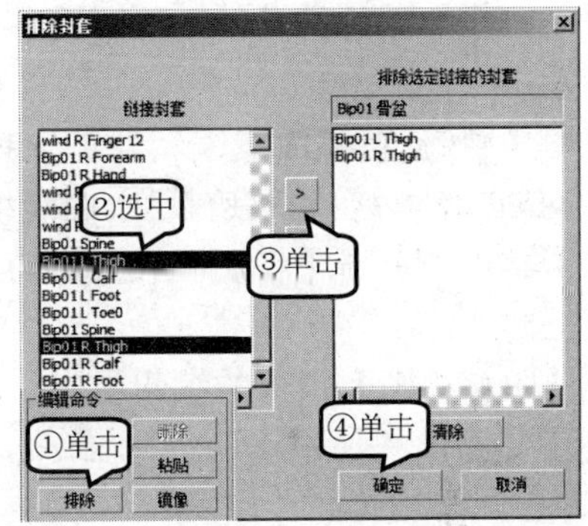

图10-145　排除大腿封套对骨盆处网格模型的影响

(12) 脊椎的封套和头部的封套调节方法也是一样的，读者可以进行相关参数的调节。

3.　加载动画文件。

(1) 选中网格模型，在【修改】面板中添加一个【网格平滑】修改器，如图 10-146 所示。

(2) 选中任意一块骨骼，切换到【运动】面板，在【Biped】卷展栏中单击按钮，将附盘文件“素材\第 10 章\角色蒙皮\跑步.bip”导入，效果如图 10-147 所示。

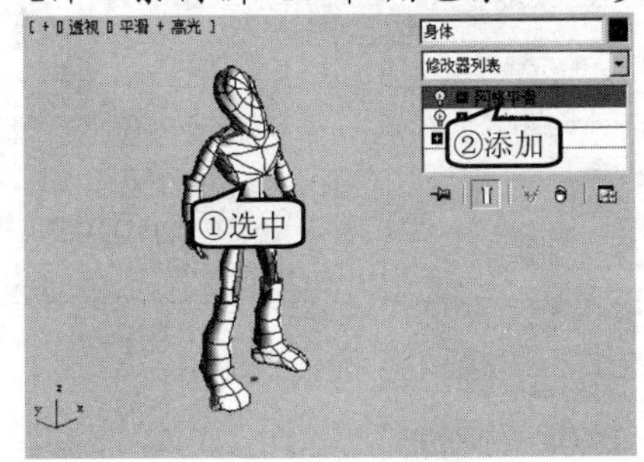

图10-146　添加【网格平滑】修改器

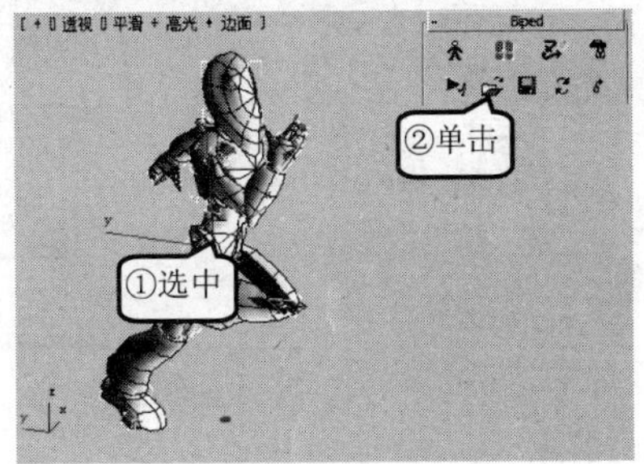

图10-147　生成足迹动画

在渲染时，将所有骨骼隐藏，只渲染网格模型。

(3) 按Ctrl+S组合键保存场景文件到指定目录，本案例制作完成。

10.5 教师辅导

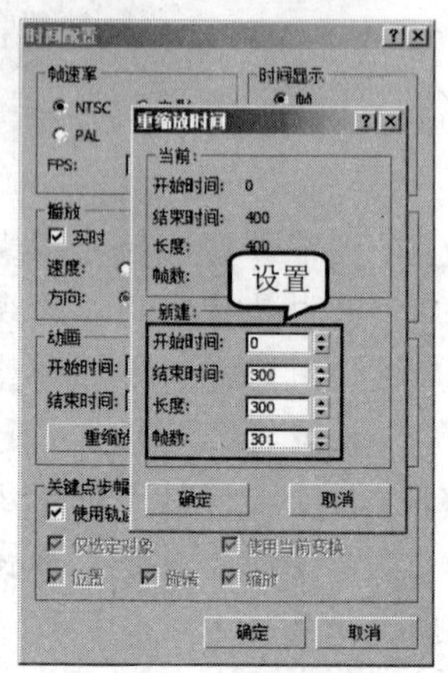

图10-148 重缩放时间

第一问：

在做完一段400帧的动画后，如果想把它压缩成300帧，而动画效果不变，应该如何操作？

解答一：

选择重缩放时间工具。具体操作方法是，在动画控制区域单击【时间配置】按钮，在打开的对话框中单击重缩放时间按钮，弹出【重缩放时间】对话框，在其中将【结束时间】设为“300”，单击确定按钮即可，如图10-148所示。

第二问：

要创建物体瞬间移动的动画，而移动的次数又比较多，有没有简单的方法？

解答二：

使用【轨迹视图-曲线编辑器】窗口中的阶跃功能可以实现。先使用自动记录关键点创建位移动画，然后在【轨迹视图-曲线编辑器】窗口的编辑框中选择功能曲线上的所有关键点，在工具栏中单击【将切线设置障碍为阶跃】按钮即可，如图10-149所示。

第三问：

在【图解视图】窗口的编辑框中，先前链接好的层级关系变得乱七八糟，有没有快捷的方法使其恢复？

解答三：

有。在【图解视图】窗口的编辑框中双击根对象，选中所有链接，然后在工具栏中单击【排列选定对象】按钮即可纠正过来，如图10-150所示。

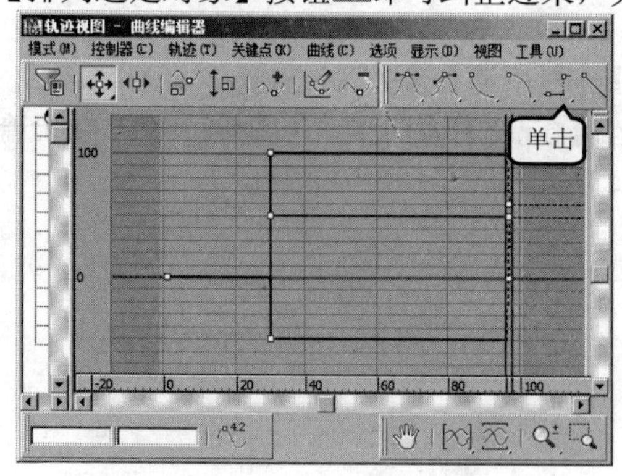

图10-149 使用阶跃功能

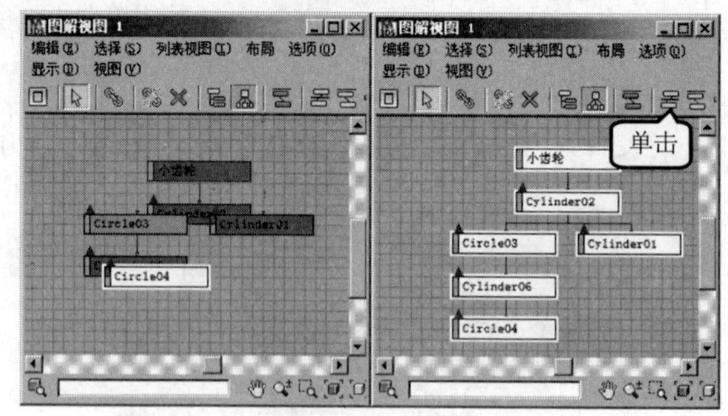

图10-150 整理层级链接

第四问：

在对Biped对象操作的过程中，不知道误按了哪个键，Biped对象突然不能被操作了，如图10-151所示，没有锁定，也没有冻结，这是为什么？

解答四：

没有锁定，也没有冻结，那一定是按了【运动】面板左上角的【子对象】按钮。当按下该按钮时，Biped 对象将不能被操作。一般情况下，该按钮要保持弹起状态。

第五问：

在为 Biped 对象设置足迹动画后，想改用自由动画的方式继续设置，为什么【运动】面板中设置自由动画的卷展栏找不到了？

解答五：

这是因为【Biped】卷展栏中的足迹模式或者其他模式仍然被启用，在该卷展栏中不要启用任何动画模式，设置自由动画的卷展栏会自动出现，如图 10-152 所示。

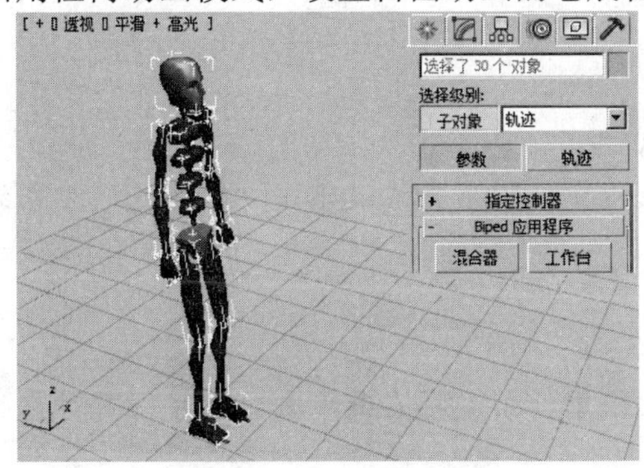

图10-151　注意按钮的状态

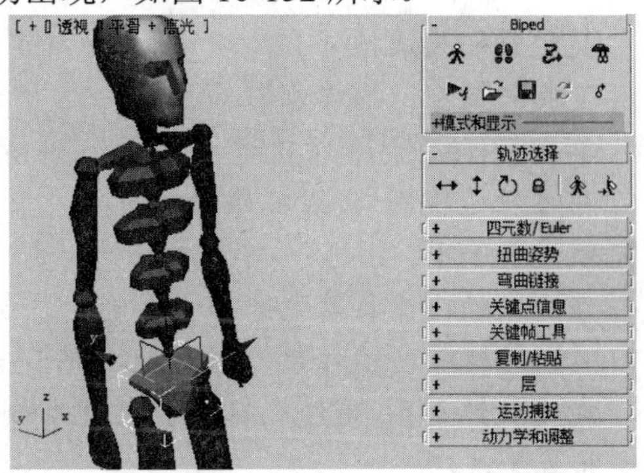

图10-152　取消【Biped】卷展栏中的所有模式

10.6　一章一技巧——关键帧的操作技巧

在制作动画过程中，会遇到一个对象模拟另一个对象的动作，这时我们可以采用复制帧的方法。

这里我们通过一个实例为大家讲解，效果如图 10-153 所示。

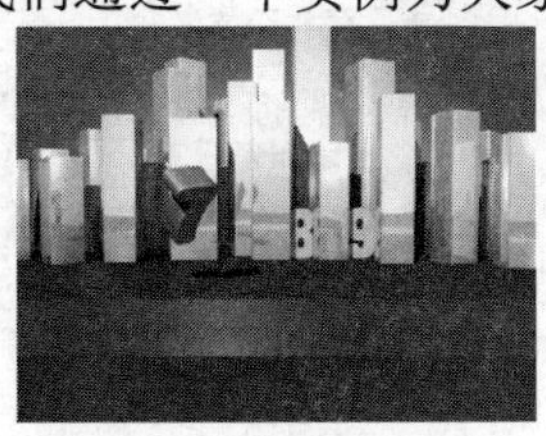

图10-153　效果图

【步骤提示】

1. 打开制作模板。

(1) 运行 3ds Max 2010 软件。

(2) 打开制作模板。

① 按 Ctrl + O 组合键打开附盘文件“素材\第 10 章\一章一技巧\关键帧的操作技巧.max”，如图 10-154 所示。

② 场景中提供了本案例所需的模型。

③ 已经对场景创建了灯光、设置了一个模型的动画效果。

④ 场景中架起一架摄影机，用于对整个场景进行动画渲染。

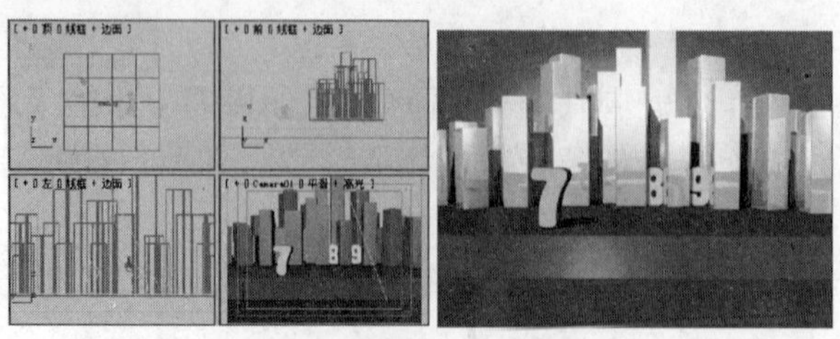

图10-154　打开制作模板

此时场景中数字“7”已经做好一段动画，为了让数字“8”和数字“9”的运动动画和数字“7”相同，接下来我们采用复制关键帧的方法制作动画。

2.　复制粘贴关键帧。

(1)　复制关键帧，操作步骤如图 10-155 所示。

①　单击按钮打开【轨迹视图-曲线编辑器】窗口。

②　在【轨迹视图-曲线编辑器】窗口左侧的列表框中，用鼠标右键单击“数字 7”对象的【X 位置】选项。

③　在弹出的快捷菜单中选择【复制】命令。

(2)　粘贴关键帧，操作步骤如图 10-156 所示。

①　在【轨迹视图-曲线编辑器】窗口左侧的列表框中，用鼠标右键单击“数字 8”对象的【X 位置】选项。

②　在弹出的快捷菜单中选择【粘贴】命令，打开【粘贴】对话框。

③　在【粘贴】对话框中点选 复制 选项。

④　单击 确定 按钮。

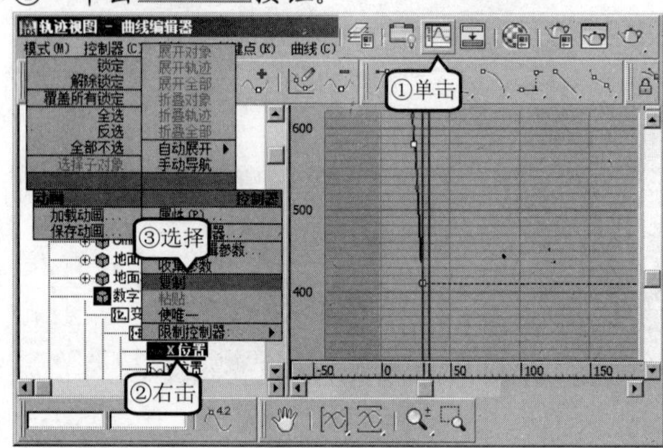

图10-155　复制关键帧

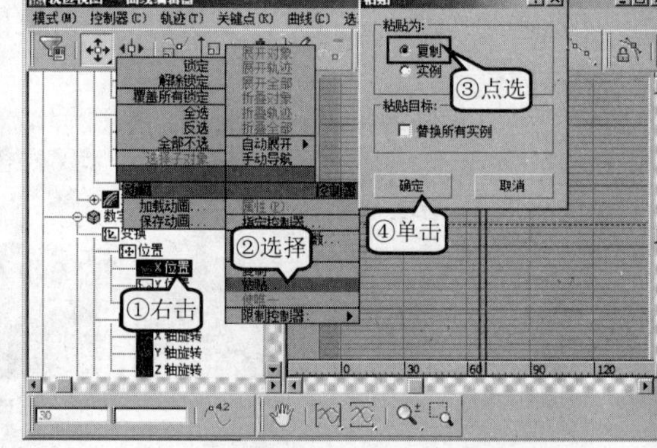

图10-156　粘贴关键帧

(3)　使用同样的方法将“数字 7”对象的【Z 位置】、【X 旋转】、【Y 旋转】和【Z 旋转】选项上的关键帧复制到“数字 8”对象相应的位置处，最后获得的效果如图 10-157 所示。

要点提示　复制关键帧时要注意选择复制的选项，如“数字 8”对象的【Y 位置】选项就不需要复制。值得注意的是，这种复制关键帧的技巧只能复制一个选项的关键点。

(4)　使用同样的方法将关键帧复制到“数字 9”对象上，最后获得的效果如图 10-158 所示。

3.　移动关键帧。

(1)　移动“数字 8”对象的所有关键帧，操作步骤如图 10-159 所示。

① 选中“数字 8”对象。

② 在时间轴上将所有的关键帧向前移动 20 帧（即第 1 个关键帧在第 40 帧处）。

(2) 使用同样的方法将“数字 9”对象的所有关键帧向前移动 40 帧，最后获得的效果如图 10-160 所示。

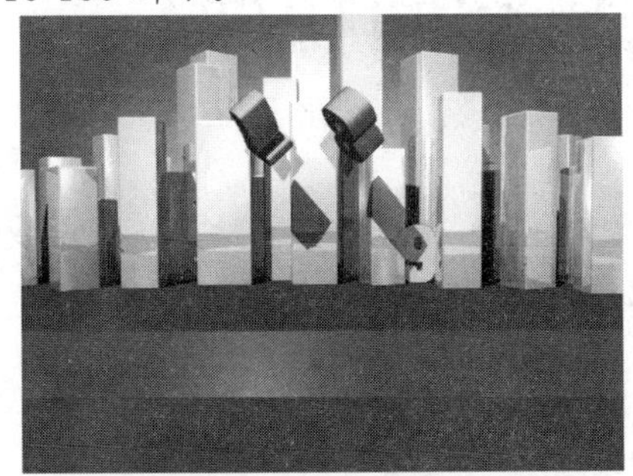
图10-157　“数字 8”对象粘贴帧后的效果

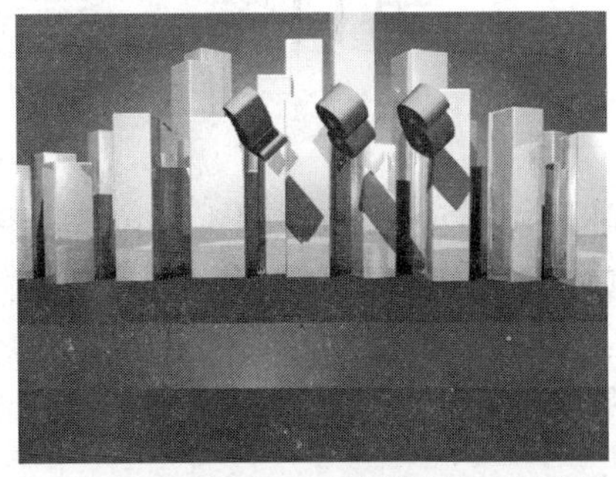
图10-158　“数字 9”对象粘贴帧后的效果

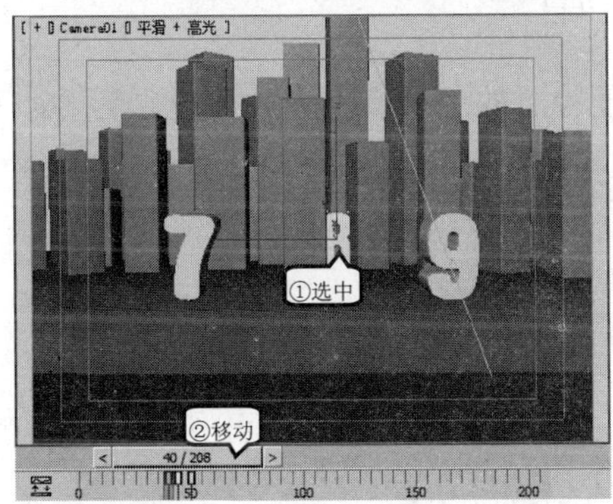

图10-159　移动“数字 8”对象的关键帧

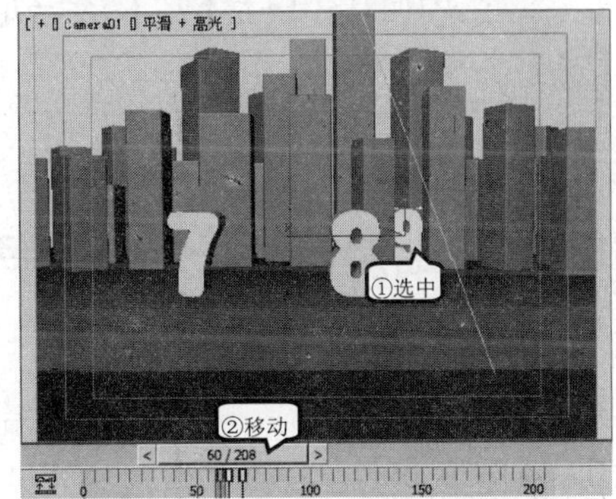

图10-160　移动“数字 9”对象的关键帧

(3) 按 Ctrl + S 组合键保存场景文件到指定目录，本案例制作完成。

第11章　粒子系统与空间扭曲

3ds Max 2010 拥有强大的粒子系统，用于各种动画任务，如创建暴风雪、水流或爆炸等，或用于制作影视片头动画、影视特效、游戏场景特效、广告等。

空间扭曲常配合粒子系统完成各种特效任务，没有空间扭曲，粒子系统将失去意义。本章对粒子系统与空间扭曲中常用知识点进行讲解。

11.1　空间扭曲在粒子系统中的应用

空间扭曲是粒子动画制作的必备工具，它能够使粒子的运动产生各种神奇的变化。下面从基础知识开始逐步深入。

11.1.1　基础知识——认识空间扭曲

一、　空间扭曲概述

空间扭曲是影响其他对象外观的不可渲染对象。空间扭曲能创建使其他对象变形的力场，从而创建出爆炸、涟漪、波浪等效果，如图 11-1 所示。

二、　认识“力”空间扭曲

(1)　“推力”空间扭曲。

对于粒子系统，“推力”应用均匀的单向力使得粒子在某一方向上加速或减速，如图 11-2 所示。

(2)　“马达”空间扭曲。

“马达”空间扭曲的工作方式类似于“推力”空间扭曲，但“马达”空间扭曲对受影响的粒子或对象应用的是转动扭矩而不是定向力，如图 11-3 所示。

图11-1　空间扭曲

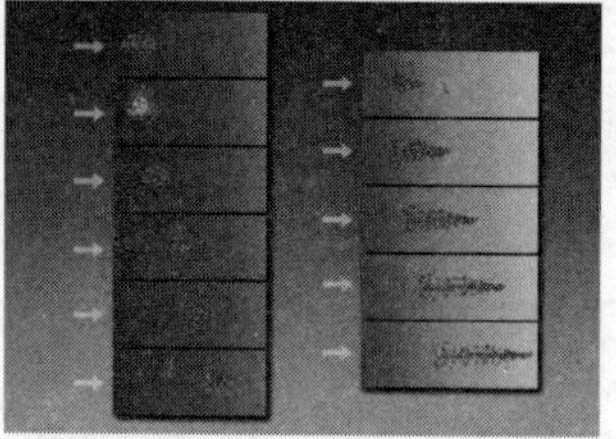

图11-2　“推力”空间扭曲

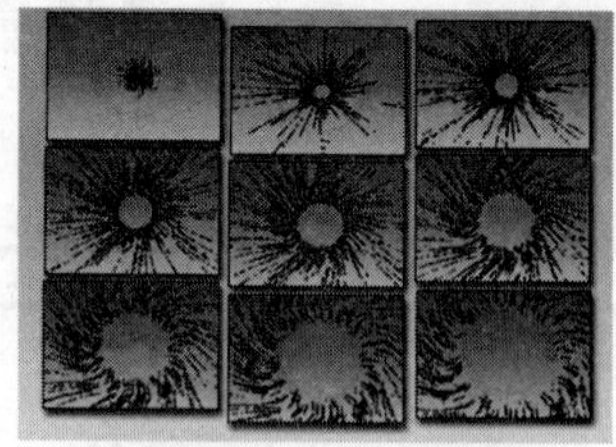

图11-3　“马达”空间扭曲

(3)　“漩涡”空间扭曲。

“漩涡”空间扭曲将力应用于粒子系统，使它们在急转的漩涡中旋转，然后让它们向下移动形成一个长而窄的喷流或者旋涡井。漩涡在创建黑洞、涡流、龙卷风和其他漏斗状对象时很有用，如图 11-4 所示。

(4)　“阻力”空间扭曲。

“阻力”空间扭曲是一种在指定范围内按照指定量降低粒子速率的粒子运动阻尼器，“阻力”在模拟风阻、致密介质（如水）中的移动、力场的影响以及其他类似的情景时非常有用，如图 11-5 所示。

(5)　“粒子爆炸”空间扭曲。

“粒子爆炸”空间扭曲能创建一种使粒子系统爆炸的冲击波，尤其适合【粒子类型】设置为【对象碎片】的“粒子阵列”系统。该空间扭曲还会将冲击作为一种动力学效果加以应用，如图 11-6 所示。

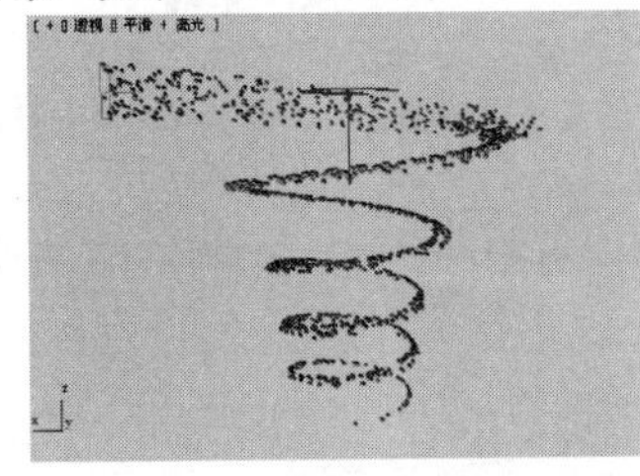

图11-4　“漩涡”空间扭曲

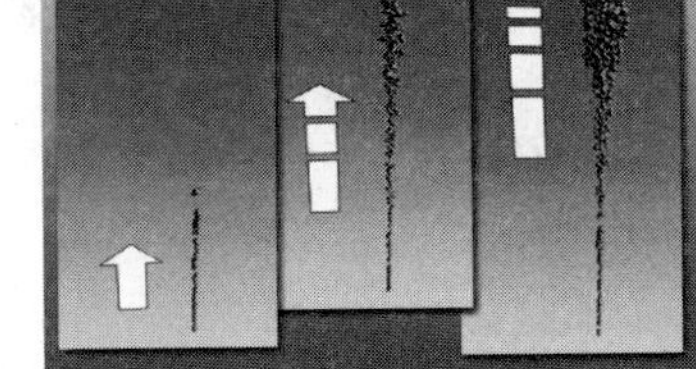

图11-5　“阻力”空间扭曲

图11-6　“粒子爆炸”空间扭曲

(6)　“路径跟随”空间扭曲。

“路径跟随”空间扭曲可以强制粒子沿螺旋形路径运动，如图 11-7 所示。

(7)　“重力”空间扭曲。

“重力”空间扭曲可以在粒子系统所产生的粒子上对自然重力的效果进行模拟，如图 11-8 所示。

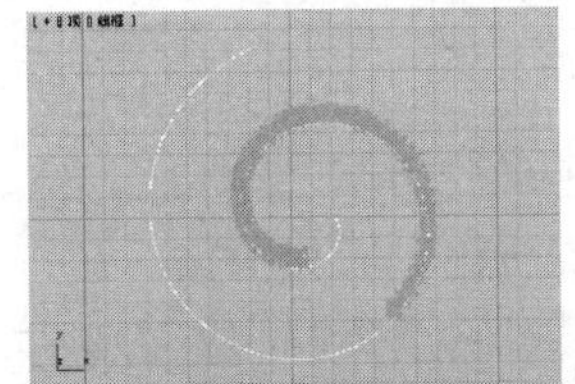

图11-7　“路径跟随”空间扭曲

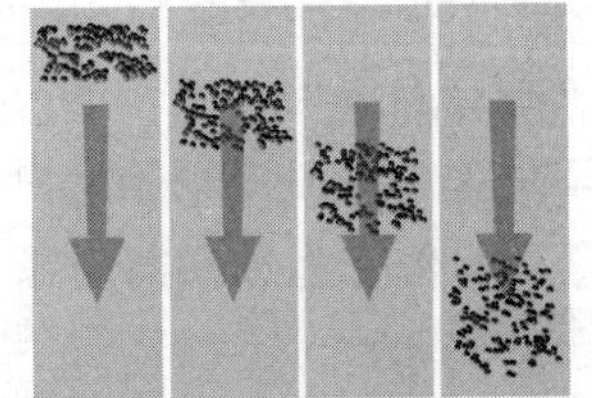

图11-8　“重力”空间扭曲

(8)　“风”空间扭曲。

“风”空间扭曲可以模拟风吹动粒子系统所产生的粒子的效果，如图 11-9 所示。

(9)　“置换”空间扭曲。

“置换”空间扭曲以力场的形式推动和重塑对象的几何外形。“置换”对几何体（可变形对象）和粒子系统都会产生影响，如图 11-10 所示。

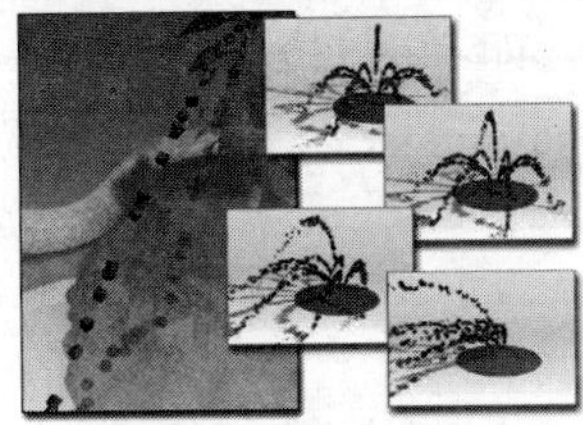

图11-9　“风”空间扭曲

图11-10　“置换”空间扭曲

下面以“风”空间扭曲为例，对参数进行讲解，如表 11-1 所示（其他“力”空间扭曲的参数设置就可以触类旁通了）。

表 11-1　　　　“风”空间扭曲重要参数说明

参数名称	功能
强度	增加【强度】参数会增加风力效果。小于“0”的强度会产生吸力
衰退	设置【衰退】为“0”时，风力扭曲在整个世界空间内有相同的强度。增加【衰退】参数会导致风力强度从风力扭曲对象的所在位置开始随距离的增加而减弱
平面	风力效果的方向与图标箭头方向相同，且此效果贯穿于整个场景
球形	风力效果为球形，以风力扭曲对象为中心向四周辐射
湍流	使粒子在被风吹动时随机改变路线
频率	当其设置大于“0”时，会使湍流效果随时间呈周期变化。这种微妙的效果可能无法看见，除非绑定的粒子系统生成的粒子数量很大
比例	缩放湍流效果。当【比例】参数较小时，湍流效果会更平滑、更规则。当【比例】参数增加时，紊乱效果会变得更不规则、更混乱
指示器范围	当【衰退】参数大于“0”时，可用此功能在视口中指示风力为最大值一半时的范围
图标大小	控制风力图标的大小，该参数不会改变风力效果

三、 认识“导向器”空间扭曲

3ds Max 2010 为用户提供了多种“导向器”空间扭曲，其使用方法及工作方式都存在相通性，这里介绍两个比较典型的“导向器”空间扭曲。

(1) “导向球”空间扭曲。

“导向球”空间扭曲起球形粒子导向器的作用，粒子碰撞到导向器的球形图标后便会产生相应的运动变化（如反弹），如图 11-11 所示。

(2) “全导向器”空间扭曲。

“全导向器”是一种能让用户使用任意对象作为粒子导向器的全导向器，它可以拾取场景中的任意几何体作为导向器对象，使粒子与之发生碰撞，如图 11-12 所示。

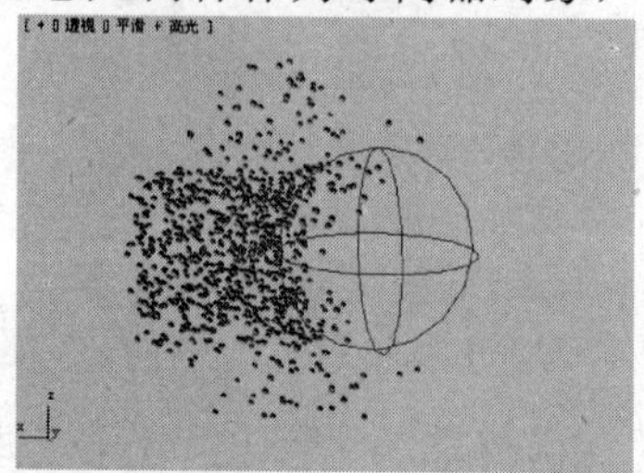

图11-11　“导向球”空间扭曲

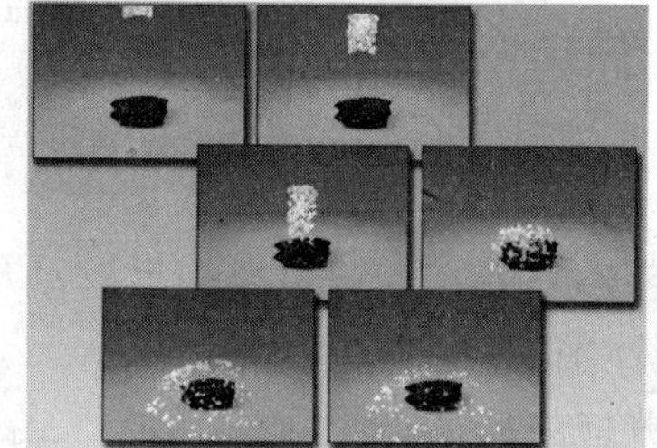

图11-12　“全导向器”空间扭曲

下面以“全导向器”空间扭曲为例，对参数进行讲解，如表 11-2 所示。

表 11-2　　　　“全导向器”空间扭曲重要参数说明

参数名称	功能
项目	显示选定对象的名称
拾取对象	单击该按钮，然后单击要用作导向器的任何可渲染网格对象
反弹	决定粒子从导向器反弹的速度。该参数为“1”时，粒子以与接近时相同的速度反弹，该参数为“0”时，它们根本不会偏转
变化	每个粒子所能偏离【反弹】参数设置的量

续表

参数名称	功能
混乱度	偏离完全反射角度（当将【混乱度】设置为“0”时的角度）的变化量。设置为 100%会导致反射角度的最大变化为 90
摩擦	粒子沿导向器表面移动时减慢的量
继承速度	当该参数大于“0”时，导向器的运动会和其他设置一样对粒子产生影响
图标大小	控制导向器图标的大小，该参数不会改变导向器效果

11.1.2　案例剖析——制作“清清流水”

【案例剖析】

“变形球粒子”常用于制作喷射和流动的液体，效果很理想。本案例借助“粒子云”粒子系统发射“变形球粒子”，在“重力”空间扭曲的作用下向下流动，最终通过“全导向器”空间扭曲模拟液体流经水槽的效果，如图 11-13 所示。

图11-13　最终效果

【操作思路】

【操作步骤】

1. 制作粒子动画。

(1) 运行 3ds Max 2010 软件。

(2) 打开制作模板。

① 按 Ctrl + O 组合键打开附盘文件“素材\第 11 章\清清流水\清清流水.max”，如图 11-14 所示。

② 场景中设置了全局照明效果。

③ 场景中为所有物体设置了材质。

④ 场景中创建了一架摄影机，用于对水流进行特写渲染。

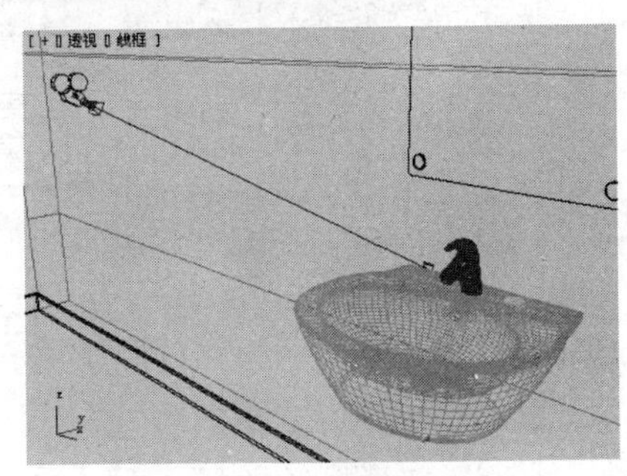

图11-14　打开制作模板

(3) 创建“粒子云”粒子系统，操作步骤如图 11-15 所示。

① 在【创建】面板中设置创建类别为【粒子系统】。

② 单击 粒子云 按钮。

③ 在顶视图中创建粒子云。

④ 单击按钮切换到【修改】面板。

⑤ 将“粒子云”对象重命名为“粒子云”。

(4) 设置“粒子云”发射器形状，操作步骤如图 11-16 所示。

① 选中“粒子云”对象。

② 切换到【修改】面板。

③ 在【粒子分布】设置项中点选 球体发射器 选项。

④ 在【显示图标】设置项中设置【半径/长度】为“10mm”。

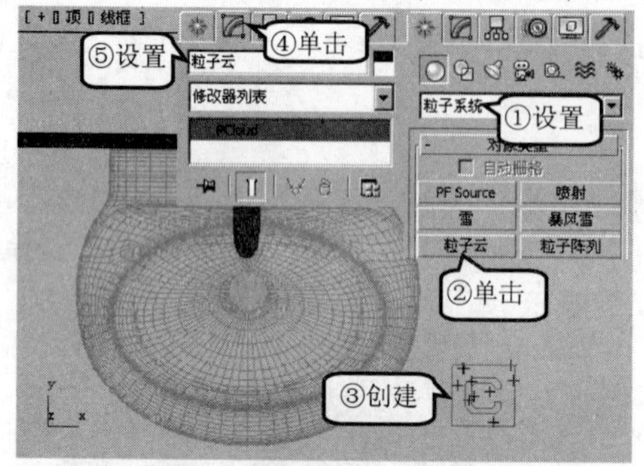

图11-15 创建“粒子云”粒子系统

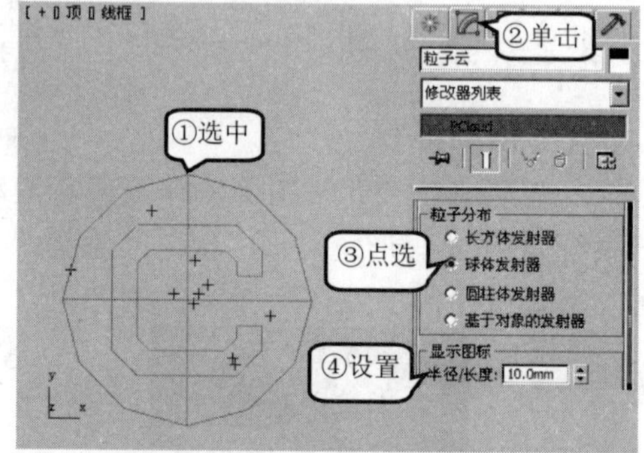

图11-16 设置“粒子云”发射器形状

要点提示 将“粒子云”发射器的分布方式改为“球体”，是为了更好地配合水龙头圆形的出水口，当然也可以改为“圆柱体”。

(5) 设置“粒子云”对象的位置参数，操作步骤如图 11-17 所示。

① 选中“粒子云”对象。

② 右击按钮打开【移动变换输入】对话框。

③ 设置位置参数。

(6) 设置粒子动画参数，操作步骤如图 11-18 所示。

① 选中“粒子云”对象。

② 在【修改】面板中设置参数。

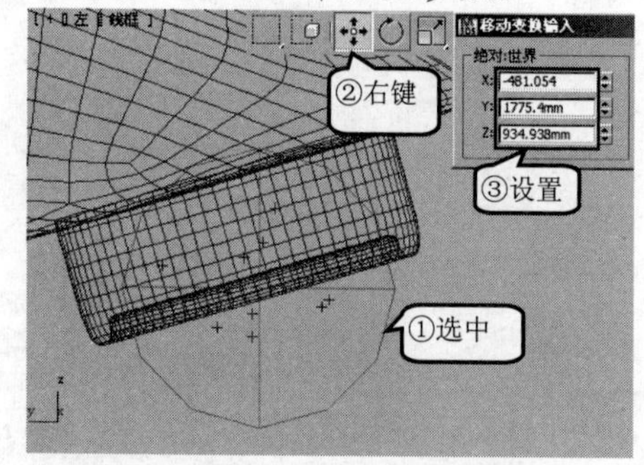

图11-17 设置“粒子云”对象的位置参数

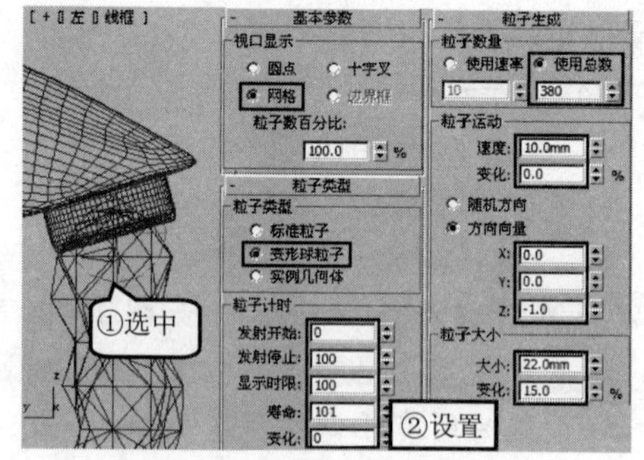

图11-18 设置粒子动画参数

“变形球粒子”会随机进行相互之间的融合，以模拟液体的存在形式，在使用“变形球粒子”时，粒子的【大小】参数应设置得大些，并适当地提高【变化】参数的百分率，以使粒子之间融合得更自然。

(7) 创建“重力”空间扭曲，操作步骤如图 11-19 所示。

① 在【创建】面板中设置创建类别为【力】。

② 单击 重力 按钮。

③ 在顶视图中创建重力。

④ 将“重力”对象重命名为“重力”。

(8) 设置“重力”对象的参数，操作步骤如图 11-20 所示。

① 选中“重力”对象。

② 在【移动变换输入】对话框中设置位置参数。

③ 在【修改】面板中设置【力】参数。

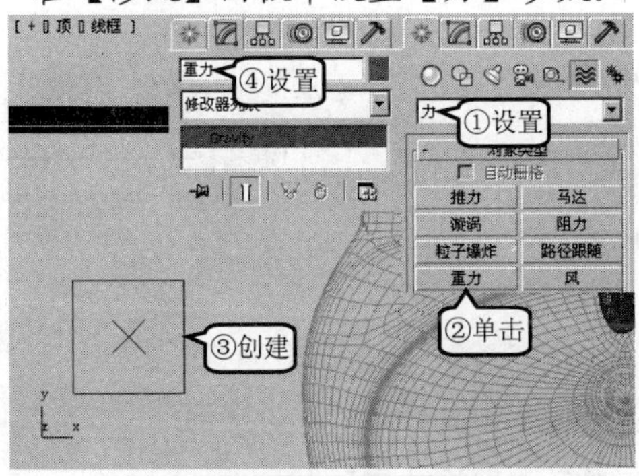

图11-19　创建“重力”空间扭曲

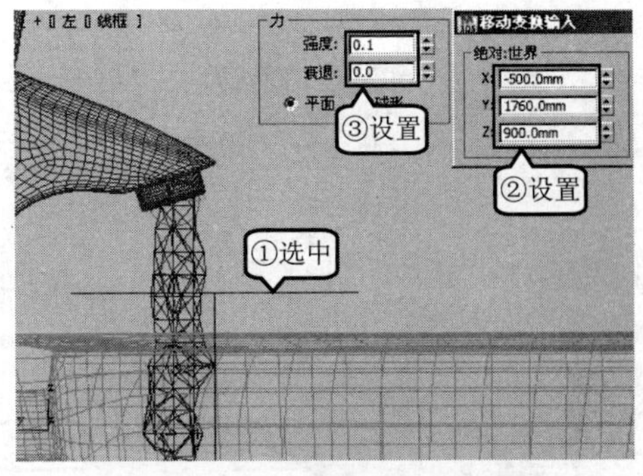

图11-20　设置“重力”对象的参数

平面形式的“重力”图标（“重力”图标可设置为平面或球形），其大小和位置不会影响重力对粒子系统的作用，这里对图标的位置进行设置是为了便于观察。

(9) 绑定“粒子云”对象到“重力”对象，操作步骤如图 11-21 所示。

① 单击工具栏左侧的 按钮。

② 在“粒子云”图标上按住鼠标左键不放，将鼠标指针移动到“重力”图标上，当指针形状变为 时，松开鼠标左键完成绑定（绑定的物体会以白色闪现）。

③ 选中“粒子云”对象，查看其修改器状态。

(10) 创建“全导向器”空间扭曲，操作步骤如图 11-22 所示。

① 在【创建】面板中设置创建类别为【导向器】。

② 单击 全导向器 按钮。

③ 在顶视图中创建全导向器。

④ 将“全导向器”对象重命名为“全导向器”。

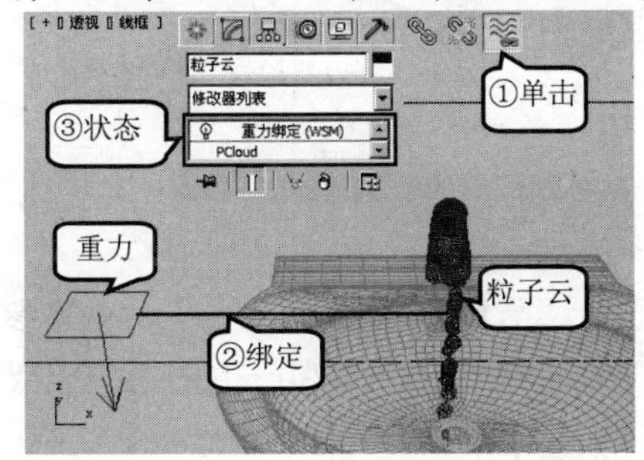

图11-21　绑定“粒子云”对象到“重力”对象

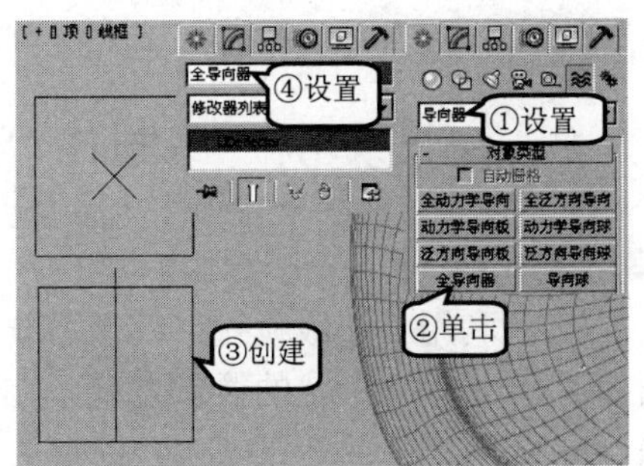

图11-22　创建“全导向器”空间扭曲

(11) 设置“全导向器”对象的参数，操作步骤如图 11-23 所示。

① 选中“全导向器”对象。

② 在【移动变换输入】对话框中设置位置参数。

③ 在“全导向器”的【修改】面板中单击 拾取对象 按钮。

④ 选中“水槽”对象完成拾取操作。

⑤ 在【修改】面板中设置“全导向器”参数。

(12) 绑定“粒子云”对象到“全导向器”对象，操作步骤如图 11-24 所示。

① 单击工具栏左侧的按钮。

② 绑定“粒子云”对象到“全导向器”对象。

③ 选中“粒子云”对象，查看其修改器状态。

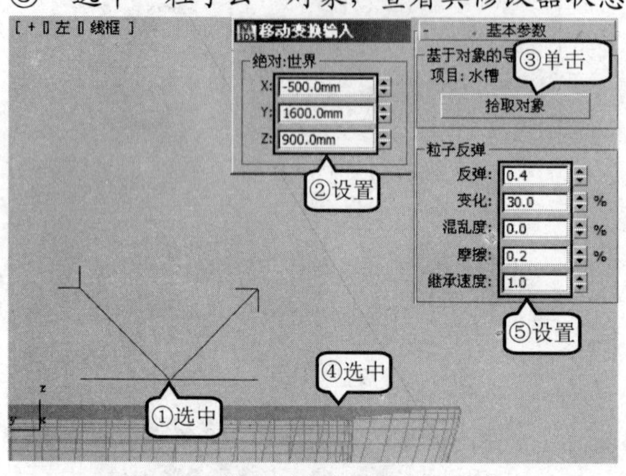

图11-23 设置“全导向器”对象的参数

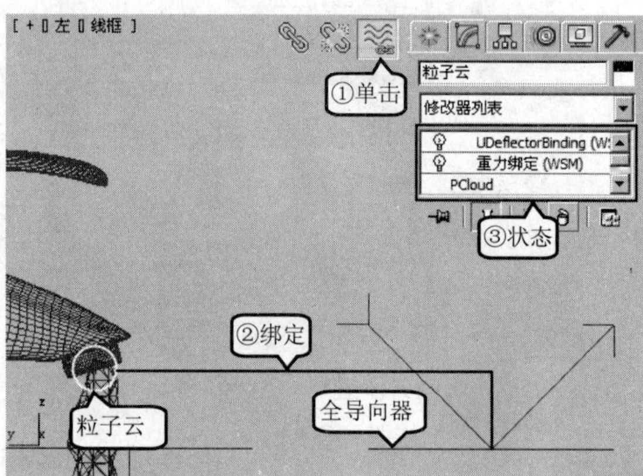

图11-24 绑定“粒子云”对象到“全导向器”对象

2. 为粒子赋予材质。

(1) 为粒子赋予“水”材质，操作步骤如图 11-25 所示。

① 选中“粒子云”对象。

② 按 M 键打开【材质编辑器】窗口。

③ 选中“水”材质。

④ 单击按钮将“水”材质赋予“粒子云”对象。

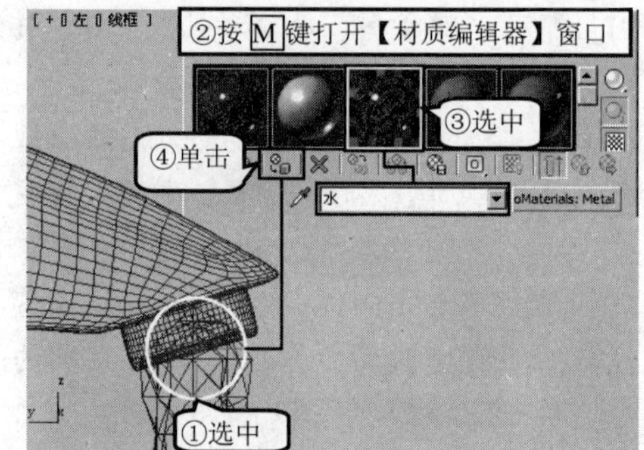

图11-25 为粒子赋予“水”材质

(2) 使用“Camera01”摄影机视图渲染，即可得到如图 11-13 所示的动画效果。

(3) 按 Ctrl + S 组合键保存场景文件到指定目录，本案例制作完成。

11.1.3 拓展案例——制作“蜡烛余烟”

【案例剖析】

本案例利用“超级喷射”粒子系统释放粒子，通过调节粒子数量、速度及大小等参数使粒子系统产生烟雾形状的粒子发射，在“风”空间扭曲的作用下，烟雾产生摇摆的效果，如图 11-26 所示。

图11-26　最终效果

【操作思路】

【步骤提示】

1. 为“礼花 01”制作动画。

(1) 运行 3ds Max 2010 软件。

(2) 打开制作模板。

① 按Ctrl+O组合键打开附盘文件“素材\第 11 章\蜡烛余烟\蜡烛余烟.max”，如图 11-27 所示。

② 场景中创建了墙壁、托盘和蜡烛。

③ 场景中为墙壁、托盘和蜡烛赋予了材质。

④ 场景中创建了一个“烟”材质。

⑤ 场景中创建了 4 盏灯光，用于照明并烘托环境（灯光已隐藏，读者可在【显示】面板中取消摄影机类别的隐藏）。

⑥ 场景中创建了一架摄影机，用来对动画进行渲染（摄影机已隐藏，读者可在【显示】面板中取消摄影机类别的隐藏）。

(3) 创建“烟”对象，操作步骤如图 11-28 所示。

① 在【创建】面板中设置创建类别为【粒子系统】。

② 单击 超级喷射 按钮。

③ 在顶视图中创建超级喷射。

④ 将“超级喷射”对象重命名为“烟”。

⑤ 在【移动变换输入】对话框中设置位置参数。

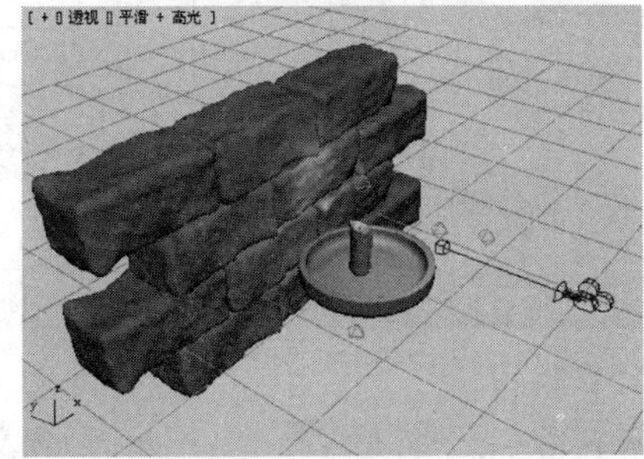

图11-27　打开制作模板

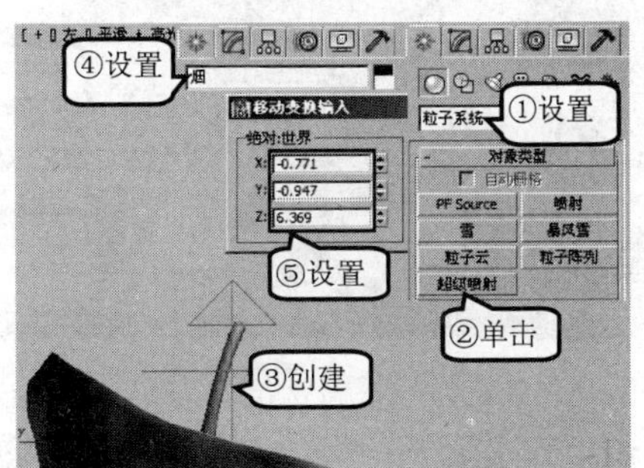

图11-28　创建“烟”对象

在顶视图中创建超级喷射时，会无法看到所创建的图标，这是由于图标被托盘遮挡了，为避免造成“丢失”现象，请读者创建完成后直接使用移动工具将其移出。

(4) 设置“烟”对象的参数，操作步骤如图 11-29 所示。

① 选中“烟”对象。

② 在【修改】面板中设置参数。

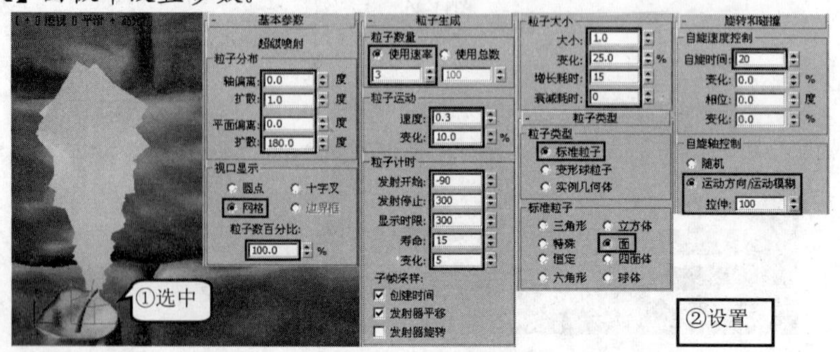

图11-29 设置“烟”对象的参数

在制作烟、火等粒子动画时，常将粒子类型设为【面】，为粒子发射的面贴图形成所需特效。本案例中已将“烟”材质给出，读者可细细研究其原理。

“超级喷射”粒子系统的图标大小相关问题：在创建超级喷射时，改变图标大小仅仅影响图标本身的大小，与所发射的粒子无关，但是创建并修改粒子发射相关参数后再改变图标大小，所发射粒子的形态也会跟着改变，请读者注意这一点。

(5) 创建“风”对象，操作步骤如图 11-30 所示。

① 在【创建】面板中设置创建类别为【力】。

② 单击 风 按钮。

③ 在顶视图中创建风。

④ 在【移动变换输入】对话框中设置位置参数。

(6) 设置“风”对象的参数，操作步骤如图 11-31 所示。

① 选中“风”对象。

② 在【修改】面板中设置参数。

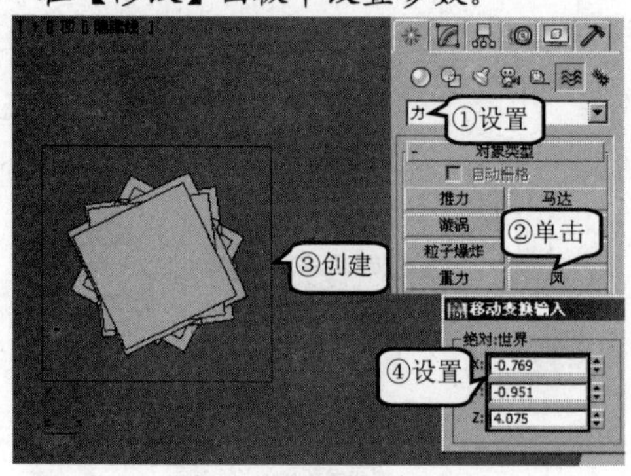

图11-30 创建“风”对象

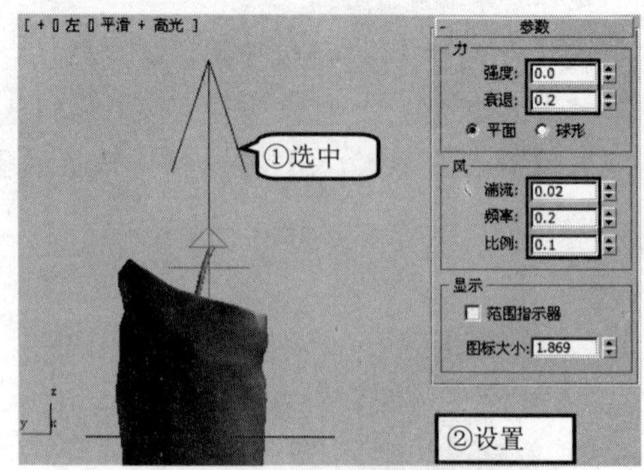

图11-31 设置“风”对象的参数

在设置“风”参数时，将【强度】参数设为“0”是为了不使其对粒子有吹动作用，但这并不影响“风”的湍流效果，事实上本案例只需要“风”的湍流作用。

(7) 绑定“烟”对象到“风”对象，操作步骤如图 11-32 所示。

① 单击工具栏左侧的按钮。

② 在“烟”图标上按住鼠标左键不放，将鼠标指针移动到“风”图标上，当指针形状变为时，松开鼠标左键完成绑定。

③ 选中“烟”对象，查看其修改器状态。

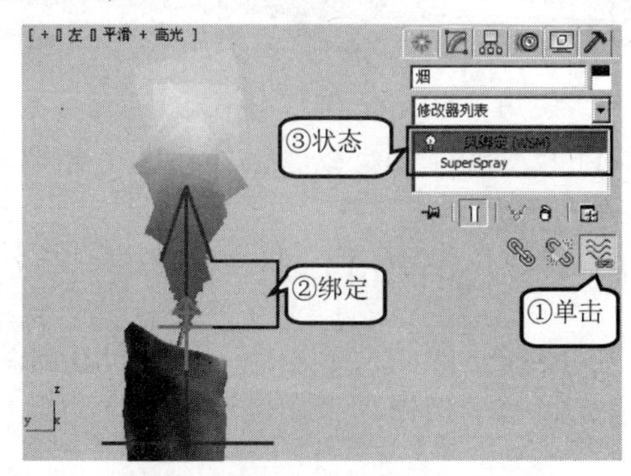

图11-32　绑定“烟”对象到“风”对象

2. 渲染设置。

(1) 为“烟”对象赋予材质，操作步骤如图 11-33 所示。

① 选中“烟”对象。

② 选中【材质编辑器】窗口中的“烟”材质球。

③ 单击按钮将“烟”材质赋予“烟”对象。

(2) 取消灯光类别的隐藏，操作步骤如图 11-34 所示。

① 单击按钮切换到【显示】面板。

② 取消勾选 灯光 选项。

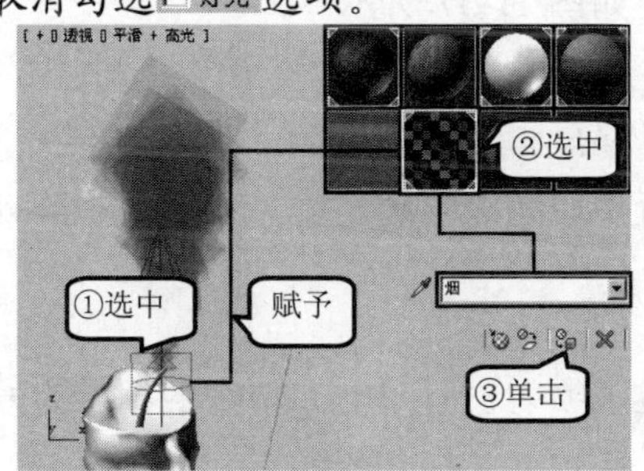

图11-33　为“烟”对象赋予材质

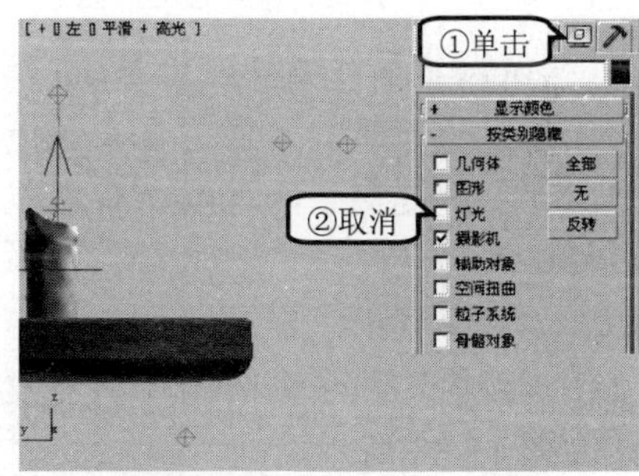

图11-34　取消灯光类别的隐藏

要点提示 场景中的灯光在模板中已给出，这里将灯光显示出来是为了设置灯光对“烟”对象的照射，我们只需要其中一盏灯光对“烟”对象产生影响，下面将对此进行设置。

(3) 为灯光设置排除，操作步骤如图 11-35 所示。

① 选中“O min 01”对象。

② 单击按钮切换到【修改】面板。

③ 单击 排除... 按钮打开【排除/包含】界面。

④ 在左侧列表框中选择【烟】选项。

⑤ 单击 >> 按钮完成排除。

(4) 使用同样的方法为其他灯光设置排除，如图 11-36 所示。

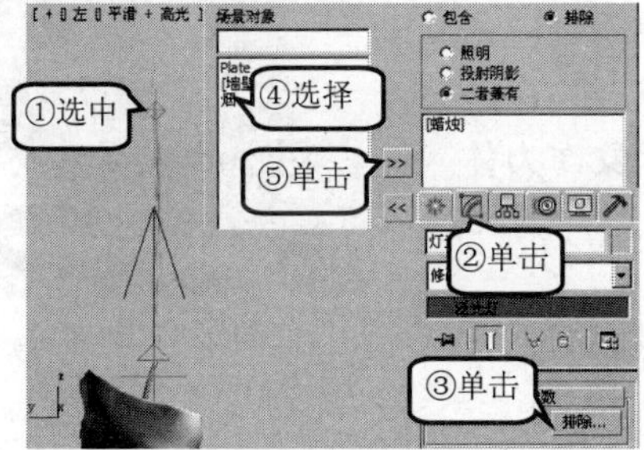

图11-35　为灯光设置排除

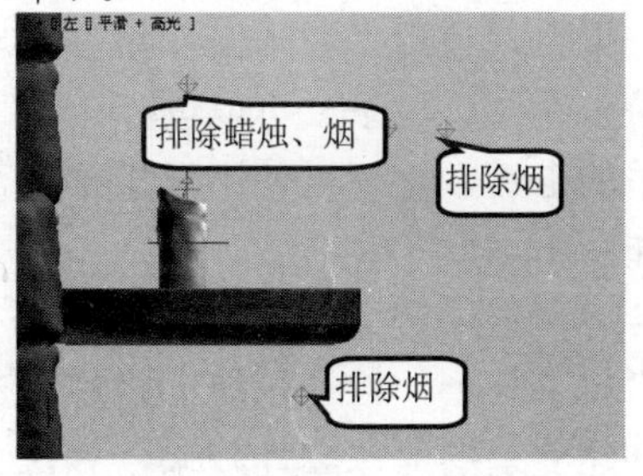

图11-36　为其他灯光设置排除

要点提示 为灯光设置排除后，灯光将不再照射所排除对象。

(5) 使用“Camera01”摄影机视图渲染，即可得到如图 11-26 所示的动画效果。

(6) 按 Ctrl + S 组合键保存场景文件到指定目录，本案例制作完成。

11.2 非事件驱动粒子系统的动画应用

非事件驱动粒子系统为随时间生成粒子对象提供了相对简单直接的方法，使用这类粒子系统可有效地提高工作效率，下面对此部分内容进行介绍。

11.2.1 基础知识——认识非事件驱动粒子系统

一、 非事件驱动粒子系统概述

3ds Max Design 提供了 6 个内置非事件驱动粒子系统：喷射、雪、超级喷射、暴风雪、粒子阵列和粒子云，以便模拟雪、雨、尘埃等效果，如图 11-37 所示。

二、 认识非事件驱动粒子系统

超级喷射是喷射的一种更强大、更高级的版本，暴风雪同样是雪的一种更强大、更高级的版本。它们都提交了前者的所有功能。因此这里直接对超级喷射、暴风雪、粒子阵列和粒子云进行讲解。

(1) “超级喷射”粒子系统。

“超级喷射”粒子系统由一个点发射受控制的粒子喷射，且只能以自身的图标为发射器对象，如图 11-38 所示。

(2) “暴风雪”粒子系统。

“暴风雪”粒子系统由一个面发射受控制的粒子喷射，且只能以自身的图标为发射器对象，如图 11-39 所示。

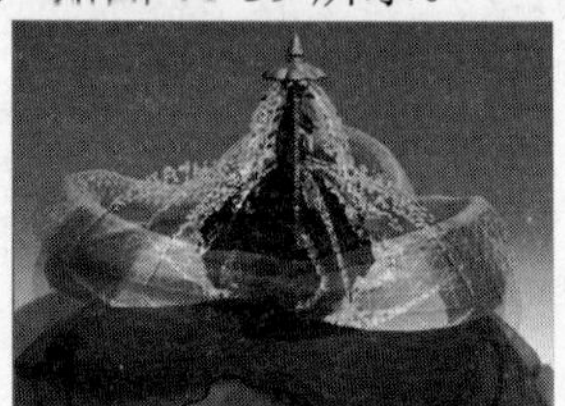

图11-37 非事件驱动粒子系统

图11-38 “超级喷射”粒子系统

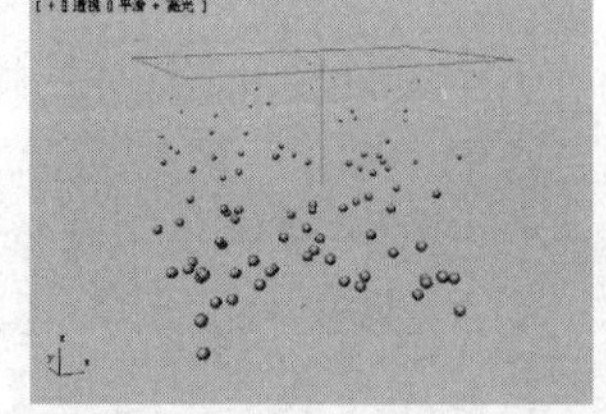

图11-39 “暴风雪”粒子系统

(3) “粒子云”粒子系统。

如果希望使用“粒子云”填充特定的体积，则使用“粒子云”粒子系统。粒子云可以创建一群鸟、一个星空或一队在地面行军的士兵。它可以使用场景中任意具有深度的对象作为体积，如图 11-40 所示。

图11-40 “粒子云”粒子系统

(4) “粒子阵列”粒子系统。

“粒子阵列”粒子系统可将粒子分布在几何体对象上。常用于创建复杂的对象爆炸效果，如图 11-41 所示。

“粒子阵列”粒子系统可按不同方式将粒子分布在几何体对象上，如图 11-42 所示。

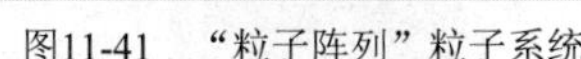
图11-41　“粒子阵列”粒子系统

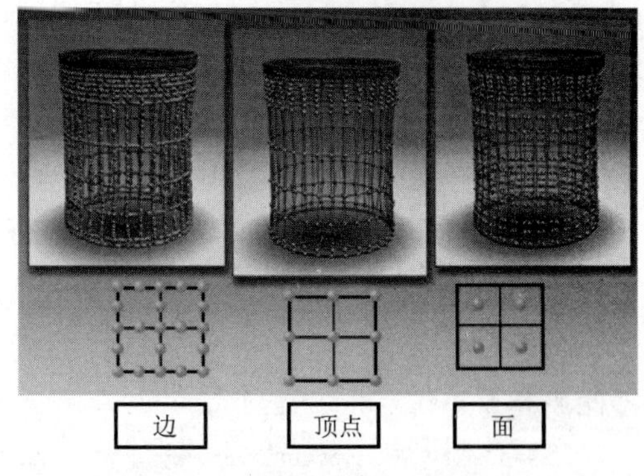

图11-42　“粒子阵列”粒子系统的粒子分布

下面以“粒子阵列”粒子系统为例对重要参数进行介绍，如表 11-3 所示。

表 11-3　“粒子阵列”粒子系统重要参数说明

<table>
<tr><th>参数名称</th><th colspan="3">功能</th></tr>
<tr><td>粒子分布</td><td colspan="3">此设置项中的选项用于确定标准粒子在基于对象的发射器曲面上最初的分布方式。如果在【粒子类型】卷展栏中点选了【对象碎片】选项，则这些选项不可用</td></tr>
<tr><td rowspan="3">粒子类型</td><td>变形球粒子</td><td>对象碎片</td><td>实例几何体</td></tr>
<tr><td>彼此接触的球形粒子会互相融合。主要用于制作液体效果</td><td>使用发射器对象的碎片创建粒子。只有粒子阵列可以使用对象碎片，主要用于创建爆炸或破碎动画</td><td>拾取场景中的几何体作为粒子，实例几何体粒子对创建人群、畜群或非常细致的对象流非常有效</td></tr>
<tr><td colspan="3">一个“粒子阵列”粒子系统只能使用一种粒子。不过，一个对象可以绑定多个粒子阵列，每个粒子阵列可以发射不同类型的粒子</td></tr>
<tr><td>碰撞后消亡</td><td colspan="3">粒子在碰撞到绑定的导向器（例如导向球）时消失</td></tr>
<tr><td>碰撞后繁殖</td><td colspan="3">在与绑定的导向器碰撞时产生繁殖效果</td></tr>
<tr><td>消亡后繁殖</td><td colspan="3">在每个粒子的寿命结束时产生繁殖效果</td></tr>
<tr><td>方向混乱</td><td colspan="3">指定繁殖的粒子的方向可以从父粒子的方向变化的量。将粒子的数量设置得大一些，观察此项目的效果会很明显</td></tr>
<tr><td>速度混乱</td><td colspan="3">可以随机改变繁殖的粒子与父粒子的相对速度</td></tr>
<tr><td>缩放混乱</td><td colspan="3">对粒子应用随机缩放</td></tr>
<tr><td>繁殖拖尾</td><td colspan="3">在每帧处，从现有粒子繁殖新粒子，但新生成的粒子并不运动</td></tr>
</table>

11.2.2　案例剖析——制作“野外篝火”

【案例剖析】

“粒子阵列“粒子系统可将粒子分布在几何体对象上，根据这一特性，本案例将粒子分布在“圆球几何体”表面，用“风”空间扭曲将粒子“吹起”达到自然的火焰攒动效果，再利用“阻力”空间扭曲控制“火焰”的攒动幅度，使得火焰动画非常逼真。而火焰攒动时周围环境忽明忽暗的感觉需要利用灯光实现，渲染输出的最终效果如图 11-43 所示。

图11-43 最终效果

【操作思路】

【操作步骤】

1. 制作粒子动画。

(1) 运行 3ds Max 2010 软件。

(2) 打开制作模板。

① 按Ctrl+O组合键打开附盘文件“素材\第 11 章\野外篝火\野外篝火.max”，如图 11-44 所示（模板中地面会显示黑色，这是灯光设置的正常结果）。

② 场景中为火炭、木棍、地面设置了材质，并给出了火焰材质。

③ 场景中对模拟火焰攒动的照明效果设置了灯光动画（灯光已隐藏，读者可在【显示】面板中取消灯光类别的隐藏）。

④ 场景中创建了一架摄影机，用来对篝火动画进行渲染（摄影机已隐藏，读者可在【显示】面板中取消摄影机类别的隐藏）。

(3) 创建“火球”对象，操作步骤如图 11-45 所示。

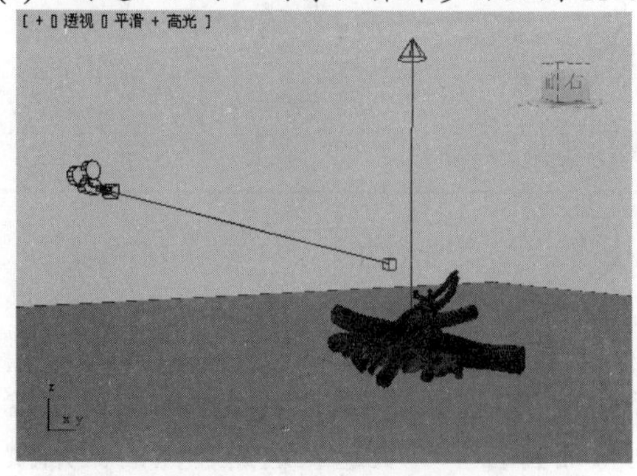

图11-44 打开制作模板

图11-45 创建“火球”对象

① 在顶视图创建一个球体。

② 将“球体”对象重命名为“火球”。

③ 在【修改】面板中设置半径参数。

④ 在【移动变换输入】对话框中设置位置参数。

(4) 创建“粒子阵列”粒子系统，操作步骤如图 11-46 所示。

① 在【创建】面板中设置创建类别为【粒子系统】。

② 单击 粒子阵列 按钮。

③ 在顶视图中创建粒子阵列。

④ 将“粒子阵列”对象重命名为“粒子阵列”。

⑤ 切换到【修改】面板设置其参数。

要点提示

“粒子阵列”粒子系统的图标大小与位置不影响动画效果。

单击 拾取对象 按钮可直接在场景中通过鼠标左键单击完成对象的选择。

本案例中，粒子的位移通过“风”空间扭曲完成，因此将“粒子运动”组中的参数全部设置为零。

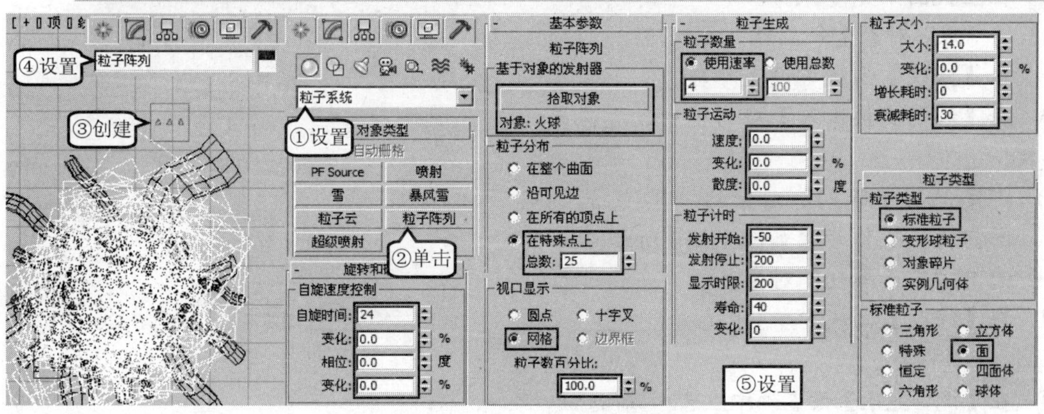

图11-46　创建“粒子阵列”粒子系统

(5) 创建“风-引力”空间扭曲，操作步骤如图 11-47 所示。

① 在【创建】面板中设置创建类别为【力】。

② 单击 风 按钮。

③ 在左视图中创建风。

④ 将“风”对象重命名为“风-引力”。

⑤ 在【修改】面板中设置参数。

⑥ 在【移动变换输入】对话框中设置位置参数。

(6) 绑定“粒子阵列”对象到“风-引力”空间扭曲，操作步骤如图 11-48 所示。

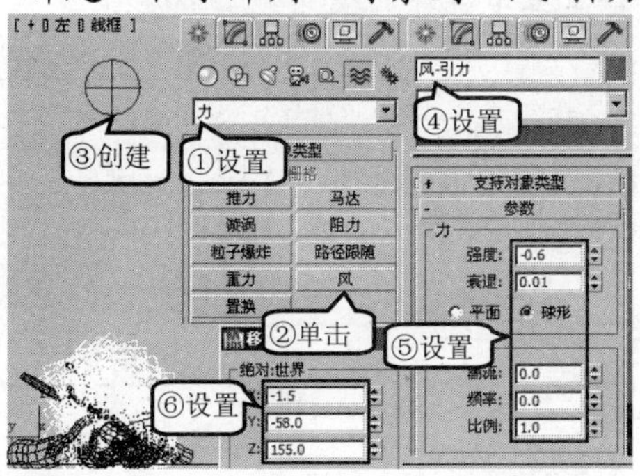

图11-47　创建“风-引力”空间扭曲

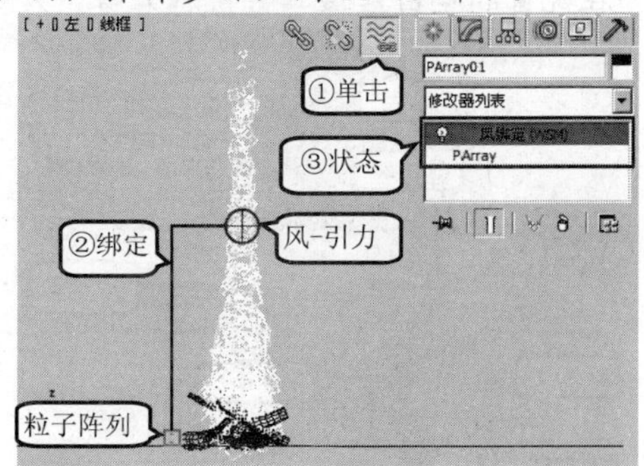

图11-48　绑定“粒子阵列”对象到“风-引力”空间扭曲

① 单击工具栏左侧的按钮。

② 在“粒子阵列”图标上按住鼠标左键不放，将鼠标指针移动到“风-引力”图标上，当指针形状变为时，松开鼠标左键完成绑定。

③ 选中“粒子阵列”对象，查看其修改器状态。

要点提示 本案例中以【球形】为空间扭曲的作用形势，将【强度】设置为负值，【衰退】设置为正值，使“风”空间扭曲形成一个具有“引力的球”，且其引力从图标的所在位置开始随距离的增加而减弱。

若要使空间扭曲对粒子系统产生影响，必须使用【绑定到空间扭曲】工具将粒子系统绑定到空间扭曲。

(7) 创建“风-湍流”空间扭曲，操作步骤如图 11-49 所示。

① 在左视图中创建风。

② 将“风”对象重命名为“风-湍流”。

③ 在【修改】面板中设置参数。

④ 在【移动变换输入】对话框中设置位置参数。

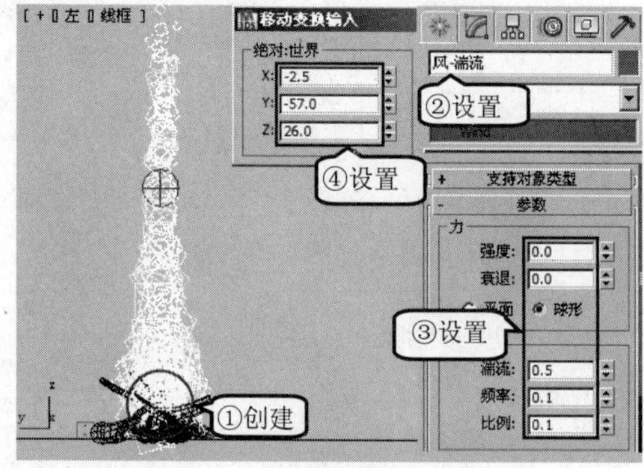

图11-49 创建“风-湍流”空间扭曲

(8) 绑定“粒子阵列”对象到“风-湍流”空间扭曲，操作步骤如图 11-50 所示。

① 选中“粒子阵列”对象。

② 在【修改】面板中单击 PArray 按钮。

③ 在【视口显示】设置项中点选 圆点 选项。

④ 选中“火球”对象。

⑤ 在视窗的空白区域单击鼠标右键，在弹出的快捷菜单中，选择 隐藏当前选择 命令。

⑥ 单击工具栏左侧的按钮。

⑦ 将“粒子阵列”对象绑定到“风-湍流”空间扭曲。

(9) 恢复绑定时的隐藏及修改，操作步骤如图 11-51 所示。

① 选中“粒子阵列”粒子系统。

② 在【修改】面板中单击 PArray 按钮。

③ 在【视口显示】设置项中点选 网格 选项。

④ 在视窗的空白区域单击鼠标右键，在弹出的快捷菜单中选择 全部取消隐藏 命令。

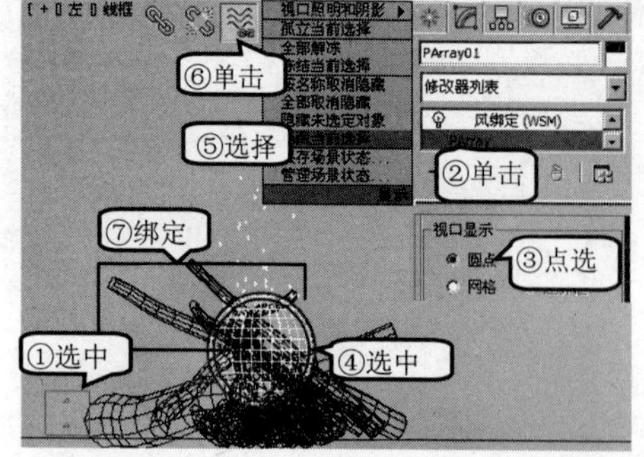

图11-50 绑定“粒子阵列”对象到“风-湍流”空间扭曲

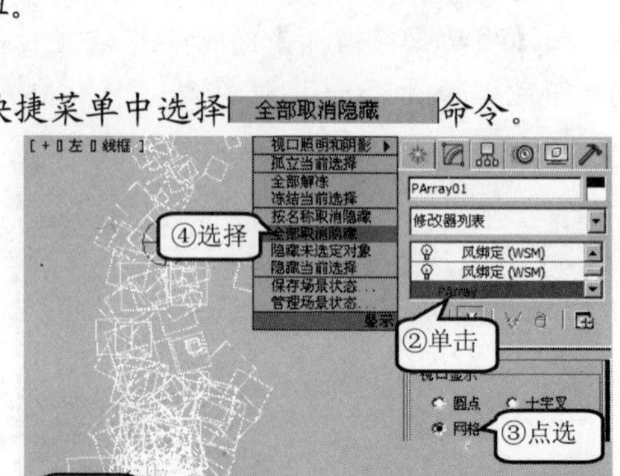

图11-51 恢复绑定时的隐藏及修改

要点提示　本案例中共创建了两个“风”空间扭曲——“风-引力”和“风-湍流”。

“风-引力”主要起到推动粒子向上舞动的作用。

“风-湍流”提供粒子舞动的随机性，使粒子的运动更自然。

当读者认真分析制作思路时，可能会有这样的疑问：为什么要设置两个“风”空间扭曲，且“风-引力”只设置了【力】参数，“风-湍流”只设置了【风】参数？

这是由于当将“风”空间扭曲的图标设置为【球形】时，其作用力与其位置有关，为达到粒子向上飞舞，并从底部就开始随机舞动的效果，必须分开设置。

(10) 创建并绑定“阻力”空间扭曲，操作步骤如图 11-52 所示。

① 在【创建】面板中设置创建类别为【力】。

② 单击 阻力 按钮。

③ 在顶视图中创建阻力。

④ 将“阻力”对象重命名为“阻力”。

⑤ 在【修改】面板中设置参数。

⑥ 将“粒子阵列”对象绑定到“阻力”空间扭曲。

⑦ 选中“粒子阵列”对象，查看其修改器状态。

图11-52　创建并绑定“阻力”空间扭曲

要点提示　“阻力”空间扭曲起到控制火焰舞动幅度的作用。

【阻尼特性】设置项中的【X 轴】、【Y 轴】、【Z 轴】3 个选项分别控制相应轴向的阻力。

2. 为粒子赋予“火焰”材质。

(1) 取消“火球”对象的可渲染性，操作步骤如图 11-53 所示。

① 按 Ctrl + Alt + Q 组合键打开【场景资源管理器—容器资源管理器】窗口。

② 选中“火球”对象。

③ 在视窗的空白区域单击鼠标右键，在弹出的快捷菜单中选择 对象属性(P)... 命令，打开【对象属性】对话框。

④ 取消勾选【可渲染】选项（请注意激活【渲染控制】设置项中的【按对象】按钮）。

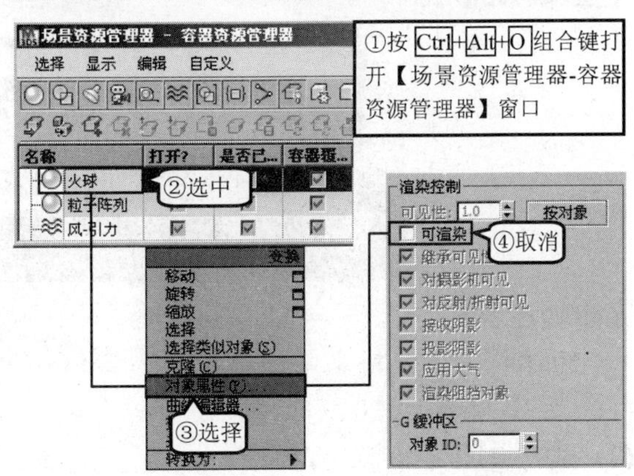

图11-53　取消“火球”对象的可渲染性

(2) 为粒子赋予“火焰”材质，操作步骤如图 11-54 所示。

① 选中“粒子阵列”对象。

② 按M键打开【材质编辑器】窗口。

③ 选中“火焰”材质。

④ 单击按钮将“火焰”材质赋予“粒子阵列”对象。

(3) 使用“Camera01”摄影机视图渲染，即可得到如图 11-43 所示的动画效果。

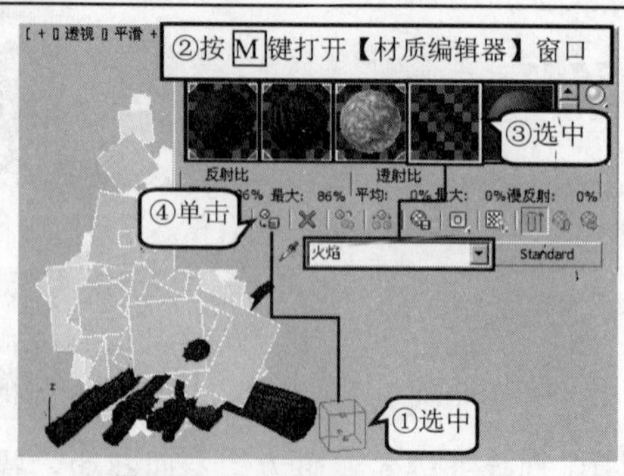

图11-54　为粒子赋予“火焰”材质

“粒子阵列”粒子系统除制作这类火焰效果外，还常用于制作爆炸效果，这都源于“粒子阵列”粒子系统的一个特性——可以将粒子规律或随机地分布在网格对象上。读者可利用这一优势尝试将粒子分布在几何体上，用粒子模拟几何体外形，然后将其“炸开”，配合爆炸时的火焰贴图即可完成爆炸效果。

(4) 按Ctrl+S组合键保存场景文件到指定目录，本案例制作完成。

11.2.3　拓展案例——制作“夜空礼花”

【案例剖析】

本案例利用“超级喷射”粒子系统释放粒子，调节【粒子繁殖】参数形成各种礼花形状，通过“粒子年龄”贴图使得礼花从绽放到消散有着颜色的动态变化，这大大增加了烟花的绚烂程度与真实度，最后在【Video Post】窗口中添加“镜头效果光晕”特效，使礼花在绽放的过程中形成一定的辉光，达到理想效果，如图 11-55 所示。

图11-55　最终效果

【操作思路】

【步骤提示】

1. 为“礼花 01”对象制作动画。

(1) 运行 3ds Max 2010 软件。

(2) 打开制作模板。

① 按Ctrl+O组合键打开附盘文件“素材\第 11 章\夜空礼花\夜空礼花.max”，如图 11-56

所示。

② 场景中设置了建筑群。

③ 场景中创建了 3 个礼花材质和一个建筑材质。

④ 场景中设置了镜头光晕效果。

⑤ 场景中创建了一架摄影机，用来对动画进行渲染（摄影机已隐藏，读者可在【显示】面板中取消摄影机类别的隐藏）。

(3) 创建“礼花 01”对象，操作步骤如图 11-57 所示。

① 在【创建】面板中设置创建类别为【粒子系统】。

② 单击 超级喷射 按钮。

③ 在顶视图中创建超级喷射。

④ 将“超级喷射”对象重命名为“礼花 01”。

⑤ 在【移动变换输入】对话框中设置位置参数。

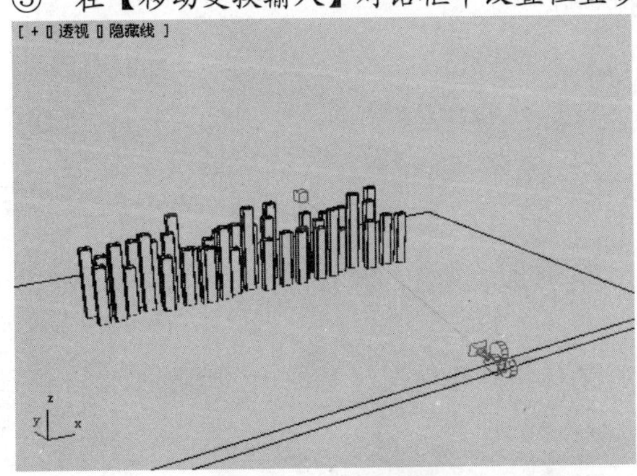

图11-56　打开制作模板

图11-57　创建“礼花 01”对象

要点提示　这里设置图标位置的本质是在设置烟花绽放的位置，因为烟花将从此图标中释放。

(4) 设置“礼花 01”对象的参数，操作步骤如图 11-58 所示。

① 选中“礼花 01”对象。

② 在【修改】面板中设置参数。

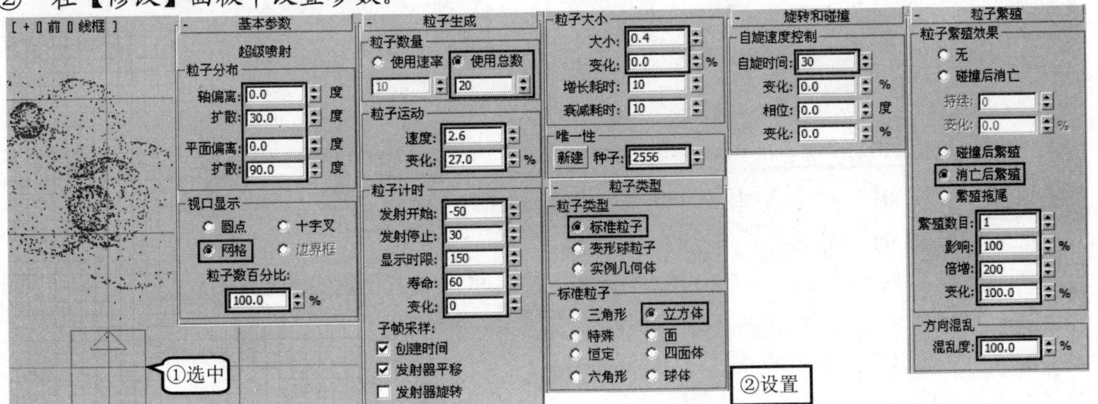

图11-58　设置“礼花 01”对象的参数

要点提示 产生球形爆炸的粒子效果是本案例的重点所在，初次尝试可能难以理解，下面对此问题进行讲解。

【寿命】与【消亡后繁殖】两个参数的设置使得粒子会在消亡后进行新粒子的繁殖。

【繁殖数目】设为“1”时，粒子只能繁殖一次。

【倍增】设为“200”时，粒子每次繁殖都能产生大量的新粒子，读者可调节此参数观察粒子量的变化。

【变化】设为“100”时，粒子的繁殖量有所变化，效果更为自然。

【混乱度】是产生球形爆炸的决定性参数，它指定繁殖的粒子的方向可以从父粒子的方向变化的量。事实上是一个指定新粒子运动方向的量。如果设为“100”，繁殖的粒子将沿着任意随机方向移动，使得粒子的繁殖类似于球形爆炸。读者可尝试设为“50”，你会发现粒子的繁殖呈半球形爆炸。

(5) 创建“重力 01”对象，操作步骤如图 11-59 所示。

① 在【创建】面板中设置创建类别为【力】。

② 单击 重力 按钮。

③ 在顶视图中创建重力。

④ 将“重力”对象重命名为“重力 01”。

⑤ 在【修改】面板中设置参数。

(6) 绑定“礼花 01”对象到“重力 01”对象，操作步骤如图 11-60 所示。

① 单击工具栏左侧的按钮。

② 在“礼花 01”图标上按住鼠标左键不放，将鼠标指针移动到“重力 01”图标上，当指针形状变为时，松开鼠标左键完成绑定。

③ 选中“礼花 01”对象，查看其修改器状态。

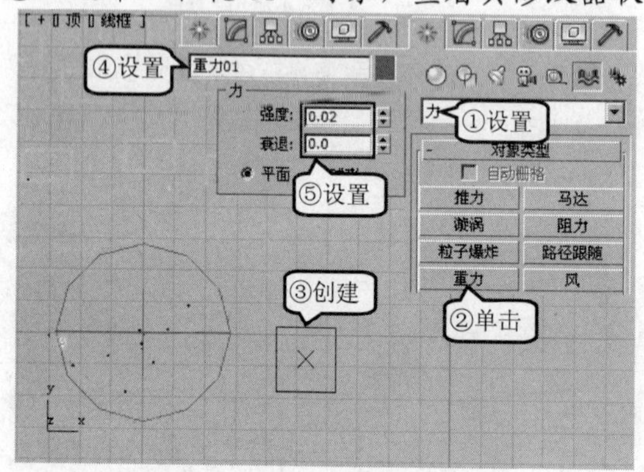

图11-59 创建“重力 01”对象

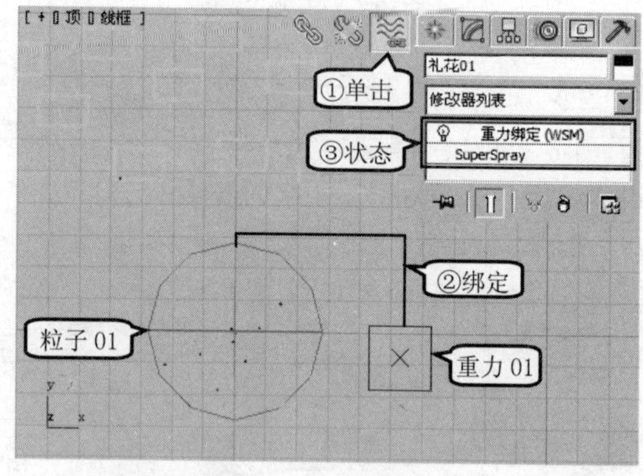

图11-60 绑定“礼花 01”对象到“重力 01”对象

(7) 设置“礼花 01”对象属性，操作步骤如图 11-61 所示。

① 选中“礼花 01”对象。

② 在视图空白处单击鼠标右键，在弹出的快捷菜单中选择 对象属性(P)... 命令，打开【对象属性】对话框。

③ 设置“礼花 01”对象的【对象 ID】参数。

④ 设置运动模糊参数。

(8) 为“礼花 01”对象赋予材质，操作步骤如图 11-62 所示。

① 选中“礼花 01”对象。

② 选中【材质编辑器】窗口中的“礼花 01”材质球。

③ 单击按钮将“礼花 01”材质赋予“礼花 01”对象。

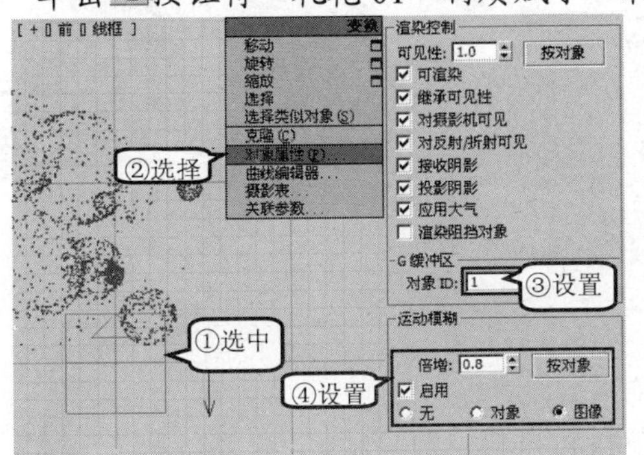

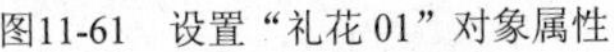
图11-61　设置“礼花 01”对象属性

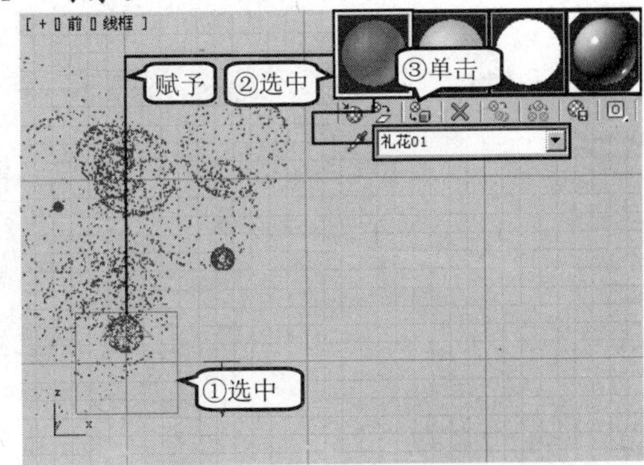

图11-62　为“礼花 01”对象赋予材质

要点提示

为“礼花 01”对象设置【对象 ID】参数是为了使其与【Video Post】窗口中的“镜头效果光晕”特效相对应。在【Video Post】窗口中共设置了 4 个“镜头效果光晕”特效，这些特效都通过【对象 ID】参数与粒子系统链接。这就相当于寄信时必须填写地址，这里的“镜头效果光晕”特效就是信件，【对象 ID】参数为地址，【礼花 01】对象为收信人。

“礼花 01”材质中添加了“粒子年龄”贴图，它以百分比形式为粒子从出生到消亡提供了 3 种不同颜色的贴图，粒子的整个生命过程需从第 1 种颜色过渡到第 2 种颜色再过渡到第 3 种颜色。此材质会使得烟花更为绚烂。

2. 为“礼花 02”对象制作动画。

(1) 创建“礼花 02”对象，操作步骤如图 11-63 所示。

① 在顶视图中创建“超级喷射”粒子系统。

② 将“超级喷射”对象重命名为“礼花 02”。

③ 在【移动变换输入】对话框中设置位置参数。

(2) 设置“礼花 02”对象的参数，操作步骤如图 11-64 所示。

① 选中“礼花 02”对象。

② 在【修改】面板中设置参数。

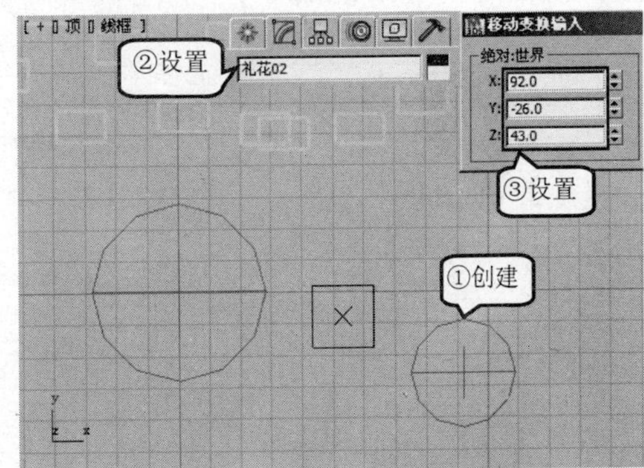

图11-63　创建“礼花 02”对象

“礼花 02”对象与“礼花 01”对象最大的差别在于，它们使用的粒子繁殖方式不同。【繁殖拖尾】选项是指在现有粒子寿命的每个帧，从相应粒子繁殖粒子，且繁殖的粒子的基本方向与父粒子的速度方向相反。这意味着粒子在不断向某个方向运动的同时，也在其尾部不断地繁殖新的粒子。【倍增】参数则控制着每个粒子繁殖的粒子数。【方向混乱】、【速度混乱】和【缩放混乱】参数控制所生成的新粒子在这 3 个因素上的变换量，以百分比控制。

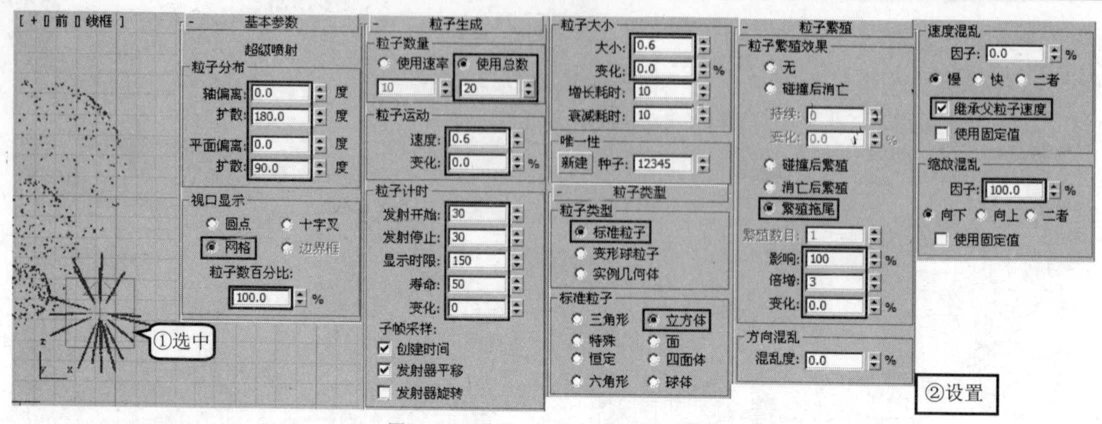

图11-64 设置“礼花 02”对象的参数

(3) 创建并绑定“重力 02”对象，操作步骤如图 11-65 所示。

① 在顶视图中创建重力。

② 将“重力”对象重命名为“重力 02”。

③ 在【修改】面板中设置参数。

④ 绑定“礼花 02”对象到“重力 02”对象。

⑤ 选中“礼花 02”对象，查看其修改器状态。

(4) 设置“礼花 02”对象属性，操作步骤如图 11-66 所示。

① 选中“礼花 02”对象。

② 在前视图空白处单击鼠标右键，在弹出的快捷菜单中选择 对象属性(P)... 命令，打开【对象属性】对话框。

③ 设置“礼花 02”对象的【对象 ID】参数。

④ 设置运动模糊参数。

图11-65 创建并绑定“重力 02”对象

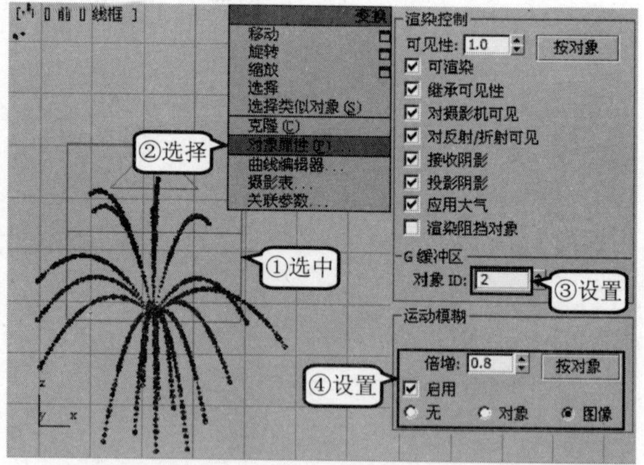

图11-66 设置“礼花 02”对象属性

将“礼花 02”对象绑定到“重力 02”对象后，礼花呈现出优美的抛物线式动动，由于现实世界中处处存在重力的影响，因此在模拟现实时，经常会用到“重力”空间扭曲，请读者多加尝试。

(5) 为“礼花 02”对象赋予材质，操作步骤如图 11-67 所示。

① 选中“礼花 02”对象。

② 选中【材质编辑器】窗口中的“礼花 02”材质球。

③ 单击按钮将“礼花 02”材质赋予“礼花 02”对象。

3. 为“礼花 03”对象制作动画。

(1) 创建“礼花 03”对象，操作步骤如图 11-68 所示。

① 在顶视图中创建名为“礼花 03”的“超级喷射”粒子系统。

② 在【移动变换输入】对话框中设置位置参数。

③ 在【修改】面板中设置参数。

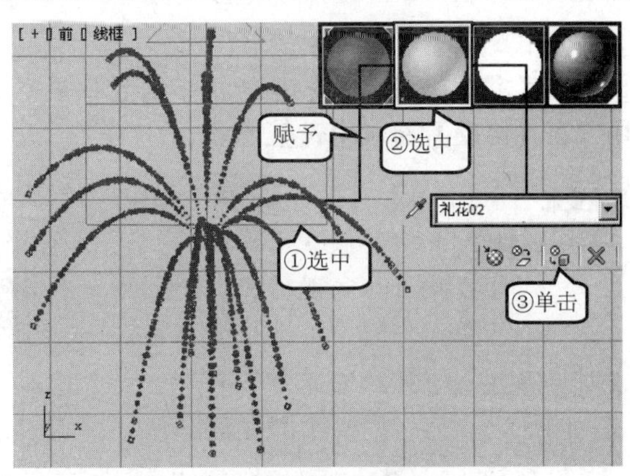

图11-67　为“礼花 02”对象赋予材质

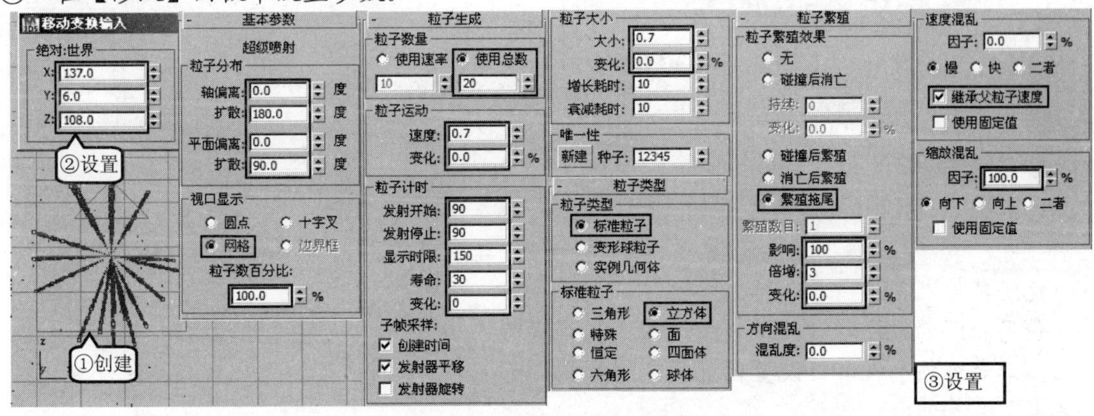

图11-68　创建“礼花 03”对象

“礼花 03”对象与“礼花 02”对象在几个参数上存在差别：【速度】、【寿命】、【粒子大小】、【发射开始】、【发射停止】。前面 3 个参数用于控制礼花光束的形状大小，后面两个参数用于控制礼花绽放的时间。这些参数读者可按照个人喜好自行调节。

(2) 绑定“重力 02”对象并赋予礼花材质，操作步骤如图 11-69 所示。

① 绑定“礼花 03”对象到“重力 02”对象。

② 将“礼花 03”材质赋予“礼花 03”对象。

4. 丰富礼花动画。

(1) 克隆“礼花 01”对象，操作步骤如图 11-70 所示。

① 选中“礼花 01”对象。

② 按住Shift键不放，使用鼠标左键将“礼花 01”对象托至另一位置，打开【克隆选项】对话框。

③ 点选复制选项完成克隆。

④ 将克隆所得对象重命名为“礼花 01-1”。

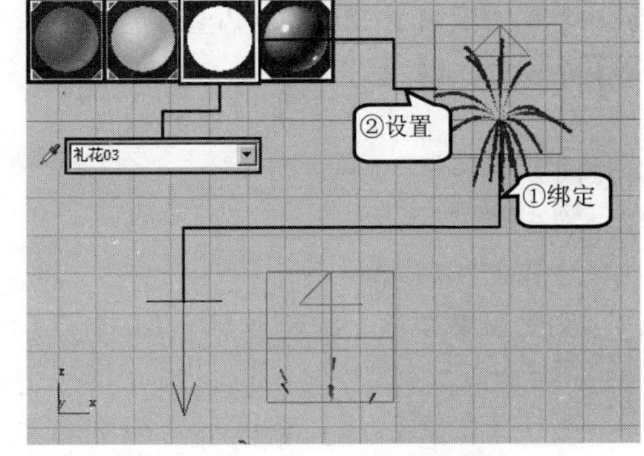

图11-69　绑定“重力 02”对象并赋予礼花材质

(2) 设置“礼花 01-1”对象的参数，操作步骤如图 11-71 所示。

① 选中“礼花 01-1”对象。

② 在【移动变换输入】对话框中设置位置参数。

③ 在【修改】面板中设置参数。

要点提示 【轴偏离】参数和【扩散】参数影响粒子远离发射向量的扩散，改变此参数会改变礼花爆炸的空间分布，使“礼花 01-1”对象与“礼花 01”对象的绽放有所区别。

【发射开始】参数控制粒子发射开始的时间，对此参数的调节会使礼花的绽放在时间上更有层次。

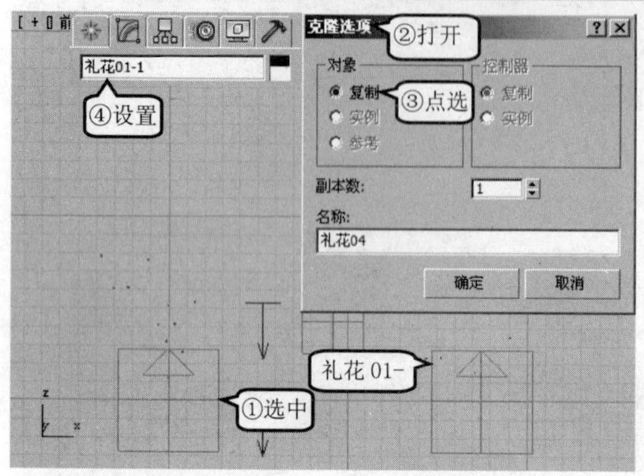

图11-70 克隆“礼花 01”对象

图11-71 设置“礼花 01-1”对象的参数

(3) 克隆其他礼花。

① 使用相同的方法对“礼花 02”对象和“礼花 03”对象进行克隆（此操作仅仅为了丰富画面，读者可按个人喜好设置位置及克隆对象，图 11-72 中列出了克隆对象及大致位置，仅供参考）。

② 设置克隆所得礼花的绽放时间（此操作仅仅为了使礼花绽放更有层次，读者可按个人喜好进行设置，图 11-72 中列出了各礼花对象的绽放时间，仅供参考）。

5. 渲染设置。

(1) 设置渲染文件保存位置，操作步骤如图 11-73 所示。

① 选择【渲染】/【Video Post】命令打开【Video Post】窗口。

② 双击 礼花.tga 图标打开【编辑输出图像时间】对话框。

③ 单击 文件... 按钮。

④ 设置文件格式。

(2) 设置渲染参数，操作步骤如图 11-74 所示。

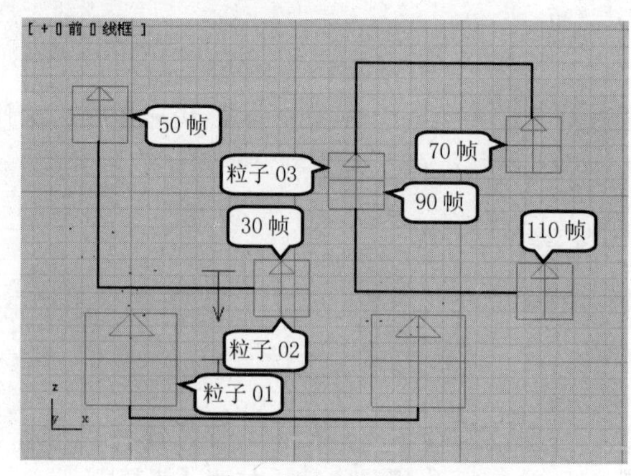

图11-72 克隆其他礼花

① 选择【渲染】/【Video Post】命令打开【Video Post】窗口。

② 确保图像输入事件以“Camera01”为输入对象。

③ 单击 按钮。

④　设置渲染参数。

⑤　单击渲染按钮开始渲染，即可得到如图 11-55 所示的动画效果。

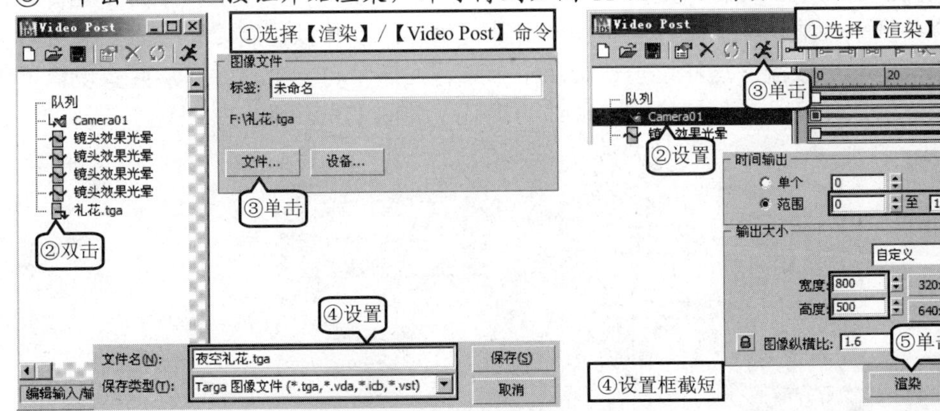

图11-73　设置渲染文件保存位置　　　　图11-74　设置渲染参数

模板已在【Video Post】窗口中设置了 4 个“镜头效果光晕”特效，读者可直接使用。

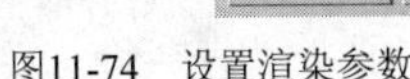指定【Video Post】输入事件，其中最主要的是为【Video Post】指定渲染窗口，本案例中模板预设为“Camera01”窗口，也可调整至其他窗口进行渲染。

【Video Post】的渲染设置及渲染输出独立于 3ds Max 2010 本身的【渲染设置】，想要实现【Video Post】中的“镜头效果光晕”设置，必须使用【Video Post】进行渲染。

(3)　按Ctrl+S组合键保存场景文件到指定目录，本案例制作完成。

11.3　事件驱动粒子系统的动画应用

事件驱动粒子系统是一种多功能 3ds Max Design 粒子系统。利用它可以制作出许多非事件驱动粒子系统无法实现的效果，下面对此粒子系统进行介绍。

11.3.1　基础知识——认识事件驱动粒子系统

一、　认识【粒子视图】窗口

事件驱动粒子系统又称粒子流粒子系统，在【粒子视图】窗口进行相关的动画设置。【粒子视图】窗口主要由事件显示面板，仓库面板，参数面板及说明面板 4 部分组成，如图 11-75 所示。

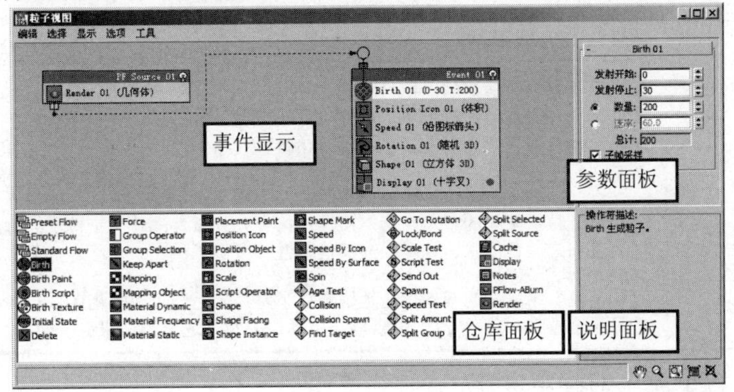

图11-75　【粒子视图】窗口

二、 认识事件驱动粒子系统的工作原理

在【粒子视图】窗口中，可将一定时期内描述粒子属性（如形状、速度、方向和旋转）的单独操作符合并到事件显示面板中。每个操作符都提供一组参数以控制粒子行为。事件与事件之间通过测试链接形成流。这样粒子便会从一个事件发送至另一个事件，从而实现粒子在不同属性之间连续地转换，这种转换的表现即为动画，如图 11-76 所示。

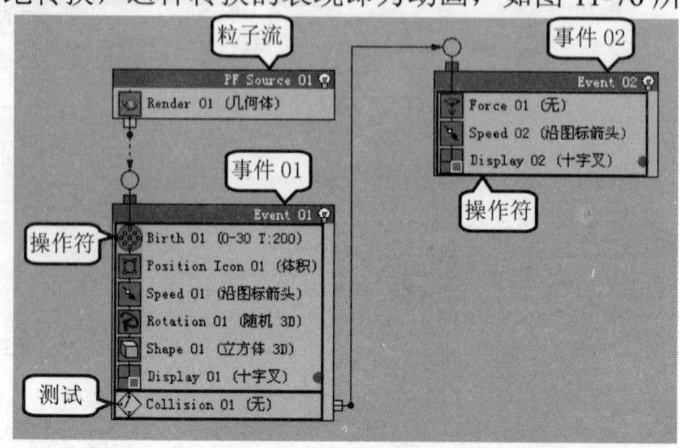

图11-76　粒子流

三、 认识仓库面板

仓库面板中储存着各种“粒子流”动作，这些动作分为流、操作符和测试 3 类，如图 11-77 所示，以 3 种灰度的背景区分。

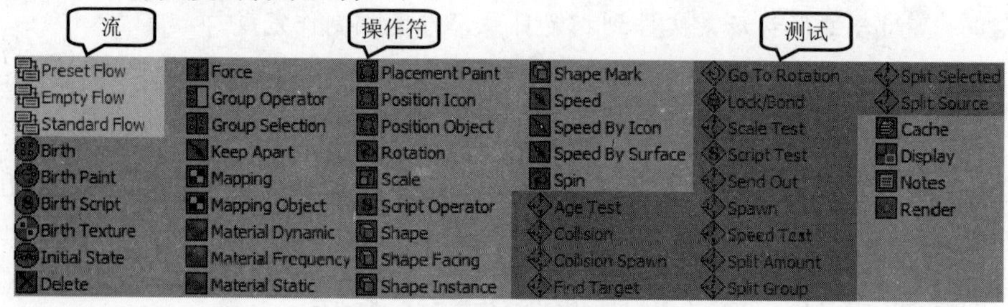

图11-77　“粒子流”动作类别

下面介绍这 3 类动作的功能，如表 11-4 所示。

表 11-4　“粒子流”动作类别说明

类别名称	功能		
流	预设流（Preset Flow）	空流（Empty Flow）	标准流（Standard Flow）
	预设流是将以前保存的“粒子流”调入，作为新粒子系统的起始点或合并到当前场景中	空流是只含有一个渲染操作符的粒子系统，作为新粒子系统的起始点，可以完全从头构建一个粒子系统	标准流中含有一些基本的操作符，与使用 PF Source 按钮创建“粒子流源”所得到的初始粒子系统相同
操作符	操作符是粒子系统的基本元素，将操作符合并到事件中可指定粒子的特性。操作符用于描述粒子速度和方向、形状、外观以及其他属性		
测试	“粒子流”中测试的基本功能是确定粒子是否满足一个或多个条件，如果满足，粒子可以发送给另一个事件。“粒子流”中事件与事件之间都是通过测试来链接的		

四、 认识“粒子流”的基本操作

若要将仓库面板中的操作符或测试应用到相应的粒子系统，可直接拖入事件进行添加或替换，也可直接拖入空白区域新建事件，如图 11-78 所示。

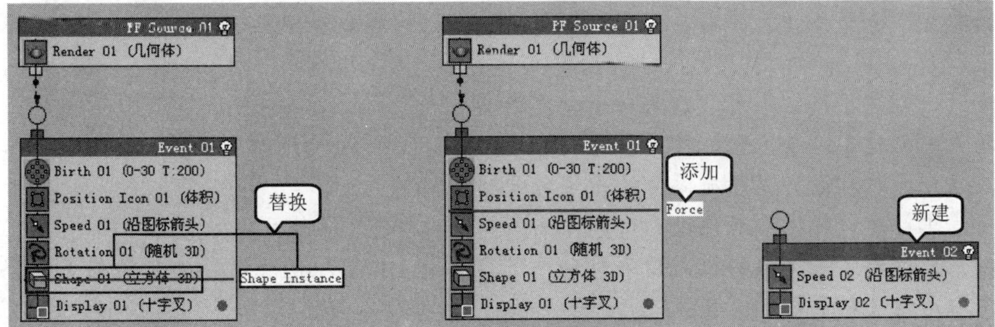

图11-78　动作的添加或替换

11.3.2　案例剖析——制作“片头动画”

【案例剖析】

事件驱动粒子系统（又称粒子流粒子系统），顾名思义是由一个事件驱动下一个事件的产生，形成一连串的动作，这种一连串的动作称为流。基于这种工作原理，我们在制作动画之前需要明白所制作动画的流，本案例的制作流程为粒子发射——寻找目标——数量繁殖——返回发射器。案例中主要用到 Find Target 操作符及 Spawn 操作符，最终获得的动画效果如图 11-79 所示。

图11-79　最终效果

【操作思路】

【操作步骤】

1.　制作粒子动画。

(1)　运行 3ds Max 2010 软件。

(2) 打开制作模板。

① 按Ctrl+O组合键打开附盘文件“素材\第11章\广告片头\广告片头.max”，如图11-80所示。

② 场景中创建了一组字母，作为粒子的发射器。

③ 场景中创建了一个方盒，作为粒子的形状。

④ 场景中为字母设置了材质，并给出了方盒材质。

⑤ 场景中已将“环境”颜色设为白色。

⑥ 场景中创建了一架摄影机，用来对动画进行渲染（摄影机已隐藏，读者可在【显示】面板中取消摄影机类别的隐藏）。

(3) 创建“粒子流”对象，操作步骤如图11-81所示。

① 在【创建】面板中设置创建类别为【粒子系统】。

② 单击PF Source按钮。

③ 在前视图中创建粒子流。

④ 将“粒子流”对象重命名为“粒子流”

图11-80 打开制作模板

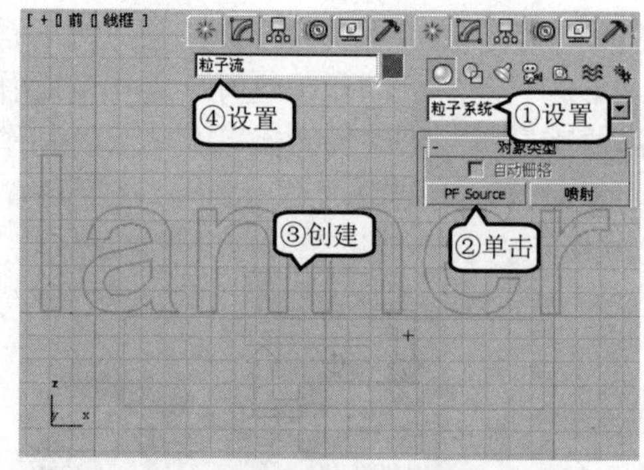

图11-81 创建“粒了流”对象

要点提示 本案例使用“字母”对象作为粒子发射对象，因此“粒子流”对象的图标大小与位置不会影响动画效果，读者可按个人意愿进行大小与位置的设置。

(4) 设置粒子的发射，操作步骤如图11-82所示。

① 选中“粒子流”对象。

② 在【修改】面板中单击 粒子视图 按钮，打开【粒子视图】窗口。

③ 使用仓库面板中的Position Object操作符替换“粒子系统”中的Position Icon操作符。

④ 在Position Object 01操作符的参数面板中单击添加按钮。

⑤ 选中场景中的“字母”对象。

⑥ 拖动时间滑块查看粒子生成位置。

(5) 设置粒子形状，操作步骤如图11-83所示。

① 在【粒子视图】窗口中使用Shape Instance操作符替换Position Icon 01操作符。

② 在Shape Instance 01操作符的参数界面中单击 无 按钮。

③ 选中“方盒”对象完成几何体的添加。

④ 选择Display 01选项。

⑤ 设置显示类型为【几何体】。

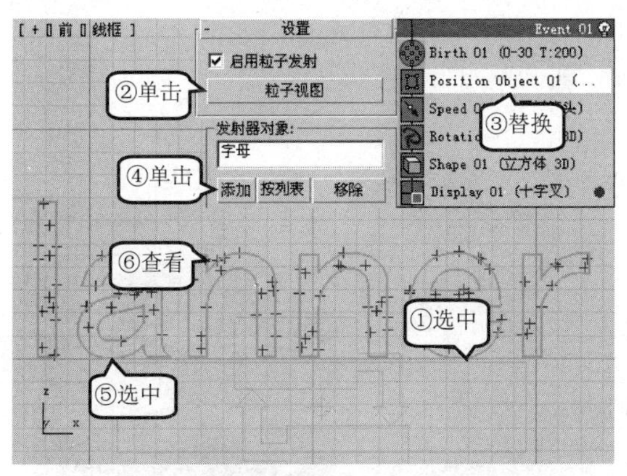

图11-82　设置粒子的发射

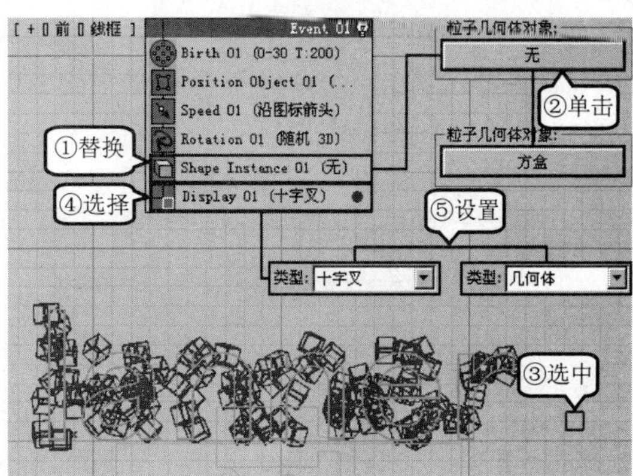

图11-83　设置粒子形状

(6) 创建"风"空间扭曲，操作步骤如图 11-84 所示。

① 在【创建】面板中设置创建类别为【力】。

② 单击 风 按钮。

③ 在前视图中创建风。

④ 在【修改】面板中设置参数。

(7) 应用"风"空间扭曲到"粒子流"对象，操作步骤如图 11-85 所示。

① 选中"粒子流"对象，单击 粒子视图 按钮打开粒子视图。

② 将 Force 操作符添加到"Event 01"事件中。

③ 在 Force 01 操作符的参数界面中单击 添加 按钮。

④ 选中场景中的"风"对象。

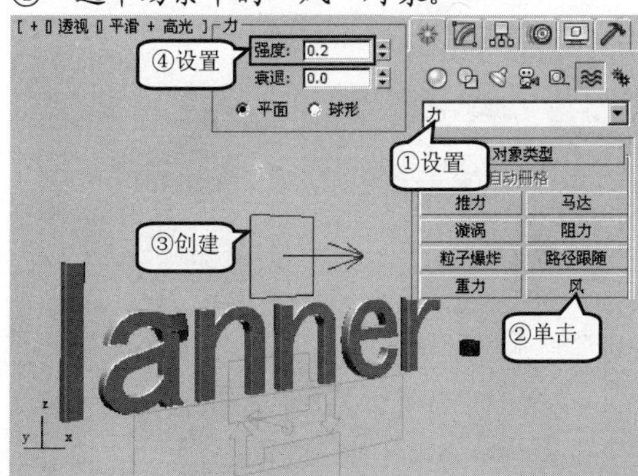

图11-84　创建"风"空间扭曲

图11-85　应用"风"空间扭曲到"粒子流"对象

当将"风"空间扭曲设为【平面】形式时，"风"的作用方式只与方向有关，与图标的大小及位置无关。

若要将空间扭曲应用到粒子流粒子系统，必须通过 Force 操作符完成，【绑定到空间扭曲】按钮只对非事件驱动（如超级喷射、粒子阵列等）有效。

(8) 设置粒子的出生及速度参数，操作步骤如图 11-86 所示。

① 在【粒子视图】窗口中设置出生参数。

② 设置速度参数。

(9) 创建"目标平面"对象，操作步骤如图 11-87 所示。

① 在前视图中创建一个平面。
② 将“平面”对象重命名为“目标平面”。
③ 在【修改】面板中设置长宽参数。
④ 在【移动变换输入】对话框中设置位置参数。

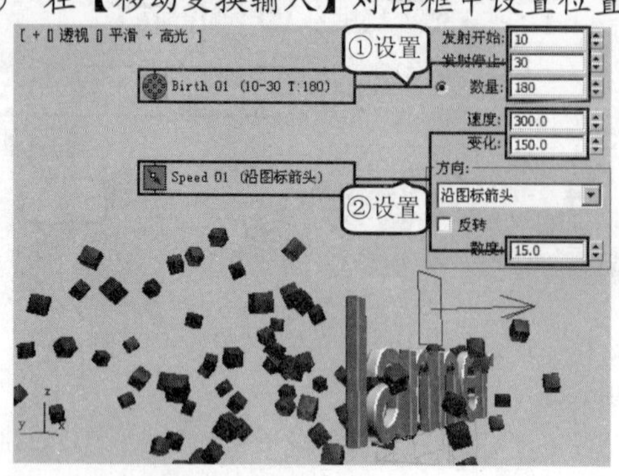

图11-86 设置粒子的出生及速度参数

图11-87 创建“目标平面”对象

(10) 寻找“目标平面”对象，操作步骤如图 11-88 所示。
① 在【粒子视图】窗口中为“Event 01”事件添加 Find Target 测试。
② 在 Find Target 01 操作符的参数界面中设置参数。
(11) 创建粒子繁殖，操作步骤如图 11-89 所示。
① 将 Spawn 测试拖入【粒子视图】窗口的空白区域以创建“Event 02”事件。
② 保持 Spawn 01 测试的参数为默认设置。
③ 在 Display 02 操作符的参数界面中设置参数。
④ 链接“Event 01”事件与“Event 02”事件。

Find Target 测试可将粒子发送到指定的目标。它会自动生成一个球形的“查找目标”图标，可以使用此图标作为目标，也可以使用场景中的一个或多个网格对象作为目标。
本例中，“目标平面”对象即为粒子的目标，其形状和大小会影响粒子寻找目标的动作，读者可以尝试以其他网格对象（如：“茶壶”）作为目标制作动画。

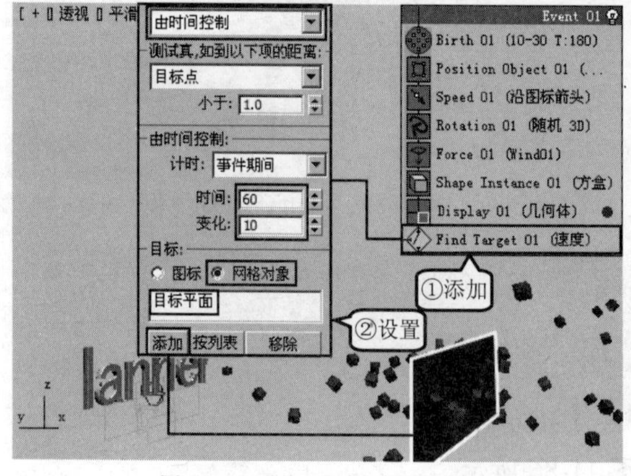

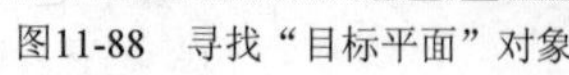

图11-88 寻找“目标平面”对象

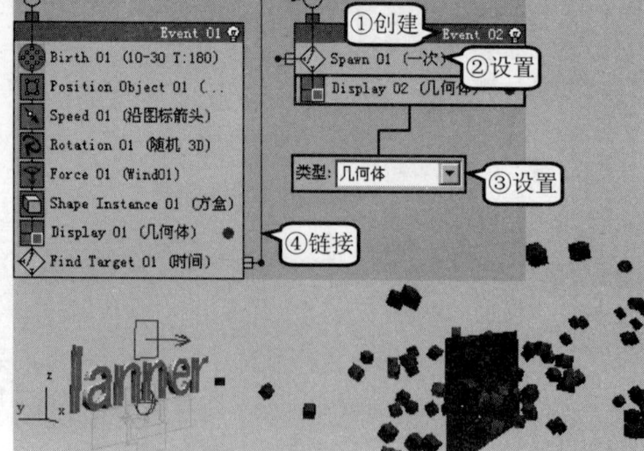

图11-89 创建粒子繁殖

(12) 寻找“字母”对象，操作步骤如图 11-90 所示。
① 在【粒子视图】窗口中为“Event 02”事件添加 Find Target 测试。

② 在 Find Target 02 测试的参数界面中设置参数。

(13) 设置粒子最终状态，操作步骤如图 11-91 所示。

① 将 Speed 操作符拖入【粒子视图】窗口中的空白区域以创建“Event 03”事件。

② 在 Speed 02 操作符的参数界面中设置参数。

③ 为“Event 03”事件添加 Rotation 操作符。

④ 在 Rotation 02 操作符的参数界面中设置参数。

⑤ 在 Display 03 操作符的参数界面中设置参数

⑥ 链接“Event 02”事件与“Event 03”事件。

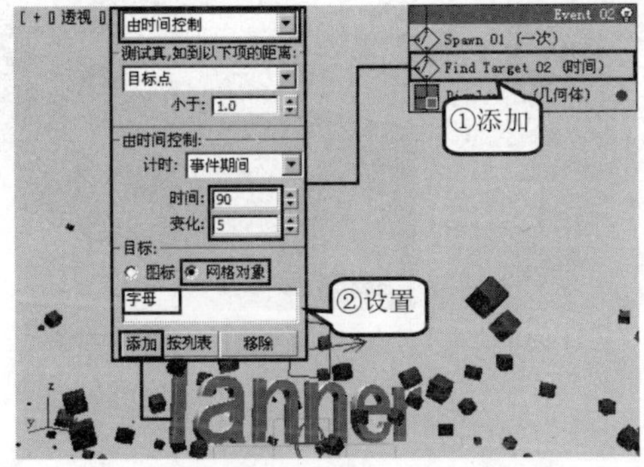

图11-90　寻找“字母”对象

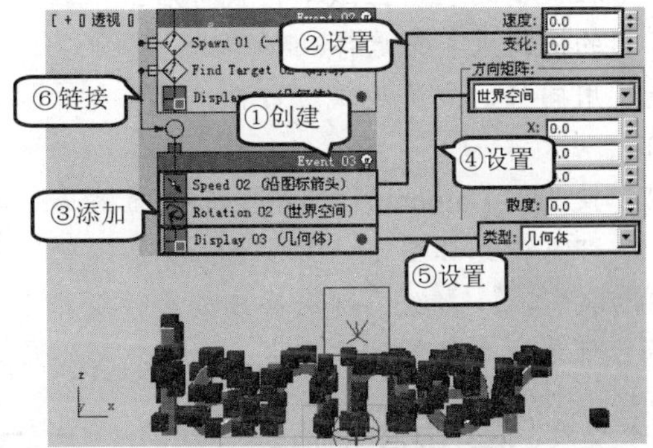

图11-91　设置粒子最终状态

Speed 操作符可以对粒子运动的速度进行控制，本案例中利用此操作符将粒子停留在字母上。Rotation 操作符可以对粒子运动的方向进行控制，本案例中利用此操作符使粒子按空间的 X、Y、Z 方向排列在“lanner”上。

2. 为粒子赋予材质，操作步骤如图 11-92 所示。

① 在【粒子视图】窗口中为“粒子流”对象添加 Material Static 01 操作符。

② 按 M 键打开【材质编辑器】窗口。

③ 选中“方盒”材质球。

④ 单击 Material Static 01 操作符进入 Material Static 01 操作符的参数界面。

⑤ 按住鼠标左键不放，将“方盒”材质球拖动到 None 按钮上。

⑥ 在弹出的【实例（副本）材质】对话框中点选 实例 选项。

⑦ 在 Shape Instance 01 操作符的参数界面中取消勾选 获取贴图 和 获取材质 选项。

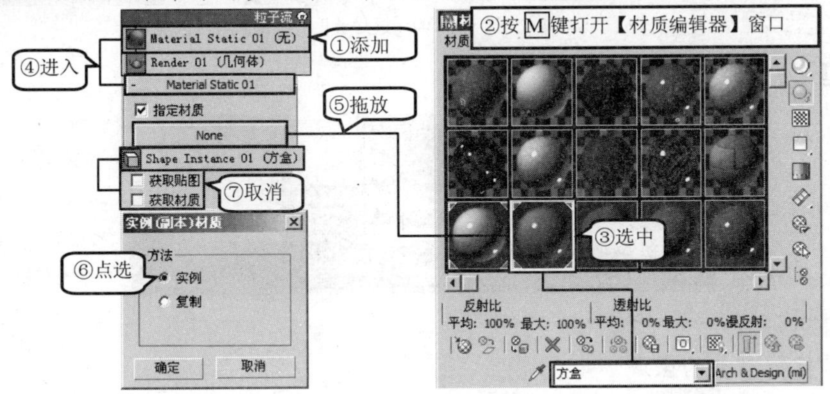

图11-92　为粒子赋予材质

无法直接为粒子流粒子系统赋予材质，必须使用 Material Static 操作符作为媒介。将 Material Static 操作符置于整个粒子系统的最顶端，可使其在全局中起作用，即所有粒子渲染输出的材质均受此操作符中指定材质的影响。

3. 渲染设置。

(1) 隐藏“方盒”对象与“目标平面”对象，操作步骤如图 11-93 所示。

① 选中“方盒”对象。

② 在视窗的空白区域单击鼠标右键，在弹出的快捷菜单中选择 隐藏当前选择 命令。

③ 用同样的方法隐藏“目标平面”对象。

(2) 使用“Camera01”摄影机视图渲染，即可得到如图 11-79 所示的动画效果。

(3) 按 Ctrl + S 组合键保存场景文件到指定目录，本案例制作完成。

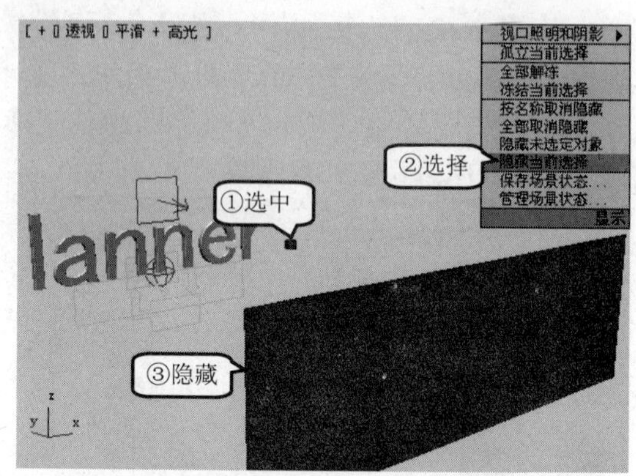

图11-93 隐藏“方盒”对象与“目标平面”对象

11.3.3 拓展案例——制作“灰飞烟灭”

【案例剖析】

本案例的制作主要用到粒子流粒子系统、“风”空间扭曲和“导向球”空间扭曲，粒子系统中，”Event 01”事件为粒子生成事件，”Event 02”事件为“风”空间扭曲事件，两事件由碰撞测试链接，被导向球碰撞的粒子进入”Event 02”事件，在风力的作用下飞入空间，最终动画效果如图 11-94 所示。

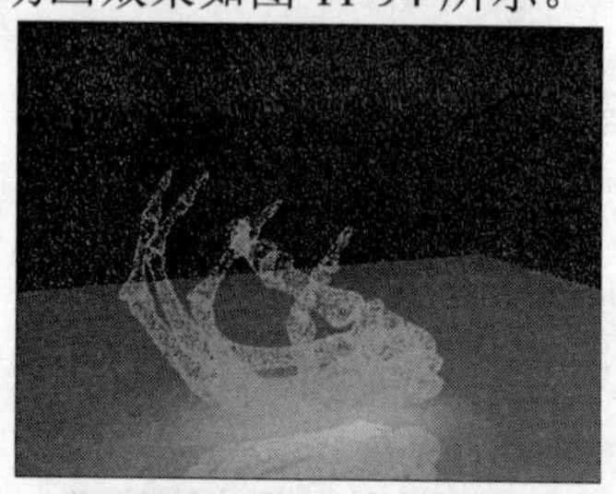

图11-94 最终效果

【操作思路】

【步骤提示】

1. 设置“沙粒”对象的生成。

(1) 运行 3ds Max 2010 软件。

(2) 打开制作模板。

① 按 Ctrl + O 组合键打开附盘文件“素材\第 11 章\灰飞烟灭\灰飞烟灭.max”，如图 11-95 所示。

② 场景中创建了一架手部骨骼。

③ 场景中创建了一个“沙粒”材质，一个“骨骼”材质和一个“底板”材质。

④ 场景中创建了一架摄影机，用来对动画进行渲染（摄影机已隐藏，读者可在【显示】面板中取消摄影机类别的隐藏）。

(3) 创建“沙粒”对象，操作步骤如图 11-96 所示。

① 在【创建】面板中设置创建类别为【粒子系统】。

② 单击 PF Source 按钮。

③ 在前视图中创建粒子流。

④ 将“粒子流”对象重命名为“沙粒”

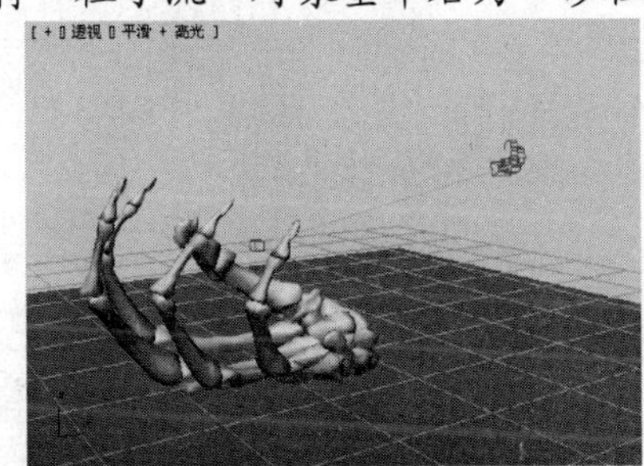

图11-95　打开制作模板

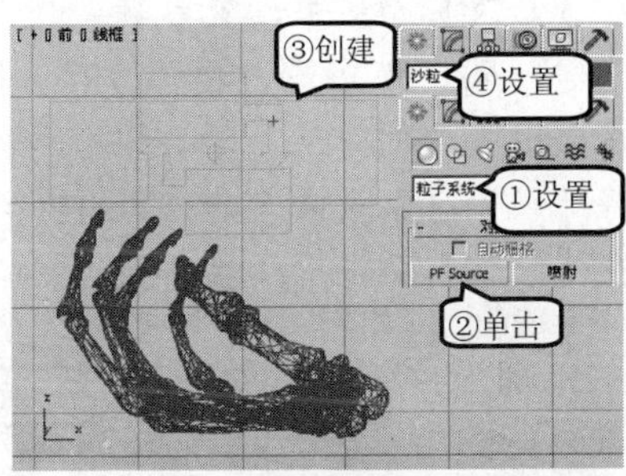

图11-96　创建“沙粒”对象

在顶视图创建超级喷射时，会无法看到所创建的图标，这是由于图标被托盘遮挡了，为了避免造成“丢失”，读者创建完成后可以直接使用移动工具将其移出。

(4) 设置粒子的发射，操作步骤如图 11-97 所示。

① 选中“粒子流”对象。

② 在【修改】面板中单击 粒子视图 按钮，打开【粒子视图】窗口。

③ 使用仓库面板中的 Position Object 操作符替换粒子系统中的 Position Icon 操作符。

④ 在 Position Object 01 操作符的参数界面中单击 按列表 按钮，并选中“手”对象。

(5) 设置”Event 01”事件，操作步骤如图 11-98 所示。

① 删除 Speed 01 操作符和 Rotation 01 操作符。

② 设置其他操作符参数。

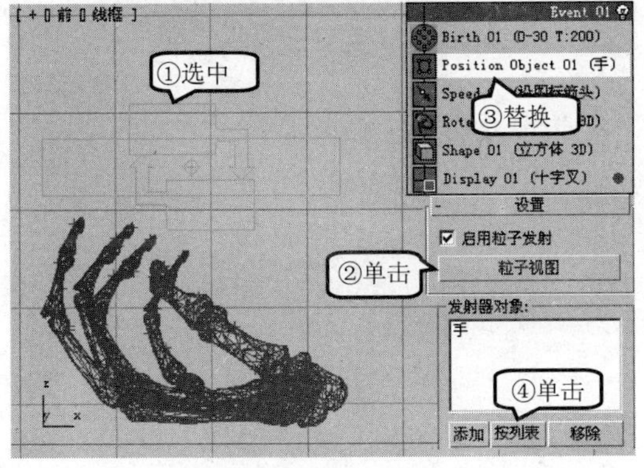

图11-97　设置粒子的发射

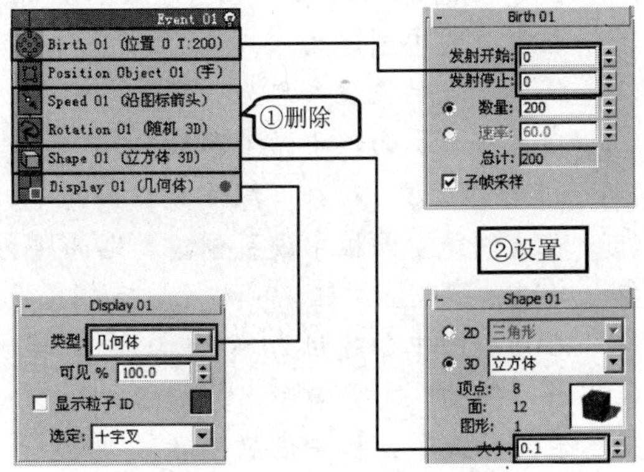

图11-98　设置”Event 01”事件

本案例需要"沙粒"对象的初始状态为静止的且附着于"手"对象的表面，不需要在"手"对象的表面逐渐生成，因此将【发射开始】和【发射停止】都设为"0"。

本案例需要的粒子数目较多，为了不影响电脑的运算速度，目前将【数量】参数保持默认设置，待渲染输出时再调至所需大小。

2. 创建空间扭曲。

(1) 创建"风01"对象，操作步骤如图11-99所示。

① 在【创建】面板中设置创建类别为【力】。

② 单击 风 按钮。

③ 在顶视图中创建风。

④ 将"风"对象重命名为"风01"。

⑤ 在【修改】面板中设置参数。

(2) 创建"风02"对象，操作步骤如图11-100所示。

① 在顶视图中创建风。

② 将"风"对象重命名为"风02"。

③ 在【修改】面板中设置参数。

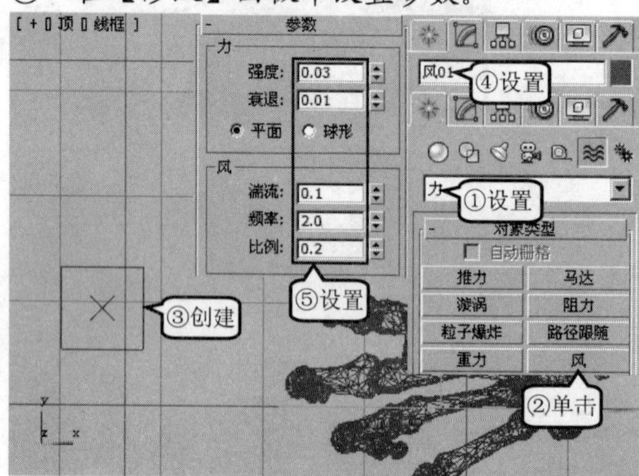

图11-99 创建"风01"对象

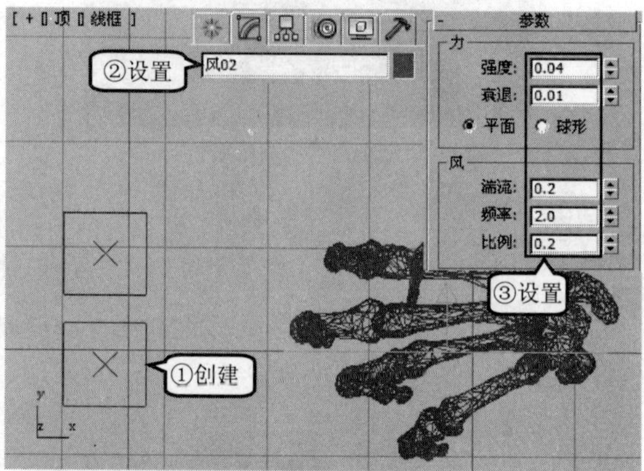

图11-100 创建"风02"对象

本案例中创建两个相同方向的"风"对象是为了使"沙粒"对象的飞舞更自然。

(3) 创建"风03"对象，操作步骤如图11-101所示。

① 在右视图中创建风。

② 将"风"对象重命名为"风03"。

③ 在【修改】面板中设置参数。

(4) 创建"阻力"对象，操作步骤如图11-102所示。

① 在【创建】面板中设置创建类别为【力】。

② 单击 阻力 按钮。

③ 在顶视图中创建阻力。

④ 将"阻力"对象重命名为"阻力"。

⑤ 在【修改】面板中设置参数。

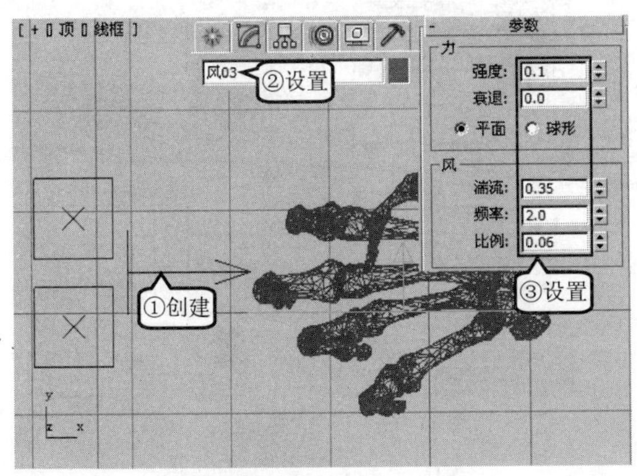

图11-101　创建“风 03”对象

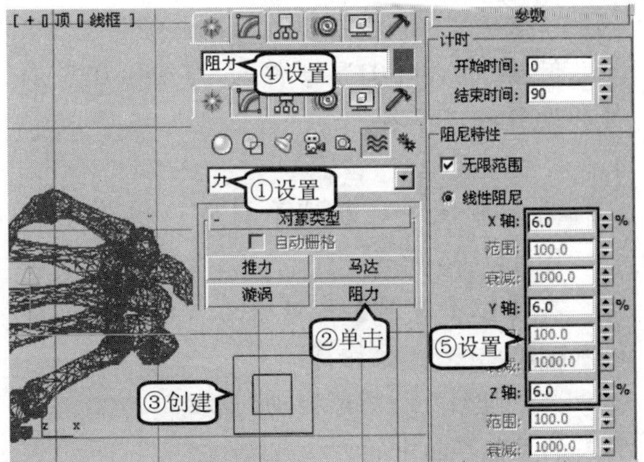

图11-102　创建“阻力”对象

(5)　创建“导向球”对象，操作步骤如图 11-103 所示。

①　在【创建】面板中设置创建类别为【导向器】。

②　单击 导向球 按钮。

③　在顶视图中创建导向球。

④　将“导向球”对象重命名为“导向球”。

⑤　在【修改】面板中设置参数。

(6)　为“导向球”对象设置动画，操作步骤如图 11-104 所示。

①　设置第 0 帧处“导向球”对象的位置。

②　单击 自动关键点 按钮。

③　设置第 80 帧处“导向球”对象的位置。

④　单击 自动关键点 按钮。

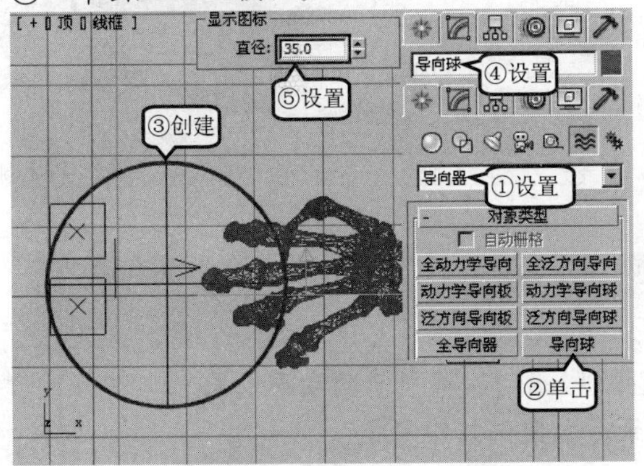

图11-103　创建“导向球”对象

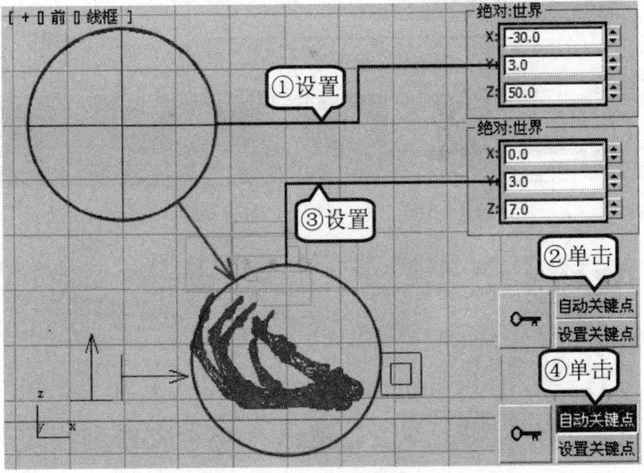

图11-104　为“导向球”对象设置动画

本案例中利用“导向球”对象的碰撞作为测试以传递粒子，因此导向球必须逐渐碰触到“手”的每个位置。

3.　设置“沙粒”对象的飞舞动画。

创建“Event 02”事件，操作步骤如图 11-105 所示。

①　在【粒子视图】窗口中将 Collision 测试添加到”Event 01”事件中。

②　将 Force 操作符拖入【粒子视图】窗口中的空白区域，以创建“Event 02”事件。

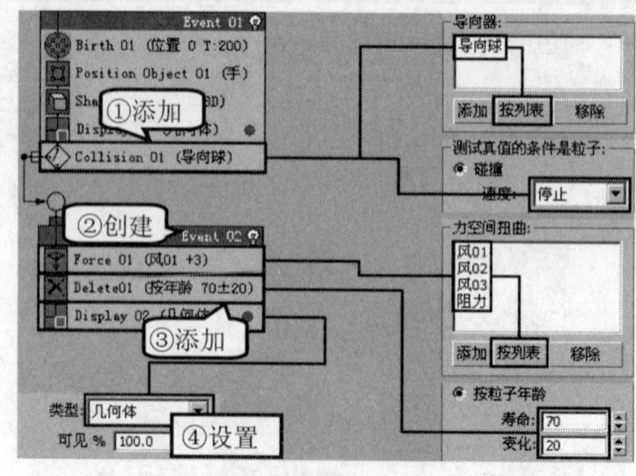

图11-105　创建“Event 02”事件

③　将 Delete 操作符添加到“Event 02”事件中。

④　链接“Event 01”事件与“Event 02”事件并设置相应参数。

4.　渲染设置。

(1)　为“沙粒”对象赋予材质，操作步骤如图 11-106 所示。

①　在【粒子视图】窗口中为“沙粒”对象添加 Material Static 操作符。

②　将“沙粒”材质球拖动到 Material Static 01 操作符的参数界面中的 None 按钮上。

③　在弹出的【实例（副本）材质】对话框中点选 实例 选项。

(2)　渲染前设置，操作步骤如图 11-107 所示。

①　选中“手”对象。

②　在窗口空白处单击右键，在弹出的快捷菜单中选择 隐藏当前选择 命令。

③　在【粒子视图】窗口中选中 Birth 01 操作符。

④　设置【数目】参数。

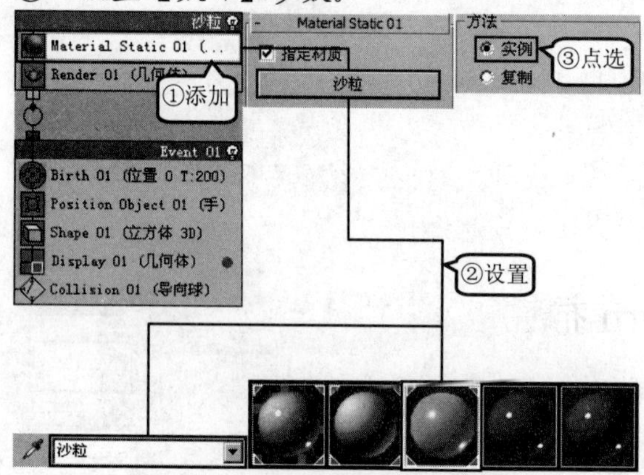

图11-106　为“沙粒”对象赋予材质

图11-107　渲染前设置

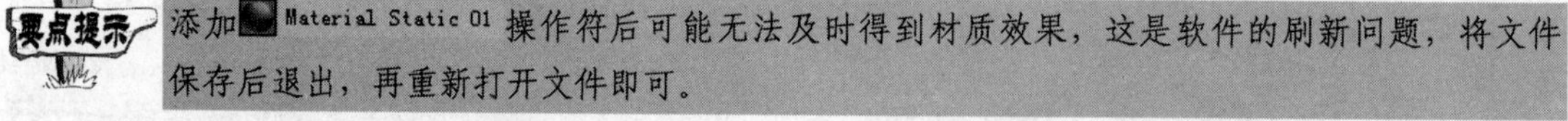
要点提示　添加 Material Static 01 操作符后可能无法及时得到材质效果，这是软件的刷新问题，将文件保存后退出，再重新打开文件即可。

(3)　使用“Camera01”摄影机视图渲染，即可得到如图 11-94 所示的动画效果。

(4)　按 Ctrl + S 组合键保存场景文件到指定目录，本案例制作完成。

11.4　教师辅导

第一问：

我在拖动时间滑块时，为什么总是容易卡死？

解答一：

当粒子数量比较大时，不要将时间滑块往后拖动，这会极大地占用计算机资源，若要将时间滑块倒回第 1 帧处，则单击按钮。

第二问：

我在制作“清清流水”案例时，发现计算机运算很慢，该如何解决？

解答二：

“清清流水”案例所用粒子数目比较少，但是与粒子发生碰撞的盥洗盆面数很多，这是导致计算机变慢的主要原因，解决办法如下。

使用“球”基本体建造一个与盥洗盆内壁形状大致相同的几何体，将其面数调低，使用此几何体暂时代替盥洗盆，待粒子动画制作完成后再拾取盥洗盆为碰撞对象。

事实上使用低面数模型进行动画测试，然后用高精度模型进行动画渲染是动画制作的必要流程。

第三问：

我在制作粒子动画时，发现粒子在窗口中无法显示，该如何解决？

解答三：

这是由于【视口显示】/【粒子数百分比】的设置不当，我们知道此选项的默认设置为“10”，这意味着如果我们将【粒子数量】设置为“10”，则窗口中只显示 1 个粒子，而如果设置为“9”或者更低，窗口中粒子显示的数量不足 1，不足 1 的粒子是无法被显示的。

只需要将【视口显示】/【粒子数百分比】设为“100”即可解决此问题。

第四问：

我在制作“野外篝火”案例时，粒子的运动总是不够理想，这是什么原因？

解答四：

“野外篝火”案例中，两个“风”空间扭曲与“火球”对象的位置关系很重要，这是导致粒子运动不理想的主要原因，一定按照案例中所述设置制作。

11.5　一章一技巧——AfterBurn 插件的使用

3ds Max 2010 的粒子插件资源非常丰富，其中具有一定代表性的，如 ThinkingParticles、AfterBurn、FumeFX、RayFire Tool，都是在制作特效中非常实用也很强大的插件，如图 11-108 所示。

图11-108　使用插件制作的特效

下面使用 AfterBurn 插件制作爆炸时的火焰效果。

【案例剖析】

AfterBurn 的效果展现需要基于 3ds Max 2010 内置的粒子系统，将 3ds Max 2010 内置的粒子系统所发射的点粒子转变为一个具有体积的粒子，在此体积中制作特效。最终动画效果如图 11-109 所示。

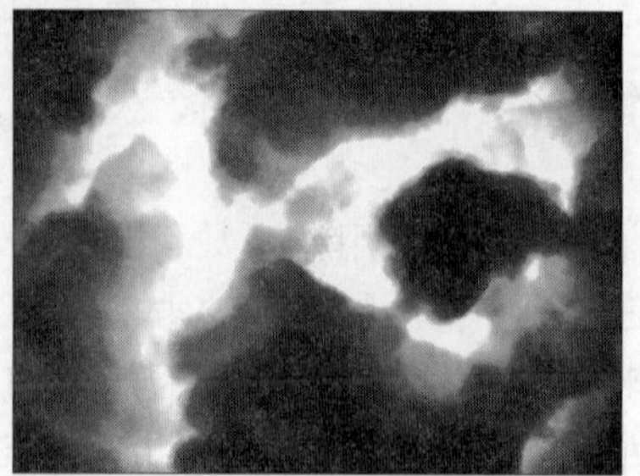

图11-109　最终效果

【操作思路】

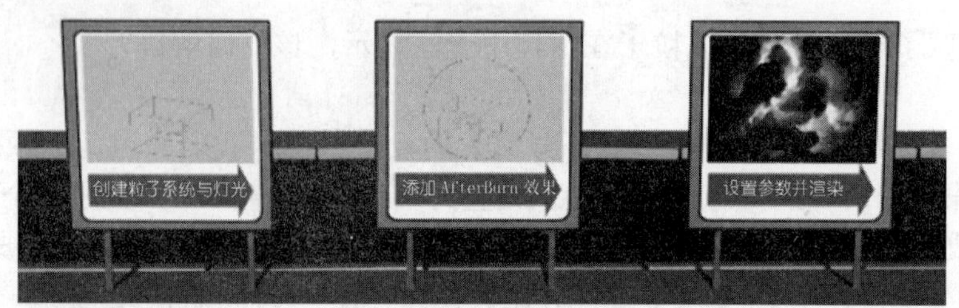

【操作步骤】

1. 创建粒子系统与灯光。

(1) 安装 AfterBurn 插件。

(2) 运行 3ds Max 2010 软件。

(3) 创建“粒子云”粒子系统，操作步骤如图 11-110 所示。

① 在顶视图中创建“粒子云”粒子系统。

② 切换到【修改】面板设置其参数。

③ 在【移动变换输入】对话框中设置其位置参数。

(4) 创建“目标聚光灯”对象，操作步骤如图 11-111 所示。

① 在前视图中创建“目标聚光灯”对象。

② 设置其位置及方向。

③ 切换到【修改】面板设置其参数。

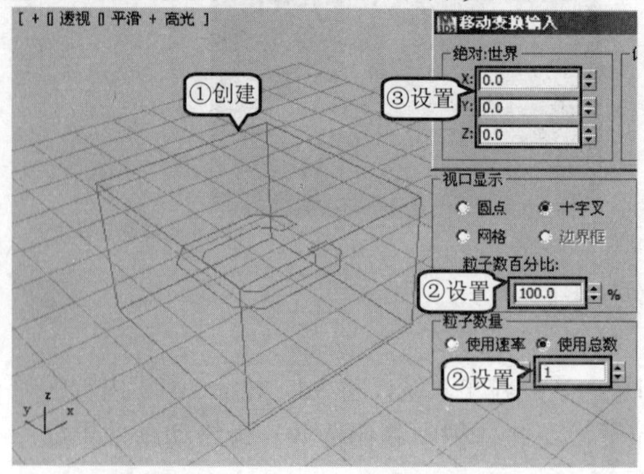

图11-110　创建“粒子云”粒子系统

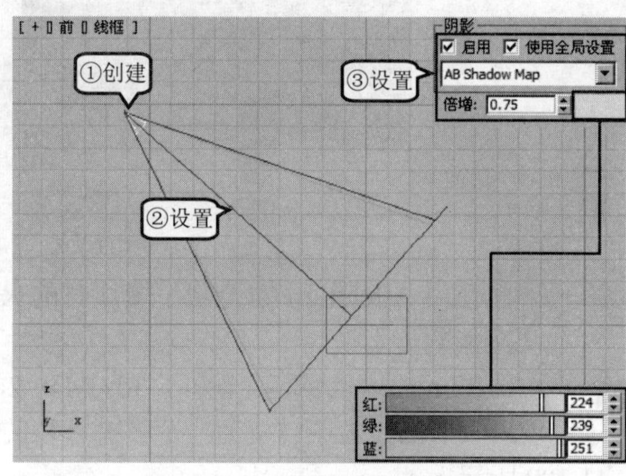

图11-111　创建“目标聚光灯”对象

(5) 创建“泛光灯”对象，操作步骤如图 11-112 所示。

① 在前视图中创建“泛光灯”对象，与“粒子云”粒子系统所发射的粒子对齐。

② 切换到【修改】面板设置其参数。

2. 制作 AfterBurn 特效。

(1) 添加 AfterBurn 效果，操作步骤如图 11-113 所示。

① 按 8 键打开【环境和效果】窗口。

② 添加 AfterBurn 效果。

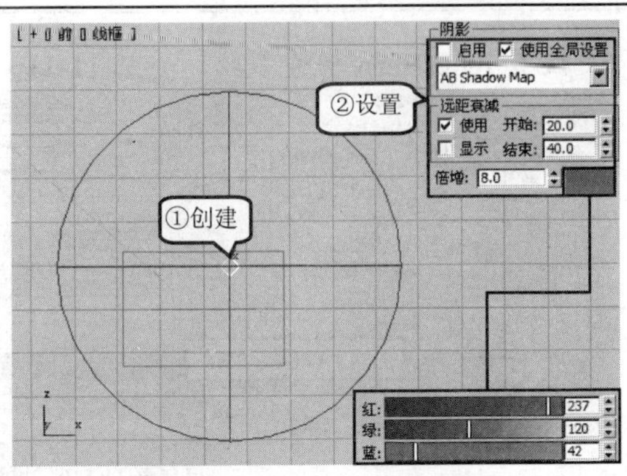

图11-112　创建“泛光灯”对象

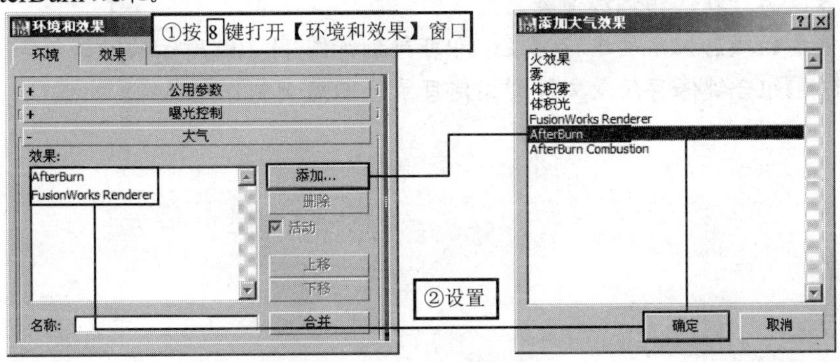

图11-113　添加 AfterBurn 效果

(2) 添加粒子系统与灯光，操作步骤如图 11-114 所示。

① 在【环境和效果】窗口的【效果】列表框中选择AfterBurn选项。

② 添加“粒子云”粒子系统。

③ 添加“泛光灯”对象。

④ 添加“目标聚光灯”对象。

(3) 设置 AfterBurn 粒子的显示模式，操作步骤如图 11-115 所示。

① 单击【Display】设置项中的按钮。

② 点选 Circle 选项。

③ AfterBurn 粒子效果以圆形线圈显示。

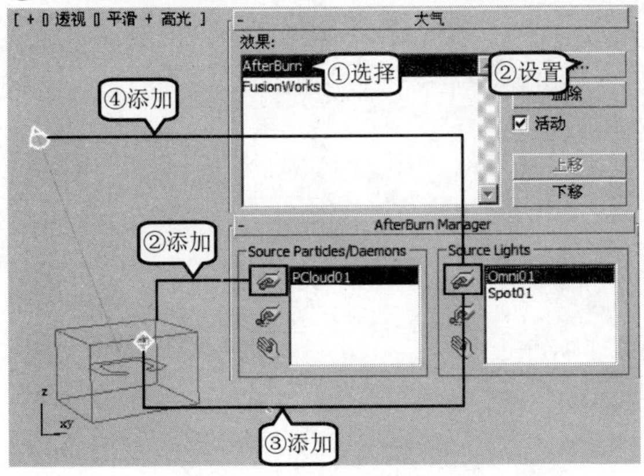

图11-114　添加粒子系统与灯光

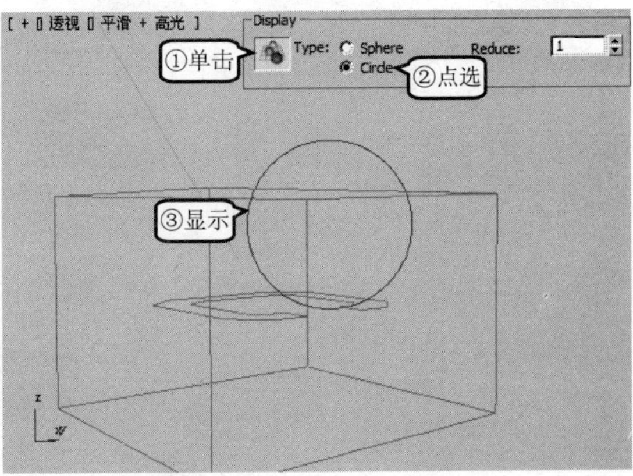

图11-115　设置 AfterBurn 粒子的显示模式

(4) 设置 AfterBurn 相关参数，如图 11-116 所示。

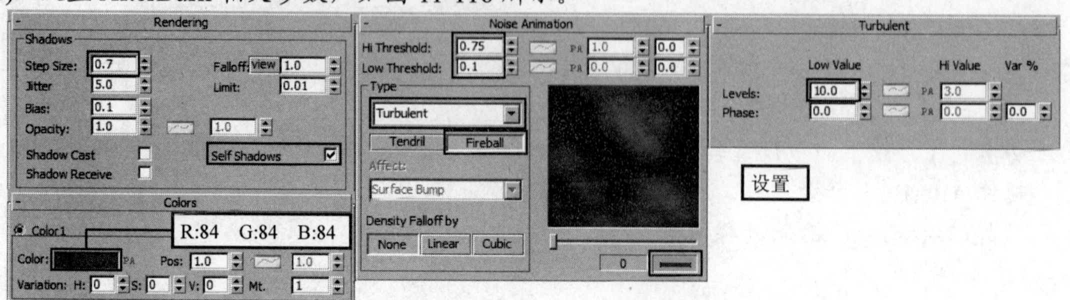

图11-116 设置 AfterBurn 相关参数

(5) 将渲染器改为“默认扫描线渲染器”。

(6) 调整至需要的摄影机角度进行渲染，即可得到如图 11-109 所示的动画效果。

(7) 按Ctrl+S组合键保存场景文件到指定目录，本案例制作完成。

人民邮电出版社书目（老虎工作室部分）

分类	序号	书号	书名	定价（元）
3ds max 8 中文版培训教程	1	16547	3ds Max 8 中文版基础培训教程（附光盘）	36.00
	2	16592	3ds Max 8 中文版动画制作培训教程（附光盘）	36.00
	3	16641	3ds Max 8 中文版效果图制作培训教程（附光盘）	35.00
AutoCAD	4	16306	AutoCAD 2006 中文版基础教程（附光盘）	39.00
	5	16882	AutoCAD 2007 中文版三维造型基础教程（附光盘）	34.00
	6	16929	AutoCAD 2007 中文版基础教程（附光盘）	45.00
	8	19101	AutoCAD 2008 中文版三维造型基础教程（附光盘）	29.00
	9	19102	AutoCAD 2008 中文版基础教程（附光盘）	39.00
	10	19502	AutoCAD 2008 中文版机械制图实例精解（附光盘）	32.00
	11	20449	AutoCAD 2009 中文版基础教程（附光盘）	42.00
	12	20462	AutoCAD 2009 中文版机械制图快速入门（附光盘）	28.00
	13	20477	AutoCAD 中文版典型机械设计图册（附光盘）	36.00
	14	20495	AutoCAD 2009 中文版建筑设备工程制图实例精解（附光盘）	32.00
	15	20539	AutoCAD 2008 中文版建筑制图实例精解（附光盘）	35.00
	16	20581	AutoCAD 2009 中文版建筑制图快速入门（附光盘）	26.00
	17	20746	AutoCAD 中文版典型建筑设计图册（附光盘）	28.00
	18	20985	AutoCAD 2009 中文版建筑电气工程制图实例精解（附光盘）	28.00
Pro/ENGINEER	19	20563	Pro/ENGINEER Wildfire 4.0 中文版典型实例（附光盘）	49.00
	20	20597	Pro/ENGINEER Wildfire 4.0 中文版模具设计（附光盘）	49.00
	21	20615	Pro/ENGINEER Wildfire 4.0 中文版基础教程（附光盘）	52.00
	22	21084	Pro/ENGINEER Wildfire 4.0 机构运动仿真与动力分析（附光盘）	38.00
电路设计与制板	23	16137	Protel 99SE 入门与提高（附光盘）	38.00
	24	16138	Protel 99SE 高级应用（附光盘）	38.00
	25	12083	Protel DXP 高级应用（附光盘）	52.00
	26	12679	PowerLogic 5.0 & PowerPCB 5.0 典型实例（附光盘）	32.00
	27	17752	Protel 99 入门与提高（修订版）（附光盘）	45.00
	28	11245	Protel DXP 库元器件手册	30.00
学以致用	29	15734	AutoCAD 2006 中文版基本功能与典型实例（附光盘）	48.00
	30	15735	CorelDRAW X3 中文版基本功能与典型实例（附 2 张光盘）	45.00
	31	15736	3ds Max 8 中文版基本功能与典型实例（附 2 张光盘）	42.00
	32	15737	Photoshop CS2 中文版基本功能与典型实例（附 2 张光盘）	48.00
	33	15738	Flash 8 中文版基本功能与典型实例（附光盘）	42.00
	34	15739	UG NX 4 中文版基本功能与典型实例（附光盘）	42.00
	35	15740	Pro/ENGINEER Wildfire 3.0 中文版基本功能与典型实例（附光盘）	48.00
	36	15741	Dreamweaver 8 中文版基本功能与典型实例（附光盘）	38.00
	37	17208	AutoCAD 2007 中文版基本功能与典型实例（附光盘）	49.00
举一反三实战训练系列	38	16513	CorelDRAW X3 中文版平面设计实战训练（附光盘）	45.00
	39	16532	AutoCAD 2007 中文版建筑制图实战训练（附光盘）	36.00
	40	16537	AutoCAD 2007 中文版机械制图实战训练（附光盘）	36.00
	41	16538	Photoshop CS2 中文版图像处理实战训练（附光盘）	42.00
	42	16550	UG NX 4 中文版机械设计实战训练（附光盘）	45.00
	43	17439	Mastercam X 数控加工实战训练（附光盘）	38.00

续 表

UG	44	20436	Siemens NX 6 中文版机械设计基础教程（附光盘）	45.00
	45	20506	UG NX 5 中文版曲面造型基础教程（附光盘）	39.00
从零开始系列培训教程	46	19369	Windows Vista 基础培训教程	25.00
	47	19375	Protel 99SE 基础培训教程（附光盘）	28.00
	48	19376	AutoCAD 2008 中文版建筑制图基础培训教程（附光盘）	28.00
	49	19380	Photoshop CS3 中文版基础培训教程（附光盘）	28.00
	50	19381	Flash CS3 中文版基础培训教程（附光盘）	25.00
	51	19383	AutoCAD 2008 中文版机械制图基础培训教程（附光盘）	28.00
	52	19387	计算机基础培训教程（Windows Vista+Office 2007）	25.00
	53	19417	3ds Max 9 中文版基础培训教程（附光盘）	28.00
	54	19503	Dreamweaver CS3 中文版基础培训教程	22.00
	55	21256	AutoCAD 2009 中文版建筑制图基础培训教程（附光盘）	28.00
	56	21266	计算机组装与维护基础培训教程（附光盘）	28.00
	57	21295	AutoCAD 2009 中文版机械制图基础培训教程（附光盘）	28.00
习题精解	58	16697	UG NX 4 中文版习题精解（附光盘）	29.00
	59	16729	UG NX 4 中文版数控加工习题精解（附光盘）	28.00
	60	18009	AutoCAD 2008 中文版建筑制图习题精解（附光盘）	28.00
	61	18012	AutoCAD 2008 中文版习题精解（附光盘）	28.00
	62	18013	AutoCAD 2008 中文版机械制图习题精解（附光盘）	28.00
机械设计院·机械工程师	63	18038	AutoCAD 2008 中文版机械设计（附光盘）	42.00
	64	18115	CAXA 2007 中文版机械设计（附光盘）	45.00
	65	18161	UG NX 5 中文版模具设计（附光盘）	45.00
	66	18479	UG NX 5 中文版数控加工（附光盘）	45.00
	67	18482	UG NX 5 中文版机械设计（附光盘）	39.00
	68	18542	SolidWorks 中文版机械设计（附光盘）	45.00
	69	19105	Pro/ENGNEER Wildfire 中文版机械设计（附光盘）	45.00
	70	19106	Pro/ENGNEER Wildfire 中文版模具设计（附光盘）	45.00
	71	19190	Cimatron E 8 中文版数控加工（附光盘）	45.00
	72	19646	Mastercam X2 数控加工（附光盘）	45.00
神奇的美画师	73	17285	CorelDRAW X3 中文版平面设计案例实训（附光盘）	39.00
	74	18021	Photoshop CS3 中文版图像处理技术精萃（附光盘）	79.80
	75	18057	CorelDRAW X3 中文版平面设计技术精萃（附光盘）	69.00
	76	21596	Photoshop 图像色彩调整与合成技巧（附光盘）	68.00
	77	21597	Photoshop、CorelDRAW & Illustrator 包装设计与表现技巧（附光盘）	68.00
	78	21646	Photoshop 质感与特效表现技巧（附光盘）	68.00
	79	21648	Photoshop & Illustrator 地产广告设计与表现技巧（附光盘）	68.00
其他	80	17280	CorelDRAW X3 中文版应用实例详解（附光盘）	45.00
	81	20439	三菱系列 PLC 原理及应用	32.00
	82	20458	Photoshop & Illustrator 产品设计创意表达（附光盘）	49.00
	83	20463	Rhino & VRay 产品设计创意表达（附光盘）	49.00
	84	20502	欧姆龙系列 PLC 原理及应用	28.00
	85	20505	AliasStudio 产品设计创意表达（附光盘）	49.00
	86	20511	西门子系列 PLC 原理及应用	29.00